38,-
5,80

D1919657

Für Trevor Ling ist die Kenntnis der östlichen wie der westlichen Religionen und ihrer geschichtlichen Entwicklung eine unabdingbare Voraussetzung für das Begreifen von Religion überhaupt. Marx zum Beispiel hatte nach Lings Auffassung einen einseitigen Begriff von Religion, da er nur den europäischen Protestantismus des 19. Jahrhunderts kannte. Erst Max Weber legte das Fundament zu einer universalen Betrachtung der Religion, indem er sich dem Islam, dem Judentum, den indischen Religionen ebenso wie den europäischen zuwandte.

Ling sieht Religion als das, was sie ist, als ein universales Phänomen. Mit Recht kritisiert er die Einseitigkeit mancher Theologen und Religionssoziologen, die aus verschiedenen Gründen Religion mit Christentum oder mit den christlichen Kirchen identifizieren.

Das vorliegende Buch ist eine Geschichte der Religionen in Ost und West. Es bietet einen auf die wesentlichen Entwicklungsstadien konzentrierten Überblick über die großen Religionen Buddhismus, Hinduismus, Zoroastrismus, Judentum, Christentum, Islam.

Ling behandelt nicht jede Religion für sich isoliert, sondern bringt sie in den Zusammenhang von historischen Epochen. So wird es möglich, die Entwicklungsstadien, die die verschiedenen Religionen zu einer bestimmten Zeit erreichten, zu vergleichen und gegenseitige Einflüsse festzustellen.

Ling betont die Wechselwirkungen, die zwischen den Religionen der Welt zu beobachten sind, und er plädiert für eine Wissenschaft, die er »vergleichende Philosophie und Soziologie der Weltreligionen« nennt.

TREVOR LING

Die Universalität der Religion

Geschichte und vergleichende Deutung

Vorwort und Nachwort
von
Demosthenes Savramis

PAUL LIST VERLAG

Aus dem Englischen übersetzt von Siegfried Schmitz
Originaltitel: A History of Religion East and West
Originalverlag: Macmillan and Co. Ltd., London 1968

Umschlagentwurf: Bert Hug

Bibliographie für die deutsche Übersetzung
bearbeitet von Ulrich Vollmer

ISBN 3 471 78016 5

Printed in Germany. Schrift: Garamond Antiqua
Satz und Druck: Süddeutscher Verlag GmbH, München
Bindearbeit: Klotz, Augsburg

INHALT

B PROPHETEN UND PHILOSOPHEN

C SCHRIFTGELEHRTE, MÖNCHE UND PRIESTER

E RELIGION UND KULTUR

G RELIGION UND INDUSTRIELLE GESELLSCHAFT

VORWORT

Die Bedeutung des vorliegenden Buches ist nur dann richtig zu erfassen, wenn wir von vornherein wissen, daß der Verfasser durch sein Werk zwei Disziplinen, die sich mit dem Phänomen Religion befassen: nämlich die vergleichende Religionswissenschaft und die Religionssoziologie, zur gegenseitigen Ergänzung, zur Mitarbeit und zum fruchtbaren Dialog anregt. Indem er die Religion stets als eine Lebensmacht betrachtet, die für den Alltag des Menschen und das politische, wirtschaftliche und soziale Leben von großer Bedeutung ist, verliert er die Wirklichkeiten dieses Lebens nie aus den Augen, so daß seine Ausführungen, Thesen und Gedanken als brauchbare Ausgangs- und Orientierungspunkte für die Bewältigung der zahlreichen Probleme, welche sich aus den Wechselwirkungen zwischen Religion und Gesellschaft ergeben, verwendet werden können. Daher ist das Buch von *Trevor Ling* als eine große Hilfe für jene wenigen Religionssoziologen zu bezeichnen, die dagegen kämpfen, daß ihre Disziplin als Pastoral- und Kirchensoziologie zur Dienerin der »Strategie« der Kirchen und der Theologen degradiert wird.

Die Identifizierung und Verwechslung der Religionssoziologie mit der Pastoral- oder Kirchensoziologie ist die Folge der Gleichsetzung der Religion mit dem Christentum und des Christentums mit der Kirche. Die aus solchen Gleichungen entstehenden logischen Widersprüche versucht man mit Argumenten zu beseitigen, die nur von der Unwissenheit ihrer Erfinder zeugen. Sie bleiben Produkte einer dem Empirismus und dem Positivismus verfallenen Soziologie, die sich unter anderem durch ihr ahistorisches Denken und durch ihren Glauben an die Allmacht der Zahlen kennzeichnen läßt. Zu den neuesten »modernen« Argumenten dieser Art gehört die Behauptung, die Religion sei ein Phänomen, das man nicht als universal bezeichnen könne.

Es ist aber eines der wichtigsten Verdienste des vorliegenden Buches, daß es *die Universalität der Lebensmacht Religion* auf Grund von reichem und kritisch verwendetem Material durch *Fakten* überzeugend nachweisen kann. *Trevor Ling* – Verfasser der Werke: Die Bedeutung des Satans; Buddhismus und die Mythologie des Bösen; Buddha, Marx und Gott und prophetische Religion (alles in englischer Sprache) – scheint einer der wenigen Gelehrten zu sein, dem die Behandlung eines so umfangreichen und schwierigen Themas, wie es die Geschichte der Religionen im Osten und Westen ist, zuzutrauen ist. Denn sogleich nach der Lektüre der ersten Seiten (= Vergleichende Religionswissenschaft heute) entdeckt der Fachmann, daß hier ein Forscher am Werke ist, der jede wissenschaftliche Provinzialität bewußt und gekonnt vermeidet zugunsten einer universalen Betrachtung seines Themas. Damit aber bringt er eine Voraussetzung mit, die den Erfolg seines Buches von vornherein garantiert: den Willen und die Fähigkeit, *die Religion* als das zu sehen, was sie ist, als *ein universales Phänomen.*

Einen anderen Erfolgsgrund des Verfassers des vorliegenden Buches sehe ich ferner in seinem Verhältnis zum Werk *Max Webers. Ling* stellt mit Recht fest, daß *Weber* im Gegensatz zu *Karl Marx* seinen Forschungen über die Religion einen universalen Charakter gab, dadurch daß er die Religion Europas in Verbindung und im Vergleich zu anderen Weltreligionen sah. Folglich gilt für unseren Autor die Methode *Webers* als der einzig vertretbare Weg bei einer wissenschaftlichen Beschäftigung mit der Religion. Indem er sich diese Methode zu eigen machte, eröffnete er der vergleichenden Religionswissenschaft neue Wege, die sie der Religionssoziologie näherrücken.

Ling betont die Wechselwirkungen, die wir zwischen den Religionen der Welt beobachten können, und er plädiert für eine Wissenschaft, die er »vergleichende Philosophie und Soziologie der Weltreligionen« nennt. Was *Ling* unter vergleichender Religionswissenschaft versteht, ist das großartige Unternehmen eines Vergleichs der Ergebnisse der Religionssoziologen mit denen der Religionsphilosophen und eines stetigen Vergleichs des Ostens mit dem Westen unter besonderer Berücksichtigung der Tatsache, daß man bei jedem Vergleich die Bedeutung der Geschichte der Religionen und ihrer Erforschung nicht übersehen darf. Von einer vergleichenden Religionswissenschaft dieser Art verspricht sich *Ling* eine Erneuerung aller Religionen einschließlich des Christentums durch die Überwindung falscher Urteile und Vorurteile und durch die Wiederentdeckung einiger religiöser Werte universaler Geltung.

Besonders die sogenannten neueren Religionssoziologen können aus diesem Buch viel lernen; vor allem, daß die Erfahrung der Gegenwart auf Grund von zeitgenössischen Befunden ohne Historie und Vergleich sinnlos ist. »Man muß sich der Wandlungen in bestimmten religiösen Überlieferungen und Institutionen bewußt sein, Wandlungen, die nur bei einem *historischen* Vergleich sichtbar werden«, schreibt *Trevor Ling* und begründet seine Meinung folgendermaßen: »Das Kastensystem der Hindus bleibt unverständlich, wenn man es als etwas Unveränderliches betrachtet, dessen heutige Form seit unvordenklichen Zeiten existiert (das ist die Auffassung mancher Hindus) und nur hier und da geringfügigen Modifikationen unterworfen war. Die richtige Würdigung des indischen Kastenwesens verlangt die Kenntnis seines (möglicherweise embryonalen) Zustandes zu Buddhas Zeit, verglichen mit dem, was einige Jahrhunderte später aus ihm geworden war, wiederum verglichen mit der Lage zu Beginn des 19. Jahrhunderts und dann nochmals verglichen mit den heutigen Verhältnissen. Ebenso wird man die Religion eines aus Pakistan eingewanderten Nachbarn nicht voll verstehen, wenn man sich nur mit dem Aufstieg des Islams in Mekka und Medina während des 7. Jahrhunderts befaßt. Der moderne Pakistani-Moslem ist gleichfalls Erbe einer jahrhundertelangen Tradition, welche die islamische Überlieferung des indopakistanischen Subkontinents geformt hat und der er, der moderne Pakistani, seine religiöse und kulturelle Prägung verdankt. Er kann diese Prägung nicht so ohne weiteres abschütteln, und auch wir können, wenn wir sie unberücksichtigt lassen, seine Situation nicht voll würdigen.«

Die Lektüre des vorliegenden Werkes hinterläßt den Eindruck, daß wir es mit einem Buch über die Lebensmacht Religion zu tun haben, das nicht nur für die Religionswissenschaftler und -soziologen von Belang ist. Jeder gebildete Mensch, der sich mit den Phänomenen Religion und Religiosität auseinandersetzt, kann aus diesem Werk, das in einer leichtverständlichen Sprache ohne ermüdende Fachtermini geschrieben ist, großen Nutzen ziehen. Demnach ist die deutsche Übersetzung dieses Buches ein Gewinn in doppelter Hinsicht: Einmal bereichert sie die vorhandene deutschsprachige religionswissenschaftliche Literatur um ein gutes Fachbuch; zum anderen kann sie vielen Menschen im deutschsprachigen Raum zeigen, daß Religion entgegen der Meinung einiger sogenannter neuerer Religionssoziologen eine universale Macht ist, die die Schicksale der Menschen im Osten und im Westen entscheidend bestimmte und bestimmt.

EINFÜHRUNG
Vergleichende Religionswissenschaft heute

I

Es heißt, niemand bilde sich so viel auf seine eigene Religion ein wie derjenige, der keine andere kennt. Diese Feststellung hat noch eine andere Seite: Wahrscheinlich steht niemand jeder Religion feindseliger gegenüber als der westliche Skeptiker, der keine andere Tradition als die des Westens kennt. Karl Marx' Kritik an der Religion, daß sie nämlich nichts anderes sei als die ideologische Begleiterscheinung der grausamen, das heißt der ökonomischen Realitäten des Daseins, beruht fast ausschließlich auf seinen Erfahrungen mit dem Wesen und den Praktiken des europäischen Protestantismus im 19. Jahrhundert. Max Weber hingegen, der diese Einstellung verwarf und ganz wesentlich modifizierte, hatte sich im Verlauf seiner Forschungen einen Überblick über weite Gebiete der Welt verschafft: er kannte das alte Judentum, China, Indien und die islamische Welt ebensogut wie Europa. Nach unserer Auffassung ist diese Methode Webers der einzig vertretbare Weg bei einer wissenschaftlichen Beschäftigung mit der Religion. Die vorliegende Darstellung unterfängt sich freilich nicht, die Spannweite oder die Eindringlichkeit von Webers vergleichenden Untersuchungen zu erreichen; sie stellt lediglich fest, daß der »weite Bereich«, den Weber beherrschte, das maßgebende Feld der Forschung ist, das einer neuerlichen Bearbeitung bedarf; dem Studenten wird hier schlicht und einfach eine einführende Übersicht über diesen ganzen Bereich geboten.

Als einmal ein ungewöhnlich frommer Geistlicher von einer Studentin hörte, daß sie an der Universität unter anderem auch vergleichende Religionswissenschaft betreibe, rief er entsetzt aus: »Mein liebes Kind, mir wäre es lieber, Sie würden sich mit der Lady Chatterley beschäftigen als mit diesem Fach!« Dieser extreme Vergleich verrät das Ausmaß seiner Betroffenheit. Er fügte erklärend hinzu, bei der Lektüre von D. H. Lawrence sei man sich zumindest *bewußt,* daß der Teufel es auf einen abgesehen habe.

Dasselbe gilt ohne Zweifel für eine ganze Reihe von anderen akademischen Fächern, und vielleicht hätte sich der Geistliche genauso aufgeregt, wenn das Mädchen eines von diesen Fächern belegt hätte. Die vergleichende Religionswissenschaft ist jedoch bei gewissen Christen ganz besonders verhaßt. Der Haupteinwand scheint darin zu bestehen, daß ein unparteiisches Studium es unmöglich macht, den Studenten so zu indoktrinieren, wie es der Gegner der vergleichenden Religionswissenschaft für wünschenswert hält. Dieser Vorbehalt der Christen gegen eine Ausdehnung des Forschungsgebietes auf andere Traditionen ist in bestimmten Fällen durchaus verständlich. Denn viele nehmen offenbar an, die Treue zu Christus bedeute das blinde und leidenschaftliche Festhalten an allem, was im Laufe der Geschichte mit dem Etikett »christlich« versehen worden ist, und die unreflektierte Ablehnung alles »Nichtchristlichen«. Diese Haltungen verdienten eine eigene Untersuchung. So groß ist die Überheblichkeit mancher Christen, mit denen der Verfasser diese Probleme diskutiert hat, daß sie, wenn sie mit der Tatsache konfrontiert werden, daß sich der Islam und der Buddhismus zum Beispiel toleranter und großzügiger gegenüber Minderheiten verhalten haben als das Christentum in vielen Epochen seiner Geschichte, einfach so tun, als könnte das alles nicht wahr sein.

Ein gerechtes und unparteiisches Studium der religiösen Überlieferungen bedeutet die Erforschung ihrer historischen Dokumente im Hinblick auf die darin enthaltenen Lehren, der Persönlichkeiten, die sie hervorgebracht, und der Gesellschaftsformen, die sich im Zusammenhang mit ihnen ausgebildet haben. Wer vom Standpunkt einer bestimmten Religion aus gegen die vergleichende Untersuchung der Religionen Einspruch erhebt, setzt sich sofort dem Verdacht aus, daß er etwas zu verbergen hat: daß sein Glaube der Erforschung anderer Glaubensvorstellungen nicht standhält oder daß er das Bedürfnis hat, geschichtliche Zeugnisse zu vertuschen. Wenn das zutrifft, dann ist es um die Haltung des Studenten, der diesem bestimmten Glauben anhängt, schlecht bestellt, ganz gleich, mit welchem Zweig menschlichen Wissens er sich abgibt; ihm würde man am besten raten, nicht nur das Studium der vergleichenden Religionswissenschaft, sondern auch jedes andere akademische Studium an den Nagel zu hängen, auf jegliche Schulung seines Geistes zu verzichten und sich in einen antiintellektuellen Obskurantismus zurückzuziehen.

Der Verfasser selbst ist jedoch überzeugt, daß eine Beschäftigung mit den zahlreichen und mannigfaltigen Formen, in denen die Menschheit ihr Bewußtsein einer nicht mit den Begriffen der Zeit und der »Materie« zu erfassenden Dimension manifestiert hat, von höchstem Wert sein kann in einer Zeit, die zunehmend von der Säkularisierung bedroht ist. Die vergleichende Religionswissenschaft hat eine positivere und konstruktivere Aufgabe, als aufgeregte Frömmigkeit zuweilen glaubt. Doch zunächst muß klargestellt werden, was womit verglichen werden soll. Wir befassen uns hier nicht mit jener leicht abgewirtschafteten Disziplin, in der man das Christentum mit den »anderen Religionen« oder den »nichtchristlichen Religionen« verglich; diese summarischen und recht herablassenden Beziehungen sind bei manchen neoorthodoxen Theologen noch immer sehr beliebt. Bei einem derartigen Verfahren nimmt man von vornherein an, daß der Vergleich zugunsten des Christentums ausfallen wird.

Auf einem höheren akademischen Niveau bezeichnete vergleichende Religionswissenschaft – und das gilt auch heute noch bis zu einem gewissen Grade – die Erforschung der Wechselbeziehungen zwischen den großen religiösen Gedankengebäuden und der Art und Weise, wie sich die religiösen Motive und Ideen ausgebreitet und durchdrungen haben; denn eine starke Verflechtung der großen religiösen Überlieferungen, besonders in Eurasien, ist unverkennbar. Das Judentum wurde beeinflußt von der Lehre Zoroasters, und beide haben wiederum auf den Islam eingewirkt. Der sich nach Osten ausbreitende Islam beschleunigte den Untergang des Buddhismus in Indien und nahm dabei selbst wieder Einflüsse des Hinduismus auf. Das Christentum, das von Europa nach Indien gelangte, hinterließ seine Spuren im Hinduismus des 19. Jahrhunderts und in den islamischen Erneuerungsbewegungen, und in Ceylon hatte es die Wirkung eines Antikörpers, der den Buddhismus zu einer Wiederbelebung seines eigenen echten Gedankenguts anregte. In den letzten Jahrzehnten übten die asiatischen, vor allem die buddhistischen Religionsvorstellungen einen heimlichen Einfluß auf die westliche Theologie aus. Die Probleme sind natürlich nicht so simpel, wie es diese rasch hingeworfene Zusammenfassung der Querverbindungen nahelegt, und gerade die komplizierteren und feineren Mechanismen wechselseitiger Ideendurchdringung gehören zum Aufgabenbereich der vergleichenden Religionswissenschaft; dies allein könnte für sie schon eine *raison d'être* sein.

Das Gebiet umfaßt jedoch mehr als das vergleichende Studium religiöser Ideen. Der vergleichenden Religionswissenschaft ist in den letzten Jahren, zumal in den Vereinigten Staaten, die Aufgabe zugefallen – und sie sollte sich ihr noch sehr viel intensiver widmen –, die Ergebnisse zweier getrennter Disziplinen miteinander zu verbinden, nämlich der Religionsphilosophie und der Religionssoziologie, *beide gesehen in weltweiten Zusammenhängen.* Diese beiden Fachgebiete werden nicht immer, vielleicht nur selten, in weltweiten Zusammenhängen behandelt. Die Vorlesungen und Übungen, die unter dem Titel

»Die Philosophie der Religion« laufen, befassen sich häufig nur mit der Philosophie der abendländischen Religion oder (noch parteilicher) mit philosophischer christlicher Theologie. Die Religionssoziologie andererseits, die heutzutage in den USA weit fortgeschrittener ist als in Europa, beschränkt sich dort normalerweise auf die Erforschung der Religion in der heutigen amerikanischen Gesellschaft, wenn es auch löbliche Ausnahmen gibt, insbesondere bei einigen Untersuchungen der Millenarier-Bewegung. Die Richtung, welche die vergleichende Religionswissenschaft neuerdings eingeschlagen hat, bildet hierzu ein Korrektiv und ist zugleich ein logischer Fortschritt gegenüber ihrem früheren Standort, wie er beispielsweise durch das Werk von Gelehrten wie E. O. James markiert worden ist.

In dieser früheren Periode stützte sich die vergleichende Religionswissenschaft in erheblichem Maße auf die Arbeit der Anthropologen; es war in der Tat oft schwierig, eine saubere Demarkationslinie zwischen der vergleichenden Religionswissenschaft und der Anthropologie zu ziehen. Auf dem Gebiet der Sozialwissenschaften allgemein tendiert heute die Soziologie dazu, die führende Rolle einzunehmen, die bislang die Anthropologie gespielt hat, weil immer größere Teile der Weltbevölkerung industrialisiert und urbanisiert oder zumindest, mit der Entstehung neuer Staaten, in komplexeren Gesellschaften organisiert werden. Zweifellos sind es die Soziologen, die sich heutzutage intensiv damit beschäftigen, das religiöse Verhalten der Menschen, dessen Auswirkungen auf wirtschaftliche und gesellschaftliche Strukturen und die Formen, in denen umgekehrt das religiöse Verhalten von gesellschaftlichen und wirtschaftlichen Strukturen beeinflußt wird, zu untersuchen und zu beschreiben. Doch dabei ist die Soziologie in den letzten Jahren in zunehmendem Maße empirisch vorgegangen, was bis zur Ausschaltung der Theorie geführt hat; Fakten werden aus den Resultaten der Feldstudien und aus der soziologischen Analyse der Daten zusammengetragen, und gewisse direkte Rückschlüsse werden gezogen, die sich auf die untersuchte Situation beziehen. Man kümmert sich viel weniger um die Aufstellung allgemeiner Theorien über Religion und Gesellschaft, als es in den Tagen der großen Bahnbrecher Max Weber und Émile Durkheim üblich war, auf deren Werk Autoren wie R. H. Tawney aufbauen konnten. Die gegenwärtige Tendenz ist verständlich; die intensive Weiterentwicklung eines Fachgebiets führt zur Spezialisierung, und wo die Umstände die Wissenschaftler regelrecht zum Spezialistentum zwingen – wer hat da noch Zeit für allgemeine Theorien? Auch wenn Weber nicht den Anspruch erheben wollte, eine allgemeingültige Theorie zu formulieren – die Tatsache bleibt bestehen, daß er ein viel weiteres Feld überschaute als alle Religionssoziologen seither: Der Puritanismus des 17. Jahrhunderts, das Judentum, der Hinduismus, Buddhismus, der Islam und die Religionen Chinas traten in seinen Gesichtskreis. Sein amerikanischer Kommentator und Ausdeuter Talcott Parsons mag ein soliderer *soziologischer* Systematiker mit einem wachen Sinn für das Wechselspiel von Religion und Gesellschaft sein, aber seine Arbeiten haben nicht die Spannweite von Webers Werk. Wir erfahren wohl von Gerhard Lenski ausführliche und sehr nützliche Einzelheiten über die religiöse Situation im Raum von Detroit oder von Herberg Einzelheiten über die gemeinamerikanischen Werte, die in den drei großen Religionsgemeinschaften, der protestantischen, der katholischen und der jüdischen, ihren Ausdruck finden, aber in welcher wissenschaftlichen Disziplin werden diese Ergebnisse mit analogen Untersuchungen im neoschintoistischen Japan oder im buddhistischen Burma oder in der islamischen Bevölkerungsgruppe Pakistans in Beziehung gesetzt? Noch wichtiger: Welche andere Disziplin, abgesehen von der vergleichenden Religionswissenschaft, gibt es, die nicht nur zu einer synoptischen Sicht solcher Forschungen führen, sondern uns auch exakteres Wissen über die Stellung der Religion in der Welt von heute vermitteln könnte?

Hier läge wohl die Aufgabe eines Fachgebietes, das, wenn es existierte, als »vergleichende Religionssoziologie« bezeichnet werden könnte. Ein derartiges Fach hätte jedoch gewisse Nachteile und Grenzen; denn der akademische Soziologe arbeitet, zumindest was seinen eigentlichen Beruf betrifft, innerhalb selbstgesteckter Grenzen. Wenn er gezwungen wäre, außersoziologische Aspekte der Religion zu untersuchen, hätte er das Gefühl, sich unerlaubterweise in das Gebiet des Religionsphilosophen vorzuwagen – oder er wäre vielleicht gar nicht daran interessiert, sich auf diese weiterführenden Fragen einzulassen. Soll sich doch der Philosoph oder sogar der Theologe damit herumschlagen! Doch wenn der Soziologe sich nicht wenigstens für die tastenden Antworten oder Resultate des Philosophen interessiert, geht einiges vom potentiellen Wert der philosophischen Arbeit verloren. Und wenn auf der anderen Seite die Philosophen und Theologen sich nicht wirklich die Mühe machen, die Untersuchungen des Soziologen über die Wechselbeziehung von Religion und Gesellschaft zu verstehen, dann bleibt der Verdacht bestehen, daß ihre Einschätzung des religiösen Glaubens und Verhaltens ebenso unzureichend ist wie die des rein empirischen Soziologen.

Die Argumentation scheint demnach auf die Forderung nach einer akademischen Disziplin hinauszulaufen, die man die »Philosophie und Soziologie der Religion« nennen könnte. Es müßten allerdings Mittel und Wege gefunden werden, um sicher- und klarzustellen, daß der Problemkreis sowohl *vergleichend* als auch in einem *weltweiten* Zusammenhang behandelt würde. Der Titel müßte deshalb lauten: »Vergleichende Philosophie und Soziologie der Weltreligionen«. Falls solch eine langatmige Fachbezeichnung jemals in Gebrauch käme, würde sie tatsächlich andeuten, was nach meiner Überzeugung die eigentlichen Gegenwartsaufgaben der vergleichenden Religionswissenschaft sind.

Doch kehren wir zu der Frage zurück: »Was soll mit was verglichen werden?« Wir stellen fest, daß das Wort »vergleichen« hier einen doppelten Sinn hat: es weist einmal auf die Tatsache hin, daß die Befunde der Soziologen mit denen der Religionsphilosophen verglichen werden müssen, und zum anderen auf die Notwendigkeit, in jedem Fall Ost und West miteinander zu vergleichen; das heißt, die Forschungsergebnisse der amerikanischen Soziologen müssen zusammengesehen werden etwa mit denen ihrer japanischen oder indischen Kollegen, und die gleiche Universalität sollte sich auch in der Religionsphilosophie durchsetzen.

Es gibt freilich noch einen anderen Zugang zu diesem wissenschaftlichen Gebiet, ohne den ein großer Teil der zeitgenössischen Befunde nicht zutreffend interpretiert werden kann, und das ist die historische Perspektive. Man muß sich der Wandlungen in bestimmten religiösen Überlieferungen und Institutionen bewußt sein, Wandlungen, die nur bei einem *historischen* Vergleich sichtbar werden. Das Kastensystem der Hindus bleibt unverständlich, wenn man es als etwas Unveränderliches betrachtet, dessen heutige Form seit unvordenklichen Zeiten existiert (das ist die Auffassung mancher Hindus) und nur hier und da geringfügigen Modifikationen unterworfen war. Die richtige Würdigung des indischen Kastenwesens verlangt die Kenntnis seines (möglicherweise embryonalen) Zustands zu Buddhas Zeit, verglichen mit dem, was einige Jahrhunderte später aus ihm geworden war, wiederum verglichen mit der Lage zu Beginn des 19. Jahrhunderts und dann nochmals verglichen mit den heutigen Verhältnissen. Ebenso wird man die Religion eines aus Pakistan eingewanderten Nachbarn nicht voll verstehen, wenn man sich nur mit dem Aufstieg des Islams in Mekka und Medina während des 7. Jahrhunderts befaßt. Der moderne Pakistani-Moslem ist gleichfalls Erbe einer jahrhundertelangen Tradition, welche die islamische Überlieferung des indopakistanischen Subkontinents geformt hat und der er, der moderne Pakistani, seine religiöse und kulturelle Prägung verdankt. Er kann diese Prägung nicht so ohne weiteres abschütteln, und auch wir können, wenn wir sie unberücksichtigt lassen, seine Situation nicht voll würdigen. Einer der unschätzbaren Vorzüge von Webers Werk war sein historischer Realismus in bezug auf die Religionen; er studierte eine Religion in ihrer konkreten Erscheinungsform – etwa im Europa des 17. Jahrhunderts – und nicht in irgendeiner Idealform, die nach Meinung ihrer Anhänger in der Vergangenheit bestanden haben muß.

Das also ist das Betätigungsfeld der vergleichenden Religionswissenschaft. Das Feld, das sich abzuzeichnen beginnt, erscheint riesig groß – vielleicht gar zu groß, um als ein einziges Studienfach begriffen zu werden; zu groß, als daß ein Mensch es studierend oder lehrend bewältigen könnte. Ein kurzes Nachdenken zeigt jedoch, daß dies auch auf andere Fächer zutrifft, nicht zuletzt auf jene, die an unser Gebiet angrenzen, besonders auf die Philosophie, Soziologie, Geschichte und Theologie. Alle diese Fächer erfordern eine weitgespannte Kompetenz, und sie alle überschneiden sich in gewisser Hinsicht; doch jedes hat einen eigenen speziellen Beitrag zu leisten zum Verständnis der Welt und der Situation des Menschen. So auch die vergleichende Religionswissenschaft; der Wissenschaftler, der auf diesem Feld arbeitet, wird sich seiner Verpflichtung gegenüber Forschern aus vielen anderen Bereichen bewußt sein; er wird sich aber auch zu seiner eigenen Spezialforschung ermutigt fühlen durch die Überzeugung, daß er einiges dazu beitragen kann, das Wesen der Religion und die gegenwärtigen Vorgänge im religiösen Leben der Menschen besser zu verstehen.

2

Damit sind nun die Grenzen des Wissensgebietes abgesteckt, in das ich in dem vorliegenden Buch eine Einführung geben möchte. Soll sich eine Einführung gleichzeitig auch auf eine Interpretation einlassen? Ich sehe keinen stichhaltigen Grund, der dagegen spräche. Von den Lehrbüchern, die ich mit meinen Studenten benutzt habe, waren stets die am anregendsten und somit am ergiebigsten, deren Verfasser ein Problem von einem bestimmten Standpunkt aus abgehandelt haben, aber nicht verschweigen, daß es noch andere Standpunkte gibt und wie sie beschaffen sind. Sehr häufig wird ein Student, der zum erstenmal mit einem derartigen Wissensgebiet in Berührung kommt (von dem er allerdings vorher schon eine allgemeine Vorstellung hat), zu einem nachhaltigeren und intensiveren Studium angeregt, wenn er mit einer interpretatorischen Darbietung des Stoffs konfrontiert wird, die er dann entweder in Frage stellen oder weiterverfolgen kann.

In der vorliegenden Arbeit findet sich der interpretierende Kommentar vornehmlich in den Zusammenfassungen, die den einzelnen Kapiteln beigegeben sind. In den Kapiteln selbst habe ich versucht, die weitgehend gesicherten Forschungsergebnisse der auf dem jeweiligen Spezialgebiet arbeitenden Wissenschaftler darzustellen, die Quellen angegeben, in denen das betreffende Thema ausführlicher behandelt ist, und habe gegebenenfalls auf das Vorhandensein gegensätzlicher Ansichten hingewiesen.

In einem einführenden Werk dieser Art ist es unvermeidlich, daß eine Fülle interessanter Details unerwähnt bleiben muß; das gilt im vorliegenden Fall für die Behandlung sowohl der östlichen wie der westlichen Religionen. Selbstverständlich wurde auf den Versuch verzichtet, die Entwicklung des Christentums vollständig in der Weise darzustellen, wie es sich die theologische Wissenschaft der Kirchengeschichte zur Aufgabe gemacht hat.

Christliche Auffassungen vom Wachstum der Kirche, in den verschiedensten Abstufungen der Orthodoxie, sind reichlich vorhanden. Weniger verbreitet sind indessen Untersuchungen der christlichen Geschichte im Kontext der Religionsgeschichte, die nicht vom Standpunkt des christlichen Konfessionalismus ausgehen, sondern in Beziehung stehen zur Erforschung der Geschichte anderer religiöser Strömungen. Manche Christen betrachten, wie wir bemerkt haben, solche Unternehmungen nicht mit sonderlichem Wohlwollen, zumal wenn sie die Ansicht vertreten, daß die christliche Kirche einmalig ist und deshalb nicht mit »anderen Religionen« verglichen werden darf. Aber auch die Institutionen und Ideen der Hindus sind einmalig, genauso wie die religiösen Praktiken und Vorstellungen der Buddhisten und Moslems. Es gibt zum Beispiel außerhalb des Buddhismus nichts, was dem Sangha oder der Anatta-Lehre vergleichbar wäre. Andere wiederum, die dem Christentum feindlich gegenüberstehen, betrachten die Geschichte der christlichen Kirchen nur insofern als wertvoll, als sie ihre eigene Meinung bestätigt, nach der das Christentum ein Hindernis für den Fortschritt der Menschheit darstellt. Nichtsdestoweniger ist ein verständnisvolles Studium der christlichen Religionsgeschichte sinnvoll, wie es ein urteilsfähiger und aufgeschlossener religiöser Asiate, etwa ein Hindu oder ein Buddhist, betreiben mag; ein derartiges Studium könnte darauf abzielen, aus Judentum und Christentum die dauerhaften und universalen religiösen Werte herauszukristallisieren, die europäische Anmaßung und Voreingenommenheit zuweilen verdunkelt haben. Entsprechende Untersuchungen sind inzwischen angelaufen, nachdem an ganz unterschiedlichen Universitäten überall in der Welt, in Kalifornien, Jerusalem, Bengalen und Japan, die moderne vergleichende Religionswissenschaft zum Gegenstand der Lehre und Forschung geworden ist. Was hier umrißhaft dargelegt wird, kann vielleicht dazu beitragen, eine wissenschaftliche Aufgabe näher zu bestimmen, die zunehmende Beachtung verdient, und wird hoffentlich andere zu einer gründlicheren Auseinandersetzung mit diesem Fach veranlassen, das im Umkreis der freien, auf den Menschen bezogenen Wissenschaften von großer potentieller Bedeutung ist.

ZEITTAFEL

v. Chr.	
1700	Hammurabi, König von Babylon
1500 (circa)	Indogermanische Stämme fallen in Nordwestindien ein
1230 (circa)	Auszug der hebräischen Stämme aus Ägypten unter Moses
1200–1025	Periode der Besiedlung Kanaans durch die Hebräer und die Amphiktyonie Israels
1025	Beginn der hebräischen Monarchie: Saul
1006	Beginn der Regierungszeit Davids
1000 (circa)	Entstehung der späteren rigwedischen Hymnen (kosmogonisch)
960	Beginn der Regierungszeit Salomos
922	Ende von Salomos Regierung: Teilung des hebräischen Königreichs
900–700	Entstehung der Brāhmanas
750 (circa)	Erstes Auftreten der Propheten Amos, Hosea und Jesaja
721	Untergang Samarias und Ende des nördlichen Königreichs Israel
700–500 (circa)	Entstehung der älteren Upanischaden
588	Beginn von Zarathustras prophetischer Tätigkeit
587	Untergang Jerusalems und Ende des südlichen Königreichs Juda: Verbannung der Anführer nach Babylon
563 (?)	Buddha geboren
551 (?)	Konfuzius geboren
541	Tod Zarathustras
538	Cyrus erobert Babylon. Beginn der persischen Epoche im Nahen Osten. Die Juden beginnen nach Jerusalem zurückzukehren
520	Darius gestattet die Rückkehr weiterer Juden
515	Einweihung des wiedererbauten Tempels von Jerusalem
483 (?)	Tod Buddhas

479 (?)	Tod des Konfuzius
468 (?)	Tod von Mahāvīrā, dem Begründer der Dschaina-Bewegung
445	Beginn des Wiederaufbaus der Mauern von Jerusalem
400 (circa)	Esras Tätigkeit in Juda
383	Buddhistisches Konzil in Vesālī
331	Alexander erobert Palästina
327—325	Alexander in Nordwestindien
270 (circa)	Beginn der Regierungszeit des Kaisers Aśoka in Indien
250	Buddhistisches Konzil in Patna, unter Aśoka
232	Ende von Aśokas Regierung
175	Beginn der Regierungszeit von Antiochus IV. (Epiphanes)
168	Antiochus IV. verfolgt die Juden und schändet den Tempel von Jerusalem
167	Aufstand unter Judas dem Makkabäer
165	Reinigung und Neueinweihung des Tempels von Jerusalem
155—130	Menander, indogriechischer König in Nordwestindien (Milinda)
63	Pompejus erobert Jerusalem. Beginn der römischen Herrschaft
50 (circa)	Anfänge des römischen Handels mit Südindien

n. Chr.	Geburt des Jesus von Nazareth
33 (?)	Kreuzigung Jesu. Die christliche Sekte beginnt sich auszubreiten
65	Christenverfolgung in Rom unter Nero
?	Missionsreise des Apostels Thomas nach Indien
70	Untergang Jerusalems und Zerstörung durch die Römer
115	Martyrium des heiligen Ignaz, Bischofs von Antiochien, in Rom
150 (circa)	Buddhistische Mönche und Missionare gelangen nach China
180 (circa)	Der heilige Idenäus wird Bischof von Lyon. Antignostische Schriften

186 (circa)	Origenes geboren, christlicher Theologe und Philosoph
216	Manes geboren, Begründer des Manichäismus
271	Tod des Origenes
313	Kaiser Konstantin gewährt den Christen gleiche Rechte
320	Beginn der Gupta-Dynastie in Indien
325	Konzil von Nizäa unter dem Vorsitz Konstantins
346	Tod von Pachomius, dem Begründer der christlichen Mönchssiedlungen in Ägypten
354	Heiliger Augustinus geboren
387	Taufe des Augustinus
395	Augustinus wird Bischof von Hippo
410	Plünderung Roms durch den Westgotenkönig Alarich
430	Einfall der Wandalen in Nordafrika. Tod des Augustinus
520	Bodhidharma, der Begründer der Ch'an-Schule, trifft in China ein
550 (circa)	Der Buddhismus wird in Japan eingeführt
570	Mohammed, der Prophet, geboren
593–621	Shotoku, buddhistischer Herrscher in Japan
610 (circa)	Beginn von Mohammeds Prophetentätigkeit in Mekka
622	Jahr der Hedschra (Übersiedlung Mohammeds nach Medina)
629–645	Der chinesische Pilger Hsuan-tsang in Indien
630	Mekka unterwirft sich Mohammed
632	Mohammeds Tod, Abu Bakr wird sein Nachfolger (Kalif)
634	Tod des Abu Bakr; Nachfolger: Omar
644	Tod Omars; Nachfolger: Uthman
656	Tod Uthmans; Nachfolger: Ali. Alis Ansprüche werden von Mu'awiya bestritten
661	Ermordung Alis. Mu'awiya wird Kalif
671–695	Der chinesische Pilger I-tsing in Indien
711	Arabische Moslems unter Tariq fallen in Spanien ein. Beginn der Eroberung Sinds in Nordwestindien durch die Araber
750 (circa)	Einführung des Vajrayāna-Buddhismus in Tibet

788	Geburt des Hindu-Philosophen Shankara
803	Der Tendai-Buddhismus wird durch Saicho nach Japan gebracht
820	Tod Shankaras
845–847	Verfolgung der Buddhisten in China durch den Tang-Kaiser
849	Gründung des burmesischen Königreichs Pagan
873	Al Ashari geboren, Moslem-Theologe
925	Tod des Al Ashari
970	Gründung der Stadt Al Qahira (Kairo) durch die Fatimiden
972	Druck der buddhistischen Tripitaka in China
1000 (circa)	Beginn der Überfälle der moslemischen Türken auf das Pandschab. Atishas Missionsreise nach Tibet
1033	Heiliger Anselm geboren
1044	Begründung der Pagan-Dynastie in Burma durch Anawratha
1054	Patriarch von Konstantinopel durch Rom exkommuniziert. Endgültiges Schisma zwischen der östlichen und der westlichen christlichen Kirche
1055	Bagdad durch die Seldschuken eingenommen
1058	Al Ghazali geboren, Moslem-Theologe und Mystiker
1093	Anselm wird Erzbischof von Canterbury
1096	Erster Kreuzzug erreicht Konstantinopel
1109	Tod Anselms
1111	Tod von Al Ghazali
1135	Maimonides geboren
1184	Bannfluch Roms über die Waldenser
1191	Der Rinzai-Zen-Buddhismus wird von China aus nach Japan eingeführt
1200 (circa)	Der Buddhismus verschwindet endgültig aus Indien
1204	Tod des Maimonides
1206	Gründung des Sultanats von Delhi durch Aibak
1222	Geburt des japanischen Buddhisten Nichiren
1225	Heiliger Thomas von Aquin geboren
1228	Der Soto-Zen-Buddhismus wird von China aus nach Japan eingeführt
1274	Tod des heiligen Thomas von Aquin
1280	Errichtung der Mongolenherrschaft in China

1283	Tod von Nichiren
1285	Eroberung Bagdads durch die mongolischen Türken. Ende des Kalifats
1287	Ende der Pagan-Dynastie in Burma
1329	Eckhart durch päpstliche Bulle verdammt
1336	Begründung des südindischen Königreichs Vijayanagar
1440	Kabir in Benares geboren
1453	Eroberung Konstantinopels durch die ottomanischen Türken
1469	Guru Nanak geboren, Begründer des Sikhismus
1483	Martin Luther geboren
1485	Chaitanya geboren
1491	Heiliger Ignatius von Loyola geboren
1517	Beginn der protestantischen Reformation in Wittenberg
1532	Tulasi Dasa geboren
1540	Gründung der Gesellschaft Jesu durch Ignatius von Loyola
1542	Heiliger Franz Xaver von Ignatius nach Asien entsandt
1543	Akbar geboren, Mughal-Kaiser
1545	Beginn des Konzils von Trient
1546	Tod Martin Luthers
1549	Franz Xaver trifft in China ein
1556	Akbar wird Mughal-Kaiser
1603	Beginn der Tokugawa-Herrschaft in Japan
1605	Tod Akbars
1666	Guru Gobind Singh geboren, Sikh-Führer
1702	Shah Wali Allah von Delhi geboren, Moslem-Reformator
1703	John Wesley geboren. Al Wahab geboren, Moslem-Reformator in Arabien
1721	Reglementierung der orthodoxen Kirche durch Peter den Großen von Rußland
1729	Moses Mendelssohn geboren, jüdischer Reformer
1772	Rām Mohan Roy geboren, Hindu-Reformator
1773	Gesellschaft Jesu vom Papst aufgehoben
1791	Frankreich gewährt den Juden die Gleichberechtigung. Tod John Wesleys

1793	»Die Schreckensherrschaft«: Katholikenverfolgung in Frankreich
1809	Papst von Napoleon gefangengesetzt
1810	Jüdischer Reformtempel in Braunschweig errichtet
1815	Papst aus der Gefangenschaft entlassen. Wiedereinsetzung der Gesellschaft Jesu. Christliche Missionstätigkeit in Britisch-Indien zugelassen
1818	Karl Marx geboren
1820	Moslem-Reformbewegung in Bengalen
1827	Begründung der Brāhma-Samāj-Bewegung durch Rām Mohan Roy
1829	Katholische Emanzipation in England. William Booth geboren
1833	Anfänge der Oxford-Bewegung in der Kirche von England
1834	Rāmakrishna geboren
1845	John Newman tritt zur katholischen Kirche über
1854	Die Unbefleckte Empfängnis der Jungfrau Maria als Dogma verkündet
1858	Ende der Mughal-Herrschaft in Indien. Ausweitung der christlichen Missionstätigkeit in Asien
1859	Veröffentlichung von Darwins *Entstehung der Arten*
1864	Syllabus, der Irrtümer von der katholischen Kirche veröffentlicht
1865	Gründung der Heilsarmee
1868	Ende der Tokugawa-Herrschaft: Japan öffnet sich dem Westen
1869–1870	Vatikanisches Konzil. M. K. Gandhi geboren
1885	Ende des burmesischen Buddhisten-Königreichs Mandalay
1886	Tod Rāmakrishnas
1891	Gründung der Maha-Bodhi-Gesellschaft
1893	Parlament der Religionen in Chicago
1896	Zionistenkongreß in Basel. Begründung der Rāmakrishna-Mission durch Vivekananda
1906	Gründung der Moslemliga in Indien
1910	Christliche Missionskonferenz in Edinburgh
1912	Gründung der Mhammadiya-Bewegung in Indonesien

1930	Muhammad Iqbal, Präsident der Moslemliga
1938	Tod von Muhammad Iqbal
1941	Gründung der Jama'at-i-Islami-Bewegung im moslemischen Indien
1950	Weltvereinigung der Buddhisten in Ceylon begründet
1956	»Sechstes« Weltkonzil der Buddhisten in Rangun

A

NOMADEN, BAUERN UND KÖNIGE

I
RELIGION IN DEN FRÜHEN STADTKULTUREN ASIENS

1. Die Ursprungsregion

»Nicht in Unschuld und nicht in Asien wurde die Menschheit geboren.« Das behauptet ein Autor, der kürzlich ein Buch über die tierischen Ursprünge des Menschen geschrieben hat, und er legt Beweise dafür vor, daß das Lebewesen, das man als Menschen bezeichnen kann, erstmals irgendwo im afrikanischen Bergland in Erscheinung trat (Ardrey, 1961; 9). Ob die Menschheit in Unschuld geboren und später durch einen »Sündenfall« schuldig wurde oder ob sich der Mensch aus einer besonders bösartigen Tierart entwickelt hat und noch immer in einem Evolutionsprozeß steht, der zu einer »höheren« Daseinsform führen soll, ist eine Frage, über die die religiösen Überlieferungen verschiedener Meinung sind, wie wir weiter unten im Verlauf unserer Studie sehen werden. Wo auch der *homo sapiens* zum erstenmal aufgetaucht sein mag, es ist jedenfalls ziemlich eindeutig, daß die Wurzeln der heutigen Hochkulturen der Welt in Asien zu finden sind. Zudem beherbergt die Landmasse, die sich vom Atlantischen bis zum Pazifischen Ozean erstreckt und der Einfachheit halber unter der Bezeichnung Eurasien zusammengefaßt wird, drei Viertel der gegenwärtigen Weltbevölkerung. Hier haben die großen religiösen und philosophischen Traditionen der Welt ihren Ursprung – die jüdische, christliche, islamische, hinduistische und buddhistische –, und diese Ursprünge aufzuspüren ist zunächst unsere Aufgabe.

Innerhalb der eurasischen Kontinentalregion sind bestimmte Gebiete von besonderer Bedeutung für die Frühentwicklung religiöser Überlieferungen: Mesopotamien, Ägypten und das Industal (s. Karten 1 und 3).

2. Die Entstehung der mesopotamischen Kultur

Die naturgegebene Bedeutung Mesopotamiens liegt vornehmlich in seinen Strömen, dem Euphrat und dem Tigris. Das Klima in dem ausgedehnten Schwemmland ist im Süden so mild, daß hier die Dattelpalme gedeihen kann, und im Norden mit seinen Winterfrösten kalt genug, um eine lebhafte Geschäftigkeit hervorzubringen. Der südliche Teil der Region ist die Heimat der ältesten Kultur, die wir kennen. Das Volk der Sumerer bewohnte dieses Gebiet zumindest seit der Mitte des dritten Jahrtausends v. Chr., das heißt seit den frühesten Zeiten, in denen uns die Identifizierung der Bewohner möglich ist. Hier, so wird behauptet, begann die Geschichte – Geschichte im Sinne einer möglichen Rekonstruktion der menschlichen Vorgänge auf der Grundlage zeitgenössischer Dokumente und archäologischen Beweismaterials. Hier gab es die ersten Schulen, von denen wir wissen, die ersten Gerichtsverfahren, das erste uns bekannte Moralsystem, die erste Bibliothek und sogar, so glaubt man, den ersten »Nervenkrieg« (Kramer, 1958). Das alte Sumer bestand offenbar in einer Konföderation von Städten, die sich alle in kultureller Hinsicht glichen. Jede Stadt hatte ihren Gott, der »Besitzer« oder Gönner des Ortes war. Aus dem, was uns von ihrer Mythologie bekannt ist, geht hervor, daß die Sumerer ursprünglich in einem anderen Gebiet als dem unteren Mesopotamien gelebt haben könnten – möglicherweise im Bergland des Irans, und zwar im Osten. Die Sumerer werden im allgemeinen als ein urtümlicheres asiatisches Volk betrachtet als die Semiten, die um 2000 v. Chr. in das Land vorzudringen begannen. Die ersten von diesen Stämmen waren die *Akkadier,* deren Stadt Akkad im nördlichen Teil Mesopotamiens erbaut wurde. Nach ihnen kam eine zweite Welle semitischer Eindringlinge, die unter dem Namen *Amurru* bekannt sind, aber im Westen gewöhnlich den alttestamentlichen Namen Amoriten führen. Eines ihrer Zentren war Mari, und aus diesem Amoriten-Staat ging schließlich der große Herrscher Hammurabi hervor (18. Jahrhundert v. Chr.), bekannt wegen des Gesetzeswerks, das mit seinem Namen verbunden ist. Unter seiner Regierung wurde Babylon, ein Dorf an den Ufern des Euphrat, so erweitert, daß es die Hauptstadt des Staates wurde. Der neue Staat umfaßte das ehemalige Sumer und Akkad, und in seiner Metropole entstand der große »Turm« von Babylon (das »Haus des Fundaments von Himmel und Erde«). Derartige Türme, die man Ziggurat nannte, waren ein typisches Merkmal des alten Babylonien; auf einer hohen Plattform, errichtet aus aufeinandergeschichteten behauenen Steinen, wurde ein Tempel erbaut, und in der Stadt Babylon war dieser Tempel dem Schutzgott Marduk geweiht.

Eine der Hauptwellen von Eindringlingen, die Babylon überspülten, bestand aus dem Volk der *Hurrier* (im Alten Testament als Horiten bezeichnet). Im 18. und 17. Jahrhundert v. Chr. stießen sie vom iranischen Hochland in den nördlichen Teil des Landes vor; sie sind für uns von besonderem Interesse, weil sie der indogermanisch sprechenden Rasse angehörten, von der ein anderer Zweig ein oder zwei Jahrhunderte später in das nordwestliche Indien einfiel. Die hurrianischen Eroberer Mesopotamiens verehrten Götter, deren Namen jenen glichen, welche die wedischen Indogermanen in Indien anbeteten, zum Beispiel Mitra, Indra und Varuna (s. S. 71 f.).

3. Religiöse Aspekte der mesopotamischen Kultur

Die Einwandererwellen wurden mit Erfolg vom Lebensstil und der Kultur Mesopotamiens absorbiert, wobei vermutlich jede zu der hohen Kultur in diesem Land der Städte beitrug, einer Kultur, deren Ruhm sich in der alten Welt weit ausbreitete. Es bestanden schließlich etwa zehn größere Städte, jede im Grunde ein kleiner Staat, jede mit ihrem eigenen Gott und jede ebenso untertan der Hauptstadt Babylon, wie die einzelnen Stadtgötter Marduk untertan waren. Marduk erhielt somit den Beinamen Eroberer der Welt, und die Götter der anderen Städte wurden im Laufe der Zeit nur noch als Ausstrahlungen der einen höchsten Macht angesehen. So wie jeder Gott, der über dem Leben einer Stadtgemeinschaft wachte, sozusagen ihr unsichtbarer guter Geist und der Garant der Kontinuität von einer Generation zur anderen war, so war Marduk, der über dem Leben eines ganzen Reiches von Städten wachte, der Mittelpunkt für das Leben des gesamten Volkes; er stand über den Wechselfällen individuellen menschlichen Königtums und sanktionierte auf übernatürliche Weise die Gesetze, durch welche der irdische Herrscher, etwa Hammurabi, im Interesse der Gerechtigkeit und der Wohlfahrt das Leben im Staate zu ordnen versuchte.

Für volkstümlichere Formen der Religion sorgten die Wahrsager und Seher. Es waren Männer, die für sich eine besondere Zuständigkeit auf dem Gebiet der Weissagung beanspruchten, die ihre Mitmenschen vor drohendem Unheil warnten und für sie nach Auswegen aus bestehenden Notlagen suchten. Wie so oft ergab sich auch hier der Rohstoff der volkstümlichen Religionsausübung aus dem Gefühl des Unzufriedenseins mit der tatsächlichen Situation des Menschen und aus der Überzeugung, daß alles anders sein müsse. Das zeigt sich auch im »aphoristischen« Charakter der Literatur, die in Babylonien in beträchtlichen Mengen vorhanden war und mit solchen Problemen wie dem scheinbar unverdienten menschlichen Leid und der Versöhnung dieses Leids mit der Idee göttlicher Gerechtigkeit und Macht fertig zu werden versuchte.

Demnach hat die babylonische Religion zwei hervorstechende Aspekte: erstens die Vorstellung des großen Gottes, des übernatürlichen Herrschers, des Geistes der Gesellschaft, der alle menschlichen Generationen überdauert, die Kontinuität gewährleistet und so die Vergänglichkeit des Menschenlebens aufhebt; und zweitens ist sie ein Versuch, die aus der alltäglichen Erfahrung des Individuums erwachsenden Probleme zu lösen und Mittel gegen Leid und Not zu finden.

4. Die Kultur Ägyptens

Zu den Gründen für das frühe Entstehen der ägyptischen Kultur gehören, wie im Falle Mesopotamiens, die natürlichen Vorteile der geographischen Lage und des Klimas. Der südliche Teil des Niltals ist ein fruchtbarer Streifen Schwemmland, eingebettet zwischen die Wände eines Senkungsgrabens, der sich im Norden in das weite fächerförmige Deltagebiet öffnet und sich bis zum Mittelmeer erstreckt. Diese beiden Territorien, das »afrikanische« Ägypten des Südens und das »mediterrane« Ägypten des Nordens, verschmolzen zu einer Einheit infolge der Notwendigkeit einer zentralen Kontrolle des Nilwassers, und so entwickelte sich schon sehr früh in der Geschichte ein geschlossenes Staatsgebilde. Die Bevölkerung Ägyptens setzt sich dementsprechend aus zwei Hauptelementen zusammen, aus dem afrikanischen oder Somalitypus, wie man ihn im Sudan antrifft, und dem semitischen von der arabischen Halbinsel. Auch ihre Sprache ist eine Mischung aus diesen beiden Elementen.

Ägypten wurde bereits in der Frühzeit eine der großen »orientalischen Despotien«, wie sie Karl Wittfogel (1957) beschrieben hat, charakterisiert durch großzügige, staatlich gelenkte Bewässerungsanlagen und eine durchrationalisierte Landwirtschaft; beides war nur möglich durch die Zentralisierung der politischen Macht in der Person des Monarchen. Die ägyptischeKultur entwickelte sich ungefähr gleichzeitig mit der mesopotamischen, also etwa zu Beginn des dritten Jahrtausends v. Chr., jedoch in Ägypten scheint die Institution der Monarchie tiefer verwurzelt gewesen zu sein – möglicherweise in afrikanischen Auffassungen des Königtums (Frankfort, 1948).

5. Die religiösen Aspekte der ägyptischen Kultur

Vereinte politische *Macht:* dies ist der wesentliche Aspekt der ägyptischen Kultur im Hinblick auf unsere Untersuchung, denn es ist klar, daß in Ägypten die Gottheit vor allem als Verkörperung der Macht begriffen wurde. Doch wir dürfen nicht außer acht lassen, daß die ägyptische Religion eine Mythologie mit vielen Göttern enthielt. Das eigentliche Wesen der altägyptischen Religion entzieht sich allerdings noch unserem vollen Verständnis. Henri Frankfort hat sie als einen Polytheismus beschrieben, der zugleich auch ein Monotheismus war. Zwei gegensätzliche Denkrichtungen existierten offenbar nebeneinander: da war einmal die partikularisierende Tendenz, in der jede regionale Erscheinungsform der Macht als eine gesonderte Manifestation des Göttlichen, als einzelner Gott aufgefaßt wurde, und andererseits die Vereinheitlichungstendenz, in der alle diese Einzelerscheinungen als Manifestationen einer einzigen Macht betrachtet wurden. Die Wirksamkeit dieser Macht erkannte man wiederum in drei Hauptbereichen: die Macht der Sonne in der Schöpfung; die dem tierischen Leben innewohnende Macht in der Fortpflanzung; und die Macht der Erde offenbarte sich in der alljährlichen »Auferstehung« des Lebendigen. Der einzige Brennpunkt dieser drei Formen der Macht war der Monarch selber, und auf diese Weise entwickelte sich die ägyptische Gottesvorstellung zu der eines absoluten Herrschers und Schöpfers, eines Wesens, das durch seine Macht bewohnbares und ertragreiches Land hervorgebracht hatte und von dessen Willen das Alltagsleben der Menschen abhing.

Das Fehlen einer eindeutigen Unterscheidung zwischen Königtum und Gottheit ist mehr als alles andere das eigentliche Kennzeichen der ägyptischen Religion. Königtum und Gottheit waren so eng miteinander verbunden, daß eines an der Natur des anderen teilhatte. Diese Auffassung der Monarchie ist für uns ziemlich undurchsichtig; wir kennen die Monarchie nur noch als eine Institution, die hauptsächlich als ein Bestandteil der Tradition und als malerisches Zeremoniell weiterlebt. Die moderne Gesellschaft, so scheint es, nimmt sie entweder hin oder kommt ohne sie aus. Doch im alten Ägypten glaubte man, daß der Monarch eine kosmische Rolle spiele. Das Leben seines Volkes und das Leben in der Natur waren in seinem gesamten Herrschaftsbereich eng verknüpft mit seinem Leben, seiner Kraft, seiner Leistungsfähigkeit. Das Chaos könnte womöglich nach seinem Tod hereinbrechen, falls sein natürlicher Nachfolger nicht sofort den Thron besteigen würde; darunter verstand man nicht nur politisches Chaos, sondern eher so etwas wie ein kosmisches Chaos. Der König war die inkarnierte Gottheit, der Garant des Lebens und der Fruchtbarkeit, die Stütze der ganzen natürlichen Ordnung.

Die Wechselbeziehung zwischen Monarchie und Monotheismus ist von zahlreichen Anthropologen und Soziologen hervorgehoben worden. Während die älteren Theoretiker vom Schlage Max Webers beeindruckt waren von der Häufigkeit dieser Wechselbeziehung in den Gesellschaftsformen, mit denen sie sich befaßt hatten, sind die neueren Untersuchungen über solche impressionistischen Entdeckungen hinausgegangen und stützen sich auf genaue Tatbestandsbeschreibungen und statistische Analysen. Zu den neuesten Studien auf diesem Gebiet zählen die Arbeiten von Guy Swanson (1960). Swanson, der die Befunde aus fünfzig verschiedenen Gesellschaften (Azanda, Azteken, Bemba, Carib, Cuna, Altägypten etc.) untersuchte, stellte fest, daß zwischen Gesellschaftsformen, die eine klar erkennbare hierarchische Struktur aufweisen – das heißt, die drei oder mehr *Typen* geschlossener Gruppen in hierarchischer Ordnung kennen –, und monotheistischen Glaubensvorstellungen eine enge Beziehung besteht. Eine kurze Zusammenfassung von Swansons Forschungsergebnissen genügt für unsere Zwecke. Eine vollkommene Wechselbeziehung, also eine, in der Monotheismus stets im Zusammenhang mit hierarchisch strukturierten Gesellschaften auftrat, wird dargestellt durch den Koeffizienten + 1·0. Im genau entgegengesetzten Fall, das heißt, wenn Monotheismus niemals in hierarchisch strukturierten Gesellschaften vorkommt, ergäbe sich der Koeffizient – 1·0. Das vollständige Fehlen einer Wechselbeziehung in der einen oder der anderen Richtung würde durch den Koeffizienten 0 bezeichnet werden. Auf der Grundlage der untersuchten fünfzig Gesellschaften wurde der Koeffizient für den Zusammenhang zwischen hierarchischer Gesellschaftsform und monotheistischen Glaubensvorstellungen mit + 0·81 ermittelt – ein sehr eindrucksvolles Ergebnis, das fast das Maximum der positiven Korrelation (+ 1·0) erreicht.

In diesem Zusammenhang erweist sich das alte Ägypten geradezu als ein Musterfall, weil es auch noch andere allgemeine Voraussetzungen in Swansons Untersuchung erfüllt, zum Beispiel diese, daß monotheistische Glaubensvorstellungen am wahrscheinlichsten in Gemeinschaften auftreten, die normalerweise über gesicherte Nahrungsquellen verfügen, das heißt also in landwirtschaftlichen Gesellschaften mit großzügig betriebenem Getreideanbau.

Solche Wechselbeziehungen dürfen nicht verwechselt werden mit

Kausalzusammenhängen. Doch im Falle Ägyptens sind die kausalen Faktoren, welche die Entstehung einer politischen Zentralgewalt bewirkt haben, überwiegend geographischer, physikalischer und kultureller Art. Das Land selbst hat, wie Frankfort betont, im Gegensatz zu vielen anderen Ländern eindeutig markierte natürliche Grenzen, von denen aus politische Macht sehr gerne zum Mittelpunkt hinstrebt. Und es liegt auf der Hand, daß sich eine solche Macht in der Gottheit verkörpern mußte.

6. *Königtum, Mythos und Ritual im alten Orient*

Sowohl die Ägypter als auch die Babylonier sahen einen unmittelbaren Zusammenhang zwischen dem Leben des Königs und dem Leben des Landes, seinen Ernten, seinen Herden und seinen Bewohnern. Auch in Babylon, wo der König selber nicht, wie in Ägypten, als göttlich galt, stand die Person des Königs als des Repräsentanten des Gottes in hohem Ansehen.

In Ägypten wie in Babylon fanden solche Vorstellungen ihren Ausdruck in einem alljährlich stattfindenden Fest. Das damit verbundene Ritual war dazu bestimmt, die lebensfeindlichen Kräfte zu vertreiben und Fruchtbarkeit und die Kontinuität des Lebens zu gewährleisten und zu sichern. Mit den rituellen Vorgängen war ein Schöpfungsmythos verknüpft, der von dem Sieg über ein urtümliches Chaosungeheuer und von der Herstellung eines geordneten Daseins in Natur und Staat handelte. Beim Jahresfest spielte der König die Hauptrolle in dem Ritual, das als Nachvollzug des im Mythos beschriebenen Schöpfungsdramas betrachtet wurde. Zum üblichen Ablauf des Festes gehörte somit:

1. ein Schauspiel, das den Tod und die Auferstehung der Gottheit zum Inhalt hatte,
2. eine Rekapitulation der Schöpfungsgeschichte,
3. ein ritueller Kampf oder ein Kriegsspiel, in dem der Gott-König seine Feinde überwand,
4. die Zelebrierung einer heiligen Hochzeit zwischen der Gottheit und dem Land,
5. ein Triumphzug des siegreichen Gott-Königs.

Dies war der Höhepunkt des Festes und nahm häufig die Form einer Inthronisation des Königs an. Von daher stammt der Name »Thronbesteigungsfest«, mit dem die Gelehrten dieses ganze altorientalische Ritual bezeichnen.

In Babylon markierte das Fest den Beginn eines neuen Jahres. Der dazugehörige Mythos ist unter dem Titel »Schöpfungsepos« recht bekannt geworden: die Geschichte von Marduk, dem Gott Babylons; sein Kampf mit Tiamat, der weiblichen Personifikation des großen Ozeans, und mit ihrem dämonischen Anhang, den Ungeheuern des Chaos; der triumphale Auftritt Marduks, nachdem er Tiamat erschlagen hat; die anschließende Etablierung der natürlichen Ordnung des Universums. Darauf folgt die Erschaffung des Menschen, der zum Dienst des Gottes bestimmt ist. Schließlich wird dann Marduk in seiner Stellung als »König auf ewig« bestätigt.

In Ägypten berichtet der Mythos von Osiris, jenem Gott, der getötet und anschließend von der Göttin Isis wieder zum Leben erweckt wurde, damit er seinen Nachfolger Horus zeuge. Man nimmt an, daß dieser Mythos und die ihn begleitenden rituellen Vorgänge das Absterben der Vegetation bei der alljährlichen Überschwemmung des Landes durch die Fluten des Nils und das Wiedererwachen des Lebens nach dem Rückgang des Wassers versinnbildlichten. Folglich mußte Osiris sterben und verschwinden – doch stets in der Hoffnung auf sein Wiedererscheinen und auf eine Erneuerung des Lebens. In der ägyptischen Spielart des Inthronisationsritus wurde der menschliche König Ägyptens mit Horus identifiziert und der vorhergehende (tote) König mit Osiris. Die rituellen Handlungen des lebenden Königs waren eine bewußte Vergegenwärtigung der Rolle, die Horus im Mythos spielt; das bedeutet nach der Auffassung A. M. Blackmans, daß »derjenige, in dem sich das Leben seines Volkes konzentriert, für die Fruchtbarkeit seiner Untertanen, ihrer Felder, Herden und Haustiere sorgen wird« (Hooke, 1933; 32).

7. *Mythos, Ritual und Magie*

Nach S. H. Hooke liegt der Ursprung dieses Rituals »in dem Versuch, *das Element des Unberechenbaren in der Erfahrung des Menschen unter Kontrolle zu bekommen«* (eigene Hervorhebung). »Der rituelle Ablauf stellt dar, was dem König geschieht und was er tut, um in jeder Hinsicht den Wohlstand des Gemeinwesens für das kommende Jahr sicherzustellen« (Hooke, 1938; 8). In diesem Zusammenhang ist es aufschlußreich, auf die Unterscheidung hinzuweisen, die Bronislaw Malinowski zwischen Magie und Religion getroffen hat. Nach Malinowskis Ansicht ist die Magie in ihrer Ausübung und Intention wesentlich praktisch orientiert: »Es ist stets eine Bestätigung menschlicher Macht, wenn bestimmte Wirkungen durch einen bestimmten Zauber und Ritus erzielt werden« (Malinowski, 1926; 81). Zu solchen routinemäßigen Handlungen nimmt der Mensch Zuflucht angesichts des Unvorhersagbaren, also in Situationen, in denen die empirisch begründeten Fähigkeiten, etwa in der Segeltechnik oder im Ackerbau, nicht mehr ausreichen, kurz, im »Bereich des Unberechenbaren und widriger Einflüsse«. Dann flüchtet man sich in die Magie, die somit nichts anderes ist als »eine praktische Kunst, bestehend aus Handlungen, die nur Mittel zu einem bestimmten, erst später erhofften Zweck sind«. Zu den *Handlungen,* so führt Malinowski aus, gesellen sich gewisse bedeutsame *Laute,* die gesungen oder vorgetragen werden; beides ergibt den Zauber, in dem die Macht der Magie ruht. Dem religiösen Glauben andererseits geht es nicht so sehr um die Hervorbringung unmittelbarer praktischer Wirkungen, sondern vielmehr um die Bereitstellung, Festigung und Steigerung »aller wertvollen seelischen Haltungen, wie etwa Ehrfurcht vor der Überlieferung, Harmonie mit der Umwelt, Mut und Zuversicht in der Auseinandersetzung mit auftretenden Schwierigkeiten und angesichts des Todes« (Malinowski, 1926; 82).

Wenn S. H. Hooke die mythisch-rituellen Staatszeremonien im alten Orient als Versuche beschreibt, »das Element des Unberechenbaren in der Erfahrung des Menschen unter Kontrolle zu bekommen«, so faßt er sie, gemäß der Analyse Malinowskis, tatsächlich eher als Magie denn als Religion auf. Es ist jedoch wesentlich, daß wir in dieser Untersuchung, die sich mit der Religion befaßt, imstande sind, die spezifisch *religiöse Haltung* von anderen Haltungen zu trennen, die oft eng mit ihr zusammenhängen und manchmal mit ihr verwechselt werden. Malinowskis Unterscheidung zwischen *Wissenschaft* als einem empirisch gewonnenen Wissensvorrat, *Magie* als einer festumrissenen Methode, welche die in Situationen der Ungewißheit oder Unberechenbarkeit obwaltenden Kräfte zu steuern versucht, und *religiösem Glauben* als der Überhöhung bestimmter wertvoller seelischer Haltungen gibt uns, obwohl sie die Tatbestände offensichtlich ein wenig vereinfacht, wahrscheinlich die zuverlässigste Richtschnur in diesen Fragen an die Hand.

8. Magische Riten und Schöpfungsmythen

Eine weitere Frage, die im Zusammenhang mit den altorientalischen Mythen und Ritualen auftaucht, betrifft die Schöpfungsmythen. Wie S. G. F. Brandon dargelegt hat, sind wir mit der Vorstellung einer

Erschaffung der Welt auf Grund der hebräischen Überlieferung der Genesis so vertraut, daß wir diese Vorstellung als axiomatisch empfinden (Brandon, 1963). Wir haben uns gleichfalls daran gewöhnt, sie als einen notwendigen Bestandteil des religiösen Glaubens zu betrachten; doch die Ursprünge dieser Idee in ihrer herkömmlichen hebräischen Ausformung scheinen in den alten Mythen Ägyptens und Babylons zu liegen, außerdem im Bereich der Magie. Brandon hat gezeigt, daß die ältesten Schöpfungslegenden aus der »ersten kraftvollen Phase seiner Kultur, nämlich aus dem sogenannten Alten Reich (2740–2270 v. Chr.)« stammen, als das Land erstmalig einer zentralisierten monarchischen Regierungsgewalt unterstellt wurde. Vor dieser Epoche ist das, was wir unter Ägypten verstehen, kaum existent:

»Die alljährliche Überschwemmung der tiefer liegenden Gebiete durch den großen Strom hatte zur Folge, daß eine Besiedlung nur an den Stellen, die von den Fluten nicht erreicht wurden, möglich war, während weite Landstriche des Tals und des Deltas ein ständiger Sumpf gewesen sein müssen, voller Wasserpflanzen und Wassergetier. Erst allmählich und unter unendlichen Mühen wurden diese Sümpfe entwässert und Bewässerungsanlagen erbaut, welche das Flutwasser regulierten und stauten. Solche Projekte führten ihrerseits zu einer Ausweitung des bewohnbaren Gebietes und ermöglichten das Anwachsen einer seßhaften Bevölkerung, die sich der Landbebauung widmete« (Brandon, 1963; 14 f.).

Der Zusammenhang zwischen einer solchen Leistung und der Macht des Monarchen, der das Land geeinigt und gewissermaßen Ägypten überhaupt erst ins Leben gerufen hatte, war so stark, daß es kein Wunder ist, daß der Gott-König schließlich als ein Wesen betrachtet wurde, das kraft eigenen Willens und eigener Macht das von seinem Volk bewohnte Land erschaffen hatte. Dieser Schöpfungsgedanke ist, wie wir gesehen haben, ein wesentliches Element in den mythischen Vorstellungen und rituellen Praktiken der Ägypter, das heißt, in den Staatszeremonien, die offenkundig ebensosehr magisch wie religiös waren. Das Thema kann hier nur gestreift werden, doch handelt es sich hier um eine Frage, die man bei jeder historischen Untersuchung religiöser Glaubensinhalte und Vorgänge im Auge behalten sollte: Ist die Idee einer göttlichen Schöpfung *ex nihilo* ein unabdingbarer Bestandteil der Religion, wie wir im Abendland anzunehmen geneigt sind? Wir werden sehen, daß eine Schöpfungslegende in der Entstehungsphase der charakteristischen Religion Israels ursprünglich keinen Platz hatte (s. S. 57), und auch im Buddhismus spielt sie keine Rolle. Auf der anderen Seite hat sie innerhalb der indischen Religion eine hervorragende Bedeutung im Zusammenhang mit den *magischen* Praktiken der Brahmanen (s. S. 96).

9. Die Kultur des Industals

Erst im Jahre 1920, als die Ausgrabung von zwei alten und verschollenen Städten des Pandschab begann, kamen Zeugnisse für die ältere Geschichte Indiens ans Licht. Bis dahin hatten sich die Fachleute auf die heiligen Texte der Weden (s. S. 71 f.) gestützt, in denen, was Indien betrifft, die Zeit ab 1500 v. Chr. belegt ist, als die wedischen indogermanischen Stämme nach Nordwestindien vordrangen. Diese Tatsachen verdienen Beachtung, denn der Leser muß sich darüber im klaren sein, daß alle vor 1920 entstandenen Werke über die indische Religion von der Annahme ausgehen, die Weden seien die einzige Quelle für das religiöse Leben im alten Indien. Seit den frühen zwanziger Jahren ist es jedoch möglich, die Zustände zu rekonstruieren, die vor der Invasion der indoeuropäischen oder indogermanischen Stämme im nordwestlichen Indien herrschten. Zwei ausgedehnte Stadtanlagen, die man mit Mohenjo-Daro und Harappā bezeichnet, sind freigelegt worden, die erstere auf dem Westufer des Indus und die zweite auf dem Südufer des Ravi, eines der fünf Flüsse des Pandschab (»Fünfstromland«). Diese Ausgrabungen haben bewiesen, daß schon mindestens ein Jahrtausend vor dem Indogermaneneinfall eine städtische Kultur bestanden hat, die der babylonischen (s. S. 40) und ägyptischen (s. S. 42) vergleichbar ist. Die archäologischen Forschungen sind inzwischen an vielen anderen Stätten im Industal fortgesetzt worden und haben gezeigt, wie ausgedehnt diese Stadtkultur war, denn sie erstreckt sich über den größten Teil des unteren Industals und des Pandschab, also über mehr als anderthalbtausend Kilometer von Südwesten nach Nordosten. Sie scheint etwa gleichzeitig mit den beiden anderen Flußtalkulturen entstanden zu sein, obwohl es möglich wäre, daß sie sich ein wenig später entwickelt hat und sogar ihre Existenz dem Einfluß der beiden anderen verdankt: Eine städtische Kultur, die sich auf einige wenige Städte konzentrierte, hat wahrscheinlich eine ältere dörfliche Struktur überlagert; das heißt, ein soziales und politisches System, das in Indien sonst fremd ist, könnte sich im Indusgebiet in Anlehnung an jene anderen Kulturen durchgesetzt haben, deren Ruhm weit verbreitet war.

Das Schrifttum, in dem die Anlage dieser Industal-Städte und ihre wirtschaftliche Struktur beschrieben ist, ist mittlerweile leicht zugänglich (Piggott, 1950; Childe, 1952; H. M. Wheeler, 1959 und 1966). Das für unsere Zwecke Wesentliche ist kurz gefaßt dies: Um die Mitte des zweiten Jahrtausends v. Chr. war diese Kultur bereits tausend Jahre alt und im Niedergang begriffen. Die Anlage der Bauwerke, die man ausgegraben hat, der Grundriß der Städte sowie die große Zahl kleiner Haushaltsgegenstände (Keramik, Terrakotta und Bronzefigurinen) und Gebrauchsartikel (etwa Siegel) lassen nach Stuart Piggott auf das Vorhandensein einer vorwiegend »mittelständischen« Kultur schließen, in der sich eine größtmögliche Zahl von Einwohnern eines angenehmen Lebensstandards erfreute. Dazu gehört »die voll ausgebildete Organisation eines städtischen Kaufmannsstandes, dessen Produkten nicht nur die barbarische Spontaneität der älteren und primitiveren Kulturen fehlt, sondern auch die unbekümmerte Neureichenvulgarität des frühdynastischen Sumer ... und die statt dessen ein gleichförmiges Niveau bürgerlicher Mittelmäßigkeit in fast allen Bereichen der bildenden Kunst und des Handwerks verraten« (Piggott, 1950; 200). Es existierte offensichtlich ein hochentwickeltes zentrales Regierungssystem, das in der Lage war, große Bauvorhaben und Stadtplanungen durchzuführen, aber über die Art dieser Regierung wissen wir nichts Sicheres. Manche Gelehrte glauben an eine Priesterhierarchie, doch das bleibt ungewiß.

10. Religiöse Aspekte der Industal-Kultur

Die wichtigsten Zeugnisse, auf die sich die teilweise Rekonstruktion des religiösen Lebens stützen kann, sind die Siegel und Statuetten, die sich im ganzen Raum gefunden haben. Da sind erstens die vielen Terrakottastatuetten einer weiblichen Gestalt, die augenscheinlich das Muttertum repräsentieren sollte; so zahlreich sind diese Funde, daß man sie allgemein als einen Beweis für die Verehrung einer Mutter-Göttin betrachtet. In einigen Fällen weisen die Figürchen aus dem Schoß hervorwachsende Pflanzen auf, was auf die Vorstellung einer Mutter-Erde-Göttin hindeutet. Zum zweiten sind auf den Siegeln häufig männliche Figuren in der charakteristischen Sitzposition der indischen Jogis, also mit gekreuzten Beinen, dargestellt. Diese Jogis haben oft drei Gesichter und sind von verschiedenen Tieren umgeben. Für Piggott besteht kaum ein Zweifel, daß wir hier einen Vorläufer des (späteren) Hindu-Gottes Schiwa vor uns haben, der als Fürst der Jogis und Herr der Tiere gilt und dessen Gesichter in die vier Himmelsrichtungen blicken (Piggott,

1950; 202). Drittens haben wir Belege für die Verehrung phallischer Symbole, also der Fortpflanzungskräfte in der irdischen Welt; dies entspricht den später in Indien aufkommenden Fruchtbarkeitskulten. Viertens ist die Verehrung eines heiligen Baumes nachgewiesen; auch dies ist eine Eigentümlichkeit der späteren indischen Praxis, die in der Anbetung des Pipal, des heiligen Baums der Hindus, bestand. Als fünftes haben wir auch noch einen negativen Beweis: das Fehlen von Anhaltspunkten für den Bau von Tempeln irgendwelcher Art. Dieser Umstand und die zahlreichen Mutter-Göttin-Statuetten legen die Vermutung nahe, daß die Religionsausübung in der Industal-Kultur weitgehend an das Haus und die Familie gebunden war; auch dies wiederum entspricht den Gepflogenheiten der Hindu-Religion in neuerer Zeit, als die Tempel bereits eine gewisse Rolle zu spielen begannen.

Diese Übereinstimmung in den religiösen Praktiken des Indusgebiets – die Mutter-Göttin, der Jogi-Gott, die phallischen Zeichen, der heilige Baum und die vorwiegend private Religionsausübung – sind von großer Bedeutung vor allem im Hinblick auf den typischen Konservatismus des religiösen Lebens in Indien. Man darf somit annehmen, daß die Hindukulte der nachbuddhistischen Epoche nicht eine neue Entwicklung darstellen, sondern etwas fortführen, was mindestens zweitausend Jahre vorher bereits in seinen Grundzügen angelegt war.

II
DIE ZUSTÄNDE AUSSERHALB VON MESOPOTAMIEN UND ÄGYPTEN

1. Die Bedeutung Israels

Im Gesamtzusammenhang der Geschichte des alten Orients ist Israels Anteil sehr schmal; zweifellos war seine Bedeutung in der Antike weit geringer als der Rang, den man im nachhinein diesem Land wegen der Religion, die sich dort entwickelte, zugestehen muß. Die großen Namen im Nahen Osten waren Ägypten, Babylon und Assyrien, wohingegen Israel nur eine untergeordnete Rolle spielte. Nichtsdestoweniger sind aus dem religiösen Leben eines kleinen Zusammenschlusses von Stämmen, historisch betrachtet, die Hauptreligionen der westlichen Welt hervorgegangen: das Judentum, das Christentum und der Islam. Das religiöse Gedankengut des Alten Testaments hat das religiöse Denken Europas und Amerikas nachhaltig bestimmt. Die genannten drei großen Religionen bilden zusammen den Hauptstrom der abendländischen Überlieferung und werden zuweilen als Gruppe den übrigen religiösen Systemen der Welt gegenübergestellt, vor allem den indischen Religionen, nämlich dem Hinduismus, Buddhismus, Dschainismus und Sikhismus. Es ist nicht zu leugnen, daß tatsächlich zwischen diesen beiden Gruppen oder Traditionen echte Unterschiede in den Gehalten und Auffassungen bestehen; doch wie diese Unterschiede zu ermitteln und zu charakterisieren sind, ist nicht so leicht zu entscheiden. Manche Kenner bezeichnen die westliche Tradition als prophetisch, im Gegensatz zur östlichen, die man mystisch nennt (Zaehner, 1959). Aber die Religion des Buddha hat ebenso Anspruch auf das Attribut »prophetisch«, und so sah sie auch der deutsche Religionssoziologe Max Weber. Andere haben die westliche Tradition als monotheistisch, die östliche hingegen als pantheistisch dargestellt. Doch auch in der indischen Religion findet sich ein starker und bedeutsamer monotheistischer Zug, dessen klassische Ausprägung wir im Denken der Hindu-Theologen Rāmānuja, Rāmānanda etc. (s. S. 338–343) finden, obwohl er schon früher vorhanden war. Aus diesen und anderen Gründen ist es schwierig, eine eindeutige Grenzlinie zwischen den im Westen und den im Osten beheimateten religiösen Überlieferungen zu ziehen, zumal sie sich neuerdings auch geographisch überschneiden. Solche Überschneidungen entstanden zunächst infolge der seit dem 18. Jahrhundert im großen Stil betriebenen missionarischen

Ausdehnung des Islams nach Asien, dem das Christentum folgte; später dann durch das Vordringen des Hinduismus und Buddhismus in die westliche Welt. Es ist somit unzulässig, die religiöse Tradition des Westens als monotheistisch oder prophetisch und die des Ostens als pantheistisch oder mystisch zu bezeichnen, wozu viele Leute vor allem im Westen noch immer neigen (zumal wenn sie damit ausdrücken wollen, daß monotheistisch und prophetisch besser sei als pantheistisch oder mystisch). Das einzige, was man über diese beiden breiten Ströme religiöser Überlieferungen aussagen kann, ist dies: Der eine Strom hat seine Hauptquelle in Israel und der andere im alten Indien, und beide haben auf ihrem Weg durch die Geschichte andernorts viele neue Gedanken und Praktiken aufgenommen.

2. Weber über das Wesen der Religion Israels

Eine andere Unterscheidung zwischen den östlichen und westlichen religiösen Glaubensvorstellungen und Praktiken (besonders den letzteren) findet sich bei Max Weber in dessen religionssoziologischen Untersuchungen. Nach Weber besteht ein fundamentaler Gegensatz zwischen den orientalischen und okzidentalen Religionen; für die ersteren ist ein kontemplativer Mystizismus und für die letzteren ein asketischer Aktivismus charakteristisch. Er stellt die Haltung der Hindus der Auffassung der Juden gegenüber:

»Für die indischen Pariakasten galt, sahen wir, als Prämie rituell korrekten, d. h. kastengerechten Verhaltens der Aufstieg innerhalb der als ewig und unabänderlich gedachten Kastenordnung der Welt im Wege der Wiedergeburt ... Für den Juden war die Verheißung die gerade entgegengesetzte: die Sozialordnung der Welt war in das Gegenteil dessen verkehrt, was für die Zukunft verheißen war, und sollte künftig wieder umgestürzt werden, so, daß dem Judentum seine Stellung als Herrenvolk der Erde wieder zufallen würde. Die Welt war weder ewig noch unabänderlich, sondern sie war erschaffen, und ihre gegenwärtigen Ordnungen waren ein Produkt des Tuns des Menschen, vor allem: der Juden, und der Reaktion ihres Gottes darauf ...« (Weber, 1966; S. 5 f.).

Weber sieht somit im kulturellen Erbe, das die Religion Israels dem Westen hinterlassen hat, eine ausgesprochen rationale religiöse Ethik des sozialen Verhaltens, die von den Erlösungswegen der asiatischen Religionen Welten entfernt war. Dieser vermeintliche Gegensatz ist eines der Hauptprobleme der modernen vergleichenden Religionswissenschaft, und wir werden später noch auf ihn zurückkommen. Hier sei nur kurz angemerkt, daß der Gegensatz, den Weber auf den ersten Seiten seines Buches *Das antike Judentum* herstellt, aus dem folgenden Grund keineswegs überzeugend wirkt: Die Religion Israels war nicht, wie Weber selbst zugibt, eine einfache, unkomplizierte religiöse Ethik auf rationaler Basis. Was er hier beschreibt, war die von den ethischen Propheten Israels vorgelebte und empfohlene religiöse Haltung; in ständiger Opposition zu ihr stand jedoch das andere Grundelement der israelitischen Religion: das Interesse an der Monarchie und an der Magie. Genau die gleiche Dichotomie können wir in Indien beobachten — die Dichotomie zwischen der ritualistischen, monarchistischen Priestertradition des Brahmanismus und der Ablehnung dieser Einstellung in der ethisch-prophetischen Bewegung des Dschainismus und Buddhismus. Weber standen für die indische Religion weniger Informationsquellen zur Verfügung, als er sie in bezug auf den Judaismus auswerten konnte, wie wir noch sehen werden, und seine geniale Begabung, Gedankensysteme zu entwerfen und sie dann auf konkrete religiöse Systeme anzuwenden, scheint ihn ein wenig in die Irre geführt zu haben. In diesem Zusammenhang ist weiter zu bemerken, daß die Religion Israels der abendländischen Kultur noch etwas anderes hinterlassen hat als eine rationale religiöse Ethik, etwas, was ebenso wichtig, folgenschwer und in seinen Auswirkungen vielleicht sogar verhängnisvoll war für den Verlauf der abendländischen Geschichte — die Idee des heiligen Krieges. Aus der frühesten und entwicklungsträchtigsten Phase der Geschichte Israels stammt die Vorstellung von einem Gott, der für sein Volk gegen dessen Feinde kämpft, eine Vorstellung, die für diejenigen Juden, Christen und Moslems, die sich von ihr beeinflussen ließen, eine Legitimation internationaler, interkultureller und interreligiöser Gewaltanwendung darstellte — bis auf den heutigen Tag, da dieser Einfluß sich etwa in einer Politik äußert, die auf die Vernichtung des Kommunismus in Asien abzielt.

3. Quellen für das Studium der Religion Israels

Unsere Hauptquelle für das Studium der Religion im alten Israel ist das Alte Testament. Doch dabei handelt es sich um eine Sammlung von Dokumenten verschiedenster Art, die in einem Zeitraum von rund tausend Jahren entstanden sind, so daß die Aussagen der einzelnen Teile mit Vorsicht und erst nach Prüfung ihrer historischen Glaubwürdigkeit zu verwenden sind. Sie müssen ergänzt und verglichen werden mit bestimmten anderen Quellen von geschichtlicher Beweiskraft. Die wichtigsten dieser außerbiblischen Quellen sind die folgenden:

1. *Die ägyptischen Verfluchungstexte.* Sie bestehen aus einer großen Zahl irdener Töpfe, in die man bestimmte magische Formeln zur Verfluchung der Feinde Ägyptens einritzte und die dann anschließend zerschmettert wurden (um den Formeln Wirksamkeit zu verleihen). Ihr Quellenwert liegt in der Tatsache, daß hier die Namen von Herrschern und Örtlichkeiten des alten Orients aus den ersten Jahrhunderten des zweiten Jahrtausends v. Chr. angegeben sind. Diese Texte haben, meint W. F. Albright, »die politische und demographische Situation innerhalb des ägyptischen Reiches in Asien (Palästina, Phönizien und Südsyrien) in einem vorher unvorstellbaren Maße erhellt«.
2. *Die Mari-Texte.* Sie betreffen den Zeitabschnitt, der sich wahrscheinlich unmittelbar an die Periode der Verfluchungstexte anschließt, und sind uns erhalten auf rund 20000 Schrifttafeln und Bruchstücken, welche eine offizielle Chronik der Könige von Mari (s. S. 40) umfassen, das damals ein mächtiger Staat war. Diese Texte geben wertvolle Aufschlüsse über die internationale nahöstliche Kultur der Zeit (Bright, 1959; 50 f.).
3. *Die Schrifttafeln von Amarna.* Sie bestehen aus etwa 400 Lehmtafeln, die etwa aus dem 14. Jahrhundert v. Chr. stammen. Man entdeckte sie 1887 in einem Erdhügel oder *Tell* bei El Amarna in Oberägypten, wo einst ein Palast der Pharaonen gestanden hat. Ihr Wert liegt darin, daß sie einen Teil der das Reich betreffenden Korrespondenz in der internationalen Schrift und Sprache der Zeit, nämlich dem Babylonischen, enthalten und wesentlich dazu beitragen, den Hintergrund der frühen Geschichte Israels aufzuhellen.
4. *Die Rās-Shamra-Tafeln.* Auch sie gehören vermutlich dem 14. vorchristlichen Jahrhundert an und sind eine reiche Quelle für unsere Kenntnis der kanaanitischen religiösen Literatur in Form von Epen (Rowley, 1951; 30—34).
5. Archäologisches Quellenmaterial, das sich auf die Ursprünge und die weitere Entwicklung Israels bezieht; die wichtigsten Quellen sind: der Kodex des Hammurabi, die babylonischen Epen und bestimmte hethitische und assyrische Schrifttafeln (Winton Thomas, 1958).

Wir sehen, daß neben den hebräischen Dokumenten des Alten Testaments eine große Fülle von unabhängigem historischen Beweismaterial vorliegt, und sowohl auf diesem Material als auch auf den hebräischen Texten baut die heutige Bibelwissenschaft auf.

4. *Die frühesten Umrisse der Geschichte Israels*

Wann setzt die Geschichte Israels ein? Die Frage ist nicht einfach zu beantworten, denn es gibt eine ganze Reihe von möglichen Ansatzpunkten, von denen jeder in gewisser Hinsicht den wirklichen Beginn zu bezeichnen scheint. Im Alten Testament setzt ein durchgehender Bericht über die Geschichte einer Gemeinschaft, die man Israel nennen könnte, offensichtlich mit dem Buch Exodus ein; indessen sind ihm die patriarchalischen Erzählungen der Genesis vorangestellt, denen wiederum andere Erzählungen vorangehen, in denen angeblich die Urgeschichte der Welt enthalten ist. Die ersten Kapitel der Genesis sind jedoch, was ihre Entstehung betrifft, keineswegs die ältesten Teile des Alten Testaments. Auf die völlige Gleichzeitigkeit mit den hier geschilderten Ereignissen hat am ehesten ein altertümliches Lied Anspruch, das in Richter 5 eingebettet ist, das Lied der Debora. Ein anderer Anwärter auf hohes Alter ist das sehr urtümliche »Glaubensbekenntnis«, das heute im 5. Buch Mosis (26: 5–9) steht und das zitiert zu werden verdient:

»Mein Vater war ein Syrer [der Sprecher ist irgendein Israelit aus der Zeit nach der Besiedlung Kanaans] und nahe dem Umkommen und zog hinab nach Ägypten und war daselbst ein Fremdling mit geringem Volk und ward daselbst ein großes, starkes und zahlreiches Volk.

Aber die Ägypter behandelten uns übel und zwangen uns und legten einen harten Dienst auf uns.

Da schrieen wir zu dem Herrn, dem Gott unsrer Väter; und der Herr erhörte unser Schreien und sah unser Elend, unsre Angst und Not

und führte uns aus Ägypten mit mächtiger Hand und ausgestrecktem Arm und mit großem Schrecken, durch Zeichen und Wunder

und brachte uns an diesen Ort und gab uns dies Land, darin Milch und Honig fließt.«

Das sind die Worte, die im alten Israel als ein religiöses Bekenntnis verwendet wurden, lange bevor die Bibel entstand, und deshalb ist es wichtig, darauf zu achten, was gesagt wird und *was nicht gesagt wird.*

Nichts wird gesagt, was auf einen göttlichen Schöpfungsakt hindeuten könnte; zu dieser Zeit ging die religiöse Überzeugung in Israel nicht von der Doktrin eines Gottes aus, der das Universum erschaffen hat. Nichts ist gesagt über die Patriarchen Abraham oder Isaak; mit dem wandernden Syrer (Aramäer) ist mit ziemlicher Sicherheit Jakob gemeint (s. S. 58). Nichts ist gesagt über das große Geschehen auf dem Sinai, über die Schließung des Bundes zwischen Israel und seinem Gott und über die Entgegennahme des Gesetzes. Alle diese Punkte müssen deshalb eingehender untersucht werden in Verbindung mit den Dingen, die in diesem alten Glaubensbekenntnis tatsächlich bestätigt werden.

5. Der patriarchalische Hintergrund von Israels Anfängen

Für den alten Israeliten begann die Geschichte der speziellen Gruppe von Stämmen, der er angehörte, mit einem namengebenden Stammvater, der den Namen trug, unter dem die ganze Gruppe jetzt bekannt war, und der lautete: Israel. »Jakob« und »Israel« sind austauschbare, alternative Namen im gesamten hebräischen Schrifttum und bezeichnen sowohl den Patriarchen als auch die Gruppe. Außerhalb des Pentateuchs (wo man ohnehin erwartet, den Patriarchen Jakob erwähnt zu finden) enthält das Alte Testament etwas mehr als 130 verschiedene Hinweise auf »Jakob«; in den meisten Fällen wird der Name als Synonym für Israel, die Nation, gebraucht. Während also »Jakob« außerhalb des Pentateuchs nicht ungewöhnlich ist, kommen die Namen Abraham und Isaak überraschenderweise nur selten vor. Die Identifizierung Jakobs mit dem Stammvater der Nation war also offenbar sehr bezeichnend für die Tradition Israels. Aber wenn auch die Geschichte Israels recht eigentlich mit Jakob beginnt, so hatte doch auch die Gestalt Abrahams eine unbestreitbare Bedeutung, und im Laufe der Zeit wurden die Überlieferungen über diesen älteren Vorfahren aus Mesopotamien zusammengefaßt und im »Vorwort« zur Geschichte Israels, das wir heute die Genesis nennen, untergebracht. Abgesehen von der Möglichkeit, daß Abraham sehr wohl für die Hebräer eine mesopotamische Abstammung verkörpert haben kann, spielt er in der religiösen Tradition eine bedeutende Rolle, freilich auf ganz andere Weise als Jakob. Er ist der *ideale* Israelit, wohingegen Jakob den wirklichen Israeliten repräsentierte, ränkevoll, verschlagen und voller Falsch (vgl. Joh. 1:47). Das heißt jedoch keineswegs, daß Abraham keine historische Gestalt war: die ihn betreffende Überlieferung scheint gut fundiert zu sein, und die beiläufig erwähnten Details stimmen völlig mit dem überein, was wir von den Namen und Sitten Mesopotamiens und Kanaans zu Beginn des zweiten Jahrtausends wissen; darüber hinaus läßt der Umstand, daß Isaak als ein Zwischenglied zwischen Abraham und Jakob erscheint, darauf schließen, daß wir es mit echten, erinnerten Tatsachen zu tun haben. Abraham ist der *ideale* Israelit insofern, als er, zumal in der Sicht der ethischen Propheten, all das verkörpert, was jeder Israelit haben oder anstreben sollte — absoluten Gehorsam gegenüber Gott, moralische Rechtschaffenheit und hingebungsvollen Glauben.

6. Die Bedeutung des Schöpfungsglaubens bei den Hebräern

Ein weiteres altes »Glaubensbekenntnis«, das der Darstellung im 5. Buch Mosis ähnelt, findet sich im Buch Josua (24: 2—13). Es ist ähnlich, aber ein wenig länger. Schon ist der Prozeß der Ausschmückung erkennbar; die Erweiterung der ursprünglichen, grundlegenden Glaubensvorstellungen, aus der sich schließlich der Pentateuch ergab, hatte begonnen. Der Text in Jos. 24 besteht aus den Worten, die Josua anläßlich der feierlichen Besiegelung des Bundes mit verschiedenen anderen Stämmen, die am ursprünglichen Bund von Sinai nicht beteiligt waren (s. S. 63 ff.), in den Mund gelegt wurden; Josua erinnert die gesamte israelitische Gemeinschaft, die alten Mitglieder und die neuhinzugekommenen, an die Grundelemente ihres Glaubens. Die Stelle beginnt so: »Eure Väter wohnten vorzeiten jenseits des Stroms [gemeint ist der Euphrat in Mesopotamien], Tharah, Abrahams und Nahors Vater, und dienten anderen Göttern. Da nahm ich euren Vater Abraham von jenseits des Stroms und ließ ihn wandern im ganzen Land Kanaan . . .«

Es fällt auf, daß in keinem dieser beiden sehr alten Texte sich ein einleitender Hinweis auf Gott als den Schöpfer des Universums findet. Für die Israeliten beginnt ihre Geschichte mit Jakob oder möglicherweise auch mit Abraham. Berücksichtigt man dies, dann erweist sich, daß die Genesis ganz selbstverständlich in zwei Teile zerfällt: Der historische Bericht setzt im 12. Kapitel ein, wo Abraham die göttliche Aufforderung spürt, Mesopotamien zu verlassen und in ein neues Land zu ziehen; vorangestellt sind heute die elf Kapitel, die hauptsächlich aus altorientalischer Mythologie bestehen, modifiziert und umgestaltet durch späteres hebräisches Gedankengut. Die Tatsache, daß man es in der weiteren Geschichte Israels für notwendig erachtete, der mit Abraham beginnenden »Heilsgeschichte« eine kosmologische Einleitung voranzustellen, demonstriert, wie sehr die Hebräer von den anderen Kulturen des Nahen Ostens, vor allem durch Mesopotamien und Ägypten, beeinflußt worden sind; denn vornehmlich in diesen Ländern mit ihrem auf Wasser- und Landwirtschaft basierenden Despotismus hatte sich der Schöpfungsgedanke entwickelt. Zumal in Ägypten schrieb man dem Gott-König die Fähigkeit zu, das Land zu erschaffen, das sein Volk bewohnte; hier war das Zentrum der politischen Macht tatsächlich das schöpferische Element bei der Hervorbringung des Grund und Bodens, der dann durch Regulierung des Wasserhaushalts und koordinierte Planung erschlossen werden konnte. In Mesopotamien hatte die Zentralmacht dasselbe Ziel durch ein lückenloses System von Bewässerungsanlagen erreicht. Weiterhin haben wir gesehen, daß in diesen Ländern die Schöpfungsgeschichten untrennbar mit einem staatlichen Ritualzauber verknüpft waren, in dem der König als Verkörperung des Lebens der Nation durch den Vollzug des Rituals jedes Jahr aufs neue den Fortbestand des Lebens in der von ihm erschaffenen Welt sicherte.

Die israelitische Religion erwuchs nicht primär aus solchen Wurzeln. Ihre Haupttriebkraft war nicht ein Verlangen nach der Sicherung und dem Fortbestand des Landes, der Ernten und der Herden. Die Lehre vom göttlichen Ursprung des Landes war folglich von sekundärer Bedeutung, und das gleiche gilt für die Rituale, durch welche das Leben des Landes Jahr für Jahr gewährleistet wurde, obwohl diese beiden Elemente später zu dem Komplex hinzukamen, den wir als hebräische Religion bezeichnen.

7. Das eigentümliche Wesen des Jahvismus

Die Religion Israels unterschied sich wesentlich von den Religionen der anderen Völker im Nahen Osten dadurch, daß sie im Grunde weder ein auf den König bezogener Ritualzauber noch ein volkstümliches System von Wahrsagung und Lebensweisheit war, das dem Menschen den Weg durch die Wechselfälle des irdischen Daseins ebnete (s. S. 41), sondern vielmehr eine Eigentümlichkeit aufwies, die Talcott Parsons in seiner englischen Ausgabe von Max Webers Werk den *»prophetischen Durchbruch«* nannte (Weber, 1963; XXIX).

Weil Webers Interesse in erster Linie der Religion als einer Quelle für die Dynamik sozialer Wandlungen gilt, nicht als einer Bestärkung der bestehenden Gesellschaften (Weber, 1963; XXX), was auf Ägypten und Mesopotamien zutrifft, sieht er in der prophetischen Religion Israels einen entscheidenden Faktor für die Entwicklung der westlichen Gesellschaftsform. Wir müssen deshalb die Umstände untersuchen, unter denen sich dieser prophetische Durchbruch ereignete.

Aus Ägypten ging Israel hervor. Eine Gruppe von Stämmen, die von Hause aus eher Hirten als Ackerbauern waren und deren Vorfahren wahrscheinlich in Ägypten Zuflucht gesucht hatten, wo der Lebensunterhalt infolge einer tüchtigen zentralen Verwaltung besser gesichert war, wurde durch ebendiese Verwaltung zur Sklavenarbeit gezwungen und mußte einen Beitrag zu den gewaltigen staatlichen Vorhaben des Monarchen leisten. Doch endlich erstand den Stämmen ein Mann mit einem großen Charisma, unter dessen Führung ihnen die Flucht aus dieser bedrückenden Lage und aus diesem Land gelang, aus diesem Land mit seiner gut organisierten Landwirtschaft, mit seinen großen städtischen Zentren und festgefügten Tempeln, die ein Potentat errichtet hatte und in denen die Macht verehrt wurde. Aus Ägypten ging das israelitische Volk hervor, zunächst glücklich darüber, daß es den Staub Ägyptens von seinen Füßen geschüttelt hatte, und voll Abscheu gegenüber allem Ägyptischen, insbesondere gegenüber dem monarchischen Regime, gegen das es sich, was nicht übersehen werden darf, mit seinem Exodus aufgelehnt hatte. Den entkommenen Israeliten erwuchs das Bewußtsein einer geistigen Realität anderer Art, formuliert mit anderen Begriffen. Es erwuchs ihnen durch ihren eigenen Propheten und Führer; er hatte zum erstenmal das Bewußtsein einer persönlichen Begegnung mit einem geistigen Wesen, in dessen Natur das *Mitleid* vorherrschte, einem Wesen, das den Schrei der bedrängten Hebräer gehört hatte und ihre Leiden kannte (Exod. 3:7) und dessen Name war: *Ich bin, was ich bin* oder *Ich will sein, was ich sein will,* das heißt, dessen Natur sich im Verlauf einer fortgesetzten Beziehung offenbaren würde. Die Hebräer glaubten, daß nun zwischen diesem heiligen Wesen und ihnen selber eine feste, unlöslich Beziehung bestehe, ein Bund, den sie zwar nicht herbeigeführt hatten, aber dem sie aus Dankbarkeit die Treue halten mußten. Dies wurde zum einigenden Band für den Zusammenschluß der hebräischen Stämme, der nicht nur diejenigen umschloß, die aus Ägypten gekommen waren, sondern auch andere, die sich vorher bereits im Herzen Kanaans niedergelassen hatten und auf die der Bund jetzt ausgedehnt wurde, nachdem sie dessen Verpflichtungen akzeptiert hatten: Treue und Verehrung für das heilige Wesen Israels (vgl. Jos. 24:14–15).

In dem frühen Glaubensbekenntnis (s. S. 57) ist die Befreiung aus dem ägyptischen Joch der Leitgedanke; um ihn herum gruppieren sich andere Aussagen in Form von Einführungen oder Folgerungen. Von dieser Errettung aus, welche die Hebräer als einen göttlichen Akt betrachten, gewinnen die nachfolgenden Aussagen in dem Bekenntnis ihre Bedeutung. Drei Aspekte der Errettung, die das Fundament des israelitischen Glaubens bilden, fordern eine genauere Prüfung: das Ergebnis selbst; der Mann, dessen Name vor allem mit diesem Ereignis verbunden ist, also Moses; die Deutung und das daraus folgende Verständnis des Ereignisses.

8. *Das Ereignis des Exodus*

Es versteht sich, daß spätere Frömmigkeit sich mit der den Exodus betreffenden Überlieferung beschäftigt und die wunderbare Natur dieses Geschehens ausgeschmückt und vergrößert hat. Vergleicht man das frühere Bekenntnis im 5. Buch Mosis (s. S. 57) mit der etwas jüngeren und bereits erweiterten Form in Jos. 24, dann erkennt man, daß bestimmte Einzelheiten der älteren Fassung beträchtlich ausgestaltet worden sind, und zwar im Sinne der Thaumaturgie, also einer Steigerung des Elements des Wunderbaren. Das 5. Buch Mosis spricht lediglich von »Zeichen und Wundern«, die dann in Jos. 24 detailliert vorgeführt werden – die wunderbare Vernichtung des ägyptischen Heeres in den Fluten des Roten Meeres, nachdem die Hebräer es vorher auf ebenso wunderbare Weise sicher durchquert hatten. Wenn wir dann das Buch Exodus (ein noch späteres Stadium in der Weiterentwicklung der Überlieferung) aufschlagen, finden wir eine abermalige Ausschmückung der wunderbaren Vorgänge. In der älteren Version eröffnete ein »starker Ostwind« den Weg durch das Meer, während in der Version, die auf Grund sprachlicher Indizien allgemein als die spätere gilt, davon die Rede ist, daß sich das Wasser zu beiden Seiten der Israeliten gleich Mauern erhob (Exod. 14: 22). In einer noch späteren Überlieferung (Ps. 114: 3) setzt sich der Trend fort, denn wir erfahren hier, daß »das Meer floh«. Die wohl letzte Steigerung ist in der Darstellung dieses Vorgangs durch die Filmleute von Hollywood erreicht.

Doch wie auch immer es sich abgespielt haben mag, es ist offenkundig, daß dieses Geschehen bei den Beteiligten einen tiefen Eindruck hinterließ, und die Deutung des signifikanten Geschehens durch Moses wurde zum zentralen religiösen Überlieferungsgut in Israel. Die Tradition des hebräischen Sklavendaseins in Ägypten war sehr stark ausgeprägt, und sie wird auch durch das bestätigt, was wir von der Geschichte Ägyptens wissen. Daneben steht jedoch die ebenso lebendige und gutbelegte Tradition, daß die Hebräer als Eroberer in das Gebiet der Kanaaniten kamen – als disziplinierte und wohlorganisierte Eroberer, denen es gelang, den Widerstand der alteingesessenen Bevölkerung zu brechen. Es bedurfte einer historischen Erfahrung von besonderem Rang, um die Wandlung zu vollbringen, die ein Vergleich dieser beiden Überlieferungen impliziert, die Wandlung nämlich vom Sklaven zum disziplinierten und überlegenen Eroberer. Wir haben zu untersuchen, wie groß Moses' Anteil daran ist und welche Rolle er eigentlich gespielt hat.

9. Die prophetische Rolle des Moses

Walter Eichrodt sagt von Moses, daß er als Anführer der hebräischen Stämme nicht so ohne weiteres in irgendeine bestimmte Kategorie passe, sondern verschiedene Funktionen in sich vereine: Stammeshäuptling, Heerführer, Priester, inspirierter Seher, Gesetzgeber. Eichrodt gibt zu bedenken, daß Moses in der Tradition Israels erst später als Prophet angesehen wurde, »als man Zeit gehabt hatte, sich über die Analogie zwischen Moses und Prophetentum Gedanken zu machen« (Eichrodt, 1961; 290). Doch das bedeutet nichts anderes, als daß man das *Wort* »Prophet« erst später auf Moses anwandte, nachdem es allgemein gebräuchlich geworden war und nachdem eine Reihe von Vertretern des sogenannten klassischen Prophetentums aufgetreten waren, also seit Amos (s. S. 115 f.). Moses die *Eigenschaft* oder *religiöse Funktion* eines Propheten abzusprechen ist eine völlig willkürliche Entscheidung, die von der Vorstellung ausgeht, daß die Anfänge des hebräischen Prophetentums erst im 8. Jahrhundert v. Chr. liegen. Tatsächlich jedoch weist Moses eine Reihe von charakteristischen Merkmalen des klassischen Propheten auf:

1. Da ist zuallererst die stark ausgeprägte Tradition einer tiefgehenden persönlichen Erfahrung vorbereitender Art – vorbereitend auf die Aufgabe als charismatischer Führer –, die im Bericht Exod. 3 enthalten ist. Die Vision des Busches, der wie in einem Feuer glühte und doch nicht verbrannte; das überwältigende Bewußtsein einer göttlichen Gegenwart; die Erkenntnis, daß er persönlich angesprochen wurde von dieser göttlichen Realität, deren Namen (oder vielmehr deren *Natur*) er noch nicht kannte; der geheimnisvolle Name, der ihm bei diesem Erlebnis übermittelt wurde (YHWH, was möglicherweise »Ich will sein, was ich sein will« oder »Ich bin, was ich bin« oder auch nur einfach »Er, der ist« bedeutet) – all dies ist charakteristisch für die erste Vision und die »Berufung« eines Propheten in der Tradition Israels. Die konstanten Elemente einer Erfahrung dieser Art sind das Gefühl einer bis dahin unbekannten Konfrontation mit einer transzendenten Wirklichkeit und das Gefühl, daß diese Wirklichkeit personaler Art ist, daß sie unabdingbare Forderungen stellt und dem Einzelmenschen, der so mit ihr konfrontiert wird, bestimmte Fähigkeiten verspricht, die er für die Erfüllung der ihm jetzt auferlegten Aufgabe benötigt.
2. Neben dem Wissen um den Namen (die Natur) des göttlichen Wesens, das Moses bei dieser Gelegenheit zuteil wird, steht eine Offenbarung,

die etwas betrifft, was demnächst geschehen wird, etwas, was Jahve zu bewirken sich anschickt. Auch dies ist typisch für die hebräischen Propheten; ihre Aufgabe bestand darin, die Absichten Jahves zu verkünden.

3. Moses wird dargestellt als menschliches Agens dieses künftigen Geschehens – der Erlösung der Hebräer aus ihrer ägyptischen Sklaverei. Eine derartige Einbeziehung in die Handlung ist gleichfalls charakteristisch für die klassischen hebräischen Propheten Elia, Elisa, Jesaja und Jeremia, die alle zugleich Männer der Tat und des Wortes waren.

4. Vor allem aber ist Moses der menschliche Mittler, der die Ereignisse dem Volke als Handlungen Gottes deutet; er ist es, der ihm die Bedeutung Israels nahebringt, eine Bedeutung, die zu erkennen nur dem Propheten gegeben ist.

Darüber hinaus hat nach hebräischer Überlieferung die Tätigkeit des Moses noch einen weiteren Aspekt, nämlich den des Gesetzgebers. Die Tatsache, daß der große Komplex von Ereignissen, den die Tradition später nach Sinai verlegt (die Bekanntgabe des göttlichen Gesetzes und die Schließung eines heiligen Bundes zwischen Jahve und den hebräischen Stämmen), in den früheren Zusammenfassungen von Israels Geschichte, und zwar im 5. Buch Mosis (s. S. 57) und Jos. 24 (s. S. 59), überhaupt nicht erwähnt wird, ist zweifellos auf den ersten Blick ein sehr merkwürdiges Phänomen. Dies hat einige moderne deutsche Gelehrte (Noth, von Rad) dazu bewogen, die Verbindung Moses' mit der Gesetzgebung von Sinai für eine spätere Zutat zu halten und anzunehmen, daß ursprünglich zwei getrennte Gruppen von Stämmen existierten, von denen die eine, deren Überlieferung sich in den frühen summarischen Glaubensbekenntnissen niedergeschlagen hat, den Auszug aus Ägypten miterlebte, während die andere Gruppe eine Theophanie auf einem heiligen Berg irgendwo außerhalb von Kanaan erlebte, ein Erlebnis, aus dem später die Schließung eines Bundes und ein Akt der Gesetzgebung wurde. Diese beiden Gruppen, so nimmt man an, vereinigten sich später auf kanaanitischem Boden, und ihre zunächst getrennten Überlieferungen – die Befreiung aus ägyptischer Sklaverei und der Bund von Sinai – verschmolzen zu einer einzigen Tradition, die fortan beiden gemeinsam war. Nach dieser Theorie war Moses der Anführer der Gruppe, die aus Ägypten kam und ursprünglich nichts mit der Entgegennahme der göttlichen Gebote zu tun hatte. Es gibt jedoch noch eine andere Erklärung für das Fehlen jeglicher Hinweise auf Sinai in den ältesten Glaubensbekenntnissen, nämlich die, daß die Sinaitradition wegen ihres gewaltigen Umfangs und ihres speziellen Charakters einen getrennten Überlieferungsstrang bedingte und parallel zu, aber getrennt von der »Errettungsgeschichte« weitergegeben wurde. Überdies ist doch gerade die Befreiung aus Ägypten die Grundlage für den Bund zwischen Jahve und den hebräischen Stämmen; falls sie nicht die Grundlage für die überaus mächtige Idee des Bundes abgegeben haben sollte, dann müßte ein anderes Ereignis von ähnlicher Tragweite entdeckt werden, als Ursache für die am zuverlässigsten bezeugte, beständigste und eigentümlichste Vorstellung der alten Hebräer: daß das göttliche Wesen, Jahve, für die Beziehung, die als zwischen ihm und den Hebräern bestehend angenommen wurde, in irgendeiner Form einen überragenden Beweis geliefert habe.

Grundsätzlich darf somit die Verbindung zwischen Moses und der Übermittlung des heiligen Gesetzes an die Stämme, die es fortan zur Richtschnur ihres Lebens machten, als eine echte und gesicherte Tradition betrachtet werden. Der Prophet, der den hebräischen Stämmen übermittelte, was ihm über die Natur und die Absichten des göttlichen Wesens offenbart worden war, teilte ihnen auch in genauen Einzelheiten mit, wie sie als Nutznießer von Jahves Rettungstat ihr Leben einzurichten hatten. Darin erkennen wir ein weiteres Charakteristikum des hebräischen Prophetentums, das seine ganze Geschichte geprägt hat – daß nämlich die Teilhabe an der göttlichen Offenbarung von den Hebräern die Befolgung eines bestimmten ethischen Verhaltensmusters im alltäglichen Leben verlangt.

10. Prophetische Deutungen historischer Ereignisse

Die Rolle Moses' im Hinblick auf den Auszug der hebräischen Stämme aus Ägypten ist demnach essentiell die des Propheten, so wie sie in der nachfolgenden hebräischen Tradition aufgefaßt wird. Derjenige, der bestimmte bedeutsame Vorgänge der Menschheitsgeschichte deutet und den Menschen die Offenbarung von Jahves Natur darlegt, die sich in diesen Vorgängen manifestiert, ist gemäß der Tradition Israels ein Prophet. Ob man jedoch Moses als *Begründer* der Religion Israels betrachten darf, ist umstritten. Aber zweifellos können wir erstmalig bei Moses die Entstehung einer religiösen Tradition beobachten, die sich eindeutig von den anderen großen religiösen Traditionen des alten Orients unterscheidet. Es ist eine Tradition, deren spezifische Hauptvertreter Männer wie Moses sind, Männer, die von Zeit zu Zeit als inspirierte Führerpersönlichkeiten und als Deuter der großen Ereignisse der Menschheitsgeschichte auftreten, die an ihre Mitmenschen appellieren, im Ablauf der Ereignisse das zu sehen, was sie selber in ihm gesehen haben, nämlich die Manifestation der Absichten eines persönlichen, transzendenten, heiligen Wesens, das sich nur als »Er, der ist« zu erkennen gibt, aber mit dem, nach Aussage der Propheten, die Menschen in eine persönliche Beziehung treten können, sofern sie seine Forderungen beachten und erfüllen. In der prophetischen Religion der Hebräer ist eine derartige Beziehung schon an und für sich das *summum bonum*, eine sich selbst rechtfertigende Erfahrung, deren prophetischer Ausdruck das »Erkenne den Herrn« (Jer. 31: 34) ist. Die Wirkungen der durch den Jahvismus repräsentierten Neuerung waren, auch wenn die Lehren der Propheten nie von ganz Israel verstanden und befolgt wurden, in der damaligen Zeit so radikal, daß man heute sehr wohl von einem »prophetischen Durchbruch« sprechen kann. Nichts Vergleichbares findet sich in der zeitgenössischen babylonischen oder ägyptischen Kultur; auch nicht in Persien vor dem 6. Jahrhundert v. Chr., als in der prophetischen Tätigkeit Zarathustras etwas Ähnliches in Erscheinung tritt (s. S. 127 ff.); gleichfalls nicht in Indien, bis dort – ebenfalls im 6. Jahrhundert – der Mahāvīra und der Buddha auftreten. An dieser Stelle müssen wir jedoch ergänzend gewisse Entwicklungen nachzeichnen, die sich in Indien während der zweiten Hälfte des zweiten Jahrtausends v. Chr. vollzogen, also in der Zeit unmittelbar vor und unmittelbar nach den Ereignissen, die wir soeben aus Ägypten und Kanaan berichtet haben.

III
DIE RELIGION IN INDIEN WÄHREND DER FRÜHEN WEDISCHEN EPOCHE (etwa 1500–1000 v. Chr.)

1. Das vorindogermanische Indien

Eines der ersten Kapitel der indischen Geschichte, von denen wir überhaupt irgendwelche Kunde haben, nämlich die Kultur des Industals (s. S. 49f.), nahm dasselbe Ende wie manche anderen Kapitel der indischen Geschichte – teils durch inneren Verfall, teils durch eine Invasion von außen. In diesem Fall waren die Indogermanen die Invasoren. Genauer gesagt: es war eine Welle von nordischen Stämmen, die eine indogermanische Sprache sprachen, und diese indogermanische Sprache und Kultur überlagerte seit der Mitte des zweiten vorchristlichen Jahrtausends nach und nach die ältere drawidische Kultur und dehnte sich von den Flußniederungen des Pandschabs immer weiter in Indien aus – ein Prozeß, der jahrhundertelang andauerte und auch heute noch nicht abgeschlossen ist. Weil dieser Vorgang vor allem durch die Übernahme der indogermanischen Sprache, des Sanskrits, oder zumindest von Namen und Begriffen aus dem Sanskrit gekennzeichnet ist, nennt man ihn zuweilen »Sanskritisierung«. Ein anderes wichtiges Merkmal dieses Vorgangs ist die Anerkennung des Sonderstatus der indogermanischen Priesterklasse oder der Brahmanen, weshalb er manchmal auch als »Brahmanisierung« bezeichnet wird. An diesem Punkt haben wir uns zu fragen: Was für eine Kultur und was für ein Volk wurden (und werden noch immer) diesem Prozeß unterworfen?

Schon vor dem Einfall der nordischen Stämme hatte eine starke Vermischung ethnischer Gruppen auf dem indischen Subkontinent stattgefunden: die älteste bekannte Volksgruppe waren wahrscheinlich die Negritos, denen die australoide, mittelmeerische und mongolische Rasse folgten. Die Australoiden haben sich in kleinen festumrissenen Gebieten mit Munda sprechender Bevölkerung erhalten. Das mittelmeerische Element wird, grob gesprochen, durch die drawidischen Sprachgruppen Südindiens verkörpert. Die mongolische Rasse findet sich vor allem im Norden, am Fuße der Himalajaberge, ist aber auch in andere Gebiete vorgedrungen.

2. *Religiöse Züge des vorindogermanischen Indiens*

Was wir vom religiösen Leben der Industal-Kultur wissen, ergibt ein ungefähres, wenn auch ziemlich unscharfes Bild, von dem wir vielleicht einige Rückschlüsse auf die Religion im übrigen vorindogermanischen Indien ziehen können. Die Kultur des Industals war im wesentlichen städtisch orientiert; ein paar große Städte bestimmten das Leben in ihr. Wie wir jedoch gesehen haben, hat dieser Lebensstil wahrscheinlich eine frühere Kultur überlagert, deren charakteristische soziale Einheit das Dorf war. Außerhalb des Industals, also im gesamten restlichen Indien, war vermutlich beim Einfall der Indogermanen die dörfliche Gemeinschaft das bestimmende Strukturelement. Diese dörfliche Struktur ist auch heute noch typisch für Indien und weicht nur allmählich den übergreifenden regionalen und nationalen Modellen. Eine weitere Besonderheit, die wir zu berücksichtigen haben, ist die Tatsache, daß fast überall in Indien seit der Zeit der Industal-Kultur die Landwirtschaft das eigentliche Fundament des indischen Lebens darstellt. Die dörflich-agrarische Gesellschaftsform bedingt einen weiteren charakteristischen Zug – den Kult der Dorfgöttin. Bei nomadischen Hirtenvölkern herrscht das männliche Prinzip vor; bei ackerbautreibenden Völkern, die von der fruchtbaren Erde abhängen, welche aus sich selbst Leben zeugt und das von ihr Hervorgebrachte an ihrer großen Brust nährt, scheint das Mutterprinzip zu dominieren, sofern nicht, wie in Ägypten, bestimmte andere Faktoren eine Rolle spielen. Die semitischen Völker, die von Hause aus Hirten waren, stellten sich demnach das Heilige männlich vor: Gott der Vater. Die indischen Völker hingegen, die seit vielen Jahrhunderten, ja seit Jahrtausenden Ackerbau betrieben, begriffen das Heilige als weiblich: Gott die Mutter. Im vorwiegend drawidischen Gebiet Südindiens bildet die »grāmadevata«, die Dorfgöttin, noch immer den charakteristischsten Kultgegenstand. Eliade führt für diese Dorfgottheiten Namen an wie Ellamma, Mariyamma, Ambika, die sich von einer drawidischen Wurzel »amma« (Mutter) ableiten (Eliade, 1958; 349). Auch D. D. Kosambi verweist auf die »starke, ausgesprochen lokal gebundene Verehrung« von Göttinen, die Namen mit der Endung »ai« tragen, deren Bedeutung ebenfalls Mutter ist: Mengai, Mandhrai, Songjai, Udalai und so fort (Kosambi, 1965; 48).

Das ist also der dominierende Zug, auf den wir immer wieder in der Geschichte der indischen Religion stoßen werden: die beharrliche Tendenz, das Heilige in Begriffen der Mutterschaft zu erfassen. Dieses Merkmal ist untrennbar mit der Seele Indiens verbunden – eines Landes, das eigentlich den weiblichen Artikel führen müßte, weil es von seinen Kindern gewöhnlich als Mutter-Indien bezeichnet wird. Es ist jedoch *nicht* charakteristisch für die religiösen Vorstellungen der eindringenden Indogermanen, deren Götter, wie wir sehen werden, fast ausschließlich männlich waren.

3. Die Drawiden und die Idee des Karma

Ein weiterer sehr bezeichnender Charakterzug der indischen Religion ist die Idee des Karma. Darunter versteht man ein Gesetz von moralischer Ursache und Wirkung, das automatisch und von außen im gesamten Universum regiert; jedoch in ihrem Bezug zum Menschen tritt diese Idee am eindeutigsten in Erscheinung, die einen entscheidenden Faktor in der Entwicklung des religiösen Gedankenguts in Indien darstellt. Auf menschlicher Ebene bedeutet Karma, daß das, was ein Mensch in seinem gegenwärtigen Dasein ist, von seinem Verhalten in früheren Existenzen bestimmt wird. Dementsprechend bestimmt sein Verhalten in diesem Leben seine Daseinsform in der nächsten Existenz. Diese Vorstellung bezeichnet man zuweilen als Lehre von der Seelenwanderung oder Metempsychose. Sie ist zwar auch anderwärts nicht unbekannt, aber in Indien besonders stark ausgeprägt und beständig. Wie die Tendenz, die Gottheit als weiblich aufzufassen, so scheint auch die Seelenwanderungslehre kein Charakteristikum der indogermanischen Invasoren gewesen zu sein, sondern sie haben sie offenbar bei den Völkern kennengelernt, in deren Land sie eindrangen.

In seinem Werk *The Dravidian Element in Indian Culture* vertritt Gilbert Slater die Auffassung, daß die Wurzeln dieser Idee womöglich in eine Zeit zurückreichen, in der man die Vorgänge der menschlichen Fortpflanzung noch nicht verstand, genauer: als man den Zusammenhang zwischen Geschlechtsverkehr und Empfängnis noch nicht durchschaute. Das trifft, nach Slater, auch in neuerer Zeit noch auf bestimmte Stämme der australischen Ureinwohner zu. Primitive Stämme auf dieser Entwicklungsstufe glaubten, die Empfängnis komme dadurch zustande, daß ein Geist in den Körper einer jungen Frau eindringe. Die Geister hielten sich, so nahm man an, mit Vorliebe an einsamen und abgelegenen Plätzen auf, und junge Frauen, die solche Gegenden aufsuchten, mußten damit rechnen, schwanger zu werden. Die nächste Stufe in der Entwicklung dieser Idee war die Frage, woher der Geist kam, der auf solche Weise in den Körper der Frau schlüpfte und den Embryo hervorbrachte. Die Antwort lautete vermutlich, daß der Geist von irgendeinem kurz zuvor verstorbenen Menschen herstamme. So entstand die Vorstellung von Geistern, die durch eine ganze Reihe von Menschenkörpern hindurchgehen, durch ein Leben nach dem andern. Die entscheidende Entwicklung, die sich in Indien vollzog, war jedoch die Verknüpfung dieses biologischen Erklärungsversuchs mit moralischen Vorstellungen, das heißt, die Einführung des Gedankens, daß der Geist auf seiner Wanderung von einem Körper zum andern dessen moralische Schuld oder Verdienste mit sich führe und daß darauf das – ansonsten unerklärliche – gute oder böse Geschick beruhe, das einem neugeborenen Menschen vorgegeben zu sein schien. So ergab sich eine befriedigende Lösung des Problems, warum der Mensch unverdientermaßen Unglück zu erdulden habe oder, vielleicht ebenso unverdientermaßen, sich eines glücklichen Lebens und des Schutzes vor jeglichem Leid erfreuen könne. Wenn ein Mensch ohne ersichtlichen Grund leiden mußte, dann wegen der Missetaten, die er in einer früheren Existenz begangen hatte. Beging er zahllose Verbrechen und kam dennoch ungeschoren davon, so währte seine Immunität nur kurze Zeit: in einer künftigen Existenz würde seine moralische Schuld schon ein gehöriges Maß an Leiden nach sich ziehen. Eine so befriedigende Deutung war diese Theorie des Karma, daß auch später, als das Fortpflanzungsgeschehen und die Rolle des Vaters besser verstanden wurden, die Idee eines wandernden Geistes, der die *moralische* Verfassung eines Menschen weitertrug, bestehenblieb. Diese Idee ist noch immer in Indien und Südostasien lebendig, und einer der stärksten Gründe, der für sie spricht, ist nach Meinung ihrer Befürworter einerseits die Erkenntnis, daß es keine bessere Erklärung für die offensichtliche Ungleichheit menschlicher Schicksale gibt, und andererseits das Verlangen nach ausgleichender Gerechtigkeit im menschlichen Leben. Gäbe man diese Idee auf, dann würde man, so wird behauptet, der menschlichen Existenz Sinnlosigkeit und Ungerechtigkeit zuschreiben.

4. Die Ankunft der Indogermanen

Die nordischen, indogermanisch sprechenden Stämme, die um die Mitte des zweiten vorchristlichen Jahrtausends in das Industal und das Pandschab einfielen, kamen wahrscheinlich aus dem zentralasiatischen Gebiet Südrußlands, vielleicht auch aus einem weiter nördlich gelegenen Raum. Sie nannten sich selber Arier – ein Name, der in anderer Form in »Iran« aufscheint. Was wir von ihnen wissen, ist zum größten Teil in der sehr alten Sammlung von Götterliedern oder -hymnen enthalten, die unter der Bezeichnung Rigweda bekannt wurde und deren Sprache eine ältere Form des Sanskrits, das sogenannte Wedische, ist. In diesen Hymnen ist eine andere Auffassung vom Schicksal des Menschen nach dem Tode niedergelegt als in der Lehre von Karma und der Wiedergeburt, eine Auffassung, die enger mit den Vorstellungen in Nordeuropa verwandt ist. (Es wäre sogar möglich, daß der Name Arier mit dem Begriff »Eire« zusammenhängt und daß ein anderer Zweig desselben Sprachstamms seinen Weg nach Irland gefunden hat.) Als die Arier beziehungsweise Indogermanen nach Nordwestindien vordrangen, glaubten sie nicht daran, daß das Schicksal des Menschen in einem ewigen Kreislauf der Seelenwanderung bestehe; vielmehr wurden diejenigen, die gesündigt hatten, von dem großen Gott Varuna in das »Haus aus Lehm« verbannt, eine finstere Örtlichkeit unter der Erde, vergleichbar dem Scheol der Hebräer, während die anderen, die ein ehrenhaftes Leben geführt und die Billigung Varunas erlangt hatten, in die »Welt der Väter« übergingen, einen himmlischen Bezirk, wo ihnen ein Dasein voll Wonnen bevorstand.

Dies ist einer von vielen Belegen dafür, daß sich die religiösen Vorstellungen der Indogermanen zur Zeit ihres Einfalls in Indien beträchtlich von denen der dort bereits ansässigen Drawiden unterschieden. Ein weiterer Beleg ist in der Natur der indogermanischen Götter zu finden.

5. *Die Götter des Rg-veda (Rigweda)*

Das Präfix »rg« hat die Bedeutung von Lobpreisung, das heißt Lobpreisung der indogermanischen Götter. Die Rigweda-Hymnensammlung, die 1017 (oder nach einer anderen Zählung 1028) Stücke umfaßt, ist in zehn Mandalas oder Kreise eingeteilt. Die Einreihung der Hymnen in die Mandalas II–VIII erfolgte auf Grund der vermutlichen Verfasserschaft: alle Hymnen, die einem Autor zugeschrieben werden, sind zusammengefaßt. Mandala IX enthält das Lob der heiligen Somapflanze, die offenkundig als eine Gottheit betrachtet wurde (s. unten). Das erste und zehnte Mandala umfaßt Hymnen verschiedener Verfasser und unter anderem auch Texte, die ohne Zweifel später entstanden sind als die Masse der Hymnen; von diesen späteren Texten wird im folgenden noch die Rede sein (s. S. 93 f.), denn wir müssen uns zunächst dem Wesen der indogermanischen Götter zuwenden, wie es sich aus den meisten Hymnen ergibt, die einer früheren Periode angehören.

Während die Verehrung der Mutter-Göttin ein hervorstechendes Merkmal der drawidischen Kultur ist, waren die Götter der Indogermanen vorwiegend männlichen Geschlechts. Ihre Namen zeigen, daß sie einem gemeinsamen Bestand an indogermanischen, nichtindischen Religionsvorstellungen entstammen. (Die Gattungsbezeichnung dieser Wesen, »devas«, ist verwandt mit dem lateinischen »deus«, Gott.) Der vorhin erwähnte Varuna hat in seinem Sinn für moralische Werte eine gewisse Ähnlichkeit mit dem Gott Jahve der Hebräer (s. S. 60 f.). Die an Varuna gerichteten Hymnen des Rigweda sind erfüllt von einem Geist der Reue, der angeblich sehr stark an die hebräischen Bußpsalmen gemahnt (Basham, 1954; 237). Varuna bedeutet wörtlich die »himmlische« Gottheit, und sein Name ist verwandt mit dem einer entsprechenden Gottheit der alten Griechen, nämlich mit Uranos, dem Gott der Himmel. Auch noch andere wedische Götternamen verweisen in ihrer Sprachform nach Griechenland, Rom und dem Iran. Dyaus zum Beispiel ist der Himmelsgott und zugleich der Vater (pitar) der Götter. Ihm entsprechen in der griechischen Mythologie Zeus und in der römischen Jupiter. Der Sonnengott Mitra hat gleichfalls Beziehungen zum Gott Varuna der wedischen Religion; unter seinem griechischen und iranischen Namen Mithras wurde er im Mittleren Osten und im Mittelmeerraum verehrt. Eine andere Naturkraft, der die Indogermanen göttliche Eigenschaften zuschrieben, war Soma, der König der Pflanzen, die Quelle einer wirksamen Droge, die in Form eines Rituals aus der Pflanze gewonnen und vom Anbeter getrunken wurde, auf den sie, vorsichtig ausgedrückt, eine überaus kräftigende Wirkung gehabt zu haben scheint. Im Iran war Soma unter dem Namen Haoma bekannt und diente dort ähnlichen Zwecken. Eine weitere wedische Gottheit mit indogermanischem Namen ist Agni, die Verkörperung des Feuers als einer heiligen Kraft (verwandt mit dem lateinischen Wort für Feuer, »ignis«). Agni war der Überbringer der Opfergaben von den Menschen zu den Göttern – Feuer war die »Macht«, die das Opfer verzehrte und es empor zum Himmel trug. Ein interessantes Problem im Zusammenhang mit Agni ist die Frage, wann er erstmals als die Kraft betrachtet wurde, die auch den sterblichen Menschen nach seinem Tod in den Himmel befördert; daran knüpft sich die andere Frage, zu welchem Zeitpunkt die Indogermanen die Sitte der Bestattung zugunsten der Kremation aufgegeben haben. Zwei Stellen im Rigweda (Mandala X, Hymne 15, Vers 14, und X, 18, 10) lassen darauf schließen, daß die Erdbestattung ursprünglich bei den Indogermanen üblich war, während zu der Zeit, da die Hymnensammlung zusammengefaßt wurde, die

Feuerbestattung sich eingebürgert zu haben scheint (Brandon, 1963; 310). Der Übergang von einem Brauch zum anderen mag ein Hinweis auf die allgemeine »Drawidisierung« der indogermanischen Kultur in der späteren wedischen Epoche sein, von der weiter unten noch ausführlicher zu sprechen sein wird (s. S. 93). Aber die Tatsache, daß die heilige Macht des Feuers einen indogermanischen Namen trägt, legt die Vermutung nahe, daß die Vergöttlichung des Feuers der vorindischen Geschichte der wedischen Religion angehört. Zudem ist Agni die priesterliche Gottheit *par excellence;* vor allem mit ihm wirkten die wedischen Priester beim Vollzug des Opferrituals zusammen.

6. *Wedische Opferbräuche*

Das Opferritual bildet die *raison d'être* der Rigweda. Unter den Sanskrit-Forschern besteht neuerdings die Tendenz, besonderen Nachdruck auf den liturgischen Zweck vieler dieser Hymnen zu legen, und auch jene Texte, die nicht in erster Linie zu einem solchen Zweck geschaffen wurden, sollen in den Dienst des kultischen Rituals gestellt worden sein und eine liturgische Form erhalten haben (Renou, 1953; 11). Wie ein großer Teil der religiösen Sanskrit-Literatur sind auch diese Hymnen oft ungemein anspielungsreich (und viele Anspielungen sagen dem modernen Menschen, auch dem Inder, nichts mehr); zuweilen sind sie ausgesprochen esoterisch. Das beruht zum Teil wohl auf ihrem poetischen Charakter, insofern sie gewisse dichterisch inspirierte Entsprechungen zwischen dem Heiligen und dem Profanen enthalten, die der wedische Dichter (der vipra – wörtlich: der »Zitternde«) erfaßt und zum Ausdruck gebracht hat. Zum Teil mag dies jedoch auch auf den liturgischen Zusammenhang zurückzuführen sein, in dem die Hymnen verwendet wurden und aus dem sich allein der Sinn ergeben könnte, der ansonsten verborgen bleibt.

Es ist unmöglich, meint Renou, diesen frühen Kult zu rekonstruieren. Doch zumindest läßt sich sagen, daß er »einer priesterlichen Elite anvertraut war, die einer militärischen Aristokratie diente« (Renou, 1953; 6). Es war essentiell eher ein *zeremonieller* als ein privater oder *häuslicher* Kult, obwohl er nicht öffentlich im Rahmen einer Menschenversammlung stattfand. Seine Aufgabe war anscheinend die Zufriedenstellung der herbeigerufenen himmlischen Macht oder Mächte, denen das Opfer dargebracht wurde. Gemäß dem Prinzip einer angenommenen Wechselbeziehung zwischen Göttern und Menschen opferte der Verehrer durch die Priester seine Gaben auf einem Freiluftaltar, der eigens in einem zu diesem Zweck sorgfältig abgesteckten Areal aufgestellt wurde, und die Götter erwiesen ihm umgekehrt die Gnaden, um die er ersucht hatte – Sieg im Kampf, Nachwuchs, Zunahme der Herden oder andere, vorwiegend irdische Vergünstigungen. Von Schuld- und Dankopfern, wie sie bei den Hebräern üblich waren, ist jedoch, wie Basham nachweist, im Rigweda praktisch nirgendwo die Rede (Basham, 1954; 239). Die Funktionen der Priester bei der Kulthandlung waren säuberlich geschieden; während einer mit den manuellen Verrichtungen befaßt war, hatte ein anderer die Aufgabe, die heiligen Hymnen zu singen, die Götter anzurufen und den gewünschten Segen zu erflehen, während wieder ein anderer die ganze Prozedur überwachte. In der späteren wedischen Epoche erlangte der Vortrag der Hymnen eine überragende Bedeutung, und dem Gesang selbst (brahman) wurden magische Kräfte zugeschrieben, wie wir weiter unten sehen werden (s. S. 97).

Die Differenzierung der Priesterrollen spiegelt sich bis zu einem gewissen Grade in zwei anderen Formen der wedischen Literatur: im *Sāmaweda* oder »Weda der Lieder«, einer Sammlung von rigwedischen Hymnen, die für den Gesangvortrag eines Priesters umgestaltet worden waren, und im *Jadschurweda* oder »Weda der Sprüche«, einer Zusammenfassung von ergänzenden Opferformeln zum Gebrauch des Priesters, der für die manuellen Verrichtungen zuständig war. Eine vierte Sammlung von leicht abweichendem Charakter war die *Atharwaweda*, die später behandelt wird (s. S. 102 f.). Bei dieser Gelegenheit sei darauf hingewiesen, daß das Wort »Weda« in etwa unserem Begriff »Offenbarung« entspricht; wörtlich übersetzt bedeutet es »das, was (auf übernatürliche Weise) wahrgenommen wurde« – wahrgenommen vom rsi oder Seher der Vorzeit. Diese Seher sind legendäre und weitgehend unbekannte Gestalten, doch das mindert keineswegs den Offenbarungscharakter, der den wedischen Hymnen und Liedern in der gesamten weiteren Geschichte Indiens beigelegt worden ist.

7. *Die Laufbahnen der wedischen Götter*

Die von den wedischen Indogermanen verehrten Gottheiten sind einmal mit Planeten am Firmament verglichen worden: einige stehen tief über dem Horizont und sind drauf und dran, den Blicken zu entschwinden; andere sind erst kürzlich am Horizont aufgetaucht oder sind im Aufsteigen begriffen. Zur ersten Kategorie, zu den Gottheiten, die in wedischer Zeit bereits alt waren und bald zu verschwinden hatten, zählte Dyaus, ein Gott, der einer vorindischen Entwicklungsstufe angehört, der große »Himmelsvater« der Indoeuropäer. Ein anderer, dessen Ansehen abnahm, war Varuna, der als »asura« (Herr) bezeichnet wurde – ein Wort, das Varuna mit dem Iran verbindet, denn die iranische Form »ahura« war der zoroastrische Beiname des großen »Herrn des Lichts«, Ahura Mazdā. Im wedischen Indien behielt Varuna noch eine Zeitlang seine Bedeutung, doch er hatte bereits seine Vorrangstellung an Indra abgetreten, der zweifellos der größte Gott des wedischen Pantheons ist, ein Kriegsgott, der bei den indogermanischen Kriegern in hohem Ansehen stand. Varuna andererseits ist der »ethischste« der wedischen Götter; die durch ihn repräsentierten Ideale der moralischen Rechtschaffenheit und der moralischen Vergeltung verkörperten sich nie wieder auf eine so unzweideutige Weise in irgendeiner anderen indischen Gottheit – möglicherweise deswegen, weil andere Auffassungen der Vergeltung (Karma) sich durchsetzten, als die Indogermanen mit der Zeit drawidisiert wurden (s. S. 93). Eine weitere Gottheit, deren Aufstieg in der wedischen Epoche beginnt, die aber vorerst noch im Hintergrund bleibt, ist Wischnu, den einige Charakteristika als Sonnengottheit ausweisen. Im späteren Hinduismus wird Wischnu einer der zwei oder drei wichtigsten Namen für das höchste Wesen.

8. Die Bedeutung Indras

Man behauptet, der wedische Gott Indra sei möglicherweise ein zum Gott erhobener Heros und es habe einen menschlichen Heerführer dieses Namens bei den indogermanischen Invasoren gegeben. Auf jeden Fall ist er ein Kriegsgott, und die wedischen Hymnen schreiben ihm das Verdienst zu, die Feinde der Indogermanen überwunden zu haben; er war es, der sie befähigte, die in Städten beheimateten dunkelhäutigen Ureinwohner zu besiegen, die sie die Dāsas nannten. Er wurde jedoch auch mit dem Sturm in Verbindung gebracht; seine typische Waffe war die »vajra«, der Donnerkeil. Aber selbst in dieser unangenehmen Rolle erweist er sich noch als Wohltäter, denn er ist es, der den Regen aus der Gewitterwolke freiläßt und der ausgedörrten Erde Erfrischung und somit den Menschen Nahrung schenkt. Übrigens beschränkt sich die Verehrung einer Gottheit seines Namens nicht auf die indischen Indogermanen – auch bei den Kassiten, die Babylon erorberten, wurde Indra als

Gott angesehen. Er wird im Boghazkoi-Götterverzeichnis der Mittani aufgeführt (1400 v. Chr. ?); zusammen mit Varuna und Mitra wird er als ein Gott der »Hurrier« (Arier) erwähnt, die vermutlich vom Iran aus nach Mesopotamien vordrangen. Deshalb ist es unwahrscheinlich, daß sein Name ursprünglich einem menschlichen Anführer der Indogermanen gehörte, aber es ist leicht einzusehen, daß ein Kriegsgott hohe Ehren genoß in einem kriegerischen Volk, das in der frühen wedischen Epoche die Invasion, Eroberung und Kolonisierung der Flußebenen des Pandschabs unternahm.

9. Die indogermanische Sozialstruktur

Eine rudimentäre soziale Schichtung war schon vor dem Einfall in Nordwestindien ein Kennzeichen der indogermanischen Stämme; das ist die Ansicht vieler moderner Orientalisten. Dumézil behauptet, eine dreifache gesellschaftliche Struktur spiegle sich in der indogermanischen Mythologie: die Aufgaben der drei Klassen waren entweder religiös und juridisch oder militärisch und profan oder ökonomisch. Émile Benveniste (1938) entdeckte ebenfalls in der wedischen Literatur Belege für ein Dreiklassensystem. Basham hingegen weist nach, daß wir es in den ältesten wedischen Hymnen offenbar mit einer einfachen Zweiteilung zu tun haben, mit dem Adel (*ksatra*) und dem gewöhnlichen Volk (*viś*) (Basham, 1954; 34 f.). Doch in der Epoche, die uns jetzt beschäftigt, beginnen die Priester (Brahmanen) eine Sonderrolle zu spielen, und man kann annehmen, daß ungefähr seit der indogermanischen Invasion Indiens so etwas wie eine Dreiteilung der Gesellschaft vorliegt. Hier also wird *einer* der bestimmenden Faktoren sichtbar, die in einer späteren Epoche zu der stufenweisen Ausbildung des Kastensystems im hinduistischen Indien geführt haben.

Die elementare soziale Einheit war die Familie; in der wedischen Gesellschaft war die Familie patrilinear, und ein patriarchalisches Herrschaftssystem dominierte. Die Indogermanen waren – im Gegensatz zu der Industal-Bevölkerung, deren Kultur sie zerstörten – keine Stadtbewohner; vielmehr bildeten sie aus mehreren Familien bestehende Sippengruppen, die man »grāma« nannte, das Fundament des gesellschaftlichen Gefüges. Als die Indogermanen sich niederließen, wurden aus diesen Sippen dörfliche Gemeinschaften, die während der frühen wedischen Epoche bestimmend blieben. Familien und dörfliche Sippenverbände waren eingebettet in den größeren Zusammenhang des Stammes.

Der Stammeshäuptling war der Radscha (rāja, verwandt mit lateinisch »rex«, König), der allerdings nicht als absoluter Herrscher regierte, sondern sich in die Regierung des Stammes mit einer Ratsversammlung (sabhā) teilte. Der Radscha war in erster Linie ein Anführer, vor allem im Krieg und bei der Verteidigung des Stammes. Auch wenn nur wenig dafür spricht, daß der wedische Gott Indra ein vergöttlichter Kriegsheld war, so ist es doch nicht ohne Bedeutung, daß in dieser Periode der Eroberung und Konsolidierung eines neuen Territoriums das Heilige weitgehend mit Indra, dem Krieger, identifiziert wurde; als ein Gott, der zur vorindischen Epoche der indogermanischen Überlieferung gehörte, war er von Natur aus für die Erhebung zu einer Vorrangstellung im wedischen Pantheon besonders geeignet.

10. Die indogermanische Expansion nach Osten

In der älteren wedischen Epoche hatten die Indogermanen ihre Positionen in den nordwestlichen Flußebenen, die heute als Pandschab bezeichnet werden, gefestigt und waren vermutlich nicht weiter nach Osten vorgedrungen als bis zum Fluß Dschamna (an dem das moderne Delhi liegt). Doch in der späteren Epoche zogen die Stämme nach Osten, in das Tal des Ganges, und setzten ihren Vormarsch fort, bis sie das Gebiet des heutigen Staates Bihar und die Westgrenzen Bengalens erreichten. Sie scheinen nicht in die Gegend südlich des Ganges vorgedrungen zu sein, und man nimmt an, daß sich der indogermanische Vormarsch, da die Gangesebene damals ein dschungelbedeckter Sumpf war, auf die Ausläufer des Himalajas nördlich des Ganges beschränkt hat, wo die Route weniger beschwerlich und das Land etwas leichter zu kultivieren war. Denn zu dieser Zeit hatten sich die Indogermanen zweifellos in ein Hirten- *und* Bauernvolk verwandelt. Der Ackerbau setzte sich freilich bei ihnen nur mühsam als ein ehrenwerter Beruf durch, und er scheint als eine ziemlich unwürdige Tätigkeit betrachtet worden zu sein, zumindest von jenen, deren Wertvorstellungen sich in den Hymnen widerspiegeln – von der Aristokratie der berittenen Krieger und der Priester. Heiraten zwischen einzelnen Indogermanen und dunkelhäutigen Drawidenfrauen führten zur Bildung einer niedrigen Klasse in der indogermanischen Gesellschaft, einer Klasse, die der Landwirtschaft nicht mehr so abhold war. Ein weiterer Faktor, der erwähnt zu werden verdient: Als die Indogermanen in südöstlicher Richtung am Ganges entlang vorstießen, vertauschten sie das kühlere Klima des Pandschabs mit der feuchtheißen und aufreibenderen Atmosphäre der mittelindischen Ebenen. Das bedeutet allerdings nicht, daß sie sich schon bald dem geruhsameren Leben und den kontemplativen Gewohnheiten eines heißen Klimas angepaßt hätten: Die Aktivität, die moderne Amerikaner und Europäer auch in solchen tropischen Landstrichen beibehalten, demonstriert, wie sehr sich die Einstellung zur Arbeit und ein lebhafter Tätigkeitsdrang unter ungünstigen Bedingungen behaupten können. Doch im Laufe der Zeit hat auch das Klima, wie wir sehen werden, bestimmte Auswirkungen auf die Indogermanen gehabt.

IV. JAHVE UND DIE HEBRÄISCHE MONARCHIE (bis 926 v. Chr.)

1. Die Besiedlung Kanaans und die ersten Spannungen in der Jahve-Religion

Die entscheidende Entwicklungsphase in der Religionsgeschichte Israels sind die ersten Jahrhunderte der Besiedlung Kanaans. Aus den grundlegenden Zusammenfassungen der hebräischen Glaubensvorstellungen, die wir bereits behandelt haben (s. S. 57; 59), ergibt sich die Situation in Kanaan (»Und brachte uns an diesen Ort und gab uns dies Land . . .«). Schon die Tatsache der Niederlassung in einem bestimmten Gebiet, das die hebräischen Stämme von nun an als ihr eigenes betrachteten, führte zu Spannungen in der israelitischen Religion. Wie es zu diesen Spannungen kam, sei hier kurz umrissen. Die Grundlage für den Zusammenschluß der Stämme war die prophetisch-interpretatorische Tätigkeit des Moses, weniger die aktuelle, im Gedächtnis haftende Erfahrung des Auszugs aus Ägypten. Nicht alle, die sich an der Besiedlung des Kanaaniterlandes beteiligten, hatten den Exodus miterlebt; manche waren zu der Zeit noch nicht geboren, andere Stammesverbände hatten sich erst irgendwo zwischen Ägypten und Kanaan der großen Bewegung angeschlossen. Der Kitt, der alle zusammenhielt, war die Verkündigung des Propheten Moses: daß nämlich ein göttliches Wesen existiere, dessen Natur das Mitleid sei, das den Ablauf der Geschichte bestimme (auch wenn seine Absichten vielleicht unerforschlich seien) und das sich mit dieser Gruppe von Stämmen, denen es sich dergestalt offenbart habe, verbunden und deren Hauptmacht aus Ägypten geführt habe; und daß diese Stämme deshalb verpflichtet seien, ihm zu dienen und ihr Leben nach seinem Willen einzurichten, gemeinsam mit all denen, die sich in der Annahme dieses Glaubens mit ihnen zusammenschließen würden. In Kanaan scheint die am Exodus beteiligte Stammesgruppe beträchtlichen Zuwachs erhalten zu haben, insbesondere aus anderen hebräischen Stämmen, die bereits im Lande saßen. Die Einschmelzung dieser fremden Gruppe ist wahrscheinlich der Hauptgrund für die zu Sichem unter Josuas Leitung vollzogene Erneuerung des ursprünglichen Bundes von Sinai. Der Bericht darüber steht in Jos. 24. Anläßlich der Zusammenkunft zu Sichem wurden die wesentlichen Punkte des israelitischen Glaubens vor allen versammelten Stämmen, den ursprünglichen und den neuhinzugekommenen, ausführlich dargelegt und von allen akzeptiert. Die Einheit beruhte also auf der Anerkennung der mosaischen Geschichtsdeutung und auf der allgemeinen verehrungsvollen Unterwerfung unter das göttliche Wesen, von dem diese Deutung Zeugnis ablegte. Die Grundlage der Einheit war demnach primär religiös. Diese Einheit hatte seit der Bundeserneuerung von Sichem freilich auch einen gewissen politischen Aspekt, denn die Stämme, die so gemeinsam Jahve als ihren Herrn anerkannt hatten, bildeten eine religiöse Konföderation oder Liga. Der Zusammenschluß ist hin und wieder als eine Amphiktyonie beschrieben worden, weil seine Einheit auf einem gemeinsamen Kult beruhte. Der Umstand, daß die Stämme dieser religiösen Liga sich auch auf eine gewisse territoriale oder geographische Einheit berufen konnten, ist, vom religiösen Standpunkt aus gesehen, von sekundärer Bedeutung. Allerdings wurden die Verteidigung und die Erhaltung des Territoriums schon sehr bald ein großes Problem und die Ursache der Spannung, die sich nun in der jahvistischen Religion bemerkbar machte.

2. Der Jahvismus und Israels territoriale Integrität

Es verkleinert keineswegs die Größe des Propheten Moses, daß nicht alle Israeliten die Natur des göttlichen Wesens so verstanden, wie es Moses getan hatte; allen Propheten ist ja die Erfahrung gemeinsam, daß ihre Botschaft oft nur halb verstanden wird. Die Tatsache, daß dies im frühen Israel geschah und daß sich Moses gemäß der Überlieferung darüber im klaren war, wie weit der durchschnittliche Israelit hinter den prophetischen Forderungen zurückblieb (»Wollte Gott, daß das ganze Volk des Herrn Propheten wäre, daß der Herr ihm seinen Geist eingeben möge!«), ermöglicht es uns zumindest, die Grenzen der jahvistischen Religion zu erkennen. In dem Maße, in dem sich die Hebräer die prophetische Botschaft zu eigen gemacht hatten, hatten sie eine neue Solidarität erlangt, und die Folge davon war, daß sich flüchtige Sklaven in disziplinierte Eroberer verwandelten (s. S. 62). Aus dem religiösen Zusammenhalt ergab sich militärischer Erfolg – genauso wie Jahrhunderte später im Falle des Islams (s. S. 289 ff.).

Wir stellen deshalb fest, daß das Bild Jahves, wie es in der Periode der frühen Besiedlung zutage tritt, das eines Kriegsgottes ist, der auf der Seite seines Volkes gegen die territorialen Rivalen kämpft. Im Lied der Debora, das möglicherweise fast gleichzeitig mit den geschilderten Ereignissen entstand, wird Jahve als ein Gott des Donners, des Regens und der Erdbeben beschrieben (Richter 5: 4). Man fühlt sich hier nachdrücklich an den Donner- und Kriegsgott Indra der Indogermanen erinnert. Auf solche Weise wurde die Sicherheit der jahvistischen Religion mit der Sicherheit des israelitischen Territoriums identifiziert, eine Identifizierung von weitreichenden Folgen, die bis in die heutige Zeit reichen.

3. Der theokratische Charakter der israelitischen Liga

In der Periode, die der Niederlassung in Kanaan und der Gründung der Stammesliga oder -konföderation in Israel folgte, lagen die Angelegenheiten der Stämme weitgehend in den Händen inspirierter Führer und Weisen, die man mit dem irreführenden Namen »Richter« bezeichnet; genaugenommen handelt es sich um »Retter, Befreier«, und noch zutreffender wäre der moderne Begriff »charismatischer Führer«. Das Buch der Richter präsentiert die runde Zahl von zwölf solcher »Retter«: sechs »kleinere« und sechs »größere«. Auf den ersten Blick haben die kleineren offenkundig kein bemerkenswertes Charisma oder keine bedeutenden Führungsqualitäten aufzuweisen; sie wirken eher wie Lokalgrößen, angesehene Leute, Säulen der Gesellschaft, wie Männer, die die Gesetze anwandten, etwa im Stil der englischen Friedensrichter. Aber ihre Funktion war nicht ganz so begrenzt; wahrscheinlich stellten sie so etwas wie einen höheren Appellationsgerichtshof dar, oder sie waren Männer, denen Entscheidungen, die den Stammeszusammenschluß als ganzen berührten, anvertraut wurden, Männer, die das Gesetz Jahves kannten und es auf eine neue Situation anzuwenden wußten. Es sieht also so aus, als seien für dieses Amt Männer mit besonderen Gaben erforderlich gewesen, und die Tradition, die sie alle, die kleineren und die größeren, in eine einzige Kategorie einreiht, darf nicht leichthin beiseite geschoben werden. Von gleicher Art, wenn auch nicht in die Reihe der zwölf aufgenommen, war Debora; es ist auffällig, daß sie als »Prophetin« bezeichnet wird; das heißt, daß sie eine »inspirierte Person« war, ein Mensch mit einem besonderen Charisma.

Unbestreitbar ist die Bedeutung, die diesen Führern in der Überlieferung beigemessen wird, Männern, die Jahve von Zeit zu Zeit »entrückte« und denen der Geist Jahves eingeflößt wurde. Die Tatsache, daß die Ausdeuter und Verwalter des göttlichen Gesetzes die wichtigsten Persönlichkeiten in der Gemeinschaft waren, läßt den Schluß zu, daß die Stammesliga im Grunde eine Theokratie war. Ein allen gemeinsamer Kult war die einigende Kraft, und eng verbunden mit diesem Kult war das heilige Gesetz, und hinter beidem stand der Bund zwischen den Stämmen und Jahve. Kult, Gesetz und Charisma: alle drei waren in jener Epoche anscheinend eng verbunden und aufeinander bezogen.

4. Frühe Forderungen nach einer Monarchie

Einer der hervorragendsten Vertreter dieser charismatischen Führungselite war der größere »Richter« Gideon. Aus den Erzählungen von Gideons erfolgreicher Verteidigung des israelitischen Territoriums gegen die benachbarten Stämme ergeben sich zahlreiche Rückschlüsse auf die volkstümlichen religiösen Haltungen im Israel der damaligen Zeit. Vor der Besiedlung Kanaans unter Josuas Oberleitung waren die hebräischen Stämme, die als Träger der jahvistischen Religion anzusehen sind, ihrem Wesen nach Nomaden, Wanderer ohne besondere Bindung an oder Ansprüche auf ein bestimmtes Gebiet. Doch nach Gründung der Konföderation erhoben sie Anspruch auf ein festumrissenes Territorium, in das sie eingedrungen waren und in dem sie sich auf Kosten der bisherigen Bewohner niedergelassen hatten (»die Amoriter, in deren Land ihr wohnet ...«, Richter 6:10). Den Erfolg dieses Unternehmens empfanden sie als eine Folge ihrer Jahve-Verehrung; sie glaubten, Jahve habe ihnen das Land »gegeben« (Richter 6:9). Die heiligen Stätten des Landes wurden in den Dienst des Jahve-Kults gestellt und in jahvistische Heiligtümer verwandelt. Die Hebräer begannen sich mit Ackerbau und Obstkultur zu befassen, und indem sie so auf das Land angewiesen und von ihm abhängig waren, übernahmen sie auch die Jahreszeitenfeste, die mit der Landwirtschaft in Beziehung standen: das Frühlingsfest des ungesäuerten Brotes zu Beginn der Gerstenernte (auf welches das nomadische Passahfrühlingsfest aufgepfropft wurde); das Mittsommerfest der Wochen anläßlich der Weizenernte (bei dieser Gelegenheit feierte man auch die Übergabe der Gesetzestafeln auf dem Berge Sinai); und das Laubhüttenfest im Herbst (d. h. Neujahr) anläßlich der Weinernte (die »Laubhütten« waren wohl ursprünglich die Brauthütten bei der heiligen Hochzeit zwischen dem Gott der Kanaaniter und dem Land), das außerdem zum Gedenken an die Zeit, da die Israeliten in der Wüste in Zelten lebten, begangen wurde. Auf diese Weise wurde die jahvistische Religion – in ihrer ursprünglichen mosaisch-prophetischen Form der Verehrung eines Wesens, das der Herr der Geschichte war – sowohl territorialisiert (d. h. in Beziehung gebracht zu bestimmten Örtlichkeiten) als auch modifiziert in Richtung auf die kanaanitische Ackerbau-Religion. Eine prophetische religiöse Bewegung hatte wirtschaftliche Interessen entwickelt; obwohl es nicht unvermeidlich war, daß der Jahvismus mit diesen wirtschaftlichen Interessen eine Partnerschaft einging, ist es tatsächlich doch geschehen.

Im Laufe der weiteren Entwicklung entstand das Bedürfnis nach einem politischen System, das für die Verteidigung dieser wirtschaftlichen Interessen besser geeignet sein würde als die lockere Struktur der jahvistischen Kultliga. Mit anderen Worten: es erhob sich der Ruf nach einem König, wie ihn die anderen Staaten hatten. Die Verbindungen nach Ägypten waren nicht vollständig abgebrochen worden. So wie in der Zeit der Wanderschaft und der Strapazen manche sehnsüchtig nach den Fleischtöpfen Ägyptens zurückgeblickt hatten, so gab es auch manche, die in schwierigen Situationen dazu neigten, die einzige Lösung für ihr Sicherheitsproblem in der Idee der Monarchie zu sehen. Diese Vorstellung hatte sich nicht nur in der Volksüberlieferung jener Stämme lebendig erhalten, die einmal unter einer Monarchie gelebt hatten, sondern wurde auch in Kanaan selbst genährt, da das Königtum im alten Orient überall vertreten war. Als nun einer der Propheten-Retter der Konföderation wegen seiner Verdienste um die Einigung und Inspirierung der hebräischen Stämme gefeiert wurde, entstand der Wunsch, er solle zum König erhoben werden und eine Königsdynastie begründen. Gideons Antwort auf ein solches Verlangen entspricht der Haltung der Propheten in der gesamten Epoche: »Ich will nicht Herr sein über euch, und mein Sohn soll auch nicht Herr über euch sein« (die Zurückweisung der Idee einer erblichen Monarchie), »sondern Jahve soll Herr über euch sein« (Richter 8:23). Hier, in dieser Ablehnung einer Königsdynastie, erkennen wir einen Repräsentanten des Jahvismus, eine charismatische Persönlichkeit, einen Menschen, über den »der Geist Jahves« gekommen ist und der das alte jahvistische Prinzip der Theokratie bekräftigt.

5. Samuel und die Dämmerung der jahvistischen Theokratie

Dem Heiligtum von Silo wird in Verbindung mit Samuel eine hervorragende Bedeutung zugeschrieben. Dort wurde er schon vor seiner Geburt durch seine Mutter Hanna dem Dienst Jahves geweiht. Zum Heiligtum von Silo wurde er als kleines Kind gebracht, und dort versah er seinen Dienst, indem er dem Priester Eli bei der Darbringung der Opfergaben assistierte. Im heiligen Bezirk von Silo erlebte er seinen ersten Auftritt als Seher, also als einer, dem die unmittelbaren Absichten Jahves enthüllt wurden. Es bedarf kaum weiterer Beweise dafür, daß Samuel in der alten hebräischen Tradition als eine kultische Gestalt galt. Doch zugleich war er ein Seher (rōeh) – ein Name, unter dem, wie wir hören (1. Sam. 9: 10–16), in einer früheren Zeit die Propheten bekannt waren. Samuel ist ein eindrucksvolles Beispiel für die von der modernen Forschung hervorgehobene enge Verbindung, die zwischen den Propheten und dem Kult im alten Israel bestand; das heißt, daß es keine scharfe Trennung von Priester und Prophet gab, wie sie eine oberflächliche Lektüre bestimmter Texte der kanonischen Propheten nahelegen könnte. Samuel hatte noch eine weitere Funktion, nämlich die des Richters; wir erfahren, daß er jedes Jahr eine Rundreise in seiner Eigenschaft als Richter machte, um schwierige Fälle zu entscheiden. Er reiste von Ramah nach Bethel, von Bethel nach Gilgal, von Gilgal nach Mizpa und von Mizpa zurück nach Ramah, wo seine Heimat war und wo er seinen Dienst als Priester versah (1. Sam. 7: 15–17). Er wird als Mann von großer Autorität geschildert, die ihm auf Grund seines Charismas und seines kultischen Amtes zukam. Eine so verehrungswürdige Erscheinung war er in den letzten Jahren seines Lebens geworden, daß man sich fragte, wer wohl sein Nachfolger werden könne. Es zeigte sich, daß seine Söhne keine würdigen Nachfolger abgeben konnten, und hier war für die Anhänger der Monarchie eine Gelegenheit, ihre Wünsche anzumelden, wie schon damals zur Zeit Gideons (s. S. 82 f.). Dieses Verlangen nach einem König hat Samuel anfänglich genauso beantwortet wie Gideon.

Doch die Umstände machten es jetzt schwieriger, die Ablehnung der Königsidee in Israel durch den jahvistischen Priester-Propheten aufrechtzuerhalten. Das Verlangen nach einem König wurde verstärkt durch den Druck der Ereignisse, zumal durch die drohende Haltung der Philister an den Westgrenzen des Landes. Bei den Philistern handelte es sich um Völker von den Inseln des griechischen Archipels, aus Kreta, Zypern und möglicherweise aus Kleinasien, die gegen Ende des zweiten Jahrtausends v. Chr. von den aus dem Norden vordringenden indogermanischen Stämmen vertrieben worden waren (s. S. 70 f.). (Die indogermanische Sprache entwickelte sich in Indien zum Sanskrit; bei den Invasoren, die die Philister verdrängten, nahm sie die Form des Griechischen an.) Eines der Merkmale, das die Philister von den semitischen und ägyptischen Völkern unterschied, bestand darin, daß sie »nicht beschnitten« waren. Sie ließen sich zunächst in der Küstenebene Palästinas nieder und begannen von dort aus in das gebirgige Binnenland vorzustoßen. Die hebräischen Stämme versuchten diesen Vormarsch aufzuhalten, aber sie wurden in den heftigen Auseinandersetzungen mit den Philistern geschlagen. Die Besetzung des zentralen Gebietes, das bis dahin die Stämme Ephraim und Benjamin innegehabt hatten, durch die Philister war eine offensichtliche Bedrohung der gesamten Konföderation und ist wahrscheinlich die Erklärung für die schwerwiegende Maßnahme, die man ergriff: Die Bundeslade wurde aus Silo hinausgetragen in der Absicht, die Gegenwart Jahves zu den Verteidigern des Landes zu bringen, das inzwischen als das seine galt. Die Niederlage der hebräischen Streitmacht, die Erbeutung der Bundeslade und die Zerstörung des Heiligtums von Silo durch die Philister – aus alledem ergab sich eine überaus ernste und bedrohliche Situation.

In dieser Lage machte sich das Verlangen nach einem König sehr viel nachdrücklicher bemerkbar, und man beschloß jetzt, Saul als König einzusetzen. Aber die Entscheidung kam nur unter Schwierigkeiten zustande, und in Israel blieb eine starke Opposition gegen die Institution der Monarchie bestehen, die in späteren Epochen ihre Stimme viel lauter erhob, als es ihr zunächst möglich war. Einiges von dieser Kontroverse hat sich in dem Bericht niedergeschlagen, der sich im 1. Buch Samuel findet.

6. Die Auseinandersetzung um das Königtum

Man nimmt an, daß in dem Bericht, der im 9.–11. Kapitel des 1. Buches Samuel enthalten ist, zwei ursprünglich getrennte Überlieferungen miteinander verschmolzen wurden: eine royalistische und eine antiroyalistische. Doch damit zieht man die Grenzlinie wohl etwas zu scharf; man würde besser von einer leicht unterschiedlichen Akzentuierung der beiden Standpunkte sprechen. Auf der einen Seite ein kompromißlos jahvistischer, theokratischer Standpunkt: Die Theokratie wird als die angemessene Lebensform der Jahve-Verehrer betrachtet, die nicht aufgegeben werden darf. Auf der anderen Seite eine Kompromißhaltung, die Israels schwierige politische Lage erkannte und die Notwendigkeit einsah, die alte Theokratie in Richtung Monarchie ein wenig zu modifizieren. Diese Auffassung ging von der Voraussetzung aus, daß Israel Jahves Volk und daß Israels Gebiet Jahves Land sei und daß die Erhaltung des einen mit der Erhaltung des anderen untrennbar verbunden sei. Was man aus einer solchen Einstellung heraus verlangte, war ein *theokratischer König*, der im Namen Jahves herrschen und Israel mit der Macht Jahves gegen seine Feinde führen sollte. Ein solcher König, so hoffte man, würde Saul sein. Seine charismatischen Eigenschaften wurden durch die Vertreter dieses Standpunkts besonders hervorgehoben – zum Beispiel anläßlich des Vorfalls, der in 1. Sam. 10: 9–13 berichtet wird. Die Situation verlangte die Übergabe einer zentralisierten Herrschbefugnis an einen charismatischen Heerführer, einen Diener Jahves. Die Anhänger des gegenteiligen Standpunkts fragten, ob es recht sei, die wesensfremde Institution des Königtums – verknüpft mit den Staatsreligionen Ägyptens und Babylons – in das Leben von Jahves Volk einzuführen. Vielleicht stellen diese beiden verschieden akzentuierten Meinungen, die in der uns vorliegenden Version des Berichts unmittelbar nebeneinanderstehen, die Interpretationen zweier differierender Schulen dar, die einer späteren Zeit angehören und die Vorgänge aus historischer Sicht betrachteten.

7. Die Regierung Sauls

Im Verlauf von Sauls Regierungszeit beobachten wir tatsächlich, wie aus Saul dem Ekstatiker, aus dem Mann, der sich dem Willen Jahves unterwirft, allmählich der arrogante Staatsmann und Möchtegern-Autokrat Saul wird. Eine Wandlung scheint in seinem Charakter vorgegangen zu sein, vielleicht als Folge seiner Machtübernahme. Doch eine gewisse Zwiespältigkeit seiner Situation ist offenkundig: auch nach Sauls Salbung zum König blieb Samuel durchaus eine zentrale und mächtige Figur. Saul ist es nicht vergönnt, heilige und profane Angelegenheiten miteinander zu vereinen; er ist zwar der militärische Führer, aber Samuel behauptet seine Vorrangstellung als Verwalter des Sakralen (1. Sam. 13). Als Saul das Leben des Amalekiterkönigs Agag schont (1. Sam. 15:9), gerät er in Konflikt mit den theokratischen Forderungen Samuels, des Stellvertreters Jahves. Die Entfremdung zwischen den beiden Männern scheint sich immer mehr vergrößert zu haben, und es kann sehr wohl sein, daß damit eine Entfremdung zwischen den Anhängern der gegensätzlichen Standpunkte einhergegangen ist. In dieser Phase der Geschichte Israels zeigt sich, wie ungeheuer schwierig es ist, die Grundfragen, um die es im religiösen Leben geht, und die unmittelbaren, drängenden Probleme, die aus der Leitung und Verteidigung eines bestimmten Gemeinwesens erwachsen, einer einzigen Kontrollinstanz zu überlassen. Dieser Schwierigkeit werden wir in der Geschichte des Islams wiederbegegnen. Ohne Zweifel ist der Versuch, das Problem der Partnerschaft Saul-Samuel zu lösen, fehlgeschlagen. Doch bedenkt man die Notwendigkeit, »Jahves Land« zu retten, dann sieht man ein, daß eine Lösung gefunden werden mußte. Das Königtum Davids könnte die Antwort sein, denn in David sehen wir Israels Idealvorstellung von einem König verwirklicht, der sowohl die Religion als auch das Land rettet. Wir müssen uns jedoch Rechenschaft darüber ablegen, auf welche Weise David dies erreichte und was dabei mit der prophetischen jahvistischen Religion geschah.

8. Die Regierung Davids

Die naive, oberflächliche und sentimentale Auffassung sieht in David einen harfenspielenden Hirtenjungen, der Großes erreichte, einen aufrechten Mann, der wegen seiner Geschicklichkeit und Tugend zum König erwählt wurde und der nebenbei zahlreiche Psalmen verfaßte. Dieses idealisierte Bild deckt sich nicht ganz mit dem, was uns die hebräische Tradition über ihn berichtet. Seine Regierungszeit läßt sich in zwei Abschnitte einteilen: Der erste umfaßt die sieben Jahre, in denen er von Hebron aus regierte, zunächst als König von Juda allein und dann von Juda und Israel; den zweiten bilden die dreiunddreißig Jahre, die er als König von Juda und Israel in Jerusalem residierte.

Nach dem Tod Sauls sorgte sein Adjutant Abner dafür, daß Sauls Sohn Eschbaal (in der späteren Überlieferung auch Ischboscheth genannt) König von Israel wurde. Die Männer von Juda hatten ihren Anführer David zum König von Juda proklamiert. König Eschbaal entzweite sich jedoch mit dem General Abner wegen einer Konkubine, und Abner beschloß, die Geschicke Israels mit denen Judas zu vereinen und David zu unterstützen. David festigte seine Position, indem er Sauls Tochter Michal zur Frau nahm. Davids frühere Ehe mit ihr war von Saul annulliert worden, und sie war jetzt mit einem anderen Mann verheiratet. Abner arrangierte die zweite Heirat, die eine Vorbedingung für ein vereintes Königreich war, und Michal nahm ihren Platz neben den beiden anderen Frauen ein, die David bereits hatte, neben der wohlhabenden Witwe Abigail und Ahinoam. Kurz darauf wurde Abner von Joab, einem Offizier Davids, ermordet, aus Rache für den Tod seines Bruders. Als David von der Ermordung Abners erfuhr, verfluchte er die Nachkommenschaft des Mörders: »Es [das Blut Abners] falle aber auf den Kopf Joabs und auf seines Vaters ganzes Haus, und müsse nicht aufhören im Hause Joabs, der einen Eiterfluß habe und am Stabe gehe und durchs Schwert falle und an Brot Mangel habe« (2. Sam. 3:29). Vor seinem Tod noch trug David seinem Sohn Salomo auf, dafür zu sorgen, daß er Joabs »graue Haare nicht mit Frieden hinunter in die Grube [Scheol, der Aufenthaltsort der Toten]« bringe. Eschbaal, der nun ohne jede Unterstützung in Mahanaim residierte, wurde während seiner mittäglichen Siesta von zwei Banditen ermordet, die auf seinen Vater böse waren. Jetzt hatte David keinen ernsthaften Rivalen mehr, der ihm die Herrschaft über die Stämme von Juda und Israel hätte streitig machen können. So also war die Lage beschaffen, als den Hebräern ihr größter König erstand.

Die unmittelbare Folge war, daß die Philister, denen jetzt ein vereintes Israel gegenüberstand, mit einem verstärkten Widerstand fertig werden mußten; die restliche Zeit, die David von Hebron aus regierte, war damit ausgefüllt, die Bedrohung der territorialen Integrität Israels durch die Philister abzuwenden. Nachdem der König auf diese Weise seine Stellung gefestigt hatte, baute er sie weiter aus, indem er eine neue Hauptstadt, nämlich Jerusalem, schuf – eine Stadt ohne alle hebräischen Assoziationen, die er von den Jebusitern annektierte. Sie hatte einen doppelten Vorteil: sie war eine natürliche Festung und außerdem ein altes kanaanitisches Kultzentrum, wo die Gottheit El-Elyon verehrt wurde. Dieser Gott war auch unter den Namen Sedek und Schalem bekannt; der letztere kehrt sowohl im Namen von Davids Sohn, Salomo, als auch in dem der Stadt wieder. Da weder die nördlichen noch die südlichen Hebräerstämme früher irgendeine Beziehung zu dieser Stadt gehabt hatten, war sie besonders geeignet als Symbol für die persönliche Tapferkeit und die militärischen Leistungen des Königs. Ob nun die kultische Bedeutung der Stadt aus der Sicht des Königs ein Vorzug war oder nicht – jedenfals wurde sie das neue Zentrum des Jahve-Kults, der möglicherweise dem El-Elyon-Kult aufgesetzt wurde. Nach der Überlieferung war es Davids Absicht, hier einen Tempel zu errichten; dazu kam es allerdings erst unter seinem Sohn und Nachfolger Salomo, doch es ist evident, daß ein entsprechender Trend bereits vorhanden war. Die jahvistische Religion, die sich zunächst mit einem bestimmten Territorium und dann mit einer Konföderation von Stämmen identifiziert hatte, paßte sich nun noch stärker dem Muster der nahöstlichen Staatsreligionen an, indem ihre Verbindung mit der monarchischen Regierungsform zutage trat. Der logische Endpunkt dieses Prozesses war die Begründung eines städtischen Tempelkults wie in Babylon und Ägypten. Als erstes wurde die Bundeslade, das alte Symbol des Jahvismus, in einer feierlichen Prozession unter der Leitung des Königs, der einen rituellen Tanz aufführte, aus Kiriath-Jearim herübergeholt. Es war der König in seiner Eigenschaft als Priester (nach orientalischem Vorbild), der dann das Opfer darbrachte und dem Volk seinen Segen erteilte, vermutlich im kanaanitischen Stadtheiligtum, wo jetzt die Lade untergebracht wurde und wo fortan Priester, die königliche Beamte waren, ihren Dienst versahen (Noth, 1960; 191).

9. Die Regierung Salomos

Alle wichtigen Ingredienzien, die Salomo zu einem kleinen orientalischen Potentaten bestimmten, hatte somit sein Vater, der Kriegsheld David, bereitgestellt: ein durch Angriffskriege erweitertes Territorium, eine erbliche Monarchie, eine königliche Hauptstadt und einen Tempelkult mit beamteter Priesterschaft. All dies konsolidierte Salomo in einem zentralisierten, autokratischen Herrschaftssystem nach ägyptischem Vorbild.

Bei oberflächlicher Betrachtung erscheint die Regierungszeit Salomos als eine einmalige Periode des Friedens, des Wohlstands und der Sicherheit. 1 Könige 4:20 malt idyllisch aus, wie ganz Juda und Israel sich nur mit Essen und Trinken beschäftigen und sich allgemeinen Glücks erfreuen. Diese Idylle ist kaum zu vereinbaren mit den Rückschlägen, die auf Salomos Tod folgten, und zwar in der Revolte des Jerobeam. Damals, so heißt es nun, habe die »ganze Gemeinde Israels« unter den von Salomo durchgeführten Unterdrückungsmaßnahmen gelitten. Gegenüber Rehabeam macht sich der Groll folgendermaßen Luft: »Dein Vater hat unser Joch zu hart gemacht.« An Reichtum und Wohlergehen des Hofes gibt es keinen Zweifel. Wir hören, daß es der Königin von Saba vor Staunen den Atem verschlug, als sie den Hof Salomos erblickte, seine Organisation, seine schönen Frauen und seinen Dienerstab. Man muß freilich berücksichtigen, daß sie eine benachbarte Herrscherin war, die mit ihrem Besuch vermutlich irgendwelche kommerziellen Absichten verfolgte, was die von ihr geäußerten orientalischen Übertreibungen erklären könnte, doch selbst dann ist kaum daran zu zweifeln, daß für Salomos Hof und Stadt ein gut Teil hohlen Prunks und Schaugepränges bezeichnend war und daß dies erheblich von dem Leben der Bauern und Handwerker abstach, die die wirtschaftliche Last letztlich zu tragen hatten. Das Bauholz für den Stadttempel von Jerusalem lieferte zum

Beispiel König Hiram von Tyrus zum Gegenwert eines Jahresexports von 220 000 Scheffeln Weizen und beträchtlicher Mengen Öl. Salomos Beamte verzehrten allein im Jahr fast 400 000 Scheffel Getreide, und man hat ausgerechnet, daß in einem Land von der Größe und Produktivität des damaligen Israel schon diese Kosten und der Weizenexport nach Tyrus eine große Belastung für die ländliche Bevölkerung darstellten. Die kanaanitischen Zwangsarbeiter, die Salomo als Staatssklaven in Gefangenschaft hielt, mögen teilweise den Mangel an Arbeitskräften behoben haben, den Salomos ehrgeizige staatliche Bauvorhaben mit sich brachten, reichten aber nicht aus, alle seine Wünsche zu erfüllen.

Der Tempel wurde zum politischen und religiösen Mittelpunkt des Staates, und Salomo fungierte in ihm als königlicher Priester. Die enge Verbindung des Tempelkults mit dem königlichen Hof und seinem luxuriösen Leben macht verständlich, wie es dazu kam, daß die jüdische Priesterschaft sowohl in dieser Zeit als auch in der Periode nach dem Exil immer mehr von aristokratischen und höfischen Verhaltensweisen geprägt wurde (wie auch die Kleidung der Hohenpriester das Vorbild der Königsgewänder verriet). Die Hauptstadt war zugleich die Stätte, an der kanaanitische und ausländische Gottheiten verehrt wurden – eine Konzession an die vielen ausländischen Frauen und Mätressen Salomos.

10. Die jahvistische Religion während der frühen Monarchie

In den Heiligtümern der Stammeskonföderation außerhalb Jerusalems verehrten die dort ansässigen Priester Jahve weiterhin in der althergebrachten Form. Wenn sie in der frühen Monarchie zunehmend unter den Einfluß der kanaanitischen Naturreligion gerieten, so muß man bedenken, daß sie da in jeder Weise von Salomo selbst bestärkt wurden, der die Verehrung ägyptischer, moabitischer, ammonitischer, phönizischer und hethitischer Götter in Jerusalem einführte.

Die religiöse Opposition gegen die Monarchie von seiten derjenigen, die dem prophetischen Jahvismus früherer Zeiten die Treue hielten, sollte in dieser Entstehungsphase der Dynastie von Jerusalem auf keinen Fall abnehmen. Der Tempelbau selber war eine große Neuerung innerhalb der hebräischen Religion und war durch religiöse Ideen gefördert worden, die dem Jahvismus fremd waren, nämlich durch den Einfluß des ägyptischen und babylonischen Systems, das auf einen Gott-König bezogen war. Die Existenz des Tempels wurde später schließlich hingenommen und mit jahvistischen Vorstellungen versöhnt: Der uns überlieferte Bericht über den Bau des Tempels ist geprägt von einem solchen Anpassungsvorgang. Doch in der Zeit selbst wurden echte Proteste laut, wie sie sich in den vorwurfsvollen Worten niedergeschlagen haben, die der Prophet Nathan an König David richtete: »So spricht der Herr: Solltest du mir ein Haus bauen, daß ich darin wohne? Habe ich doch in keinem Hause gewohnt seit dem Tage, da ich die Kinder Israel aus Ägypten führte, bis auf diesen Tag, sondern ich habe gewandelt in der Hütte und Wohnung.« Von Rad nimmt an, daß Nathan hier als Vertreter der alten Tradition des »Ratszelts« und ihrer ganz anderen Auffassung von der Gegenwart Jahves auftritt, also einer Tradition, nach der Jahve zwischen den hebräischen Stämmen umherwandelte und sich nicht an einem bestimmten Ort fest niederließ (von Rad, 1962; 61). Aber die jahvistische Protestbewegung, wie sie Nathan repräsentierte, führte zu nichts; der Tempel wurde gebaut nach orientalischem Vorbild, die Gottesverehrung verbunden mit einer politischen Metropole und die Saat der jüdischen religiösen Haltung ausgesät, die in der modernen Welt den Namen Zionismus trägt.

V.
DIE INDISCHE RELIGION IN DER SPÄTEREN WEDISCHEN ZEIT (etwa 1000—500 v. Chr.)

1. Die Drawidisierung der indogermanischen Kultur

Ohne Zweifel wandelten sich die Indogermanen unter dem Eindruck ihres Zuges, der sie tiefer in das Herz Indiens führte. Wahrscheinlich waren die bereits erwähnten Eheschließungen mit den eingeborenen Drawiden einer der wichtigsten Faktoren. Das zeigt sich vor allem in gewissen Neuerungen der indogermanischen Sprache, die in dieser Epoche auftauchen. Als einzige der indoeuropäischen oder indogermanischen Sprachen verfügt das Sanskrit über eine Reihe von Konsonanten, die typisch indisch sind. Es sind die sogenannten retroflektierten oder Kakuminallaute, die gewöhnlich mit einem untergesetzten Punkt transskribiert werden: ṭ, ḍ, ṇ, ṛ, ḷ, ṣ. Es sind Laute, die einem Europäer völlig ungeläufig sind und gebildet werden, indem man den jeweiligen Konsonant zu sprechen versucht und gleichzeitig die Zungenspitze nach innen gegen den Gaumen drückt. Es sind Laute drawidischen Ursprungs, und sie sind ein sprachliches Indiz dafür, daß die Indogermanen in einen Prozeß der Drawidisierung eingetreten sind.

In derselben Weise, wie sich die Indogermanen diese fremden, typisch drawidischen Laute zu eigen machten, haben sie mit Sicherheit auch andere Elemente der drawidischen Kultur übernommen, und den wichtigsten dieser Übernahmen wollen wir uns jetzt zuwenden.

2. Religiöse Spekulation in der wedischen Spätzeit

Unter den Hymnen im 10. Mandala des Rigweda, also unter jenen, die später als die Masse der Hymnen entstanden sind (s. S. 71), verdienen drei unsere besondere Beachtung: X. 90, »Das Opfer des ersten Menschen«; X. 121, »Prajāpati« (»Der Herr der Schöpfung«), und X. 129, »Am Anfang« (Zaehner, 1966; 8—12). In ihnen sind kosmische Spekulationen, Fragen nach dem Wesen des Universums und sogar Skepsis in bezug auf eine mögliche Antwort enthalten, lauter Züge, die in den früheren Hymnen nicht zu finden sind. Hymne 90, »Das Opfer des ersten Menschen«, wird später im Zusammenhang mit der Klassenbildung in der wedischen Gesellschaft genauer betrachtet (s. S. 98). Die beiden anderen bezeugen am eindeutigsten die Denkweise der Indogermanen in dieser späten Epoche, zumindest die der Brahmanen- oder Priesterklasse. Hymne 121, »Der Herr der Schöpfung«, stellt die Frage: »Welchen Gott sollen wir verehren beim Opfer ... ? Ihn, der in seiner Macht seit jeher der Eine König war von allem, was atmet?« Diese Frage durchzieht in verschiedenen Abwandlungen die ganze Hymne. Durch wen werden Himmel und Erde gehalten? Durch wen verströmt die Sonne ihr Licht? Wer zeugt den Himmel und gebar das Wasser? Im zehnten und letzten Vers der Hymne wird die Antwort gegeben: Prajāpati! (»Herr der Schöpfung«). Wie R. C. Zaehner darlegt (1966; VI), hat der Polytheismus der Indoeuropäer hier eine andere Wendung genommen und sich zu etwas entwickelt, was charakteristisch indisch ist. Kein einzelner Gott der vielen Götter hat eine echte Vorrangstellung erlangt, wie es für andere Religionen zutrifft; vielmehr sind die Götter miteinander verschmolzen und haben dabei ihre eigentliche Identität und sogar ihre Relevanz eingebüßt. Welchen Namen man dem Allerhöchsten gibt, ist unerheblich: »Was nur Eins ist, nennen die Weisen mit mannigfaltigen Namen« (Rigweda I. 164, 46). Selbst Prajāpati, hier als Herr der Schöpfung verehrt, hat noch andere Namen: Viśvakarman, der Erzeuger von allem, oder Brihaspati, der Herr des brahman, der heiligen Macht des Gesanges. In solchen Ideen, die sich im letzten Buch des Rigweda finden, bewegt sich das indogermanische Denken bereits auf den pantheistischen Monismus zu, der für Indien charakteristisch ist und der in der späteren Form des wedischen Schrifttums, den Upanisads (Upanischaden), offen in Erscheinung tritt (s. S. 100 f.).

In der Hymne mit dem Titel »Am Anfang« geht die religiöse Spekulation in eine regelrechte Skepsis hinsichtlich der Bedeutung der alten Götter über. Die Hymne fragt: »Auf welche Weise ist alles tatsächlich entstanden? Was existierte vor dem Sein und dem Nicht-Sein, vor dem Tod oder der Unsterblichkeit, vor Nacht oder Tag, Dunkelheit oder Licht? Wer weiß die wahre Antwort? Wer kann sie hier darlegen?« So gehen die Fragen weiter, bis in der letzten Strophe die Spekulation die Aussage wagt: »Nur er, der Aufseher im höchsten Himmel ist, weiß es«, und dann in der letzten Zeile den Rückzug antritt in einen extremen, alles Wissen zerschmetternden Skeptizismus: *»... oder vielleicht weiß er es nicht!«*

Inwieweit dies eine natürliche Weiterentwicklung von Grundsätzen ist, die dem indogermanischen Polytheismus der früheren Epoche inhärent waren, läßt sich schwer sagen; man kann lediglich darauf hinweisen, daß in all den anderen Gebieten, in die der indogermanische

Polytheismus vordrang, offenbar nichts Vergleichbares geschehen ist. Wir sind also berechtigt anzunehmen, daß wir es hier mit einer spezifisch indischen Entwicklung zu tun haben. Sie läßt sich unter Umständen als Auswirkung der nordindischen Umwelt erklären – geographisch mit ihren riesigen, flachen, scheinbar endlosen Ebenen, die das Denken auf eine undifferenzierte Einheit hinlenken; klimatisch mit der unbarmherzigen Hitze, die lebhafte Aktivität hemmt und die Kontemplation fördert. Andererseits dürfen wir nicht übersehen, daß spätere Einwanderer mit mehr Erfolg den Einfluß der indischen Umwelt auf ihr religiöses Denken abgewehrt haben – Moslems, Parsen, Juden und Christen –, und zwar vor allem dann (wie im Falle der Parsen und Juden), wenn Heiraten mit der eingesessenen indischen Bevölkerung auf ein Minimum beschränkt blieben, und am wenigsten dann (wie im Falle der Moslems), wenn solche Verbindungen häufig vorkamen. Dieses Problem wird im Zusammenhang mit dem indischen Islam in der Mughal-Periode noch einmal zur Sprache kommen (s. S. 406 f.). Was die Indogermanen angeht, so waren Ehen mit Drawiden gewiß nichts Ungewöhnliches und wohl einer der Hauptfaktoren für die Entstehung neuer Tendenzen in den religiösen Vorstellungen der Indogermanen.

3. Die Brahmanen und die kosmische Ordnung

In der noch verbleibenden dieser späten Hymnen des Rigweda, die soeben besprochen wurden (s. S. 93 f.), nämlich in »Das Opfer des ersten Menschen« (Rigweda X. 90), wird der Ursprung des Universums als ein Opfervorgang dargestellt. Man erkennt hier die Überhöhung der bloßen Opferhandlung zu einem Geschehen von höchster Bedeutung innerhalb des religiösen Systems, so daß sie noch wichtiger wurde als selbst die Götter, denen das Opfer offensichtlich dargebracht wurde. Die Auffassung, deren Entstehung wir hier beobachten, sieht im Opfer, in dem Vorgang, dem das Universum sein Dasein verdankt, den eigentlich wirksamen Faktor. Aus einer anderen Perspektive betrachtet, ist dies seitens der Brahmanen, der Priester, die Überbewertung jener Tätigkeit, deren Ausübung und Überwachung ihnen in der wedischen Gesellschaft allein oblag; dieser Punkt wird uns später noch einmal beschäftigen (s. S. 96 f.). Daß das Gewicht so sehr auf die Opferhandlung gelegt wurde, hatte zur Folge, daß nicht nur den Göttern eine untergeordnete Stellung zugewiesen, sondern auch dem Opfer so etwas wie eine magische Funktion beigelegt wurde. Es wurde zum lebenswichtigen Element im kosmischen Ablauf; die Aufrechterhaltung der kosmischen Ordnung begriff man nun als abhängig von der geziemenden und korrekten Durchführung des Opferrituals. Diese Auffassung des Opfers und der Wirkungen, die es, wie man glaubte, zu gegebener Zeit, das heißt automatisch, zeitigen werde, gleicht nach Dasgupta »der Erfüllung eines Naturgesetzes in der physikalischen Welt«.

4. Die Auffassung des rta oder das kosmische Gesetz

Im Rigweda ist auch die Konzeption eines kosmischen Gesetzes enthalten, das die Existenz aller Dinge aufrechterhält und dafür sorgt, daß eine gegebene Handlung stets zur rechten Zeit, automatisch und unvermeidlich bestimmte Resultate zur Folge hat. Dieses kosmische Gesetz wird in den wedischen Hymnen als rta bezeichnet; Basham sieht in ihm »den vielleicht höchsten Aufschwung des rigwedischen Denkens«. Es könnte eine Weiterentwicklung des Glaubens an das magische und automatische Wirken des Opferrituals darstellen oder auch eine Auffassung sein, welche die Indogermanen von den früheren Bewohnern des Landes übernahmen. Dasgupta vertritt den Standpunkt, in der Opfermagie und in dieser Konzeption des kosmischen Gesetzes rta lägen die Ursprünge des Karma, welches besagt, daß eine Handlung kausal bedingte und unausweichliche Folgen habe, die nicht mehr abgewendet oder verschoben werden können, sobald ihre Zeit erfüllt ist – eine Auffassung, die zumal in ihrer Anwendung auf die Moral das indische Denken bis in die neueste Zeit beherrscht (Dasgupta, 1922; 22).

Die unmittelbare Folge dieser Entwicklung war das gewaltig vermehrte Ansehen der Brahmanen-Priester, die allein das professionelle geistige Rüstzeug für den peinlich genauen Vollzug des Opferrituals besaßen (denn wenn nur die kleinste Silbe des Kultgesangs oder die nebensächlichste Verrichtung nicht korrekt ausgeführt wurde, so glaubte man, daß das Chaos ausbrechen werde).

D. D. Kosambi sieht einen anderen Grund für die wachsende Bedeutung des Opfers in der wedischen Spätzeit: »Die Gesellschaft hatte nach und nach ihre Subsistenzmittel erschöpft« (Kosambi, 1965; 87). Da Wohlstand und Glück angeblich vom Opfer abhingen, mußte ein drohender Mangel an Vieh und Nahrungsmitteln zu einer zahlenmäßigen Zunahme der dargebrachten Opfer und zu einer aggressiven Aktivität der Krieger führen; auch der Erfolg in kriegerischen Unternehmungen setzte Opferhandlungen voraus, so daß ein weiterer Grund für ihre größere Häufigkeit gegeben war. Die Brahmanen-Priester nahmen folglich zu an Reichtum und Prestige. Das hatte zwei direkte Folgen, eine literarische und eine gesellschaftliche: die Abfassung der als Brāhmanas bezeichneten Abhandlungen und die genauere Fixierung der Klassenunterschiede in dem rudimentären Kastensystem.

5. *Die Brāhmanas*

Die Brāhmanas sind Abhandlungen, in denen die soeben dargestellte Auffassung von der magischen Wirksamkeit des Opfers niedergelegt ist. Was die Form betrifft, so handelt es sich um einen Kommentar oder eine Ausdeutung der wedischen Hymnentexte. In dieser Hinsicht begründen sie also die lange Tradition der religiösen indischen Literatur, in der neue Entwicklungen des Denkens immer wieder durch Auslegungen eines früheren Textes präsentiert werden, auch wenn in der Praxis die so entstandene neue Literatur Gedankengänge enthalten mag, die erheblich von denen der älteren Texte abweichen. In den Brāhmanas finden wir somit alle möglichen phantastischen Spekulationen über das Wesen des Opferrituals, seinen Symbolismus, seine kosmische Bedeutung und so fort. So durch und durch spekulativ dieses Denken auch sein mag, die Autoren wollten es sicherlich nicht so aufgefaßt wissen, sondern versuchten es zu legitimieren, indem sie es als eine Exposition der beim Opfervorgang verwendeten Hymnen darboten. Es kommt nicht so sehr darauf an, daß die in den wedischen Hymnen ausgedrückten Ideen als wichtig empfunden und deshalb ausgelegt wurden, sondern vielmehr darauf, daß schon der bloße Klang der Silben eine heilige Qualität, eine magische Wirkung gewonnen hat. Das ist das *brahman,* eine übernatürliche Kraft, der in primitiven Religionen das *mana* entspricht. Der Besitzer oder Verwalter dieser heiligen Kraft des brahman, die im Klang des Gesanges liegt, ist der brāhman (Brahmane) oder Priester. Die Brāhmanas sind somit die »priesterlichen« Schriften, welche die vielen Aspekte dieser heiligen oder, korrekter ausgedrückt, magischen Macht darstellen und ausschmücken.

6. *Die Entstehung des Kastenwesens*

Die wachsende Bedeutung des Brahmanen und seine Sonderstellung als Hüter des magischen Gesanges haben bereits in einer Hymne des 10. Mandala des Rigweda ihren Niederschlag gefunden, und zwar in der Nummer 90, »Das Opfer des ersten Menschen«. Der Sänger fragt: »Als sie zerlegten den ersten Menschen, in wie viele Teile zerlegten sie ihn?« Die Antwort lautet: »Der Brahmane war sein Mund, die Arme wurden zum Fürsten (ksatriya), seine Schenkel zum gemeinen Volk (vaiśya), und aus seinen Füßen wurde der Sklave (sudra) geboren« (Zaehner, 1966; 9 f.). Es versteht sich, daß der Brahmane durch den Mund, also den zur Lautäußerung bestimmten Körperteil repräsentiert wurde, denn so wird er von vornherein mit der in diesem Denken wichtigsten Fähigkeit des Menschen in Verbindung gebracht. Darüber hinaus zeigt die genannte Hymne aus der wedischen Spätzeit, wie sich die frühere Zweiteilung in Elite (ksatriya) und gewöhnliche Stammesmitglieder (viś) inzwischen zu einer vierfachen Unterteilung der Gesellschaft entwickelt hat, in der die Brahmanen die oberste Stufe verkörpern und einen höheren Rang besitzen als selbst die Krieger oder ksatriya. Gleichzeitig sind die gewöhnlichen Stammesmitglieder zum Teil auf eine tiefere Stufe abgesunken, auf die der sudras oder Sklaven. Diese letzteren bestanden nach allgemeiner Auffassung aus jenen Eingeborenen, die gezwungen waren, für die indogermanischen Eroberer und Okkupanten zu arbeiten, und möglicherweise auch aus den Abkömmlingen der Mischehen zwischen der einheimischen Bevölkerung und den Siegern. Der Umstand, daß die vier Klassen der Gesellschaft auf solche Weise in einer wedischen Hymne beschrieben sind, deutet darauf hin, daß in dieser späten Epoche eine derartige Gesellschaftsstruktur bereits als religiös legitimiert galt – das heißt, sie wurde als Teil der vorbestimmten Struktur des Universums begriffen, die aus einem urzeitlichen Opfer hervorgegangen war. Da spekulatives religiöses Denken offenbar ein Vorrecht der Brahmanen war, können wir davon ausgehen, daß sich in dieser Rangordnung (Brahmanen, ksatriyas, vaiśyas und sudras) die Auffassung der Brahmanen widerspiegelt; demnach war dies die Ordnung, die durch die Religion sanktioniert wurde. Auf Grund der von den Brahmanen inspirierten Hymne können wir nur Vermutungen darüber anstellen, ob die ksatriya-Klasse mit diesem Rangsystem einverstanden war. Die Tatsache, daß die sudras die unterste Klasse darstellten und daß diese Klasse sich vornehmlich aus autochthonen Gruppen rekrutierte, bedeutet jedoch nicht, daß die Struktur der *Klassen* auf *rassischen* Unterscheidungsmerkmalen basierte. Es gibt nämlich Belege dafür, daß sich die brahmanische Priesterschaft der wedischen Spätzeit aus arischen und nicht-arischen Elementen zusammensetzte. Von einigen bedeutenden Brahmanen-Clans heißt es merkwürdigerweise, sie seien »von einem Krug geboren«. Das bedeutet vermutlich, daß sie Söhne des menschlichen Repräsentanten einer Mutter-Göttin waren; der »Krug« versinnbildlicht nach Kosambi den Schoß der Mutter-Göttin. Die Aufnahme solcher nicht-arischen Weisen in die arische Priesterschaft war, so meint er, eine Neuerung, aber sie hatte den Vorteil, daß sie »die sonst feindlichen Gruppen und ihre vielen neuen Kulte zu einer einheitlichen Gesellschaft mit gemeinsamen Göttern« assimilierte (Kosambi, 1965; 83). Auf diese Weise entstand eine neue, hochspezialisierte Priesterschaft.

7. Die Waldbewohner

Gab es unter den wedischen Indogermanen Leute, die sich nicht voll einverstanden erklärten mit der hohen Meinung der Priester von ihrer eigenen Tätigkeit und ihrem Platz in der Gesellschaft? Einen möglichen Beweis dafür sehen manche in den Traktaten, die auf die priesterlichen Brāhmanas folgen, nämlich in den »Waldschriften« oder Aranjakas. Dieses Schrifttum verrät eine Abwendung vom Rituellen und eine Hinwendung zu einer mehr mystischen und asketischen Form des religiösen Lebens. In der Bezeichnung Aranjaka liegt sicherlich eine Beziehung zu dem Wort für Wald (aranya). Dasgupta nimmt an, daß diese Texte ursprünglich für alte Männer bestimmt waren, die nicht mehr imstande waren, das Opferritual zu vollziehen, und sich deshalb in den Wald zurückgezogen hatten, um zu meditieren; der Symbolismus des Opferrituals lieferte ihnen den Stoff für ihre Meditationen (Dasgupta, 1922; 14). Man könnte sagen, daß die Aranjakas ein Übergangsstadium darstellen zwischen den früheren Verhältnissen, in denen der eigentliche Opfervorgang das einzig Wichtige war, und der durch die Upanischaden gekennzeichneten späteren Situationen (s. S. 100 f.), in der die Gedankentätigkeit in Form der Meditation über die mystischen Entsprechungen und den Symbolismus des Rituals die Stelle der Kulthandlung einnimmt. Wenn diese Strömung auch von den »Veteranen« der Priesterklasse ausgegangen zu sein scheint, so schlossen sich ihr doch andere an, bei denen sich die Aranjaka-Traktate zu den Upanischaden fortentwickelten. »Das Opfer an sich verlor in den Augen dieser Männer an Bedeutung, und die verschiedensten mystischen Sinnbilder und Aspekte wurden jetzt als die eigentliche Wahrheit betrachtet« (Dasgupta, 1922; 35). Doch über die Frage, ob die Aranjakas eine Reaktion der ksatriya-Klasse auf den Prestigeanspruch der Priester darstellen oder nicht, ist sich die Fachwelt nicht einig. Eine solche Reaktion liegt auf jeden Fall später vor, in der dschainistischen und buddhistischen Bewegung. Die Aranjaka-Texte bezeichnen, so könnte man vielleicht sagen, eine Mittelstellung zwischen der übermächtigen Bedeutung des kultischen Rituals und der Ablehnung dieser Auffassung in den genannten späteren heterodoxen Richtungen.

8. Die Entstehung der Upanischaden

Die Upanischaden-Literatur, die aus den Aranjakas hervorging, ist nach Meinung mancher Wissenschaftler im großen und ganzen orthodox, soweit der Opferkult betroffen ist; mit anderen Worten: in den Upanischaden wird die Kulttätigkeit nicht abgelehnt oder verworfen. Eher scheint sie sogar noch eine größere Bedeutung zu gewinnen als Basis oder Ausgangspunkt für die metaphysische Spekulation, und gerade diese Spekulation wird in den Upanischaden mit besonderer Gründlichkeit betrieben. Basham behauptet, hier bekunde sich die Haltung der *orthodoxen* Mystiker; sie »lehnen auf keinen Fall den Opferkult ab, sondern halten an seinem spezifischen Wert fest« (Basham, 1954; 246). In ähnlichem Sinne meint Dasgupta, »es gibt keinen schlüssigen Beweis für die Annahme, daß die Philosophie der Upanischaden von den Ksatriyas herrührt« (Dasgupta, 1922; 35). Doch andere Gelehrte in Europa und Indien vertreten eine andere Meinung; zum Beispiel Garbe und Winternitz, deren Argumente von Dasgupta untersucht werden. In jüngster Zeit hat D. D. Kosambi die Auffassung geäußert, daß die Upanischaden eine völlig andere Entwicklung repräsentieren als die Brāhmanas. Er neigt zu der Ansicht, die Upanischaden seien brahmanische Bücher und enthielten demnach Gedankengut, das die Brahmanen von den ksatriyas übernommen hätten; das wird tatsächlich in den Texten einiger Upanischaden angedeutet, wo von Brahmanen die Rede ist, die über die mystische Bedeutung des Opfers und das Wesen des universalen Selbst belehrt werden. Dies trifft etwa auf die fünf Brahmanen zu, die sich an den ksatriya-Herrscher Aśvapati Paikeya wenden, einen angesehenen Lehrer und Kenner der Materie (*Chāndogya Upanisad*, V, XI–XVIII). Wie Dasgupta nachweist, waren es in anderen Fällen die Brahmanen selber, die solche Fragen diskutierten und andere darüber belehrten. Das schließt jedoch nicht die Möglichkeit aus, daß die Initiative bei der Entwicklung solcher neuen Theorien in erster Linie von Nicht-Brahmanen ausgegangen ist, und auch Dasgupta räumt ein, unter den ksatriyas im allgemeinen seien »philosophische Fragen ernsthaft erörtert worden, von denen anzunehmen ist, daß sie einen bedeutenden Einfluß auf die Ausformung der Upanischaden-Lehren ausgeübt haben« (Dasgupta, 1922; 31).

Die aufkeimenden Ideen, die das universale Selbst betreffen, haben offensichtlich bewirkt, daß sich die Aufmerksamkeit vom Opferkult ab- und anderen Mitteln zur Erreichung religiöser Ziele zuwandte. Das beruht zum Teil darauf, daß sich die Ziele selbst änderten. Das Opfer hatte die Aufgabe, Wohlstand, Erfolg und irdisches Glück zu gewährleisten. Doch jetzt suchte man nach anderen Sinngebungen. Die dafür maßgebenden Gründe sind vielfältig und kompliziert, aber das wichtigste Kennzeichen der Situation scheint darin zu bestehen, daß sich die Einstellung der Indogermanen zum Leben gewandelt hatte; das Dasein wurde jetzt als ein im Grunde elender Zustand hingenommen, so daß es die Menschen danach verlangte, in eine Art traumlosen Schlaf zu fliehen. Hinzu kam eine Neubewertung der Askese, wie sie die »Waldbewohner« entwickelten und sogar den Brahmanen nahebrachten; sie bestand in einer Ablehnung der vergänglichen Freuden der Sinne, auf daß man tapas, die geistige »Wärme«, erstrebte und erlangte. Schließlich waren die altwedischen Vorstellungen vom Schicksal des Menschen nach dem Tode der Theorie von einer endlosen Aufeinanderfolge der Existenzen gewichen, das heißt, der Lehre von der Seelenwanderung.

9. Die religiösen Vorstellungen der Upanischaden

Die Sammlung von Erörterungen und Abhandlungen, die zusammen die Upanischaden ergeben, kennt keine systematische Anordnung und keine einheitliche, durchgehende Lehrmeinung. Dennoch ziehen sich bestimmte Grundgedanken durch das ganze Werk, deren wichtigster und fundamentalster, in Dasguptas Worten, der ist, »das der wandelbaren äußeren Welt eine unwandelbare Realität zugrunde liegt, die identisch ist mit jener, welche dem Wesen des Menschen zugrunde liegt« (Dasgupta, 1922; 42). Das Ziel, auf das die Upanischaden ausgerichtet sind, ist die vom Einzelmenschen geforderte Verwirklichung dieser Identität seines eigenen Geistes oder Selbsts (ātman) und des Weltgeistes oder -selbsts (brahman). Nicht alle Menschen sind zugegebenermaßen dazu imstande, sondern nur diejenigen, welche von einem geistigen Lehrmeister oder Guru eingeweiht und vorbereitet worden sind. Das Wort Upanischaden bezeichnet eine esoterische Lehre. Diese Idee einer »geheimen Unterweisung« wird durch viele Stellen in den Upanischaden bestätigt (Dasgupta, 1922; 38). Deshalb ist es nicht sehr verwunderlich, daß ein westlicher Leser, der erfährt, die grundlegende Lehre bestehe in der Gleichung ātman-brahman, damit nicht allzuviel anzufangen weiß; er hat keinen unmittelbaren Zugang zu der geistigen Befreiung, die jenen zuteil werden soll, welche den religiösen Gehalt der Upanischaden erfassen und *praktizieren*. Die Befreiung war das Ziel, das die Eingeweihten erstrebten; Befreiung aus dem Gefängnis des Karma und der Seelenwanderung. Die Ausbreitung und Akzeptierung dieser Idee, welche die ältere wedische Vorstellung verdrängte, nach der das Schicksal des Menschen nach dem Tode entweder der Himmel (der Wohnsitz der Väter) oder die Hölle (das Haus aus Lehm) war, ebnete verschiedenen Lehren der Befreiung oder moksa den Weg. In den Upanischaden finden wir übrigens zum erstenmal in der indogermanischen Literatur einen echten Beleg für den Glauben an das Karma und die Seelenwanderung. Die Tatsache, daß dies inzwischen eine orthodoxe Lehrmeinung der Brahmanen geworden ist und daß Askese und Meditationsübungen von ihnen als grundlegende Methoden der Befreiung angesehen werden, zeigt an, welche Wandlungen in der religiösen Einstellung der Brahmanen in dieser wedischen Spätzeit vor sich gegangen sind.

10. Der Atharwaweda

Solche Lehren müssen jedoch das Fassungsvermögen vieler Menschen überstiegen haben; sie hielten sich an unmittelbarere und begrenztere religiöse Ziele. Das traf vermutlich auf die Mehrzahl der Bevölkerung zu, vor allem auf die unteren Schichten, sowohl die arischen als auch die nicht-arischen, die sich vorwiegend dem Ackerbau widmeten. Für sie war Religion wohl mehr oder weniger gleichbedeutend mit Magie. Die Beweise dafür finden sich in der Textsammlung, die als der Atharwaweda bekannt geworden ist. Als vierte Zusammenstellung wedischer Hymnen und Lieder entstand er später als der Rigweda, der Jadschurweda und der Samaweda, aber er enthält Material, das wahrscheinlich ebenso alt ist wie die Hymnen der anderen Sammlungen. Manches von diesem Material entstammt wohl den unteren Klassen der indogermanischen Stammesangehörigen; zum großen Teil leitet es sich von urtümlichen Quellen her und besteht aus Zaubersprüchen und Anrufungen, Sühneformeln, Geisterbeschwörungen etc. Für die wedischen Götter der Indogermanen ist hier nur wenig oder überhaupt kein Platz; die wenigen kosmologischen Erörterungen, die sich finden, verweisen eher auf die Upanischaden als auf die frühen Hymnen des Rigweda. Hierher gehört zum Beispiel die Hymne an die Göttin Erde, eines der charakteristischsten und schönsten Gedichte der Sammlung, »das sich stellenweise zu einer beachtlichen dichterischen Gestaltung aufschwingt«, wie Bloomfield bemerkt. Doch im großen und ganzen beschränken sich die Themen des Atharwaweda auf den häuslichen Bereich, und auch wenn sie darüber hinausgreifen, verbleiben sie im Umkreis sozialer Beziehungen und Funktionen. Die behandelten Gegenstände sind folgende: Zauberformeln gegen Krankheiten und zur Förderung der Gesundheit; Verwünschungen von Dämonen und Zauberern; Zaubersprüche zum Wohle der Frauen, die einen Ehemann oder Sohn herbeischaffen wollen; Zaubersprüche des Mannes, der die Liebe einer Frau gewinnen oder seine durchgebrannte Ehehälfte zur Rückkehr bewegen möchte; Zaubersprüche, die sich auf Könige, ihre Weihe und den Erfolg ihrer Unternehmungen beziehen; Zaubersprüche, die das Privatleben im allgemeinen betreffen – die Wiederherstellung der Eintracht, die Beilegung von Streitigkeiten, die Besänftigung des Zorns etc. Viele dieser Hymnen sind so beschaffen, daß wir verstehen können, wie Bloomfield sagt, »in welch hoher Achtung sie gestanden haben müssen« – so einhellig positiv sind ihre Absichten und Ziele. Recht bezeichnend ist es, daß die Klasse der vrātya im Atharwaweda so häufig erwähnt wird. Dabei handelt es sich offenbar um Priester eines nicht-arischen einheimischen Fruchtbarkeitskults; Basham führt aus, daß »man sich große Mühe gab, sie zum arischen Glauben zu bekehren und für sie einen Platz im orthodoxen Kult zu finden« (Basham, 1954; 244). Andererseits bezeichnet des Wort »vrātya« in späterer Zeit einen Menschen, der die Weden nicht respektierte, also nicht-wedischen Ideen und Praktiken anhing. Die beherrschende Rolle, welche die vrātya im Atharwaweda spielen, scheint den Schluß zu rechtfertigen, daß uns diese Texte näher an die religiösen Vorstellungen und Haltungen des vor-indogermanischen und frühen nicht-indogermanischen Indien heranführen als alle anderen *literarischen* Quellen.

ZUSAMMENFASSENDER KOMMENTAR ZUM KAPITEL A

In diesem ersten Kapitel haben wir einige Hauptzüge der Religionen im östlichen und westlichen Asien seit Beginn ihrer geschichtlichen Überlieferung betrachtet. Es muß betont werden, daß es uns nicht um eine Untersuchung der historischen Ursprünge der Religion zu tun war, denn diese liegen weit zurück in der Frühgeschichte der Menschheit, aus der nur spärliche Zeugnisse auf uns gekommen sind und die von noch widerspruchsvolleren und spekulativeren Theorien umwuchert ist. Wir haben lediglich die historischen Wurzeln einiger bedeutender Religionsvorstellungen und -praktiken Europas und Asiens näher untersucht.

In dem Zeitraum, mit dem wir uns beschäftigt haben, war der Glaube des Menschen an eine übernatürliche Macht oder übernatürliche Mächte, beziehungsweise ein Sinn für das Heilige, schon längst vorhanden. Eine der frühesten Formen der Religion war der Glaube an die Erde als Mutter oder Mutter-Göttin, der sich in Indien lebendiger erhalten hat als im Nahen Osten (obwohl er auch dort nie ganz ausgestorben ist). Es ist nicht schwer zu verstehen, warum die Menschen, sofern sie das Bedürfnis hatten, irgend etwas als besonders verehrungswürdig oder heilig zu betrachten, sich gerade der Erde zuwandten, die sie trug und ernährte, oder auch der Sonne, die augenscheinlich die Hauptquelle des Lebens und Lichts und der anderen wichtigen Phänomene des menschlichen Daseins war. In einigen Gesellschaften verehrte man die Erde, in anderen die Sonne; die primitive Religion Japans, die ein Beispiel für die letztere Form ist, wird im nächsten Kapitel behandelt (s. S. 161 ff.). Es darf nicht vergessen werden, daß unsere Arbeit vorwiegend deskriptiv ist, das heißt, wir stellen nur fest, daß die Menschen seit frühesten Zeiten die Notwendigkeit verspürt haben, ein Gefühl der Abhängigkeit auszudrücken, sowie das Bedürfnis, das zu bekräftigen, was sie für das Wertvollste oder gar für heilig hielten; doch indem wir das feststellen, haben wir noch nicht erklärt, weshalb es so war. Wir können ebenfalls feststellen, daß in diesen alten Kulturen das Verlangen nach einer Einschätzung des wechselvollen Daseins bestand, welche die Menschen befähigen sollte, Mittel und Wege zur Sicherung ihres Wohlergehens und zur Abwendung von Leid und Ungerechtigkeit zu finden. Dieses Bedürfnis versuchten die Menschen im alten Mesopotamien beispielsweise dadurch zu befriedigen, daß sie

Zuflucht zu den Wahrsagern und Sehern und zu den Handreichungen der überlieferten Weisheiten nahmen; dem entsprach im alten Indien die Theorie des Karma und der Wiedergeburt: dieses Verlangen nach einer Sinngebung des Lebens ist ein sehr wesentliches Element in anderen Religionssystemen, wie wir noch sehen werden.

Noch unmittelbarer interessiert uns die Koinzidenz von zwei Fakten, die diese alten Gesellschaften und ihre religiösen Vorstellungen betreffen. Erstens: im Nahen Osten war das dritte Jahrtausend v. Chr. die Entstehungszeit autokratischer Reiche in Ägypten und Babylon, für die die Verehrung territorialer Gottheiten kennzeichnend ist, sowie einer staatlichen oder städtischen Priesterschaft, die für den Kult dieser Gottheiten verantwortlich war. Zweitens: im Zusammenhang mit diesem Faktum müssen wir bedenken, daß zwar, wie S. G. F. Brandon schreibt, »die grundlegenden Ideen der kosmogonischen Spekulation weit in die vorliterarische Zeit zurückreichen«, aber »eine echte kosmogonische Spekulation, die dem Ursprung der Welt oder des Universums nachgeht, wahrscheinlich vor dem dritten Jahrtausend v. Chr., als die ältesten erhaltenen kosmogonischen Texte entstanden, noch wenig entwickelt war«. Die Lehren von der Welterschaffung durch ein allmächtiges Wesen sind demnach erst in historischer Zeit aufgekommen und standen anscheinend in einer Beziehung zu bestimmten politischen Strukturen, für die Ägypten und Babylon hervorstechende Beispiele bieten.

Im Falle der Indus-Tal-Kultur ist unsere Kenntnis solcher Glaubensvorstellungen begrenzt aufgrund der Tatsache, daß ihre Schrift vorerst noch nicht entziffert werden kann. Jedenfalls wissen wir nicht mit Sicherheit, daß dort die politische Struktur von genau der gleichen Art war wie in Ägypten und Babylon; im allgemeinen scheint die Indus-Tal-Kultur eine Assimilationsform der nahöstlichen Flußtalkulturen gewesen zu sein, doch keineswegs eine genaue Kopie. Zudem ist zu berücksichtigen, daß die älteren dörflich orientierten Kulturen Nordwestindiens, denen diese Struktur aufgeprägt wurden, ihrerseits einen eigenen Beitrag zur besonderen Form der Indus-Tal-Kultur geleistet haben. Das, was man die »Theologie« der Mutter-Göttin nennen könnte, hat sich offenbar in der indischen Kultur beharrlicher behauptet als im Nahen Osten, obwohl es auch dort weiterlebte. In Indien liefert die indogermanische Kultur die ältesten Belege für eine kosmogonische Spekulation zu der Zeit, da die Brahmanen-Priester sich ihre Vorrangstellung innerhalb der indogermanischen Gesellschaft zu sichern begannen. Die Schöpfungslegende beruht hier nicht auf einem göttlichen »Es werde!«, auf dem Wort eines allmächtigen Herrschers; sie bestand vielmehr in der Doktrin von einem uranfänglichen Opfer, das heißt, von einem priesterlichen Akt. Diese Verknüpfung der kosmogonischen Vorstellungen mit dem brahmanischen Priestertum hatte später die bedeutsame Folge, daß die Ablehnung des Anspruchs der Brahmanen (insbesondere durch die Buddhisten) die Ablehnung der mit den Brahmanen verbundenen Schöpfungstheorie mit sich brachte.

Im alten Orient waren religiöse Vorstellungen und Praktiken eindeutig an die Idee eines bestimmten Territoriums gebunden. Die Geltendmachung territorialer Rechte, ein wesentlicher Grundzug des tierischen und menschlichen Lebens, erhielt hier so etwas wie eine sakrale Weihe. Sowohl in Ägypten als auch in Babylon war das Land das primäre Element, zusammen mit dem König, der sein irdischer Beschützer und Erhalter war. Die Beziehung zwischen dem König und seinem Land (einschließlich der Bewohner) fand ihren Ausdruck im Ritual, und darin liegt das wichtigste Kennzeichen des religiösen Lebens in diesen beiden Gebieten. Das andere, sekundäre, doch gleichfalls wichtige Merkmal bestand, wie wir gesehen haben, in der ganzen Skala von Methoden, mittels derer die Menschen auf eine andere als streng logische Weise Trost im Leben und womöglich die Gewißheit eines vollkommen glücklichen Daseins im Jenseits zu erlangen suchten.

Einen starken Gegensatz zu diesen religiösen Vorstellungen und Übungen bildete das Leben im alten Israel. Ausgehend von einem Akt der Revolte gegen die territorial gebundene, königliche Theokratie Ägyptens, bestimmt der Prophet und Anführer Moses den metaphysischen Kontakt, in dem diese Gruppe von Stämmen ihr Leben zu begreifen hatte, als den Zusammenhalt eines *Volkes* und weniger als den der Bewohner eines bestimmten Territoriums – eines Volkes überdies, dessen Wohlergehen von einer besonders intensiven Beziehung zu einer Gottheit abhing, die nur als »Er, der ist« oder »Ich will sein, was ich sein will« bekannt war. Doch diese Situation der Frühzeit wurde durch eine andere verdrängt, in der das Volk und seine Gottheit territorialisiert wurden. Der Jahvismus wandelte sich zur Religion eines bestimmten Gebietes, das man als »Land der Verheißung« auffaßte, und paßte sich schon bald den territorial gebundenen Religionen des Nahen Ostens an. Es entstand die Vorstellung von Jahve als dem territorialen Herrscher oder König, von Jahve als dem allmächtigen Schöpfer kraft seines königlich-göttlichen Wortes »Fiat«. In der frühen israelitischen Religion hingegen sah man in Jahve vor allem den Befreier aus ägyptischer Gefangenschaft, den Protektor seines Volkes, den

Einen, der in einer besonderen Beziehung zu ihm stand; die Idee des Schöpfer-Königs trat dahinter zurück. Die Angleichung des Jahvismus an die anderen nahöstlichen Systeme wurde weiter vorangetrieben durch die Errichtung einer Monarchie; nichtsdestoweniger blieben noch einige Vertreter der älteren Tradition Israels übrig, die kraft ihrer charismatischen Autorität gegen die extremeren Entwicklungen in Richtung auf das nahöstliche Muster einer königlichen Gottheit oder eines Gott-Königs und die autochthonen, magischen Praktiken, die mit einem solchen Kult verbunden waren, mit Erfolg Einspruch erhoben.

Für die prophetische Tradition in Israel blieb Jahve in erster Linie der Herr der Geschichte und weniger der Herr eines Territoriums, und der höchste Lebenszweck des Menschen bestand darin, »Jahve zu erkennen«, das heißt, die besondere Beziehung zu verwirklichen, die sich zwischen dem Menschen und Jahve herstellen ließ und in der die eigentliche Erfüllung des Daseins lag. Immerhin, die Verbindung von Jahve und nahöstlichem Königtum *war* zustande gekommen und wurde in Israel zunehmend akzeptiert – eine Verbindung, die in der nachfolgenden Geschichte der westlichen Religion bedeutende Konsequenzen haben sollte.

B

PROPHETEN UND PHILOSOPHEN

I.
DIE PROPHETISCHE TRADITION ISRAELS
(926–520 v. Chr.)

1. Die Wegscheide der hebräischen Religion

Eine der hauptsächlichen Auswirkungen der Monarchie von Jerusalem war, wie ein moderner jüdischer Autor meint (Epstein, 1959), die Zerstörung der religiösen Einheit der alten Stammeskonföderation. Diese Einheit zerbrach nach dem Tode Sauls, wurde aber vorübergehend wiederhergestellt durch die militärische Leistung König Davids; beim Tode Salomos zerbrach sie abermals, diesmal endgültig. Der Hauptgrund dafür war, abgesehen von der tyrannischen Herrschaft Salomos (s. S. 89 f.), die den unmittelbaren Anlaß gab, die Überlagerung des älteren Jahvismus, wie er zur Zeit Samuels bestand, durch etwas, was ihm völlig fremd war – durch die Institution der Monarchie. Die typisch jahvistische Figur, der große Prophet, der Mann, der kraft seines religiösen Charismas die Funktionen des Sehers, Priesters und Richters in sich vereinte und als Führer der kultischen Konföderation anerkannt wurde, war inzwischen von der typisch nahöstlichen Figur, dem König, verdrängt worden, der fortan seine Position sehr häufig der Erbfolge verdankte. Es stimmt, daß die Dynastie Davids einen Versuch darstellte, die orientalische Monarchie zu modifizieren und sie zu einer jahvistischen Institution zu machen, aber der Versuch hatte keinen großen Erfolg; sein permanentes Hauptresultat bestand darin, daß er schließlich die Vorstellung von einem idealen König herbeiführte, der Israel in Übereinstimmung mit dem religiösen Geist des Jahvismus regieren würde, im Gegensatz zu den tatsächlichen Königen, denen das nicht gelang. Diejenigen, welche sowohl treue Jahve-Verehrer als auch treue Royalisten zu sein versuchten, hielten an der Überzeugung fest, daß eine derartige Kombination möglich sein müsse. Als die Monarchie schließlich zu Ende ging (und alles in allem hatte sie nur etwas mehr als vier Jahrhunderte gedauert), wurde dieses Idealbild des Monarchen, des Gesalbten oder Messias, der in der Zukunft erstehen und ein dauerhaftes und gerechtes Königreich begründen würde, zum Brennpunkt, auf den sich die jüdische Religion konzentrierte.

2. Prophetische Opposition gegen die Monarchie

Es gab jedoch auch jene Verehrer Jahves, die sich nicht so leicht mit dieser Idee befreunden konnten, die Auffassung der Monarchie weiterhin bekämpften und die Politik der tatsächlichen Monarchen ablehnten, deren Tun zumeist im Widerspruch zum Willen Jahves zu stehen schien. In der hebräischen Religion hatte sich eine Dichotomie entwikkelt, die den meisten Bibellesern gar nicht auffällt (Ringgren, 1966; 220). Man würde die historische Analyse zu weit treiben, wollte man behaupten, daß es jetzt *zwei Religionen* gab; eine, die dem Grundsatz treu blieb, daß die Verehrung Jahves und die Hinnahme seines Gesetzes die einzig wahre Basis der hebräischen Einheit darstelle; eine zweite, die Loyalität nicht nur gegenüber Jahve, sondern auch gegenüber dem König als seinem Stellvertreter verlangte. Was die letztere Richtung angeht, so ergaben sich ohne Zweifel unterschiedliche Annäherungswerte in der religiösen Einstellung des Königshofes und der Gebiete außerhalb Jerusalems, in denen die alten jahvistischen Überlieferungen lebendiger waren und die kultischen Propheten das Ethos des Jahvismus an den regionalen heiligen Stätten hüteten.

Gewiß gab es Spannungen, und sie äußerten sich von Zeit zu Zeit in Konflikten zwischen den jahvistischen Propheten und dem Königshaus. Ein hervorstechendes Beispiel ist die Begegnung des Elia mit König Ahab und vor allem mit der Königin. Zu Beginn des 9. Jahrhunderts v. Chr. eroberte ein Offizier namens Omri den Thron des inzwischen selbständigen nördlichen Königreiches. Seine Regierung währte zwölf Jahre und ist bemerkenswert, weil unter ihr eine neue, günstig gelegene und wohlbefestigte Hauptstadt erbaut wurde: Samaria. (Die Ausgrabungen der dreißiger Jahre lassen darauf schließen, daß dort zur Zeit Omris ein prächtiger Palast und starke Befestigungsanlagen gestanden haben müssen.) Omris Sohn Ahab stärkte die wirtschaftliche und politische Position des Nordreichs durch die diplomatische Ehe mit der phönizischen Prinzessin Isebel, der Tochter des Königs von Tyrus. Das 1. Buch der Könige zeichnet das Bild eines schwachen Königs und einer energischen und entschlossenen Königin, die es darauf anlegte, Israel sowohl den Baalkult von Tyrus als auch den durch und durch autokratischen Regierungsstil Phöniziens aufzuzwingen. Daraus erwuchs eine Auseinandersetzung mit solchen geistigen Strömungen, wie sie Elia repräsentierte, der loyale Anhänger Jahves und des traditionellen israelitischen Glaubens.

Wie Salomo Heiligtümer für die Götter seiner ausländischen Frauen errichtet hatte, so stimmte jetzt Ahab dem Bau eines Tempels für Isebels Gott Melkart, den Baal von Tyrus, in Samaria zu. Ahab mag in Salomos Tun einen stichhaltigen Präzedenzfall gesehen haben. Die prophetische Haltung, die Elia gegenüber Ahab und Isebel und ihrer Religionspolitik einnahm, ist sehr überzeugend in der Sammlung von Elia-Berichten dargestellt, die sich im 17. bis 19. Kapitel im 1. Buch der Könige finden. Eine Besonderheit dieser Erzählungen ist das häufige Vorkommen von Wundern; als der Prophet zum Beispiel hungrig ist, wird er auf wunderbare Weise von Raben ernährt. Man verfälscht die Aussage des Textes, wenn man meint, »Raben« sei eine falsche Lesung von »Händler« oder »Araber«, genauso wie man die eindeutige Intention der Erzählung fehlinterpretieren würde, wenn man behauptete, der Sohn der Witwe zu Zarpath sei nicht wirklich gestorben, sondern nur ohnmächtig geworden, oder bei der wunderbaren Herbeischaffung von Mehl und Öl habe es sich lediglich um die ganz gewöhnliche Streckung der vorhandenen Vorräte gehandelt. Der Erzähler hat zweifellos die Absicht, uns echte Wunder vorzuführen – wir haben es hier mit einer Passage in den hebräischen Schriften zu tun, wo die besondere Häufigkeit von Wundergeschichten auffällt –, und auf diese Weise versucht er das Ansehen Elias, des Gottesmannes und Jahve-Dieners, zu steigern. Er zeigt, wo in der Auseinandersetzung zwischen synkretistischen Königen vom Schlage Salomos und Ahabs einerseits und allen wahren Bewahrern des überlieferten Glaubens andererseits die Interessen und Sympathien des getreuen Jahvisten liegen.

Nach dieser Einführung ist Elias Rolle im religiösen Drama bestimmt. In zwei Nebenbemerkungen erfahren wir etwas über Isebels Aktivität: sie verfolgte die *Propheten* Jahves (1 Kön. 18:4) und ließ die *Altäre* Jahves zerstören (1 Kön. 18:30). Daß sich ihre Aktionen gegen diese Stätten und diese Leute richteten, läßt auf eine enge Verbindung zwischen beiden schließen, und es wird allgemein angenommen, daß an den Altären irgendwelche Domonstrationen des Volkes, angeführt durch die Propheten Jahves, gegen die königliche Institution des Melkart-Kultes stattgefunden haben. In der dramatischen Konfrontation zwischen Elia und den Propheten Baals auf dem Berg Karmel sind es wiederum die Propheten, die als kultische Funktionäre auftreten. Die Opfergaben werden auf den jeweiligen Altären von den Propheten Baals (ohne Erfolg) und von dem einen Propheten Jahves (mit überwältigendem Erfolg) dargebracht. Dazu mußte Elia den Jahve-Altar wieder aufbauen, der auf Isebels Befehl hin zerstört worden war. Stets handelt Elia als Priester, aber stets auch, in seiner

Eigenschaft als Jahves Priester-Prophet, als direkter Widersacher der Religionspolitik des Königshauses. Das Feuer vom Himmel, dem ein wolkenbruchartiger Regen folgte, galt als Bestätigung für die Treue und Integrität des Elia, die er in seinem Handeln bewies. Diese Rechtfertigung des Elia in den Augen des Volkes trug jedoch nur dazu bei, Isebel noch mehr aufzubringen, und schließlich mußte sich Elia zurückziehen, um sein Leben zu retten. Es ist klar, daß Elia die Reise in den äußersten Süden Palästinas, zum Berg Horeb, nicht nur deshalb unternahm, um möglichst weit von Isebel entfernt zu sein. Der Horeb hat eine andere und in diesem Zusammenhang ungemein wichtige Bedeutsamkeit. In der älteren Tradition Israels war er der Wohnsitz Jahves, und mit ihm verband sich die ursprüngliche Offenbarung Jahves als des Herrn der Geschichte, wie sie Israel während des Aufenthalts in der Wüste zuteil geworden war. Indem sich Elia zum Horeb zurückzog, kehrte er symbolisch an die Quellen von Israels Glauben zurück.

3. Die Bedeutung Elias

In seiner Analyse von Elias Bedeutung hebt Fleming James hervor, daß in ihm »die Religion des Moses wiederauflebte«. In der prophetischen Tradition Israels stehen die beiden Gestalten ohne Zweifel in einer engen Beziehung zueinander. Elia galt vor allem als ein Mann, der den mit dem großen Namen Moses verknüpften religiösen Ideen und Überlieferungen die Treue hielt. Auch pries man ihn als einen wahren Vorläufer der hebräischen Propheten des 8. und 7. Jahrhunderts v. Chr. Daß er so entschieden an der kultischen Verehrung Jahves festhielt und dem reinen Jahve-Kult eine so große Bedeutung beimaß, stimmt durchaus mit den Anliegen der Propheten aus dem 8. vorchristlichen Jahrhundert überein. Es ist bezeichnend, daß sich gerade Elia einem Propheten aus einer späteren Zeit, nämlich dem Maleachi, als derjenige darstellte, welcher Israel auf den großen Tag der göttlichen Erfüllung vorbereiten würde: »Siehe, ich will euch senden den Propheten Elia, ehe denn da komme der große und schreckliche Tag des Herrn« (Mal. 4:5). Bis auf den heutigen Tag stellen die Juden beim Passah-Fest »eine Schale mit Wein für Elia« beiseite für den Fall seiner Wiederkehr.

4. Die hebräischen Propheten des 8. Jahrhunderts v. Chr.

Wir müssen uns jetzt der Frage zuwenden, wie das erstaunliche Anwachsen der Prophetentätigkeit im 8. Jahrhundert v. Chr., repräsentiert durch die großen Namen Amos, Micha, Hosea und Jesaja, zu bewerten ist. Wie kam es dazu? Und warum gerade in dieser Zeit? Lag es daran, wie G. F. Moore meint, »daß erst im 8. vorchristlichen Jahrhundert Männer auftraten, die das durchdachten, was die moralische Idee Gott beinhaltete, und den Mut hatten, die Folgerungen zu verkünden, die sich daraus ergaben« (Moore, 1948; 128)? War es ein neuentstandener Individualismus, der diese großen religiösen Genies hervorbrachte? Eine solche Erklärung postuliert eine neue Entwicklung in den herkömmlichen Prophetengilden oder -gemeinschaften, aus denen sich jetzt, wie T. H. Robinson vermutet, »einzelne Mitglieder der Gruppe absetzten und Botschaften verkündeten, die nicht mehr mit den übrigen in Einklang standen« (Robinson, 1923). Ein weiteres Unterscheidungsmerkmal, das man zuweilen den Propheten des 8. Jahrhunderts beilegt, besteht darin, daß gewisse inspirierte Männer in ihrem Bestreben, ihre Botschaft auf jede erdenkliche Weise zu verbreiten, sich der neuen Methode der schriftlichen Aufzeichnung bedienten und so ihren prophetischen Aussagen größere Dauer verliehen. Möglicherweise liegt in allen drei Deutungsversuchen ein Stück Wahrheit. Vor allem wird sicherlich das reflektierende Denken eine wichtige Rolle gespielt haben. Doch es bleibt die entscheidende Frage, warum eine solche reflektierende Haltung gerade das Israel und Juda des 8. vorchristlichen Jahrhunderts so stark geprägt hat. Es kann nicht daran liegen, daß sich die Fähigkeit der religiösen und moralischen Reflexion erst jetzt entwickelt hätte; der Grund liegt mit größerer Wahrscheinlichkeit in dem Umstand, daß die monarchischen Systeme der beiden Reiche um diese Zeit eine religiöse und soziale Situation hervorgebracht hatten, die jeden getreuen Jahve-Verehrer zu intensivem Nachdenken veranlassen mußte. Andererseits trifft es zweifellos zu, daß sich die Ergebnisse der religiösen Reflexion am wirkungsvollsten in Form einer individuellen Aussage artikulieren ließen. Der treue Anhänger Jahves mochte wohl den starken Drang verspüren, seinen Zeitgenossen das zu verdeutlichen, was der Geist Jahves ihm zu sagen auferlegte, und indem er so seine Meinung äußerte, übernahm er offenbar die Rolle eines isolierten, auf sich allein gestellten Predigers. Doch das bedeutet nicht unbedingt, daß er nicht tatsächlich einer Gilde oder Gemeinschaft angehörte, deren Mitglieder alle an seiner öffentlichen Erklärung auf irgendeine Weise teilhatten: es bedeutet einfach, daß die starke Stimme eines einzelnen natürlicher und eindringlicher wirkte als eine gemeinschaftliche Verlautbarung. Ein Hauptzug im historischen Bild des hebräischen Prophetentums, wie es sich in den letzten Jahren abgezeichnet hat, ist »die enge Verbindung der Propheten (wie Amos, Hosea, Jesaja und Jeremia) mit dem Kult und ihre Zugehörigkeit zu organisierten kultischen Zusammenschlüssen ...« (Rowley, 1951; 117). Was die dritte These angeht, daß nämlich die Propheten als bewußte Apologeten des jahvistischen Glaubens zum geschriebenen Wort übergingen und daß die schriftliche Fixierung ihr absichtlich und bewußt gewähltes Ausdrucksmittel wurde, so hält man sie heute für sehr unwahrscheinlich. Die literarische Form der Sammlungen, die den Namen der Propheten tragen, läßt darauf schließen, daß ihre Worte in jedem Fall »im Gedächtnis ihrer Schüler als kostbare Schätze gehütet wurden, das heißt, der Mitglieder jener Gemeinschaften kultischer Propheten, denen der Meister angehört hatte, und daß sie innerhalb dieser Gemeinschaften nur durch das gesprochene Wort an kommende Generationen weitergegeben wurden« (Rowley, 1951; 117).

Kehren wir zur Ausgangsfrage zurück: Warum ist die prophetische Aktivität dieser Art ein so auffälliges Merkmal des 8. Jahrhunderts v. Chr.? Wir sehen, daß eine befriedigende Antwort auf die Fragen »Warum?« und »Warum in dieser Zeit?« noch immer aussteht. Die mögliche Erklärung liegt nach unserer Meinung darin, daß damals – wie so häufig in ähnlichen Situationen der Religionsgeschichte – dem soziopolitischen Unbehagen Männer gegenüberstanden, die sich einer göttlichen Botschaft an die leidende Mitwelt bewußt waren. In diesem speziellen Fall erblickten die Propheten in der sozialen und politischen Malaise eine unmittelbare Begleiterscheinung der Institution der Monarchie. Im vorhergehenden Jahrhundert hatte die königliche Politik wiederholt Proteste seitens der Propheten hervorgerufen; als Beispiele haben wir bereits Nathan (2 Sam. 12), Micha, den Sohn Jemlas (1 Kön. 22) und Elia erwähnt (s. S. 114). In jedem Fall ist der Prophet vor allem wegen seines im Namen Jahves geleisteten Widerstands gegen die Politik oder die Lebensführung des jeweiligen Monarchen in Erinnerung geblieben.

5. *Die Propheten und die Entartung der Gottesverehrung*

Im Falle der Propheten des 8. vorchristlichen Jahrhunderts kommt jedoch noch etwas anderes hinzu. Hier beschränkt sich die Kritik oder die Opposition nicht auf die Politik und die Haltung des Königs, sondern richtet sich auch gegen die des Volkes, insbesondere der führenden Bürger und Höflinge, das heißt gegen diejenigen, deren Moral und religiöse Anschauungen vom Hof geprägt waren. Wenn auch die uns überlieferten Äußerungen dieser Propheten zuweilen den Eindruck erwecken, als ob die gesamte Nation zurechtgewiesen würde, so soll man doch stets bedenken, daß die Dinge, die man der Nation vorwarf, durchwegs in engem Zusammenhang mit dem monarchischen System standen, das der jahvistischen Religion aufoktroyiert worden war. Der Hauptangriffspunkt aus der Sicht der Propheten war der Niedergang und die Entartung der Jahve-Verehrung, und dies war weitgehend die Folge des Synkretismus; wir haben bereits festgestellt, welchen großen Anteil bestimmte Könige, etwa Salomo und Ahab, an dem Prozeß hatten, der die Einverleibung von Elementen fremder Naturreligionen und magischer Kulte in den Kultus von Jerusalem und Samaria zum Ziel hatte. Diese Korrumpierung und Entstellung der Jahve-Verehrung war nach Auffassung der Propheten eine wesentliche Ursache für die schwierige Situation, in die Israel geraten war.

6. *Die Propheten und das soziale Dilemma*

Auch in der Struktur der israelitischen Gesellschaft traten Entartungserscheinungen zutage: die städtische Bevölkerung war auf Kosten der Bauern zu Wohlstand gelangt. Die Landbevölkerung, welche die wirtschaftliche Last der verschiedenen staatlichen Projekte zu tragen hatte, verarmte immer mehr. Die Bauern waren von den üblen Praktiken der Wucherer abhängig und mußten schließlich bei Zahlungsunfähigkeit ihr Land verlassen oder wurden unter Umständen sogar zu Sklaven. Das Land ging zunehmend in die Hände einer wohlhabenden städtischen Minderheit über, und das hatte jene soziale Misere zur Folge, die von Propheten wie Amos und Jesaja angeprangert wurde. Darüber hinaus fanden die Reichen immer wieder Mittel und Wege, die gerichtlichen Entscheidungen zu ihren Gunsten zu beeinflussen, falls ein armer Mann nur den Versuch machte, vor Gericht Wiedergutmachung zu erlangen. Israel hörte auf, eine Gesellschaft von Menschen zu sein, die vor Jahve gleich waren, und wandelte sich statt dessen zu einer Nation der Extreme von Reichtum und Armut, Luxus und Elend, städtischem Wohlleben und ländlicher Depression. Die Reichen, die zwar äußerlich noch die Zeremonien des königlichen Tempelkults mitmachten, waren vielleicht innerlich der Meinung: »Es gibt keinen Gott« – nämlich keinen Gott, der sich um Ungerechtigkeit und Ausbeutung kümmert. Auf all dies reagierten gewisse Minderheitengruppen wie etwa die Rekabiten in extremistischer Weise, indem sie jede etablierte Zivilisation rundweg ablehnten. Die klassischen hebräischen Propheten hingegen verkündeten, Israel müsse zu einer gerechten Gesellschaftsordnung zurückkehren, und zwar in Übereinstimmung mit den religiösen Idealen und Grundsätzen des älteren Jahvismus.

7. Die Propheten und der politische Opportunismus

Ein dritter Grund für Israels Abfall vom alten Glauben war, nach Meinung der Propheten Jahves, die Einmischung des Landes in die internationale Politik des Nahen Ostens. Der Übergang Israels von einer kultischen Konföderation zu einer Monarchie hatte die »Aufrüstung« und die Entstehung von Bündnissen zu Verteidigungszwecken gefördert, während gleichzeitig das Bedürfnis schwand, sich auf die Führung und den Beistand Jahves zu verlassen. Mit der Trägheit und Prachtentfaltung der herrschenden Klassen ging offenbar ein Geist des Chauvinismus und des Nationalstolzes einher – eine lächerliche Einstellung, wie sich herausstellen sollte, aber deshalb nicht weniger real. Wie T. H. Robinson dargelegt hat, bestand eine verblüffende Übereinstimmung zwischen der Geisteshaltung der herrschenden Klasse Israels im 8. und 7. Jahrhundert v. Chr. und jener der französischen Aristokratie vor dem Ausbruch der Revolution.

Ein weiterer Faktor in der Entwicklung der prophetischen Interpretation der zeitgenössischen Zustände war der Aufstieg Assyriens zu einer dominierenden Stellung im westlichen Asien. Das assyrische Reich hatte sich über einen großen Teil des Nahen und Mittleren Ostens ausgedehnt. Konfrontiert mit der Existenz dieses neuen Giganten auf der internationalen Szene, begann Israel sich der Weltgeschichte auf eine ganz neue Weise bewußt zu werden. Es schien, als ob der Gott Israels den mächtigen Göttern der Assyrer weichen müsse; denn im Namen dieser Götter, so erklärten die assyrischen Feldherren feierlich in ihren Inschriften, führe Assyrien seine Kriege. Daraus erwuchs eine Krise des

Glaubens an die Wirklichkeit und die Macht Jahves. Die Propheten deuteten die internationalen Vorgänge ihrer Zeit als das Werk Jahves, dessen Wirkungsbereich sich jetzt nach ihrer Ansicht gewaltig erweitert hatte. Sie waren überzeugt, daß das göttliche Wesen, das sie verehrten, der Herr der Geschichte war – obwohl er vielleicht nicht eingreifen würde, um das treulose Israel zu retten, und obwohl Israel möglicherweise leiden mußte unter den Ereignissen, die sich am internationalen Horizont abzeichneten und in denen oder hinter denen die Propheten den »Tag Jahves«, den Tag der Sühne und des Unheils, heraufziehen sahen. Doch für die Getreuen und Rechtschaffenen konnte es auch, nach Aussage einiger Propheten, wie etwa Jeremias, ein Tag werden, den man ersehnen und willkommen heißen müsse. Vielleicht würde die Monarchie beseitigt und der Tempel, dessen Bezirk die Männer von Juda für unverletzlich hielten, zerstört werden, und vielleicht müsse das Volk eine Niederlage und sogar die Sklaverei hinnehmen – und dennoch, so behaupteten die Propheten, würde sich in alledem Jahve als der Herr der Geschichte nur um so mächtiger erweisen, und seine wahren Anhänger würden gerechtfertigt werden. Jerusalem werde zerstört, verkündete Micha, aber Jahve bekümmere sich mehr um die Rechtschaffenheit seines Volkes als um den Tempel und dessen Kult. »Es ist dir gesagt, Mensch, was gut ist und was der Herr von dir fordert, nämlich Gottes Wort halten und Liebe üben und demütig sein vor Gott.« Durch diese Erwartung des Unheils als eines Mittels zur Verdammung des Glaubensabfalls unterscheiden sich die Propheten Jahves von denen des Königs, ja von allen Wahrsagern und Orakelverkündern der Antike. Als das von den Propheten vorhergesagte Ereignis eintrat, nämlich zunächst die Niederlage der Nordstämme und die Eroberung ihrer Hauptstadt Samaria im Jahr 721 und dann die Vernichtung des Südreichs, die Aufgabe der Stadt Jerusalem und die Wegführung vieler führender Vertreter des Volks in die babylonische Gefangenschaft (587), da war die prophetische Botschaft eindrucksvoll bestätigt. Die Folge war eine gewisse Erholung des echten Glaubens in Israel.

8. Die traditionalistische Haltung des Prophetentums im 8. Jahrhundert

Wir können jetzt erkennen, daß die religiöse Tradition, wie sie sich in den Propheten manifestiert, das ursprüngliche und zugleich das zeitüberdauernde Hauptelement in der hebräischen Religion darstellt. In der Situation des 8. Jahrhunderts konnte man durchaus der Meinung sein, daß Männer wie Amos lediglich Randerscheinungen des hebräischen Lebens und Denkens seien – was sie zu dieser Zeit wahrscheinlich auch waren. Doch man muß unterscheiden zwischen den kurzfristigen und den langfristigen Wirkungen und Konsequenzen prophetischer Aussagen. Erst aus der Perspektive der nachfolgenden religiösen Entwicklung läßt sich die Auswirkung der prophetischen Botschaft auf Israel voll würdigen; aus dieser Sicht werden die Propheten zuweilen als Erneuerer betrachtet, als Männer, die eine neue religiöse Haltung begründeten. Aber Amos zum Beispiel spricht von sich selber als dem Bewahrer eines *alten* Glaubens, des Glaubens an Jahve als den Gott, der aktiv in den Gang der Geschichte eingreift. »So spricht der Herr: . . . Auch habe ich euch aus Ägyptenland geführt und vierzig Jahre in der Wüste geleitet . . . Höret, was der Herr mit euch redet, ihr Kinder Israel« (Amos 2:10; 3:1). Amos führt Klage darüber, daß Israel in der Vergangenheit versucht hat, die Propheten zum Schweigen zu bringen (Amos 2:12). Offensichtlich war also die prophetische Tradition, der sich Amos zugehörig fühlt, nichts Neues. Nach Amos besteht das wesentliche Element der jahvistischen Religion in der Existenz des Propheten als des Verkünders und Deuters der göttlichen Absichten: »Denn der Herr tut nichts, er offenbare denn sein Geheimnis den Propheten, seinen Knechten« (Amos 3:7). Eine der Hauptaufgaben des Propheten, wie sie beispielsweise durch die Aussagen Amos' und Hoseas illustriert werden, ist die Mahnung an die Menschen, sich von weltlichem Denken und Tun abzuwenden und den Willen Gottes zu ergründen: »Suche Jahve, und du wirst leben.« »Suche das Gute und nicht das Böse, auf daß du lebest.« »Kommt, laßt uns zu Jahve zurückkehren . . .« Daraus geht eindeutig hervor, daß diese Männer im 8. Jahrhundert v. Chr. nicht eine neue Form der Religion ins Leben rufen wollten; sie glaubten vielmehr, die Menschen zur Rückkehr zu bewegen zu den religiösen Anschauungen, der religiösen Lebensführung und einer religiösen Gesellschaftsstruktur, die einst die ursprüngliche Grundlage und die *raison d'être* der israelitischen Gemeinschaft gewesen waren, die aber in letzter Zeit durch die Einführung eines fremden Elements, der despotischen Monarchie nach orientalischem Muster, korrumpiert und entstellt worden waren.

9. Die Entstehung der Vorstellung von Gott als Potentaten

Nachdem jedoch einmal die Institution der Monarchie in das Leben Israels eingeführt worden war, hinterließ sie ihre dauerhaften Spuren in der Religion Israels. Dies zeigt sich nicht so sehr in der dominierenden Stellung des königlichen Tempelkults seit den Zeiten Salomos, obwohl auch das ernste und anhaltende Folgen hatte, als vielmehr in dem Einfluß, den die Institution des Königtums auf den hebräischen Gottesbegriff ausübte. Im 6. Jahrhundert v. Chr. war sogar schon die prophetische Auffassung von Jahves Natur davon infiziert; die Äußerungen Jeremias zum Beispiel verraten, wie sehr mit dem monarchischen Regierungssystem zusammenhängende Vorstellungen in den Hauptstrom des hebräischen Denkens eingedrungen sind. Bezeichnend für den Wandel des hebräischen Gottesbegriffs ist der Übergang von der älteren Vorstellung von Jahve als einem Bewohner des heiligen Berges in der Wüste, wo die Hebräer ursprünglich zu seinem Bundesvolk geworden waren – ein Gedanke, der in Ps. 68 und Hab. 3 weiterlebt, wo Jahve als vom Sinai herkommend beschrieben wird –, zu der jüngeren Vorstellung, die seinen Wohnsitz nach Zion verlegt, in die Hauptstadt König Davids, von wo er »glänzt« gegen seine Feinde (Ps. 50: 2–4; 48: 2–7). In dieser späteren Phase vor der Babylonischen Gefangenschaft denkt man, daß er nur noch in Kanaan wohnt, als Herrscher über das Land; jenseits der Grenzen regieren andere Götter. Es entsteht eine Situation, in der »die Verehrung anderer Götter durch fremde Völker als empirisches Faktum hingenommen wird, während Jahve nur noch für die Israeliten von Bedeutung ist« (Ringgren, 1966; 99). In der Zeit vor dem Babylonischen Exil wird er auch als »Jahve Sabaoth« bezeichnet. Das Wort »Sabaoth« hat in diesem Zusammenhang eine nicht genau bestimmbare Bedeutung, aber den verschiedenen möglichen Deutungen liegt die Vorstellung himmlischer Heerscharen oder Truppen, unter Umständen auch eines himmlischen Hofstaats zugrunde. Auch hier sehen wir, wie das göttliche Wesen im Sinne eines mächtigen Königs aufgefaßt wurde.

So wichtig diese Vorstellung von Gott als einem mächtigen irdischen Monarchen auch wurde, gleichzeitig damit wurden noch andere Aspekte seiner Natur herausgestellt. Eine besondere Rolle spielt die Erkenntnis seiner Heiligkeit. Die Ursprünge dieses Gefühls für die Heiligkeit Gottes reichen weit in die Frühgeschichte der Hebräer zurück und speziell in die Erfahrungswelt bestimmter hervorragender Persönlichkeiten wie etwa Moses und Samuel. Ein Element in der Auffassung des Heiligen ist, wie Otto in seinem berühmten Buch *Das Heilige* dargetan hat, ein

Gefühl der Ehrfurcht und des Schreckens, aber auch der Faszination im Angesicht des *mysterium tremendum.* Doch es ist leicht einzusehen, wie sogar diese Auffassung die Grundlage bildete für einen Wandel zu der Vorstellung von Jahve als einem majestätischen Potentaten. Denn die Heiligkeit Gottes »bedeutet die Unnahbarkeit, das Ehrfurchtgebietende, ja die Gefährlichkeit des Gottes, der der ganz Andere ist« (Ringgren, 1966; 74). Dies entspricht der Unnahbarkeit, die der große und mächtige Monarch für den gewöhnlichen Sterblichen hat. Der Glaube an die göttliche Heiligkeit konnte somit im Umkreis eines monarchischen Systems sehr leicht auch noch auf einem anderen Wege zu der Auffassung Gottes als eines Königs führen. Bezeichnenderweise ist es Jesaja aus Jerusalem, der diesen Wandel vollzieht. »Heilig, heilig, heilig ist der Herr Gott Sabaoth ... ich bin unreiner Lippen, und ... ich habe den König, den Herrn Sabaoth, gesehen mit meinen Augen« (Jes. 6: 3,5). Das Verhältnis zwischen dem demütigen Untertanen und dem mächtigen König wird hier auf das religiöse Denken übertragen; die Vorstellung von Jahves Heiligkeit geht unmerklich in die Vorstellung von Jahves Königtum über.

Allerdings beinhaltet das Wort »heilig« noch etwas mehr, und das ließ sich nicht an den Symbolismus des Königtums anpassen. Hosea läßt Jahve sagen: »Ich bin der Heilige in eurer Mitte«, das heißt einer, der freundlich und mitfühlend ist, der Erbarmen hat und unter seinem Volk lebt. Etwas von diesem Gefühl der Gemeinsamkeit zwischen Gott und Mensch findet sich in der sogenannten Heiligkeitsformel: »Ihr sollt heilig sein, denn ich bin heilig, der Herr, euer Gott« (Lev. 19:2), in der das Gebot ganz eindeutig einen moralischen und ethischen Unterton hat.

10. Der göttliche Monarch und der hebräische Sündenbegriff

Etwas von dieser Dualität hat auch den hebräischen Sündenbegriff beeinflußt, der sich in der Periode vor dem Exil herausbildete. Man macht sich nicht immer klar, daß die Idee der Sünde durchaus kein Allgemeingut der Menschheit ist; sie ist zum Beispiel kein hervorstechendes, ja nicht einmal ein wichtiges Merkmal der alten chinesischen und japanischen Religion (s. S. 157, 161). Was das Abendland im allgemeinen angeht, so ist die gängige Sündenauffassung ein Vermächtnis der hebräischen Religion an den Westen. Und da die ursprüngliche hebräische Auffassung zwiespältig ist, scheinen auch die Auswirkungen der Übernahme dieser Auffassung, vorsichtig ausgedrückt, ambivalent zu sein.

Eine Hauptwurzel, vielleicht die wichtigste, ist mit ziemlicher Sicherheit das menschliche Bewußtsein der moralischen Unzulänglichkeit. Dies wiederum scheint auf dem sich entwickelnden Bewußtsein von Gut und Böse zu basieren; von Gut und Böse, das heißt von einem äußeren, objektiven Faktor, der sich unterscheidet von dem, was unmittelbar »gut« für das betreffende Individuum oder die betreffende Gruppe ist. Wir werden sehen, daß sich ein solches Bewußtsein auch in der iranischen Religion bildete (s. S. 129 f.), genauso wie es sich bis zu einem gewissen Grade in den an Varuna gerichteten rigwedischen Hymnen niedergeschlagen hat (s. S. 71 f.). Offensichtlich existiert in derartigen Situationen ein Kriterium, mit dessen Hilfe der Mensch entscheidet, welche Verhaltensweisen und Einstellungen gut und welche schlecht sind. Ganz allgemein läßt sich sagen, daß in der Religionsgeschichte dieses Kriterium in Beziehung steht zu dem höchsten religiösen Ziel, gleichgültig, wie es im einzelnen beschaffen sein mag. Das religiöse Ziel kann der Frieden, die innere Harmonie, die Vereinigung mit Gott oder das ewige Leben sein; in jedem Fall ist dann das »gut«, was am sichersten zu dem erstrebten Endziel hinführt. In der hebräischen Religion vor dem Exil bestand das oberste religiöse Ziel darin, »Gott zu erkennen«. Ein sekundäres, aber wahrscheinlich allgemeineres Ziel, das als der größte Gunstbeweis Gottes gegenüber einem Menschen empfunden wurde, war ein langes Leben auf Erden, wohingegen der plötzliche und vorzeitige Tod als eine göttliche Strafe für die Bösen und Gottlosen galt (Spr. 10:21; 11:9; Ps. 73:18 f.; Hiob 20:6 ff.). Die Toten, so glaubte man, lebten in irgendeiner Form in der Unterwelt oder im Scheol weiter, aber nach vorexilischer hebräischer Auffassung war das ein Ort, von dem kein Wanderer wiederkehrte; im Scheol war ein Mensch bald vergessen von den Lebenden und abgeschnitten von der Gegenwart Gottes. Doch daneben gab es auch die Überzeugung, daß der Heilige stärker sei als Tod und Scheol, und aus diesem Grund glaubten die vorexilischen Jahve-Verehrer daran, daß Gott sie von der Drohung des Todes »erlösen« könne: »Denn du wirst meine Seele nicht dem Tode lassen und nicht zugeben, daß dein Heiliger verwese« (Ps. 16:10). Diese Überzeugung, daß die Macht Gottes größer sei als die Macht des Todes, der den Menschen für sich zu verlangen drohte, bildete in vorexilischer Zeit die Grundlage für die Entstehung des Auferstehungsgedankens (s. S. 177 f.). Aber diese Entwicklung wartete noch auf den Einfluß einer anderen religiösen Überlieferung, nämlich der persischen, die wir anschließend behandeln werden (s. S. 127 ff.).

In der Zwischenzeit waren die Vorstellungen von Gut und Böse, im

Verein mit dem Glauben, daß die Erkenntnis Gottes und ein möglichst langes Leben in seiner Gegenwart das höchste Ziel der menschlichen Existenz sei, so geartet, daß ein großes Gewicht auf jene Verhaltensformen und Einstellungen gelegt wurde, die der physischen und geistigen Gesundheit und der Harmonie in den menschlichen Beziehungen dienen. Das war das »Gute«; das waren die Forderungen, die Jahve an sein Volk stellte. Das Böse äußerte sich demnach in solchen Verhaltensweisen und Einstellungen, die dem Guten abträglich waren; wer sich so verhielt, hatte eine falsche Wahl getroffen, und die Folge davon war, daß er das Gefühl hatte, in der Erfüllung von Jahves Forderungen versagt und sich dessen Gunst verscherzt zu haben. Hier liegt eine wesentliche Wurzel der Sündenvorstellung im vorexilischen Israel: im Gefühl des *Versagens,* dem Gefühl, nicht erreicht zu haben, was man hätte erreichen sollen. Das gebräuchlichste Wort für »Sünde« im Alten Testament *(hēt)* ist verwandt mit einem Stamm, der »verfehlen« im Sinne von Versagen bedeutet (Ringgren, 1966; 138).

Es gibt jedoch im Hebräischen noch ein anderes und sehr verbreitetes Wort für unerwünschtes sittliches Verhalten (*pesa*), und in ihm steckt der Begriff *Rebellion.* Die Grundbedeutung bezieht sich hier auf die Mißachtung der Befehle eines Königs oder auf den Wunsch, seine Herrschaft abzuschütteln. Natürlich besteht eine unterschwellige Bedeutungsaffinität zwischen diesen beiden Wörtern für Sünde. Doch im zweiten ist keimhaft die Vorstellung angelegt, daß ein Mensch, der sich seines moralischen Versagens bewußt ist, nicht in diesem Zustand zu verharren braucht, sondern sich als Rebell betrachten soll, als einer, der sich die Ungnade eines mächtigen Monarchen zugezogen hat. Es ist nun eine Binsenwahrheit der Religionsphilosophie, daß die Menschen kaum jemals der Gefahr entgangen sind, sich das Göttliche, das Heilige, das Ewige in irgendeiner Form mit menschlichen Zügen vorzustellen. Wenn auch der Anthropomorphismus unausbleiblich zu sein scheint, so gibt es doch eine Vielzahl von möglichen Formen, und von der *Form,* die sich durchsetzt, hängt es ab, welche Form des religiösen Lebens und der Gemeinschaft sich entwickelt. Wir müssen an dieser Stelle festhalten, daß die Institution der Monarchie nach altorientalischem Vorbild im vorexilischen Israel einen entscheidenden Einfluß auf die Formung der hebräischen Religionsvorstellungen gehabt zu haben scheint; unter anderem entwickelte sich in dieser Zeit die Auffassung, Gott sei ein orientalischer Willkürherrscher und der Sünder ein Rebell gegen das Diktat der autokratischen Macht. Dies ist zweifellos ein Charakteristikum der religiösen Tradition des Westens; es ist weit weniger charakteristisch für das religiöse Denken in Indien, wo die Idee des moralisch Bösen in einer kausalen Form viel enger mit dem erkannten religiösen Ziel verknüpft bleibt: ein bestimmtes Verhalten führt zu diesem religiösen Ziel. In der Geschichte des Abendlands besteht diese Auffassung des moralisch Bösen als einer Rebellion gegen autokratische Macht neben anderen Vorstellungen, die den indischen und frühen hebräischen Vorstellungen mehr verwandt sind: doch diese Idee von Gott als einem absoluten Monarchen hat einige der Schwierigkeiten heraufbeschworen, welche die westliche Theologie in der Gegenwart beschäftigen.

II.
ZARATHUSTRA, DER PROPHET AUS DEM IRAN
(ca. 618—541 v. Chr.)

1. Die historische Bedeutung Zarathustras

Im Jahre 586 v. Chr., als viele führende Familien aus dem Königreich Juda nach Babylonien deportiert wurden und die Monarchie von Jerusalem zu Ende ging, hatte in Persien ein junger Mann von ungefähr dreißig Jahren soeben seine Laufbahn als Prophet begonnen (Zaehner, 1959; 209). Es war Zarathustra, wie die iranische Form seines Namens lautete, obwohl er unter dem griechischen Namen Zoroaster ebenso bekannt ist. Die Überlieferung berichtet, der Prophet des Iran habe seine prophetische Tätigkeit »258 Jahre vor Alexander« aufgenommen, also 588 v. Chr. Zarathustra gehört in die Kategorie der Propheten, weil er religiöse Erfahrungen gemacht zu haben scheint, die ihn zur Verkündung bestimmter Wahrheiten antrieben, welche ihm über das Wesen der geistigen Welt enthüllt worden waren. Die Zeit seines prophetischen Wirkens fällt ungefähr mit den fünfzig Jahren zusammen, welche die Juden im babylonischen Exil zubrachten, denn er starb um 541 v. Chr., genau drei Jahre, bevor der Perserkönig Cyrus Babylon eroberte und dem persischen Reich einverleibte, wodurch den nach Babylon verbannten Juden die Möglichkeit eröffnet wurde, nach Jerusalem zurückzukehren. Um diese Zeit hatte die religiöse Lehre Zarathustras in Persien einen solchen Einfluß gewonnen, daß die exilierten Juden »ganz und gar von zoroastrischen Ideen infiziert« waren (Zaehner, 1959; 209). Die Andersartigkeit dieser Ideen im Vergleich mit den jüdischen Religionsvorstellungen wird deutlich, wenn man das nachexilische Judentum (s. S. 169ff.) mit der Religiösität der vorexilischen Zeit vergleicht. Durch das Judentum drangen viele dieser Ideen in das Christentum ein, und zwar in der Frühphase seiner Entstehung. Während die zoroastrische Lehre heute nur noch die Religion einer kleinen Minderheit in Persien und im westlichen Indien (die Parsen) darstellt, hat der Prophet aus dem Iran einen viel größeren Einfluß ausgeübt, als man auf Grund dieser Tatsache annehmen sollte, und es ist unerläßlich, daß wir einigen der im alten Persien entstandenen Ideen nachgehen, denen in der Folgezeit im religiösen Denken des Abendlands eine zentrale Bedeutung zukommt.

2. *Licht aus dem Osten?*

Persien ist, wie R. C. Zaehner hervorhebt (1955; 3), das eigentliche Kernstück des Mittleren Ostens; es ist der Treffpunkt von Ost und West, die Brücke zwischen den Kulturen des Mittelmeerraumes und Indiens, das Verbindungsglied zwischen zwei stark voneinander abweichenden Zivilisationen. Zarathustra scheint einer Tradition des Denkens verpflichtet zu sein, die für Indien und China charakteristisch ist, die er aber kraft seines prophetischen Genies transformierte und der er auf diese Weise den Weg nach dem Westen ebnete. Lange Zeit haben westliche, vor allem christliche Gelehrte gezögert zuzugeben, daß das Judentum irgendwelche religiösen Ideen von dem Propheten aus dem Iran übernommen habe. Daß dem so war, gesteht man heute um so bereitwilliger ein, doch es bestehen noch immer erhebliche Meinungsverschiedenheiten über Zarathustras eigene Glaubensvorstellungen, verglichen mit jenen der späteren zoroastrischen Lehre. Eine ausgezeichnete und erschöpfende Zusammenfassung der schillernden wissenschaftlichen Ansichten über dieses Thema findet sich in J. Duchesne-Guillemins Werk *The Western Response to Zoroaster* (1958), dessen letzter Satz die Warnung ausspricht, daß »der Westen noch nicht das letzte Wort über Zoroaster gesagt hat«. Wir müssen deshalb alle Spekulation beiseite lassen und uns auf die Frage beschränken, was von den Lehren des Propheten bekannt ist, welche Elemente dieser Lehre unbestreitbar ihren Weg in das Judentum gefunden haben und in welcher Hinsicht hier ein positiver und nützlicher Beitrag des Ostens zu der religiösen Problematik des Westens vorliegt.

3. *Zarathustra als prophetischer Reformator*

Die Quelle für unsere Kenntnis von Zarathustras Lehren sind die »Gāthās« – Lieder, die sich heute in der *Yasna* finden, dem großen liturgischen Text der zoroastrischen Religion und einem der drei Hauptteile der zoroastrischen Schriften. (Die beiden anderen Teile sind die *Yasts*, an bestimmte Geister gerichtete Opferhymnen, und das *Vidēvdāt*, die Regeln der rituellen Läuterung.) Die Gāthās sind in der ersten Person geschrieben und werden allgemein als Zarathustras eigene Äußerungen angesehen. In ihnen spricht der Prophet als jemand, der sich bewußt ist, daß er von Gott auserwählt wurde, den Menschen die Wahrheit zu verkünden, und der sich, da er selber über die Heiligkeit Gottes meditiert hat, aus freien Stücken dafür entscheidet, »der Freund der Wahrheit« zu sein und den Weg der Heiligkeit zu gehen. Sein Auftrag besteht darin, seine Zeitgenossen von der Verehrung vieler Gottheiten abzubringen – eine Verehrung, die häufig auch blutige Opfer einschloß – und zur Verehrung des einen »Weisen Herrn« hinzuführen, zu Ahura Mazdā. Den Hintergrund dieser prophetischen Botschaft bildet die indo-iranische Religion, eine andere Spielart jener Religion, auf die wir bereits in der frühen wedischen Epoche in Indien gestoßen sind (s. S. 70–74). In Indien wurde das Wort »asura« zuletzt zur Bezeichnung eines dämonischen Wesens und »deva« für ein göttliches Wesen verwendet – im Iran war es genau umgekehrt: die daēvas gelten schließlich, wahrscheinlich unter dem Einfluß Zarathustras, als dämonisch, während aus der Klasse der Ahuras ein großer Ahura (Herr) aufsteigt als der Herr des Lichts oder Weiser Herr – Ahura Mazdā.

4. Zarathustras kosmischer Dualismus

Nichtsdestoweniger liegt Zarathustras Bedeutung nicht so sehr in seiner Verkündigung monotheistischer Ideen, sondern vielmehr in dem Dualismus, der für seine Weltanschauung charakteristisch ist. Es war, wie R. C. Zaehner ausführt, »ein Dualismus des Geistes, der zwei Prinzipien als Ursprung des Universums postulierte – den Geist des Guten oder Ormuzd und den Geist des Bösen oder Ahriman. Diese überaus eigenwillige Idee«, fährt Zaehner fort, »geht auf Zoroaster selbst zurück und ist sein fundamentaler Beitrag zur Religionsphilosophie« (Zaehner, 1955; 4). Zarathustra stellt die beiden gegensätzlichen Geister als Zwillinge dar, von denen der eine das Gute und der andere das Böse wählte. Er nahm offenbar als Ursprung dieses kosmischen Zwillingsprinzips den einen höchsten Weisen Herrn, Ahura Mazdā, an. Die beiden Prinzipien werden im zoroastrischen Schrifttum mit den Namen *Spenta Mainyu* (heiliger Geist) und *Angra Mainyu* (böser Geist) bezeichnet. Die Beziehung des ersteren zu Ahura Mazdā war augenscheinlich enger als die des letzteren. Aus diesem Grund wird der Heilige Geist in der späteren Überlieferung schließlich mit Ahura Mazdā (oder wahlweise mit Ormuzd) gleichgesetzt. Obwohl die Logik verlangt, daß Ahura Mazdā auch als Vater des Bösen Geistes zu gelten habe (falls die Geister Zwillinge waren), schiebt die zoroastrische Lehre Ahura Mazdā keineswegs die Verantwortung für das böse Prinzip zu. Bei Zarathustra liegt das Schwergewicht auf der absoluten Freiheit der Wahl, über welche die

Geister verfügen, und auf der sich daraus ergebenden Verantwortlichkeit, die ganz und gar von der getroffenen Wahl abhängt. Das gleiche gilt auch für die menschliche Freiheit der Wahl. Der Mensch ist nicht Gottes Diener oder Sklave wie in der semitischen Religion und insbesondere im Islam, sondern ein Geschöpf, das völlig frei ist in seiner moralischen Entscheidung.

5. Der besondere Charakter des zoroastrischen Dualismus

Es ist wichtig, daß man zwischen zwei Verwendungsformen des Wortes »Dualismus« im Zusammenhang mit religiösen Auffassungen unterscheidet. Es gibt jenen Dualismus, für den der sogenannte Manichäismus (s. S. 249 f.) das bekannteste Beispiel ist und in dem die materielle, physikalische Welt als durch und durch böse gilt und das Gute ausschließlich dem Bereich des Geistigen angehört. Doch im zoroastrischen Denken hat der elementare Dualismus zwischen Gut und Böse seinen Ursprung innerhalb der geistigen Welt. Das Geistige ist nicht schlechthin gut; es kann unter Umständen auch böse sein. Andererseits wird der Bereich des Materiellen nicht als Tummelplatz des Bösen abgewertet, sondern vielmehr als grundsätzlich gut aufgefaßt, weil er das Werk von Ahura Mazdā selber ist. Die physikalische Welt wird daher von den Anhängern Zarathustras geachtet und hochgeschätzt; die materiellen Güter der Erde sollen vom Menschen weise benutzt und genossen werden, das heißt auf eine Weise, die dem heiligen Leben förderlich ist. Askese im Sinne einer Ablehnung bestimmter physischer Aspekte des Lebens, die der Erlangung der Heiligkeit widerstreben, hat somit keinen Platz in der Lehre Zarathustras.

Das andere Kennzeichen dieser Lehre, das sie als einzigartig charakterisiert, ist die Tatsache, daß sie nicht ein einziges oberstes Prinzip im Universum annimmt, sondern zwei. Es ist, wie Zaehner meint, »ein Dualismus von zwei rivalisierenden geistigen und moralischen Kräften – von Gut und Böse, Licht und Dunkelheit, Ordnung und Unordnung« (1955; 4). Und hinter diesen widerstreitenden Kräften steht eine ursprüngliche, uranfängliche *Wahlentscheidung*. Wenn es in irgendeinem Sinne ein oberstes Prinzip in der zoroastrischen Lehre gibt, dann ist es wahrscheinlich der Primat der moralischen Entscheidung – für Wahrheit, Licht und Ordnung oder für Unwahrheit, Dunkelheit und Chaos: dies ist eine Entscheidung frei Handelnder, seien es nun Geister oder Menschen.

6. Das Problem der Originalität von Zarathustras Dualismus

Man hat behauptet, die religiösen Ideen Zarathustras, zumal sein einzigartiger moralischer Dualismus, verdankten ihre Entstehung bereits existierenden und logisch weiterentwickelten Anschauungen. Vor allem W. B. Henning hat die These vertreten, die zoroastrischen Ideen seien abhängig von einem älteren Monotheismus. »Wie die meisten dualistischen Bewegungen versteht man sie wohl am besten als Protest gegen den Monotheismus.« In Weiterführung dieser Ansicht zitiert Duchesne-Guillemin die Worte Fr. Spiegals: »Erst wenn der Mensch die Existenz eines einzigen allmächtigen und allwissenden Schöpfers anerkennt, der die Welt und alles in ihr erschaffen hat, erhebt sich die Frage, warum nicht alles in der Welt nach dem Willen des Schöpfers und Lenkers verläuft, warum nicht nur lobenswerte Unternehmungen der Geschöpfe schlecht ausgehen, sondern auch Dinge geschehen, die er unmöglich gutheißen kann. Mit einem Wort: es entsteht die Frage, wie das Böse in die Welt gekommen ist. Ein Versuch, diese Frage zu beantworten, ist der Dualismus in seinen verschiedenen Spielarten« (Duchesne-Guillemin, 1958; 1).

Dieser Gedankengang kann in zwei verschiedenen Richtungen weiterverfolgt werden: eine Schlußfolgerung würde besagen, die Auffassung, der moralische Dualismus zoroastrischer Prägung sei ein Protest gegen den Monotheismus, lasse einen solchen Dualismus als sekundär, abhängig oder minderwertig erscheinen; die andere Folgerung wäre: da die Idee des moralischen Dualismus notwendig ist, um das zu erklären zu versuchen, was der Monotheismus nicht zu erklären vermag, bedeutet sie eine vernichtende Kritik des Monotheismus und weist auf seine inhärente Schwäche hin. Es ist somit zumindest eine offene Frage, ob der zoroastrische Dualismus deshalb, weil er vielleicht einen älteren Monotheismus voraussetzt, in philosophischer oder religiöser Hinsicht dem Monotheismus unterlegen ist oder nicht. Tatsächlich ist es jedoch völlig ungewiß, ob irgendeine Form monotheistischen Denkens im Iran bereits existierte; es ist sehr unwahrscheinlich, wenn auch nicht unmöglich, daß Zarathustra mit dem jüdischen Monotheismus in Berührung gekommen ist. Seine prophetische Tätigkeit beschränkte sich auf den nordöstlichen Teil Persiens, der an das heutige Afghanistan und das turkmenische Gebiet der UdSSR grenzt, während ein etwaiger Kontakt mit den exilierten Juden seine Anwesenheit in Babylonien im Südwesten Persiens erforderlich gemacht hätte. Es bleibt jedoch die Möglichkeit bestehen, daß Zarathustra selber eine monotheistische Glaubensvorstellung entwickelt hat – die von Ahura Mazdā, die er später zu dem für seine Lehre charakteristischen Dualismus modifizierte.

Doch in einem anderen Sinne verdankt das zoroastrische Denken vielleicht einiges älterem Gedankengut – ein Punkt, den wir bereits gestreift haben (s. S. 129). Ein Weltbild, dem ein absoluter moralischer Dualismus zugrunde liegt, ist kein ausschließliches Merkmal der zoroastrischen Lehre. Es bestand zur Zeit Zarathustras bereits in der indo-iranischen Religion mit ihrer elementaren Dichotomie von asuras und devas. Diese Vorstellung war so tief verwurzelt im indischen Denken, daß sie beispielsweise sogar in der buddhistischen Überlieferung fortlebte; sie war eine so weitverbreitete Form des Weltverständnisses, daß in den Reden Buddhas (im Pali-Kanon) häufig auf diese asura- und deva-Heerscharen angespielt wird, die ständig einander bekriegen (Ling, 1962; 21–26). Allerdings gibt es noch keine eindeutige *moralische* Unterscheidung zwischen den beiden Gruppen; die asura-deva-Mythologie präsentiert ein früheres Entwicklungsstadium, ehe noch die eine Seite als gut und die andere als böse festgelegt war. Erst in der iranischen Religion, und zwar in der Lehre Zarathustras, scheinen diese widerstrebenden Kräfte in den Rang eines kosmischen moralischen Dualismus erhoben worden zu sein. Auf solche Weise verdankt Zarathustra einiges diesen älteren Anschauungen, aber seine Lehre bedeutet eine neue Interpretation, die Einführung einer neuen Dimension.

7. Der soziale Faktor in Zarathustras Dualismus

Eine interessante und wesentliche Eigentümlichkeit der Äußerungen des Propheten, wie sie in den Gāthās enthalten sind, ist der Konflikt zwischen den seßhaften Hirten und den räuberischen Kriegern. Die Gemeinschaft der Hirten wird als Anhängerschaft der Wahrheit dargestellt, während die Räuber der Lüge folgen und zu Ehren der daēvas (devas) blutige Opfer darbringen. Es ist möglich, daß die letzteren in der iranischen Gesellschaft die eigentliche Klasse der Krieger verkörperten, der die ksatriya-Klasse im alten Indien entsprach; sie waren die Verfechter der herkömmlichen heidnischen Religion der Indo-Iranier und verehrten die daēvas. Die Hirten hingegen bildeten in der iranischen Gesellschaft jene Klasse, der das Land seinen Reichtum verdankte, und waren somit das Gegenstück zu der vaiśya-Klasse bei den Indogermanen. Sie machten sich die Lehren des Propheten eher zu eigen als die Klasse der Krieger und stellten demnach wohl die Grundlage der neuen zoroastrischen Gemeinschaft dar, und da ihre Unterdrücker und Feinde traditionsgemäß die daēvas verehrten, wurden die ahuras notwendigerweise die Geist-Mächte, welche die Anhänger der neuen prophetischen Religion anbeteten. Der Umstand, daß die feindselige Kriegerklasse seit jeher Verehrer zahlreicher daēvas war, mag eine in Zarathustras religiösem Denken angelegte Tendenz zum Glauben an den Einen und nicht an die vielen bestärkt haben; das bedeutet: der Eine Ahura tritt an die Stelle der vielen ahuras. Zweifellos ist der Widerstand von Kriegerklassen gegen jegliche ethisch-prophetische Religion ein durchgängiges Kennzeichen der Religionsgeschichte und demnach ein weiterer Grund für die hier vorgenommene Analyse der Situation unter gesellschaftlichen Gesichtspunkten.

8. Das ethische Element in der Religion Zarathustras

Ein wichtiger Zug der religiösen Ideen, die der Prophet aus dem Iran verkündete, ist, wie soeben erwähnt, ihr ausgeprägter ethischer Charakter. Nietzsche erkannte dies, als er sich darüber ausließ, wie gründlich die Öffentlichkeit die in seinem Buch *Also sprach Zarathustra* (1885–7) enthaltene Ironie mißverstanden habe: »Man hätte mich fragen sollen, was der Name Zarathustra in meinem Mund bedeutet, im Munde des ersten Immoralisten: denn was die außerordentliche Einzigartigkeit dieses Persers in der Geschichte ausmacht, das ist genau das Gegenteil davon.« (Nach Duchesne-Guillemin, 1958; 21 f.) Nietzsches »Immoralismus« war das genaue Gegenteil von Zarathustras Lehre; die Leistung des Propheten besteht darin, daß er eine vernünftige und logische Basis für die Moral legte. Die Vervollkommnung des zoroastrischen Systems der Ethik gehört zwar einer späteren Epoche an, nämliche der sassanidischen Zeit (seit 236 v. Chr.), aber die Grundlagen sind bereits in den Lehren des Propheten enthalten. Die zoroastrische Ethik geht davon aus, daß der Mensch die Freiheit des Handelns hat und daß der Weise sich für das entscheidet, was im Einklang steht mit Wahrheit, Licht und Ordnung, für das, was ihn in Übereinstimmung bringt mit den Kräften des Guten und zu ihrem Sieg über die Kräfte des Bösen beiträgt. Die Aufgabe des Menschen im kosmischen Ringen ist es also, gute Gedanken zu denken, gute Worte zu äußern und gute Taten zu vollbringen. In der Praxis manifestierte sich all dies in einem Lebensstil, den man als kultiviert und maßvoll bezeichnen kann.

9. Zoroastrische Eschatologie

Anfänglich scheint die Hoffnung des Propheten auf den Sieg der Kräfte des Guten und die Errichtung eines Reiches der Rechtschaffenheit auf Erden gerichtet gewesen zu sein. Später tritt jedoch ein anderer Gesichtspunkt in den Vordergrund: »Mächtig in der Unsterblichkeit soll die Seele dessen sein, welcher der Wahrheit folgt, aber unaufhörliche Qualen warten auf den Menschen, welcher der Lüge anhängt.« Sowohl Zarathustra als auch seine Nachfolger hofften auf ein Leben nach dem Tod, und da mit Leben das körperliche Dasein gemeint war, verlangte diese Hoffnung nach einer Lehre von der Auferstehung des Leibes. Folglich taucht in der jüngeren zoroastrischen Religion die Idee einer wiederhergestellten physischen Welt auf, einer Welt, die »ganz makellos, alterslos, unzerstörbar ist, die weder vergeht noch dem Verderben anheimfällt ...«. Im Zusammenhang damit steht die Lehre vom Kommen des Saoshyant, des Erlösers, der am Ende der Zeiten erscheinen soll, nachdem alle Kräfte des Bösen im Universum endgültig überwunden und auf ewig entmachtet sind. Diese Gedanken wurden erst nach dem Tod des Propheten von seinen Nachfolgern im einzelnen formuliert, doch sie waren bereits in seinen Lehren angelegt oder ergaben sich aus den von ihm verkündeten Grundsätzen. Sie hatten, als die Juden in engen Kontakt mit Persien traten, schon eine so feste Gestalt angenommen, daß sie in die Religion des Judentums eindringen konnten.

10. Das zoroastrische Sakrament

Ein Gesichtspunkt ist bisher noch nicht gewürdigt worden, nämlich die merkwürdige Geschichte des zentralen Ritus der zoroastrischen Religion: des Trinkens des Haoma-Safts. Wir haben bereits erwähnt (s. S. 72), daß der indische Zweig der indogermanischen Völker dem Saft der Soma-Pflanze (persisch: haoma) göttlichen Charakter zuschrieb; dessen Genuß bildete ein wichtiges wedisches Ritual und versetzte den Trinkenden in einen Zustand großer Verzückung. Diese Praxis war offenbar auch ein Bestandteil der Religion des iranischen Zweiges, in dem die Haoma-Pflanze gleichfalls als ein Gott betrachtet wurde, der den Teilnehmern des Rituals Unsterblichkeit zu verleihen vermochte. Eines der ungelösten Probleme in der Erforschung der zoroastrischen Religion ist die Frage, ob der Prophet diese Praxis duldete oder ob sie nach der Verurteilung durch den Propheten (der sie, wie wir wissen, in ihrer früheren Form im Zusammenhang mit dem Stieropfer ablehnte) später von seinen Nachfolgern wieder eingeführt wurde. Auf jeden Fall spielt sie in der jüngeren zoroastrischen Religion eine entscheidende Rolle; die Haoma-Pflanze galt als »Sohn« von Ahura Mazdā, und in einem Ritual, das, wie Zaehner darlegt, eine seltsame Ähnlichkeit mit der katholischen Messe aufweist, wurde sie feierlich dem himmlischen Vater dargebracht, woraufhin Priester und Volk gemeinsam von dem Saft tranken – ein Vorgang, der als eine Vorstufe der Teilhabe am ewigen Leben aufgefaßt wurde.

III.
GAUTAMA BUDDHA, DER PROPHET INDIENS
(563–483 v. Chr.)

1. Die sozialen Zustände in Indien im 6. Jahrhundert v. Chr.

Wir kehren jetzt in das Indien des 6. vorchristlichen Jahrhunderts zurück. Einige Umrisse der damaligen Situation haben wir bereits gezeichnet (s. S. 101–103). Neuere historische Untersuchungen, etwa die von D. D. Kosambi, haben ein klareres Bild von den sozialen und politischen Verhältnissen Nordindiens im 6. Jahrhundert erbracht und uns in die Lage versetzt zu verstehen, warum die Menschen jetzt nach Lösungen für die Probleme suchten, die sie beschäftigten. Die ältere Form der Gesellschaft, bestehend in von Ältestenversammlungen regierten Stämmen oder Stammesgruppen, ging überall in Nordindien ihrem Ende entgegen, bevor sich einige wenige große Monarchien neu herausbildeten, insbesondere die von Kashi, Kosala und Magadha (Karte 2). Die älteren Stammesrepubliken wurden erobert und dem Territorium und der Herrschaftsgewalt dieser neuen autokratischen Monarchien unterstellt (s. S. 150). Für viele Menschen jener Zeit mußte die alte familiäre Sozialstruktur einer unpersönlicheren Regierungsmaschinerie weichen; der einzelne fühlte sich oft gesellschaftlich und moralisch entwurzelt und konnte in der neuen autokratischen Gesellschaft nicht mehr die sinnvolle Struktur wiederfinden, die ihm bisher so vertraut gewesen war. Die Fragen, die nach Kosambi im nördlichen Indien des 6. vorchristlichen Jahrhunderts in der Luft lagen, waren folgende: Was ist die Seele? Was ist die Bestimmung des Menschen nach dem Tode? Warum müssen Menschen, offensichtlich unverdientermaßen, leiden? Wie kann man dem Leiden entgehen? Was ist das höchste Gut, und wie kann man es erlangen?

2. Der Buddha, sein Leben und Wirken

In diese Situation wurde um das Jahr 563 v. Chr., als in Persien noch Zarathustra wirkte, Gautama hineingeboren, der später den religiösen Titel *der Buddha* (der Erleuchtete oder Erweckte) erhielt. Er gehörte zum Sakya-Clan, dessen Territorium längs der heutigen Grenze zwischen Nepal und Indien lag. Sein Vater war ein ksatriya-Häuptling;

spätere Frömmigkeit hat ihn in den Rang eines großen Königs erhoben. In diesen gebirgigen Landstrichen nördlich der Ganges-Ebene behaupteten sich die alten Stammesverbände am zähesten, obwohl auch sie bereits von den sich ständig ausdehnenden Königreichen der Ganges-Ebene bedroht waren, vor allem von Magadha, dessen Könige, Bimbisara und sein Sohn Ajatasattu, häufig in den kanonischen Schriften der Buddhisten erwähnt werden. Gautama wuchs also in einer Umwelt auf, die ihn bis zu einem gewissen Grade vor der psychischen Misere der monarchischen Gesellschaften bewahrte, doch er wurde sich schon bald dieser Misere nachhaltig bewußt. In der buddhistischen Legende heißt es, daß er im Verlauf eines einzigen Tages zuerst einem alten Mann im letzten Stadium der Senilität begegnete, dann einer Person, die an einer abstoßenden Krankheit litt, und schließlich einem Toten, der, gefolgt von trauernden Freunden, zum Verbrennungsplatz getragen wurde. Diese Szenen veranlaßten ihn, über das Wesen und den Sinn der menschlichen Existenz tief nachzudenken. Endlich erblickte er noch am selben Tag einen Asketen, der gelassen und vertrauensvoll die Straße entlangzog, und dies überzeugte ihn vom hohen Wert eines heiligmäßigen Lebens. Er brach auf, verließ seine Heimat und begab sich auf die Suche nach einem Lehrer und Führer, der ihm die Wahrheit darlegen und ihn in den geistlichen Disziplinen zu unterweisen vermochte. Nach einer langen Zeit des Suchens, in der er strenge Askese übte und sehr mager und schwach wurde, fand er schließlich die höchste Erleuchtung, während er in eine tiefe und mühselige Meditation über das Wesen des Ichs und die Ursachen für den Verfall und Tod des Menschen versunken war. Während seiner Meditation spürte er einen starken geistigen Widerstand, der in der buddhistischen Terminologie als Marā oder der Böse (wörtlich: der »Töter«) bezeichnet wird. Buddhas Sieg über Marā ist in der späteren buddhistischen Überlieferung mit zahlreichen spektakulären und mythologischen Details ausgeschmückt worden, insbesondere in der Mahāyāna-Schule (s. S. 266 f.). Die traditionelle Auffassung, daß die große Erleuchtung in der Nähe von Gaya (im heutigen Bihar) am Ufer des Flusses Neranjara, eines Nebenflusses des Ganges, stattgefunden habe, ist ebenso stark wie alt und darf wahrscheinlich als historisch authentisch betrachtet werden. Der Buddha hatte alle bösen Leidenschaften, die die Wurzel des menschlichen Leidens sind, überwunden, und alle Zweifel und Befürchtungen hinsichtlich seines künftigen Geschicks waren beseitigt. Gemäß der Überlieferung verbrachte er noch weitere vier Wochen meditierend unter dem heiligen Pipal-Baum, der fortan der bodhi- (Erleuchtung) oder einfach bo-Baum heißt. Dann macht er sich auf den Weg, um auch anderen den Weg der Erleuchtung zu zeigen, den er kennengelernt hat. Nach der Tradition predigte er diese Wahrheiten, die heute als Buddhas *Dhamma* (Sanskrit: Dharma) oder Lehre bezeichnet werden, zuerst in Sarnath bei Benares. Wie viele andere religiöse Lehrer im damaligen Indien sammelte er eine Gruppe von Schülern und Bekehrten um sich, den Kern des buddhistischen Mönchsordens (*Sangha*). Ungefähr vierzig Jahre lang zogen er und seine Anhänger im Nordosten Indiens umher, bis er schließlich im Alter von achtzig Jahren in Kusinagara verschied und, nach buddhistischem Sprachgebrauch, in das absolute nibbāna einging (s. S. 146 f.).

Die traditionelle Chronologie von Buddhas Leben gibt in den Ländern Südostasiens das Jahr 623 v. Chr. als sein Geburtsjahr und 543 als das Jahr seines Eingangs ins vollkommene nibbāna (parinibbāna) an. Nach dieser Rechnung brachte das Jahr 1957 die Vollendung des 2500. Jahres der buddhistischen Geschichte und wurde als solches in den verschiedenen buddhistischen Ländern Südasiens festlich begangen. Moderne Forscher neigen indes dazu, Buddhas Leben etwas später zu datieren, als Jahr seiner Geburt 563 v. Chr. und als Jahr seines Todes 483 anzunehmen. Dies stimmt nach Kosambi überein mit einem Dokument, das in Kanton in einem bestimmten Jahr entstanden ist; das in einem Palmblattmanuskript enthaltene Dokument markiert die Jahre seit Buddhas Tod bis zur Niederschrift, also bis zu dem bestimmten feststehenden Jahr, jeweils mit einem Punkt (Kosambi, 1965; 109).

3. Die wesentlichen Punkte der frühen buddhistischen Lehre

Die Lehre (Dhamma) Buddhas ging aus von einer Analyse der Bedingungen der menschlichen Existenz. Jegliche Existenz weist drei Hauptcharakteristika auf: erstens *dukkha,* ein Begriff, der mit »das Böse« oder »Übel« oder »Leiden« übersetzt worden ist und der jede dieser Bedeutungen oder alle zusammen beinhaltet, die insgesamt ein Ausdruck sind für das allgemeine Unbehagen an der durchschnittlichen empirischen Existenz, in dem Sinne, daß die Dinge nicht so sind, wie sie sein sollten; zweitens *anicca* (Unbeständigkeit), das die Vergänglichkeit aller irdischen Erfahrungen, zumal der sogenannten »Freuden« des Lebens, und das in allen Dingen erkennbare unerbittliche Gesetz des Wandels und Verfalls bezeichnet; drittens *anatta* oder das Fehlen eines permanenten persönlichen »Selbsts« (atta) innerhalb des menschlichen

Individuums. Die zuletzt genannte Doktrin unterscheidet die Lehre Buddhas am deutlichsten von anderen zeitgenössischen Denkrichtungen, besonders von der Auffassung der Upanischaden, in der die Anerkennung der Seele oder des Selbsts (Sanskrit: ātman; Pali: atta) im Einzelmenschen und ihre Identifikation mit der Welt-Seele (brahman) ein zentraler Grundsatz ist (s. S. 101 f.). Nach Buddha war es Irrtum, die Grundlage dessen, was ewig ist, im Einzelmenschen zu suchen. Buddha leugnete nicht, daß etwas Ewiges existiere; nur sei es nicht in der vorübergehenden Anhäufung von physischen und psychischen Faktoren zu finden, die das Erscheinungsbild eines »Individuums« prägen. Das sogenannte Individuum, so lehrte er, ist in Wirklichkeit ein beständiger Wechsel materieller und geistiger Vorgänge. Die Analyse der individuellen »Selbstheit« kann auf verschiedenen Ebenen der Komplexität erfolgen; die einfachste Form ist die Aufgliederung in fünf Khandhas oder Gruppen (wörtlich: Haufen). Diese Kategorien sind: äußere Gestalt (der Körper), Empfindung, Wahrnehmung, Wollen und Bewußtsein, das heißt vor allem das Bewußtsein der ersten vier. Beim physischen Leib ist die Vergänglichkeit am augenfälligsten, denn er verändert sich unaufhörlich während des ganzen Lebens; doch die anderen Faktoren sind nicht weniger unbeständig. Zusammengenommen erzeugen sie die zeitweilige Illusion einer dauerhaften Wirklichkeit – doch es ist eine Illusion. Das Dauerhafte und Beständige muß anderswo gesucht werden.

Was aber ist die unvergängliche Realität, auf die Buddha die Menschen hinwies und die er sie zu suchen aufforderte? In einem bestimmten Sinne ist sie das Dhamma. Dieser Begriff ist unübersetzbar. Conze unterscheidet in seinem Werk *Buddhist Thought in India* sieben Hauptbedeutungen des Wortes. Die Grundbedeutung von Dhamma bezeichnet das, was aus sich selbst und aus eigenem Recht existiert, ohne von einer vorgegebenen Realität abhängig zu sein. In diesem Sinne stimmt der Begriff auffallend mit dem griechischen Begriff des Logos überein, der das meint, was alles Bestehende aufrechterhält. Das Pali-Wort dhamma ist in den Wortschatz verschiedener südostasiatischer Sprachen eingegangen, etwa in das Burmesische, wo es von den Christen zur Übersetzung des Wortes »Logos« in den Einleitungssätzen des Johannes-Evangeliums verwendet wird: »Im Anfang war das Dhamma ...«

Die letzte, volle und reale Erkenntnis des Dhamma ist das Ziel, das zu erstreben Buddha die Menschen anwies. Der Weg, der unmittelbar zur Begegnung mit dem Dhamma führt, liegt in der Lehre Buddhas begründet. Eine andere Möglichkeit, die *höchste* Wirklichkeit zu erfassen, ist das nibbāna (Sanskrit: nirvāna). Was unter diesem Begriff zu verstehen ist, wird weiter unten erörtert werden (s. S. 144 f.; 147 ff.). Inzwischen sei jedoch festgestellt, daß die grundlegende Lehre Buddhas in einer anderen Form ihren Ausdruck findet, nämlich in den Vier Heiligen Wahrheiten. Diese besagen erstens, daß alles Leben dukkha ist (s. oben); zweitens, daß die Ursache des dukkha die Begierde (tanhā) ist; drittens, daß das Ende der Begierde das Ende des dukkha bedeutet; und viertens, daß es einen Weg gibt, der dorthin führt, nämlich den buddhistischen Weg, der in der Lehre Buddhas, also im Dhamma, umrissen ist. Die Vier Heiligen Wahrheiten werden in einer Terminologie ausgedrückt, die vermutlich einer zeitgenössischen medizinischen Heilmethode entlehnt ist: von der Prognose und Diagnose über die therapeutischen Maßnahmen bis zur Heilung, die als möglich verkündet wird.

4. Der buddhistische Weg

Verschiedene Begriffe dienen zur Beschreibung dieser »therapeutischen« Maßnahmen, die der Mensch auf sich nehmen muß. Da es sich um eine Methode handelt, welche die (zu Buddhas Zeiten praktizierten) Extreme der Sinnenfreude und der strengen Askese gleichermaßen meidet, wird sie »der Mittlere Weg« genannt. Sie war ebenfalls unter den Bezeichnungen Buddha-dhamma (die Buddha-Lehre) oder Buddha-sasana (die Buddha-Disziplin) bekannt. Der letztere Begriff wird in Asien am häufigsten für das verwendet, was man im Westen »buddhistische Religion« oder einfach »Buddhismus« nennt.

Der buddhistische Weg hat drei Hauptkennzeichen: Moral, Meditation und Weisheit. Die Moral ist das unabdingbare Fundament des Systems. Die Quintessenz der buddhistischen Moral ist enthalten in den fünf Vorschriften (pañcaśīlā): kein fremdes Leben nehmen, nicht falsch sein, sich nichts aneignen, was einem nicht gegeben worden ist (d. h. Diebstahl), sich sexueller Verfehlungen und berauschender Mittel und Drogen enthalten, die geeignet sind, den Geist zu umnebeln. Auf dem ernsthaften Entschluß, diese Vorschriften zu befolgen, kann dann die Praxis der Meditation oder Konzentration (samādhi) aufbauen. Hier liegt die zentrale und charakteristischste Eigentümlichkeit des buddhistischen Weges, doch in einer allgemeinen Darstellung wie der vorliegenden kann bestenfalls ein kurzer Hinweis auf Methode und Zweck der Meditation gegeben werden (eine ausführlichere Beschreibung ist in

E. Conzes *Buddhist Meditation* enthalten). Ihr letzter Sinn besteht darin, daß sie den Buddhisten befähigt, unmittelbar jene Wirklichkeit zu erkennen, von der Buddha gesprochen hat und die den Menschen in ihrem alltäglichen Dasein verborgen bleibt; in diesem Zustand wird nämlich die Wirklichkeitserkenntnis behindert durch avijja (Sanskrit: avidya), das heißt durch Unwissenheit oder das Unvermögen der rechten Erkenntnis. Der Mensch hat demnach zunächst gläubig die Tatsache zu akzeptieren, daß es eine unmittelbare Wahrheit oder Erkenntnis (vijja, Sanskrit: vidya) gibt, die Buddha selber erlangt hat und die auch andere erlangen können, sofern sie bereit sind, seinen Rat zu befolgen. Solches Wissen ist im gewöhnlichen »Weltling« (putthu-janu, die buddhistische Bezeichnung der Menschen, welche die Suche nach Erleuchtung noch nicht begonnen haben) durch die ständige Unruhe an der Oberfläche des Geistes verdunkelt, eine Unruhe, die auf die unaufhörliche Ablenkung durch die Sinne und die unkontrollierten Impulse des Geistes zurückzuführen ist. Der erste Schritt der Meditation, der das Bewußtsein von dieser Oberflächenbeunruhigung zu den ruhigeren tieferen Schichten hinlenken soll, besteht also in der Aufgabe des diskursiven Denkens, das zu nichts führt, auf jeden Fall nicht, wie der Buddhist meint, zu einer Verbesserung der Misere des Menschen. Die erste Meditationsübung ist somit die »Konzentration«, das heißt die Ausrichtung der Aufmerksamkeit auf einen engen Bereich. Eine weitere wichtige Aufgabe der buddhistischen Meditation ist die Eindämmung und Auslöschung des Feuers, das die bösen Kräfte des lobha, dosa und moha (Geiz, Haß und Täuschung) erzeugen und das als der menschlichen Misere immanent betrachtet wird. Auf der anderen Seite müssen die entgegengesetzten Werke, Großzügigkeit, Liebe und Einsicht, gefördert werden. Welches geistige Ziel das Denken des Meditierenden beschäftigen soll, ist die nächste entscheidende Frage, und die Antwort richtet sich nach dem Typus des jeweiligen Menschen. Beim einen wird ein bestimmtes Meditationsobjekt seiner Situation und Konstitution besonders angemessen sein, bei einem anderen Menschen sieht das Objekt ganz anders aus. Die Einführung in die Praxis der Meditation und die Auswahl des richtigen Meditationsziels sind die unerläßlichen Funktionen des Meditationslehrers. Aus diesem Grund kann die buddhistische Meditation nicht in der Isolation betrieben werden, und hier liegt eine der Hauptursachen, warum der Buddhismus keine »private« Religion sein kann. Mehr kann in unserem Zusammenhang nicht über die buddhistische Meditation gesagt werden; auf jeden Fall – und das gilt für die zentralen Praktiken aller Religionen – ist es unmöglich, sie von außen vollkommen zu begreifen. Begnügen wir uns damit, daß das Ziel dieser Methode die Erreichung des dritten Stadiums des buddhistischen Weges ist, nämlich die Erreichung der transzendenten Weisheit oder paññā (Sanskrit: prajñā). In diesem Stadium wird das, was vorher in Treu und Glauben akzeptiert wurde, direkt und unmittelbar eingesehen und verstanden, und das Ergebnis ist, so behauptet man, die Entstehung des wahrhaft erleuchteten Menschen.

5. *Buddhistische Mönche und Laien*

Wie bereits gesagt, war eine der ersten Folgen von Buddhas Predigertätigkeit die Bildung des Sangha, einer Gruppe von Menschen, die sich ausschließlich der Meditation und dem Streben nach transzendenter Weisheit unter der Anleitung ihres Lehrers Buddha widmeten. Wie andere »heilige Männer« im Indien der Zeit ernährten sie sich von den Gaben mildtätiger Menschen. Es gab viele solche umherziehende Asketen, Philosophen und Heilige im Indien des 6. vorchristlichen Jahrhunderts; nur im Falle der Buddhisten entwickelte sich eine seßhafte, institutionalisierte Lebensweise. Sie ergab sich wahrscheinlich aus der Angewohnheit dieser wandernden Heilssucher, sich während der Monsunzeit, wenn heftige und zuweilen tagelang andauernde Regenfälle das Reisen unmöglich machten, an bestimmten Orten gemeinsam einzufinden und dort Schutz zu suchen. Hörte der Regen auf, gingen solche Asketenversammlungen normalerweise wieder auseinander, doch bei den Buddhisten wurden aus den Regenzeit-Unterschlupfen nach und nach dauerhafte Siedlungen (āvasas). In jeder Niederlassung waren fremde Buddhistenmönche jederzeit willkommen, aber jede hatte ihre eigene »Pfarrgemeinde«, also einen Bezirk, wo man auf Almosen in Form von täglichen Nahrungsmittelspenden der Bewohner zählen konnte. Die Mitglieder des Sangha erhielten den Namen bhikkhus (Sanskrit: bhikshus), der soviel wie »Spenden- oder Almosenleute« bedeutet. Die Bevölkerung gab diese Almosen aus Bewunderung für das heiligmäßige Leben und das ernsthafte Streben der Sangha-Mitglieder und wurde häufig selber von den Lehren und Übungen der Mönche angezogen. Wer Buddha anerkannte und sich als Laie auf den etwaigen Eintritt in den Orden vorbereiten wollte, hieß Anhänger oder upāsaka. Es heißt, daß Buddha diesen Anhängern seine Lehre und Führung angeboten und die wahren Pflichten eines Bürgers, der ein upāsaka ist, festgelegt hat. Das Klassensystem, das in der indischen Gesellschaft zu entstehen begann (s. S. 98 f.), wurde von Buddha völlig ignoriert, seine Anhängerschaft stammte aus den verschiedensten Schichten, vor allem jedoch aus der Schicht der Handeltreibenden (vaiśya). Die Art und Weise, wie Buddha lehrte, die sich in den kanonischen Pali-Texten niedergeschlagen hat, verrät die volkstümliche Orientierung seiner Lehre: sie richtete sich nicht an wenige Eingeweihte innerhalb einer esoterischen Gruppe, wie es auf die ursprüngliche Upanischaden-Lehre zutrifft, sondern wandte sich an alle und jeden und bediente sich solcher Parabeln, Geschichten, Sprichwörter und Erklärungen, die jedermann verstehen konnte. Wie Kosambi meint, ist »dies die sozialste aller Religionen«; ihre Lehre breitete sich ständig aus, »weil sie in hervorragender Weise den Bedürfnissen einer sich rasch wandelnden Gesellschaft entgegenkam« (Kosambi, 1965; 106, 114). Diese Auffassung widerspricht älteren Urteilen westlicher Autoren, die durchweg über unzureichendes Wissen verfügten, Urteilen wie dem von Max Weber, daß der Buddhismus im wesentlichen mystisch und »asozial« sei. Die Frage nach dem Wesen des buddhistischen Mystizismus und seinen gesellschaftlichen Auswirkungen muß deshalb etwas eingehender behandelt werden.

6. *Nibbāna, das Summum bonum der Buddhisten*

Es wird manchmal behauptet, der Buddhismus sei eine Religion ohne Gott. Das entspricht nicht ganz der Wahrheit. Die frühen buddhistischen Texte enthalten zahlreiche Hinweise auf die Götter, und zwar nicht nur auf die wedischen Götter (deren Erwähnung in der altindischen Zeit leicht einzusehen wäre), sondern auch auf Götter spezifisch buddhistischer Prägung, wie etwa Sakka, der eine mildere, menschlichere Version des wedischen Indra ist. Der Buddhismus besitzt eine eigene Göttermythologie, aber diese Götter sind eigentlich mehr als malerische Bestandteile der himmlischen Landschaft zu betrachten denn als Wesen von irgendwelcher großen oder bestimmender Bedeutung. Zweifellos richtet oder beruft sich das buddhistische Denken keineswegs auf die Idee eines göttlichen Wesens, das als Schöpfer für alles Existierende, für das Gute wie das Böse, die Verantwortung trägt, wie sie für die Religionen des alten Orients bezeichnend ist. Für den Buddhisten ist das Universum selbst die gegebene Tatsache; keine Erklärung seiner Existenz wird angeboten oder gesucht; jeder Versuch in dieser Richtung wäre nach Buddha nur müßige Spekulation. Der Buddhismus wird folglich präziser als ein Denksystem definiert, das, soweit es den Begriff des Schöpfers betrifft, agnostisch ist; es legt sich weder in der einen noch in der anderen Richtung fest.

Trotzdem kennt der Buddhismus ein Summum bonum, etwas, was zwar die normalen Grenzen menschlicher Erfahrung übersteigt, aber dennoch das Endziel des buddhistischen Weges darstellt: das nibbāna; nach Tillichs Definition ist es das »höchste Anliegen« des Buddhisten. Dies hat manche Kenner dazu veranlaßt, den Buddhismus als eine Spielart der Mystik zu beschreiben; doch dieser Begriff ist mit Vorsicht zu verwenden.

Es ist typisch für einschlägige westliche Untersuchungen, daß sie gleich zu Beginn die Frage stellen: »Was ist nibbāna?« und daran die weitere Frage anschließen: »Kann es zu christlichen Vorstellungen von Gott oder vom Himmel in Beziehung gesetzt werden?« Edward Conze hat sehr zu Recht westliche Leser gewarnt vor »der Unsitte, die Bedeutung des Nibbāna durch die Sammlung und Untersuchung vieler unzusammenhängender Zitate ergründen zu wollen« (Conze, 1962; 77). Ein zuverlässigerer Weg zum Verständnis des nibbāna-Gedankens führt über die Analyse alles dessen, was in einem einzigen Text zu diesem Thema ausgesagt ist; besonders geeignet dafür ist das Sutta Nipāta, denn es enthält nach allgemeiner Auffassung teilweise das älteste Material der Pali-Kanons.

Der Kanon-Text ist kürzlich von Professor Jayawickrama von der Universität Ceylon sehr sorgfältig und gewissenhaft untersucht worden, und eine seiner allgemeinen Schlußfolgerungen bestätigt, daß wir im Sutta Nipāta so nahe wie möglich an einige der ältesten Formen der buddhistischen Lehre herankommen.

Im Sutta Nipāta finden sich rund achtzehn Hinweise auf das nibbāna. E. M. Hare übersetzt das Wort nibbāna in seiner erstmalig 1945 erschienenen Übertragung mit »das Kühle«. Man kann gegen diese Version Einwände erheben, aber sie hat immerhin den Vorzug, der Tatsache Rechnung zu tragen, daß das Pali-Wort nibbāna, genauso wie »kühl«, sowohl als Substantiv wie auch als Adjektiv verwendet werden kann.

Da der substantivische Gebrauch überwiegt, kann man sagen, daß nibbāna im eigentlichen Sinne »die Kühle« bedeutet. Doch dies allein ist noch keine ausreichende Erklärung. Wir müssen dem Problem weiter nachgehen.

7. Das buddhistische Ideal: der Mensch, der nibbuta ist

Noch häufiger als die Verweise auf das nibbāna sind in diesem frühen buddhistischen Text Äußerungen, die sich einer anderen Form des Wortes – nibbuta – zur Bezeichnung des idealen Menschen bedienen. Das Wort bezieht sich zuweilen auf Buddha selbst, zuweilen auf den Menschen, den Buddha als den idealen Menschentyp, den muni oder Weisen, beschreibt. Ein solcher Mensch ist nibbuta, also einer, der »kühl geworden ist«. Er, der muni, sagt Buddha zu dem Brahmanen Bharadvaja, ist der Opfergaben würdig. Als Bharadvaja das hört, bietet er Buddha das Brahmanenopfer des heiligen Kuchens an. Buddha lehnt ab und entgegnet, daß es einem Buddha nicht zukomme, Speisen zu sich zu nehmen, die wie die der Brahmanen gewonnen wurden. »Wer soll dann das Opfer erhalten?« fragte der verwirrte Bharadvaja. Buddha schildert daraufhin noch einmal den würdigen Empfänger des Opfers, den idealen Menschen, ihn, »der sich nicht aufbringen läßt, dessen Geist nicht umwölkt ist, frei von aller Begehrlichkeit, bar aller Trägheit, ein Führer für jene, die eine leidenschaftliche Natur besitzen, ein Meister des Lebens und des Sterbens«, und so fort. Er ist es, der Verehrung und Anbetung verdient, und wenn man ihm ein solches Opfer darbringt, wird auch der Opfernde gesegnet sein. »Aber«, ruft Bharadvaja, »wer ist es denn anders als du, o Buddha, der du es am meisten verdienst, daß dir die ganze Welt als Opfer dargebracht wird?« Damit schließt das Sutta, und der gemeinte Sinn scheint klar: Buddha ist der Repräsentant des idealen Menschen, der muni, der nibbuta-Mann. Allerdings soll er nicht als Individuum verehrt werden, sondern schlechthin als der ideale Mensch, als ein Typus.

Damit kommen wir zu einem Punkt, der nachdrücklich hervorgehoben zu werden verdient, daß nämlich die zahlreichen Hinweise in diesem alten Text auf den Menschen, der nibbuta ist, den Schluß zulassen, daß hier der Brennpunkt liegt, auf den sich der frühe Buddhismus in der Praxis konzentrierte. Die abstrakte Vorstellung des nibbāna scheint im Vergleich zu der Vorstellung des idealen Menschen, des nibbuta-Menschen, zweitrangig gewesen zu sein. Das läßt darauf schließen, daß wir wahrscheinlich erst dann, wenn der Begriff nibbāna von der Konzeption des nibbuta getrennt wird, in Schwierigkeiten geraten, die Bedeutung des nibbāna zu verstehen. Wie wir gleich sehen werden, hat nibbāna eine transzendentale Bedeutung, aber es wäre irreführend, wenn wir darauf zu viel Nachdruck legten oder wenn wir diesen Aspekt zum Ausgangspunkt für unseren Versuch der Begriffsklärung nähmen.

Wenn das letzte Stadium der Heiligkeit erreicht ist, wenn alle Flammen des Geizes, des Hasses und der Täuschung erloschen sind (s. S. 142 f.), dann ist der Mensch nibbuta. Doch dies bedeutet augenscheinlich nicht die Auslöschung des Lebens oder die Selbstzerstörung. Der nibbuta-Mensch setzt sein Leben fort, wandert weiter in der Welt umher und verkündet die Wahrheit, so wie es auch Buddha von seiner Erleuchtung bis zu seinem 80. Lebensjahr getan hat. Die Unterscheidung zwischen dem Übergang in den Zustand der »Kühle« im irdischen Leben und dem endgültigen Zustand, der auf die Auflösung des Körpers folgt, findet ihren formalen Ausdruck in der von der Abhidhamma-Literatur vorgenommenen Unterscheidung zwischen *kilesa nibbāna,* dem Absterben der moralischen Defekte, und *khanda nibbāna,* dem Absterben der Bestandteile der empirischen Existenz.

8. Das transzendente nibbāna

Wir kommen jetzt zu einem wichtigen Punkt: Im Sutta Nipāta wird das nibbāna zuweilen mit Begriffen umschrieben, die eindeutig darauf schließen lassen, daß es als ein transzendenter Zustand aufgefaßt wird. Manchmal heißt es einfach »das Jenseitige« (paramam). Es ist auch davon die Rede, daß diejenigen, welche den transzendenten Charakter des nibbāna kennen (die »Insel des *ne plus ultra*«), durch dieses Wissen »im höchsten Maße gekühlt« werden (abhinibbuta). »Wo kein Ding ist, wo es kein Begehren gibt, dort ist die Insel, die kein Jenseits kennt, das nibbāna, in dem Verfall und Tod ein Ende haben; dies sage ich euch.« An anderen Stellen im Sutta Nipāta wird das nibbāna als *amatam* beschrieben, d. h. als etwas, was durch das Fehlen des Todes charakterisiert ist, als *santim,* ruhig oder friedlich, und *accutam,* dauerhaft, was bedeutet, daß es dort keinen Übergang von einer Existenz zur anderen gibt.

Alle diese und noch weitere Aussagen über das nibbāna finden sich auch in anderen buddhistischen Schriften, von den fünf Nikayas bis zu den späteren Kompendien, wie etwa dem Visuddhimagga (s. S. 274 f.) und dem Abhidhammattha-Sangaha (s. S. 384 f.). Bezeichnend für die Belegstellen im Sutta Nipāta ist einerseits die Vielzahl der Äußerungen, in denen das nibbāna im irdischen Leben als das unmittelbare, erreichbare Ziel des Buddhisten erscheint (und im Zusammenhang damit stehen die Hinweise auf das nibbuta-Stadium), andererseits die relativ geringe Zahl von Stellen, in denen das nibbāna als transzendenter Zustand beschrieben wird. Das mag ein Anhaltspunkt dafür sein, worauf sich die Aufmerksamkeit im frühen Buddhismus konzentrierte, nämlich auf den nibbuta-Zustand, auf den idealen Menschen, den vollkommenen Menschen, und erst in zweiter Linie auf die transzendente Natur des Zustands, den der Mensch auf diese Weise erlangte. In dieser Reihenfolge spiegelt sich die praktische Orientierung, die für Buddhas Lehre so charakteristisch ist. Die transzendente Natur des nibbāna gilt jedoch nicht deshalb als nebensächlich, weil von ihr weniger gesprochen wird; es ist einfach so, daß die Erstickung der Flammen der Habgier, des Hasses und der Täuschung für den Durchschnittsmenschen eine vordringlichere Aufgabe ist. Für die meisten Menschen ist es wichtiger zu wissen, wie man nibbuta wird, als sich über die Natur des nibbāna Gedanken zu machen.

Um zum Stichwort Mystik zurückzukehren: es wird jetzt einsichtiger geworden sein, daß jeder Versuch, die buddhistische Religion als mystisch oder nicht-mystisch zu klassifizieren, ziemlich schwierig ist. Zweifellos steht im frühen buddhistischen Denken, wie es sich im Sutta Nipāta niedergeschlagen hat, am Anfang nicht das Postulat eines transzendenten absoluten Wesens, mit dem der Einzelmensch Gemeinsamkeit oder Identität erstreben soll. Am Anfang steht die empirische Situation des Menschen. Dennoch kann man nicht sagen, die Transzendenz habe keinen Platz im buddhistischen Leben und Denken. Über das nibbāna gibt es mehr positive Aussagen, als westliche Autoren zuweilen glauben. In den kanonischen Schriften finden sich lange Listen von Epitheta, die sich auf das nibbāna beziehen. So wird es häufig als *suññatā, apranihita* und *animita* bezeichnet; zumal diese Begriffe deuten auf eine Verwandtschaft des buddhistischen Weges mit anderen Formen der Mystik hin. Das Ziel der Buddhisten, das nibbāna, ist suññatā (»leer«). Das ist eine Umschreibung für die Tatsache, daß der Pfad zum nibbāna das Nicht-Sein des empirischen Ichs voraussetzt; das nibbāna ist »entleert« von allen Regungen des Ego. Außerdem ist es apranihita, d. h. es kennt weder Verlangen noch Begehren und ist gekennzeichnet durch Zufriedenheit. Schließlich ist es animita, und das bedeutet, daß es kein Bild von ihm gibt, daß es sich der Anschauung und der Begrifflichkeit entzieht. Es ist kein »Begriff«, den man erfassen kann; man kann nicht sagen: »Oh! da ist ein nibbāna.« Das ist notwendigerweise so, weil das nibbāna das Endziel des buddhistischen Lebens darstellt und erst erkannt werden kann, wenn man es erreicht.

Daß es das Endziel ist, bezeugen eindeutig der Pali-Kanon und seine Komemntare. Buddhaghosa (s. S. 274 ff.) stellt das ausdrücklich in den einleitenden Sätzen seines großen Werkes, des Visuddhimagga, fest: »Das Ziel ist die Läuterung, und mit Läuterung meint man das nibbāna.« Aus Buddhaghosas Zusammenfassung und Interpretation der buddhistischen Lehre geht ganz klar hervor, daß die Läuterung, auf die er hinweist und die das Ziel des Buddhisten ist, auch als eine tiefe und radikale moralische Wandlung verstanden werden kann. Vor allem aber ist festzuhalten, daß dies in der buddhistischen Tradition ein sehr hohes Ideal bleibt; der nibbuta-Mensch ist eine Seltenheit und verdient größte Wertschätzung.

9. Die soziale Dimension der buddhistischen Lehre

Wir sind jetzt in der Lage, den zweiten Hauptaspekt des buddhistischen Mystizismus zu betrachten, nämlich die Frage, ob der buddhistische Weg als ein Weg der Weltentsagung aufzufassen ist; denn nach Meinung mancher Gelehrter liegt darin ein Charakteristikum jedes echten Mystizismus. Max Weber zum Beispiel stufte in seiner soziologischen Analyse der indischen Religion den Buddhismus als mystisch und a-sozial ein. Im Buddhismus ist die Erlösung nach Weber eine ganz und gar persönliche Leistung des auf sich selbst gestellten Einzelmenschen. Diese Behauptung läßt darauf schließen, daß Weber weder die anatta-Lehre voll erfaßt noch das Wesen des buddhistischen Weges richtig verstanden hat. Nichtsdestoweniger kommt er in seiner Würdigung des Buddhismus zu dem Schluß, daß hier der spezifische a-soziale Charakter aller wahren Mystik einen Höhepunkt erreicht habe. Kein Wunder, daß er die Gründung eines buddhistischen Mönchsordens als einen Widerspruch zu diesem Grundsatz empfindet, als einen Widerspruch, der nach einer Erklärung verlangt; vielleicht, so meint er, sei dies das Werk späterer Buddhisten gewesen.

Der Bedeutung der buddhistischen Sangha (s. S. 139), des Mönchsordens (wörtlich: »Versammlung«), hat man in neueren historischen und soziologischen Untersuchungen der frühen buddhistischen Bewegung einige Aufmerksamkeit geschenkt. In der Tat liegt ein gewisser Widerspruch darin, daß ein Sangha sich schon im Indien des 6. vorchristlichen Jahrhunderts entwickelt haben soll, aber der Widerspruch besteht zu den orthodoxen indischen Erlösungsreligionen, nicht zu den buddhistischen Lehren und Prinzipien. Die altindische Tradition war sicherlich bestimmt von einsam lebenden Mystikern und Asketen;

sie war so stark, daß sie ihre Spuren in der frühen buddhistischen Praxis hinterlassen hat. Doch trotz alledem ist die Entstehung des Sangha ein eindeutiges und charakteristisches Merkmal der buddhistischen Entwicklung, soweit es um die soziale Dimension geht. Seine Entstehung ist um so bemerkenswerter, als sie der übrigen altindischen religiösen Tradition zuwiderläuft.

Im Mahā Parinibbāna Sutta, das die letzten Tage Buddhas behandelt, wird ein direkter Zusammenhang hergestellt zwischen den alten republikanischen Ratsversammlungen (s. S. 77; 137) und dem buddhistischen Sangha. Am Vorabend seines Angriffs auf die vajjianische Republik fordert König Ajatasattu Buddha auf, sich über die Zukunft der Vajji zu äußern. Buddha soll darauf eine seltsame Antwort gegeben haben: Wenn sich die Vajji weiterhin regelmäßig zu ihren Stammesversammlungen einfänden, wenn diese Versammlungen in einem Geist der Eintracht begännen und endeten, wenn sie die alten Überlieferungen bewahrten und das Alter in Ehren hielten, dann könnten sie damit rechnen, daß es ihnen wohl ergehen werde. Im folgenden dehnt Buddha diese Prophezeiung auch auf das buddhistische Sangha aus: Wenn die Mönche sich weiterhin regelmäßig zu ihren Versammlungen einfänden, wenn sie ihre Zusammenkünfte im Geist der Eintracht begännen und beschlössen, wenn sie die Überlieferungen hochhielten und das Alter ehrten, könne ihre Versammlung (sangha) auf gutes Gedeihen hoffen.

Doch die Vajji wurden von Ajatasattu besiegt; als die Worte Buddhas durch die mündliche Überlieferung verbreitet wurden, war das Schicksal der Stämme bekannt: die vajjianische Republik war vernichtet. Es mag seltsam erscheinen, daß sich Buddha zugunsten der Verlierer ausgesprochen haben soll, und noch seltsamer, daß seine Worte, die ihr weiteres Gedeihen vorhersagten, weitergegeben wurden. Manche haben deshalb in Buddhas zustimmenden Äußerungen zu einer republikanischen, auf Ratsbeschlüssen beruhenden Regierungsform eine nachträgliche Bestätigung gesehen, daß das buddhistische Sangha der Nachfolger oder Ersatz für die alte stammesmäßige Gliederung der Gesellschaft sei, die im Indien des 6. vorchristlichen Jahrhunderts durch autokratische Monarchien zerstört und verdrängt wurde. In der sozialen Not und Unsicherheit, die daraus erwuchsen, sei das buddhistische Sangha die rettende Arche für die Menschen gewesen, die den festen sozialen Boden unter den Füßen verloren hatten, und dies sei der Grund dafür, daß so viele dort eine Zuflucht fanden. Diese Auffassung vertritt beispielsweise Debiprasad Chattopadhyaya, ein indischer

Marxist, in seinem Buch *Lokayata: A Study in Ancient Indian Materialism (1959)*. Er meint, in dieser mißlichen sozialen Lage, in einer Gesellschaft, die einen harten Machtkampf und eine zunehmende Klassenbildung durchmachte, habe das buddhistische Sangha den Menschen die einzige Möglichkeit zu einem echten kollektiven Dasein eröffnet; obwohl es auf einer Illusion (nämlich auf Religion) beruht habe, sei es die beste Lösung bis zur Entstehung des Marxismus gewesen.

Ein anderer Kenner des alten Indiens, Charles Drekmeier, hat in seinem Buch *Kingship and Community in Early India* die Situation von einem ähnlichen Standpunkt aus analysiert, aber er gelangt zu einer Freudschen Deutung der buddhistischen Bewegung. In den verworrenen und verwirrenden Verhältnissen jener Zeit, so meint er, könnten sowohl Buddhas nibbāna-Lehren als auch das Leben des buddhistischen Sangha als Ausdruck für das Verlangen gewertet werden, der schwierigen Situation in einer immer individualistischer werdenden Gesellschaft zu entfliehen und Zuflucht zu suchen in einer ursprünglichen, undifferenzierten Gemeinschaft; dies sei ein Verlangen, das dem des Einzelmenschen entspreche, der sich in keinem Zeitalter mit der Situation des isolierten Individuums abfinden könne und sich deshalb unbewußt danach sehne, in den Mutterschoß zurückzukehren, also in jenen Zustand, der dem Stadium der Individuation vorausgeht.

Keine dieser Auffassungen läßt sich so ohne weiteres von der Hand weisen, denn möglicherweise deuten sie auf eine Erklärung hin, deren Zerrbilder sie sind – Zerrbilder deshalb, weil sie (vor allem die Freudsche Interpretation) den Fehler machen zu behaupten: wenn A gleich B ist, dann ist A tatsächlich B; das heißt, sie verwechseln Ähnlichkeit mit Identität. Aber die Ähnlichkeit ist von Bedeutung, und die beiden Erklärungsversuche führen zu einer anderen, leicht abweichenden Deutung, die im folgenden dargelegt werden soll.

10. Die Besonderheit des buddhistischen Sangha

Seit den ersten Tagen der buddhistischen Bewegung war das Ideal, wie wir gesehen haben, der nibbuta-Mensch, der muni, jener Mensch, in dem alle egoistischen Begierden und Illusionen erloschen sind und anatta eine manifeste Realität ist. Auf dieses Ideal richtet die buddhistische Lehre und Praxis die Menschen aus. Von Anfang an war die Mitgliedschaft im buddhistischen Sangha ein bevorzugter Weg zur Erreichung dieses Ziels. Denn das Leben im Sangha galt als eine Schule des anatta, als eine unablässige Bemühung, sich von der Täuschung des empirischen Ichs und dessen Einfluß zu befreien; es ist eine Lebensform, in der niemand über privaten oder persönlichen Besitz verfügt, abgesehen von den notwendigsten Dingen, welche die Regel des Sangha erlaubt, und in der jeder ständig dem Gemeinschaftsgeist und -urteil des Sangha untergeordnet ist. Das Sangha bietet somit optimale Bedingungen für die Verwirklichung des anatta; es macht dem Menschen eine neuartige Form des sozialen Lebens zugänglich, die in einer weltlichen Gesellschaft unmöglich wäre, zumal in der Gesellschaft, die sich im nördlichen Indien des 6. Jahrhunderts immer stärker herausbildete (s. S. 137). Mehr noch, diese neue Sozialstruktur führte über das kollektive Leben im Stammesverband hinaus, denn das Sangha hatte im Prinzip universale Dimensionen. Anders ausgedrückt: das buddhistische Sangha unterschied sich von den alten stammesmäßigen sanghas insofern, als es nicht-territorial oder vielmehr supra-territorial war. Die Angehörigen des Sangha schlossen sich zu einer andersartigen, einer transzendenten Sippengemeinschaft zusammen. Darauf verweist ein Begriff, der in den späteren Nikayas und im nachfolgenden buddhistischen Schrifttum auftaucht, der Begriff *gotrabhu,* der besagt, daß man »ein Mitglied der Sippe geworden ist« (und darunter ist die Sippe Buddhas zu verstehen). Wer in das Sangha eintritt, wird in ein neues gotra (Sippenstruktur) aufgenommen. Buddhaghosa (s. S. 274 ff.) führt aus, daß dieser Begriff »gotrabhu« einen »Wechsel der Abstammung« beinhalte; nach seiner Auffassung vollzieht sich hier ein Übergang von der (alten) Abstammung der »Sinnensphäre« zur (neuen) Abstammung der »Reinheitssphäre« oder, wie es sich annähernd umschreiben läßt, zu einer neuartigen, geistigen Abstammung, die man vielleicht noch besser als transzendent bezeichnen könnte.

All dies deutet auf die hohe Auffassung vom Wesen des Sangha hin; es ist nicht nur eine akzidentelle historische Besonderheit der sich unter bestimmten Umständen entfaltenden buddhistischen Bewegung: das Sangha ist wesentlich für das Streben nach dem buddhistischen Ideal, und daraus erklärt sich, warum das Sangha in der Drei-Edelstein-Formel mit Buddha und dem Dhamma in Verbindung gebracht wird: Der Mensch sucht »Zuflucht bei Buddha, im Dhamma und im Sangha«.

IV.
DIE ÜBERHÖHUNG DER PRIMITIVEN RELIGION

1. Die Entstehung des Dschainismus

Eine gewisse Ähnlichkeit mit der von Buddha inaugurierten Bewegung weist eine andere Strömung auf, die unter dem Namen Dschainismus bekannt geworden ist. Im unruhigen Nordindien des 6. vorchristlichen Jahrhunderts (s. S. 137) standen zahlreiche religiöse Lehrer auf, von denen jeder eine befriedigendere Lehre von der Situation des Menschen und eine wirksamere Methode zur Erlösung vom menschlichen Leiden offerierte, als sie der zeitgenössische ritualistische Brahmanismus zu bieten vermochte. Einige Lehren dieser Sekten sind uns auf Grund von Hinweisen in den buddhistischen Suttas bekannt. Die meisten sind wieder untergegangen, doch der Dschainismus hat überlebt. Seine Anhänger beanspruchen für diese Strömung ein weit höheres Alter als das 6. und 5. Jahrhundert v. Chr., als Vardhamāna Mahāvīra (gest. 468 v. Chr.?) ihre Lehre verkündete, und moderne Gelehrte neigen dazu, einen älteren Lehrer anzunehmen, nämlich Pārśva, dessen Anschauungen Mahāvīra weiterentwickelt haben soll. Wie die meisten heterodoxen (d. h. nicht-brahmanischen) Richtungen der Zeit war auch der Dschainismus im Grunde ein System der seelischen Disziplin, das sich auf eine eigene metaphysische Doktrin berief. Er geht von dem Grundgedanken aus, daß das gesamte Universum von unzähligen individuellen Seelen belebt ist; nicht nur den Menschen, sondern allen Lebewesen wird eine Seele zugesprochen. Das gilt für die Tiere, die Insekten und sogar für die Pflanzen. Jede dieser Seelen, so könnte man sagen, bewohnt einen materiellen Körper; doch genaugenommen handelt es sich um ein Gefängnis, dem die Seele zu entfliehen sucht. Vor allem durch diese Auffassung der Existenz und die Methode des »Entfliehens«, wie sie Mahāvīra lehrte, unterscheidet sich seine Lehre sowohl vom Brahmanismus als auch vom Buddhismus.

2. *Die Abgrenzung des Dschainismus vom Brahmanismus*

Auf der einen Seite setzte sich der Dschainismus scharf vom Brahmanismus ab, auf der anderen vom Buddhismus. Vom ersteren unterscheidet er sich durch seine Lehre von ahimsa (Gewaltlosigkeit). Da jedes Lebewesen eine Seele besitzt, ist es wesentlich, daß man sich davor hütet, irgendeinem Lebewesen Gewalt anzutun oder es gar zu töten. In der Praxis bedeutete dies die Ablehnung der im Brahmanismus üblichen Tieropfer. Der Grund für eine solche Gewaltlosigkeit gegenüber der Tierwelt ist eher metaphysisch als gefühlsmäßig. Die Flucht der Seele aus dem Körper und in jenes Reich, wo sie in ewiger Wonne leben wird, ist das Ziel der dschainistischen Lehre. Dies erreicht man angeblich durch die Vermeidung des Karma. Nach dschainistischer Auffassung ist Karma eine Substanz, die der Seele auf Grund irgendwelcher Handlungen anhaftet, insbesondere auf Grund von grausamen oder gewalttätigen Handlungen; dieses anhaftende Karma trübt die Seele und umgibt sie mit einem festen materiellen Körper, einer Art Verkrustung, die sich durch asketische Disziplin und Meditation sowie durch den Verzicht auf Schmerzbereitung nach und nach zerbrechen und auflösen läßt. Aus diesem Grund sind die Dschainas seit jeher die strengsten Vegetarier gewesen; die Beschränkung auf Pflanzen setzt den Grad der Schmerzbereitung herab. Deshalb lehnen es die Dschainas auch ab, einen landwirtschaftlichen Beruf auszuüben, weil sie fürchten, sie könnten den kleinen Lebewesen der Erde mit dem Pflug etwas zuleide tun. (Nachdem ihnen dieser Beruf verschlossen war, wurden sie Händler und in neuerer Zeit Kaufleute und Industrielle.) Obwohl die Dschainas in dieser Hinsicht den Brahmanismus verwarfen, übernahmen sie doch dessen Götter, und zwar betrachteten sie diese als höhere Wesen, die irdische Gunst zu erweisen vermochten. Dies scheint eher ein Kompromiß mit volkstümlichen indischen Religionsvorstellungen gewesen zu sein als eine der dschainistischen Weltanschauungen inhärente Idee. Es muß jedoch darauf hingewiesen werden, daß die Lehre der Dschainas im Grunde atheistisch ist, in dem Sinne, daß in ihr für die Vorstellung eines allmächtigen göttlichen Schöpfers weder Platz noch ein Bedürfnis vorhanden war. Was den Kompromiß des Dschainismus mit dem Hinduismus angeht, so ergab sich im Verlauf der Geschichte nichts, was dem Kompromiß vergleichbar wäre, der im Buddhismus geschlossen wurde und der mit dem Begriff Mahāyāna (s. S. 265–270) bezeichnet wird; dabei ist vor allem die tantrische Spielart gemeint (s. S. 314 ff.).

3. Die Abgrenzung des Dschainismus vom Buddhismus

Die Praktizierung der asketischen Disziplin war bei den Dschainas weit strenger als bei den Buddhisten. Sie bestand nicht nur im Fasten, sondern auch in der Selbstabtötung, welche die Nacktheit und die freiwillige Kasteiung des Körpers durch lange Aufenthalte in Sonne oder Kälte einschloß. Schon in der Frühgeschichte des Dschainismus, im 3. Jahrhundert v. Chr., entstand ein Schisma zwischen jenen Asketen, die auf der alten Praxis des Nacktgehens bestanden, und einer anderen Gruppe, die das Tragen eines einfachen weißen Gewandes befürwortete. Die Vertreter der ersteren, mehr konservativ eingestellten Partei wurden die *Digambaras* (die vom »Raum«, d. h. nur von Luft Bekleideten) genannt, während die anderen Svetāmbaras oder »Weißgekleideten« hießen.

Aber nicht nur eine strengere Lebensführung unterschied die Dschainas von den Buddhisten, sondern auch – und vielleicht noch nachdrücklicher – ihre Auffassung, daß das Universum aus einer Unzahl einzelner, individueller Seelen bestehe, die alle nach individueller Erlösung strebten. Der Buddhismus hingegen verwarf, wie wir gesehen haben (s. S. 139 f.), die Vorstellung von einem dauerhaften individuellen Sein, das man als Seele bezeichnen könnte. Darüber hinaus war die dschainistische Auffassung des Karma materialistisch bestimmt: Karma war eine Schicht oder Wolke, die sich auf die Seele legte und zu ihrem leibhaftigen Gefängnis wurde. Für die Buddhisten dagegen ist Karma das System der moralischen Kausalverbindungen, das die Handlungen eines Lebens über die Jahre hinweg durch unzählige andere Existenzen wie ein Echo weiterleitet (ob es sich dabei um Existenzen desselben »Individuums« handelt, ist nach ursprünglicher buddhistischer Auffassung eine irrelevante Frage), bis das Echo verhallt oder durch ein konträres Karma zum Schweigen gebracht wird.

4. Konfuzius

Gleichzeitig mit Buddha und Mahāvīra in Indien trat Konfuzius in China auf. Die einzige Berechtigung für die Aufnahme dieses Namens in eine Religionsgeschichte liegt darin, daß man im Westen fälschlicherweise angenommen hat, es bestehe eine Verwandtschaft zwischen anderen prophetischen religiösen Gestalten des 6. vorchristlichen Jahrhunderts, wie wir sie in Israel, Persien und Indien bereits kennengelernt haben, und dieser bedeutenden Persönlichkeit der chinesischen Kulturgeschichte. Man hat sogar behauptet, es habe eine Form der chinesischen Religion gegeben, die man »Konfuzianismus« nennen könne und die einen Kult der Konfuzius-Verehrung eingeschlossen habe. K'ung Fu-tzu (so lautet die chinesische Form seines Namens, den die Jesuiten in China als »Konfuzius« latinisierten) war ein Aristokrat, ein Lehrer und eine Zeitlang ein staatlicher Administrator, dessen Lehren vornehmlich politisch und sozial orientiert waren, religiös jedoch nur so weit, wie sie ethische Probleme betrafen. Die Verehrung, die ihm zuteil wurde, war nicht so sehr ein religiöser Kult, als vielmehr eine spezielle Spielart jener Hochachtung, welche die Chinesen allgemein ihren Vorfahren in dankbarer Würdigung ihrer Verdienste entgegenbringen. Das Leben und die Lehre des Konfuzius gehören deshalb eigentlich in eine Geschichte des politischen und philosophischen Denkens, und er darf gerechterweise nicht zu den Gestalten des 6. Jahrhunderts hinzugezählt werden, die als »Propheten« deshalb zu gelten haben, weil sie ihren Mitmenschen Einsichten vermittelten, die ihnen in irgendeiner Form offenbart worden waren. Doch zuweilen hat man auch Konfuzius eine gewisse prophetische Rolle zugeschrieben (Rowley, 1956), aber ganz abgesehen von der Schwierigkeit, sich Konfuzius als Pendant zu manchen hebräischen Propheten vorzustellen, erscheint es zweifelhaft, ob sich eine solche Auffassung aufrechterhalten läßt.

5. Konfuzius und die volkstümliche Religion im alten China

Konfuzius gehörte der Oberschicht der chinesischen Gesellschaft an. Seine Lehre ist geprägt durch die Unterscheidung zwischen zwei Menschenklassen, dem »höheren Menschen« und dem »niederen Menschen«. Dieser Unterscheidung, die ursprünglich ein sozialer Klassenunterschied war, gab Konfuzius auch einen bestimmten ethischen Inhalt. Die Befolgung der konfuzianischen Vorschriften und Doktrinen war vorwiegend der chinesischen Oberschicht vorbehalten. Die unteren Schichten hingegen wurden zwar indirekt von der konfuzianischen Ethik beeinflußt, wandten sich jedoch weit unmittelbarer den volkstümlichen Praktiken zu, denen man den Namen Religion zubilligen darf, da sie mit gewissen Glaubensvorstellungen vom Wesen des Universums im allgemeinen und von der geistigen Welt im besonderen zusammenhingen. Wenn Konfuzius von Zeit zu Zeit auf die Götter oder auf den Himmel als eine Quasi-Gottheit hinwies, so nur deshalb, weil das für einen Chinesen jener Zeit unter bestimmten Umständen selbstverständlich war. Das chinesische Volk praktizierte wie viele andere Völker eine altertümliche Verehrung der Naturkräfte, und in dieser Hinsicht scheint sich Konfuzius nicht festgelegt zu haben. Er nahm all dies als Bestandteil der überkommenen Ordnung hin, wohl auch deshalb, weil es von der Aura des hohen Alters umgeben war. Doch darf dies nicht verwechselt werden mit der chinesischen Praxis der Ahnenverehrung, die im Grunde ein Aspekt der großen Bedeutung ist, welche die Chinesen der *Familie* beimessen, sowohl den lebenden wie den verstorbenen Familienmitgliedern. Der »Tag der Weisen« oder der »Weg der Alten« wird auf gleiche Weise verehrt, und unter diesen Weisen oder Alten gilt Konfuzius als eine der hervorragendsten Gestalten (Shryock, 1932).

6. Volkstümliche Religion im alten China: Ahnen und Naturgeister

Die Religion im alten China ist häufig definiert worden als eine Mischung aus der Verehrung vergöttlichter Naturkräfte und der Verehrung der Geister abgeschiedener Vorfahren. Ob jedoch der Ahnenkult ein religiöses Phänomen war, ist von einigen modernen Autoren in Frage gestellt worden (Shryock, 1932). Bis zu einem gewissen Grade kann diese Neigung, die Ahnenverehrung von den Naturkulten zu trennen, als Teil einer allgemeinen Tendenz der westlichen Sinologen angesehen werden, die Bedeutung der Religion in der chinesischen Gesellschaft zu verkleinern und offenkundig zu machen, daß die Chinesen von Natur aus unreligiös sind (Yang, 1961; 4–6); wenn sich also, wie im vorliegenden Fall, eine weltliche Interpretation chinesischer Sitten anbietet, so benutzt man die Gelegenheit, einen weiteren Beweis für die chinesische Areligiosität anzuführen. Andererseits kann es jedoch sein, daß frühere Forscher zu sehr dazu neigten, in der Ahnenverehrung eine Wurzel der chinesischen Religion zu sehen, weil sie unter dem Einfluß der seinerzeit verbreiteten Theorie des Euhemerismus standen (abgeleitet vom Namen des griechischen Philosophen Euhemeros, der die Ansicht vertrat, die Götter seien lediglich tote Heroen, die man in den Rang von übernatürlichen Wesen erhoben habe). In einer Zeit, als viele Gelehrte darauf vertrauten, daß sich die Ursprünge der Religion durch historische Forschung ermitteln lassen werden, war dies eine verlockende Theorie für die Erklärung der Entstehung religiöser Glaubensvorstellungen. Möglicherweise sind die modernen Sinologen teilweise im Recht, wenn sie den religiösen Charakter des Ahnenkults bestreiten; auf jeden Fall ist man heutzutage weniger darauf aus, allenthalben Belege für die Richtigkeit von Euhemeros' Theorie zu finden. Aber die Antwort auf die Frage, ob die Ahnenverehrung in China als ein religiöses Phänomen aufzufassen sei oder nicht, hängt letztlich davon ab, was man jeweils unter Religion versteht; von daher läßt sich bestimmen, was als religiös einzuschließen oder als nicht-religiös auszuscheiden ist.

Wenn wir den Ahnenkult einstweilen beiseite lassen, so ist offenkundig, daß die Chinesen seit frühesten Zeiten die Verehrung zahlreicher Geister der verschiedensten Art, der Erde und der Luft, praktiziert haben und daß die Opfer, die diesen Geistern dargebracht wurden, von größter Bedeutung waren; dies läßt sich sicherlich auf keinen Fall als eine Randerscheinung der altchinesischen Kultur abtun. Was die Bestimmung des Menschen angeht, so besagen die frühesten nachweisbaren chinesischen Glaubensvorstellungen, daß der Mensch am Ende in das Dunkel zurückkehren muß, aus dem er hervorgegangen ist. Dies wurde als das »Tor des dunklen Weibes« umschrieben, d. h. als die Öffnung einer gigantischen alten Erdgöttin, als ein dunkler kosmischer Schoß, aus dem alle Dinge hervorgekommen sind und der schließlich alles wieder in sich aufnehmen wird. Im Umkreis dieser allumfassenden Dunkelheit spielt sich das Leben des Menschen ab, und unter diesem Gesichtspunkt muß man alle volkstümlichen religiösen Praktiken betrachten, die für das alte China typisch waren, Praktiken, deren Zweck es war, das Leid zu mildern und das irdische Wohlergehen des Menschen während der Dauer seiner sterblichen Existenz zu fördern.

Diese Praktiken, die Darbringung von Opfergaben für die Götter und die Geister der Erde und der Luft, hatten die alten Chinesen gemeinsam mit vielen anderen primitiven Völkern in allen Teilen der Welt. Was im Falle Chinas bedeutsam ist, das ist die Richtung, in der sich solche primitiven Bräuche entwickelten.

7. Der chinesische Staatskult

In einem langsamen Prozeß paßte sich der Opferkult an das hierarchische System des frühen chinesischen Feudalismus an. Dies geschah, so darf man annehmen, zu Beginn der Tschou-Dynastie, etwa 1150 v. Chr. Die Darbringung von Opfergaben wurde allmählich in jene Vorgänge einbezogen, die die Erhaltung des Lebens zum Ziel hatten. Das große Opfer zum Wohle der Nation wurde dem Himmel vom König dargebracht; Opfergaben für untergeordnete Territorien wurden von Beamten niedrigeren Ranges dargebracht, bis hinunter zu den Opfern, die ein Dorfbewohner dem örtlichen Gott oder Geist spendete. Das Opfersystem wurde so umgestaltet, daß sich in ihm vor allem die hierarchische Ordnung des Staates widerspiegelte. Konfuzius äußerte sich später zu diesem System in dem Sinne, daß jeder, der die Bedeutung des Großen Opfers verstanden habe, damit den Schlüssel zum Verständnis des gesamten kosmischen Systems besitze (Wilhelm, 1929; 108). Die primitive chinesische Religion wurde auf solche Weise in zwei getrennte Kanäle geleitet: einerseits in einen verfeinerten Staatskult und andererseits in eine Vielzahl von Kulten, die den kleinen Dorfgöttern dienten, an die man sich wandte, um unmittelbare irdische Vergünstigungen zu erlangen. Das hatte zur Folge, daß im ersten Fall religiöse Vorstellungen und Übungen zuletzt in einer säkularisierten Staatstheorie und -ethik untergingen; im zweiten Fall wurde die Religion von allen umfassenderen Problemen wirkungsvoll isoliert, regional eingeengt und daran gehindert, sich mit irgendwelchen universalistischen Religionsvorstellungen zu befassen. Die einzige anerkannte universale Vorstellung war die Idee des Himmels, an den sich zu wenden das Vorrecht des von seinen Staatsministern unterstützten Königs blieb. Da die Volksreligion auf der primitiven Ebene der regionalen Kulte stehenblieb, besaß sie nichts, was sie in späteren Epochen anspruchsvolleren Geistern hätte empfehlen können, und geriet somit in Verruf. Es gab jedoch eine bedeutsame Ausnahme von der Regel, nämlich das religiöse System, das man als Taoismus bezeichnet und dem wir uns jetzt zuwenden wollen.

8. Die taoistische Weiterentwicklung der primitiven chinesischen Religion

Die stärkste Annäherung an ein religiöses Konzept universalistischen Charakters findet sich im *Tao*. Das Glaubenssystem, das man Taoismus nennt, entstand allmählich, obwohl es einige wohlbekannte Exponenten aufzuweisen hat, insbesondere Lao-tzu (Laotse), einen älteren Zeitgenossen des Konfuzius. Der Taoismus lebte in einer unbequemen Koexistenz mit dem Staatskult, der von der konfuzianischen Ethik gestützt wurde. Die Idee des Tao war im Grunde eine natürliche

Weiterentwicklung der älteren Vorstellung von der uranfänglichen Dunkelheit, aus der alles Lebendige hervorgegangen war (s. S. 157 f.). Im klassischen Buch des Tao, dem *Tao-te-king*, heißt es: »Es war ein lebendes Wesen, eine Mischung aus allen Möglichkeiten, aber vollkommen in sich selbst, ehe die Himmel und die Erde gebildet wurden ... und kann angesehen werden als die Mutter des Universums. Ich kenne nicht seinen wahren Namen, aber wenn ich ein Schriftzeichen dafür wählen soll, nehme ich das Zeichen *Tao*, der Weg.« Tao wurde begriffen als ein undifferenziertes Wesen, das, weil es undifferenziert war, ewig ruhte. Da die Menschen im alten China keine Lehre kannten, die sich auf ein Leben nach dem Tod des Körpers bezogen hätte, bestand die einzige Form der Unsterblichkeit, die man anstrebte, in der unbegrenzten Verlängerung des physischen Lebens. Diese Einstellung unterscheidet sich kaum von jener, die in der hebräischen Religion der vor-exilischen Zeit bestand, als die »Länge der Tage« als das erstrebenswerte Gut galt. In China wurde das Verlangen nach körperlicher Unsterblichkeit ein Hauptanliegen, ja eine Zwangsvorstellung der taoistischen Religion. Weil Tao der Ursprung alles Seins war, war es die Quintessenz des Lebens selbst; es war Leben *par excellence*. Es unterlag nicht dem Verderben, da es weder Wachstum noch Verfall kannte und sich ewig gleich blieb. Um unsterblich zu werden, um das Dasein ins Unendliche fortzusetzen, mußte sich ein menschliches Wesen, so glaubte man, physisch in einen lauteren, unzerstörbaren Körper verwandeln, der nicht den Zufällen der Krankheit oder des Verfalls unterworfen war. Um einen solchen Körper zu erlangen, mußte der Mensch Tao so ähnlich wie möglich werden oder sich gar mit Tao vereinigen. Dies verlangte die Aufgabe aller normalen Betätigungen. Man mußte sich ruhig verhalten und allen Wünschen entsagen. Das waren die spezifisch taoistischen Ideen, welche die Lehrer Lao-tzu, Lieh-tzu und Chuang-tzu entwickelten. Es liegt auf der Hand, daß solche Lehren, im Gegensatz zu den ethisch-politischen Anschauungen des Konfuzius, die unteren Klassen der chinesischen Gesellschaft erreichten, aber auch die Höherstehenden und Gebildeten ansprachen. Die Lehren des Taoismus ergaben tatsächlich die Grundlagen für eine weitverbreitete volkstümliche religiöse Bewegung.

Wir müssen noch auf zwei wichtige Aspekte des Taoismus eingehen, welche die möglichen Ursachen seines Niedergangs und der Grund für die Feindseligkeit sind, mit der man ihm begegnete. Die starke Beschäftigung mit dem Problem der physischen Unsterblichkeit führte zu einer Überbewertung der Alchimie, durch die man das Elixier des

Lebens zu finden hoffte, und zu verschiedenen quasi-magischen Ritualen und Praktiken. Der andere Aspekt des Tao, der seinen Verfall bedingte, war sein Quietismus, die zweite wesentliche Voraussetzung für die Erlangung der Unsterblichkeit. Dieser Quietismus förderte eine durchaus negative Einstellung zu den Belangen des Staates (das trifft sogar auf einige Kaiser zu, die Taoisten geworden waren) und letzten Endes zu allen irdischen Problemen; mit anderen Worten: soziale Untätigkeit und Lethargie waren notwendige Tugenden. Die von solchen Faktoren bestimmte Entwicklung des Taoismus bewog Liang Ch'i-ch'ao, einen modernen chinesischen Schriftsteller, zu der folgenden Feststellung: »Der Taoismus ist die einzige eigenständige Religion Chinas ... aber seine Aufnahme in eine chinesische Religionsgeschichte ist allerdings eine große Demütigung. Die Bemühungen [der Taoisten] waren der Nation keineswegs zuträglich. Ja, im Verlauf der Jahrhunderte haben sie wiederholt das Volk durch ihre heidnische Magie in die Irre geführt und den Frieden gestört« (Yang; 1961, 5).

9. Die Religion im alten Japan

Die Religion Japans vor dem Aufkommen des Buddhismus zeigt manche Übereinstimmung mit der des alten China, doch auch einige wesentliche Unterschiede. Die Bevölkerung Japans zu Beginn der überlieferten Geschichte des Landes stellte eine ethnische Mischung aus drei Hauptgruppen dar; sie bestand aus den eingeborenen Ainu und zwei Einwandererwellen – die eine aus dem Westen, repräsentiert durch einen Menschenschlag, der höher entwickelt und größer war als die Ainu und über schärfer geschnittene Gesichtszüge verfügte; die andere aus dem Süden, möglicherweise Malaien, flachgesichtige und kraftvolle Menschen. Ureinwohner und Einwanderer wurden anscheinend ohne größere Schwierigkeiten integriert, und es entwickelte sich ein staatliches Gemeinwesen, das kaum rassische Gegensätze kannte, aber eine große Vielfalt volkstümlicher Bräuche und Glaubensvorstellungen, die ganz verschiedenen Quellen entstammten. Allen gemeinsam scheint ein ausgeprägter Sinn und eine freundliche Aufgeschlossenheit für die natürliche Umwelt gewesen zu sein. Es heißt, daß sich die Japaner in der Nähe der Natur am wohlsten fühlen; zweifellos sind Naturgefühl und -liebe für den Schintoismus, wie die Religion der Ureinwohner genannt wird, bezeichnender als Künstlichkeit und abstrakte Spekulation. Diese Natürlichkeit äußert sich im Glauben an die Kräfte der

Natur, welche die Japaner *Kami* nannten – ein Begriff von umstrittener Etymologie, der jedoch nach allgemeiner Auffassung auf irgendwelche höheren Wesen oder Mächte verweist. Durchwegs galten die Kami als wohltätig; die japanische Nationalreligion kennt kaum die *Angst* vor übernatürlichen Mächten. Zu den bedeutenderen Kami gehört die Sonnengöttin Amaterasu; die Sonne als Spenderin des Lebens und des Wachstums wurde als Wohltäterin empfunden. Der bezeichnendste Wesenszug des Schintoismus ist der Dualismus zwischen den Attributen von Leben und Gesundheit, Reinheit und Fruchtbarkeit einerseits und den Gegenteilen andererseits, nämlich Tod, Krankheit, Befleckung und Unfruchtbarkeit. Dem Reich der Sonne und des Lichts steht das Reich der Finsternis gegenüber, das die Stätte des Verfalls und der Toten ist. Aus diesem intensiv empfundenen Gegensatz ergaben sich die Hauptanliegen der altjapanischen Religion: Förderung der Fruchtbarkeit und Reinigung von Befleckung. Die Schöpfung wurde begriffen als das Ergebnis einer geschlechtlichen Vereinigung zweier Partner, die selber spontan entstanden waren: von Izanagi, dem männlichen, und von Izanami, dem weiblichen Wesen. Die Vorstellung, daß die Welt das Produkt ihrer Fruchtbarkeit sei und als essentiell gut zu gelten habe, entspricht dem Grundtenor der Schinto-Anschauungen. Ähnliche Vorstellungen spiegeln sich auch in der Mythologie. Einer der alten Mythen berichtet, wie die Sonnengöttin Amaterasu (die Tochter von Izanagi und Izanami) durch das unstete und heftige Benehmen ihres Bruders Susanoo (des rauhen Winds des Spätsommers) beleidigt wurde und sich ihm entzog, indem sie in eine Höhle floh, wodurch die Welt des Lichtes beraubt wurde. Nach einer Weile versammelten sich die Kami in einer riesigen Schar vor der Höhle, um die Göttin wieder hervorzulocken. Eine der Kami, eine Göttin, begann vor der Höhle zu tanzen, und in der Ekstase des Tanzes warf sie alle Kleider ab. Das brüllende Gelächter und die Hochrufe, die sich daraufhin erhoben, veranlaßten Amaterasu, aus der Höhle hervorzulugen, weil sie sehen wollte, was da draußen vorging, und in diesem Augenblick spannten zwei Kami ein Seil hinter ihr aus, um sie an der Rückkehr zu hindern. Man nimmt an, daß diese Legende Ausdruck von Vorstellungen ist, die mit einem Fruchtbarkeitskult zusammenhängen, und daß sie vielleicht in Verbindung mit einem solchen Ritual vorgetragen wurde. Der Rückzug der Sonne im Herbst nach den heftigen Winden des Spätsommers leitet zum Winter über; die Wiederkehr des Lichts und der Wärme im Frühling wurde mit Tänzen begangen, die man heute als obszön empfinden würde, die aber die Freude darüber ausdrückten, daß die Sonnengöttin wieder aus ihrem Versteck hervorgekommen war.

Die Hauptriten des Schintoismus betrafen ohne Zweifel die Reinigung von Befleckung, deren Ursachen sehr mannigfaltig sein konnten; typische Formen der Befleckung waren die Berührung mit Toten, mit Exkrementen, Krankheiten, Menstruation etc. Die Befleckung war jedoch stets äußerlich und »biologisch«; sie war selten, wenn überhaupt jemals, innerlich oder moralisch bedingt. Das ergibt sich ganz klar aus der Tatsache, daß jemand, der einen anderen Menschen verletzt hatte, lediglich durch das vergossene Blut befleckt wurde; die Schuld oder Unschuld der Person, die das Blutvergießen verursacht hatte, stand nicht zur Diskussion. Aus welchen Gründen auch immer das Blut geflossen war, es galt als befleckend. Moralisches Recht oder Unrecht hatten damit nichts zu tun.

10. *Die Entwicklung des Staats-Schintoismus*

Ob sich dieses System primitiver Fruchtbarkeitsriten und Tabus jemals über diese Stufe hinausentwickelt hätte, wenn nicht der Einfluß zunächst des Konfuzianismus (seit etwa 400 n. Chr.) und dann des Buddhismus (seit etwa 550 n. Chr.) gewesen wäre, ist eine völlig offene Frage, aber das Wesen des Schintoismus und der Konservativismus, den er bis heute an den Tag gelegt hat, lassen radikale neue Entwicklungen höchst unwahrscheinlich erscheinen. Eine Entwicklungslinie jedoch, die der Schintoismus aufzuweisen hat, führte zur Verehrung des Kaisers von Japan und der Kaiser der Vergangenheit als Kami. Diese Tendenz steht in engem Zusammenhang mit der Anbetung des Staates, zumal die Kaiser, denen eine besondere Verehrung entgegengebracht wird, das Wohlergehen der Nation am meisten gefördert haben (Holtom, 1938; 175). Der nationalkultische Aspekt des Schintoismus war bereits in der Zeremonie der Großen Läuterung zu erkennen, einem Ritual, an dem die gesamte Nation zweimal im Jahr teilnehmen mußte, um das Volk und das Land von allen Verunreinigungen zu säubern. Diese Entwicklung war spätestens im 8. Jahrhundert n. Chr. abgeschlossen, aber das Ritual ist vielleicht noch älter. Wenn wir dieses Phänomen behandeln, sind wir gezwungen, von der in Frage stehenden Epoche aus einen Sprung über dreizehn Jahrhunderte nach vorn zu machen; der Umstand, daß sich das allgemeine Wesen des Schintoismus in der älteren Periode so auffallend wenig verändert hat, ist sehr bezeichnend: es fehlt jede prophetische Bewegung und jede philosophische oder theologische Entwicklung, die auch nur der Entstehung der Tao-Schule in China oder des Dschainismus in Indien vergleichbar wäre. Theorie und Praxis sind sich über eine sehr lange Zeitspanne hinweg im wesentlichen gleich geblieben, und auch heute, vierzehn Jahrhunderte nach der Ausbreitung des Buddhismus in Japan, wird das Zeremoniell der Großen Läuterung im Grunde noch genauso vollzogen wie in der Zeit vor dem Buddhismus (Holtom, 1938, 30).

ZUSAMMENFASSENDER KOMMENTAR ZUM KAPITEL B

Es ist oft darauf hingewiesen worden, daß die Zeit zwischen dem 8. und 6. vorchristlichen Jahrhundert besonders reich war an charismatischen religiösen Persönlichkeiten. In Israel wirkten in dieser Periode die Propheten Amos, Hosea, Micha, Jesaja und Jeremia, um nur die bedeutendsten zu nennen; in Persien trat Zarathustra auf, in Indien Buddha und Mahāvīra. Wir haben Gründe dafür angeführt, daß Konfuzius wahrscheinlich nicht in diese Reihe gehört, aber auf der anderen Seite läßt sich darüber streiten, ob die frühen taoistischen Denker und Lehrer, Lao-tzu, Lieh-tzu und Chuang-tzu, nicht dazu zu zählen sind. Die zuletzt Genannten sowie der dschainistische Lehrer Mahāvīra sind jedoch nicht so sehr verantwortlich für die Verbreitung radikal neuer Lehren, sondern vielmehr für die Weiterentwicklung von Denkvorstellungen, die bereits in primitiveren Formen vorhanden waren. Was die hebräischen Propheten anbelangt, so war eine ihrer radikalsten und provokantesten Ideen die Verkündigung von Jahves Universalismus, d. h. die Verkündigung dessen, daß er kein Territorialgott und nicht verpflichtet sei, das Territorium Israels, die Königsstadt Jerusalem oder auch nur den Tempel unversehrt zu erhalten. Damit führten sie gewissermaßen einen Schnitt durch die Auswüchse, die sich unter dem Einfluß der monarchischen Institutionen um den älteren Jahvismus aus der Zeit der Babylonischen Gefangenschaft gesammelt hatten. Im Falle Zarathustras besteht die neue Lehre, die von ihm ausgegangen zu sein scheint, in der Erkenntnis, daß es zwei getrennte geistige Prinzipien des Guten und des Bösen gibt, die dem Universum und dem menschlichen Dasein zugrunde liegen – im Gegensatz zu einer chaotischen Vielfalt von Geistern unbestimmten und unzuverlässigen Charakters, wie wir sie in der früheren daēva-ahura-Mythologie antreffen. Buddha schließlich stellte mit seiner völlig neuartigen Lehre den ganzen selbstgenügsamen Individualismus der Karma- und Wiedergeburtstheorie in Frage; seine Auffassung vom anatta besagt, daß das selbstgenügsame Individuum nicht die letzte Wirklichkeit, das Ewige verkörpert, sondern daß sich dies in jenem Zustand findet, in den der vervollkommnete Mensch übergeht, also in jenem Seinszustand, der von den Buddhisten nibbāna genannt wird.

Alle diese Gestalten werden als *Propheten* charakterisiert, weil sie zu ihren Zeitgenossen so sprachen, wie sie es getan haben: sie verkündeten ihre grundlegend neuen Ideen aus einem Bewußtsein des Zwangs heraus. In jedem Fall hatten sie die Vorstellung einer höheren Macht oder eines Wesens, das größer war als sie selbst und sie zwang, die neuen Visionen auch anderen Menschen zu vermitteln, selbst wenn es ungefährlicher oder leichter oder logischer gewesen wäre, den Mund zu halten. Das ist ein Aspekt, den man gelegentlich im Falle Buddhas vermißt. Es gibt keinen logischen Grund, weshalb der Erleuchtete oder »Erweckte« den Wunsch gehabt haben solle, auch andere Menschen zu erwecken; er hätte sich auf den Standpunkt stellen können, daß die anderen zu gegebener Zeit schon von selber aufwachen würden. Doch eine starke Überlieferung, die in verschiedenen Formen auf uns gekommen ist, spricht dafür, daß Buddha unter einem Zwang stand, das Dhamma zu verkünden, einem Zwang der letzten Endes in der Natur des Dhamma begründet liegt, dessen historischer Repräsentant oder Sprecher er war.

Der zweite wichtige Gesichtspunkt, der im Hinblick auf diese Epoche festgehalten werden muß, ist die Tatsache, daß ein derartiger prophetischer Durchbruch nicht unbedingt in jeder Gesellschaft stattfand. In einigen Traditionen, etwa in der dschainistischen und taoistischen, vollzog sich etwas, was man wohl eher eine allmähliche Überhöhung bestimmter Wesenszüge primitiverer Religionen nennen könnte; anderswo, etwa im Schintoismus, fehlt sowohl der prophetische Durchbruch als auch jegliche Entwicklung, die zumindest annäherungsweise eine Überhöhung primitiver religiöser Vorstellungen und Praktiken darstellen würde. Warum es zu dieser Disparität kam, warum der prophetische Durchbruch in dem einen Land erfolgte und in dem anderen nicht – diese Frage können wir hier nicht zu klären versuchen. Wir stellen fest, daß es so ist, doch in einem späteren Kapitel werden wir beobachten, daß der prophetische Durchbruch nicht auf das jeweilige Ursprungsland beschränkt bleibt, sondern auch auf andere Regionen übergreift – ein bedeutsames Faktum, das man bei jeder Betrachtung der Religionsgeschichte in Rechnung stellen muß.

C

SCHRIFTGELEHRTE, MÖNCHE UND PRIESTER

I.
DAS JUDENTUM VON DER BABYLONISCHEN GEFANGENSCHAFT BIS ZUM UNTERGANG JERUSALEMS (587 v. Chr.–70 n. Chr.)

1. Historischer Überblick

So wie die frühe, spezifisch jahvistische Konföderation Israels (s. S. 80) von der monarchischen Religion überlagert wurde, deren Zentren die königlichen Tempel von Jerusalem und Samaria waren und die vieles mit der Religion der benachbarten orientalischen Monarchien gemeinsam hatte, so wurde dieser Zustand, soweit es Juda, das südliche Königreich, betrifft, wiederum abgelöst durch eine neu sich entwickelnde Form der Religion, die man seither Judaismus nennt. Im Jahr 587 v. Chr. ging das Reich Juda unter, die Hauptstadt Jerusalem wurde zum großen Teil zerstört und das Gebiet in eine babylonische Provinz verwandelt. Etwas mehr als 400 Jahre hatte in Jerusalem die Dynastie Davids geherrscht; 587 ging dieses Kapitel der Geschichte zu Ende, und Juda geriet nacheinander unter die Herrschaft der Babylonier, Perser, Griechen, Römer, Araber und Türken und wurde schließlich im Ersten Weltkrieg, fast genau 2500 Jahre später, ein britisches Mandatsgebiet.

Der Zeitabschnitt, mit dem wir uns jetzt zu befassen haben, umfaßt sechseinhalb Jahrhunderte babylonischer (586–539), persischer (539 bis 333), griechischer (333–63) und römischer Oberhoheit (63 v. Chr. bis 70 n. Chr.); in dieser Epoche wurden die Grundlagen der als Judaismus bezeichneten Religion gelegt. Die neuen Entwicklungen, die sich innerhalb der genannten Zeit ergaben, lassen sich zusammenfassen mit den Begriffen Schrift, Sabbat und Synagoge; hinzu kamen bestimmte Entwicklungen auf theologischem Gebiet, insbesondere die stärkere Ausprägung des Dualismus, der Glaube an die Engel, die Lehre von der Wiederauferstehung und apokalyptische Zukunftsideen.

Es darf nicht übersehen werden, daß das Volk von Juda, also die Juden, um die Mitte des 6. vorchristlichen Jahrhunderts bereits damit begonnen hatte, sich auszubreiten und sich außerhalb seiner ursprünglichen Grenzen niederzulassen: da waren die ansehnlichen Siedlungen in Ägypten; da waren die führenden jüdischen Familien, die nach Babylonien deportiert worden waren und sich dort unter annehmbaren Bedingungen angesiedelt hatten; da waren schließlich bestimmte, vorwiegend bäuerliche Bevölkerungsteile, die in Juda selbst geblieben waren. In der Entwicklung des Judaismus spielten die babylonischen und ägyptischen Niederlassungen die Hauptrolle.

2. Religiöse Entwicklungen während der Babylonischen Gefangenschaft

Bedeutsam für die Situation der nach Babylonien deportierten Juden war der Umstand, daß sie ihre heiligen Schriften mitnehmen konnten. Der Umfang dieser Schriften im frühen 6. Jahrhundert v. Chr. ist allerdings nicht mit Sicherheit bekannt. Wenn wir etwas über die wahrscheinliche Zusammensetzung der Schriftensammlung zu jener Zeit erfahren wollen, müssen wir auf eine frühere Periode, auf die Zeit vor der Gefangenschaft, zurückgehen.

Die Entstehung der religiösen Geschichtserzählungen der Hebräer fällt in die vor-exilische Epoche. Zunächst wurden die Überlieferungen Israels vermutlich in mündlicher Form festgehalten, später dann schriftlich fixiert. Das bestimmende Motiv für die Zusammenfassung dieser Überlieferungen geht aus der wohl ältesten Form der hebräischen Geschichtserzählung hervor, nämlich aus dem »Glaubensbekenntnis« in Deut. 25: 5–9 (s. S. 57). Es handelt sich hier um eine feierliche Rekapitulation der großen Fakten, welche den religiösen Glauben jener Stammesgruppe ausmachen, die man Israel nennt. Man betrieb historische Berichterstattung nicht einfach um der Historiographie willen, d. h. um der Nachwelt im allgemeinen bestimmte Ereignisse zu überliefern; der Anlaß war vielmehr ein unmittelbarer religiöser oder theologischer Zweck: die Stärkung des Glaubens und der Loyalität gegenüber Jahve. Die Geschichte, die sich in den Erzählungen des Alten Testaments entfaltete, besaß in gewissem Sinn einen *numinosen* Charakter; darunter versteht man etwas, was ein ehrfürchtiges Erschauern, ein Gefühl des Schreckens, des Stolzes oder der demütigen Dankbarkeit erzeugt und erzeugen soll. Es ist oft darauf hingewiesen worden, daß die biblischen Erzählungen von anderer Art sind als die sogenannten Tatsachenberichte der Tageszeitungen, und doch fassen viele heutige Leser sie als solche auf. Der Unterschied zwischen bloßer Chronik und theologisch gefärbter Geschichtsschreibung ergibt sich indirekt aus der Formel, die hin und wieder in der theologischen Geschichtsdarstellung im Buch der Könige auftaucht: »Was aber mehr von [zum Beispiel] Josia zu sagen ist und alles, was er getan hat, siehe, das ist geschrieben in der Chronik der Könige Judas.« Mit anderen Worten: wenn der Leser historische Informationen verlangt, dann findet er sie in den Standard-Chroniken; hier, im Buch der Könige, liest er eine theologische Deutung, eine historische Darstellung, die von einem bestimmten Standpunkt aus und mit einer bestimmten Absicht geschrieben worden ist.

Zur Zeit der Babylonischen Gefangenschaft hatten die theologischen Erzählungen, die einen wesentlichen Bestandteil des Alten Testaments von der Genesis bis zu den Büchern der Könige bilden, bereits Gestalt angenommen, und die schriftliche Fixierung hatte begonnen. Welches Stadium die literarische Gestaltung des Alten Testaments zu dieser Zeit erreicht hatte, ist nicht genau bekannt; die älteren Schichten, welche die Gelehrten innerhalb dieser Schriften ermittelt haben, waren damals mit ziemlicher Sicherheit bereits vorhanden; diejenigen Schichten, die man als spätere literarische Produkte identifiziert hat, existierten wohl nur in der mündlichen Überlieferung. Doch es ist einigermaßen gesichert, daß jene Juden, die aus dem Königreich Juda nach Babylonien ins Exil wanderten, bestimmte heilige Schriften mitnehmen konnten und daß während der Zeit des Exils gewisse mündliche Überlieferungen der Schrift anvertraut und der bereits vorliegenden Literatur hinzugefügt wurden, denn der Begriff der »Schrift« gewann zunehmend an Bedeutung.

Die Ursache für diese Entwicklung liegt darin, daß sich infolge des Niedergangs der regionalen jahvistischen Heiligtümer auf Kosten des zentralen königlichen Heiligtums von Jerusalem das kultische Leben der vor-exilischen Hebräer auf eine Stätte konzentriert hatte. Als nun diese Stätte 586 v. Chr. zerstört wurde und die Juden aus ihrer Nähe vertrieben wurden, blieben ihnen als einziger gemeinsamer Mittelpunkt die heiligen Schriften. Bestimmte Gelegenheiten für die Lektüre dieser heiligen Schriften ergaben sich im Lauf der Zeit; die wichtigste war der siebte Tag der Woche (Sabbat), ursprünglich eher ein Tabu-Tag als ein Tag für Andachtsübungen. In Babylonien wurde er jedoch immer mehr zu letzterem. An diesem Tag fanden Zusammenkünfte statt, auf denen die Schriften gelesen und erklärt, Gebete gesprochen und vielleicht auch einige bereits existierende Psalmen gesungen wurden. Im Laufe der Zeit erlaubten es die Umstände den exilierten Juden, eigene Häuser für diese frommen Übungen zu errichten; sie hießen zunächst »Versammlungshaus« (beth ha-keneseth) und erhielten später den griechischen Namen »Synagoge«. Eine ähnliche Einrichtung entstand auch unter den in Ägypten lebenden Juden; Synagogen werden dort im 3. vorchristlichen Jahrhundert erwähnt.

3. Die Erneuerung der priesterlichen Tradition

Im Jahre 538 v. Chr. wurde das babylonische Reich durch den Perserkönig Cyrus zerstört. Dieses Ereignis hatte mancherlei Auswirkungen auf die jüdische Religion. Vor allen Dingen ermöglichte die sanfte Politik des persischen Herrschers die Entsendung einer Expedition nach Jerusalem, die das wiederaufbauen sollte, was 586 zerstört worden war. Ein Altar wurde auf dem Tempelplatz aufgestellt und der Opferkult wiederhergestellt. Man machte sogar einen fruchtlosen Versuch, den Tempel neu zu errichten, jedoch waren die Verhältnisse in der zerstörten Stadt sehr schwierig, und erst um 520 konnte die Arbeit unter dem Einfluß von Haggai und Sacharja richtig in Angriff genommen und der neue Tempel 515 eingeweiht werden. Aber das Interesse an der Priestertradition war schon einige Jahre früher rege geworden, möglicherweise sogar schon in der Zeit vor Cyrus' Sieg, als man unmittelbar mit dieser Möglichkeit rechnete. Jene Schicht des Alten Testaments, die man in ihrer Haltung als vorwiegend »priesterlich« bezeichnet, wurde somit wahrscheinlich in dieser Periode und zu einem Teil in den anschließenden Jahren der Schriftform anvertraut. Dieser Schicht gehört zum Beispiel das erste Kapitel der Genesis mit ihrem Bericht von der Erschaffung des Universums an, einem Bericht, der Einzelheiten eher mesopotamischen als palästinensischen Charakters enthält und der überleitet zu der Heiligung des Sabbats als des Ruhetages (Gen. 2:2–3). Hinsichtlich des Unterschieds zwischen diesem »priesterlichen« Schöpfungsbericht und dem älteren, überwiegend kanaanitischen Bericht, der sich in Gen. 2:4 ff. findet, müssen wir den Leser auf die entsprechende Spezialliteratur verweisen. Eine besonders nützliche und sorgfältige Studie stammt von S. G. F. Brandon (1963). Zum allgemeinen Problem der Identifizierung der verschiedenen Schichten im Alten Testament liegt ein wertvoller Forschungsbericht von C. R. North (1951) vor.

4. Die wachsende Bedeutung der Thora und der Schriftgelehrten

Im Zusammenhang mit der Neubewertung des Priestertums, die mit dem Wiederaufbau des Tempels einherging, stand von nun an die große Bedeutung des Kanons der jüdischen Schriften, die als Norm für die jüdische Lebensführung und Religion galten, zumal der Gesetzessammlung oder Thora, die in den Schriften enthalten ist. Hier sehen wir, wie sich ein anderer Wesenszug des Judaismus herausbildet. Maßgeblich beteiligt an dieser Entwicklung war Nehemia, der mit Genehmigung des Perserkönigs Artaxerxes (wahrscheinlich Artaxerxes I.) um 445 v. Chr. von Babylonien nach Jerusalem reiste, um die Stadtmauern von Jerusalem wiederaufzubauen und das Leben der jüdischen Gemeinde zu organisieren, die sich dort niederzulassen begann. Eine weitere führende Persönlichkeit, die aus Babylon nachfolgte, war Esra, ein Schriftgelehrter, der die organisatorische Arbeit Nehemias fortsetzte und insbesondere die Thora als Maßstab für das Leben der jüdischen Gemeinschaft herausstellte. Von nun an wurde der *Schriftgelehrte,* also jener, der das Gesetz studiert hatte und es auslegen und interpretieren konnte, zu einem immer wichtigeren religiösen Funktionär innerhalb des Judentums. In Jerusalem hatten die Wiederherstellung und die nachfolgende Ausweitung des Kultbetriebs einen großen Prestigezuwachs der dortigen Priesterschaft zur Folge; sowohl in Jerusalem als auch in den umliegenden Gebieten Judas wurde der nach-exilische Judaismus vom Gesetz und seinen Auslegern geprägt.

5. Die Entstehung des dualistischen Denkens

Es liegt auf der Hand, daß die Juden dieser Periode angesichts der jüngsten Ereignisse im allgemeinen auf Persien und alles Persische gut zu sprechen waren. Das war der zweite Haupteffekt des persischen Sieges über das babylonische Reich. So stolz auch die Juden auf ihre eigene Tradition waren, sie akzeptierten bewußt oder unbewußt einen beträchtlichen Teil dessen, was sie von der persischen Religion übernommen hatten und noch immer übernahmen. Das wird offenkundig in der jüdischen Literatur der nach-exilischen Zeit. Die meisten dieser Vorstellungen, etwa die vom Tausendjährigen Reich, von der Auferstehung des Leibes, dem Jüngsten Gericht und der schließlichen Verwandlung der Erde, wurden erst später und nach neuen, weit schmerzlicheren Erfahrungen endgültiger geistiger Besitz der Juden (s. S. 176 ff.). Doch bereits in der persischen Periode der jüdischen Geschichte machte sich die Tendenz bemerkbar, den hebräischen Monotheismus im Sinne des persischen Dualismus zu modifizieren. Der Prozeß der Ideenverarbeitung, der hier zu beobachten ist, bestärkt die Auffassung, daß der Dualismus persischer Prägung wahrscheinlich aus einer älteren, strenger monotheistisch orientierten Glaubensreform hervorgegangen ist (s. S. 131 f.). Man kann sich vorstellen, daß das Universum das Werk eines höchsten Potentaten ist, der es ins Leben gerufen hat und ständig sein

Geschick bestimmt. Sobald man jedoch in eine solche Konzeption die Idee des moralisch Guten einführt, entsteht eine Spannung: Wie lassen sich die offensichtlichen Ungerechtigkeiten und das unverdiente Leiden erklären, wenn der Herr aller Dinge, der tun und lassen kann, was ihm beliebt, als moralisch gut verstanden werden soll? Es ist das Problem, das dem Buch Hiob zugrunde liegt. Dieses Buch wird gewöhnlich als ein Werk der nach-exilischen Zeit betrachtet, doch dafür gibt es keinen zwingenden Grund; das Problem, das in ihm zur Sprache kommt, war in allen Einzelheiten in der vor-exilischen Epoche angelegt, als die beiden Glaubensformen – erstens, daß Jahve moralisch gut ist und Mitleid hat mit seinem Volk Israel, und zweitens, daß er ein König oder Potentat ist – bereits in der Entwicklung des hebräischen Denkens unter der Monarchie nebeneinander bestanden (s. S. 121 f.). Das Problem, das sich aus diesen beiden Auffassungen ergibt, ist schwer zu lösen; mancher mag sagen, eine Lösung sei unmöglich. Das Buch Hiob weist offensichtlich keinen logischen Weg aus dieser Sackgasse, sondern deutet eher an, daß die Lösung außerhalb der Logik liegt, in der existenziellen Erfahrung des Heiligen, so wie sie Hiob zuteil wurde (Hiob 38–41 und besonders 42: 1–6).

Eine andere Möglichkeit, mit diesem Problem fertigzuwerden, bietet der Dualismus in seiner persischen Ausprägung. Je mehr Gewicht auf die Güte und das Mitleid Gottes gelegt wird, wie es uns etwa bei dem großen Propheten aus der Zeit des Exils begegnet, der meist als Deutero-Jesaja bezeichnet wird (Jes. 40–54), um so schwieriger ist es, die menschliche Erfahrung des Bösen und des Leidens zu deuten, und um so größer wird die Neigung, den Ursprung des Bösen anderswo als im unmittelbaren Willen Gottes zu suchen. Hier kann die Vorstellung einer feindseligen geistigen Macht einen praktischen Ausweg aus dem theologischen Dilemma zeigen, und diesen Weg zeigte das persische Denken. Doch erst in der Periode der griechischen Herrschaft entwickelten sich diese Ideen *vollständig* zu einem Dualismus guter und böser Geister; zumindest fanden solche Gedankengänge erst spät in der griechischen Periode Eingang in die Literatur (s. S. 181 ff.).

6. Die griechische Herrschaft und der jüdische Widerstand

In der zweiten Hälfte des 4. vorchristlichen Jahrhunderts verdrängten die mazedonischen Heere Alexanders des Großen die persische Herrschaft, im größten Teil des Nahen Ostens, in Persien und östlich bis zum Indus-Tal und zum Pandschab in Indien. Es heißt von Alexander, daß »er die zivilisierte Welt aus seiner Bahn hob und auf eine andere setzte; er eröffnete eine neue Epoche; nichts konnte wieder so werden, wie es gewesen war« *(Cambridge Ancient History*, Bd. VI, S. 436). Sicherlich gilt dies auch im Hinblick auf die Juden, die jetzt der griechischen Kultur und Zivilisation in einer Weise ausgesetzt waren, die viele als eine Bedrohung der Existenz des Judaismus, seiner Lebenseinstellung und seines Glaubens, empfanden. Doch erst in der Zeit der Seleukiden, einer der drei hellenistischen Dynastien, die auf Alexander folgten, bekamen sie die Hellenisierung voll zu spüren, vor allem unter Antiochus IV., der auch unter dem Titel »Epiphanes« bekannt geworden ist, was soviel heißt wie »Manifestation« (nämlich Gottes).

Die Struktur des jüdischen Gemeinwesens in der Zeit der griechischen Oberhoheit hat Edwyn Bevan als von einer Aristokratie beherrscht charakterisiert; es war eine erbliche Aristokratie, eine Aristokratie von Priesterfamilien – der Hohepriester war der höchste jüdische Beamte (Bevan, 1904; 6). Doch selbst innerhalb der jüdischen Gemeinschaft und unbeschadet der politischen Herrschaftsgewalt der Griechen gab es noch eine andere Macht im Judentum, die sogar die der Priester überstieg, und das war das Gesetz. Nichtsdestoweniger behaupteten die Priester unter dem Gesetz ihre hochprivilegierte Stellung und erfreuten sich dank der Opfergaben, die ihnen das Volk kraft Gesetz zuwenden mußte, eines großen äußeren Wohlstands. »Fürchte den Herrn und ehre die Priester« – so lesen wir in einer jüdischen Schrift dieser Zeit, im Buch Ekklesiastikus.

7. *Jüdische Frömmigkeit der alten Schule: Ben Sira*

Neben dem Priester stand jedoch damals noch eine andere einflußreiche und zeittypische Persönlichkeit: der Weise, jener Menschentypus, dessen Einstellung zum Leben sich in der jüdischen »Weisheits«-Literatur äußert (für welche die Sprüche Salomos ein frühes Beispiel sind). Ein solcher Mann war Ben Sira, der Verfasser des Ekklesiastikus, ein weiser Mann oder Schriftgelehrter, geprägt von der traditionellen Frömmigkeit der »Graubärte« in Jerusalem. Nach seiner Auffassung trug das rechte Verhalten gemäß dem Gesetz Gottes schon im irdischen Leben seine Früchte; ja, für ihn gab es kein anderes. Über die Toten sagt er: »Wende nicht dein Herz nach ihm, laß ihn seiner Wege gehen und bedenke das letzte Ende. Vergiß nicht, daß er nichts mehr zu erwarten hat ... Betrachte sein Los, das auch dein Los ist, sein Gestern und dein Heute. Wenn der Tote ruht, dann laß auch deine Gedanken an ihn ruhen, und tröste dich mit dem Fortgehen seiner Seele.« Das war der Rat des weisen Mannes, der die Ansicht vertrat, daß der Mensch das Beste aus seinem gegenwärtigen Leben machen solle, dem einzigen Leben, das er habe, indem er sich das Wohlgefallen Gottes sichere. Der Gute wird stets von Gott im irdischen Leben belohnt, der Böse stets bestraft; jede andere Auffassung, so versichert Ben Sira, beruht auf einer Täuschung. Der große Vorteil, den der Gute im Tode hat, ist der gute Name, den er hinterläßt: »Gib acht auf deinen Namen, denn das ist alles, was dir bleibt, länger als Tausende köstlicher Schätze. Die guten Dinge des Lebens sind nur für gezählte Tage, aber der gute Name gilt für ungezählte Tage.« Eine derartige Lebenseinstellung sollte schon bald erschüttert werden durch die beispiellosen Verfolgungen, welche die Juden unter Antiochus Epiphanes zu erdulden hatten.

8. Die Entweihung des Tempels und der Aufstand der Makkabäer

Um das Jahr 175 v. Chr., als Antiochus IV. Epiphanes Herrscher über den Seleukidenteil des hellenistischen Reiches wurde, hatten sich die aristokratischen Familien Jerusalems unter dem Eindruck der hellenistischen Kultur bereits gespalten. Es gab eine starke hellenisierende Partei, die sich bemühte, das jüdische Leben in Einklang mit der hellenistischen Kultur zu bringen und Jerusalem in ein zweites Antiochia zu verwandeln. Man muß allerdings bedenken, daß der Hellenismus, mit dem die Juden zu jener Zeit in Berührung kamen, nicht der klassische Hellenismus Alexandrias war, der Hellenismus Griechenlands und Platos, sondern der korrupte, materialistischere und sinnlichere Hellenismus Antiochias, der Hauptstadt des syrischen Seleukidenreiches. Einige jüdische Aristokraten in Jerusalem waren gewillt, sich mit der neuen Kultur abzufinden, aber sie stießen auf den Widerstand anderer Mitglieder der Priesterklasse und auf den der Sekte oder Partei, die den Namen Hasidim (die »Gottesfürchtigen« oder »Frommen«) trug. Diese Leute, die dem Gesetz Jahves und den religiösen Traditionen des Judaismus treu geblieben waren, betrachteten die Hellenisierungsbestrebungen gewisser Aristokraten mit Kummer und Abscheu. Zwischen den Priesterfamilien entwickelten sich Intrigenspiele und Machtkämpfe, und im Jahre 169 v. Chr., als Antiochus Epiphanes einen

Feldzug in Ägypten führte, sah eine dieser Kliquen die Gelegenheit gekommen, einen Aufstand anzuzetteln und die politische Macht in Jerusalem an sich zu reißen. Antiochus kehrte zurück und verfuhr grausam mit den Anstiftern der Rebellion. Er ging noch weiter und plünderte das Heiligtum des Tempels, dessen kostbare Goldgefäße er sich aneignete. Doch auch damit war es noch nicht genug: er beschloß, diese lästige und groteske jüdische Religion mit Stumpf und Stiel auszurotten. Er errichtete eine Festung auf dem Hügel gegenüber dem Tempel und quartierte dort eine Garnison zur Überwachung der Gegend ein. Den Tempel weihte er 167 dem Dienste des Zeus, dessen Bildnis im Heiligtum aufgestellt wurde, und auf dem Tempelaltar wurden Schweine und andere nach jüdischem Gesetz unreine Tiere Zeus geopfert. Die Beschneidung und andere jüdische Bräuche wurden verboten; auf die Beobachtung des jüdischen Sabbats stand die Todesstrafe. Eine Sporthalle wurde in Jerusalem erbaut, in der man nach griechischer Sitte nackt turnte; daran nahmen die Juden sehr großen Anstoß. Der Widerstand des jüdischen Volkes gegen solche Erscheinungen war zunächst passiv, wurde aber bald äußerst heftig und fanatisch.

Der geringe Erfolg, den der Versuch, den Juden den antiochischen Hellenismus aufzuzwingen, überhaupt gehabt haben mag, beschränkte sich auf Jerusalem und auf solche Angehörige der Oberschicht, für welche die Erhaltung des Friedens von Vorteil war. Auf dem judäischen Land war diese Hellenisierung weit schwieriger durchzuführen, und bei den Juden, die außerhalb der Stadt lebten, stieß sie auf Widerstand. Der Widerstand äußerte sich in der unbeugsamen Befolgung der Thora; das ging so weit, daß man sich weigerte, sich am Sabbat zu verteidigen, und zum Lohn für seinen Gehorsam den Tod erlitt.

All dies war eine ernste Herausforderung für die Frömmigkeit alten Schlages, wie Ben Sira sie verkörperte. Die Juden litten jetzt um ihrer Treue zu Jahve willen, und in vielen Fällen führte ihre Treue zu einem plötzlichen und gewaltsamen Tod durch die hellenischen Verfolger. Edwyn Bevan schildert ihre schmerzliche Verwirrung so: »Der Tod war nach ihrer Auffassung nicht das Tor zum Leben, sondern eine Finsternis, die Gott bei seinen treuen Dienern so lange zurückhielt, bis sie das volle Maß ihrer Tage genossen hatten. Und jetzt? Wie klang die alte, bequeme Lehre vom glücklichen Ende des Rechtschaffenen jenen in den Ohren, die zu ihren Peinigern geschleppt wurden? ... Die Getreuen müssen das Gefühl gehabt haben, daß sie den Boden unter den Füßen verloren und daß vor ihren Augen nur eine dunkle Leere war« (Bevan, 1904; 84).

Von dieser Situation spricht, so nimmt man heute allgemein an, das Buch Daniel. Durch den Namen des großen Helden der Vorzeit, der jedem Versuch heidnischer Herrscher, ihn von seinem Glauben an Jahve abzubringen, widerstanden hatte, wurde den damaligen Juden die Botschaft zuteil, jetzt dem Beispiel Daniels zu folgen. Darüber hinaus befaßt sich ein großer Teil des Buches mit dem unausweichlichen gottgesandten Geschick der Menschen, das schließlich, nach allem Leiden in der Gegenwart, zum Königreich der Heiligen führen wird, wenn durch eine exemplarische Gestalt, die als *Menschensohn* bezeichnet wird, die Heiligen auf ewig herrschen werden. Bleibe fest, sei getreu bis in den Tod – das war Daniels Botschaft an die Juden des 2. vorchristlichen Jahrhunderts. Mehr noch: hier findet sich zum erstenmal im jüdischen Schrifttum die Lehre von der Auferstehung des Getreuen zum ewigen Leben: »Und viele, so unter der Erde schlafen liegen, werden aufwachen: etliche zum ewigen Leben, etliche zu ewiger Schmach und Schande. Die Lehrer aber werden leuchten wie des Himmels Glanz, und die, so viele zur Gerechtigkeit weisen, wie die Sterne immer und ewiglich« (Dan. 12: 2–3). Gedanken, welche die Juden vielleicht erstmalig in Persien kennengelernt hatten, durch die religiösen Lehren des Propheten aus dem Iran (s. S. 134), wurden jetzt in einer Zeit der Verfolgung und der Not als wahre Einsichten in das menschliche Schicksal, als authentische Offenbarung akzeptiert.

Ein aktiverer Geist des Widerstands begann sich indes unter dem Einfluß der Hashmon-Familie zu regen, einer jener Familien der Priesterklasse, die dem Hang zur Hellenisierung nicht nachgegeben hatten. Von den fünf Brüdern der Familie war der bedeutendste Judas, dem man den Namen Makkabäus (»Hammer«) beigelegt hat. Diese Brüder wurden die Anführer eines Aufstands, der überall im Lande die Form eines Guerillakrieges annahm; ein anfänglicher Erfolg bewirkte, daß eine wachsende Zahl von Landbewohnern zu ihnen stieß. Ein anderer Faktor, der zur Stärkung des jüdischen Widerstands außerhalb der Hauptstadt beigetragen haben mag, lag in den regionalen Zentren des religiösen Eifers, den Synagogen. Die Makkabäer erhielten somit wahrscheinlich von zwei Seiten Unterstützung: einmal von den Juden, deren Ziel die religiöse Freiheit war und die durch die Hasidim, die »Frommen«, repräsentiert wurden; zum anderen von jenen, welche vor allem nach politischer Unabhängigkeit strebten. Im Laufe der Auseinandersetzung kamen den Makkabäern äußere Umstände zu Hilfe: der griechische Stadtkommandant mußte sich nach Antiochia begeben, wodurch die Rückgabe des Tempels an die Juden möglich wurde. Im Dezember

165 v. Chr. wurde er wieder seiner eigentlichen Bestimmung zugeführt durch eine Reinigungs- und Wiedereinweihungszeremonie (Hanukkah), welche die Juden noch im Dezember als Fest des Lichts begehen.

Wir sehen also, daß der Versuch, Juda mit Gewalt zu hellenisieren, bei der Mehrheit der Juden eine heftige Reaktion gegen das hervorrief, was in ihren Augen eine schändliche Form des Heidentums war.

Judas Makkabäus starb im Frühjahr 160. Seitdem spielten seine Brüder Jonathan und Simon die führende Rolle. Wie E. Bevan ausgeführt hat, ist die Leistung des Judas schwer einzuschätzen. Seine Brüder, die seine Nachfolger wurden, verfolgten auf jeden Fall eine durch und durch weltliche Politik. Vielleicht hat ihr Versagen einen Schatten auf das Bild Judas' geworfen, und es ist bezeichnend, daß der Judaismus das Buch der Makkabäer nicht in seinen Kanon der heiligen Schriften aufgenommen hat.

9. Pharisäer und Sadduzäer

Die Ideen, die im Buch Daniel (s. S. 178) ihren Niederschlag gefunden haben, wurden seither von manchen als ein wesentliches Merkmal des jüdischen Gottesglaubens akzeptiert, doch von anderen, konservativen Kreisen verworfen. Zu den Anhängern gehörte insbesondere jene Sekte, die erstmals zur Zeit von Simon Makkabäus' Sohn und Nachfolger Johannes Hyrcanus erwähnt wird, nämlich die Pharisäer. Sie gerieten offenbar in Konflikt mit diesem Hohenpriester und weltlichen Herrn über Jerusalem (134–104 v. Chr.), weil sie die Verfechter eines ungeschriebenen Gesetzes und der »Überlieferung der Väter« waren. Zu der anderen Gruppe, welche die neumodischen Ideen ablehnte, zählte vor allem die Partei der Traditionalisten, die Sadduzäer, Vertreter der hohenpriesterlichen Aristokratie.

Die Pharisäer standen durchwegs in der Tradition der Hasidim, der »Frommen« (s. S. 176). Ihr Name besagt, daß sie sich »trennten«, obwohl nicht klar ist, wovon sie sich trennten – vielleicht von der Priesterschaft oder von der Unreinheit oder von allen zeitgenössischen Säkularisierungs- und Hellenisierungsbestrebungen. Wie die Hasidim bemühten sie sich, ein Leben in strikter Übereinstimmung mit dem Gesetz zu führen, aber im Gegensatz zu diesen beriefen sie sich auf die zusätzlichen Lebenshilfen, die sich in der mündlichen Überlieferung angesammelt hatten. Sie bildeten nur eine Minderheit innerhalb des jüdischen Volkes insgesamt, doch scheinen sie vom Volk wegen ihrer Frömmigkeit mit großer Verehrung bedacht worden zu sein. Cronbach (1963) weist darauf hin, daß die Pharisäer bei den Christen besonders schlecht wegkommen. Bis zu einem gewissen Grade mag das daher rühren, daß bestimmte Autoren der neutestamentlichen Schriften Pharisäer waren, die mit dieser Richtung gebrochen hatten und sie fortan mit heftigem Abscheu betrachteten, so wie auch heute die Ex-Kommunisten, die Ex-Katholiken und die Ex-Juden die schärfsten Kritiker des Systems sind, das sie aufgegeben haben. Die Ideale und Praktiken der Pharisäer waren auf keinen Fall stets so beschaffen, wie sie das Neue Testament darstellt: Geduld und Aufrichtigkeit, puritanische und asketische Lebensführung, Anteilnahme am Leben des einfachen Volkes – das waren die Kennzeichen der frühen Pharisäer, und in diesen Punkten bildeten sie einen auffallenden Gegensatz zu den Sadduzäern. Ihre Offenheit für progressive Ideen und ihre Bereitschaft, eine ständige Weiterentwicklung des religiösen Denkens zuzulassen, resultierte, wie wir bereits festgestellt haben, aus ihrer Übernahme der ursprünglich persischen Lehre von der Auferstehung und dem Jüngsten Gericht. Sie vertraten auch den Glauben an Engel, der charakteristisch ist für den späteren Judaismus, einen Glauben, den man in Verbindung bringen kann mit der wachsenden Tendenz, sich Gott als majestätisches, fernes und hocherhabenes Wesen vorzustellen, das folglich beim Verkehr mit den Menschen auf Vermittler angewiesen ist.

Die Sadduzäer, die einen solchen religiösen Extremismus und Enthusiasmus mieden (wie es bei sozial Höhergestellten häufig der Fall ist), blieben bei der alten, konventionellen Moralauffassung des Ben Sira, denn sie entsprach einer Schicht, der es inzwischen wieder recht gut ging. Als die Verfolgung durch die Griechen aufgehört hatte, kehrten die Priesterfamilien wieder in ihre alten angesehenen und einflußreichen Positionen zurück, und eine Zeitlang waren sie die tatsächlichen Herren Jerusalems. Während einer von ihnen, der den griechischen Namen Alexander trug, an der Regierung war, wurden die Pharisäer eine so starke Macht im Volk, daß Alexander vor seinem Tod der Königin Salome, die seine Nachfolgerin war, empfahl, ihnen einen größeren Einfluß auf die Angelegenheiten Judäas einzuräumen. Da sie seinen Rat befolgte, wurden die Pharisäer zu einer Partei, die über politische Macht verfügte, und nachdem sie diese Macht einmal in Händen hatten, weigerten sie sich, sie wieder abzugeben. So entstand eine Situation, in der die Pharisäer und die Sadduzäer nicht nur gegensätzliche religiöse Gruppierungen, sondern auch rivalisierende politische Parteien bildeten, und vor diesem Hintergrund wird das Christentum entstehen.

10. Römische Herrschaft und jüdische apokalyptische Vorstellungen

In den ersten Jahren des 1. vorchristlichen Jahrhunderts tauchte eine neue europäische Macht am jüdischen Horizont auf – die Römer. Die Rivalitäten und Intrigen, die für die Regierung der priesterlichen Sadduzäerfamilien typisch waren, führten schließlich dazu, daß man Rom um Beistand bat. Im Jahre 63 v. Chr. besetzte Pompejus Jerusalem, und von da an war Judäa eine Provinz des römischen Imperiums, die zunächst von einheimischen Königen, eingesetzt von den Römern, regiert wurde – Herodes der Große ist der hervorragendste Vertreter – und dann von Statthaltern, die ebenfalls von Rom ernannt wurden, bis der Aufstand der Juden im Jahre 66 n. Chr. losbrach, dem vier Jahre später die Zerstörung Jerusalems folgte. Gleich ihren europäischen Vorgängern, den Griechen, neigten auch die Römer dazu, die Juden wegen ihrer religiösen Bigotterie und ihrer seltsamen Bräuche zu verachten; die Juden antworteten darauf mit abgestuftem Haß und Hohn gegenüber den ungläubigen Herren. In dieser Situation kam es zur Bildung zahlreicher extremistischer jüdischer Gruppen, zusätzlich zu den drei bereits bestehenden Hauptparteien, die der jüdische Geschichtsschreiber Josephus erwähnt: den Pharisäern, den Sadduzäern und den Essenern. Die zuletzt genannt Gruppe setzte sich offenbar aus religiösen Pietisten nonkonformistischer Richtung zusammen, war vermutlich von ähnlicher Art wie die möglicherweise sogar mit ihr identische Qumran-Sekte, über die wir seit der Entdeckung der Schriftrollen vom Toten Meer im Jahre 1947 sehr viel wissen (Burrows, 1956). Die extremistischen Gruppen hingegen, etwa die Zeloten und die Galiläer, waren politische Aktivisten, die in der Nachfolge der Makkabäer eine Gelegenheit suchten, das fremde Joch abzuschütteln.

In dieser Periode, im 1. Jahrhundert v. Chr., gewinnt eine Form des jüdischen religiösen Schrifttums, die man als »apokalyptisch« bezeichnet, zunehmend an Bedeutung. Damals teilten die Juden ihre heiligen Schriften in die *Thora* (das Gesetz oder die fünf ersten Bücher, die man Moses zuschreibt) und die *Propheten* ein. Die letztere Abteilung enthielt unter dem Titel »frühere Propheten« jene Bücher, die man seither als »historische« Erzählungen betrachtet. Hinzu kamen die »Schriften«, bestehend aus Sammlungen von Psalmen, Sprüchen, didaktischen Büchern wie dem Buch Hiob und anderen Beispielen der »Weisheits«-Literatur. Die prophetische Literatur galt als abgeschlossen mit Maleachi. Die »Offenbarungs«-Schriften (denn das bedeutet das griechische Wort »Apokalypse«), die jetzt von Sehern, Visionären und ähnlichen Männern geschaffen wurden, welche überzeugt waren, unter dem Einfluß der Inspiration zu schreiben, wurden akzeptiert, da die Verfasser dieser Schriften glaubten, sie seien die Sprachrohre der großen Heroen der Vergangenheit, denen sie deshalb ihre Werke zuschrieben.

Das erste Beispiel dieser Art ist das Buch Daniel, das in seiner jetzigen Gestalt auf die Mitte des 2. vorchristlichen Jahrhunderts zurückgeht; hier haben wir den Beginn einer Literaturform vor uns, die prophetische Visionen der »Zukunft« enthält, welche man irgendeiner großen Gestalt aus Israels Vergangenheit zuschrieb, wie etwa Daniel, Esra oder Enoch, wobei die Schriften in Wirklichkeit die jüngstvergangene Geschichte wiedergeben; der Bericht wird in die unmittelbare Zukunft hinein fortgesetzt, um zu zeigen, wie letzten Endes die Mächte des Bösen unterliegen und die des Guten triumphieren. Ein Dualismus persischer Prägung ist ein auffallendes Merkmal dieser Literatur, ebenso die Hervorhebung der Idee eines außerirdischen oder übernatürlichen Ereignisses, das die Errettung der Gläubigen und die Vollendung der Menschheitsgeschichte herbeiführen wird. Im Zusammenhang mit diesen eschatologischen Vorstellungen entwickelten sich in der apokalyptischen Literatur die Lehren von den einander bekriegenden Heerscharen guter und böser Geister, die unter dem Kommando von Geist-Fürsten stehen. Die Fürsten des Bösen waren unter verschiedenen Namen bekannt: Azazel, Mastema, Beliar etc. Schon im älteren hebräischen Denken hatte es den volkstümlichen Glauben an verschiedene, nicht genauer definierte böse Geister gegeben. Davon unterscheidet sich jedoch die Dämonologie der apokalyptischen Literatur durch die Entwicklung einer einheitlichen Konzeption des Bösen – eine Entwicklung, die ihren Höhepunkt im Satan des Neuen Testaments erreichte. Die Dämonologie dieser Epoche hat noch eine andere wichtige Funktion: sie bietet eine Erklärung für das Böse im Menschenleben, so daß das Böse nicht auf Gott zurückgeführt werden muß, und auf der anderen Seite wird das Schlimme, das dem Einzelmenschen widerfährt, nicht mehr als Folge seiner Sünden verstanden. Die Auffassung der apokalyptischen Literatur läßt die Deutung zu, daß der Mensch leiden kann, ohne dafür persönlich verantwortlich zu sein; es wird auch auf die Tatsache hingewiesen, daß solche negativen Erfahrungen einer äußeren kollektiven bösen Macht (den dämonischen Heerscharen) zugeschrieben werden können, die allerdings ihrerseits eine Folge des sündhaften Lebenswandels der Menschen ist, denn die apokalyptische Vorstellung der Juden vom Ursprung der dämonischen Heerscharen besagt, daß ihr

»Fall« auf das Erscheinen des menschlichen Lebens im Universum zurückzuführen ist (Ling, 1961; 10 f.).

Obwohl die grundlegenden Anschauungen dieses moralischen Dualismus aus der zoroastrischen Religion abgeleitet wurden, ist es aufschlußreich, daß sie erst im 2. und 1. vorchristlichen Jahrhundert innerhalb des jüdischen Denkens wirklich zum Tragen kamen. Das Aufeinanderprallen der kriegführenden Mächte – Griechen, Juden und Römer – im irdischen, politischen Bereich erschien den religiös gestimmten Menschen als ein Konflikt fundamentalerer Art, als Konflikt zwischen jenen, die in den Schriftrollen vom Toten Meer als die Kinder des Lichts, und jenen, die als Kinder der Finsternis beschrieben werden, als Konflikt zwischen dem Geist der Wahrheit und dem Geist des Irrtums. Die politischen Realitäten der Zeit erweckten die iranischen Ideen auf sehr nachhaltige und eindrucksvolle Weise zu neuem Leben, und so setzte sich der iranische Dualismus mit der ganzen Macht einer Idee durch, für welche die Zeit reif ist.

Teils aus der iranischen Auffassung des eschatologischen Erlösers heraus und teils aus der Hoffnung der Juden auf den idealen davidischen König (s. S. 111) erwuchs in dieser Zeit auch die Vorstellung des Messias, die in der apokalyptischen Literatur eine große Rolle spielt. Manchmal wird er als ein kommender großer und herrlicher König dargestellt, manchmal als der Herr Messias oder »der Auserwählte«, als »Sohn Davids« etc. (Ringgren, 1966; 337). An anderer Stelle ist die Rede von einem universalen Erlöser, dem »Menschensohn« (aramäisch bar enasa, wörtlich: ein Mitglied des Menschengeschlechts). Er hat jedoch eine übermenschliche Natur, existierte vor der Schöpfung und transzendiert die menschliche Existenz. Mowinckel ist der Meinung, es handle sich hier um eine Auffassung, die vom iranischen Begriff des »uranfänglichen Menschen« abstamme (Mowinckel, 1956, 427 f.).

Die verschiedenen Gedanken, die sich in der apokalyptischen Literatur niedergeschlagen haben, waren gegen Ende des 1. vorchristlichen Jahrhunderts bei den Juden mehr oder weniger Allgemeingut geworden. Die damalige Situation faßt A. D. Nock wie folgt zusammen: »Das nahende Ende der gegenwärtigen Weltordnung, in der die Heiden triumphierten und das auserwählte Volk in Bedrückung lebte, würde sich durch gewisse Zeichen ankündigen. Einerseits würde Gott bestimmte Vorläufer senden – einen wiederkehrenden Moses oder Elias. Andererseits würden sich die Mächte des Bösen verstärken und ihre Überlegenheit durch eine zweite Schändung des Heiligtums in Jerusalem beweisen, vergleichbar nur dem Vorgehen des Antiochus Epiphanes.

Dann, in der dunkelsten Stunde, würde Gottes Gesalbter erscheinen, um Gottes Volk zu leiten und in jenen verzweifelten Kampf zu führen, der mit einem Sieg enden mußte« (Nock, 1946; 36 f.).

So sah der Hintergrund des jüdischen Denkens zu Beginn des christlichen Zeitalters aus; der Leser des Neuen Testaments wird darin auch den Hintergrund dieser Schriften erkennen. Unter dem Gesichtspunkt der römischen Herrschaft und der apokalyptischen Literatur der Juden werden wir später die Entstehung der christlichen Bewegung betrachten.

II.
DER FRÜHE BUDDHISMUS (500 v. Chr.–70 n. Chr.)

1. Das buddhistische Sangha nach Buddhas Tod

Im Verlauf der fünf Jahrhunderte nach Buddhas Tod bildete der Buddhismus die meisten seiner Wesenszüge aus, die aus heutiger Sicht für ihn charakteristisch sind. Diese Jahrhunderte haben auch das Judentum entscheidend geprägt, wie wir soeben gesehen haben (s. S. 169 ff.) – die Entwicklung der beiden Religionen vollzog sich also ungefähr gleichzeitig. Indien war, wie Palästina, mit der griechischen Kultur unter Alexander dem Großen in Berührung gekommen, doch hier war die Wirkung nur oberflächlich und kaum wahrnehmbar, verglichen mit den Wirkungen, die der Hellenismus in Palästina hervorbrachte.

Die fünf ersten Jahrhunderte der buddhistischen Geschichte nach dem Tod Buddhas werden sinnfällig unterteilt durch die Regierungszeit des indischen Kaisers Aśoka und die buddhistische Ratsversammlung in Pātaliputra (Patna) unter seiner Regierung, etwa im Jahre 250 v. Chr. Aśokas Regierung ist, wie wir bald sehen werden (s. S. 196 ff.), eine wichtige Übergangsperiode in der Geschichte des Buddhismus.

Die Lage in Nordindien unmittelbar nach 483 v. Chr war gekennzeichnet durch drei wichtige Faktoren, soweit es um die Geschichte der indischen Religion geht. Der erste ist die wachsende Macht und Größe des Königreiches Magadha, das sich, als König Ajatasattu (s. S. 138) 461 v. Chr. starb, zum größten und mächtigsten der Königreiche entwickelt hatte, die seit kurzem in der Ganges-Ebene entstanden waren. Eisen war aus dem Erz, das man in der Umgebung von Rajgir fand, leicht zu gewinnen; die Beherrschung des östlichen Ganges-Tals ermöglichte die Entwicklung des Seehandels mit den Gebieten im Osten; die Wälder der Ganges-Ebene wurden allmählich gerodet, um mehr Land für den Ackerbau frei zu machen; zudem und vielleicht gerade deshalb wuchs die militärische Macht Magadhas unaufhörlich während dieser Periode, so daß nach Alexanders kurzem Einfall in den Pandschab (denn mehr war es nicht) König Chandragupta von Magadha (321–297 v. Chr.), der Begründer der Maurya-Dynastie, nach Nordwesten vorstoßen und die Situation dazu benutzen konnte, noch weitere Gebiete unter seine Kontrolle zu bringen. Als Chandraguptas Enkel Aśoka 272 die Regierung dieses magadhanischen Reiches antrat, bildete es die größte geschlossene politische Einheit, die Indien je gesehen hatte, und erstreckte sich über den ganzen Subkontinent südlich des Khyber-Passes, mit Ausnahme der äußersten Spitze der Halbinsel im Süden des Krischna und der nordöstlichen Region, die heute Assam heißt.

Der zweite entscheidende Faktor war die schrittweise Ausbreitung der buddhistischen Gemeinschaft (d. h. des Sangha) über das sich ständig vergrößernde Gebiet dieses magadhanischen Reiches. So wie sich das politische Gebilde von einem relativ kleinen Territorium im östlichen Ganges-Tal aus erweitert hatte, und zwar nach Westen und Osten, so auch die religiöse Gemeinschaft Buddhas. Die sozialen Bedingungen, die den Anfangserfolg von Buddhas Religion begünstigt hatten, nämlich der Übergang von der Stammesgliederung zur Monarchie (s. S. 137), wirkten sich zugunsten des Buddhismus überall dort aus, wo sich der magadhanische Staat ausdehnte und ehemalige Stammesregionen schluckte.

Der dritte wichtige Faktor war die Reaktion der Brahmanen auf die soeben geschilderte Situation im gesamten nördlichen Indien. Mit dieser Reaktion werden wir uns im nächsten Abschnitt eingehender beschäftigen (s. S. 203 ff.); hier sei lediglich festgehalten, daß zwar der Buddhismus im Vordringen begriffen war und die Initiative übernommen hatte, daß aber auch die Brahmanen schnell lernten, sich den neuen Verhältnissen anzupassen, und neue Mittel und Wege fanden, ihre Vorrangstellung zu konsolidieren und aufrechtzuerhalten. Im wesentlichen lag das Kernland des Brahmanismus in der westlichen, oberen Region des Ganges-Tals; das Kernland des Buddhismus war die östliche, untere Hälfte. Der Westen blieb das Bollwerk der brahmanischen Kultur und vor allem der Priestersprache des Sanskrit, der Osten war das Zentrum der nicht-brahmanischen Denkschulen und der bodenständigen oder dialektischen Form des Sanskrit. Die Jahrhunderte, mit denen wir uns gegenwärtig befassen, waren eine Periode, in der sich diese beiden Kulturen nach und nach wechselseitig durchdrangen; im Falle des Brahmanismus war das Ergebnis die Übernahme von ursprünglich buddhistischen Ideen und Bräuchen, und im Falle des Buddhismus war es die Entfaltung der späteren, sanskritischen, semi-brahmanisierten Form des Buddhismus, der man den Namen Mahāyāna gegeben hat (s. S. 199).

2. *Die Verflachung der buddhistischen Religion*

Der Buddhismus der ersten Jahrhunderte war im Grunde eine Gemeinschaft von Mönchen, das Sangha. Kein Nachfolger für Buddha wurde ernannt oder gesucht oder auch nur für notwendig gehalten, obwohl unter den Älteren hochangesehene Männer wie Sariputta und Moggallana waren. Buddha war der Repräsentant und Lehrer des Dhamma gewesen; das Dhamma war ewig, und ihm schuldeten die Mönche Treue und Gehorsam. Angeblich hatte Buddha selber den Mönchen kurz vor seinem Tod aufgetragen, das Dhamma zu ihrer Richtschnur zu machen, wenn er nicht mehr da sei. Neben dem Dhamma, enthalten in den Gesprächen Buddhas, die in der mündlichen Überlieferung der Mönche sorgsam bewahrt wurden, existierte noch eine Sammlung von Vorschriften, die das Leben des Sangha regulierten, Vorschriften, die sich zu Buddhas Lebzeiten angesammelt hatten und jetzt unter der Bezeichnung Vinaya (Disziplin oder Regel) zusammengefaßt wurden. Im frühen Buddhismus bildete somit das *Dhamma-Vinaya* (die Lehre und die Disziplin) die Grundlage für das religiöse Leben des Gemeinwesens – natürlich in Verbindung mit der überaus wichtigen Meditationspraxis.

Es ist heute wahrscheinlich unmöglich, genau zu bestimmen, wie die Lehre Buddhas und die mönchische Disziplin zur Zeit von Buddhas Tod im einzelnen aussahen, die Tradition hat ohne Zweifel im Laufe der Zeit gewisse Erweiterungen und Modifikationen erfahren. Doch wir brauchen hier nicht zu sehr ins Detail zu gehen. Die ältere Form der Überlieferung ist die des Pali-Kanons – der heiligen Schriften des Theravāda-Buddhismus. Grundsätzlich waren die Theravādins und die Sthaviras – die Schule, aus der die Theravādins hervorgegangen waren – bekannt für ihre strenge Bewahrung der Tradition, der sie mit größter Ergebenheit anhingen. Allerdings beruht der Buddhismus nicht ausschließlich auf der historischen Glaubwürdigkeit *aller* Berichte, die über Buddha existieren (wie auch die christliche Religion nicht auf der Glaubwürdigkeit *aller* Berichte über Jesus basiert); die wesentlichen Punkte sind: 1. die allgemeinen Themen werden im Pali-Kanon so oft und so vielfältig wiederholt, daß niemand sie anzweifeln kann; 2. die Tatsache, daß ein Mensch existierte, der diese Lehre exemplarisch vorlebte und andere Menschen bewog, selber das buddhistische Experiment zu wagen, stand gleichfalls außer jedem Zweifel.

Was das Vinaya angeht, so scheint es schon sehr früh ein Stadium erreicht zu haben, in dem es respektlos gewesen wäre, seine Einzelheiten in Frage zu stellen, und in dem es als eine quasi-heilige Überlieferung verehrt wurde. Zu Lebzeiten Buddhas wurden offenbar die Vorschriften für das Gemeinschaftsleben bei Bedarf hin und wieder mit großer Flexibilität modifiziert; bis zu einem gewissen Grade hat diese Flexibilität wohl auch noch eine Weile nach seinem Tod angehalten, aber schon bald war die Kodifizierung der Regeln abgeschlossen, und jedes Abweichen von ihnen galt als schwerer Verstoß gegen die buddhistische Moral. In die endgültige Kodifikation, die das eigentliche Vinaya bildet, ist nach allgemeiner Auffassung eine Reihe von sehr alten Klosterregeln eingebettet, die unter dem Namen Pattimokkha (Sanskrit: Pratimoksa) bekannt sind. Es handelt sich dabei um rund 250 Vorschriften (die Zahl schwankt mit den verschiedenen Redaktionen), die vermutlich seit frühester Zeit in den bei jedem Neumond und Vollmond stattfindenden Versammlungen der Mönche vorgetragen wurden. Sie sind nach dem Grad ihrer Strenge angeordnet: die erste Gruppe bezieht sich auf Vergehen, die mit dem ständigen Ausschluß aus dem Sangha bedroht waren; die zweite Gruppe behandelt Vergehen, die nur mit vorübergehendem Ausschluß bestraft wurden, und so weiter bis zu nebensächlichen Etikettefragen.

Der erste schwerwiegende Bruch der Vinaya-Regeln, der uns überliefert ist, erfolgte etwa hundert Jahre nach Buddhas parinibbāna und war der Anlaß für die Einberufung des sogenannten Zweiten buddhistischen Rats, des Rats von Vesālī. (Der Erste Rat versammelte sich unmittelbar nach Buddhas parinibbāna in Rajgir, um der Lehre und der Disziplin eine feste Form zu geben; fünfhundert Mönche nahmen daran teil, und den Vorsitz führte Mahākassapa.) Gemäß dem Bericht über den Zweiten Rat, der im Cullavagga (eine später hinzugekommene erzählende Partie im Vinaya) enthalten ist, kamen diesmal siebenhundert Mönche zusammen, um über zehn Punkte zu beraten, in denen die Mönche des Vajji-Gebiets angeblich gegen die Regeln des Vinaya verstoßen hatten. Ein älterer Mönch namens Yasa hatte die Ratsversammlung einberufen, zu der er Mönche aus dem »westlichen Land«, dem »südlichen Land« und dem »östlichen Land« einlud. Vesālī, wo die Zusammenkunft stattfand, lag auf vajjianischem Territorium. Nach einer langen fruchtlosen Diskussion über die zehn strittigen Punkte wurde die Angelegenheit einem Ausschuß übergeben, dem je vier Mönche aus dem östlichen und dem westlichen Land angehörten. Der Ausschuß kam zu dem Ergebnis, daß das Verhalten der vajjianischen Mönche in allen zehn Punkten ungesetzlich gewesen sei, und die Vollversammlung des Rats schloß sich dieser Meinung an. Die unterlegene

Partei nahm die Entscheidung nicht an und hielt, so heißt es, daraufhin eine eigene Versammlung ab. Ob nun die Geschichte von diesem zweiten vajjianischen Rat zutrifft oder nicht, es ist offenkundig, daß in dieser Zeit an manchen Orten eine Tendenz zugunsten einer Lockerung der Mönchsregeln und zur Stärkung des »Laienstandes« innerhalb des Buddhismus einsetzte. Die Anhänger dieser Bewegung nannten sich die »Große Sangha-Partei« (Mahā-sanghikā). Die orthodoxe Richtung hieß fortan, zur Unterscheidung von der neuen Partei, die »Ältesten« (Sthaviras). Im dreifachen Schema des buddhistischen Lebens – Moral, Meditation und Weisheit – legten die konservativer eingestellten Sthaviras besonderen Nachdruck auf die Moral als die unerläßliche Voraussetzung des mönchischen Lebens, und darunter verstanden sie die Moralauffassung, wie sie in den Vinaya-Regeln niedergelegt ist. Die Große Sangha-Partei, die von den buddhistischen Laien viel stärker unterstützt wurde, neigte dazu, die Forderungen der Mönchsmoral leichtzunehmen und mehr Gewicht auf die Meditation zu legen. In dieser Haltung der Großen Sangha-Partei liegen die Wurzeln für zwei spätere Entwicklungen innerhalb des Mahāyāna-Buddhismus: erstens für die große Bedeutung, die als Folge der Betonung der Priorität der Meditation der philosophischen Spekulation beigemessen wurde, und zweitens für die Einführung von volkstümlichen Kulten – etwa die Verehrung von Muttergöttinnen –, was eine Folge der popularisierenden Tendenz des Großen Sangha war, das weit größere Konzessionen an die religiösen Bedürfnisse der Laien machte.

3. Die Entwicklung des Abhidhamma

Es ist notwendig, an dieser Stelle auf einen Aspekt des buddhistischen Denkens einzugehen, der dem westlichen Leser wohl höchst langweilig erscheint und der nach seiner Meinung kaum etwas mit dem zu tun hat, was man allgemein für die Aufgabe der Religion hält. Das Thema gehört sowohl der Philosophie als auch der Religion an, wenn man die westliche Definition dieser beiden Begriffe zugrunde legt; in Indien hingegen sind sie weit weniger scharf getrennt. Außerdem muß man im Zusammenhang mit indischen philosophischen Ideen stets bedenken, daß sie durchgängig auf das abzielen, was wir im Westen einen religiösen oder spirituellen Zweck nennen würden, nämlich auf die Überwindung der bestehenden Übel der empirischen Existenz und auf die Erlangung des *summum bonum*, was immer man auch darunter verstehen mag. Das gilt auf jeden Fall für die systematische Analyse der Existenz, die im Buddhismus als Abhidhamma bezeichnet wird und seit mehr als zwei Jahrtausenden die Grundlage des mönchischen Buddhismus geblieben ist, zuerst in Indien, dann in Ceylon und Südostasien.

Bei Buddhas Tod war die charakteristische Form der buddhistischen Lehre die des *Sutta,* d. h. des Dialogs oder Gesprächs, das normalerweise zwischen Buddha und einem Fragesteller oder Schüler oder einem Vertreter einer gegensätzlichen Denkrichtung stattgefunden hatte. Durch jede Unterhaltung zog sich ein »Leitfaden« oder Hauptmotiv, und von daher leitet sich die Bezeichnung sutta ab (Sanskrit: sutra, Pali: sutta). Die Dialogform hat volkstümlichen Charakter, und somit können wir sagen, daß das buddhistische Denken in den Suttas eine Gestalt annimmt, die für apologetische und interpretatorische Zwecke besonders geeignet ist; wir hören, wie Buddha sich bei einer bestimmten Gelegenheit und an einem bestimmten Ort mit diesem oder jenem in eine Unterhaltung einließ und wie sich die beiden zu einem bestimmten Thema oder Gedanken äußerten. Der Titel des Sutta deutet den Gesprächsgegenstand an (so handelt zum Beispiel das Sammanaphala Sutta von den »Früchten des Asketendaseins« [Sammana-phala]) oder enthält den Namen des Fragestellers (das Kutadanta Sutta ist beispielsweise die Unterhaltung mit einem Brahmanen namens Kutadanta).

Befreit man jedoch die Suttas von solchen lokalen, thematischen und persönlichen Details, so ergeben sie insgesamt ein System des analytischen Denkens, das sich in ein strengeres Schema bringen läßt. Der entscheidende Punkt, durch den sich die Lehre Buddhas von anderen Strömungen des indischen Denkens unterscheidet, ist die Leugnung eines »permanenten, unveränderlichen individuellen ›Selbsts‹« (ātman). Es wird zerlegt in seine fünf integrierenden Faktoren oder khandhas; äußere Form, Empfindungen, Wahrnehmungen, Antriebe und Bewußtsein. Das letztere ist der wichtigste Faktor, der seinerseits wiederum in seine verschiedenen »Faktoren« aufgeschlüsselt werden kann. Solche Faktoren lassen sich in Gruppen zusammenfassen, entsprechend ihrer Natur, also als zuträglich, unzuträglich oder neutral gruppieren. In jeder dieser Gruppen sind viele »Stadien« des Bewußtseins möglich, und in ihnen erblickt das frühe buddhistische Denken den »Endzweck« einer derartigen Analyse; sie sind die Dhammas, die eigentlich wirksamen Faktoren der Existenz. Die Aufzählung all dieser Faktoren zu katechetischen und erzieherischen Zwecken ist eine Praxis, die sich schon ziemlich früh in der Geschichte des Buddhismus entwickelt hat, und solche katechetischen Listen tauchen bereits in einem Teil der Sutta-Literatur auf, etwa im Sangīti Sutta, das sich in der Sammlung der »Langen Unterhaltungen« (Digha Nikaya) findet. Der Titel »Sangīti« deutet an, daß es »gemeinsam zu singen« war, nämlich von mehreren Mönchen oder Schülern, die den buddhistischen Weg kennenlernen wollten. Ein anderer Teil für solche katechetischen Listen lautet matika – ein Pali-Wort, das mit »matrix« verwandt ist und bedeutet, daß dies die »Form« ist, in welche die buddhistische Lehre gegossen wird.

Aus der Zusammenstellung solcher Matrix-Texte und ihrer weiteren Klassifizierung und Schematisierung entstand die Abhidhamma-Literatur. Dieser Prozeß scheint sich über die ersten zwei oder drei Jahrhunderte der buddhistischen Geschichte erstreckt zu haben. Die heiligen Schriften der Buddhisten werden zwar heutzutage gewöhnlich in drei Kategorien eingeteilt – das Vinaya-pitaka, das Sutta-pitaka und das Abhidhamma-pitaka –, aber das ist nicht ihre älteste Gestalt. Das Vinaya ist die Vorschriftensammlung, die das Leben der Mönche im Sangha regelte. Die Suttas sind, wie wir gesehen haben, die Sammlung von Buddhas Lehren. In der Frühzeit war das buddhistische Denken in diesen beiden allein enthalten, im Vinaya und in den Suttas (oder Dhamma, d. h. Lehre). So kommt es, daß der Begriff Dhamma-Vinaya, der diese beiden Hauptaspekte des buddhistischen Weges bezeichnet, seit frühester Zeit in Gebrauch war; er erscheint auch in den Suttas selbst. Das dritte pitaka (Schriftensammlung), das Abhidhamma, kam wahrscheinlich erst um 300 v. Chr. hinzu, nach der Spaltung zwischen den »Analytikern« (Vivhajya-vādins) und den »Panrealisten« (Sarvasti-vādins), von denen später noch eingehender zu sprechen sein wird (s. S. 194). Das läßt sich aus der Tatsache schließen, daß jede der beiden Schulen über ihr eigenes Abhidhamma-pitaka verfügte und daß sie sich durch die Zahl der aufgenommenen Bücher leicht voneinander unterschieden, während ihre Vinaya-pitakas und Sutta-pitakas identisch waren.

Doch wenn auch die dritte buddhistische Textsammlung, das Abhidhamma, erst im 3. Jahrhundert feste Gestalt annahm, so entstand diese Literatur in Form von analytischen Abrissen ohne Zweifel erheblich früher, vermutlich schon bald nach Buddhas Tod. Und die Hervorbringung der mātikā (Listen) basierte natürlich auf der Entwicklung der analytischen Denkweise, die Buddha selber initiiert hatte und die die Mönche bis zum Äußersten verfeinerten. Das Abhidhamma kann als das »höchste Dhamma« betrachtet werden, d. h. als die Quintessenz von Buddhas Lehre, abstrahiert aus der volkstümlicheren Form der Suttas. Oder es läßt sich deuten als die Erforschung der letzten Wirklichkeit, wie sie in den Dhammas oder psychischen Faktoren vorliegt, in die das buddhistische Denken bekanntlich alles Sein zerlegte. Beides ist im Abhidhamma vorhanden, und es war dieser rücksichtslose Abbau von »Common-sense«-Vorstellungen, der im gesamten 5. und 4. Jahrhundert v. Chr. den kritischen Sinn der buddhistischen Mönche beschäftigte.

Abgesehen von dieser analytischen Methode, weist das Abhidhamma noch eine zweite Besonderheit auf, nämlich die Zusammenstellung der Dhammas zu neuen Mustern. Diese neuen Muster sind gewissermaßen Verbesserungen der bereits vorhandenen; sie sind positiver und führen mit größerer Wahrscheinlichkeit zum letzten Ziel, zum nibbāna. Doch zunächst müssen wir das System von Wechselbeziehungen untersuchen, dem jedes einzelne Dhamma (Bewußtseinsmoment oder geistiger Vorgang) angehört. Wie Nyanaponika meint, »impliziert gründliche Analyse eine Anerkennung der Wechselbeziehungen« (1949; 4). Ein geistiger Vorgang entsteht nicht isoliert, sondern in einem Netz von Faktoren, die zugleich »innerlich« und »äußerlich« sind, d. h. von Faktoren, die einerseits die innere Struktur des Bewußtseins bestimmen und andererseits von außen auf das Bewußtsein einwirken. Man kann nicht erwarten, daß ein Leser bereits bei der ersten Einführung in das buddhistische Abhidhamma dessen Prinzip sogleich durchschaut; wichtig ist jedoch die Erkenntnis, daß die Abhidhamma-Methode sich nicht damit begnügt, die menschliche Existenz in eine Vielzahl von getrennten physischen und seelischen »Atomen« zu zerlegen; sie umfaßt auch die Zusammenschau dieser Atome in ihrer Beziehung zueinander – sowohl in ihrer tatsächlichen, gegenwärtigen als auch in ihrer potentiellen, verbesserten und zuträglicheren Beziehung. Denn das Ziel der buddhistischen Methode ist nicht ein öder »Atomismus«, sondern ein weiteres, tieferes und vollkommeneres Bewußtsein, das die Zwänge und Verderbtheit der gewöhnlichen individuellen Existenz übersteigt (s. auch S. 262).

4. Die Personalisten (Pudgala-vādins)

Das Abhidhamma (s. S. 189 ff.) ist ein reflektierter, analytischer und beziehungsreicher Zugang zur Psychologie des Menschen, den schon Buddha selber seinen Schülern empfohlen hatte. Das Ziel dieser Methode ist die letzte Erleuchtung und das nibbāna; ihr unmittelbarer Effekt bei jenen, die sich ihrer bedienten, bestand in der Aushöhlung der allgemein verbreiteten Vorstellung von einem individuellen Ich, das auf dem Wege der Wiedergeburt von einer Existenz zur anderen wandert. Doch diese Vorstellung war (und ist noch immer) sehr tief im indischen Denken verwurzelt, und es gab viele, auch unter den Buddhisten, denen ihre Leugnung nicht in den Kopf gehen wollte. Als die Abhidhamma-Methode immer intensiver betrieben wurde, entstand als Reaktion darauf gegen Ende des 4. vorchristlichen Jahrhunderts, also rund 200 Jahre nach Buddhas parinibbāna, eine Denkrichtung, die Pudgala-vādin genannt wurde; darunter versteht man diejenigen, welche die Existenz einer *Person* (pudgala) als eines realen Seins behaupteten (vādin). Die alten Inder glaubten, daß Gerechtigkeit im menschlichen Leben nur dann möglich sei, wenn ein dauerhaftes, unveränderliches atmān existiere, das eine Seelenwanderung durchmache und in jeder späteren Existenz belohnt und bestraft werde. Falls jedoch diese Idee des atmān angezweifelt wurde, was wurde dann aus dem Gerechtigkeitsbegriff? Offensichtlich gab es keine Gerechtigkeit. Eine solche Schlußfolgerung war unannehmbar, denn welchen Grund gab es dann noch für einen rechtschaffenen Lebenswandel? Man befürchtete, ein moralisches Chaos werde die Folge sein. So bemühten sich also die Buddhisten unter dem starken Druck der Idee der Wiedergeburt und des Karma, das Vorhandensein von *etwas* Beständigem nachzuweisen, auch wenn es nicht mehr das atmān war. Das Gesuchte war, so behauptete man, die »Person« (pudgala), und man berief sich darauf, daß Buddha selber dieses Wort pudgala in einem positiven Sinne gebraucht habe.

Das Aufkommen dieser Anschauung, sogar schon im frühen Buddhismus, ist insofern interessant, als hier deutlich wird, wie stark der volkstümliche Glaube an die Wiedergeburt und an das Karma war, zumal in der mehr drawidisch geprägten Region von Bihar und Westbengalen, wo der frühe Buddhismus besonders gut gedieh. Doch die Mehrzahl der buddhistischen Mönche verwarf die Ansicht als mit dem Buddha-Dhamma unvereinbar. Man gab zwar zu, daß es Beispiele gebe für die Verwendung des Begriffs pudgala durch Buddha, aber er habe bei diesen Gelegenheiten lediglich Konzessionen an die »triviale« Anschauung derjenigen gemacht, die noch nicht die Wahrheit der anatta-Lehre eingesehen hätten. Die Personalisten ließen einfach durch die Hintertür ausgerechnet die Vorstellung (vom atmān) wieder ein, die man zur Vordertür hinausgejagt habe. Ihre Auffassung gewann unter den indischen Buddhisten nie ganz die Oberhand. Dennoch, als rund 900 Jahre später, im 7. Jahrhundert n. Chr., der chinesische Pilger Hsuan-tsang (s. S. 303) Indien besuchte, schätzte er, daß es dort eine Viertelmillion buddhistischer Mönche gab, von denen ein Viertel der Schule der Personalisten angehörte.

5. Die Panrealisten (Sarvāstivādins)

Ungefähr anderthalb Jahrhunderte nach dem Auftreten der Personalisten entstand die zweite große Meinungsverschiedenheit unter den Sthaviras – rund 340 Jahre nach dem Tode Buddhas. Sie betraf die »Wirklichkeit« oder »Nicht-Wirklichkeit« vergangener Ereignisse. Die Weiterentwicklung der Abhidhamma-Methode (s. S. 189 ff.) wurde von den Sthavira-Mönchen noch immer mit Nachdruck betrieben. *Dukkha* (das Übel), *anatta* und *anicca* sind die drei »Merkmale« der Existenz nach buddhistischer Auffassung. Alles ist flüchtig, unbeständig, anicca. Die Gegenwart hat keine Realität mehr, sobald sie vorüber ist, und geht vollkommen unter. Dies wird durch nichts bewirkt: es liegt in der Natur der Wirklichkeit, so dem Augenblick verhaftet und ohne Dauer zu sein. Doch jeder Augenblick entsteht aus dem vorhergehenden; folglich gibt es auch eine moralische Kontinuität, da alles durch das determiniert ist, was vorher war. Auf solche Weise wurde die Idee des anicca von den Mönchen interpretiert, die das Abhidhamma ablehnten; sie beriefen sich auf die Suttas (Sanskrit: Sūtras) und die Lehre Buddhas, die in ihnen ohne Zuhilfenahme der Abhidhamma-Methode ausgedeutet worden war, und hießen deshalb *Sautrantikas* (die, für die *Sutras* das *anta*, das Ende oder letzte Wort, sind). Die Anhänger der analytischen Methode des Abhidhamma dagegen neigten zu einer anderen Auffassung, vor allem diejenigen, welche die Realität aller drei Dhammas bekräftigten – Vergangenheit, Gegenwart und Zukunft. Sie erklärten, daß ein Dhamma, das einmal in Erscheinung getreten sei, nicht der Nicht-Wirklichkeit anheimfalle, sondern seine reale Existenz beibehalte und weiterhin reale Wirkungen hervorbringe. Dementsprechend seien auch die Dhamma-Ereignisse, die noch in der Zukunft lägen, nicht weniger wirklich. Daraus ergibt sich die Bezeichnung Panrealisten für diese geistige Bewegung.

6. Mönche, Laien und religiöse Bräuche

Der westliche Leser kann nur schwer verstehen, wie Abstraktionen der soeben umrissenen Art überhaupt die loyale Einstellung der buddhistischen Mönche, deren Zahl ständig zunahm, über viele Jahrhunderte hinweg prägen konnten. Die Antwort liegt in der Tatsache, daß derartige abstrakte Probleme nicht das ganze Leben des Buddhisten bestimmen, nicht einmal das der Mönche. Daneben gab es ja auch noch jene Dinge, die den Buddhismus zu einem *religiösen* Glauben machten, nämlich seine Andachtsstätten und -übungen. Die spezifisch religiöse *Übung* des buddhistischen Mönchs ist die Meditation, doch dazu kommen noch bestimmte fromme Verrichtungen, vor allem zu Ehren Buddhas und des Dhamma, die auf eine sehr frühe Epoche zurückgehen. Die charakteristische religiöse *Stätte* für alle Buddhisten ist die Pagode oder der Schrein, eine Weiterentwicklung der altindischen Stupa. Das war urspünglich ein Grabhügel, doch in frühbuddhistischer Zeit war daraus ein großer, massiver halbkugelförmiger Bau aus Steinen oder Ziegeln geworden, der irgendeine heilige Reliquie barg. Dieses geweihte Gebilde oder Stupa war wegen der in ihm enthaltenen Reliquie der Mittelpunkt frommer Übungen. Die Errichtung solcher Heiligtümer oblag nicht den buddhistischen Mönchen, sondern den Laien, die über die entsprechenden Mittel verfügten. Sie galt als sehr verdienstvolles Werk, und so ist es auch heute noch in den buddhistischen Ländern Südostasiens. Im allgemeinen verfuhr man in der gesamten Geschichte des Buddhismus nach dem Grundsatz, daß die Mönche für die notwendigen heiligen Reliquien, die Laien hingegen für die Pagode zu sorgen hätten; aber alle gemeinsam benutzen die Pagode als Stätte der Andacht und vielleicht auch der Meditation. Zweifellos ist die Pagode ein älteres und typischeres Objekt der Frömmigkeit als das Buddharupa, die stilisierte Darstellung Buddhas in Stein oder Metall (im Abendland zuweilen nicht ganz zutreffend als »Buddha-Statue« bezeichnet). In den ersten Jahrhunderten gab es keine plastischen oder bildlichen Darstellungen Buddhas; die Verfertigung solcher Buddharupas begann im nordwestlichen Indien (Gandhāra) und geht auf griechische Einflüsse zurück (die Sitte entstand also nach Alexanders Besuch in den Jahren 327–325 v. Chr.). Vorher hatte man Buddha in der Ikonographie durch einen bo-Baum dargestellt, unter dem eine größere Fläche freigelassen wurde. Doch in der Pagode brachte man schon sehr früh zu Ehren Buddhas und seiner Lehre Blumen, Kerzen und Weihrauch dar, und solche Frömmigkeitsübungen gewannen in der Periode zwischen Buddhas Tod und der Regierungszeit des Kaisers Aśoka zunehmend an Bedeutung.

7. *Der Buddhismus und der Kaiser Aśoka*

Die Zurückweisung des Prinzips der egozentrischen Individualität durch die Buddhisten führte zur Entstehung des Sangha, jener neuen Gemeinschaft, in welcher der Mensch die Lehre vom anatta verwirklichen konnte (s. S. 151 f.). Darüber hinaus durchdrang der Buddhismus als soziale Weltanschauung in einer diffuseren Form allmählich das Geflecht der magadhanischen Gesellschaft. Denn die Gespräche Buddhas, wie sie in den Suttas enthalten sind, wandten sich, wie Kosambi nachgewiesen hat, »an die gesamte damalige Gesellschaft, nicht nur an die wenigen gelehrten Eingeweihten und Adepten« (1965; 113). Die »Gesellschaftspolitik« der Suttas zielte auf den weisen Gebrauch der staatlichen Mittel zum Wohle aller Bürger ab. Wie ein indischer Historiker kürzlich dargelegt hat, war der Buddhismus in den ersten Jahrhunderten »eine soziale und geistige Bewegung auf vielen Ebenen, die auf viele Aspekte der Gesellschaft einwirkte. Offensichtlich mußte jeder Staatsmann, der diesen Namen verdiente, mit ihr zu einem Kompromiß kommen« (Thapar, 1966; 85).

Der Kaiser Aśoka erwies sich als ein solcher Staatsmann. Seine Herrschaft über das magadhanische Reich, die ungefähr von 270 bis 232 v. Chr währte, war gekennzeichnet durch das Bestreben, die sozialen Grundsätze des Buddhismus in die Praxis umzusetzen. Er selbst wurde etwa acht Jahre nach seiner Thronbesteigung Buddhist und bemühte sich, die Pflichten eines buddhistischen Laien zu erfüllen; dazu gehörte auch die Erbauung von Stupas (s. S. 195) an vielen bedeutenden heiligen Stätten. Doch obwohl er selber Buddhist geworden war, mißbrauchte er seine Autorität nicht zur Verfolgung oder gar Ausmerzung anderer religiöser Sekten; ja, er ließ den Brahmanen und sonstigen religiösen Gruppen und deren Institutionen großzügige Schenkungen zukommen. Über seine politischen Methoden und Leistungen sind die modernen Historiker durch die Inschriften informiert, die man allenthalben in

Indien entdeckt hat, und es besteht Einigkeit darüber, daß er sehr viel für das Wohlergehen seiner Untertanen getan hat. Eine kleine Zahl seiner Erlasse betraf die Angehörigen des buddhistischen Sangha, die meisten richteten sich jedoch an die Gesamtheit des Volkes. In einem dieser Erlasse heißt es: »Welche Anstrengungen ich auch unternehme, ich strebe nur danach, die Schuld abzutragen, die ich allen lebenden Geschöpfen gegenüber habe.« »Dies war ein erregend neues und begeisterndes Königsideal, völlig verschieden von den früheren magadhanischen Regierungsformen, in denen der König die absolute Macht des Staates symbolisierte«, meint Kosambi hierzu. »Unter Aśoka hatte endlich die soziale Weltanschauung, die im 6. Jahrhundert die magadhanischen Religionen (Buddhismus und Dschainismus) prägte, Eingang in den Staatsapparat gefunden« (1965; 159).

Aus den an das Sangha gerichteten Erlassen geht hervor, daß manche Mitglieder ratlos zu werden begannen hinsichtlich der Lebensführung, die den buddhistischen Mönchen geziemte. Daran waren ohne Zweifel bis zu einem gewissen Grade die schnelle Expansion des Sangha und seine Vorzugsstellung innerhalb der magadhanischen Gesellschaft schuld, was zur Folge hatte, daß ihm Männer beitraten, deren Motive nicht immer die ehrenwertesten waren – ein Trend, dem die Große Sangha-Partei (s. S. 187 f.) mit ihrer weniger strengen Einstellung nicht gerade entgegenwirkte.

In Aśokas Regierungszeit fällt der Dritte buddhistische Rat, der in der kaiserlichen Hauptstadt Pātaliputra (Patna) zusammentrat. Die führende Persönlichkeit unter den Sthaviras war damals ein älterer Mönch mit Namen Moggaliputta Tissa, den Aśoka offenkundig sehr hochschätzte; er war es, der unter Aśokas Schirmherrschaft in der Versammlung die Aufgabe übernahm, die Lehren der Sarvāstivādins oder Panrealisten (s. S. 194) zurückzuweisen. Aśokas Bemühungen um die strikte Befolgung des Vinaya – Bemühungen, die sich aus seinem Erlaß über die Lebensweise der Mönche ablesen lassen – sind möglicherweise ein weiteres Indiz für seine durchgängige Unterstützung der Sthaviras, denen er jetzt gegen die Sarvāstivādins beistand. Da die letzteren spürten, daß sie in der Gegend von Pātaliputra nicht sonderlich willkommen waren, zogen sie nach Westen und ließen sich zunächst in Mathurā am Oberlauf des Dschamna nieder, bauten aber schließlich Kaschmir und Gandhāra zu ihrem Bollwerk aus.

Ein zweites Ergebnis des Dritten Rats war die offizielle Zustimmung der versammelten Mönche zum Inhalt des Pali-Kanons bzw. zum Tipitaka, wie er jetzt genannt wurde. »Tipitaka« bedeutet »drei Körbe«

(oder drei Sammlungen) und bezieht sich also auf das Vinaya-pitaka, das Sutta-pitaka und das Abhidhamma-pitaka (s. S. 189 ff.).

8. Buddhistische Missionstätigkeit unter Aśoka

Ein weiteres Ergebnis der Ratsversammlung von Pātaliputra war der Beschluß, buddhistische Mönche als Missionare in verschiedene dem magadhanischen Reich benachbarte Gebiete zu entsenden. Von den Bestimmungsländern, die in den Pali-Chroniken erwähnt werden, ist Lanka (Ceylon) am besten belegt. Aśokas Sohn Mahinda leitete die Mission, und er und seine buddhistischen Begleiter scheinen überaus erfolgreich gewesen zu sein. Angeblich verspürte der König von Ceylon, Devānampiya Tissa (Tissa bedeutet »der Geliebte der Götter«), sofort eine starke Neigung zum Buddhismus; viele seiner Untertanen folgten seinem Beispiel, und schon bald hatte sich das Sangha auf der Insel Lanka etabliert. Es setzte sich jetzt nicht mehr nur aus den Missionsmönchen von Magadha zusammen, sondern auch aus einheimischen Inselbewohnern. Damit beginnt die ununterbrochene Geschichte des Buddhismus in Ceylon, die längste kontinuierliche Geschichte, die der Buddhismus bisher in irgendeinem Land aufzuweisen hat.

Die buddhistischen Chroniken berichten, daß ähnliche Missionen auch nach Kaschmir und Gandhāra und in das Himalaja-Gebiet entsandt wurden, außerdem in das westliche und südliche Indien und in ein Land, das Suvanna-bhūmi (»Goldland«) hieß; manche verstehen darunter Burma, aber mit größerer Wahrscheinlichkeit bezieht sich der Name auf Malakka und Sumatra. Aśokas eigene Erlasse erwähnen auch die Bemühungen, das Dhamma in den umliegenden Gebieten zu verbreiten, vor allem in den griechisch beherrschten Regionen an der Nordwestgrenze. Obwohl in diesen einst griechischen Gebieten wenig vom Buddhismus übriggeblieben ist, gilt es nicht als unmöglich, daß der buddhistische Einfluß auch den Mittelmeerraum erreicht und vielleicht zur Entstehung von Mönchssiedlungen beigetragen hat, wie etwa im Falle der Therapeutae in Ägypten – in dem Land, wo das christliche Mönchstum seinen Ursprung hat (s. S. 252 f.).

Das Ansehen des Buddhismus im indo-griechischen Königreich in Nordwestindien wird bestätigt durch das Interesse, das ein Grieche aus Alexandria, der im frühen 2. Jahrhundert v. Chr. dort regierte und Menander hieß, den buddhistischen Ideen entgegenbrachte. Die indische Form seines Namens ist Milinda, und die Theravādin-Pali-

Schrift »Die Fragen des Milinda« (Milinda-panha) bezeugt das intensive Interesse dieses Königs an der buddhistischen Lehre. Das Buch enthält eine Diskussion zwischen einem gebildeten Mönch namens Nāgasena und dem König über solche Fragen, wie sie wohl ein positiv eingestellter und intelligenter Nicht-Buddhist stellen mußte, der eine erste Einführung in Buddhas Lehren und das Leben des Sangha erhalten hatte.

9. Die Brahmanisierung des buddhistischen Sangha

Eine andere bedeutsame Auswirkung der wohlwollenden Atmosphäre, deren sich das buddhistische Sangha im mauryanischen Reich erfreute, ist bereits angedeutet worden, nämlich, daß das Sangha infolge der Spenden Aśokas und anderer wohlhabender Bürger, die seinem Beispiel folgten, zu materiellem Wohlstand gelangte; dies bedeutete wiederum, daß das Leben im Sangha angenehm und leicht wurde und immer mehr Anhänger aus falschen Motiven anzog. Ein weiteres Ergebnis des wachsenden Ansehens des Ordens war, daß die Mitglieder weit mehr als früher aus der sozialen Oberschicht kamen, genauer gesagt: er lockte mehr Männer mit brahmanischer Abstammung und Erziehung an. Diese Neulinge brachten viel von ihrer brahmanischen Bildung und Denkweise mit, und von daher erklären sich zum Teil einige philosophische Entwicklungen innerhalb des Buddhismus im letzten vorchristlichen Jahrhundert, Entwicklungen, die weitgehend des Mahāyāna-System bestimmen sollten. Außerdem stieß der Buddhismus in seiner Ausdehnung nach Süd-Indien in ein Gebiet vor, das dem Kult weiblicher Gottheiten oder Mutter-Göttinnen anhing. Auch dies blieb nicht ohne sehr entscheidende Konsequenzen für die künftige Entwicklung der buddhistischen Religion in Indien.

10. Die frühen Phasen des Mahāyāna

Wir haben festgestellt, daß einer der Hauptunterschiede zwischen den Sthaviras und den Mahāsanghikās (s. S. 189) darin bestand, daß die ersteren an einer strengeren wörtlichen Auslegung der Vinaya-Regeln festhielten und die Notwendigkeit des mönchischen Daseins für die Erlangung des buddhistischen Ziels stärker betonten. Die Mahāsanghikās betrachteten dies als vergleichsweise unwesentlich; für sie war das

Sangha die große Gemeinschaft oder »Versammlung« von Mönchen *und* Laien; daher ihr Name Große Sangha-Partei. Im Lauf der Zeit entwickelten sie eine ausgesprochen kritische Einstellung zu den konservativen und orthodoxen Sthaviras, und zwar wegen der Buchstabentreue und des Dogmatismus der Sthaviras, ganz zu schweigen von deren Auffassung der Vinaya-Regeln. Man warf ihnen vor, sie seien zu dogmatisch in der Frage des buddhistischen Ideals. Die Sthaviras betrachteten den arhat als einzigen Typ buddhistischer Vollkommenheit, und darunter verstanden sie den Mönch, der durch die strengste Befolgung des Gesetzesbuchstabens den Zustand der Heiligkeit erreicht hatte. Wir haben gesehen, daß in der Frühzeit der nibbuta-Mensch, der auf das nibbāna ausgerichtete Mensch, der Idealtyp war, sowohl für die Mönche als auch für die weitere Gesellschaft und Kultur, in der das Sangha begründet wurde (s. S. 146 f.). Die Verwendung des Begriffs »arhat« (wörtlich: würdig) im frühen Buddhismus ist ein Beweis dafür; er wurde in den älteren Texten in einem recht allgemeinen Sinne gebraucht und bedeutete, daß der nibbuta-Mensch ein »Würdiger« sei, würdig der Ehrerbietung und sogar der Opfergabe (s. S. 146). In seinem späteren formelleren oder technischen Gebrauch entsprach der Begriff etwa der formelhaften Wendung »Euer Gnaden«. Mit der Verflachung des Begriffs war zweifellos auch ein Verflachung des Ideals selbst einhergegangen, und manche, die Anspruch auf den Titel arhat erhoben, verdienten ihn wahrscheinlich nicht. Eine solche Korrumpierung religiöser Begriffe ist nicht selten das Ergebnis einer starren Buchstabentreue in der Auslegung heiliger Schriften, sobald die Grundsätze einer religiösen Überlieferung schriftlich fixiert worden sind. Das gilt auf jeden Fall für den Buddhismus an dem Punkt seiner Geschichte, der uns gegenwärtig beschäftigt.

Die Mahāsanghikās versuchten deshalb das ursprüngliche Ideal des nibbuta-Menschen durch die Einführung eines neuen Begriffs wiederzubeleben, der die abgewertete Konzeption des arhat ersetzen sollte. Genauer ausgedrückt: sie brachten wieder einen Begriff in Umlauf, der schon früher zur Bezeichnung des der Buddhaschaft unmittelbar vorausgehenden Stadiums verwendet worden war, nämlich den Begriff »bodhisattva«; dieser Begriff bezeichnet jemanden, »der im Besitz von bodhi (Erleuchtung) ist« und der kurz vor dem Übergang in die letzte menschliche Existenzform steht, in der er zum Buddha wird. Diese Vorstellung impliziert die von Nicht-Buddhisten nicht immer recht verstandene Möglichkeit, daß es viele Buddhas gegeben hat und noch geben wird; jeder von ihnen ist in einer gegebenen Epoche der Weltgeschichte erschienen oder wird in ihr erscheinen, in einer Epoche, die der neuen Verkündigung des ewigen Dhamma besonders bedarf. Diese Anschauung eröffnet die Möglichkeit, daß auch gegenwärtig bodhisattvas existieren, die irgendwann in der Zukunft als der Buddha der jeweiligen Epoche auftreten werden.

Diesen Begriff und diesen Gedanken holten die Mahāsanghikās hervor und entwickelten ihn weiter: nach ihrer Vorstellung war das Ziel des buddhistischen Lebens die Erscheinung des bodhisattva, des Menschen also, der in jeder Hinsicht die Eigenschaften des nibbuta-Menschen besaß (s. S. 146 f.). Eine wichtige neue Idee kam jedoch hinzu, nämlich die, daß ein solcher Mensch zum Nutzen seiner Mitmenschen sein bodhisattva-Dasein unbegrenzt fortzusetzen vermag. Das Aufkommen des bodhisattva-Ideals in den Jahrhunderten unmittelbar vor dem christlichen Zeitalter unterstreicht nicht nur den weitgehenden geistigen Bankrott der damaligen Sthaviras, sondern auch den Sinn des einfachen Volkes für den Wert, den der ideale Mensch, der tatsächliche historische nibbuta, für die Menschheit im allgemeinen hat; er gilt als ein großer Wohltäter der Menschheit, daß man durchwegs zu der Überzeugung gelangt, ein solches Wesen *müsse* in der Welt und unter den Menschen leben, um ihnen weiterhin seine spirituellen Wohltaten erweisen zu können. Mit anderen Worten, die Entwicklung der bodhisattva-Vorstellung enthüllt ein Verlangen der Menschen nach der unaufhörlichen Gegenwart des heiligmäßigen Menschen. Ein bedeutsamer neuer Trend dieser geistigen Entwicklung, die sich in den neuerdings buddhistisch gewordenen Gebieten Indiens vollzog, war der Gedanke, daß die Leistungen des bodhisattva so beschaffen seien, daß sein um seiner Mitmenschen willen verschobener Eingang ins nibbāna die Form einer übernatürlichen Existenz annehmen müsse, in der er etwas Höheres sei als die sterblichen Menschen. Die Auffassung des bodhisattva hat gewiß ihre Wurzeln im frühen Buddhismus, in der Idee des idealen Menschen, des Heiligen, des nibbuta, aber sie erreichte eine völlig neue und bislang ungeahnte Dimension, die sie eher nichtbuddhistischen Vorbildern in Indien verdankte, die Dimension des Übernatürlichen, des Quasi-Göttlichen.

Der andere Hauptpunkt, in dem man die Sthaviras der allzu großen Buchstabentreue beschuldigte, betrifft die Zerlegung der menschlichen Existenz in ihre integrierenden Dhammas (s. S. 192). Die Sthaviras glaubten anscheinend an das konkrete Vorhandensein solcher Dhammas, die für sie gewissermaßen die »Atome« des Seins darstellten. Die Mahāsanghikās betrachteten dagegen die Analyse der Dhammas vornehmlich als die Demonstration einer *Methode;* bei den Dhammas stehenbleiben hieß für sie, an einem völlig willkürlichen Punkt der Analyse aufzuhören. Der analytische Prozeß müsse uneingeschränkt weiterverfolgt werden und werde schließlich zu der Erkenntnis führen, daß alle substantiellen Seinsformen *śūñya,* leer, seien. Dieser Gedankengang wurde schließlich zur Grundlage der Śūñyatā-Lehre in der Mahāyāna-Form des Buddhismus (s. S. 267). Doch bevor wir die Geschichte des Buddhismus weiterverfolgen, müssen wir die Entwicklungen betrachten, die innerhalb des Brahmanismus stattfanden.

III. DIE NEUORIENTIERUNG DES BRAHMANISMUS (500 v. Chr.—70 n. Chr.)

1. Das nicht-buddhistische Indien seit der Entstehung des magadhanischen Reiches

In diesem Abschnitt werden wir uns mit den nicht-buddhistischen Aspekten der religiösen Situation Indiens in den fünf Jahrhunderten vor dem Aufkommen des Christentums beschäftigen. Das ist eine ziemlich negative Definition des Themas, aber es gibt keine andere wirklich befriedigende Möglichkeit, die in Frage stehenden komplexen Faktoren zusammenzufassen. Unter der »nicht-buddhistischen religiösen Situation« könnte man, grob gesagt, den Hinduismus verstehen. Aber diese Bezeichnung läßt sich eigentlich nicht auf die indische Religion dieser Periode anwenden; denn erstens ist »Hindu« ein Begriff, den die moslemischen Araber des 8. Jahrhunderts verwendeten, um die Menschen jenseits des Sind- oder Indus-Tals zu bezeichnen, und somit ein Anachronismus, und zweitens gab es das, was man später Hinduismus nannte, damals noch nicht, denn es war erst in der Entstehung begriffen. Andererseits wäre es unzutreffend, die nicht-buddhistische Religion Indiens in diesen Jahrhunderten einfach »Brahmanismus« zu nennen, da wir es nicht nur mit religiösen Vorstellungen und Institutionen zu tun haben, die von den Brahmanen bestimmt wurden, sondern auch mit einer ganzen Reihe von bodenständigen Kulten, die damals mehr oder weniger in eine Beziehung zum Brahmanismus gebracht wurden.

2. »Große« und »kleine« Traditionen in Indien

Die Lage in diesen Jahrhunderten ist ein ausgezeichnetes Beispiel für das, was der Anthropologe Robert Redfield als die Wechselwirkung von »großen« und »kleinen« Traditionen beschrieben hat (1956). Unter »großer« Tradition versteht man eine Kultur (die häufig eng mit einer Religion verbunden ist), die sich über ein großes Gebiet erstreckt, die sich normalerweise in irgendeiner Form der Literatur manifestiert und deren typische Repräsentanten oder Träger eine spezielle gebildete Schicht bilden, die überall im Land anerkannt wird, wie etwa Priester oder Mönche. Die »kleine« Tradition ist lokalen Ursprungs und lokal begrenzt; sie kennt meist keine schriftliche Überlieferung, und wenn sie überhaupt einen spezifischen Repräsentanten hat, dann handelt es sich gewöhnlich um einen Mann, dessen Status oder Autorität nur in seinem Dorf oder in seinem Gemeinwesen anerkannt wird. Zwischen diesen beiden Traditionen bestehen im allgemeinen irgendwelche Wechselbeziehungen. Sie können die Form einer *Universalisierung* von Elementen vieler kleiner Traditionen annehmen, bis sich daraus ein neues Element der großen Tradition ergibt; oder der Vorgang ist umgekehrt und wird dann als *Parochialisierung* bezeichnet, d. h. Elemente der großen Tradition werden von einer kleinen Tradition übernommen, aber dabei aufgespalten, modifiziert und den örtlichen Bedürfnissen und Glaubensvorstellungen angepaßt.

In der nicht-buddhistischen Religion zur Zeit des magadhanischen Reiches und in den nachfolgenden Jahrhunderten wurde die Große Tradition durch die Brahmanen, ihr wedisches Brauchtum und ihre Prestigesprache, das Sanskrit, repräsentiert. Die Kleine Tradition bestand in den verschiedenen lokalen, dörflichen Kulten, die von einer Gegend zur anderen, ja von einem Dorf zum anderen wechselten und die alle ihre eigenen Priester – gewöhnlich Nicht-Brahmanen – hatten.

3. Die zurückgesetzten Brahmanen

Die Brahmanenpriester mußten in der frühen Periode der buddhistischen Vorherrschaft neue Mittel und Wege finden, um ihre Position zu behaupten und ihre Bedeutung und Unersetzlichkeit zu bekunden. Früher waren ihre »Kunden« hauptsächlich aus der ksatriya-Schicht gekommen, für die sie ihre wedischen Opferhandlungen und Rituale vollzogen hatten. Jetzt stand in der magadhanischen Gesellschaft neben der ksatriya-Klasse eine neue und zunehmend Bedeutung gewinnende Gruppe, die Klasse der Kaufleute. Die Ausweitung des magadhanischen Reiches, das den größten Teil des Subkontinents bedeckte, eröffnete erheblich größere Handelsmöglichkeiten. Auch nach dem Ende der mauryanischen Dynastie (185 v. Chr.) und der Spaltung des Reiches ging der Handel weiter. Im Nordwesten war das indo-griechische Gebiet von Gandhāra eine Brücke nach Westasien und zum Mittelmeerraum. Die Mittelmeerländer waren versessen auf die Gewürze aus Südostasien und die chinesische Seide, und indische Kaufleute wurden die großen Mittelsmänner Asiens. Inschriften und zeitgenössische Literatur bezeugen den Wohlstand, in dem die Schicht der Kaufleute damals überall in Indien lebte (Thapar, 1966; 109).

Die Vormachtstellung des Buddhismus und Dschainismus hatte zur Folge, daß die Bedeutung des wedischen Opfersystems weiter unterhöhlt wurde – ein Prozeß, der bekanntlich bereits um das 6. vorchristliche Jahrhundert eingesetzt hatte (s. S. 99 f.). Von Buddha heißt es in den Suttas, daß er direkte Kritik am Opfersystem übte, weil es das unnötige Schlachten von Tieren und ungebührlichen Härten für die Arbeiter mit sich brachte, die gezwungen wurden (oft unter Androhung von Prügelstrafen), die höchst kunstvollen Einfassungen der Opferstätten zu errichten, und weil es eine sinnlose Geldverschwendung war. Viel besser, gibt Buddha dem Brahmanen Kūtadanta zu verstehen, ist das Opfer des Almosens für heilige Männer oder auch die regelmäßige Austeilung von Almosen an alle; noch besser ist es, den buddhistischen Weg zu gehen, die fünf moralischen Vorschriften zu erfüllen, sich selber zu verleugnen und nach Erleuchtung zu streben. Die Ausbreitung des Buddhismus bedeutete somit den weiteren Rückgang der wedischen Opferpraxis. Aśoka proklamierte in seinem gesamten Reich die Sinnlosigkeit der Tieropfer und die Ehrfurcht vor dem Leben des Tiers. Von da an breitete sich das Verbot des Fleischessens im Buddhismus immer weiter aus und wurde schließlich zu einem Hauptmerkmal der Vaishnaviten- und Shaiviten-Sekte des Hinduismus.

Das Prestige der Brahmanenpriester wurde somit von zwei Seiten aus angegriffen: 1. eine neue Klasse von Kaufleuten bildete sich heraus, die nicht die gleiche traditionelle religiöse Bindung an die Brahmanen kannte wie die ksatriyas und entweder den lokalen Kulten anhing (die das normale religiöse Milieu für die unteren Gesellschaftsschichten waren) oder die buddhistischen und dschainistischen Gemeinschaften unterstützte; 2. die wedischen Opferriten waren sicherlich nicht der Dienst, den diese neue Schicht von den Brahmanen zu einer Zeit verlangte, in der sie überall in Verfall gerieten.

4. Neue Rollen für die Brahmanen

Trotz alledem büßten die Brahmanen nicht ihr Ansehen ein. Das lag nicht zuletzt an ihrer eigenen Anpassungsfähigkeit und Entschlossenheit. Wenn auch ihre Rolle als Hüter der Opferrituale abgewertet worden war, ihre Rolle als öffentliche Erzieher und Bewahrer von Kultur und Bildung wurde in dieser Periode eher aufgewertet, und sie machten sich diesen Umstand geschickt zunutze. Die brahmanische Technik des Memorierens der heiligen Bücher galt als eine Leistung hohen Ranges und als das Fundament aller Gelehrsamkeit. Zudem wurde das Sanskrit jetzt zur indischen Prestigesprache erhoben; Brahmanen wie etwa Pānini (1. Hälfte des 2. Jahrhunderts v. Chr.) waren die großen Grammatiker, und die Unterweisung im Sanskrit war ein streng gehütetes Privileg der Brahmanen. Hier lag also der von den Brahmanen weiterhin erhobene Anspruch auf Vorrangstellung begründet, soweit es sich um die gebildete Oberschicht handelte. Was hingegen die durchschnittlichen Bürger einer agrarischen und merkantilen Gesellschaft betrifft, so fanden die Brahmanen neue Möglichkeiten, ihren gesellschaftlichen Nutzen unter Beweis zu stellen. Die neuen Stämme und sozialen Gruppen, die dem magadhanischen Reich einverleibt wurden, hatten ihre eigenen regionalen Kulte und Riten; diese »kleinen Traditionen« wußten die Brahmanen schon bald zu durchdringen und in die »große Tradition« des Brahmanismus einzugliedern, indem sie ihnen neue Riten gaben, die sie als den alten Riten überlegen darstellten, und indem sie den Dorfgöttern Sanskritnamen beilegten, um deren Würde und Rang zu erhöhen; die Erhöhung der Götter bedeutete für die Dorfbewohner eine Anhebung ihres Status. Dafür revanchierten sie sich mit einem gebührenden Respekt vor den brahmanischen Institutionen und mit einer nominellen Anerkennung der wedischen heiligen Schriften.

Auf diese Weise wurden die Brahmanen zu einem integrierenden Bestandteil der indischen Gesellschaft. Während sie in ihrer Rolle als die neuen Priester die lokalen Stammessitten und -mythen bewahrten, brachten sie den Stämmen auch die grundlegenden Werte des Brahmanismus nahe, wobei sie zuweilen geeignete brahmanische Mythen verwendeten, um die alten Stammesgötter zu assimilieren. Dieser Prozeß »ermöglichte es der indischen Gesellschaft, sich mit einem Minimum an Gewaltanwendung aus vielen verschiedenen und sogar gegensätzlichen Elementen zu bilden« (Kosambi, 1965; 172); und er brachte, mehr als jeder andere Einzelfaktor, das Kastensystem hervor, wie es sich in historischer Zeit entwickelt hat.

5. Bhakti oder die Volksfrömmigkeit der Hindus

Die Form der volkstümlichen Frömmigkeit, die sich in Indien in den Jahrhunderten unmittelbar vor dem christlichen Zeitalter herausbildete und durch die Brahmanen konsolidiert wurde, ist allgemein unter der Bezeichnung bhakti bekannt. Diese Bezeichnung gehört zu einer Gruppe von Wörtern, die mit dem Sanskritstamm bhaj verwandt sind, der Anbetung oder Frömmigkeit bedeutet. *Bhakti* hat den Sinn von »anbetungswürdig« oder auch »fromme Übung«. Ein *bhakta* ist ein Frommer. *Bhāgavat* ist derjenige, welchem Frömmigkeit entgegengebracht wird; man übersetzt den Begriff manchmal mit »Herr« oder »der Gesegnete«. *Bhāgavata* bezeichnet das, was zum »Gesegneten« gehört, und wird als allgemeine Benennung für das bhakti-System verwendet; damals war es auch der Name einer Sekte, deren Mitglieder man folglich »die Frommen« nennen könnte. Der Name Bhāgavat wird in den kanonischen Pali-Schriften des Buddhismus häufig als Synonym für Buddha gebraucht, und vielleicht wurde das Wort dem buddhistischen Sprachschatz entlehnt.

Wann dieser Kult der frommen Verehrung eines Gottes (der kaum mit dem Opferritual zu tun gehabt haben dürfte) begann, läßt sich schwer bestimmen. Ein frühes Beispiel bietet der Kult des Gottes Vasudeva, der durch eine Aufzeichnung des seleukidischen griechischen Gesandten Megasthenes bezeugt wird; Megasthenes lebte zur Zeit des ersten mauryanischen Kaisers Chandragupta (s. S. 185) in der indischen Hauptstadt Pātaliputra. Auf die mauryanische Dynastie folgten die Sungas (183 v. Chr. bis ca. 71 v. Chr.); ein griechischer Gesandter am Hofe eines Sunga-Königs scheint sich der indischen Religion so sehr angepaßt zu haben, daß er sich selber als ein Verehrer Vasudevas bezeichnete. Zu Ehren dieses Gottes errichtete er in Besnagar in der Nähe von Bhilsa in Zentralindien eine Säule, die heute noch steht; in der Inschrift der Säule sagt Heliodorus von sich, er sei ein Bhāgavata.

6. Der Wischnu-Kult

In der Zeit, die uns hier beschäftigt, gab es offenbar eine Tendenz, die Götter, die in verschiedenen Gegenden unter verschiedenen Namen, wie etwa Vasudeva (s. o.), Hari, Narayana etc., verehrt wurden, neu zu benennen, und sie sind seither unter dem Namen Visnu (Wischnu) geläufig. Dies ist ein Aspekt jenes Universalisierungsprozesses (s. S. 204), den die Brahmanen in die Wege leiteten (s. S. 205 f.). Wischnu war, wie wir früher schon festgestellt haben (s. S. 75), der Name eines untergeordneten Gottes des Rigweda, der die charakteristischen Eigentümlichkeiten eines Sonnengottes aufwies. Jetzt, Jahrhunderte später, war sein Ansehen beträchtlich gewachsen, und unter dem Einfluß der Brahmanen absorbierte er andere nicht-indogermanische regionale Gottheiten. Sein Kult sollte eine immer größere Bedeutung erlangen. Gegen

Ende der vorchristlichen Ära hatte sich eine Trinität brahmanischer Gottheiten herausgebildet: Brahmā, der Erschaffer der Welt; Wischnu, der Erhalter und Schützer der Welt; Schiwa, der Zerstörer. Diese trinitarische Lehre war jedoch labil und kurzlebig: Brahmās Bedeutung schwand, und entweder Wischnu oder Schiwa wurde entsprechend der Vorliebe der Verehrer zum alles überragenden Gott.

7. Der Krischna-Kult

Eine wichtige Entwicklung, die sich in der hier behandelten Periode vollzog, war die Einführung der Gestalt des Krsna (Krischna) in den Wischnu-Kult. Die Griechen, die im 4. Jahrhundert v. Chr. nach Nordindien vorstießen, entdeckten, daß hier ein Halbgott angebetet wurde, den sie mit ihrem Herakles verglichen; es handelt sich eindeutig um Krischna, dessen Kult damals im Pandschab weit verbreitet war (Kosambi, 1965; 117). Krischna stand in enger Beziehung zu den Hirten und war der Beschützer des Viehs. Möglicherweise geht der Krischna-Kult auf die Verehrung einer historischen Gestalt zurück, die zum legendären Helden geworden ist; auf jeden Fall entfaltete sich in jener Zeit eine reiche Krischna-Mythologie. In dieser Mythologie ist der Held, so führt Kosambi aus, »alles für alle Männer und alles und jedes für die meisten Frauen: göttliches und liebenswertes Kind, unartiger Hirtenjunge; Geliebter aller Milchmädchen im Lager der Hirten, Ehemann zahlloser Gottheiten, hemmungslosester aller Bettgenossen; dennoch allein [seiner Frau] Radha in mystischer Verbundenheit zugetan, überdies ein Exponent der asketischen Entsagung ... Die ganze Krischna-Sage ist ein hervorragendes Beispiel dafür, was ein wahrhaft Gläubiger alles zu verdauen vermag, eine ideale Kulisse für die weitverzweigten Aussagen der Gītā.« (Kosambi, 1965; 114 f.)

8. Die Lehre von den avataras

Krischna wurde schließlich als eine Manifestation des höchsten Gottes Wischnu betrachtet. Doch in diesem Fall geschah das nicht, indem man ihn in einem Prozeß der Umbenennung fortan Wischnu nannte, sondern indem man in Krischna eine menschliche Verkörperung oder avatara (wörtlich: Abstammung) des höchsten Gottes Wischnu erblickte. Vielleicht war die Überlieferung des menschlichen Ursprungs des Helden

Krischna in den Legenden so stark ausgeprägt, daß es unumgänglich erschien, ihn als einen Gott in *menschlicher* Gestalt aufzufassen. Die avatara-Lehre taucht damals zum erstenmal im Vaishnavismus auf; sie wird in der Bhagavad-Gita (s. S. 257) als das periodische Wiedererscheinen des großen Gottes Wischnu (d. h. des Bhāgavat oder Herrn) in irdischer Gestalt beschrieben, der immer dann ersteht, wenn das Böse und die Ungerechtigkeit in der Welt die Oberhand gewinnen, und dann wieder Ordnung schafft. Die Glaubensvorstellungen von den verschiedenen Erscheinungen Wischnus wurden zuletzt in ein System gebracht: man nahm an, daß es bislang neun derartige avataras gegeben habe. Die ersten drei Manifestationen Wischnus erfolgten in Form von tierischen Geschöpfen, die auf unterschiedliche Weise die Welt vor dem Untergang retteten; es ist möglich, daß der Ursprung dieser avataras in den Kulten der heiligen Tiere liegt. Die vierte avatara war halb Löwe, halb Mensch; die fünfte war ein Zwerg und die sechste ein Brahmane namens Paraśu-Rāma, der nach der Legende die ksatriya-Klasse vernichtete, als sie sich anschickte, die Welt zu beherrschen. Die siebte und achte avatara sind die wichtigsten im Hinblick auf ihre Volkstümlichkeit, d. h. im Hinblick auf das Ausmaß der Verehrung, die ihnen die Vaishnaviten entgegenbringen: diese beiden sind Rāma bzw. Rāmacandra und Krischna. Rāma ist der Held des großen Epos Rāmāyana (s. S. 259). Es ist interessant, daß es über Krischna hinaus noch zwei weitere avataras gibt. Die neunte ist Buddha, der offenbar in das vaishnavitische Schema aufgenommen wurde auf Grund der Toleranz, die zweifellos zwischen den Anhängern der beiden Traditionen herrschte (die Trennungslinie läßt sich in einer späteren Periode kaum noch eindeutig ziehen), und vielleicht auch in bewußter oder unbewußter Anerkennung dessen, was der Wischnu-Kult dem Buddhismus verdankte. Die zehnte avatara ist der Kalkin – der noch kommen wird am Ende des gegenwärtigen dunklen Zeitalters, um das Böse zu vernichten und das Gute zurückzubringen.

9. Entstehungsfaktoren der bhakti-Mythologie

Die Idee der periodischen Wiederkehr eines Wesens, das die Wahrheit verkörpert, wurde vermutlich von der buddhistischen Auffassung abgeleitet, daß ein Buddha regelmäßig, in jedem Zeitalter, wiedererscheinen werde (s. S. 200). Der Charakter, den jede dieser avataras annimmt, nämlich den eines göttlichen Erlösers, verdankt wahrscheinlich einiges der zoroastrischen Lehre vom Saoshyant (s. S. 134) oder Erlöser, dessen

Kommen den Sieg über alle Kräfte des Bösen bedeutete. Der Einfluß dieser Vorstellung zeigt sich am klarsten in der zehnten avatara. Die avatara-Lehre entstand nämlich in Nordindien, also in einem Gebiet, das dem persischen Einfluß ausgesetzt war, und zwar zu einer Zeit, als in Persien die zoroastrische Religion im Aufstieg begriffen war. Der Vaishnavismus kann allerdings diese Anschauungen indirekt über den Buddhismus übernommen haben, der die Lehre von der Wiederkehr Buddhas (Maitreya) am Ende des gegenwärtigen Zeitalters vertrat, eine Lehre, die möglicherweise unter zoroastrischem Einfluß entstanden ist.

Die Ungleichheit der Glaubensvorstellungen, die in der Krischna-Mythologie miteinander verschmolzen, war bezeichnend für die uneinheitliche und weitgefächerte Brahmanisierung der regionalen Kulte und Mythologien oder jenes Vorgangs, den man genauer als einen Prozeß wechselseitiger Kulturübertragung definieren könnte. Kosambi hat ihn recht ausführlich beschrieben (1965; 170) und kommt zu dem Schluß, daß »diese Konglomeration ständig weitergeht, solange alle zusammengetragenen Erzählungen eine sinnlose, uneinheitliche, chaotische Masse bilden«. Vom soziologischen Standpunkt aus erkennt man darin die Art und Weise, wie sich eine religiöse Überlieferung in der sozialen Situation entwickeln mußte, die durch ein ausgedehntes und auf einer ländlichen Wirtschaftsstruktur basierendes Imperium gekennzeichnet war – es handelt sich, wie Kosambi sagt, um »eine stark gegliederte Gesellschaft auf einer relativ primitiven Produktionsstufe« (1965; 115). Doch neben den sozialen und ökonomischen Faktoren gab es sicherlich auch noch einige andere, die das Verlangen nach einer solchen religiösen »Superstruktur« aus Glaubensvorstellungen und Mythen bedingten; es handelt sich, so einfach und so allgemein wie möglich ausgedrückt um ein unbefriedigtes Verlangen nach dem Sinn der menschlichen Existenz mit all ihren Ungerechtigkeiten, Schwächen, Leiden und Unbeständigkeiten. Ein solches Streben scheint die Menschen überkommen zu haben, sobald die elementarsten Bedürfnisse befriedigt waren und sie Zeit zum Nachdenken fanden. Das Wirtschaftsleben blieb, soweit es die dörfliche Bevölkerung angeht, vermutlich auf einer primitiven agrarischen Stufe stehen, aber immerhin scheint die Nahrungsproduktion durchaus ausreichend gewesen zu sein; die Inder in den letzten vorchristlichen Jahrhunderten waren erheblich besser ernährt als ihre heutigen Nachfahren. Zweifellos waren einige der religiös fruchtbarsten Perioden in Indien Perioden *wirtschaftlicher* Ausgeglichenheit, auch wenn es zwischendurch Zeiten psychologischer oder sozialer Schwierigkeiten gab. Die indische Religion ist also nicht notwendigerweise an die indische Armut gebunden, wie manche westliche Beobachter so gerne leichtfertig behaupten; denn die gegenwärtige krasse Armut in Indien ist ein verhältnismäßig modernes Phänomen.

10. Die Entwicklung der Hindu-Ethik

Mit dem Anbruch des christlichen Zeitalters hat unser Überblick über die Geschichte der indischen Religion ein Stadium erreicht, in dem sich die heute als Hinduismus bezeichnete Strömung sichtbar zu entwickeln begann. Ihre volle Blüte erlebte sie erst einige Jahrhunderte später, in der Zeit der großen Gupta-Dynastie (320–650 n. Chr.) (s. S. 260). Eine Besonderheit des uns beschäftigenden Zeitabschnitts bleibt jedoch festzuhalten, nämlich die Entstehung einer formellen Beschäftigung mit Fragen des rechten Verhaltens. Eine Reihe von brahmanischen Büchern, die sich mit religiösen Angelegenheiten befassen, erschienen in den letzten vorchristlichen Jahrhunderten. Da waren zunächst die *Śrauta-Sūtras* und die *Gṛhya-Sūtras*, die Auslegungen der Schrift (śruta) und Vorschriften für private religiöse Riten und Zeremonien enthielten. Doch irgendwann zwischen dem 6. und 2. Jahrhundert v. Chr. kam noch ein dritter Typ der religiösen Literatur auf, die sogenannten *Dharma-Sūtras*, Unterhaltungen über das rechte Verhalten. Bis dahin hatte die brahmanische Literatur sich kaum mit ethischen Fragen beschäftigt; in den Upanischaden zum Beispiel wurde lediglich festgestellt, daß unmoralisches Verhalten ein ernstes Hindernis für die Verwirklichung des brahman sei (s. S. 101 f.). Was das meditative Leben förderte, galt als moralisch gut, und was davon ablenkte, als moralisch verwerflich; doch darüber hinaus existierte keine positive Lehre, die sich auf das sittliche Verhalten bezog, bis der Buddhismus mit seinen eindeutigen moralischen Verpflichtungen für Mönche und Laien in Erscheinung trat (s. S. 141 ff.). Seit dieser Zeit entwickelte auch der Brahmanismus ein formelleres ethisches System oder vielmehr ethische Systeme, denn sehr bezeichnend für die Brahmanen ist der Gedanke, daß es für jeden Menschen eine eigene Form des rechten Verhaltens gibt, entsprechend seiner gesellschaftlichen Stellung (seiner varna oder Klasse) und der Lebensstufe, die er erreicht hat. Die Idee der vier Lebensstufen (āśramas) findet sich auch im Brahmanismus der damaligen Zeit; man unterscheidet die Stufe des Schülers, des Hausbesitzers, des Asketen und des Heimatlosen, der nur noch nach der Vereinigung mit Brahman strebt.

Jedes Menschen Dharma (richtige Verhaltensweise) hat somit einen zweifachen Beziehungspunkt – das, was seiner Klasse (varna), und das, was innerhalb seiner Klasse seinem Alter (āśrama) entspricht. Es wird deshalb zutreffend als varna-āśrama-dharma bezeichnet (meistens in einem Wort geschrieben: varnāśramadharma). Es ist aufschlußreich, daß diese positive Beschäftigung der Brahmanen mit Verhaltensfragen zusammenfällt mit dem Aufstieg des Buddhismus und der Periode seiner größten Breitenwirkung als Sozialphilosophie (s. S. 196 f.).

Die wechselseitige Durchdringung der buddhistischen und brahmanischen Lebensformen war demnach zu Beginn der christlichen Ära weit gediehen, und die Hauptthemen sowohl des Mahāyāna-Buddhismus als auch des eigentlichen Hinduismus (zumal in seiner theistischen Form) waren bereits fest umrissen, als das Christentum möglicherweise einen ersten kleinen Vorstoß nach Südindien unternahm. Es wird nämlich behauptet, daß der Apostel Thomas von Palästina aus nach Osten reiste, die Küste von Malabar erreichte und von dort quer durch Indien bis in die Gegend von Madras gelangte. Seine Verkündigung einer neuen Religion stieß, so berichtet die Überlieferung, überall auf heftigen Widerstand, und Thomas selbst starb etwa 68 n. Chr. den Märtyrertod. Daß ein christlicher Apostel in dieser Zeit bis nach Indien kam, ist nicht ausgeschlossen, aber sichere Beweise fehlen. Daß seine Verkündigung auf so heftigen Widerstand gestoßen sein soll, erscheint zweifelhaft. Jetzt aber müssen wir uns dem zuwenden, was er verkündigt hat.

IV.
DER AUFSTIEG DES CHRISTENTUMS (bis 70 n. Chr.)

1. Quellen für das Leben Jesu

Die Zentralgestalt des Christentums ist Jesus von Nazareth. Doch Dokumente für das Leben Jesu sind praktisch nicht vorhanden, wie T. W. Manson festgestellt hat: »Kein einziger Punkt der Chronologie läßt sich mit Sicherheit fixieren. Das Leben Jesu währte wahrscheinlich 30 bis 40 Jahre: über mindestens 28 Jahre wissen wir genaugenommen überhaupt nichts. Die Informationen, die wir besitzen, betreffen fast ausschließlich die öffentliche Laufbahn Jesu, also den letzten Abschnitt seines Lebens, eine Zeitspanne, deren Dauer ungewiß ist, die aber wahrscheinlich nicht kürzer als ein Jahr und nicht länger als ungefähr drei Jahre war. Aber auch hier reicht das Material nicht aus für einen vollständigen Bericht über sein öffentliches Wirken.« (Manson, 1943; 323)

Der Grund dafür liegt, wie Manson weiter ausführt, paradoxerweise darin, daß die Hauptquellen *christliche* Quellen sind, nämlich die Dokumente des Neuen Testaments und der apokryphen Evangelien; bei der Heranziehung der erstgenannten Texte muß sich der heutige Leser fragen: »Welche Einschränkungen müssen wir in bezug auf die redaktionellen Bemühungen der Evangelisten und der Kompilatoren machen? Inwiefern wurde das Material durch die praktischen Erfordernisse der Urkirche beeinflußt – vielleicht sogar geschaffen?« Es besteht somit keine Gewißheit über den historischen Wert der überlieferten Texte. Was die apokryphen Evangelien anbetrifft, so umfassen sie zum größten Teil Berichte, die bizarr, grotesk, abstoßend sind und nur mißtrauisch stimmen.

2. Die nicht-christlichen Zeugnisse

Neben den christlichen Quellen sind uns zwei Gruppen von Dokumenten erhalten: 1. jüdische Berichte aus dem Talmud und aus späterer Zeit, die vorwiegend feindselig und tendenziös sind (und es ist bezeichnend, daß sie um so feindseliger werden, je später sie entstanden sind); 2. sehr kurze Hinweise in den Schriften der nicht-christlichen Historiker Tacitus und Josephus. Tacitus (ca. 60 – ca. 120) gibt in seinen *Annalen* für den Namen »Christen« folgende Erklärung: »Christus, von dem ihr Name abgegleitet ist, wurde in der Regierungszeit des Tiberius von dem Statthalter Pontius Pilatus hingerichtet« (Bettenson, 1963; 2). Nebenbei gesagt, ist es bemerkenswert, daß Sueton, der römische Geschichtsschreiber des 2. Jahrhunderts, in seiner Darstellung der Neronischen Verfolgung die Christen einfach als »eine Gruppe von Menschen, die einem neuen und verderblichen Aberglauben anhingen« bezeichnet, ohne Christus zu erwähnen. Das Werk des jüdischen Historikers Josephus, *Die jüdischen Altertümer,* enthält folgende Passage: »Nun lebte um diese Zeit Jesus, ein weiser Mensch, wenn es erlaubt ist, ihn einen Menschen zu nennen, denn er war ein Vollbringer wunderbarer Taten – ein Lehrer jener Menschen, welche die Wahrheit mit Freuden empfangen. Er zog sowohl viele Juden als auch viele Heiden auf seine Seite. Er war Christus; und als Pilatus ihn auf Vorschlag unserer führenden Männer zum Tod am Kreuz verurteilt hatte, ließen ihn diejenigen, welche ihn von Anfang an liebten, nicht im Stich, denn er erschien ihnen wieder lebendig am dritten Tag, wie die göttlichen Propheten diese und zehntausend andere Dinge, die ihn betrafen, vorausgesagt hatten; und der Stamm der Christen, so genannt nach ihm, ist nicht erloschen bis auf den heutigen Tag.«

Man hat den Verdacht geäußert, diese Passage sei eine spätere christliche Interpolation, obwohl sie, wie T. W. Manson meint, »kühl, objektiv, gönnerhaft und leicht verächtlich« ist. Dennoch gibt er zu, »es ist durchaus möglich, daß die Passage in ihrer jetzigen Gestalt nicht das darstellt, was Josephus geschrieben hat: daß tatsächlich das Original noch kühler und verächtlicher war als der vorliegende Text und daß die Einzelheiten, an denen christliche Frömmigkeit den größten Anstoß nahm, gemildert oder ausgeschieden worden sind« (Manson, 1943; 329). In einem kleinen, aber wichtigen Punkt stimmen jedoch diese nicht-christlichen Quellen überein: beide bestätigen, daß Jesus ein *Lehrer* war, der *gekreuzigt* wurde.

3. Die Zeugnisse des Neuen Testaments

Außer diesen kurzen Hinweisen bilden die christlichen Evangelien die Hauptquelle für unser Wissen um Jesus von Nazareth, d. h. Dokumente missionarischen Charakters, verfaßt von Christen zum Wohle ihrer Bewegung. Ein Leser, der nicht vertraut ist mit den technischen Feinheiten der theologischen Forschung und dazu neigt, die Evangelienautoren für ehrliche Männer zu halten, die nur das niederschrieben, was sie als wahr erkannten, sieht vielleicht keinen Grund, warum man diese Dokumente nicht als unmittelbare historische Zeugnisse für bare Münze nehmen soll. Die Sache ist nicht ganz so einfach, so ehrlich und fromm die Evangelienverfasser auch zweifellos waren. Es geht nicht nur darum, daß die Evangelien im Faktischen nicht immer übereinstimmen, sondern auch darum, daß die Abfassung dieser Berichte mehrere Jahrzehnte nach dem Tode Jesus erfolgte, nachdem sich bedeutende Entwicklungen innerhalb der christlichen Gemeinschaft und im Wesen des Christentums vollzogen hatten. Als die Evangelien geschrieben wurden (nach 65 n. Chr.), war es unvermeidlich, daß diese innere Entwicklung die Art und Weise der historischen Tatsachendarstellung beeinflußte. Was Edwyn Bevan 1932 zu diesem Thema gesagt hat, ist noch immer gültig: »Während wir Dokumente besitzen, die uns das Christentum der Heidenkirche zeigen – insbesondere die Briefe von Paulus selbst –, haben wir kein Dokument, das aus der ursprünglichen Jerusalemer Gemeinde hervorgegangen wäre, ohne durch ein heidenchristliches Medium hindurchgegangen zu sein« (Bevan, 1932; 24). Nichtsdestoweniger bedeutet dies nicht, wie wir noch sehen werden (s. S. 218 ff.), daß es völlig unmöglich wäre, etwas über die Einschätzung der Bedeutung Jesu durch die frühesten Jünger zu erfahren.

4. Das Zeugnis der Paulus-Briefe

Die ältesten Zeugnisse für das Wesen der frühchristlichen Gesellschaft und ihrer Glaubensvorstellungen besitzen wir in den Briefen des hl. Paulus. Sie haben vom Standpunkt der historischen Forschung aus den Vorzug, daß sie (abgesehen vom Römerbrief) keine befangenen literarischen Erzeugnisse sind, die in missionarischer Absicht entstanden, sondern Bruchstücke spontaner Äußerungen, die weitgehend durch die ständigen internen Kontroversen bedingt waren. Von solcher Art sind die zweifelsfrei echten Paulinischen Briefe – an die Korinther, die Galater, Thessalonicher und Philipper. Der Brief an die Römer verfolgt weit bewußter theologische Zwecke, doch auch in ihm ist die Kontroverse spürbar. (Bei den Briefen an die Kolosser und Epheser ist es umstritten, ob sie von Paulus stammen oder paulinisches Denken widerspiegeln; die Briefe an die Hebräer, an Timotheus und Titus wurden zwar früher Paulus zugeschrieben, gelten aber heute ziemlich übereinstimmend als nicht-paulinisch.) Aus den authentischen Paulus-Briefen geht hervor, daß die christliche Bewegung der ersten vier

Jahrzehnte zwei Hauptströmungen umfaßte. Die erste war die von Jerusalem; im wesentlichen handelt es sich hier um die Gemeinschaft derjenigen, die Jesus von Nazareth noch zu dessen Lebzeiten als Jünger verbunden gewesen waren. Nach Erziehung, Einstellung und Glauben waren es Juden, die innerhalb des kontinuierlichen Zusammenhangs der traditionellen jüdischen Lebensweise und Frömmigkeit sich berufen fühlten, ihren Mitjuden die Verwandlung des gesamten jüdischen Weltbildes zu verkünden, die ihnen das Leben, die Lehre und der Tod Jesu aufgetragen hatten. Die andere Strömung wurde von den vorwiegend nicht-jüdischen Gemeinden außerhalb Palästinas gebildet, die unter dem Eindruck der religiösen Verkündigung und Propaganda des hl. Paulus entstanden waren; Paulus selber war ebenfalls ein nichtpalästinensischer Jude, der nach anfänglicher Feindschaft gegenüber den jüdischen Jüngern eine Vision Jesu erlebt hatte, die ihn zum Glauben an Jesus den Messias geführt hatte.

5. Zwei Formen des frühen Christentums

Der Unterschied zwischen den beiden Flügeln der Bewegung – der Jerusalemer Gemeinde und den paulinischen Heidengemeinden – lag eingestandenermaßen in der divergierenden Einstellung zum jüdischen Gesetz. Die Jerusalemer Jünger vertraten die Auffassung, der Wandel in ihrem Leben, der aus ihrem Glauben an Jesus den Christus resultierte, bedeute nicht, daß sie die Befolgung des Gesetzes aufgeben könnten; es war für sie noch immer das göttliche Gesetz, und seine Bedeutung wurde durch den neuen Glauben an die göttliche Ordnung der Dinge, der in ihrer Einstellung zu Jesus begründet war, keineswegs gemindert, sondern eher noch gestärkt. Bis zu einem gewissen Grad läßt sich ihre religiöse Haltung aus den bereits genannten Gründen (s. S. 214 f.) nur ahnen; wir können sie lediglich aus der Art ihrer Gegenposition zu Paulus erschließen, in Verbindung mit der offenkundigen Überzeugung dieser Gemeinde von der Bedeutung Jesu. Die Mitglieder der Jerusalemer Gemeinde blieben Juden in ihren Absichten, ihrer Gesetzestreue und in ihrer Teilnahme am Gottesdienst im Tempel, aber *Juden besonderer Art* – soviel ist klar. Und es ist diese besondere Art, die sie einerseits von ihren jüdischen Mitmenschen trennte, die Jesus nicht anerkannten, und sie andererseits bewog, im hl. Paulus und in dessen heidnischen Gemeinden so etwas wie Gesinnungsgenossen zu sehen. Wegen dieser Affinität, die auf der gemeinsamen Verehrung

Jesu beruhte, hielten sie es für notwendig, all das, was mit einer solchen Verehrung nach ihrer Auffassung unvereinbar war, kritisch zu beobachten, zumal die paulinisch-heidnische Gleichgültigkeit gegenüber bestimmten Aspekten von Gottes Gesetz.

6. Die Auffassung des hl. Paulus von der Bedeutung Jesu

Eine wichtige Frage ist jedoch noch offen geblieben: Wie kam es, daß die Verehrung Jesu in der Jerusalemer Gemeinde zu anderen Schlußfolgerungen hinsichtlich der Bedeutung des Gesetzes führen konnte als bei Paulus, der doch von einer ähnlichen Einstellung zu Jesus ausging? Die Antwort, die für manche Gelehrte naheliegt, lautet, daß sich Paulus' Sicht der Bedeutung Jesu tatsächlich ein wenig von der der Gemeinde in Jerusalem unterschied (Brandon, 1957). Die Paulus-Briefe zeigen deutlich, daß er schon ziemlich früh Jesus als zentrale Erlösergestalt des jüdischen apokalyptischen Denkens zu begreifen begann (s. S. 181 ff.). Seit seinem Tode war Jesus in Paulus' Augen ein erhabenes, himmlisches Wesen geworden, das schon bald glorreich wiederkehren würde »vom Himmel in Feuerflammen mit der Macht seiner Engel«. Eine solche Auffassung spiegelt sich besonders eindringlich im zweiten Brief an die Thessalonicher. Nach Paulus bestand die Macht des jüdischen Gesetzes darin, daß es einen Menschen zum Tod verurteilen konnte, weil der Mensch unfähig war, es zu erfüllen. Für ihn war es also mehr oder weniger eine dämonische Macht, aber diese Macht war auf übernatürliche Weise besiegt worden durch Jesu Tod, so daß der himmlische Jesus für diejenigen, die an ihn glaubten, zum Entsühner wurde, zu ihrem Erlöser von der Macht des Todes und der Sünde. Diese Auffassung des Glaubens an den himmlischen Jesus als an den Weg der Befreiung von der auf die Gesetzesübertretung folgende Strafe liegt Paulus' Einstellung zum Gesetz zugrunde. Eine solche Einstellung war leicht mißzuverstehen und verleitete manche seiner Anhänger zu der Schlußfolgerung, die man als Antinomianismus bezeichnet. Der fundamentale Unterschied zwischen der paulinischen Absicht und der der Jünger in Jerusalem besteht darin, daß sich Paulus' Theologie auf eine Vision berief, wohingegen die der anderen von der Kenntnis des historischen Jesus ausging. Paulus erhob den Anspruch (Gal. 1:12), daß seine Theologie auf unmittelbarer Offenbarung beruhe, ganz unabhängig von der Jerusalemer Überlieferung und ihr ebenbürtig sei.

7. Wie dachte die Gemeinde in Jerusalem über Jesus?

Da die Jerusalemer Gemeinde eine von Paulus sehr stark abweichende Gesetzesauffassung vertrat, scheint es nahezuliegen, daß sie damals auch noch nicht seine Vorstellung von Jesus als dem übernatürlichen Erlöser teilte, der die dämonischen Kräfte der Sünde überwunden hatte. Wie also sah sie Jesus? Man könnte die Frage auch anders stellen: Was war ihre Lehre vom Messias? oder, um die griechische Form anstelle der hebräischen zu benutzen: Wie sah ihre Christologie aus? Einige Gelehrte meinen, eine solche Frage lasse sich nicht beantworten. Wir können, so sagen sie, nicht die dicke Schicht aus paulinischer und hellenistischer Deutung und Neudeutung Jesu, die inzwischen alle neutestamentlichen Zeugnisse bedeckt, durchdringen, um zur früheren, vorpaulinischen Jesus-Auffassung der Jerusalemer Jünger zu gelangen. Ein derartiger Versuch sei fast so töricht wie das Bestreben, noch eine Stufe weiter zurückzugehen und irgend etwas über den historischen Jesus selber auszusagen. Ehrenwerte Versuche sind trotzdem in beiden Richtungen unternommen worden. *The Jesus of History* heißt der Titel eines Buches von T. R. Glover aus Cambridge, das sich bemüht, hinter dem Jesus der kirchlichen Verkündigung den wirklichen, menschlichen, geschichtlichen Jesus zu entdecken. Im Lichte der neueren neutestamentlichen Forschung wirken Glovers Werke und die von ihm vertretene Haltung des liberalen Protestantismus heute recht naiv und vordergründig. Man hat über den liberalen Protestanten, der den Jesus der Geschichte gefunden zu haben glaubte, den Satz geprägt, er habe nur sein eigenes Spiegelbild am Grunde eines tiefen Brunnens erblickt. 1934 beschloß R. H. Lightfoot seine Bampton-Vorlesungen mit einer Äußerung, die seitdem Berühmtheit erlangt hat. Die Gestalt des irdischen Jesus, so sagte er, ist uns zum größten Teil nicht weniger verborgen als der himmlische Christus. »Trotz ihres unschätzbaren Werts vermitteln uns die Evangelien kaum mehr als ein Raunen seiner Stimme; in ihnen erfassen wir nur die Peripherie seines Daseins« (Lightfoot, 1934; 225). Das Interesse hat sich seitdem auf die Möglichkeit verlagert, wenn nicht den historischen Jesus, so doch wenigstens die Meinung der ältesten Gemeinde *über* ihn aufzuspüren. Die bedeutendste Arbeit in dieser Hinsicht war C. H. Dodds *The Apostolic Preaching and its Development* (1936). Auf Grund einer Analyse der den frühen Aposteln zugeschriebenen Reden in der Apostelgeschichte, die die missionarische Verkündigung Jesu zum Ziel haben, und auf Grund der neutestamentlichen Briefe ermittelte Dodd das, was er das primitive *Kerygma* (wörtlich: »das, was gepredigt wird«) nannte, also das Grundmuster der Jesus-Vorstellungen, das der gesamten missionarischen Tätigkeit der frühen apostolischen Gemeinde zugrunde lag. Dieses Grundmuster war nach Dodd, daß Jesus die Erfüllung der alttestamentlichen Prophetie sei und daß die Ereignisse seines Lebens und Sterbens, seiner Auferstehung und Himmelfahrt alle Menschen mahnten, zu bereuen, Jesus als Herrn und Messias anzuerkennen und nach Vergebung der Sünden zu streben. Dieser Auffassung widersprach der deutsche Theologe Martin Dibelius mit der Behauptung, die Äußerungen in der Apostelgeschichte seien kein verläßlicher Beweis für das Muster oder den Inhalt der frühen Apostelpredigt: sie repräsentieren, so meinte er, den Verkündigungsstil, wie er zur Zeit der Abfassung der Apostelgeschichte gegen Ende des 1. Jahrhunderts üblich gewesen sei; es seien typische Predigten aus der Zeit um 90 n. Chr., die man den rund 55 Jahre früher wirkenden Aposteln in den Mund gelegt habe, und keine Belege für die Art und Weise, wie die Apostel tatsächlich in den Jahren nach Jesu Tod gepredigt hätten. Im allgemeinen hat die deutsche neutestamentliche Forschung diese Linie weiterverfolgt, und sie neigt letzten Endes zu der Aussage: Wir können nur den Christus kennen, der von der Kirche verkündigt wird. Was die Kirche verkündigt, das ist das »Christus-Ereignis« und seine Bedeutung für den modernen Menschen. So ungefähr lautet die Grundthese des lutherischen Existentialismus, wie sie von Dibelius' Kollegen Rudolf Bultmann entwickelt wurde.

Die neutestamentliche Forschung hat sich freilich nicht insgesamt damit begnügt, es dabei bewenden zu lassen und die Suche nach dem historischen Jesus völlig aufzugeben. Eine Gruppe englischer Wissenschaftler hat kürzlich in dem Sammelband *Vindications* (Hanson, 1966) diese Möglichkeit erneut untersucht. Ein anderer Gelehrter hält es für möglich, bestimmte ursprüngliche und unbezweifelbar frühe Meinungen der Jerusalemer Kirche über Jesus herauszukristallisieren, die in die Apostelgeschichte eingebettet und die *nicht* die der Kirche um 90 n. Chr. sind (J. A. T. Robinson, 1962; 139–53). Die Behauptung stützt sich in diesem Falle auf die Rede in Apg. 3: 12–26, die nach Robinson einige eigentümliche Züge aufweist. Hier ist nicht der Platz, Robinsons Argumente im einzelnen nachzuvollziehen; es muß genügen, wenn wir festhalten, daß er die gutfundierte Ansicht vertritt, es habe bereits bei den Jüngern in Jerusalem eine äußerst primitive Christologie gegeben, »deren Quintessenz sich folgendermaßen zusammenfassen läßt: Wir wissen, wer der Messias *sein wird*« (Hervorhebung des gegenwärtigen Verfassers). Es geht um die Vorstellung von Jesus als *dem* Propheten Gottes, der mit der guten Botschaft und einem letzten Aufruf zur Reue unter den Menschen erschienen ist, als Vorbereitung auf das endgültige eschatologische Ereignis, das in nicht allzu ferner Zukunft eintreten wird und »das die messianische Herrschaft Gottes begründen und ihn als den Christus bestätigen wird«. Dies entspricht eher den messianischen Ideen des Alten Testaments und des apokryphen Schrifttums (s. S. 181 ff.), die besagen, daß der Messias in seiner Eigenschaft als Messias nur einmal und für immer erscheinen werde. Die spätere christliche Auffassung, es gebe noch eine *zweite* Wiederkehr des Messias, beruht auf der Annahme, daß das Wirken Jesu die erste Ankunft des Messias *als Messias* darstellte. Der Gedanke, »daß der Christus nicht nur einmal, sondern zweimal kommen werde«, war, wie Robinson darlegte, »ohne Beispiel im Judaismus«. Demnach darf das, was uns in Apg. 3 (in Verbindung mit Apg. 7) überliefert ist, als die ursprüngliche Christologie der frühen Gemeinde in Jerusalem angesehen werden, als die Christologie des Propheten, »die im Buch der Apostelgeschichte eingeschlossen ist wie das Fossil eines längstvergangenen Zeitalters«.

8. Eine mögliche Antwort

Es bleibt die Frage, ob es möglich ist, sogar heute noch etwas von den ursprünglichen historischen Realitäten wiederzufinden, die hinter ihrer späteren theologischen Deutung verborgen sind. Manche Theologen halten das für überflüssig und zwecklos, da nach ihrer Meinung die historische Wirklichkeit nur aus der Perspektive reicherer Erfahrung und der Entwicklung der christlichen Gemeinschaft richtig zu verstehen sei. Nach dieser Auffassung ist also der moderne Christ einem rechten Verständnis Jesu näher, als es die erste Generation der Jerusalemer Jünger war. Auf der anderen Seite besteht die Möglichkeit, daß der Ablauf der Zeit sowohl die Verdunklung als auch die Erhellung älterer Einsichten bewirkt hat. Die Wirkung großer Augenblicke religiöser Erfahrung kann durch die vielen anderen Kräfte abgeschwächt werden, die ihren Einfluß auf die Individuen und die Gesellschaft ausüben, Kräfte historischer, politischer, wirtschaftlicher und sozialer Natur. Allzu oft scheinen orthodoxe christliche Theologen davon auszugehen, daß sich die Geschichte des Christentums in einem Vakuum abspielt, so daß wir ein um so klareres und vollständigeres

Bild des historischen Jesus gewinnen, je weiter wir uns von ihm entfernen. Das bedeutet die Leugnung des Vorhandenseins jener Faktoren und Kräfte, die wie ein Nebel die ferne Szene verdunkeln können; es bedeutet auch die Leugnung des Werts historischer Forschung.

Wie wir gesehen haben, ist es offenkundig, daß sich die Jünger des Jesus von Nazareth bis zum Auftreten eines Mannes, der das ursprüngliche Geschehen nicht miterlebt hatte, also des nicht-palästinensischen Juden Paulus, als Zeugen eines großen Propheten betrachteten, der den Menschen eine neue und überaus wichtige Offenbarung Gottes vermittelt hatte. Gleich den hebräischen Propheten früherer Zeiten hatte er dies sowohl durch seine Lehre als auch durch sein persönliches Engagement in bezug auf die Probleme der Menschen und durch sein Schicksal, das sie ihm bereitet hatten, erreicht. Das historische Material enthält ein starres Element, das in den älteren synoptischen Evangelien (Markus, Matthäus und Lukas) stärker hervortritt als im späteren Johannes-Evangelium, wo es durch eine gewandelte Theologie gemildert worden ist, nämlich die Ablehnung des Begriffs der *Macht*, wie er allgemein verstanden wird, insbesondere von jenen, die weltliche Macht ausüben. Was der Prophet zu lehren schien, war selbst für diejenigen, die ihm am nächsten standen, schwer zu fassen: daß das Königtum (oder die Königsherrschaft oder das Königreich) Gottes kein Königtum im landläufigen Sinne sei. Die Monarchie hatte Israels Monotheismus korrumpiert; Jahve war ein orientalischer Gewaltherrscher geworden – das war das überkommene Gottesbild, das waren die Vorstellungen, welche die jüdische Einstellung bestimmten, die man sogar schon in der damaligen Zeit als eine Art Zionismus bezeichnen könnte. Die Wirklichkeit, von welcher dieser Prophet sprach, ließ sich indes am eindringlichsten in einer Situation erfahren, die sich durch das auffallende Fehlen aller Kriterien der Macht auszeichnete. Es war eine Lehre, die sich den Anhängern der Propheten am deutlichsten durch sein Leiden und seinen gewaltsamen Tod bestätigte. Eine niedrige Geburt, eine Jugendzeit in einem besonders tief verachteten Dorf (Joh. 1: 46), die geduldige Hinnahme von Leiden und Gewalt und zuletzt ein geschundener Leib, der an einem Balken hängt: dieses Bild der göttlichen Natur ist sehr verschieden von dem, das den meisten Juden von damals vorschwebte, ist ein Bild, das auch von der christlichen Kirche nicht immer akzeptiert worden ist. Das war eine Umstürzung der nahöstlichen Herrschervorstellung vom göttlichen Wesen, und trotzdem hat sich diese Herrschervorstellung in der abendländischen Theologie erhalten.

9. *Die Verschmelzung der beiden Formen des frühen Christentums*

In seinem Buch *The Fall of Jerusalem and the Christian Church* hat S. G. F. Brandon dargetan, daß es in der frühchristlichen Entwicklung eine Zeit gab, in der die beiden Denkrichtungen, die paulinische und die der Jerusalemer Kirche, nebeneinander existierten. Der hl. Paulus, der den historischen Jesus nicht mehr gekannt hatte, war auf Grund eines visionären Erlebnisses zu dem Glauben gelangt, daß Jesus von Nazareth der messianische Erlösergott gewesen sei, durch den die dämonischen Mächte überwunden worden waren und das messianische Zeitalter begonnen hatte. Auf der Grundlage dieses Glaubens begründete er heidenchristliche Gemeinschaften in verschiedenen Städten des Mittelmeerraums. Diesen Gemeinden stand er mit ansehnlicher persönlicher Autorität vor. Ihre wichtigste Frömmigkeitsübung war »das Abendmahl des Herrn«, das Paulus als eine regelrechte Sichtbarmachung von dessen Sterben deutete, die bis zu seiner endgültigen Manifestation oder Parusie, die jederzeit eintreten konnte, gültig bleiben würde. In der Gemeinde der Jerusalemer Jünger hingegen lag das Schwergewicht auf dem historischen Jesus von Nazareth, dem Propheten, den Gott dem jüdischen Volk gesandt hatte. Diese Gemeinschaft verstand sich ursprünglich als eine provozierende Erneuerungssekte innerhalb des Judaismus, deren Aufgabe es war, die Juden zu einer echten und richtigen Bindung an Gott zu ermahnen.

Eine Zeitlang bestanden beide Strömungen nebeneinander, wobei sie sich in einem gewissen Ausmaß gegenseitig beeinflußten, aber auch sich ihrer schwerwiegenden Unterschiede und Spannungen bewußt blieben, die sich vor allem aus der Frage, ob man Nicht-Juden aufnehmen solle, und aus der divergierenden Auffassung der Thora ergaben. Die Verhaftung Paulus' und sein Verschwinden von der Bildfläche bedeuteten den zeitweiligen Niedergang der von ihm gegründeten heidenchristlichen Gemeinden, so daß um 65 n. Chr., kurz vor Ausbruch des jüdischen Aufstandes gegen die Römer in Jerusalem, »die Zukunft der entstehenden Bewegung unwiderruflich in der Hand der jüdischen Christen zu liegen schien« (Brandon, 1957; 249). Doch die jüdische Erhebung, die zum Krieg mit den Römern und zur Zerstörung Jerusalems im Jahre 70 n. Chr. führte, »veränderte auf dynamische Weise die Verfassung der Kirche und bedrohte lebensgefährlich die künftige Entwicklung ihrer Organisation« durch »die völlige Auslöschung der Kirche von Jerusalem« (Brandon, 1957; 250). Der Untergang des jüdischen Staatswesens und die Zerstörung Jerusalems hatten zur Folge, daß Paulus in den christlichen Gemeinden rehabilitiert und der Einfluß seiner Lehre wiederbelebt wurde, meint Brandon. Nach 70 erlebte somit die christliche Bewegung eine Wiedergeburt: Es kam zu einer Verschmelzung der paulinischen Vorstellung vom Erlösergott mit der Verehrung des historischen Jesus, die für die Jerusalemer Gemeinde charakteristisch war – eine Verschmelzung, die in den kanonischen Evangelien ihren Niederschlag gefunden hat. All das verwandelte die frühchristliche Bewegung, löste sie ein für allemal aus der alten Verbindung mit dem Judaismus und gab ihr die Möglichkeit, als universaler Erlösergott-Kult unbehindert in die hellenistisch-römische Welt vorzustoßen.

10. Die wachsende Bedeutung Roms

Auch schon vor dem Untergang Jerusalems im Jahre 70 n. Chr. hatte die christliche Bewegung Anhänger in vielen größeren Städten des griechisch-römischen Mittelmeergebietes: Antiochia, Caesarea, Alexandria, Korinth, Ephesus, Philippi und Rom. In all diesen und vielen anderen Städten lebten kleine Gruppen von Christen, die vorwiegend den unteren sozialen Schichten angehörten und sich in Privathäusern zum Gebet, zu Unterweisungen und Diskussionen und zur Feier des Abendmahls zusammenfanden. Das Christentum jener Zeit übte seine stärkste Anziehungskraft auf die städtische Bevölkerung aus. Zumal in der Kaiserstadt Rom scheint eine Gemeinde von beträchtlicher Größe bestanden zu haben, vielleicht auch eine Gruppe von Gemeinden, die mit verschiedenen Häusern verbunden waren, wie aus der Liste von Grüßen hervorgeht, die Paulus seinem Brief an die Christen in Rom hinzufügte (Röm. 16: 3–16). Die Christen waren so zahlreich geworden, daß die römischen Behörden auf sie aufmerksam wurden. Sie schienen einen Geheimbund zu bilden, der seinen Namen, wie Tacitus vermerkt (s. S. 213), von einem Verbrecher abgeleitet hatte, der »in der Regierungszeit des Tiberius von dem Statthalter Pontius Pilatus hingerichtet worden war«. Auf Grund früherer Erfahrungen hatten die Römer einen Horror vor religiösen Geheimbünden. Die römischen Christen dienten deshalb dem Kaiser Nero als willkommene Sündenböcke: Im Jahre 65 n. Chr. erklärte er, sie hätten versucht, die Stadt anzuzünden, und bestrafte sie, indem er sie mit Pech beschmieren und abends in seinen eigenen Gärten verbrennen ließ. Die Neronische Verfolgung vermochte jedoch nicht die christliche

Gemeinde zu vernichten, und nach dem Untergang Jerusalems kam der römischen Christengemeinde eine besondere Bedeutung zu, weil die Mutterkirche von Jerusalem, die man bis dahin, vor allem nach der Verhaftung des hl. Paulus, stets als Zentrum der Autorität betrachtet hatte, von der Bühne abgetreten war. Der Schwerpunkt des Christentums verlagerte sich folglich in die kaiserliche Stadt, und diese Verlagerung sollte sehr bedeutsame Konsequenzen für die weitere Entwicklung der christlichen Religion haben.

ZUSAMMENFASSENDER KOMMENTAR ZUM KAPITEL C

Am Ende des Kapitels B haben wir festgestellt, daß der prophetische Durchbruch nicht überall stattfindet; das heißt, historisch gesehen, daß er in manchen Gesellschaften erfolgte, in anderen jedoch nicht. Wir müssen jetzt einen ergänzenden Faktor in Rechnung stellen, der es ermöglicht, das Gleichgewicht des Wissens und der Erkenntnis zwischen einer Tradition oder Gesellschaft und einer anderen zu bestimmen, nämlich den Faktor der Diffusion. Durch die Diffusion von Ideen und neuen Entdeckungen kann das, was ursprünglich einer bestimmten Gesellschaft eigentümlich war, auf alle anderen übergehen. Ein Großteil der Religionsgeschichte ist in der Tat eine Geschichte der Diffusion religiöser Vorstellungen über die Grenzen ihrer Entstehungskultur hinaus.

Das jüdische Denken zum Beispiel wurde in der Epoche zwischen der Babylonischen Gefangenschaft (6.–5. Jahrhundert v. Chr.) und dem Aufstieg der christlichen Kirche stark beeinflußt von zoroastrischen Ideen, und dies besonders während der persischen Herrschaft. Im großen und ganzen hatten die Juden allen Grund, allem Persischen gegenüber wohlwollend eingestellt zu sein, denn es war der König Cyrus, der den Juden gestattete, Babylon zu verlassen und ihre Stadt und ihren Tempel wieder aufzubauen. Das geschah zu einer Zeit, da die zoroastrische Religion ihren frühen Höhepunkt erlebte; der Prophet Persiens hatte die Menschen angeregt, in neuen Formen über die geistigen Kräfte nachzudenken, die das Leben der Menschen bestimmen. Das Leben wurde jetzt in einem Zusammenhang mit dem kosmischen Ringen zwischen guten und bösen Mächten gesehen; der Mensch war aufgerufen, an diesem Kampf teilzunehmen und mit Unterstützung der guten Mächte den bösen zu widerstehen. Der Höhepunkt der Auseinandersetzung würde im Sieg des Guten am Ende des Zeitalters bestehen; alles Gute, auch die physische Schöpfung, das Werk des Herrn der Weisheit, und die Leiber der Abgeschiedenen, sollte wiederhergestellt werden, während die bösen Mächte für immer verbannt würden. Von daher bildete sich im Verlauf der vorchristlichen Jahrhunderte innerhalb des Judentums die Vorstellung von Engeln und Erzengeln heraus, zu denen auch die Engel der Finsternis gehörten; hinzu kamen die Ideen von der Erfüllung der Zeit und von der Wiederauferstehung. Nicht alle Juden akzeptierten diese neuen Gedanken;

manche übernahmen die Lehre von der leiblichen Auferstehung, andere, etwa die Sadduzäer, verwarfen sie. Das apokalyptische Schrifttum der Juden war erfüllt von der Auseinandersetzung der geistigen Mächte und von dem großen eschatologischen Geschehen, das diesen Kampf beenden sollte. All das wurde ausgedrückt mit jüdischen Begriffen und weiterentwickelt in Verbindung mit spezifisch religiösen Vorstellungen von Gott und Mensch; aber es war in hohem Maße eine Denkrichtung, die zuerst in Persien zutage getreten war.

Eine solche Diffusion religiöser Gehalte, für die sich noch viele Beispiele in der Religionsgeschichte finden lassen, setzt bestimmte günstige Umstände voraus: eine positive Einstellung zu dem Kulturbereich, dem die Ideen entstammen, oder zumindest das Fehlen einer akuten Antipathie; eine Situation innerhalb der empfangenden Kultur, die einen fruchtbaren Boden für die Einwurzelung der übernommenen Ideen abgibt. Eine der günstigsten Situationen entsteht bei einem Unbehagen an den bestehenden Denkformen oder beim Zusammenbruch moralischer oder gesellschaftlicher Strukturen, in einer Lage also, welche die Soziologen Anomie nennen. Doch andererseits müssen die neuen Ideen über genügend Kraft, Zusammenhalt und Druck verfügen, denn wenn den günstigen Bedingungen keine wirklich befriedigenden neuen Lehren gegenüberstehen, kann sich auch keine neue Entwicklung ergeben. Wenn sie aber stattfindet, dann beruht sie zumindest zum Teil auf dem Wert der importierten Ideen. Die Tatsache, daß sie willkommen sind und akzeptiert werden, wie es bei der Rezeption der zoroastrischen Ideen durch den Judaismus der Fall war, zeigt an, daß ihre Anziehungskraft über das Ursprungsland hinauswirkt; diese Kraft wird selbst in völlig andersgearteten Kulturen anerkannt, wo die Menschen die neuen Einsichten in ihre Situation als einen Fortschritt gegenüber früheren Denkweisen empfinden. Dies trifft natürlich auf das menschliche Wissen im allgemeinen zu. Die Erlangung neuer Erkenntnisse und ihre Ausbreitung und Übernahme innerhalb eines großen Raumes ist ein wesentliches Moment in der Geschichte der Zivilisation.

Demnach hat ein bestimmter Kulturbereich keinen ausreichenden Grund, fremden Denkformen nur deshalb zu mißtrauen, *weil sie fremd sind.* Um ein modernes Beispiel dafür zu geben: Der Westen hat keinen Grund zum Mißtrauen gegenüber buddhistischen Gedanken, nur weil sie buddhistisch und nicht semitisch oder griechisch oder gar abendländisch-wissenschaftlich sind. Buddhistische Denkweisen stehen nicht notwendigerweise im Konflikt mit westlichen Vorstellungen, sondern können sogar in gewisser Weise das westliche Denken bereichern.

Ein anderer wichtiger Punkt ist die Differenzierung, die eine solche Diffusion von Lehrmeinungen mit sich bringt. Die Menschen werden sich bewußt, daß es unterschiedliche Weltanschauungen oder Auffassungen von der Bestimmung des Menschen gibt. Ein Beispiel bietet der Judaismus: Die Rezeption persischer Ideen in der nach-exilischen Zeit bewirkte eine scharfe Differenzierung zwischen jenen, welche die Auferstehungslehre akzeptierten – vor allem die Pharisäer und ihre Sympathisanten –, und den anderen, die dagegen waren – vor allem die Sadduzäer. In neuerer Zeit hat sich die Kenntnis buddhistischer Lehren im Westen ausgebreitet, genauso wie sich umgekehrt eine gewisse Kenntnis westlicher Religionsvorstellungen in Asien durchgesetzt hat, mit dem Resultat, daß der Unterschied zwischen der alten nahöstlichen Lehre von einem allmächtigen Schöpfer einerseits und dem Agnostizismus in bezug auf diese Auffassung andererseits schärfer hervorgetreten ist. Für die Juden, die Moslems und für viele Christen, besonders die Anhänger der augustinischen Richtung, würde wahrscheinlich das Leben seinen letzten Sinn verlieren ohne die fundamentale Idee eines allmächtigen Wesens, das kraft seines Machtwortes das Universum ins Leben gerufen hat und alles Geschehen verantwortlich lenkt. Für den Buddhisten dagegen würde die Übernahme einer solchen Doktrin bedeuten, daß das Leben jedes erkennbaren Sinns beraubt und von seinem geistigen Zweck entleert wird. Im buddhistischen Pali-Schrifttum stützt sich die Argumentation auf die Gegenwart des Bösen in der Welt; es ist ein allgemein verbreiteter Gedanke, ganz abgesehen von seiner buddhistischen Ausprägung: Falls Gott wirklich der *Herr* der ganzen Welt ist, warum hat er dann das Böse in die Welt kommen lassen? Zu welchem Zweck hat er dafür gesorgt, daß die Welt voll ist von Ungerechtigkeit, Betrug, Falschheit und Verstellung? Ist nicht der Schöpfer aller Dinge böse insofern, als er Ungerechtigkeit verfügt hat, wo Gerechtigkeit herrschen könnte? (Jayatilleke, 1963; 260f., 410f.) Positiver ausgedrückt: der buddhistische Einwand richtet sich gegen das, was man »theistischen Determinismus« nennen könnte, d. h. gegen den Theismus, der bedingungslos davon ausgeht, daß alles, was in der Welt geschieht, Gottes Wille ist, gleichgültig, ob es gut oder böse ist. (»Ist auch ein Unglück in der Stadt, das der Herr nicht tue?« Amos 3: 6) Diese essentiell jüdische Auffassung, der Glaube an Gott als absoluten Herrscher, der in nach-exilischen Zeiten unter dem Einfluß des zoroastrischen Dualismus modifiziert wurde, aber später in noch schärferer Form im Islam wieder auftaucht, würde bei einem Buddhisten auf Widerstand stoßen, denn sie »erstickt die Freiheit des Menschen, zu suchen, zu analysieren, zu forschen und hinter die Dinge zu sehen, und verzögert so die Einsicht« (Piyadassi, 1964; 59). Dem Buddhisten widerstrebt ein Theismus, der impliziert, daß der Mensch für seine Taten nicht verantwortlich ist, und der somit von einer falschen Voraussetzung ausgeht.

Das sind also einige der unmittelbaren Begleiterscheinungen einer Ideendiffusion – das Wechselspiel der Kritik bei den verschiedenen Meinungen, die hier miteinander in Berührung kommen. Ein weiteres wichtiges Resultat ist nicht nur die Übernahme neuer Lehren, wie wir sie im nach-exilischen Judaismus bereits beobachtet haben, sondern auch die Schaffung von Voraussetzungen für die Entstehung völlig neuer Einsichten oder, um den früher gebrauchten Terminus wiederaufzunehmen, eines neuen prophetischen Durchbruchs. Historisch gesehen, gilt das offensichtlich für das Aufkommen des frühen christlichen Glaubens. Soweit sich heute noch der Glaube der Jerusalemer Gemeinde ermitteln läßt, scheint er sich auf die Vorstellung von Jesus dem Propheten konzentriert zu haben, in dem kurz der Messias sichtbar wurde, *der kommen sollte* (s. S. 219 f.), und zwar am Ende der Zeiten, bei der Erfüllung der menschlichen Geschichte. Im Gegensatz dazu stand die paulinische Auffassung des himmlischen Jesus, des göttlichen Erlösers der Menschheit. Nun muß man bedenken, daß die Idee des Erlösergottes oder der von Gott als Werkzeuge seines Willens eingesetzten »Erlöser« dem jüdischen Denken nicht neu war. Man hat darauf hingewiesen, daß gerade das das Anliegen der Religion Israels war: »Ihre Geschichte ist die Geschichte von Erlösern, d. h. von Trägern und Werkzeugen der göttlichen Erlösung, die ausschließlich Menschen waren ...« (*E. R. E.*, XI, 115). Das Neue an der paulinischen Lehre war die Behauptung, daß Jesus, als Erlöser, nicht nur ein menschlicher Vermittler, sondern göttlich war. Für die Christen war Gott nun nicht länger ein Wesen, dessen Eigenschaften von Sehern und Propheten beschrieben wurden; ihre unmittelbare Kenntnis der göttlichen Natur besaßen sie auf Grund ihres Wissens um den Sieg dieses gekreuzigten Lehrers. Eine neue Position war damit in die Theologie eingeführt: Die wesentlichen Elemente der menschlichen Kenntnis des Göttlichen leiten sich ab von den wesentlichen Elementen der Kenntnis Jesu. Es ist im Grunde dieselbe Position, die der moderne Theologe Karl Barth bekräftigt, der sich nachdrücklich gegen jeden Versuch, etwa der »natürlichen Theologie«, wendet, das menschliche Wissen von Gott auf etwas anderes zu gründen als auf unser Wissen von Jesus.

Die Diffusion religiöser Ideen hatte in Palästina zur Zeit des entstehenden Christentums eine sehr bunte Mischung hervorgebracht. In gewisser Hinsicht wies die christliche Religion nichts Neues auf, nichts, was sich nicht in seinen Ursprüngen auf irgendeine andere religiöse Überlieferung zurückführen ließe: die Ideen des Messias, des Erlösers, der Auferstehung von den Toten, die ethische Lehre Jesu, die Auffassung von der unendlich liebenden Natur Gottes – all dies finden wir im Judaismus selber, wie er sich damals unter dem beträchtlichen Einfluß fremder Ideen entwickelt hatte. Dennoch kann man in einem anderen Sinne von einem echten prophetischen Durchbruch sprechen, und darin liegt der Hauptgrund für die anfängliche Expansion des christlichen Glaubens in der mediterranen Welt. Die Überzeugung, daß mit Jesus von Nazareth eine vollkommen neue Entwicklungslinie der Menschheit begonnen habe, wurde mit solchem Nachdruck vertreten, daß sie sich nur ausdrücken konnte, indem man von seiner Natur als von einer göttlichen sprach. Hinzu kam bei den frühesten Jüngern die Überzeugung, daß dieser Mann die eschatologische Figur sein müsse, der Messias, dessen künftige Wiederkehr die Erfüllung der Welt einleiten werde. Diese Wiederkehr des Mannes, den sie in Jesus, dem Messias, flüchtig kennengelernt hatten, würde ganz anders sein als die erste kurze Bekanntschaft, die nur partiell, auf wenige Menschen beschränkt und vorübergehend gewesen war; denn sie würde vollkommen, universal und ewig sein. Dies waren die Überzeugungen, die im Glauben der ersten Christen zusammenflossen, und nach ihrer Auffassung beruhte der »prophetische Durchbruch« nicht auf einer neuen Lehre oder einem neuen System von Lehren, sondern auf *Jesus von Nazareth selber*. Deshalb meinten sie, daß sich bei seinem Namen »jedes Knie im Himmel und auf Erden und unter der Erde beugen sollte«.

Wesentlich ist die Unterscheidung zwischen diesem Glauben und den vorausgehenden Formen des theistischen Glaubens. In den letzteren basierte die Vorstellung der Gottheit weitgehend auf der Art und Weise, wie die Macht von menschlichen Potentaten ausgeübt wurde; die historischen Gründe dafür haben wir kennengelernt. Der christliche Gottesbegriff rührt von der seltsamen Macht her, die Jesus ausübte, das gekreuzigte, hilflose und dennoch eigenartig mächtige Opfer der Gewalt. Diese beiden Auffassungen sind ganz und gar unvereinbar, doch das heißt nicht, daß der Versuch, sie miteinander zu versöhnen, nicht unternommen worden wäre. Er wurde in der Geschichte des europäischen Christentums sogar oft unternommen, wie wir schon bald sehen werden.

D

GLAUBENSBEKENNTNISSE UND KONFORMITÄT

I.
DAS CHRISTENTUM: VON DER JÜDISCHEN SEKTE ZUR RÖMISCHEN STAATSRELIGION (70–500 n. Chr.)

1. Die jüdische Grundlage der christlichen Schriftauffassung

Aus den in der Einführung angegebenen Gründen werden wir hier nicht den Versuch machen, die Geschichte des Christentums im einzelnen zu behandeln, der angesichts der Fülle des vorhandenen Materials möglich wäre, oder auch nur einen vollständigen Überblick über sie zu geben. Vielmehr wollen wir lediglich einige der wichtigeren Vorgänge besprechen, die für eine vergleichende historische Untersuchung der Religion besonders geeignet sind.

Zu den bedeutsamsten Vorgängen in dem Zeitraum, der uns jetzt beschäftigt, gehört die Herausbildung einer Sammlung von heiligen Schriften und das Streben nach einem allgemeinen Konsens darüber, welche Bücher als kanonisch aufgenommen werden sollten, welche nicht. Es ist zunächst bezeichnend, daß wir es hier mit einer Praxis zu tun haben, welche die frühchristliche Sekte vom vorausgehenden Judaismus übernommen hat. Der Begriff der »heiligen Schrift« war von zentraler Bedeutung für das Judentum mit seiner Bevorzugung der Gesetzesbücher, die unablässig studiert wurden, weil sie als grundlegende Anleitung in allen Fragen des menschlichen Verhaltens und Gemeinschaftslebens galten. Diese Einstellung zur Schrift war ursprünglich nur dem Judaismus eigen, obwohl sie von hier aus auf das Christentum und den Islam überging. Wie Bethune-Baker es ausgedrückt hat, umgab für die Christen wie für die Juden »ein gewisser Glanz das geschriebene Wort. Ihm wurde eine Bedeutung beigemessen, die keinem gesprochenen Wort zukam, und dadurch führte es ein Eigenleben besonderer Art« (Bethune-Baker, 1903; 49). Der Grund dafür liegt in der Anschauung, daß diese Schriften bis zum letzten Jota göttlich inspiriert seien – eine Anschauung, die von den jüdischen Schriftgelehrten seit Esra (s. S. 173) gehegt und gepflegt wurde. Der Jude Philo aus Alexandria hielt sogar die Grammatikfehler in der Septuaginta, der griechischen Übersetzung der jüdischen Schriften, für göttlich inspiriert und meinte, sie gäben Anlaß zu religiös wertvollen allegorischen Deutungen.

2. Die Entwicklung des christlichen Schrifttums

Anfangs hielten sich die Christen noch an »das Gesetz und die Propheten« der Juden als an die definitive Form der inspirierten Literatur, und sie bemühten sich, alle kontroversen Fragen des Glaubens und des Verhaltens anhand dieser Schriften zu klären. Die Jesus betreffenden Überlieferungen standen unter dem Leitgedanken, daß alle Ereignisse in seinem Leben geschehen seien, »damit das Wort des Propheten erfüllt werde ...« Als dann die christliche Literatur zunahm, begann sich die Verehrung heiliger Schriften auch auf sie auszudehnen. Die Maxime »Alle Schrift ist von Gott eingegeben« (2. Tim. 3: 16) bedeutete für einen frühen Christen ursprünglich: alle *jüdische* Schrift ist von Gott eingegeben – viel mehr als beispielsweise die Bücher Homers, obwohl auch diese in den Augen der Griechen den Glanz göttlicher Inspiration hatten. Doch schließlich wandten die Christen diese Maxime auch auf bestimmte eigene Schriften an, auch wenn die Entscheidung darüber, welche Schriften in diese Kategorie fielen, ein langwieriger Prozeß war. Zu den ältesten, die diesen Rang zugesprochen erhielten, zählen die Briefe bestimmter Apostel: »Ein Brief, der von einem Lehrer oder einer Kirche mit großer Autorität stammte, interessierte die Christen allgemein und wurde deshalb noch lange nach dem eigentlichen Anlaß in anderen Kirchen als der angesprochenen abgeschrieben und gelesen.« (Bevan, 1932; 44)

Abgesehen von dem primären Interesse an dem paulinischen übernatürlichen Christus und der Erläuterung dieser Ideen für die gläubigen Christen, mit der sich die Apostelbriefe vor allem befaßten (außerdem enthielten sie auch Anweisungen für ein christliches Leben), bestand ein sehr natürliches Interesse an dem historischen Jesus, d. h. an dem Beitrag der Jerusalemer Gemeinde. Dies spiegelt sich in der Entstehung einer erzählenden Literatur, die, da sie die historische Grundlage der »frohen Botschaft« zum Thema hat, den kurzen Titel »Frohbotschaft« oder »Evangelium« erhielt. Es gab viele Bücher diese Art; einige von ihnen wurden schließlich als privat oder »apokryph« verworfen, andere als autoritativ oder als für die öffentliche Lesung in den Gemeinden geeignet akzeptiert. Ihre Zahl belief sich zuletzt auf vier Bücher, die man Markus, Matthäus, Lukas und Johannes zuschrieb. Das zuletzt genannte, das gegen Ende des 1. Jahrhundert (95 n. Chr.?) entstand und sich in seiner Haltung erheblich von den drei anderen unterscheidet, wurde erst nach einigem Zögern gutgeheißen. Der Vorgang der Sakralisierung dieser Bücher dauerte ziemlich lange; aber es wurde schließlich ein Stadium erreicht, in dem es unumgänglich war, einfach eine Unterscheidung zwischen akzeptierten und nicht-akzeptierten Büchern zu treffen, weil es notwendig wurde, zwischen der maßgebenden christlichen Lehre und den Ansichten solcher Lehrer zu unterscheiden, die zwar Christen zu sein beanspruchten, aber von der Mehrheit als subversive Kräfte betrachtet wurden, welche die wesentliche historische Grundlage des christlichen Glaubens unterhöhlten. Wie es dazu kam, wird uns im folgenden beschäftigen.

3. Die Herausforderung des Gnostizismus

Zumindest seit den Zeiten des persischen Reiches unter Cyrus (s. S. 172) und während der Regierung Alexanders und seiner Nachfolger (s. S. 174 f.) drangen religiöse Ideen und Gebräuche von Indien (vorwiegend Hindu) und Persien (vorwiegend zoroastrische) aus nach Westen vor und vermischten sich mit griechischen und minoischen Elementen zu einem neuen religiösen Synkretismus, der überall im Mittelmeerraum in Erscheinung trat. Ein Hauptprodukt dieses Prozesses ist die Gruppe von Kulten und Lehren, die man unter dem Begriff Gnostizismus zusammenfaßt. Das grundlegende Anliegen des Gnostizismus war die Flucht aus der gegenwärtigen materiellen Welt, die als grundsätzlich böse und als die Schöpfung eines Demiurgen oder niederen Gottes galt, in eine andere Sphäre, in der das reine Leben des Geistes möglich sein würde und die man für die wahre Heimat des göttlichen Funkens im Menschen hielt. Die Frage, wie man zu diesem höheren, geistigen Reich gelangen könne, beschäftigte die verschiedenen gnostischen Kulte; im allgemeinen glaubte man dieses Ziel erreichen zu können durch die Erkenntnis (Gnosis) eines göttlichen Erlösers, der allein die Befreiung der Seele zu bewirken vermöchte. Eine solche Erlösung betraf den »Geist« des Menschen, nicht das Fleisch oder den Leib. Das Fleisch ist böse, meinten die Gnostiker, und nur durch die Befreiung von ihm kann der Mensch das Leben des Geistes erlangen und in seine wahre Heimat zurückkehren. Er kann sich jedoch nicht selber befreien; ein göttlicher Erlöser muß von oben, aus dem Reich des reinen Geistes, durch die immer gröberen Emanationen herabsteigen, die zwischen dem geistigen Bereich und der bösen Welt liegen. Die Erkenntnis des Erlösers war somit die alles beherrschende Forderung.

Den Menschen, die in solchen Begriffen dachten, erschien das christliche Evangelium, vor allem in der von Paulus verkündeten Form, als ein hervorragendes gnostisches System. In der paulinischen Soteriologie erkannten die Anhänger dieser Richtung die Gnosis, die sie suchten, und sie fühlten sich stark zu ihr hingezogen, nicht nur wegen ihrer zentralen Erlösergestalt Christus, der Sünde und Tod und alle »stoicheia« oder Elementargeister dieser Welt überwunden hatte und den Eingang des Menschen in »das Leben der Zeiten« gewährleisten konnte, sondern auch wegen ihrer strengen Askese, ihrer Forderung nach Abtötung des Fleisches und ihrer Neigung zum zölibatären Leben.

So entstand im 2. nachchristlichen Jahrhundert das, was man als eine gnostizierte Abwandlung christlicher Glaubensvorstellungen und Bräuche bezeichnen könnte.

Es muß hinzugefügt werden, daß wir oben die vorherrschende Auffassung der Beziehung zwischen Gnostizismus und frühem Christentum wiedergegeben haben; daneben gibt es noch eine andere Ansicht, nach der der Gnostizismus selbst eine christliche Irrlehre war, die innerhalb der christlichen Gemeinschaft aus einer Überbewertung bestimmter Bestandteile der paulinischen Christologie hervorgegangen ist; man hat behauptet, die gnostische Entwicklung im Christentum sei das Werk übereifriger Apologeten gewesen, jener Männer also, die den christlichen Glauben den Menschen des 2. Jahrhunderts um jeden Preis nahebringen wollten.

Welche der beiden Auffassungen auch zutrifft, es bleibt die Tatsache bestehen, daß sich im 2. Jahrhundert eine gnostische Version des Christentums herausgebildet hatte, die von den nicht-gnostischen Christen als Abweichung von der ursprünglichen Lehre verurteilt wurde. In diesem Zusammenhang taucht im christlichen Sprachgebrauch erstmalig das Wort »Häresie« zur Bezeichnung einer solchen Abweichung auf – ein Begriff, der, einmal eingeführt, sich lange in der Geschichte des Christentums großer Beliebtheit erfreute und auch heute noch von manchen christlichen Kreisen als relevante, notwendige und sehr praktische Kategorie empfunden wird.

Aus moderner Perspektive betrachtet, stammt die wohl bedeutendste christliche Reaktion auf die Herausforderung des Gnostizismus von St. Irenäus, dem Bischof von Lyon (ca. 130 – ca. 202). Der Mensch lebt auf der Erde nicht als Gefangener in einem fremden Land, das regiert wird von einer minderwertigen Gottheit oder bösen Macht, von der er befreit werden muß, um in seine wahre Heimat zurückkehren zu können, wie die Gnostiker behaupten – nach Irenäus' Auffassung ist die menschliche Existenz ein Fortschritt von der Unreife zur Vollendung, und daraus erklären sich die gegenwärtigen Unvollkommenheiten des

Daseins: »Von Natur aus sind wir zur Tugend geschaffen; nicht so, als ob wir sie von Geburt an besäßen, sondern so, daß wir darauf angelegt sind, sie zu erwerben.« »Der Mensch«, so sagt Irenäus, »war nicht vollkommen bei seiner Erschaffung, aber befähigt zur Erlangung der Tugend ...« (Hick, 1966; 222). Es ist neuerdings darauf hingewiesen worden, daß diese Anschauung von der Situation des Menschen in der christlichen Theologie eine sehr wichtige Alternative zu jener anderen Auffassung darstellt, die weitgehend das Denken des christlichen Abendlandes beherrscht hat, nämlich zu der des hl. Augustinus (s. S. 249 ff.). »Im Gegensatz zu der Lehre, daß der Mensch begrenzt vollkommen erschaffen wurde und dann unverständlicherweise seine eigene Vollkommenheit zerstörte und in Sünde und Elend versank (so die Lehre von Augustinus), vertritt Irenäus die Meinung, daß der Mensch als ein unvollkommenes, unreifes Wesen erschaffen wurde, das eine moralische Entwicklung und Reife durchmachen muß, um schließlich die Vollendung zu erreichen, die ihm sein Schöpfer zugedacht hat« (Hick, 1966; 220). Irenäus war der erste christliche Theologe, der eine solche Auffassung der menschlichen Natur und Bestimmung entwickelte – eine Auffassung, die aus verschiedenen Gründen im Abendland durch die des Augustinus verdrängt worden ist.

4. Der christliche Widerstand gegen den Gnostizismus

Aus den anti-gnostischen christlichen Schriften des 2. Jahrhunderts geht klar hervor, daß die führenden Christen ernstlich besorgt waren angesichts der drohenden Gefahr einer gnostischen »Machtübernahme«. Die regionalen Gemeinden waren häufig der Infiltration gnostischer Lehren ausgesetzt; manche Christen erlagen dem neuen Trend, andere erkannten in ihm eine schwerwiegende Verzerrung der ursprünglichen Überlieferung. Drei Hauptprobleme trennten die letzteren von den gnostischen Christen: erstens identifizierten die Gnostiker Jahve, den Gott Israels, mit dem niederen Gott, dem Erschaffer der bösen physischen Welt, und aus diesem Grund war der Gnostizismus ausgesprochen anti-jüdisch. Zweitens wurde die christliche Auffassung, daß der göttliche Erlöser tatsächlich gelitten hatte und gestorben war, von den Gnostikern verworfen: ein göttliches Wesen könne nicht leiden und auf jeden Fall nicht sterben. Sie führten deshalb die Ansicht ein, der Jesus Christus der christlichen Überlieferung sei kein echter Mensch gewesen, sondern habe nur äußerlich menschliche Gestalt angenommen.

(Nach dem griechischen Verb dokein, »scheinen«, erhielt diese Lehre die Bezeichnung Doketismus.) Eine andere gnostische Auffassung war die, daß der göttliche Erlöser, der den Leib Jesu bewohnt habe, vor der Passion zum Himmel zurückgekehrt sei; es habe sich also nur um einen »scheinbaren« Tod gehandelt, um eine Illusion, welche die bösen Geist-Mächte dieser Welt täuschen sollte. Drittens: da die Gnostiker glaubten, der im Menschen eingeschlossene göttliche Funke werde durch geschlechtliche Fortpflanzung auf andere Körper-Gefängnisse übertragen, standen sie dem von Juden und Christen normalerweise praktizierten Eheleben feindlich gegenüber; manche versuchten sich der Zeugung von Nachkommen durch die Flucht in die Ehelosigkeit zu entziehen, andere entwürdigten die Sexualbeziehungen durch die Anwendung von ziemlich abstoßenden Verhütungsmaßnahmen. (Bevan, 1932; 69)

Es verdient festgehalten zu werden, daß der Widerstand gegen den Gnostizismus an diesen drei Fronten hauptsächlich von jener Tradition ausging, die den Jerusalemer Jüngern am meisten verdankte. Vor allem durch die Betonung der jüdischen Idee von der »guten« Schöpfung, des wahren Menschseins, des wirklichen Todes Jesu und des moralischen Gesetzes gelang es den Christen, die subversiven gnostischen Einflüsse abzuwehren. Man wies darauf hin, daß der Mensch der Befreiung nicht von seinem sündigen Fleisch, sondern von seiner moralischen Unausgeglichenheit bedürfe, von seinem Mangel an Übereinstimmung mit Gott, und die Erlösung bestehe somit nicht im Freiwerden von den physischen Gegebenheiten des körperlichen Daseins, vielmehr in dessen Transformation und in einer Neuorientierung des Strebens. Weiter führte man gegen die Gnostiker an, daß nach christlicher Auffassung das göttliche Leben nicht sehr fern sei, weit ab von der empirischen Welt und durch zahllose Emanationen von ihr getrennt; das bekräftigten die Christen durch den beharrlich vertretenen Standpunkt, Jesus sei ein echter Mensch in des Wortes vollster Bedeutung gewesen, der die Existenz des göttlichen Lebens in seinem eigenen wirklichen Sterben bezeugt habe. Es ist interessant, daß manche in der Theologie von Rudolf Bultmann, die sich auf die Idee eines existentiellen Christus-Ereignisses unabhängig von historischer Verifizierung stützt, eine neue Form des Gnostizismus gesehen haben, der man im 20. Jahrhundert auf die gleiche Art wie im 2. Jahrhundert begegnen müsse, nämlich durch das Bestehen auf der Realität des historischen Jesus und auf den Details, die sich auf ihn beziehen und die durch das Zeugnis der Zeitgenossen belegt werden *können*.

5. Die Bedeutung des Origenes

Eine der großen Persönlichkeiten in der christlichen Auseinandersetzung mit dem Gnostizismus – und es gibt deren viele – war Origines Adamantius, der im Westen meist nur Origenes genannt wird. Er wurde in Alexandria um 186 n. Chr. geboren und starb etwa 70 Jahre später nach Gefangenschaft und Folter. Man hat ihn beschrieben als »den ersten Theologen, der eine vollständige und methodische Darlegung der gesamten geistigen Grundlagen des christlichen Glaubens unternommen hat« (Prestige, 1940; 60). Wenn die Gefahr des Gnostizismus in seinem unkontrollierten Emotionalismus, seinem Obskurantismus und seinen hemmungslosen Spekulationen lag, so hat Origenes darauf eine angemessene Antwort gegeben – eine ausgeglichene Darlegung der rationalen, geschichtlichen und erfahrungsmäßigen Elemente im christlichen Denken und Leben. Die rationale Kraft des Menschengeistes ist nach Origenes fähig zu einer echten Erkenntnis der Wahrheit. Es wurde gesagt, die Kirche verdanke es in erster Linie Origenes, daß sie sich, wenn sie sich selber treu bleibt, als ein vernünftiger Glaube erweist. Doch es gab auch christliche Postulate, die, falls sie akzeptiert wurden, die Aufgabe des Origenes ungewöhnlich schwierig gestalten mußten. Denn er stand vor dem Problem, offensichtlich unvereinbare Gegebenheiten miteinander zu vereinbaren. Diese Gegebenheiten waren: die Idee eines absolut allmächtigen Schöpfergottes; die Idee, daß dieser Gott eins und unteilbar sei (Monotheismus); die Auffassung, daß Jesus, ein echter Mensch, zugleich identisch sei mit dem Gott, der bereits in der genannten Weise definiert worden war; schließlich die wörtliche Wahrheit der inspirierten heiligen Schriften, der Bibel. Origenes' Deutung war auf ihre Weise erfolgreich und in sich geschlossen, gründete sich jedoch auf eine modifizierte Anschauung von der wörtlichen Wahrheit der Bibel. Alles, was historisch problematisch oder moralisch anstößig war, legte Origenes allegorisch aus. In dieser Weise interpretierte er zum Beispiel große Teile der Geheimen Offenbarung. In seiner Lehre von Gott unterschied er zwischen dem Vater, der allein Gott und ungezeugt sei, und dem Sohn oder Logos, der einen zweiten Gott und die göttliche Weisheit darstelle, aber Gott untergeordnet sei. Der Logos habe eine Vielzahl von Seelen ins Leben gerufen, die daraufhin dem Urheber ihres Seins mehr oder weniger eng anhingen; diejenigen, die ihm weniger eng verbunden seien, neigten dazu, von ihm abzufallen, und erlangten materielle Gestalt in einem physikalischen Universum. Diesen Seelen schreibt Origenes die Fähigkeit zu, aufzusteigen oder abzusinken, und zwar auf eine Weise, die sehr viel Ähnlichkeit mit der indischen Vorstellung vom Karma und von der Wiedergeburt hat (s. S. 69 f.). Auf der höchsten Stufe stehen die ätherischen Seelen, die Engel und Fürsten, darunter die Menschen unterschiedlicher »Gütegrade«, dann folgen die Tiere, und die unterste Stufe bilden die Dämonen und Satan. Alle sollen jedoch am Ende in den Zustand des Einsseins mit dem Logos zurückkehren.

Für die allermeisten Zeitgenossen war das Lehrgebäude des Origenes zu metaphysisch. Es ist recht aufschlußreich, daß die Ägypter und Syrer (Origenes siedelte mit 46 Jahren nach Caesarea über und starb in Tyrus als Neunundsechzigjähriger) für diese offenkundige Zurschaustellung hinduistischer Gedanken nicht viel übrig hatten; sie bestanden auf ihrem Glauben an einen Gott, den sie sich als ein anthropomorphes himmlisches Wesen vorstellten. Überdies, so meinten sie, gerate ein solches Philosophieren in Konflikt mit vielen Äußerungen der Schrift über Gott, die sie wortwörtlich verstanden. Dies war eines der christlichen Postulate, die Origenes aufzugeben bereit war; doch die Mehrheit war dazu nicht bereit, und folglich wurde diese metaphysische Spekulation weitgehend abgelehnt. Die katholische Kirche billigt Origenes nicht den Titel eines Heiligen zu.

6. Die Systematisierung der christlichen Religion

Die christliche Auseinandersetzung mit dem Gnostizismus fiel zusammen mit einer Systematisierung des religiösen Lebens der Christenheit und beschleunigte sie sogar in gewissem Sinne. Unter Systematisierung verstehen wir den in vielen Religionen nachweisbaren Prozeß, in dem nach einem neuen Durchbruch (s. S. 60) religiöser Ideen und Gebräuche eine Konsolidierung allgemein akzeptierter Organisationsformen und Denkweisen erfolgt. In der Periode der neutestamentlichen Schriften, also bis zum letzten Jahrzehnt des 1. Jahrhunderts, bestanden die christlichen Gemeinden im großen und ganzen aus unabhängigen regionalen Gruppen, die sich allerdings bewußt waren, daß sie zusammen eine einzige Gemeinschaft von Gläubigen bildeten, die ecclesia, in der denjenigen eine besondere Autorität zukam, welche die Vision des auferstandenen Jesus erlebt hatten – den Aposteln. Mit dem Aussterben der Apostelgeneration und angesichts der drohenden gnostischen Subversion entstand das Bedürfnis, die wesentlichen Eigentümlichkeiten des christlichen Glaubens zu sichern, und so zeichnet sich in den Briefen des Bischofs Ignatius von Antiochien (der 115 n. Chr. in Rom als Märtyrer starb) eine neue Entwicklung ab: die christlichen Gemeinden wurden gedrängt, ihren regionalen »Hirten« oder »Bischöfen« die Treue zu halten, ihre Autorität anzuerkennen und auf diese Weise gegen drohende Häresien und Zerfallserscheinungen zusammenzustehen. Von den regionalen Kirchen hob Ignatius eine ganz besonders hervor, die über eine spezielle Autorität verfüge, nämlich die Kirche in Rom, die mit dem Namen eines besonders bedeutenden Jüngers verbunden war, mit dem hl. Petrus, in dem die Christen den Hüter des wahren Glaubens sahen. Auch der hl. Irenäus, der Bischof von Lyon, nennt gegen Ende des 2. Jahrhunderts die Kirche von Rom die eigentliche Trägerin des historischen christlichen Glaubens, die in der Lage sei, im Konflikt mit dem Gnostizismus die Führung und die rechte Belehrung zu übernehmen. Die Anfänge einer hierarchischen Struktur werden jetzt erkennbar: Der »Vorsteher« oder »Bischof« einer Religionsgemeinde stellt die Autorität innerhalb dieser Gemeinde dar, der alle Treue und Gehorsam schulden; unter den Gemeinden entwickelt sich, nach dem Fall von Jerusalem, allmählich Rom zu einem mit besonderer Autorität ausgestatteten Hort des orthodoxen Glaubens.

Ein anderer Aspekt des Systematisierungsvorgangs war die Tendenz zu einem fixierten Konsens über den Kanon der Schrift. Am Ende des 2. christlichen Jahrhunderts war dieser Kanon praktisch abgeschlossen, und die meisten Bücher des Neuen Testaments, wie wir es heute kennen, hatten universale Anerkennung gefunden, obwohl einige wenige regional unterschiedlich akzeptiert wurden, insbesondere der Jakobus-, Judas- und Hebräerbrief sowie die Geheime Offenbarung. Das Christentum war also, wie der Judaismus, auf dem Weg, die Religion eines Buches (oder vielmehr einer Sammlung von Büchern) zu werden.

Eine weitere Entwicklung betraf die Systematisierung der Praxis. Bestimmte Formen für die Ausführung der entscheidenden religiösen Zeremonien, etwa der Taufe und des Abendmahls, waren vorgeschrieben. Ein 1875 in Konstantinopel entdecktes Dokument, die *Didache* oder Lehre (der zwölf Apostel), stellt systematisch den Vollzug des Taufritus und der Eucharistiefeier und das korrekte Benehmen gegenüber Würdenträgern und Lehrern etc. dar.

Die Eucharistie war gegen Ende des 2. Jahrhunderts, wenn nicht schon früher, zweifellos in den Brennpunkt der christlichen Religion gerückt; sie ist ja ein spezifisch christlicher Ritus, in dem die verschiedenen Stränge des christlichen Glaubens und Lebens zusammenlaufen. Das Wort »Eucharistie« bedeutet Danksagung, und die Tatsache, daß dies der zentrale Ritus war, kennzeichnet die Religion der frühchristlichen Gemeinschaft vor allem als die Religion des Danksagens: man dankte Gott für die Erlösung des Menschen, die man in Jesu Leben und Tod begründet sah; man dankte für das neue Zusammenleben, das die Nachfolger Jesu begonnen hatten; Dank bezeigte man auch in der Praxis, indem man sich dem Dienst Gottes widmete und die Bedürftigen, die Kranken und die Betrübten mit materiellen Mitteln unterstützte. »Das eine Wort ›Eucharistie‹ beschreibt treffend die Haltung und Besonderheit der christlichen Frömmigkeit ... Die Eucharistie als der große kultische Vorgang oder als die Hauptnahrung des einzelnen Menschen war das wesentliche Element in der Lebensführung des Christen und das treibende Motiv seines Handelns ... bei der Eucharistiefeier wurden die Evangelien ausgelegt, christliche Ideale des Glaubens und Verhaltens erläutert und Ermahnungen und Belehrungen erteilt.« Doch das war noch nicht alles. »Unterstützung für die Bedürftigen, Beistand für die Betrübten, Sorge für die Hilflosen und Benachteiligten galten nicht bloß als Nebenprodukte des Christseins. Diese Form sozialen Tuns war die eigentliche Substanz nicht nur des alltäglichen Lebens, sondern auch des Gottesdienstes in der Kirche. ›Gaben‹, ›Opfer‹ und ›Spenden‹ wurden unmittelbar zum Altar gebracht« (Gavin, 1932; 109 f.). Die Kirche war demnach ihrem Wesen nach eine Gemeinschaft, freilich eine Gemeinschaft, in der man bereits die Trennung zwischen »Klerus« und »Laien« vollzogen hatte; die Eucharistie war am Ende des 2. Jahrhunderts ein formeller Akt, der, wie die Briefe des Ignatius bezeugen, nicht stattfinden konnte, »ohne den Bischof« (Srawley, 1947; 27). Und die Gemeinschaft hob sich insofern von den übrigen Menschen ab, als nur der ihr angehören konnte, wie der hl. Justinus sagt, »der glaubt, daß das, was wir lehren, wahr ist, und der gewaschen (d. h. getauft) wurde mit der Waschung zur Vergebung der Sünden und zur Erneuerung und der so lebt, wie Christus es vorgeschrieben hat« (Gavin, 1932; 93). Die Mitgliedschaft in der Gemeinde wurde bereits durch bestimmte äußere Formen oder Institutionen kontrolliert, nämlich durch das Glaubensbekenntnis, die Taufe und die Kirchenordnung. All dies setzte die Ausübung der Autorität innerhalb der Kirche voraus; dies Prinzip befand sich damals noch in einem embryonalen Zustand, aber daraus erwuchs das System der augustinischen (oder konstantinischen) und mittelalterlichen Kirche. Auf diese Weise widerstanden die verstreuten Christengemeinden in den verschiedenen Regionen des Mittelmeerraums nicht nur der Auflösung durch eine fremde Ideologie, sondern sie festigten sogar noch innerlich und äußerlich ihre Position.

7. Kontroversen über die Natur Christi

Ein Problem, vor das die Christen in ihrer Auseinandersetzung mit den Gnostikern gestellt wurden, war die Frage nach der Natur Jesu – war sie menschlich oder göttlich oder beides, und falls das letztere zutraf, wie verhielten sich die Naturen in ihm zueinander? Wenn er ein wirklicher Mensch war, wie die Christen im Gegensatz zu den doketischen Vorstellungen des Gnostizismus behaupteten (s. S. 237 f.) – in welcher Beziehung stand er dann zu Gott? Wie ließ sich die These von seinem wahren Menschsein vereinbaren mit der christlichen Tendenz, ihn als Offenbarung der göttlichen Natur zu begreifen? Und wie waren die neutestamentlichen Hinweise auf Jesus als den »Sohn« Gottes zu deuten? Das sind einige der Fragen, mit denen sich beispielsweise Origenes auseinandersetzte (s. S. 239 f.), Fragen, welche die Kirche seit dem 3. Jahrhundert beschäftigten, ohne daß befriedigende Antworten gefunden werden konnten. Die Kontroversen in diesem Sektor des christlichen Denkens wurden zeitweilig ungemein heftig geführt, um es vorsichtig auszudrücken; es ist jedoch zu beachten, daß die bitteren Fehden zwischen den führenden Christen häufig andere unterschwellige Ursachen hatten als theologische Gegensätze: diplomatische Intrigen, politische Konflikte und persönliche Prestigefragen spielten offensichtlich eine ebenso große Rolle in den Disputen, die sich über Jahrhunderte erstreckten, wie die Sorge um die wahre Lehre. Die Kontroversen waren langwierig und verwickelt und lassen sich nicht kurz zusammenfassen. Eine einschlägige Darstellung, die hervorragende Lesbarkeit mit einer realistischen Einschätzung der unter der Oberfläche liegenden politischen Probleme und einer gerechten Würdigung der zur Diskussion stehenden religiösen Werte verbindet, lieferte G. L. Prestige in seinem Werk *Fathers and Heretics* (1940).

Zwei Aspekte der christologischen Kontroversen müssen jedoch hier behandelt werden. Der eine besteht darin, daß die christliche Gemeinschaft eine bunte Mischung theologischer Befunde erbte, die sich, falls man sie alle als gleichwertig und gleich unentbehrlich betrachtete, wahrscheinlich auf immer einer völlig logischen oder systematischen Darstellung entzogen. Vom Judaismus erbten die Christen die Idee von der wörtlichen Wahrheit der Schriften. Spezifisch christlich war die Überzeugung, daß Jesus eine göttliche Natur besaß und daß er, wie das christliche Schrifttum seit den Paulus-Briefen bekundet, der Sohn Gottes war. Das schien mit der monotheistischen Auffassung der Juden unvereinbar zu sein. Die Juden und Moslems lehnen deshalb die Göttlichkeit

Jesu ab, denn das würde für sie die getrennte Existenz zweier Götter bedeuten. Wenn man andererseits behauptet, unsere einzige Kenntnis des Göttlichen leite sich von Jesus von Nazareth her, so bedingt das zumindest eine tiefgreifende Modifikation der aus dem Nahen Osten überkommenen Vorstellung von Gott als einem willkürlichen, allmächtigen Monarchen. Die Geschichte des christlichen Denkens zeigt indes, daß die Christen versucht haben, diese Ideen miteinander zu verbinden, mit dem Ergebnis, daß die Theodizee, also das Bestreben, die Wege Gottes vor den Menschen zu rechtfertigen, zu einem Hauptanliegen der abendländischen Theologie geworden ist. Der Versuch ist fehlgeschlagen, sooft er unternommen wurde; aber er muß fortgeführt werden, weil die heilige Überlieferung, die aus der Periode der hebräischen Monarchie stammt, die Form der autokratischen Gottheit zu bestätigen scheint. Und wer dürfte etwas in Frage stellen, was in der Schrift enthalten ist? Der Umstand, daß Jesus selber gerade *diese* Anschauung in Frage gestellt hat, ist nie endgültig anerkannt worden. Bei denjenigen, welche ihn nicht als Autorität in religiösen Fragen betrachten, bei den Juden und Moslems, ist das vielleicht unvermeidlich. Hingegen bleibt für jene Christen, die nicht wahrhaben wollen, daß Jesus den Gottesbegriff der hebräischen Schrift in Frage gestellt hat, die Vorstellung vom göttlichen Willkürherrscher maßgebend. Aber für alle diese Spielarten der westlichen Religion bleiben die Probleme bestehen, die mit dem Glauben an eine Gottheit im Sinne souveräner Macht verknüpft sind; sie werden auch weiterhin die Verfechter einer solchen Auffassung beunruhigen und viele Menschen abstoßen, die religiösen Skeptizismus einem derartigen religiösen Glauben vorziehen.

In Parenthese sei angemerkt, daß sich ein durch und durch konsequenter Monotheismus, d. h. ein Monotheismus, der von dem autokratischen Gottesbegriff ausgeht, in noch reinerer Form in der Tradition findet, welche die Realität von Jesu Kreuzigung ablehnt, nämlich im Islam. In der islamischen Orthodoxie kann man die vielleicht extremste Ausprägung jenes Monotheismus sehen, der seine Wurzeln in der zentralisierten politischen Machtstruktur Ägyptens hat. Die Geschichte der islamischen Theologie zeigt darüber hinaus, daß ein solcher Glaube eine unausweichliche Folgerung mit sich bringt: die vollkommene und absolute Prädestination alles irdischen Geschehens durch die souveräne Gottheit. Ein Monotheismus dieser Art läßt, solange er konsequent bleibt, der menschlichen Freiheit keinen Spielraum.

Die Problematik der autokratischen Gottesvorstellung, die überall dort auftaucht, wo Christen von Jesus Christus (»das Lamm, das geschlachtet worden ist seit Anbeginn der Welt«) sagen: »*Hier* ist Gott«, oder einfach: »Jesus ist der Herr«, müßte wohl in der systematischen Theologie weit stärker erörtert werden als bisher. Man hat der alten naturalistischen Vorstellung von einem willkürlich herrschenden König den Zugang zu dem gewährt, was als das Königtum Christi bezeichnet wird. Im letzteren Zusammenhang wird der Begriff »König« tatsächlich verwendet, aber *fast*, wenn auch nicht ganz, in einem satirischen Sinne, soweit es die Potentaten-Vorstellung betrifft. Wohl kann man von Königtum sprechen, auch von Macht, doch damit ist nicht die absolute Allmacht gemeint, die manche systematischen Theologen für eine notwendige Voraussetzung der göttlichen Natur zu halten scheinen.

Der zweite Hauptaspekt des christologischen Streits, der für den Studenten der Religionsgeschichte von Bedeutung ist, liegt in der deprimierenden Wirkung, die all dies auf das religiöse Leben der Christenheit hatte. Hier haben wir es mit einem entscheidenden Faktor zu tun, der im 7. Jahrhundert große Gebiete des Mittelmeerraums, die nominell christlich waren, aber die offensichtlich endlosen Diskussionen und Fehden der christlichen Theologen satt hatten, dazu bewog, zum islamischen Glauben überzuwechseln, der ihnen unkomplizierter und vitaler erschien (s. S. 291 f.). Das gilt vor allem für Kleinasien, Syrien und Ägypten, wo die theologischen Auseinandersetzungen von einer Zerrüttung der öffentlichen Ordnung begleitet waren.

Ein anderes theologisches Resultat dieser Kontroversen war die Lehre von der Heiligen Dreifaltigkeit: Gott als Vater, als Sohn und als Heiliger Geist. Dies wurde für Kirchen, welche sich an die konziliaren Glaubensbekenntnisse halten, zu einem Artikel des orthodoxen Glaubens, wenn auch der praktische Glauben vieler theologisch ungeschulter Christen häufig zu einer binitarischen Auffassung tendiert, also zu einem Glauben an Gottvater und an Jesus, während dem Heiligen Geist als gesonderter Person viel weniger Beachtung geschenkt wird. Der Glaube an eine dreifaltige Natur des göttlichen Wesens ist jedoch kein ungewöhnliches Phänomen in alten Religionen. Die bekanntesten analogen Kulte sind die ägyptische Verehrung der Isis, des Serapis und des göttlichen Kindes Horus oder die indische Göttertrinität Brahmā, Wischnu und Schiwa; als Brahmā an Bedeutung verlor, setzte sich das Trio aus Wischnu, Schiwa und der weiblichen Gottheit Schakti zusammen. Der Mahāyāna-Buddhismus entwickelte die Vorstellung von den drei Körpern Buddhas oder Tri-kāya (s. S. 268 f.); die neuplatonische Theorie von der Güte, dem Verstand und der Weltseele kann als eine weitere Parallele angesehen werden.

Es muß hier festgestellt werden, daß die christliche Trinitätslehre für den Islam ein entscheidender Anlaß zur Kritik an der christlichen Theologie ist. Der Moslem empfindet die Behauptung, es handle sich hier nicht um eine Lehre von drei Göttern, als Falschmünzerei und hält diese Lehre für einen Schritt auf den Polytheismus zu. Der Hindu, der eher bereit ist, die Existenz des göttlichen Wesens in vielen Gestalten zu akzeptieren, fragt seinerseits: Wenn die Christen Gott gestatten, in *drei* Personen zu existieren, warum dann nicht in noch mehr? Christen, für welche die Lehre vom dreieinigen Gott die letzte Wahrheit darstellte, mußten den Islam als unitarische Irrlehre verwerfen.

Historisch gesehen, entstand die Denkrichtung des Unitarianismus als ein Merkmal der protestantischen Reformation des 16. Jahrhunderts in vielen europäischen Ländern, obwohl sich seine Verfechter auf die Zeit vor der Formulierung der Glaubensbekenntnisse beriefen. Im 16. Jahrhundert war der Unitarianismus eine charakteristische Spielart der Auflehnung gegen die autoritäre und kirchlich gelenkte Religion; in diesem Fall war der Ansatz vor allem intellektuell.

8. Kaiser Konstantin und das Christentum

In den ersten drei Jahrhunderten reichte die Einstellung der römischen Obrigkeit zum Christentum von der Gleichgültigkeit gegenüber einem harmlosen Aberglauben oder der Verachtung für seine offensichtlich überspannten Ideen bis zu handgeiflichen Feindseligkeiten und Verfolgungen, als es eine Gefahr für den Staat zu werden drohte. Unter dem Kaiser Decius (249–52) wurden zum Beispiel alle staatlichen Mittel eingesetzt, um die Christen zur Anpassung an die Staatsreligion zu zwingen. Manche zogen die Folter und den Tod dieser Anpassung vor, doch viele andere gingen den einfacheren Weg. Die Prüfung war bald überstanden, und die Kirche gewann schnell ihre verlorenen Anhänger zurück. Die letzte Christenverfolgung fiel in die Regierungszeit Diokletians; sie begann 303 und währte zehn Jahre, bis 313 Kaiser Konstantin den Christen durch das Edikt von Mailand völlige Freiheit der Religionsausübung gewährte.

Konstantin ist in seinem Verhältnis zum Christentum eine änigmatische Gestalt. Im Jahre 306 in York zum Kaiser der westlichen Provinzen des römischen Reiches proklamiert, verfügte er 313 die religiöse Gleichberechtigung der Christen; 324 trat er die Nachfolge Licinius als Kaiser der Ostprovinzen an und wurde so zum Alleinherrscher über die gesamte römische Welt. In den östlichen Provinzen wurden die Kontroversen unter den Christen mit besonderer Heftigkeit ausgetragen (s. S. 243 ff.). Da inzwischen der christliche Bevölkerungsteil stark angewachsen war, berief Konstantin, um den Frieden in seinem Reich zu sichern, ein Konzil von Bischöfen aus allen Teilen des Imperiums ein, das 325 in Nizäa zusammentrat und auf dem Konstantin den Vorsitz führte; die Mehrheit der Bischöfe stammte jedoch aus dem Osten, und nur wenige kamen aus dem lateinischen Westen. Dem Konzil gelang es, ein Glaubensbekenntnis zu formulieren, das als allgemein anerkannte Festlegung des universalen christlichen Glaubens gedacht war und den Frieden und die Harmonie unter den Christen des Reiches garantieren sollte. Wie die Geschichte der nachfolgenden Auseinandersetzungen zeigt, wurde dieses Ziel nur für kurze Zeit erreicht.

Die Frage, ob Konstantin selber ein Christ war, läßt sich nicht eindeutig beantworten. In diesem Punkt stehen drei verschiedene Meinungen nebeneinander. Die erste besagt, daß er ein echtes Bekehrungserlebnis hatte – eine Meinung, die durch die Legende von seiner Kreuzesvision unterstützt wird. Gewiß wurde jetzt das Kreuz zum Symbol der Kirche des Reiches, aber möglicherweise hängt das eher mit dem Sonnenkult als mit dem Christentum zusammen (das Symbol der frühen Christen war der Fisch, denn die Buchstaben der griechischen Wortes *ichthus*, Fisch, sind zugleich die Anfangsbuchstaben der Wendung *I*esous *Ch*ristos *Th*eou *U*ios *S*oter – Jesus Christus, Sohn Gottes, Erlöser); hinzu kommt die Tatsache, daß der dem Gottesdienst vorbehaltene Tag zu Ehren des Sonnengottes mit seinem heidnischen Namen Sonntag bezeichnet wurde. Konstantin blieb zweifellos weiterhin der Pontifex maximus der heidnischen Staatsreligion; die christliche Taufe empfing er erst auf dem Sterbebett, doch auch andere Christen verschoben ihre Taufe so lange, um die Möglichkeit des Sündigens nach der Taufe auszuschließen – dieser Umstand ist also nicht entscheidend. Eine andere Auffassung sieht in Konstantin einen weitblickenden Staatsmann, der erkannte, daß die christliche Religion eine größere Zukunft hatte als die alte heidnische Staatsreligion, und der die allenthalben wachsende Zahl christlicher Bürger für den römischen Staat gewinnen wollte, indem er das Christentum offiziell anerkannte. Die dritte Ansicht ist die, daß er im Grunde seines Herzens ein Heide blieb, ein abergläubischer Mann, der gerne neue religiöse Talismane sammelte (Baynes, 1939).

Zu den wichtigen Ergebnissen der offiziellen Anerkennung des Christentums gehören, kurz zusammengefaßt, erstens eine erhebliche Verbesserung der moralischen Verhältnisse in der römischen Gesellschaft und zweitens eine zunehmende Romanisierung des abendländischen Christentums, das jetzt nicht nur einen beträchtlichen Teil des staatlichen Zeremoniells, etwa die römische Kleidung als liturgische Gewänder, übernahm, sondern auch vieles vom Geist des römischen Staatswesens – seine hierarchische Gliederung und seine stark ausgeprägten Rechtsnormen und -verfahren. Weitere Folgen waren die sich steigernde Gewaltanwendung der Kirche bei der Unterdrückung von Anhängern unorthodoxer religiöser Anschauungen oder von Häretikern und die zunehmende Bedeutung der christlichen Priester, die sich immer mehr von den »Laien« unterschieden und absonderten. Das Christentum wurde eine Staatskirche, die Besoldung ihrer Amtsträger erfolgte mit öffentlichen Mitteln – die zum Teil aus den alten heidnischen Tempeln stammten –, und die Bischöfe verwandelten sich in wichtige Staatsbeamte, wobei der Bischof von Rom ständig an Bedeutung gewann. Doch während sich das Reich jetzt christlich nannte, waren seine Bewohner kaum mehr als nominelle Christen – eine Tatsache, die in der späteren Geschichte das Wesen der imperialen Wirklichkeit, genannt Christentum, geprägt hat, vor allem in den Augen der nicht-christlichen Welt.

Die Geschichte des europäischen Christentums kennt keine plötzlichen und dramatischen Bekehrungen von großen Teilen der alteingesessenen Völker zum christlichen Glauben. Die Anfänge waren eher tastend, und es setzte ein langwieriger Christianisierungsprozeß ein, der ein Gebiet nach dem anderen erfaßte. In England gab es beispielsweise in der Zeit der Römerherrschaft nicht wenige Diener des Reichs und Soldaten aus Rom und Gallien, die sich in dieser Provinz niederließen und Christen waren. Sie stellten so etwas wie eine christliche Aristokratie in England dar, die schon vor der offiziellen Anerkennung des Christentums als Staatsreligion ein steigendes gesellschaftliches Ansehen genoß. Doch die neue Religion verdrängte nicht radikal die alten heidnischen Vorstellungen und Gebräuche; diese wurden vielmehr eingegliedert und dadurch christianisiert. Viele Elemente der christlichen Religion, wie sie sich im Lauf der europäischen Geschichte entfaltete, sind Adaptionen früherer Glaubensvorstellungen und Kulte. Der heidnische Polytheismus fand ein neues Ventil in der Verehrung der Heiligen. Poseidon-Neptun, der Schutzgott der Seeleute, wurde ersetzt durch den hl. Nikolaus, der die Rolle des Schutzpatrons übernahm. Der Kult der Göttin Diana von Ephesus ähnelte sehr stark dem Kult der Jungfrau Maria, die in dieser Stadt erstmals als »die Mutter Gottes« verehrt wurde. Die Vorstellung einer jungfräulichen Mutter-Göttin war der römischen Welt durchaus nicht fremd. Die charakteristischen Merkmale des römischen Parentalia-Festes gingen auf das Allerseelenfest über, das allerdings an einem anderen Kalendertag gefeiert wird. Aus den Saturnalien, dem Fest der Wiederkehr der Sonne, begangen unmittelbar nach dem kürzesten Tag, wurde das christliche Fest von der Geburt des Lichts der Welt. Das Frühlingsfest zur Feier des wiedererwachenden Lebens, in England möglicherweise identisch mit dem Fest der sächsischen Göttin Oestre, wurde zum Fest des wiedererstandenen Lebens Christi im Osterfest, das sich wiederum auf das jüdische Frühlingsfest Passah bezieht, welches die historische Basis für das Gedächtnis des Todes Jesu abgibt, obwohl die Urkirche diese Feier zunächst auf den ersten Wochentag als den Tag der Auferstehung oder Tag des Herrn verlegte. Auf diese und andere Weise wurden lokale, nationale oder regionale Sitten vorchristlicher religiöser Formen absorbiert und mit einem christlichen Vorzeichen versehen. Der Beitrag der heidnischen Religionen Europas zum Christentum in seiner tatsächlichen historischen Gestalt ist bedeutend, ein Beitrag, der manchmal übersehen wird und noch immer der Wissenschaft ein reiches Betätigungsfeld bietet.

9. Der Monotheismus, die Sünde und der hl. Augustinus

Zu den bedeutendsten Erscheinungen des konstantinischen Christentums gehört der hl. Augustinus (354–430). Geboren im nordafrikanischen Tagaste, ist er der letzte in einer Reihe hervorragender Kirchenväter, die Nordafrika hervorgebracht hat. In seiner Jugend war er ein Anhänger des Manichäismus, der ein dualistisches Weltbild vertrat, in dem die materielle Welt die Quelle des Bösen und das Gute nur im Reich des Geistes zu finden ist. Die materielle Welt, das Reich Satans, und die geistige Welt, das Reich Gottes, liegen auf ewige Zeiten im Krieg miteinander, und zwar sowohl im menschlichen Individuum als auch im Universum. Die Anschauungen des Manichäismus könnten letztlich vom zoroastrischen Dualismus (s. S. 129 f.) abgeleitet sein, doch diese nicht-zoroastrische, besonders pessimistische Spielart des Dualismus, welche die Materie als von Grund auf böse betrachtet, gehört wohl eher zum Gesamtkomplex des Gnostizismus (s. S. 235 ff.). Neun Jahre lang hing Augustinus der manichäischen Lehre an, und er scheint sich ihre typische Weltsicht zu eigen gemacht zu haben, insbesondere die Auffassung von der fundamental bösen Natur des Leibes.

Mit etwa 29 Jahren ging er als Lehrer der Rhetorik nach Rom. Nach einiger Zeit schwand sein Interesse am Manichäismus zugunsten der neuplatonischen Ideenwelt, die ihn immer stärker faszinierte; auch das wurde zu einem wichtigen Element seiner späteren Theologie. In Mailand begegnete er Ambrosius, dem Bischof der Stadt, der ihn nachhaltig beeinflußte, und erlebte eine dramatische Konversion. Im Jahr 387 wurde er, zur Freude seiner frommen christlichen Mutter, getauft und kehrte nach Nordafrika zurück, wo er 391 in der Diözese von Hippo zum Priester geweiht wurde. Vier Jahre später übernahm er das Bischofsamt in Hippo, wo er fast ausschließlich die restlichen 35 Jahre seines Lebens verbrachte.

Durch seine Werke übte Augustinus einen tiefen und lang anhaltenden Einfluß auf das römische Christentum aus. In sein Leben fällt der endgültige Zusammenbruch der weltlichen Macht Roms; als Rom 410 von den Westgoten unter Alarich geplündert und 430 Nordafrika durch die Wandalen besetzt wurde, lag das römische Imperium in Trümmern. Doch das Christentum war lange genug die offizielle Religion des Reiches gewesen, um dessen autoritären Geist in sich aufgenommen zu haben. Beim Untergang des politischen Reiches besaß die Kirche einflußreiche Bastionen in allen Provinzen, die Rom einst beherrscht hatte (s. S. 347), so daß, wie H. A. L. Fisher es formuliert hat, »das Chaos des Imperiums die Chance der Kirche war«. Die Kirchenauffassung des Augustinus ist sozusagen eine idealisierte Version des Römischen Reiches: die Stadt Gottes, kämpfend gegen die Mächte des Bösen und der Barbarei, aber letztlich (im Gegensatz zum Römischen Reich, das an seiner inneren Verderbtheit zugrunde ging) zum Triumph über ihre Feinde bestimmt. Die Frage liegt nahe, wer in dieser Konzeption der Kirche den Platz einnimmt, den im weltlichen Bereich der Kaiser innehat. Bei Augustinus war der Herrscher der Kirche natürlich Gott, und man kann verfolgen, wie schwer es Augustinus wurde, in seiner Gottesvorstellung der Idee eines allmächtigen Kaisertums auszuweichen. Alle seine Überlegungen galten dem Prinzip der »Souveränität Gottes, an der er unbeirrt festhielt«. Die Kirche wird somit zu einem theokratischen Staat, und dieser Gedanke ist in Augustinus' Denken stets gegenwärtig; der weltliche Staat übernimmt die Funktion einer Hilfsstreitmacht, die den Zwecken der ewigen Theokratie dient oder nicht dient. Außerhalb der Kirche ist nach Augustinus keine Erlösung möglich, und die Anwendung physischer Gewalt gegen Rebellen oder – theologisch ausgedrückt – Häretiker ist notfalls gerechtfertigt. Im Einklang mit seiner monarchischen Gottesvorstellung, für die er ohne weiteres Unterstützung in der Schrift, zumal im Alten Testament fand (s. S. 121 f.), steht seine Auffassung des Menschen als eines demütigen Untertanen dieses himmlischen Monarchen. Wieder einmal wird, wie schon in der Zeit des hebräischen Königtums (s. S. 122 ff.), der Gedanke von der Armseligkeit und Sündhaftigkeit des Menschen besonders herausgestellt. Durch den Sündenfall hat der Mensch die Fähigkeit, Gutes zu tun, vollständig eingebüßt; alles, was er will und tut, ist böse. Der Mensch ist ein dürftiges, ja niedriges Wesen, das die Strafen für seine Schlechtigkeit vollauf verdient. Gott ist dagegen der sich selbst genügende Potentat, und nur auf Grund der Gnade, die der Monarch seinem Untertanen erweist, kann überhaupt irgendeine Beziehung zwischen beiden entstehen. Die Sündhaftigkeit des Menschen wird in Augustinus' Denken sehr eng mit seiner physischen Natur assoziiert, vor allem mit seiner Sinnlichkeit und Sexualität; diese Einstellung verstärkte nachhaltig die Tendenz des westlichen Christentums, geschlechtliche Betätigung als verwerflich und die Ehelosigkeit als Idealzustand zu betrachten – im Gegensatz zur Haltung der Juden und des östlichen, orthodoxen Christentums. Die göttliche Gnade, durch die der Mensch überhaupt eine nennenswerte Freiheit gewinnt, nämlich die Freiheit von aller sündhaften Beharrlichkeit, wird von Gott nach eigenem Ermessen ausgeteilt; manchen wird sie zuteil, anderen nicht. Gottes Wille entscheidet hier allein.

In diesem Zusammenhang muß erwähnt werden, daß Augustinus' extrem autoritäre Theologie den Widerspruch des englischen Mönchs Pelagius hervorrief. Die Geschichte vom Widerstand des Pelagius gehört in eine detailliertere Geschichte der christlichen Lehre, als sie hier gegeben werden kann. Daß Pelagius Gesinnungsgenossen fand, die gleich ihm die augustinische Theologie als schockierend und im letzten unmoralisch und entwürdigend empfanden, ist ziemlich sicher; es ist jedoch ebenso offenkundig, daß ihr Protest auf typisch autoritäre Weise mit Erfolg erstickt wurde – mit Gewalt (Bethune-Baker, 1903; 312–20). Als religiöser Theoretiker und Praktiker war Augustinus das Produkt des konstantinischen Christentums, und er war es auch, der wenigstens über ein Jahrtausend hinweg den stärksten Einfluß auf das abendländische Christentum ausgeübt hat.

10. *Die Anfänge des christlichen Mönchtums*

Gerade eben war von dem englischen Mönch Pelagius die Rede. Das erinnert uns daran, daß das Mönchtum schon zu Augustinus' Zeiten ein recht vertrautes Element der christlichen Religion in Europa war, das im Mittelalter zunehmend an Bedeutung gewinnen sollte (s. S. 349 f.).

Die Ursprünge des christlichen Mönchtums liegen im Ägypten des 3. Jahrhunderts. Die Einzigartigkeit dieser Tatsache wird erst erkennbar, wenn man daneben zwei andere Fakten ins Auge faßt. Erstens: die mönchische Lebensform, unter der man den Rückzug aus der Welt zu einem asketischen Leben innerhalb einer Gemeinschaft von Gleichgesinnten versteht, war dem Geist, den Prinzipien und der Entwicklung des frühen Christentums fremd. Gegen Ende des 2. Jahrhunderts rühmte sich Tertullian, es gebe »bei uns keine brahmanischen oder indischen Gymnosophisten, keine Waldeinsiedler oder Anachoreten. ... wir haben nichts gegen Forum und Marktplatz, Bäder und Bücher, Werkstätten und Gasthäuser, Jahrmärkte und Wechselstuben. Wir leben in der Welt ...« (Kirk, 1931; 179). Die zweite bemerkenswerte Tatsache ist die, daß es in Ägypten schon lange asketische Gemeinschaften gab, bevor sich die Christen in die ägyptische Wüste zurückzuziehen begannen, um dort ein asketisches Leben zu führen. Mit anderen Worten: das Mönchswesen in Ägypten hat seine Wurzeln in einem nichtchristlichen religiösen Phänomen. Das asketische Gemeinschaftsleben war, wie Flinders Petrie (1909) nachgewiesen hat, vor dem 4. Jahrhundert v. Chr. in Ägypten noch unbekannt. Es wurde dort um 340 v. Chr. begründet, und es ist klar, daß es nicht aus Palästina oder Griechenland nach Ägypten gelangte. Petrie hält deshalb Indien für das wahrscheinlichste Ursprungsland dieses neuen Phänomens, das im 4. Jahrhundert v. Chr. in Ägypten auftaucht. »Statuen, die Inder darstellen und aus der Zeit um 200 v. Chr. stammen oder zum Teil noch älter zu sein scheinen, sind in Memphis gefunden worden.« Für die Übernahme indischer religiöser Gebräuche kommt am ehesten die Periode in Frage, in der sich das Perserreich von Nordafrika bis zum nordwestlichen Indien erstreckte, also die Zeit zwischen 500 und 400 v. Chr. Darüber hinaus entspricht die Lebensweise der ägyptischen Asketengemeinschaften fast genau der der indischen Askese: eine zölibatäre Gemeinschaft, die sich ständig durch Bekehrte erneuert; die Absage an Familie und Besitz und die Ablehnung des Reichtums; die Vermeidung von Blutvergießen; die vegetarische Ernährung; die regelmäßige Beobachtung eines heiligen Tages – »das ganze System war praktisch das der indischen Askese, wie es Aśoka später gelehrt hat ...« (Petrie, 1909; 83). Es gleicht auffallend dem indisch-buddhistischen Mönchtum der frühen Zeit zwischen dem Tod Buddhas und der Regierungszeit Aśokas (s. S. 187 ff. und S. 196 f.). In den ersten Jahren des 1. nachchristlichen Jahrhunderts lebten in der Gegend von Alexandria asketische Gruppen, die man als Therapeutae bezeichnet, und diese Tradition scheint sich fortgesetzt zu haben bis zur Übernahme durch das Christentum im 4. Jahrhundert (Petrie, 1909; 59–84).

In den ersten drei christlichen Jahrhunderten war das Mönchswesen dem Christentum unbekannt, wie Tertullian versichert. Am Ende des 3. Jahrhunderts wies ein junger ägyptischer Christ namens Antonius auf den Gegensatz zwischen dem Leben der Apostel und dem bequemen und oberflächlichen Dasein in den ägyptischen Städten hin und zog sich in die Wüste der Umgebung zurück, um dort ein asketisches Leben zu führen. Wenn auch hinsichtlich der Einzelheiten von Antonius' Biographie einige Zweifel bestehen, so kann es doch keinen Zweifel daran geben, daß die Geschichte in ihren Grundzügen authentisch ist und daß damals auch noch andere seinem Beispiel gefolgt sind. Im frühen 4. Jahrhundert existierten Gruppen von Christen, die ein gemeinsames Leben (koinos bios) der Askese führten und deshalb Zönobiten genannt wurden. Als eigentlicher Begründer des zönobitischen, organisierten Mönchslebens gilt allgemein ein Zeitgenosse des Antonius mit Namen Pachomius (gest. 346), der in Oberägypten mönchische Niederlassungen ins Leben rief; es handelt sich dabei um unabhängige Gemeinschaften, die durch eine gemeinsame Lebensregel zusammengehalten wurden, vergleichbar etwa den buddhistischen Vinaya-Regeln (s. S. 187 ff.) (Kirk, 1931; 258). Von der ägyptischen Wüste aus drang die Sitte im 4. Jahrhundert in andere Teile der christlichen Welt vor, und am Ende des Jahrhunderts war das Mönchtum in der ganzen Christenheit verbreitet, vom fernsten Osten bis zum äußersten Westen und Norden des römischen Reiches, bis hinauf nach England.

II.
DIE ENTSTEHUNG DES HINDUISMUS (70–500 n. Chr.)

1. Die weitere Verzweigung des Kastensystems

Wir haben gesehen, daß zu Beginn der christlichen Ära die Charakteristika der heute als Hinduismus bezeichneten Richtung sichtbar geworden sind (s. S. 211 f.) Einer der Hauptaspekte der wechselseitigen Kulturübernahme, die in den vorchristlichen Jahrhunderten zwischen dem Brahmanismus und den regionalen Dorfkulturen stattgefunden hatte, war die Weiterentwicklung des Kastensystems gewesen. Dafür gab es verschiedene Gründe. Einer war der Ausbau formalisierter Moralsysteme für bestimmte Schichten der Gesellschaft (s. S. 211 f.); das trug dazu bei, die bereits bestehenden Klassenunterschiede zu verstärken. Ein weiterer Grund war die Eingliederung von bisher nicht-brahmanisierten Stämmen und Volksgruppen in die hinduistische Gesellschaftsstruktur im Gefolge der bereits geschilderten (s. S. 205 f.) brahmanischen Bemühungen. Das bedeutete nicht nur eine Bereicherung der schon vorhandenen reichen Mythologie, sondern auch eine Vervielfältigung der jati (Kasten bzw. Unterkasten), da jede Gruppe mit ihren speziellen Anschauungen und Sitten pauschal als eine neue Unterkaste vereinnahmt wurde. Eine andere Ursache der sich verhärtenden Kastenunterschiede war der ständig wachsende Wohlstand der vaiśya oder Kaufmannskasten; das bewog die Brahmanen mehr als je zuvor zur Verteidigung ihrer Vorrangstellung und zur Betonung ihrer gesellschaftlichen Überlegenheit. Aus alledem geht hervor, daß religiöse Faktoren an der Ausbildung des Kastenwesens kaum beteiligt waren – ein Umstand, den man bei der Würdigung des indischen Kastensystems nicht außer acht lassen darf. Eine *allgemeine* religiöse Motivation ergibt sich jedoch aus der Lehre vom Karma und von der Wiedergeburt, die eine passable Erklärung dafür bot, daß manche Menschen einer höheren Kaste angehörten, während andere weniger privilegiert waren: das war eben eine Auswirkung des guten oder schlechten Karma. Es gibt allerdings hinsichtlich der untersten Kasten auch eine wirtschaftliche Komponente: Die »Unberührbaren«, deren Berührung angeblich die Hindus anderer Kasten befleckt, sind zugleich der wirtschaftlich am schlechtesten gestellte Teil der Gesellschaft.

2. Die Entfaltung der hinduistischen Philosophie und Literatur

In den ersten Jahren der christlichen Zeit erfolgte eine Klassifizierung der verschiedenen religiösen Denkrichtungen Indiens aus brahmanischer Sicht. Die bestehenden Denkrichtungen oder Erlösungsphilosophien wurden in zwei Gruppen eingeteilt: in die anerkannten *(astika),* also orthodoxen Schulen und die nicht anerkannten *(nāstika),* heterodoxen Schulen, zu denen die Dschainisten und Buddhisten sowie die Cārvakas (Materialisten) gehörten. Die orthodoxe Richtung umfaßte sechs Schulen, die zusammenfassend als saddarśana (sechs Standpunkte) bezeichnet wurden und drei Zweiergruppen bildeten: 1. *Nyāya* und *Vaiśesika.* Nyāya ist ein Logik-System und verdient kaum die Aufnahme in die Kategorie der Erlösungsphilosophien; man begründete die Aufnahme damit, daß logisches Denken eine notwendige Voraussetzung der Erleuchtung sei. Vaiśesika ist eine Atomlehre, die gewisse Ähnlichkeiten mit dem buddhistischen Abhidhamma aufweist (s. S. 189 ff.); sie besagt, daß das ganze materielle Universum aus Atomen mit speziellen Eigenschaften (viśesas) zusammengesetzt ist, die den vier nicht-materiellen Wirklichkeiten untergeordnet sind, nämlich der Seele, dem Verstand, der Zeit und dem Raum. 2. *Sānkhya* und *Yoga.* Sānkhya ist wahrscheinlich die älteste der sechs Schulen und wird auf einen mythischen Lehrer namens Kapila zurückgeführt; ihre Ursprünge liegen vermutlich in der Zeit Buddhas. Es ist eine atheistische Philosophie, die das Universum als Evolution einer vorgegebenen Grundsubstanz (prakrti) auffaßt, die nicht auf einen schöpferischen Akt oder Anstoß zurückgeht, sondern sich aus der Natur des Universums selbst ergibt. Neben prakrti steht purusa, die Seele, eine Wesenheit, die in unendlicher Zahl existiert, unabhängig von prakrti. Doch die Seele wird in die materiellen Prozesse des prakrti hineingezogen, und die Erlösung besteht in der Bewußtmachung ihrer Trennung und Unabhängigkeit vom materiellen Universum. Die Yoga-Schule lehrt, die Beherrschung und Disziplinierung des Körpers befähige die Seele (purusa), der es normalerweise nicht gelinge, sich von der Welt der Materie abzuheben, diese Trennung zu erreichen und »das Wesen der Seele zu entschleiern«. Der Hauptunterschied zwischen Sānkhya und Yoga besteht darin, daß die erstere Richtung atheistisch ist, die zweite jedoch nicht; das Yoga räumt die Existenz eines Wesens ein, das Iśvara (Gott) heißt und in dessen Kontemplation die Seele zu ihrer wahren Natur findet und somit zur Befreiung (moksa) oder Erlösung. 3. *Mīmāmsā* und *Vedānta.* Mīmāmsā geht von dem Standpunkt aus, daß die Weden ewig und autoritativ sind und daß die Erlösung auf einer strengen Beobachtung der wedischen Regeln beruht; mit anderen Worten: Mīmāmsā ist eine philosophische Spielart des Brahmanismus. Auch das Vedānta beruft sich auf die Autorität des Weda, wie schon sein Name verrät (vedaanta: das Ende oder die Erfüllung des Weda), besonders auf die Lehren der Upanischaden; diese Lehren sind in dem grundlegenden Text des Vedānta, den Brāhma Sūtras von Bādarāyana, zusammengefaßt, der wahrscheinlich im 1. nachchristlichen Jahrhundert entstanden ist. Die Vedānta-Schule ist heute von allen sechs die einflußreichste und wichtigste und liefert die philosophischen Grundlagen für fast das gesamte hinduistische Denken der Gegenwart (s. S. 460). Ihre philosophischen Grundvorstellungen sind bereits im Zusammenhang mit den Upanischaden behandelt worden (s. S. 101 f.). Die typischen volkstümlichen Schriften der Hindus (darunter verstehen wir die Literatur, die der Masse des Volkes entweder direkt oder indirekt bekannt ist) sind jedoch nicht die alten wedischen Bücher (s. S. 71 ff.) und ihre Fortsetzungen in Gestalt der Upanischaden (s. S. 100 f.), sondern die beiden großen religiösen Epen, das Mahābhārata und das Rāmāyana, die wiederum zu den Purānas (Chroniken der alten Zeiten) gehören, daneben stehen noch die ethischen Handbücher, die Dharma Sūtras und Dharma Śāstras. Wie die chaotische Vielfalt der Mythologien, die sich aus dem kulturellen Austausch zwischen den »großen« und »kleinen« Traditionen ergab (s. S. 205 f.), so ist auch dieses volkstümliche Schrifttum eine Folge desselben Vorgangs. Die beiden großen Epen waren ursprünglich weltliche Sagen, die von den Brahmanen übernommen und neugestaltet oder, genauer gesagt, als literarische Untermauerung des Standpunkts der Priester verwendet wurden. So wurde zum Beispiel in das Mahābhārata (eine riesige Verserzählung über einige Helden der indischen Vergangenheit) eine längere Interpolation eingefügt, die wir unter dem Namen Bhagavad-Gītā (Bhagawadgita), das Lied vom Herrn (Krischna), kennen.

3. Die Bhagawadgita

Dieses lange Gedicht hat die Form eines Dialogs zwischen dem ratlosen Edelmann Ardschuna und Krischna, der sich als sein Wagenlenker verkleidet hat. Am Vorabend der Schlacht steht Ardschuna vor dem Dilemma, daß er, wenn er seine Pflicht tut, Gefahr läuft, seine eigenen Verwandten im gegnerischen Heer zu töten, und er neigt dazu, dem Kampf fernzubleiben. Krischnas Ratschläge für Ardschuna, die den eigentlichen Inhalt des Buches ausmachen, enthalten eine Zusammenstellung praktisch aller hinduistischer Positionen; sie besagen insgesamt, daß der Mensch seine Pflicht tun solle gemäß seiner Klasse und seiner Lebensstufe (s. S. 211 f.). R. N. Dandekar hat auf zwei Punkte aufmerksam gemacht, in denen sich die Ethik der Gita vom Denken der Weden und Upanischaden unterscheidet: 1. Die Lebenseinstellung der Upanischaden ist im wesentlichen individualistisch, wohingegen in der Gita der Mensch die Pflicht hat, das lokasangraha, die Stabilität und Solidarität der Gesellschaft, zu fördern, eingedenk der notwendigen Rolle, die jede Kaste und jeder Beruf im sozialen Gefüge spielen. 2. Während in den Upanischaden die Erscheinungswelt als *unwirklich* aufgefaßt wird, betont die Gita die Akzeptierung der Welt und das aktive Engagement. Doch es ist eine Aktivität, die von Entsagung geprägt ist: man soll gute Taten vollbringen, ohne an seinen persönlichen Vorteil zu denken; man soll sie vollbringen in der Liebe zum Herrn, zum persönlichen Gott Wischnu.

4. Unterschiedliche Auffassungen der Bhagawadgita

Es wird zuweilen behauptet ‚der große Wert der Gita bestehe darin, daß sie statt einer endlosen Diskussion der zwischen den einzelnen Denkrichtungen umstrittenen Punkte das allen Gemeinsame hervorhebt, da die vielen verschiedenen Lehren als von einer göttlichen Quelle herrührend dargestellt sind. Ohne Zweifel ist sie aus diesen Gründen und auch wegen ihrer stilistischen Qualität und ihres ästhetischen Reizes zum bekanntesten und beliebtesten Erbauungsbuch der Hindus geworden. Auf der anderen Seite vertreten einige moderne Inder den Standpunkt, die Gita werde überschätzt, denn sie unternehme den vergeblichen Versuch, viele unvereinbare indische Religionsvorstellungen miteinander zu versöhnen. In neuerer Zeit haben B. G. Tilak und M. K. Gandhi aus der Gita völlig verschiedene Schlußfolgerungen hinsichtlich der indischen Unabhängigkeitsbewegung abgeleitet (s. S. 453; 455 ff.) In seiner verwirrenden und dennoch ästhetisch reizvollen Inkonsequenz ist das Werk ein typischer Ausdruck des Hinduismus. In den *theologischen* Widersprüchen dieses Gedichts und im buntscheckigen *sozialen* Flickwerk des Kastensystems erkennen wir die Hauptzüge des von den Brahmanen inspirierten toleranten Kulturaustausches, der den heutigen Hinduismus hervorgebracht hat.

5. Das Rāmāyana

Das zweite große Epos des Hinduismus ist das Rāmāyana. Es hat nur ein Viertel des Umfangs des Mahābhārata (24 000 Verse gegenüber 100 000), aber an Popularität nimmt es die zweite Stelle hinter der Gita ein. Man nimmt allgemein an, daß es etwa im selben Zeitraum entstanden ist (nicht vor dem 2. Jahrhundert v. Chr. und nicht nach dem 2. Jahrhundert n. Chr.). Im Gegensatz zum Mahābhārata wird es einem einzigen Verfasser zugeschrieben, dem Dichter-Weisen Valmiki. Das Gedicht erzählt die Geschichte von König Rāma (die avatara Wischnus) und seiner Gemahlin Sīta; von der Feindschaft des dämonischen Königs Ravana und von den Prüfungen und Leiden, die diese Feindschaft über Rāma und seine Königin brachte. Rāma verkörpert den idealen Herrscher, tugendhaft, tapfer und einfallsreich; seine Frau Sīta ist das indische Ideal der Weiblichkeit, treu, fromm und keusch. Die Tugenden, die das Gedicht herausstellt, sind inbrünstige Frömmigkeit, geduldige Standhaftigkeit im Leid und getreue Pflichterfüllung. Die Inder, von denen viele noch Analphabeten sind, lernen die Erzählungen kennen durch öffentliche Rezitationen, die häufig bei großen festlichen Anlässen stattfinden, und durch dramatische Aufführungen. Auf diese Weise ist das Rāmāyana eines der wichtigsten unter den Medien, die die Ethik des Hinduismus breiten sozialen Schichten nahebringen.

6. Die Gesetzbücher der Hindus

Weit nüchterner sind die sittlichen Grundsätze, die in den bereits erwähnten (s. S. 211 f.) Dharma Sūtras und Grhya Sūtras sowie in den Erweiterungen dieser Bücher, den Dharma Śāstras aus den beiden ersten nachchristlichen Jahrhunderten, enthalten sind. Eines der bekanntesten und bedeutendsten ist Manu gewidmet und trägt den Titel Manava Dharma Śāstra. Manu ist eine legendäre Gestalt, der erste Mensch, der Adam der Hindus, von dem es im Mahābhārata heißt, daß Brahmā, der große Gott, ihn am Beginn der menschlichen Gesellschaft beauftragt habe, die Geschicke der Menschen zu lenken und ihre Beziehungen und Rechte zu überwachen. Das ihm zugeschriebene Gesetzbuch (ins Englische übersetzt in der Reihe *Sacred Books of the East*, Bd. XXV.: »The Laws of Manu«) behandelt die Pflichten der einzelnen Klassen innerhalb der indischen Gesellschaft, wie sie sich zu

Beginn des christlichen Zeitalters darstellte, sowie die Strafen und Auflagen, mit denen Verstöße geahndet wurden. Dieser Gesetzeskodex behielt auch in den folgenden Jahrhunderten der Hindu-Geschichte seine Gültigkeit, entweder in seiner ursprünglichen Form oder in Gestalt späterer Bearbeitungen und Kommentare (Basham, 1954; 112f.).

Es muß noch darauf hingewiesen werden, daß die Brahmanen einen Unterschied machten zwischen der wedischen Literatur bis hin zu den Upanischaden (s. S. 69 f.; 97–101) und diesen späteren Werken, welche die Purānas, Epen, Sūtras und Śāstras umfassen. Die wedische Literatur wird höher eingeschätzt und als *śruti* oder »gehört« (d. h. unmittelbar offenbart) klassifiziert, während man das puranische Schrifttum als *smṛti* oder »erinnert«, also als mittelbare Offenbarung, charakterisiert.

7. Das Goldene Zeitalter des Hinduismus

Um das Jahr 320 n. Chr. kam eine neue Dynastie ans Ruder, die den verblichenen Glanz der mauryanischen Herrscher wiederherstellte. Pātaliputra (Patna), die Hauptstadt des magadhanischen Reiches, die inzwischen kaum noch mehr war als ein Dorf, wurde wieder die Residenz des kaiserlichen Hofes. Die neuen Herrscher waren die Guptas, Anhänger der hinduistischen Religion und des Wischnu-Kults. Im ersten Abschnitt, in der Regierungszeit von Chandragupta I. und seinem Nachfolger Samudra Gupta, erlebte die Dynastie ihre größte Blüte. Gegen Ende ihrer dreihundertjährigen Herrschaft verlor sie an Bedeutung und Macht, aber trotzdem wird die Epoche der Guptas von modernen indischen Historikern als das Goldene Zeitalter des Hinduismus betrachtet. Sie war es insofern, als in diesem Zeitraum die normative Ausprägung der Hindu-Kultur im nördlichen Indien fällt; man darf jedoch nicht vergessen, daß die fruchtbarste und bedeutendste Epoche der Hindu-Kultur im Dekkan und in Südindien ein wenig später anzusetzen ist.

Der Vaishnavismus, wie man die Verehrung Wischnus nennt, umspannte inzwischen eine ganze Reihe ursprünglich gesonderter Kulte oder »Sekten« – Bhāgavatas, Pañcarātrikas, Anbeter Krischnas, Vasudevas, Rāmas, Narayanas und Wischnus. Man muß freilich bedenken, daß es sich hier nicht um Sekten im Sinne von Untergruppen des Wischnu-Kults handelt, sondern um völlig getrennte Kulte, die unabhängig voneinander entstanden waren, die man aber damals als dem einen Gott Wischnu zugeordnet auffaßte. Die andere Hauptgottheit, die von den Hindus verehrt wurde, ist Śiva (Schiwa).

8. Der Schiwa-Kult

Die Eigenschaften der Gottheit, die im klassischen Hinduismus unter dem Namen Schiwa bekannt ist, weisen, wie wir gesehen haben (s. S. 49 f.), gewisse Übereinstimmungen mit denen einer anderen Gottheit auf, die der Kultur des Indus-Tals zugehört zu haben scheint. Im klassischen Hinduismus, wie wir ihm in der Zeit der Guptas (s. S. 260) begegnen, vereinigt Schiwa eine Reihe von Merkmalen in sich: er wird manchmal als der Gott der Liebe und Anmut betrachtet, doch sein Wesen hat auch eine dunkle Seite, die er offensichtlich vom wedischen Indra, dem Gott des Sturms und der Zerstörung, geerbt hat; so zeigt sich auch Schiwa als ein zerstörerischer Gott, dessen Reich das Schlachtfeld, der Friedhof und der Totenverbrennungsplatz sind. Deshalb wird er zuweilen mit einer Girlande aus Schädeln dargestellt. Da er der »Zerstörer« ist, hält man ihn für die Macht, die am Ende des kalpa (die »Weltperiode« der Hindus, deren Dauer nach westlichen Begriffen fast unermeßlich ist) die Welt zerstören wird. Aber er gilt zugleich als der große Asket, der kraft seiner Yoga-Meditation den Bestand der Welt sichert. Daneben hat er den Charakter eines Fruchtbarkeitsgottes: er ist der Herr der Tiere, der Hüter der Zeugungskraft, und in der Gupta-Epoche wird das Lingam, das Abbild des männlichen Fortpflanzungsorgans, zu seinem Symbol.

9. Schiwa, Wischnu und ihre Gemahlinnen

Der Schiwa-Kult ist am stärksten in Kaschmir und Südindien (Andhra Pradesh, Mysore, Madras und Kerala) verbreitet; vor allem im südlichen Indien wird Schiwa als der Mitfühlende verehrt, als derjenige, der Gnaden spendet und sich alles Lebendigen annimmt. Darin können wir zweifellos ein weiteres Beispiel dafür sehen, wie der brahmanische Prozeß der Kulturübertragung mannigfaltige Einzelzüge miteinander verschmilzt, um daraus, im vorliegenden Fall, eine hervorragende Gestalt der sanskritischen »großen Tradition« zu bilden (s. S. 205 f.).

In der Gupta-Epoche tritt noch ein anderes wichtiges Kennzeichen des Hinduismus in Erscheinung, nämlich die Assoziierung ehemaliger Mutter-Göttinnen mit den zwei Hauptgöttern Wischnu und Schiwa als deren Gemahlinnen. Im Falle Wischnus ist es die Göttin Śri oder Laksmi, die inzwischen seine Partnerin geworden ist; bei Schiwa ist es Śakti (Schakti), die weibliche Personifikation der göttlichen Energie oder Kraft, bekannt auch unter den Namen Parvati, Kālī und Durga – ein Zeichen für die Vielzahl weiblicher Kulte, die mit dem Schiwa-Kult in Verbindung gebracht wurden.

10. Der Brahmanismus und Südostasien

Was die brahmanische Duldung der Dorfkulte oder »kleinen Traditionen« im gesamten nördlichen Indien zustande gebracht hatte, war der Triumph einer Religionsform, die zwar ein Lippenbekenntnis für die Weden ablegte und die Sonderstellung der Brahmanen respektierte, aber im übrigen die alten nicht-brahmanischen Kulte Indiens unter neuen Namen bewahrte und weitertrug und die soziale Vermischung von Gruppen und Stämmen innerhalb des großen, von den Brahmanen angeführten Kastensystems akzeptierte. Das bedeutet, daß die Herausforderung des Brahmanentums durch die Buddhisten und, in geringerem Maße, durch die Dschainisten (s. S. 153 f.) mit Erfolg abgewehrt und überwunden worden war. Das fortdauernde Vorhandensein der Brahmanismus als einer ausgesprochen resistenten religiösen und sozialen Macht hatte die Gesellschaftslehre (und die ihr zugrunde liegende religiöse Lehre) der Buddhisten daran gehindert, eine wirklich entscheidende Kraft in der indischen Gesellschaft zu werden. Der Hinduismus, seine Mythologie und seine Kastenstruktur waren inzwischen fest verankert; die Brahmanen übernahmen wichtige Ämter im Staat: sie berieten die Könige, sprachen Recht, vermittelten die heiligen Texte und überwachten den Unterricht in der Prestigesprache der Priester, dem Sanskrit. Der Mechanismus, mit dem sie dieses Ziel erreicht hatten, war, wie gesagt, der sorgfältig und geschickt durchgeführte Prozeß der Kulturübertragung. Ihre Motive waren unterschiedlich; maßgebend war vor allem ihre Entschlossenheit, ihre Position zu behaupten. Hinzu kam die Haltung der religiösen Toleranz, die dem brahmanischen Lebensgefühl weit mehr entspricht als ein strenger und doktrinärer Exklusivanspruch, und schließlich, politisch gesehen, der Umstand, daß das Dorf die elementare Einheit der indischen Gesellschaft blieb – eine Eigentümlichkeit, die Kosambi »die Idiotie des Dorflebens« genannt hat, womit er den isolierten, autonomen Lebensstil der dörflichen Gemeinschaften meinte.

Ein weiterer Punkt, der im Zusammenhang mit der Bedeutung der Brahmanen zu erwähnen bleibt, ist die Brahmanisierung mehrerer südostasiatischer Länder während dieser Epoche. In Burma, Thailand, Kambodscha, Java und Sumatra machte sich der weitreichende kulturelle Einfluß bemerkbar, der von Indien ausging. Er zeigt sich in der Hindu-Architektur der gewaltigen Tempel, deren Ruinen man in den Dschungeln Südostasiens findet – zum Beispiel Angkor Wat in Kambodscha oder Borobodur auf Java –, in den Spuren, die das Sanskrit in den Sprachen dieser Länder hinterlassen hat, und in der mittelalterlichen Kosmologie, die den König und den königlichen Palast als Mittelpunkt des Kosmos betrachtet und die sich in volkstümlichen religiösen Vorstellungen niedergeschlagen hat (s. S. 486).

Wie dieser indische Einfluß nach Südostasien gelangte, war lange Zeit umstritten. Früher nahm man an, es sei die Folge einer politischen Expansion Indiens gewesen, also der imperialistischen Bestrebungen der Hindu-Könige. Auf Grund der Untersuchungen von Forschern wie J. C. van Leur (1955) und Georges Coedès (1964; 1966) gilt es heute als ziemlich sicher, daß die indisch beeinflußte Kultur dieser südostasiatischen Länder weitgehend eine Sache der Brahmanisierung ist. Die Initiative ging von den jeweiligen südostasiatischen Herrschern aus. Indische Kaufleute besuchten diese Länder regelmäßig, und so breitete sich der Ruhm der indischen Kultur und insbesondere das Ansehen der brahmanischen Rituale, die sich auf die Inthronisation der Könige bezogen, immer weiter nach Osten aus, mit dem Resultat, daß die südostasiatischen Herrscher Brahmanenpriester und -architekten an ihre Höfe beriefen, um ihren Dynastien die renommierte sakrale Legitimation zu verleihen, für welche die Brahmanen zuständig waren. Die kulturellen Importe aus Indien umfaßten nach Coedès 1. eine Auffassung des Königtums, die auf Hindu-Kulten beruhte, 2. eine Mythologie zur Legitimierung der königlichen Genealogien, die aus dem Sanskrit-Schrifttum übernommen und auf die südostasiatischen Könige übertragen wurde, 3. die Verwendung des Sanskrit und 4. die Einführung der hinduistischen Gesetzbücher, der Dharma Śāstras, vor allem des Manu-Werkes (s. S. 259 f.). Die Übernahme der Hindu-Kultur in diesen Gebieten war demnach nicht eine Auswirkung der politischen Expansion Indiens oder einer hinduistischen Missionstätigkeit, sondern vorwiegend eine Angelegenheit der einheimischen Fürsten und der indischen Priester. Die Absicht, welche diese Herrscher mit der sakralen Legitimation durch die Hindus verfolgten, war also ihr Bestreben, sich auf solche Weise über andere einheimische Herrscher zu erheben, denen die Legitimation versagt blieb, und sie damit »zu Vasallen zu machen« (Hall, 1968; 19).

III.
DIE HINDUISIERUNG DES BUDDHISMUS
(70–600 n. Chr.)

1. Die weitere Entwicklung des Mahāyāna

Die wachsende Überlegenheit des Brahmanismus in den ersten nachchristlichen Jahrhunderten spiegelt sich auch indirekt in einigen Entwicklungen, die sich damals unter den Buddhisten vollzogen und die schließlich zu einem neuen buddhistischen System führten, zum Mahāyāna (»großes Fahrzeug«). Der Name täuscht, denn er erweckt den Eindruck, als ob diese Strömung fortan die dominierende Form des Buddhismus gewesen wäre. Tatsächlich blieb das »große Fahrzeug«, wie es die eigenen Anhänger nannten, im buddhistischen Indien bis mindestens 500 n. Chr. eine Minderheit. Der chinesische Pilgermönch Hsuan-tsang (s. S. 312 f.), der Indien um 640 besuchte, berichtet, daß sogar um diese Zeit noch wenigstens die Hälfte aller Buddhisten nicht-mahayanistischen Richtungen angehörte und daß höchstens ein Fünftel aus eifrigen Mahayanisten bestand. Was also die Anhängerschaft des »großen Fahrzeugs« betrifft, so bestand kein Anlaß, diese Richtung wegen ihrer Verbreitung in den mönchischen Gemeinschaften »groß« zu nennen. Aus den gleichen Gründen waren die Anhänger auch nicht berechtigt, die abwertende Bezeichnung Hīnayāna (»kleines Fahrzeug«) auf jene Mönche anzuwenden, die sich auf die herkömmliche Lehre und Mönchsregel beriefen. Der Anspruch der »Größe« seitens der Mahayanisten beruhte auf anderen Erwägungen.

2. Inwiefern war das Mahāyāna »groß«

Hier muß zunächst darauf aufmerksam gemacht werden, daß das Mahāyāna eine Fortsetzung des Mahāsanghikā oder der Großen Sangha-Partei war – der Gruppe, die sich nach dem Konzil von Vesālī (s. S. 188) vom Hauptstrom des Buddhismus abgespalten hatte und fortfuhr, die Buchstabentreue der Orthodoxen zu kritisieren (s. S. 199 ff). Sie behauptete, das »große Fahrzeug« zu sein, weil ihre Anziehungskraft größer und breitenwirksamer sei; d. h. sie legte weniger Wert auf die Bedeutung des mönchischen Lebens und der mönchischen Disziplin. (Diese Haltung war allerdings relativ, denn auch sie hielt am Mönchtum fest; der Unterschied lag lediglich in der größeren Laxheit, die sich die Mahayanisten bei der Auslegung der Mönchsregeln gestatteten.)

In noch einem anderen Sinne war das Mahāyāna das »große Fahrzeug«: seine Lehren waren sehr viel leichter zu verstehen als die der traditionellen Schulen. Die beiden Regionen, in denen sich das Mahāyāna am stärksten durchsetzen konnte, waren der nordwestliche und der südliche Teil Indiens. In Nordwestindien bestand ein reger Austausch mit persischen (zoroastrischen) Ideen und demnach mit einem Gedankengut, das noch weiter westlich, in Griechenland, beheimatet war. Vor allem Gandhāra geriet unter griechischen Einfluß, und hier absorbierte der Buddhismus die Lehren der asiatisch-griechischen *Sophia* (Weisheit) sowie möglicherweise manche Elemente des Manichäismus und Neuplatonismus (Dutt, 1962; 262). In Südindien wurde das Denken des Mahāyāna von den starken Mutter-Göttinnen-Kulten beeinflußt.

3. Das Mahāyāna und die große Tradition des Hinduismus

Der vielleicht wichtigste Einzelfaktor in der Herausbildung dieses »größeren« Buddhismus war indes die Diskussion, die in jener Periode zwischen Brahmanen und Buddhisten stattfand. Solche Diskussionen blieben nicht auf die Buddhisten der Mahāyāna-Schule beschränkt, aber sie waren es, die sich bereit erklärten, den Brahmanen in philosophischen Fragen entgegenzukommen. Sie waren es, die dazu tendierten, das Sanskrit zum Medium ihrer neuen Schriften und Kommentare zu machen, während die Theravādins am Pali festhielten. Das Mahāyāna übernahm das Sanskrit, die Prestigesprache für intellektuelle Gespräche im brahmanischen Indien, von ganzem Herzen. In ihrem Dialog mit den Brahmanen lernten die Mahayanisten allerhand hinzu. Wie die Brahmanen waren auch sie jetzt bereit, neue Götter zum Pantheon zuzulassen, und zwar als Untergebene Buddhas, den die Mahayanisten inzwischen zunehmend als wenigstens quasi-göttlich betrachteten. Später wurden die neuen Götter, zu denen nun auch Göttinnen hinzukamen, mit den bodhisattvas identifiziert, nachdem sich diese Doktrin voll entwickelt hatte und die bodhisattvas von den Mahayanisten als himmlische Wesen anerkannt worden waren. Im Mahāyāna, das zwar noch immer eine Minderheitsbewegung darstellte, entwickelte sich der Buddhismus in den ersten fünf nachchristlichen Jahrhunderten zu einer neuen Form des religiösen Lebens, die mehr und mehr dem Brahmanismus entsprach und immer weniger spezifisch buddhistisch war. Seinen Endpunkt erreichte dieser Prozeß in einer späteren Periode, als der Buddhismus, der sich rein erhalten hatte, Schwächeerscheinungen zeigte und der Brahmanismus endgültig in fast ganz Indien seinen Siegeszug antrat (s. S. 381 ff.).

4. Nāgārjuna und die Mādhyamika-Schule

Wir haben gesehen (s. S. 199 ff.), daß eine der frühesten Neuerungen im vom Mahāyāna bestimmten buddhistischen Denken die Vorstellung war, daß selbst die Dhammas (in denen die Theravādins die unteilbaren letzten Einheiten alles Existierenden erblicken) in Wirklichkeit keine Substanz haben; alle Dinge sind frei von Substanz oder śūñya. Diese Vorstellung findet sich erstmals in einem Mahāyāna-Text, der gegen Ende des 2. Jahrhunderts n. Chr. ins Chinesische übersetzt wurde und der im 1. Jahrhundert n. Chr. im nördlichen Indien entstanden sein muß.

Die Vertreter (vādins) dieser Lehre vom Fehlen der Substanz (śūñya) selbst in den Dhammas werden śūñyavādins genannt. Eine andere Bezeichnung dieser Richtung ist Mādhyamika-Schule oder Schule der »mittleren Position« (mādhya ist verwandt mit dem lateinischen Wort media). Die hier angesprochene mittlere Position ist nicht die des älteren Buddhismus, als man Buddhas Lehre als »den mittleren Weg« zwischen Selbstabtötung und Sinnlichkeit bezeichnete, sondern die zwischen dem absoluten *Realismus* der Sarvāstivādins (s. S. 194 f.; 196 ff.), die alle vergangenen, gegenwärtigen und zukünftigen dhammas für real hielten, und dem absoluten Idealismus der Yogācara-Schule (s. S. 269).

Als Gründer der Mādhyamika-Schule gilt Nāgārjuna aus dem 2. nachchristlichen Jahrhundert. Es ist bezeichnend, daß er ein Brahmane aus dem südlichen Zentralindien (Andhra) war, der zum Buddhismus übergetreten war. Die Schule, die er ins Leben rief, hat zweifellos Ähnlichkeit mit der brahmanischen Philosophie; obwohl sie sich in einer Oppositionsstellung zu bestimmten orthodoxen brahmanischen Richtungen (Sānkhya und Vaiśesika) (s. S. 256 f.) entwickelte, stand sie durchwegs diesen Schulen näher als dem frühen Abhidhamma des Pali-Buddhismus. Eine ausgezeichnete Darstellung der Mādhyamika-Schule verdanken wir T. R. V. Murti (1955), der sie dialektisch auffaßt: die ursprüngliche These war die Upanischaden-Doktrin, die das atma bekräftigt; die Antithese besteht in der Leugnung eines permanenten atta (atma) im frühen Buddhismus, wie er im Abhidhamma Gestalt annimmt; die Synthese ist das Mādhyamika. Nach Murti führten die Unzulänglichkeit und Inkonsequenz des Abhidhamma-Systems, besonders des Sarvāstivādin Abhidhamma, zur Bildung des Mādhyamika. Das entscheidende Anliegen des Mādhyamika ist das Verhältnis der empirischen Welt, die das buddhistische Denken allgemein als das samsāra (das Kontinuum der Existenz) begreift, zur transzendenten Wirklichkeit des nirvāna. Nach Auffassung des Mādhyamika ist das nirvāna gegenwärtig im samsāra, doch die Menschen werden durch ihr falsches Weltverständnis daran gehindert, das zu erkennen und ins nirvāna einzugehen. Die Beseitigung dieses falschen Weltverständnisses (die Negation der Negation) und die Erlangung des nirvāna ist nach Meinung der Mādhyamika-Buddhisten das religiöse Endziel. Der Weg zu diesem Ziel führt über die Einsicht in die substanzlose Natur der Dinge, und dazu bedarf es eines langen Meditationstrainings.

5. Zwei neue Anliegen des Mahāyāna

Zu der metaphysischen Analyse des Mahāyāna-Buddhismus gesellten sich zwei neue Aspekte, die gleichfalls charakteristisch sind für diese Spielart des Buddhismus: 1. die Betonung der Tugend des »großen Mitleids« (mahākarunā) gegenüber allem Lebendigen, einer Tugend, die jeder buddhistische Mönch und Bürger zu üben verpflichtet war; 2. die Herausstellung der Lehre von den »drei Körpern« (Tri-kāya) Buddhas. Nach dieser Lehre ist es möglich, drei verschiedene Aspekte der Buddha-Natur zu unterscheiden: 1. das ewige Dharma (das dharma-kāya); 2. dessen geschichtliche Manifestation in einem Buddha, also in einer menschlichen Existenz (nirmāna-kāya oder »Erscheinungskörper«); 3. eine weitere Manifestation, die nicht dem Wohl der Sterblichen gilt, sondern denjenigen zugedacht ist, die im Himmel leben oder in ihrer Vergeistigung weit fortgeschritten sind, und zwar in Gestalt eines geläuterten und strahlenden Körpers, dem der Name »Wonne-Körper« (sambhoga-kāya) gegeben wurde. Diese Lehre verrät, wie sehr der Buddhismus in einigen Schulen allmählich zu einer Theologie wird; jedenfalls ist sie ein Beispiel für die rein spekulative Tätigkeit, die häufig ein Merkmal der Theologie jeglicher Richtung ist.

Die beiden genannten Doktrinen haben zuweilen den Eindruck erweckt, als liege hier ein Einfluß des christlichen Denkens auf den Buddhismus vor. Aber der Tugendbegriff des karunā (Mitgefühl) findet sich bereits im älteren Pali-Buddhismus und braucht nicht als christlicher Einfluß erklärt zu werden; die Lehre von den »drei Körpern« hat mit der Trinitätslehre, obwohl die Vermutung naheliegt, nicht viel mehr gemeinsam als die Dreizahl, und die Ursprünge des Tri-kāya reichen in die Frühzeit des Buddhismus zurück (Conze, 1960; 36).

Nach T. R. V. Murti bildet die Verbindung der spekulativen Metaphysik der Mādhyamika-Schule mit der Betonung des »großen Mitleids« und der Doktrin von den »drei Körpern« die spezifisch buddhistische Grundlage für die Kultur im größten Teil Asiens.

6. Die Yogācāra-Schule

Die andere der beiden philosophischen Hauptrichtungen des Mahāyāna-Buddhismus war die Yogācāra-Schule, auch Vijñāna-vādins genannt. Als Begründer dieser Schule gilt Maitre yanātha aus dem 3. Jahrhundert n. Chr., doch es waren sein Schüler Asanga und dessen Bruder Vāsubandhu, die im 4. Jahrhundert das Werk des Gründers fortsetzten und weiterentwickelten und als erste Lehrer der Schule allgemein bekannt wurden. Der Name Yogācāra bezeugt, daß das Schwergewicht auf der Technik der Meditation lag, und bedeutet »Praktizierung des Yoga« als Mittel zur Erlangung der Erleuchtung. Der Beiname Vijñāna-vāda stammt von dem zweiten der beiden Brüder, Vāsubandhu, und unterstreicht die von der Schule vertretene Auffassung, daß allein das Bewußtsein (vijñāna) wirklich ist: Die äußeren Objekte haben keinerlei Realität; sie bestehen nur wirklich im Bewußtsein des Subjekts. Diese Lehrmeinung richtete sich sowohl gegen die Abhidhamma-Schule, für welche die Dhammas äußere, reale Seinsformen waren, als auch gegen die Mādhyamika-Schule, die Subjekt *und* Objekt als unwirklich, substanzlos oder śuñya betrachtete. Eine solche Weltanschauung läßt sich somit als eine Form des Idealismus definieren: Die Ideen allein sind real, und die grundlegende Verirrung besteht darin, daß man eine Idee für ein reales Objekt hält. Die normale Sinneswahrnehmung ist eine Illusion; »der yogācāra sieht das, was ist, wie es wirklich ist«. Das bedeutet, daß ein Mensch, der sich tief in die Meditation versenkt, der Wahrheit näher kommt als einer, der sich durch Äußeres ablenken läßt. Man hat behauptet, die Mādhyamika-Kritik am Abhidhamma-Standpunkt beruhe auf der Logik, die Yogācāra- oder Vijñānavādin-Kritik hingegen auf einer gewissen psychologischen Einsicht.

Diese geistige Entwicklung im Mahāyāna mit ihrer Betonung einer notwendigen Läuterung des Bewußtseins leitet über zur Entstehung des späteren Vajrayāna- oder tantrischen Buddhismus (s. S. 314 ff).

7. *Die Ausbreitung des Buddhismus nach China*

Die geographische Expansion des buddhistischen Sangha erfolgte ziemlich kontinuierlich während der mauryanischen Periode und auch im Anschluß daran. Im 2. vorchristlichen Jahrhundert war es im indogriechischen Königreich Baktrien, im nordwestlichen Indien, fest etabliert, und von dort aus dehnte es sich nach Zentralasien aus. Ein weiterer beträchtlicher Fortschritt wurde seit dem 2. Jahrhundert n. Chr. erzielt, als der Buddhismus von Zentralasien aus nach China vorzudringen begann. Das Vordringen wurde begünstigt durch den sehr regen Handelsaustausch zwischen Nordwestindien, Zentralasien und China. Die Kaufleute dieser kosmopolitischen Region im Norden Indiens verkehrten ohne Behinderungen auf der Handelsstraße, die ins westliche China führte. Es ist jedoch bemerkenswert, daß es von allen religiösen Richtungen, die es um die Zeitenwende in Indien gab, nur dem Buddhismus gelang, sich in China festzusetzen. Verschiedene Umstände kamen zusammen, um dies seit etwa der Mitte des 2. nachchristlichen Jahrhunderts zu ermöglichen: 1. China machte eine Zeit der kulturellen Unruhe oder Anomie durch, denn die Han-Dynastie ging ihrem Ende entgegen, und die alten traditionellen Moral- und Gesellschaftsstrukturen brachen zusammen. Viele Chinesen suchten damals nach einem befriedigenderen Lebensinhalt, der der menschlichen Existenz einen Sinn zu geben vermochte. 2. Der Buddhismus konnte dieses Bedürfnis wie keine andere indische Religion stillen – vor allem deshalb, weil er nicht wie der brahmanische Hinduismus in regionalen Kulten verwurzelt und damit flexibler und sozial anpassungsfähiger war. 3. Die buddhistischen Mönche verfügten über eine eigene missionarische Tradition; die Verpflichtung, das Dhamma zu verbreiten, war allen buddhistischen Richtungen gemeinsam. Sie hat immer wieder die Mönche angetrieben, die Grenzen ihres angestammten Gebietes zu überschreiten, sobald sich die Gelegenheit dazu bot, auch wenn es zwischendurch längere Perioden gegeben hat, in denen der missionarische Eifer erlahmte. Aber das 2. Jahrhundert n. Chr. und die unmittelbar folgenden Jahrhunderte waren eine Zeit günstiger Gelegenheiten, und die buddhistischen Mönche nahmen sie wahr und zogen auf den langen gebirgigen Wegen durch

Zentralasien und nach China. Zuerst waren es nur ein paar Pioniere, doch ihre Zahl nahm zu, da die Chinesen den neuen Glauben günstig aufnahmen.

8. Die Einführung des Buddhismus in China und seine Entfaltung bis 600 n. Chr.

Obwohl, wie wir sahen (s. S. 270), gewisse allgemeine Voraussetzungen die Ausbreitung des Buddhismus nach China begünstigten, stieß er dort auch auf mancherlei Schwierigkeiten. Von all den Ländern außerhalb Indiens, in die der Buddhismus vordrang, besaß insbesondere China bereits eine alte und festgegründete Kultur und eine eigenständige Philosophie und Volksreligion. Die konfuzianischen Gelehrten, die Repräsentanten der einflußreichsten Gesellschaftsschicht, blickten mit Mißtrauen auf diese fremdländische (und deshalb in chinesischen Augen barbarische) Religion. Doch gerade der religiöse Charakter des Buddhismus sprach die chinesischen Massen an, im Gegensatz zu den konfuzianisch Gebildeten und den herrschenden Klassen; denn dem Konfuzianismus widerstrebte es von Natur aus, sich volkstümlich zu geben. Auf der anderen Seite fehlte der chinesischen Volksreligion, dem Taoismus (s. S. 159 ff.), die rationale und philosophische Basis, die den Buddhismus auszeichnete und ihm größeres Ansehen verlieh. Ein weiterer Umstand, der sich zugunsten des Buddhismus auswirkte, war der hohe sittliche Standard, den er seinen Anhängern auferlegte und der von den indischen Missionaren vorgelebt wurde.

Der Prozeß, durch den der Buddhismus in China akzeptiert und schließlich fast als eine einheimische Religion empfunden wurde, zog sich über viele Jahrhunderte hin, aber ein wichtiger erster Schritt war die Übersetzung zahlreicher buddhistischer Texte ins Chinesische. Sie stammten aus verschiedenen Schulen, vornehmlich aber aus dem Mahāyāna-Flügel. Besonders zu erwähnen ist die Leistung von Kumārajiva (344—413) in den ersten Jahren des 5. Jahrhunderts. Dieser Sohn eines Inders war ursprünglich ein Sarvāstivādin, der sich später zu den Lehren Nāgārjunas (s. S. 267 f.) bekannte. Ihm schreibt man die Übersetzung von rund 100 buddhistischen Werken ins Chinesische zu. Andere indische Mönche widmeten sich in den ersten Jahrhunderten derselben Aufgabe. Gegen Ende des 4. Jahrhunderts wurde es den Chinesen (von ihren Herrschern) gestattet, buddhistische Mönche zu werden, und damit wurde der Buddhismus zu einer ganz und gar chinesischen Religion.

Im 6. Jahrhundert begannen sich volkstümliche chinesische Buddhistenkulte zu entwickeln, von denen später noch ausführlicher zu sprechen sein wird (s. S. 306—309).

9. Die Einflüsse des Mahāyāna-Buddhismus in Ceylon

Im 2. bis 4. Jahrhundert n. Chr. erlebte der Buddhismus in Ceylon eine Periode der Unruhe und des Umsturzes. Die Könige von Ceylon, die Mönche und das Volk und ihre wechselnden Allianzen bestimmten die Lage und die Geschichte der Religion während dieses Zeitraums. Was die Mönche angeht, so bildeten sich zwei Parteien, die des Großen Klosters (Mahā-vihāra) und die des rivalisierenden Abhayagiri-Klosters. Die erstere Gruppe setzte sich, wie wir gesehen haben, vorwiegend aus orthodoxen Theravādins zusammen, während die zweite der Mahāyāna-Form des Buddhismus zuneigte, die sich in diesen drei Jahrhunderten von Indien aus weiter nach Ceylon ausbreitete. Die ceylonesischen Könige unterstützten einmal das eine, dann wieder das andere der beiden Zentren des Mönchtums; einige begünstigten auch beide zugleich. Im 2. Jahrhundert erfreute sich das Abhayagiri-Kloster besonderer königlicher Gunst und konnte seine Stellung erheblich festigen. Doch im frühen 3. Jahrhundert scheint eine neue Lehre eingeführt worden zu sein, die sich als buddhistisch ausgab und in Ceylon unter der Bezeichnung Vaitulya bekannt wurde. Über den Inhalt dieser Lehre besteht Unklarheit. Sie hatte offenbar einige Ähnlichkeit mit dem indischen Brahmanismus, und ihre heiligen Texte waren wahrscheinlich in Sanskrit abgefaßt (Rahula, 1956; 89). Der Begriff »vaitulya« oder »vetulla« wird auch heute in Ceylon noch auf Ideen angewandt, die den anerkannten Glaubensvorstellungen widersprechen, und bedeutet wörtlich »abweichend«. Es ist somit höchst wahrscheinlich, daß es sich hier um eine Spielart der Mahāyāna-Lehre handelte, möglicherweise um die von Nāgārjuna (s. S. 267 f.). Der damalige ceylonesische König Voharika Tissa verfügte die Unterdrückung des Vaitulya. Aber am Ende des 3. und zu Beginn des 4. Jahrhunderts begannen sich Vertreter des Vaitulya erneut in Ceylon bemerkbar zu machen; der König ordnete eine Untersuchung an, die Vaitulya-Texte wurden verbrannt, und 60 Mönche, welche diese Lehre verkündet hatten, wurden ausgewiesen. Ein indischer Mönch namens Sanghamitra begab sich auf diese Nachricht hin nach Ceylon in der Absicht, die Unterstützung des Königs für den Mahāyāna-Buddhismus zu gewinnen; seine Bildung beeindruckte den König, und er wurde wohlwollend aufgenommen. Er machte das Abhayagiri-Kloster zu seinem Zentrum und wurde sogar Hauslehrer des Prinzen Mahāsena. Als dieser den Thron bestieg, konnte Sanghamitra seinen ehemaligen Schüler dazu bewegen, daß er Almosen des Volks für die Mönche des Großen Klosters untersagte, die Sanghamitra nicht zu seinen mahayanistischen Ansichten zu bekehren vermocht hatte. Die Mönche waren daraufhin gezwungen, das Große Kloster zu verlassen und in der weiteren Umgebung der Hauptstadt Anuradhapura Zuflucht zu suchen, wo die Bevölkerung bereit war, den Befehl des Königs zu mißachten und die Theravādins weiterhin zu unterstützen. Neun Jahre lang stand das Große Kloster leer, und in dieser Zeit wurde es vom König zugunsten des Abhayagiri-Klosters geplündert. Die Unterstützung des Volkes für die Theravādins und die Opposition gegen das Vorgehen des Königs waren jedoch so groß, daß dieser schließlich seinen Irrtum eingestehen und versprechen mußte, das Große Kloster wiederherstellen zu lassen und den Mönchen die Rückkehr zu erlauben. Der Widerstand gegen Sanghamitra formierte sich, und auf Betreiben der Königin wurde er von einem Schreiner ermordet. Ein hochgestellter Mönch, der die Gunst des Königs besaß, wurde von einem Minister des Königs seines Amtes enthoben und aus dem Orden verstoßen. Daß so etwas möglich war, ist ein Zeichen für die gegen die Religionspolitik des Königs gerichtete öffentliche Meinung. Mahāsenas Sohn, der ihm im 4. Jahrhundert auf dem Thron folgte, gab sich alle Mühe, die Fehler des Vaters wiedergutzumachen, und er setzte ein großes Fest ein, das alljährlich mit einer Prozession zu Ehren von Mahinda (s. S. 198) begangen wurde, dem Mönchsmissionar, der als erster den Theravāda-Buddhismus nach Ceylon gebracht hatte (Rahula, 1956; 96).

Aus diesen Ereignissen zogen die Mönche des Großen Klosters die Lehre, daß eine Verbesserung auf dem Gebiet der Theravāda-Bildung und Gelehrsamkeit notwendig war, wenn sich das Theravāda gegen eine weitere Infiltration des Mahāyāna-Buddhismus aus Indien behaupten wollte. Die Sprache, in der die Mahāyāna-Grundsätze gelehrt wurden, war das Sanskrit, das international weit höher im Kurs stand als die Pali-Sprache der Theravāda-Texte. Ja, die Pali-Sprache war in Ceylon sogar als Unterrichtssprache durch das Singhalesische verdrängt worden. Nyānamoli meint, »die Zentren der Theravāda-Gelehrsamkeit auf dem Festland (d. h. Indien) waren ebenfalls sehr an einer Erneuerung (des Pali) interessiert und versuchten sie zu fördern« (1964; XIV). In dieser Zeit, der ersten Hälfte des 5. Jahrhunderts, und in einer solchen Situation kam der große Buddhaghosa von Indien nach Ceylon, um hier sein monumentales Werk der buddhistischen Pali-Gelehrsamkeit in Angriff zu nehmen.

10. Das Werk Buddhaghosas

Buddhaghosa ist am bekanntesten geworden durch sein großes Kompendium der Theravāda-Ideen und -Gebräuche, das den Titel Visuddhimagga – »Der Weg der Läuterung« – trägt. Es ist weniger eine theologische Abhandlung als ein Handbuch der Theravāda-Frömmigkeit, das auf dem gesamten Pali Tipitaka und, wie er selber sagt, »auf den Lehren der Bewohner des Großen Klosters« beruht *(Vishuddhimagga, I.1.4)*. Das Werk ist sehr umfangreich und umfaßt in der englischen Übersetzung von Bhikkhu Nyānamoli (1964) 838 Seiten. Der Stoff ist in drei Hauptabschnitte eingeteilt, Moral, Meditation und Weisheit, wobei der weitaus größte Teil des Textes die beiden letzten Themen behandelt. Auf Grund seiner Prinzipien und seiner Methode gehört das Werk mehr oder weniger zur Abhidhamma-Literaturgattung, obwohl es natürlich nicht zu den kanonischen Abhidhamma-Büchern gerechnet wird, und in mancher Hinsicht geht es über das Abhidhamma-pitaka hinaus. Es stellt sozusagen die Summa des Theravāda-Buddhismus dar und verhält sich zum Tipitaka des Pali-Buddhismus wie Shankaras Werk (s. S. 336 f.) zu den Upanischaden (s. S. 100–102). Ohne Zweifel wird Buddhaghosa in den Ländern des Theravāda-Buddhismus genauso in Ehren gehalten wie Thomas von Aquin (s. S. 353 f.) und Shankara in katholischen bzw. hinduistischen Gegenden. Da dem so ist, wird uns auch schon ein kurzer Überblick über den Inhalt des Visuddhimagga erkennen lassen, was die zentralen Anliegen des Theravāda waren und geblieben sind.

Das Werk ist in 23 Kapitel unterteilt. Die ersten beiden behandeln die Moral als die unerläßliche Grundlage des heiligen Lebens. Die verbleibenden 21 Kapitel, die den Hauptteil des Buches ausmachen, sind ziemlich gleichmäßig auf die Meditation (3.–13. Kapitel) und die Weisheit (14.–23. Kapitel) verteilt. Die elf Kapitel über die Meditation befassen sich vor allem mit einer beschreibenden Darstellung des Vorgangs und der Methode. Nach einer allgemeinen Einführung folgen die Präliminarien: Meditationshindernisse, Objekte der Meditation, die Anpassung der Meditationsgegenstände an die Stimmung des Meditierenden, die Notwendigkeit der ehrlichen Absicht und einer positiven

Einstellung. Was hier über den zuletzt genannten Punkt gesagt wird, wird vielleicht alle jene überraschen, die das Theravāda-Mönchsideal für ein wenig »selbstsüchtig« halten:

»Wenn ein Mönch einen Meditationsgegenstand wählt, soll er zuerst in sich eine liebevoll-gütige Einstellung zur Gemeinschaft der Mönche innerhalb der Grenzen (das bedeutet etwa: innerhalb der Pfarrgemeinde seines Klosters) erzeugen, wobei er sie zunächst auf ›alle Mönche in diesem Kloster‹ beschränkt, und zwar folgendermaßen: ›Sie mögen glücklich sein und frei von allem Leid.‹ Dann soll er sie allen Gottheiten innerhalb der Grenzen zuwenden. Dann allen maßgebenden Leuten des Dorfes, das sein Almosengebiet darstellt; dann allen menschlichen Wesen, die dort leben, und allen lebenden Wesen, die von menschlichen Wesen abhängig sind.« (*Visuddhimagga* III.58)

Detaillierte Anweisungen für die Entfaltung der Konzentration, die einzelnen Stadien der zunehmenden Versenkung etc. schließen sich an. Die beiden letzten dieser elf Kapitel erinnern den Mönch an den geistigen Lohn der Meditation.

Die zehn Kapitel über die Weisheit umfassen zunächst vier Kapitel, in denen die Wahrheiten, welche die spirituelle Weisheit ausmachen, behandelt werden, und dann weitere vier Kapitel (18–21), in denen diese Wahrheiten mit der individuellen Erfahrung des Meditierenden in Beziehung gesetzt werden. Kapitel 22 beschreibt das Stadium, in dem, gewissermaßen aus der Ferne, zum erstenmal das nibbāna zu »sehen« ist, nachdem es vorher nur intellektuell, also vom Hörensagen bekannt war. Das 23. Kapitel schildert dann die Früchte der spirituellen Weisheit, deren letzte die Erlangung des nibbāna ist.

Das Visuddhimagga ist demnach eine Darlegung des buddhistischen Lebens und deshalb in erster Linie ein Handbuch der buddhistischen Meditation. Das Denken und die Praxis des Theravāda-Buddhismus finden in diesem großen Werk Stoff und Anregungen genug und mehr als genug, so daß ein Verlangen nach weiterführenden Spekulationen, logischer Analyse oder metaphysischen Fragen gar nicht aufkommt. Da die weitaus größere Zahl der Menschen ihr Ziel noch längst nicht erreicht hat, hält es der Theravādin für angemessener, sich mit den hier angedeuteten geistigen Problemen auseinanderzusetzen, als sich auf ein immer subtileres Theoretisieren einzulassen.

Neben diesem Hauptwerk, dem Visuddhimagga, verfaßte Buddhaghosa noch zahlreiche Kommentare zu den kanonischen Pali-Büchern. Seine Werke erhielten sich in Burma vollständiger als in Ceylon, und von dort aus gelangten sie nach Kambodscha und Thailand. So hohes

Ansehen genießt Buddhaghosas Werk in Burma, daß man behauptet, er sei burmesischer Herkunft gewesen. Die ceylonesischen Pali-Geschichtschroniken berichten, er stamme aus Magadha, der Heimat Buddhas, doch die Dokumente verweisen eher nach Südindien, wo er vermutlich in der östlichen Küstenregion von Andhra geboren wurde (Dutt, 1962; 255f.).

ZUSAMMENFASSENDER KOMMENTAR ZUM KAPITEL D

In dem Zeitraum, den wir soeben behandelt haben, traten zwei große Weltreligionen, das Christentum und der Hinduismus, in ein entscheidendes Stadium ihrer Entwicklung. Beide erlangten die Vorherrschaft in ihren jeweiligen Gebieten, und beide gewannen nach und nach die normativen Merkmale, die ihnen im Mittelalter und in der frühen Neuzeit ihre Gepräge verleihen werden. Beide fanden die Unterstützung der weltlichen Macht in den ersten Jahren des 4. Jahrhunderts: das Christentum unter Kaiser Konstantin ab 313, der Hinduismus unter den Gupta-Kaisern ab 320. Die Vorrangstellung, die beide Religionen auf diese Weise erlangten, bedeutete in beiden Fällen mehr als bloße Schutzgewährung: sie führte zu einer Art Invasion von Normen und Maßstäben politischer Macht in religiöse Vorstellungen und Gebräuche. Das ist auffälliger im Christentum, wo der Kaiser in den Konzilen der Bischöfe und Kirchenfürsten den Vorsitz führte und sie zur Formulierung von Glaubensbekenntnissen zwang, die den Spannungen und Uneinigkeiten im Reich ein Ende machen sollten. Weniger spektakulär war der Vorgang im Hinduismus, wo er zu einer Neubewertung der Hindu-Gesetzbücher (s. S. 259 f.) und jenes Werks des höchsten religiösen Kompromisses, der Bhagavad-Gita (s. S. 257 f.), führte, in dem jedermann seine Anschauungen bestätigt finden konnte und das alle guten Hindus ermunterte, den Kampf für den Staat als heilige Verpflichtung zu betrachten. In Indien und Südostasien unterstützten sich Kaiser und Brahmanenpriester wechselseitig bei der Festigung ihrer Positionen; in der mediterranen Welt und in Europa wurde der politische Führer, sei er nun Kaiser oder König, zum christlichen Führer, während sich die Bischöfe in Staatsbeamte verwandelten, und jede der beiden Parteien übernahm dabei etwas von der anderen Seite.

Im besonderen bedeutete dies für das Christentum, daß die akzeptierte Norm auf der Zustimmung zu bestimmten Vorbedingungen beruhte: derjenige ist ein Christ, »der das glaubt, was wir als wahr verkünden« (s. S. 240 ff.), und da die Bewohner neugewonnener Gebiete von ihren Königen dem Christentum zugeführt wurden, nahm man an, sie würden das als wahr hinnehmen, was ihnen die Menschen verkündeten, die ihnen die Taufe des neuen Glaubens spendeten. Auf solche Weise verstärkte sich im Christentum noch mehr die Tendenz, bestimmten äußeren Autoritäten eine Vorzugsstellung einzuräumen, ein Prozeß, der bereits damit begonnen hatte, daß die Kirche dem Kanon der heiligen Schriften einen Sonderstatus zugebilligt hatte. In der Theorie hält die christliche Kirche auch an der Idee einer *innerlich* erfahrbaren Autorität fest, nämlich an der des Heiligen Geistes, aber oft in ihrer Geschichte wurde der Appell an diese innere Autorität als Übersteigerung empfunden und mit Mißbilligung betrachtet. Viel häufiger waren es die äußeren Autoritäten, auf die man sich berief: die Bibel oder das Glaubensbekenntnis oder der Bischof – manchmal alle drei zugleich. Die orthodoxe Auffassung ist stets die gewesen, daß das innere Zeugnis des Heiligen Geistes unmöglich mit diesen Autoritäten in Konflikt geraten könne: diese, so glaubt man, sind die Medien, durch die Gott zu den Menschen spricht. Wer damit nicht einverstanden ist und meint, damit schränke man den Wirkungsbereich des Heiligen Geistes ein, muß sich mit der Tatsache abfinden, daß er vom Standpunkt der institutionalisierten Kirche aus als nicht orthodox gilt. Im Mittelalter war das Schicksal eines solchen Außenseiters weniger angenehm als heutzutage.

Im Hinduismus wurde die Konformität mit etwas feineren Mitteln und mit weniger Gewaltandrohung erzielt. Denn die hier geforderte Konformität betraf weniger die Glaubensnormen als die Normen des sozialen Verhaltens. Vom Hindu wurde vor allem verlangt, daß er sich den Erfordernissen der Kaste und der Sitte anpaßte. Solange er diese Grenzen nicht überschritt und sich an die Pflichten und Rituale eines Hindu hielt, war es ziemlich gleichgültig, auf welche intellektuellen Spekulationen er sich einließ. Wir können einsehen, warum sich in dieser Epoche der hinduistischen Vorherrschaft der Buddhismus so entwickelte, wie er es tat. Dem eigentlichen Wesen des Buddhismus, das sich aus einer Sozialphilosophie *und* einer religiösen Disziplin zusammensetzt, blieb die Erfüllung versagt, soweit es um den ersten Teil ging. Denn die buddhistische Gesellschaftslehre war unvereinbar mit einem Kastensystem, und dieses Kastensystem war eine Errungenschaft der Brahmanen. Deshalb zog sich der Buddhismus auf die Seitenpfade zurück und beschäftigte sich immer angelegentlicher mit intellektuellen Spekulationen in der Art des Mahāyāna. Es gab in bestimmten Zeiten und Gegenden Ausnahmen von dieser allgemeinen Regel, aber im großen und ganzen war es die Partnerschaft von Brahmane und König, die zunehmend die mittelalterliche Szene beherrschte. Die Stärke dieser einmal etablierten Verbindung hatte bereits im größten Teil Indiens das Schicksal des Buddhismus besiegelt.

E
RELIGION UND KULTUR

I.
DER AUFSTIEG DES ISLAMS (600–750 n. Chr.)

1. Arabien zu Beginn des 7. Jahrhunderts

Wir müssen jetzt unsere Aufmerksamkeit der arabischen Halbinsel zuwenden, der Heimat der religiösen Tradition des Islams, die bis heute die unterschiedlichsten Länder geprägt hat: Türkei, Pakistan, Indonesien, Malakka, Indien, Persien, China, die Sowjetunion, die alten Mittelmeerländer in Nordafrika und die neu entstandenen Staaten Afrikas südlich der Sahara; diese Tradition hat ihre Spuren auch in der Kultur und Geschichte Europas hinterlassen, vor allem, wenn auch nicht ausschließlich in Spanien und auf dem Balkan.

Die arabische Halbinsel war um das Jahr 600 n. Chr. keineswegs, wie man es sich manchmal vorstellt, eine öde Wüstenregion weit ab von den Hauptströmen der Kultur. Der Süden Arabiens, den man Arabia Felix nennt, insbesondere das südwestliche Bergland des Jemen, hatte bereits am Ende des 6. Jahrhunderts die Aufmerksamkeit der benachbarten Mächte, zumal Persiens und des christlichen Abessiniens, erregt. Diese beiden Länder hatten zoroastrisches und christliches Gedankengut nach Südarabien getragen; Persien war darüber hinaus Arabiens Nachbar im Nordosten, und persische Religionsvorstellungen waren somit im Norden der Halbinsel nicht unbekannt geblieben. Seit einigen Jahrhunderten drangen auch die Juden in Arabien ein und wurden dort seßhaft. Und an der arabischen Nordwestgrenze lag das christliche Ägypten, eines der Kerngebiete des griechischen Christentums. Auf vielfältige und unauffällige Weise war somit die alte Religion Arabiens zu Beginn des 7. Jahrhunderts zoroastrischen, jüdischen und christlichen Einflüssen ausgesetzt. Diese alte Religion, oft als eine Form des Heidentums beschrieben, bestand in der Verehrung verschiedener numinoser Wesen der Erde und des Himmels sowie dem starken Element eines sogenannten Stammeshumanismus, der durch ein ausgeprägtes Gefühl der Brüderlichkeit und eine hohe Bewertung solcher Tugenden wie Mut, Mannhaftigkeit und Großmut gekennzeichnet war. Doch gegen Ende des 6. Jahrhunderts hatte sich bereits der Glaube an eine mächtige Gottheit durchgesetzt, der Glaube an Allah, der als der Schöpfer aller Dinge galt. Zudem wurde überall in Arabien die jüdische und christliche Religion in verschiedenen Formen praktiziert. Wo war da noch Platz oder Anlaß für eine neue Religion, und worin liegt das Geheimnis ihres Erfolges, der sich bald nicht nur in Arabien, sondern auch im ganzen Nahen Osten und darüber hinaus abzeichnete?

2. Die soziale Lage in Mekka

Um eine Antwort auf diese Frage zu finden, müssen wir uns die damalige soziale Situation in Arabien und vor allem in Mekka vor Augen halten. Informationen zu diesem Punkt sind reichhaltig in der Überlieferung (hadith) des Islam enthalten, die zahlreiche Äußerungen Muhammads (Mohammeds) und Berichte über den Propheten und die frühe islamische Gemeinde in Arabien bewahrt. Neben dem Qu'ran (Koran) selbst (s. S. 284) ist dies die wichtigste Quellensammlung. Die Überlieferung ist im Laufe der Zeit von europäischen und moslemischen Gelehrten gründlich durchforscht und überprüft worden, und eine einigermaßen zusammenhängende Darstellung der sozialen Verhältnisse in Mekka zu Beginn des 7. Jahrhunderts hat sich inzwischen herausgeschält (Watt, 1953).

Mekka war ein altes Pilgerziel der Araber. In seinem Heiligtum, der Ka'ba (Kaaba), befand sich der »schwarze Stein«, ein Objekt der Verehrung, das eine spätere Tradition mit Adam in Verbindung brachte, der es aus dem Paradies mitgenommen haben soll. Wahrscheinlich handelt es sich jedoch um einen Meteoriten, dem man besondere Ehrfurcht entgegenbrachte, weil er vom Himmel gefallen war. Aber auch noch aus anderen Gründen gewann Mekka um 600 n. Chr. an Bedeutung, nämlich als eine Stadt, die auf Grund ihrer günstigen Lage die Karawanenstraße kontrollieren konnte, welche an der Westflanke der arabischen Halbinsel verlief und auf der Güter aus Südarabien und auch aus Abessinien und Indien in die Länder des Mittelmeerraums befördert wurden. Ein anderer Handelsweg, der vom Persischen Golf nach Nordwesten führte, war infolge des Konflikts zwischen Persien und dem Byzantinischen Reich in der zweiten Hälfte des 6. Jahrhunderts ausgefallen, und dementsprechend wuchs die Bedeutung der durch Mekka verlaufenden Straße, vor allem deswegen, weil sich Mekka in der griechisch-persischen Auseinandersetzung neutral verhalten hatte. Mekka wurde so zu einem wirtschaftlichen Zentrum, wo bedeutende finanzielle Transaktionen von immer reicher werdenden arabischen Kaufleuten getätigt wurden. Das war ein neues Phänomen in der arabischen Gesellschaft. Bisher hatte der Reichtum eines Mannes in der Zahl seiner Kamele bestanden. Doch ein solcher Reichtum hat seine natürlichen Grenzen, weil eben die Zahl der Kamelwärter, die ein einzelner persönlich überwachen kann, begrenzt ist. Die Kaufleute von Mekka handelten hingegen mit Luxusgütern geringen Umfangs – mit Gewürzen, Weihrauch und Seide –, und das ermöglichte es dem einzelnen, in finanziellen Dingen weit großzügiger zu operieren. Daraus ergab sich ein großer Zuwachs an persönlichem Reichtum bei einer relativ kleinen Zahl von Kaufleuten, die aus der Konzentration des Handels auf Mekka ihren Vorteil zu ziehen wußten.

Mit diesem wachsenden Wohlstand ging offensichtlich eine Vernachlässigung der traditionellen Familien- und Sippenbande einher. Die Leute, die durch ihren persönlichen Einsatz reich geworden waren, neigten immer mehr dazu, die Verantwortung für ihre Sippe nicht ernst zu nehmen, und die Zahl der Sippenangehörigen, die auf diese Weise ihren natürlichen Protektor im Sinne der Stammestradition verloren, nahm ständig zu. Watt hat nachgewiesen, daß diese Situation eine Krise der arabischen Gesellschaft heraufbeschwor. Der neue, auf Geld basierende Individualismus unterhöhlte das alte kulturelle Gefüge und erzeugte ein Gefühl des sozialen Unbehagens, der Disharmonie und der persönlichen Unsicherheit. Metaphysische Fragen erwuchsen aus dem Zusammenbruch der herkömmlichen Vorstellung von der Unsterblichkeit innerhalb des Clans und im Gedächtnis der Nachkommen; ethische Fragen tauchten auf, sobald die Ideale der Mannhaftigkeit und der Großmut durch die wachsende Bedeutung des Geldes als eines Maßstabs für gesellschaftliches Ansehen verdunkelt wurden. Kurz, es war eine Situation der Anomie entstanden, und in ihr bildete sich eine neue religiöse Bewegung heraus, die von einem Einwohner Mekkas namens Mohammed angeführt wurde.

3. Mohammed, der Prophet von Mekka

Mohammed, ein Angehöriger des Quraysh-Stammes in Mekka, geboren um das Jahr 570 n. Chr., wuchs als Vollwaise auf: sein Vater starb vor seiner Geburt, die Mutter verlor er mit sechs Jahren. Er war somit ein »schwaches«, verhältnismäßig anfälliges und schutzloses Mitglied der Gesellschaft. In seiner Jugend war er arm und ohne jeden Einfluß. Doch er fand eine Anstellung bei einer wohlhabenden Witwe namens Khadija, die nur einige Jahre älter war als er, aber schon zwei Ehen hinter sich hatte. Schließlich, im Alter von 25 Jahren, heiratete Mohammed Khadija, und dadurch fand er Zeit und Muße zum gründlichen Nachdenken. Er scheint in den folgenden 15 Jahren sehr viel Zeit der Meditation gewidmet zu haben, bis er als Vierzigjähriger ein Erlebnis hatte, das er als eine Berufung zum Prophetenamt deutete.

Die prophetische Botschaft verbreitete er in Gestalt von arabischen Versen oder Suren, deren Gesamtheit den Koran ausmacht (s. S. 293). Die Suren, die der frühen Periode von Mekka angehören, bekunden Mohammeds Bestreben, die Wirklichkeit eines Wesens zu verkünden, das alles erschaffen hat, vor dem am Ende jeder einzelne Mensch erscheinen muß und bei dem an jenem Gerichtstag der persönliche Reichtum nicht zählt. Der Prophet sah zunächst seine Mission darin, die Bewohner von Mekka vor diesem Gericht zu warnen. Der erste Mensch, der sein Prophetentum erkannte, war seine Frau. Ein anderer Frühbekehrter war Abu Bakr, ein kleiner Geschäftsmann, der eine Stütze der frühen Gemeinde und zuletzt Mohammeds Nachfolger wurde.

Watt hat die Zusammensetzung der Anhängerschaft untersucht, die sich in Mekka um den Propheten unter dem Eindruck seiner Predigten sammelte (Watt, 1961). Es waren einige junge Männer aus den führenden Familien Mekkas darunter, die freilich nicht zum eigentlichen Kreis des monopolbesitzenden Kaufmannsstandes zählten. Die zweite und größte Gruppe bestand aus angesehenen Vertretern weniger einflußreicher Sippen, Sippen, die in dem Ringen um Macht und Positionen den Aufstieg nicht geschafft hatten. Die dritte Gruppe, weniger als zehn Prozent der ganzen Gemeinde, waren »schwache« oder schutzlose Leute. Daraus geht eindeutig hervor, daß Mohammed in Mekka sicherlich nicht den Anführer einer proletarischen Rebellion gegen die Kapitalisten gespielt hat.

4. Die religiösen Ideen der Mekka-Periode

Man muß sich darüber klar sein, daß die religiösen Ideen, die Mohammed in Mekka verkündete, nicht das gesamte religiöse Gedankengut des Islams ausmachen, das sich zum Teil später entwickelte, teilweise erst nach dem Tod des Propheten. Wenn die von westlichen Wissenschaftlern erzielte Übereinstimmung darin, welche Koransuren der Mekka-Epoche, welche der Medina-Epoche zugehören, den Tatsachen entspricht, ist es möglich, das Grundmuster der von Mohammed in Mekka gehaltenen Predigten zu rekonstruieren. Gewisse Schwerpunkte lassen sich unterscheiden (Watt, 1961): Gott ist der Schöpfer und Lenker der Welt und der Menschen; er wird auch das Ende der Welt herbeiführen, und dann müssen alle Menschen vor ihn kommen, um danach gerichtet zu werden, wie sie gelebt haben, ohne Rücksicht auf Reichtum und Macht. Folglich muß der Mensch mit diesem Ziel vor Augen leben, sich des skrupellosen Gelderwerbs enthalten und Großmut üben. Mohammed ist gesandt worden, all dies den Bewohnern Mekkas einzuprägen, vor allem jenen, deren Profitsucht den Niedergang der Gesellschaft in Mekka und den sich daraus ergebenden Verlust des Lebenssinns und -inhalts verschuldet hat.

Zu diesen religiösen Vorstellungen, wie sie Mohammed in Mekka entwickelt hat, sind zwei Bemerkungen notwendig: 1. Sie enthalten wenig Neues – wenig, was nicht bereits die hebräischen Propheten und Zoroaster in den an Arabien angrenzenden Gebieten verkündet hätten. 2. Mohammed scheint selber eingesehen zu haben, daß seine Grundsätze nicht neu waren und daß er in der Tradition der früheren Propheten stand; das Hauptkennzeichen seiner Sendung ist die Erkenntnis der Notwendigkeit, daß diese Wahrheiten auch in Arabien von einem Araber verbreitet werden mußten. Er war sich bewußt, daß er zu Menschen sprach, denen noch kein Prophet gesandt worden war. Das ergibt sich eindeutig aus den Worten der 93. Sure: »So offenbart sich dir (d. h. Mohammed) wie jenen, die dir vorangingen, Gott, der Mächtige, der Weise ... So haben wir dir offenbart einen arabischen Koran, auf daß du warnest die Mutterstadt (d. h. Mekka) und alle ringsum.«

Man muß bedenken, daß die Zugehörigkeit von Bewohnern Mekkas zu einer der bereits bestehenden monotheistischen Religionen, der jüdischen oder christlichen, obwohl man sich angesichts der gesellschaftlichen Verhältnisse dazu genötigt sah (und es gibt Beweise für eine solche Nötigung von beiden Seiten), in Mekka als politisch unklug galt. Mekkas Wohlstand als Handelszentrum beruhte auf seiner Neutralität im Konflikt zwischen Persien und Byzanz. Wandten sich die Einwohner von Mekka in großer Zahl dem jüdischen Glauben zu, so bedeutete das eine Assoziierung mit dem starken jüdischen Element in Persien; hätten sie sich andererseits dem Christentum angeschlossen, dann hätten sie sich unmittelbar mit dem christlichen Byzanz identifiziert. In jedem Fall wäre die Neutralität verlorengegangen, wäre Mekka in die Auseinandersetzung zwischen Persien und Byzanz hineingezogen und seine wirtschaftliche Vormachtstellung erschüttert worden.

In den Predigten seiner frühen Mekka-Periode erscheint Mohammed demnach als ein Mann, der zutiefst betroffen ist von der Irreligiosität des Lebens im damaligen Mekka, als ein Mann, der das für unerträglich hält und sich verpflichtet fühlt, an die Menschen zu appellieren auf der

Basis überkommener Ideen, die zusammengetragen und der arabischen Situation angepaßt werden mußten. Er übernahm, wenn auch nicht ohne die allen Propheten eigene Hemmung und sogar Angst, die Aufgabe, zu den Menschen seiner Zeit und seines Landes über religiöse Dinge zu sprechen und ihnen klarzumachen, daß sie ihr Dasein in anderen als rein materialistischen Zusammenhängen begreifen mußten.

Mohammeds prophetische Tätigkeit richtete sich in erster Linie gegen die Leute, die ohne Skrupel und verantwortungslos dem Reichtum nachjagten. Diesen, so glaubte er, galt es entgegenzutreten wegen des Unheils, das sie anrichteten. Was die anderen Menschen betraf, so würde ihr Eingehen auf seine Forderungen und ihre Anerkennung der Macht Gottes als der wahren Macht schon an sich eine Absage an die Allmacht des Geldes und der persönlichen Privilegien bedeuten.

Der Individualismus als solcher, wie er sich im Mekka des 7. Jahrhunderts entwickelt hatte, wurde von Mohammed nicht in Frage gestellt. Auch der Besitz von Reichtümern wurde nicht rundweg verworfen. Mohammed nahm den Individualismus als gegeben hin, verankerte ihn jedoch fest in einem *theokratischen* und nicht materialistischen System. Jeder Einzelmensch, so verkündete er, müsse zuletzt ganz allein vor Gott hintreten, um von ihm nach moralischen Kriterien gerichtet zu werden. In diesem Sinne kennen wir keine individualistischere Religion als den Islam, denn dieses Element hat sich bis auf den heutigen Tag erhalten. Doch zunächst einmal sprach Mohammed zu den Menschen seiner eigenen Generation, als er in Mekka predigte und überlieferte religiöse Ideen im Einklang mit den dortigen Verhältnissen umformte. Darin erweist er sich als Prophet.

5. *Mohammed, der Staatsmann und Prophet von Medina*

Die Reaktion auf Mohammeds Auftreten in Mekka war einerseits das Anwachsen seiner Anhängerschar, der Moslems, und andererseits die Verhärtung des Widerstands der monopolbesitzenden Kaufleute. Die letzteren verwarfen nicht nur Mohammeds Lehre, daß man das Leben des Menschen im Zusammenhang des von Gott regierten Universums sehen müsse, um dem die Behauptung entgegenzusetzen, daß »nichts zählt als dieses unser Leben«, sondern lehnten auch den Anspruch ab, der sich aus solcher Predigertätigkeit herleitete – nämlich daß Mohammed über eine größere Einsicht verfüge als sie selber und daß man sich seine Ratschläge für das menschliche Verhalten mit Respekt anhören solle. Ihre Arbeit, so behaupteten sie, bringe ihnen Reichtum und Erfolg ein, und das allein sei schon ein Beweis für die Überlegenheit ihrer Einstellung zum Leben. Auch bei den Verehrern der heidnischen Gottheiten von Mekka scheint Mohammed auf einigen Widerstand gestoßen zu sein, und das stand vielleicht in einem engen Zusammenhang mit der Opposition der Großkaufleute. Als Reaktion darauf traten in Mohammeds Predigten zwei neue Gesichtspunkte zutage: daß Gott seinen Propheten vor dessen Widersachern rechtfertigen werde, wie er es stets getan habe, und daß die heidnischen Gottheiten und Götzen nichts taugten, denn »es gibt keinen anderen Gott als Gott«. Diese Hervorhebung der Einheit Gottes wird zu einem der beiden Grundprinzipien des moslemischen Glaubens, das damals allerdings noch nicht in Form eines Glaubensbekenntnisses fixiert wurde.

Obwohl die Opposition wuchs, schreckten viele Bewohner Mekkas nicht davor zurück, sich Mohammed anzuschließen, und ein paar Jahre lang stand der Prophet unter dem festen Schutz seines Onkels Abu Talib. Doch als Abu Talib und Mohammeds Frau und treue Anhängerin Khadija im selben Jahr starben, wurde die Lage prekär. Es gibt Anzeichen dafür, daß diese Ereignisse zur Vertiefung von Mohammeds Religiosität beitrugen, doch auf der anderen Seite versagte das neue Oberhaupt von Abu Talibs Sippe dem Propheten seine Unterstützung, der sich schließlich gezwungen sah, Mekka zu verlassen. Das war ein dunkler Abschnitt in Mohammeds Leben, aber er schöpfte neuen Mut, als die Einwohner der nahe gelegenen Stadt Medina, im Norden von Mekka, ihn einluden und baten, er möge ihnen helfen, die Angelegenheiten der Stadt zu ordnen. So übersiedelten im Jahre 622 Mohammed und seine Anhänger nach Medina, und dort begründeten sie eine neue islamische Gemeinde, die *Umma.* Das Jahr der Übersiedlung oder Hedschra markiert den Beginn der moslemischen Zeitrechnung.

Die Situation in Medina, mit der Mohammed jetzt konfrontiert wurde, war gekennzeichnet durch den Konflikt zwischen zwei starken arabischen Parteien, den er beilegen sollte. Seine Aufgabe bestand im Grunde darin, die Gesellschaft von Medina zu integrieren (Watt, 1961; 59); außerdem lebte dort eine ansehnliche jüdische Bevölkerungsgruppe, die er vermutlich in sein Integrationswerk einbeziehen mußte. Seine Qualifikation für diese Aufgabe lag nach Ansicht der Araber von Medina in seinem religiösen Charisma, freilich auch in der Klugheit, Unparteilichkeit und versöhnenden Kraft, über die er verfügte.

Das Hauptziel, das Mohammed bei seiner Aktion verfolgte, war die formelle Etablierung der Umma.

6. *Die islamische Theokratie*

Die Grundsätze, die das Leben der neuen Gemeinschaft regelten, wurden in einem Dokument niedergelegt, das man die Verfassung von Medina nennt (Watt, 1956; Levy, 1957). Es bezeichnet sich selbst als »eine Charta Mohammeds des Propheten für die Gläubigen und die Moslems des Quraysh und von Yathrib (Medina) sowie für jene, die ihnen folgen und sich ihnen anschließen und mit ihnen kämpfen. Sie bilden eine Umma (Gemeinschaft) gegen die übrige Menschheit.« Was bislang noch nicht bewußt formuliert worden war, wurde jetzt ausdrücklich bestätigt, nämlich daß es zwei Gruppen von Menschen gab: diejenigen, welche das Prophetentum Mohammeds anerkannten und sich nach seiner Botschaft richteten, indem sie ihr Leben in Übereinstimmung mit seinen Offenbarungen gestalteten, und die anderen, die das nicht taten. Die Charta befaßt sich vor allem mit der kollektiven Sicherheit, welche die Zugehörigkeit zur islamischen Umma all denen gewährt, die die Oberhoheit Gottes und die apostolische Sendung Mohammeds akzeptierten. Der Umstand, daß in der neuen Umma die politische Macht vom Propheten ausgeübt wurde, bedeutete, daß es keine Trennung zwischen religiöser und politischer Sphäre gab. Es war eine politische Gemeinschaft, deren Oberhaupt seine Autorität von seinem Prestige als Prophet ableitete. Sie glich somit der Amphiktyonie des alten Israel, jenem politischen Bund, dessen Zentrum der Jahve-Kult war und in dem vom Geist Jahves inspirierte Männer den Ton angaben (s. S. 79–81). In Medina war es zweifellos die charismatische Persönlichkeit Mohammeds, die den Zusammenhalt bewirkte.

Bezeichnend für die Menschen, die auf solche Weise zu Moslems wurden, war die Übernahme bestimmter spezifisch islamischer Bräuche: die Rezitierung der einfachen Formel: »Es gibt keinen anderen Gott als Gott, und Mohammed ist sein Apostel«; Gebetsübungen zu festgelegten Tageszeiten; Fasten; finanzielle Beiträge zu einem Fonds der Gemeinde; später dann die Pilgerreise zum Heiligtum in Mekka. So fanden die speziellen religiösen Ideen (s. S. 284 ff.), die in Mohammeds Predigten miteinander verbunden wurden, ihren Ausdruck in äußeren Formen, die dafür sorgten, daß die Zustimmung zu diesen Ideen gefestigt wurde.

Die Integration der Gesellschaft von Medina im Leben der Umma hatte jedoch eine schwache Seite: die Juden. Obgleich Mohammed hoffte, die jüdischen Gruppen würden sich der neuen Gemeinschaft einfügen, hielten sie sich fern. Sie weigerten sich, den selbsternannten Propheten Mohammed in einer Linie mit Abraham, Moses und den Propheten Israels zu sehen. Auf Grund ihrer größeren Vertrautheit mit dieser Tradition wiesen sie auf die Diskrepanzen zwischen Mohammeds Aussagen über die früheren Propheten und ihren eigenen Schriften hin. Das war eine herbe Enttäuschung und ein Rückschlag für den Propheten, und seine Bemühungen, mit diesem Problem fertig zu werden, führten zu der Auffassung, derartige Diskrepanzen müßten ihre Ursache in einer Verdrehung oder Entstellung der jüdischen Schriften haben. Von diesem Zeitpunkt an, seit dem zweiten Jahr nach der Niederlassung in Medina, war das Zentrum der moslemischen Frömmigkeit nicht mehr wie bisher Jerusalem, sondern die Kaaba in Mekka.

Auf der anderen Seite weitete sich die Gemeinschaft aus und nahm auch andere arabische Stämme in der Umgebung von Medina in sich auf. Beeindruckt von Mohammeds Leistungen, insbesondere von seiner Einigung der Bevölkerung von Medina, und vielleicht auch von seinen charismatischen Eigenschaften, ersuchten sie um Einlaß in die Umma und wurden zugelassen unter der Bedingung, daß sie die Pflichten des Islam übernähmen. Auf diese Weise entwickelte sich die Umma zu einer Föderation arabischer Stämme – auch dies eine Parallele zum jahvistischen Stammesbund im alten Israel (s. S. 81 f.).

Mohammeds Opposition gegen die Großkaufleute von Mekka führte zu organisierten Überfällen auf die Handelskarawanen, die durch das Gebiet von Medina zogen. Möglicherweise ließ er sich dazu durch seine Grundüberzeugung bestimmen, daß die Kaufherren von Mekka an den Mißständen der Gesellschaft schuld seien und mit allen erdenklichen Mitteln bekämpft werden müßten. Daß er gleichzeitig das Heiligtum in Mekka zum Mittelpunkt islamischer Anbetung machte (deren Richtung seit jener Zeit durch eine Markierung, die »qibla«, an der Wand der Moschee bestimmt ist), beweist, daß seine Hauptsorge der *arabischen* Gesellschaft galt. Früher hatte sich die Frömmigkeit der Araber auf ein heidnisches Mekka konzentriert; diese Sitte wurde jetzt dadurch islamisiert, daß sich die Frömmigkeit eines neuen arabischen Religionssystems auf das alte Heiligtum Arabiens richtete und daß die Pilgerreise nach Mekka zu einem charakteristischen Brauch dieser neuen Religion wurde. Das eigentliche Zentrum des auf Abraham zurückgehenden Monotheismus lag nun in Arabien.

In dieser Medina-Periode gewann auch die eifrige Verfolgung der islamischen Ziele mit allen Mitteln, einschließlich des Krieges, offizielle Anerkennung in der Idee des jihad – ein Wort, das »Streben« oder »Anstrengung« bedeutet. Im Verlauf der islamischen Geschichte erhielt der Begriff die Bedeutung von »heiliger Krieg«, und in dieser Verwendung ist er dem nicht-moslemischen Leser wohl geläufiger. Wie es zu dieser spezifischen Bedeutung kam, zeigt ein Blick in die vor-islamische Geschichte. Überfälle (razzias) auf Nachbarstämme waren in Arabien gang und gäbe; abgesehen von der Beute, waren sie ein Ventil für die überschüssige Energie der Araber. Diese Praxis wurde nun den Bedürfnissen der islamischen Gemeinschaft angepaßt. Im Koran wird sie häufig umschrieben als »Streben im Sinne Gottes«, d. h. zur Förderung der theokratischen Ideale des Islam. (»Islam« bedeutet Unterwerfung; ein Moslem werden, heißt sich entschließen, nicht *gegen* die Macht Gottes und seiner Gemeinschaft zu kämpfen, sondern im Einklang mit ihr zu wirken.)

Hinzu kommt, daß solche Überfälle oder Angriffshandlungen innerhalb der Konföderation der islamischen Umma verboten waren und sich auch nicht mehr gegen die Stämme richten durften, die zwar noch nicht Vollmitglieder der Umma waren, aber bereits in Verhandlungen mit Mohammed standen. Das bedeutete, daß sich die angriffslustigen islamischen Araberstämme und ihre Verbündeten anderweitig betätigen mußten. Sie fanden dieses neue Betätigungsfeld im Norden, und auf diese Weise erweiterten sie den Einflußbereich und das Herrschaftsgebiet des theokratischen Bundes. Einmal soll Mohammed mit tausend Männern sogar rund 700 Kilometer nördlich von Medina vorgestoßen sein. So kam es, daß sich immer mehr Stämme Mohammed unterwarfen und dem Namen nach Mohammedaner wurden. Doch die Folgen dieser oberflächlichen Islamisierung zeigten sich, als Mohammed 632 starb. Allerdings hatte der Prophet zwei Jahre vor diesem Ereignis noch einen bedeutenden Sieg errungen, der hier erwähnt werden muß: die Unterwerfung Mekkas im Jahre 630. Dadurch wurde die Umwandlung der Kaaba zu einem islamischen Heiligtum möglich, das seither eine Pilgerstätte für alle Moslems ist.

7. Die vier Kalifen von Medina (632–661)

Die europäischen Religionshistoriker sind sich darüber einig, daß der Tod Mohammeds im Jahre 632 eine ernste Krise des Islams auslöste. Man führt sie häufig darauf zurück, daß der Prophet keinen Sohn hatte, der ihn überlebte, und daß er keinen Nachfolger bestimmt hatte, der die Leitung des Gemeinwesens und darüber hinaus den Oberbefehl über das Heer hätte übernehmen können. Doch es war zugleich eine Krise in einem andere Sinne: es war niemand da, der über die gleichen charismatischen Qualitäten wie Mohammed verfügt hätte, und dieser Umstand hatte möglicherweise noch verhängnisvollere Folgen für die Zukunft des Islams. Natürlich konnte man nicht damit rechnen, einen solchen Mann zu finden, denn es gehört nun einmal zum Wesen des Charismus, daß es sich der Kontrolle des Menschen entzieht. Doch da das prophetische Charisma Mohammeds der entscheidende Faktor bei der Gewinnung der Einwohner von Mekka und Medina und vieler anderer Araberstämme für das neue theokratische Gemeinwesen gewesen war, bewirkte das Fehlen dieses Elements nun den sofortigen Abfall einiger Stämme und in den nächsten Jahrzehnten die Entstehung von mehreren rebellischen oder abweichlerischen Gruppen.

Die Frage, wer die Gemeinschaft führen sollte, wurde schließlich, nach mancherlei Schwierigkeiten, zugunsten von Abu Bakr entschieden, einem der ältesten Gefolgsleute Mohammeds in Mekka und einem treuen Freund des Propheten. Als »Nachfolger« oder »Repräsentant« des Propheten trug er den Titel khalifa (Kalif), einen Titel, den die anerkannten Führer der islamischen Gemeinschaft in den nachfolgenden sechseinviertel Jahrhunderten beibehalten sollten. Sein Kalifat dauerte nur zwei Jahre, und die Zeit bis zu seinem Tod im Jahre 634 widmete er hauptsächlich dem Versuch, diejenigen arabischen Stämme zurückzugewinnen, die ihre Mitgliedschaft in der Umma für beendet hielten, nachdem Mohammed gestorben war. In der Unterdrückung der Apostasie war Abu Bakr so erfolgreich, daß am Ende seines Kalifats Arabien eine geschlossenere Einheit bildete als vorher, zumindest in politischer Hinsicht. Es schien, als wäre die Krise überwunden.

Unter den beiden nächsten Kalifen – Omar, der zehn, und Othman der zwölf Jahre lang regierte – konsolidierte sich der islamische Staat sogar noch weiter. In diesen 22 Jahren erlebte das islamische Herrschaftsgebiet (dar-al-Islam) einen spektakulären Zuwachs.

Die Expansion des Islams über Arabien hinaus, in die reichen Länder Ägypten im Nordwesten, Syrien im Norden und Mesopotamien im Nordosten, läßt sich mit vielen Gründen erklären. Die Wirtschaftshistoriker sehen in diesem Prozeß ein weiteres Beispiel für den Übervölkerungsdruck auf der arabischen Halbinsel in der für den Nahen Osten charakteristischen Form. Der trockene und unfruchtbare Boden im größten Teil Arabiens setzte der Zahl der Menschen, die sich von ihm ernähren konnten, strenge Grenzen. Zur Zeit von Omars und Othmans Kalifat trugen zwei andere Faktoren, die auf den Islam zurückzuführen sind, zur Verschärfung der Situation bei: vor der islamischen Einheit hatten die blutigen Auseinandersetzungen zwischen den Stämmen die männliche Bevölkerung immer wieder dezimiert, während die Sitte, weibliche Säuglinge auszusetzen und dem Tod zu überlassen, für das Gleichgewicht sorgte. Doch der Islam beendete die Stammesfehden und verbot den Kindermord. Die zunehmende Überbevölkerung eines bereits überforderten Territoriums führte notwendigerweise zu einem arabischen Vorstoß in die fruchtbareren Nachbarländer. Christliche Autoren mit einer gewissen Antipathie gegen den Islam halten sich hingegen an die Tatsache, daß ein großer Teil der ehemals christlichen Bevölkerung Ägyptens und Syriens damals mohammedanisch wurde, und indem sie diesen Umstand mit den kriegerischen Methoden der Araber in Verbindung bringen, kommen sie zu dem Schluß, die Ausbreitung des Islam sei in erster Linie als eine religiöse Kampagne zu verstehen, die mit dem Schwert ausgetragen wurde.

Die Wahrheit liegt wahrscheinlich irgendwo in der Mitte zwischen den beiden Erklärungsversuchen. Wie wir schon festgestellt haben, war das jihad, das »Streben im Sinne Gottes«, ein wichtiges Motiv für den Drang des islamischen Staates nach Norden. Die althergebrachte arabische Sitte, den Gegner zu überfallen, wurde religiös sanktioniert, und der Zusammenschluß der islamischen Stämme erzeugte eine gewaltige Kraft und lenkte diese Kraft in die einzig mögliche geographische Richtung. Und unter dem Schutzschirm des islamischen jihad sammelten sich zweifellos viele Beduinenstämme, deren Motive eher vom eigenen Vorteil als von dem gottesfürchtigen Eifer bestimmt waren, der den Propheten und seine Gesinnungsfreunde beseelt hatte (B. Thomas, 1937). Eine weitere Tatsache, die von christlichen Autoren nicht immer eindeutig erkannt und anerkannt wird, ist, daß sich die Christen in Syrien und Ägypten nicht unter Zwang, sondern aus freier Wahl dem Islam zuwandten (Arnold, 1913). Der Islam ist eine missionarische Religion, und wie Arnold in seinem klassischen Werk dargetan hat, fordert der Koran bei der Bekehrung von Nicht-Mohammedanern den Einsatz von Predigt und Überzeugungskraft und lehnt die Anwendung von Gewalt ab. Deshalb ist die Expansion des Islams tatsächlich sehr viel eher eine Missionsgeschichte als eine Geschichte der Gewalt und der Verfolgung.

Unter dem Kalifen Othman (644–656) nahmen jedoch die internen Konflikte innerhalb der islamischen Gemeinschaft bedrohliche Ausmaße an. Othman stammte aus dem Omaijaden-Geschlecht, einer der mächtigsten und einflußreichsten Familien im heidnischen Mekka, die früher einmal zu den Hauptwidersachern des Propheten gehört hatte. Später, in den Tagen seines Erfolges, war sie zum Islam übergetreten, bewahrte aber ihre aristokratische und einflußreiche Stellung. Othman war anscheinend ein recht unbedeutendes Mitglied dieser Sippe, und vielleicht haben gerade deshalb die fanatischeren Moslems seiner Wahl zum Kalifen zugestimmt, in der Hoffnung, mit ihm leichter fertig werden zu können. In der Tat war Othmans Regierung die Herrschaft seiner Omaijaden-Sippe, und die frommen Mitglieder der Gemeinschaft, vor allem Ali, der Neffe und Schwiegersohn des Propheten, opponierten schon bald gegen sein irreligiöses und weltliches Kalifat. Sie hielten Ausschau nach einer charismatischen Führungspersönlichkeit, denn Othman scheint ein prophetisches Charisma völlig abgegangen zu sein. Ein Aufstand führte zu Othmans Ermordung im Jahre 656; er wurde ermordet, als er in seinem Haus beim Gebet war. Es wird berichtet, sein Blut sei über ein Exemplar des Koran geflossen, das neben ihm gelegen habe – eine Erinnerung daran, daß unter seinem Kalifat und auf seine Anordnung hin der Koran (s. S. 284) von Vertretern des Quraysh-Stammes fixiert worden ist und daß die neue offizielle Fassung von Medina aus in alle wichtigen islamischen Städte geschickt wurde. (Das ist die orthodoxe Ansicht über die endgültige Textrevision, die allerdings in jüngster Zeit verschiedentlich angezweifelt worden ist.)

Am Tage von Othmans Ermordung nahm Ali als Kalif den Treueid seiner Anhänger in Medina entgegen. Doch Othmans Bruder Mu'awiya, der den Posten eines Gouverneurs von Damaskus innehatte, bestritt Alis Ansprüche auf das Kalifat. Der Kampf zwischen beiden dauerte fünf Jahre und endete damit, daß Ali im Januar 661 in der Moschee von Kufah im Irak ermordet wurde. Mu'awiya war bereits von seinen Truppen als Kalif ausgerufen worden; jetzt wurde er das unumstrittene Oberhaupt des islamischen Staates, der von 661 an neunzig Jahre lang von Damaskus aus regiert wurde. Damit begann ein neues Kapitel in der Geschichte des Islams, doch bevor wir uns ihm zuwenden, müssen wir noch kurz die Entwicklung der religiösen Ideen seit dem Tod des Propheten betrachten.

8. *Das religiöse Gedankengut des Islams während des Kalifats von Medina*

Beim Tode Mohammeds waren die Allmacht und die Einheit Gottes die entscheidenden religiösen Ideen in der islamischen Gemeinschaft. Anders ausgedrückt: der Islam war ein Monotheismus in einer seiner reinsten und konsequentesten Formen. Die Einheit Gottes spielte, nach

Watts Auffassung, in der frühesten Verkündigung der Mekka-Periode noch keine besondere Rolle, gewann aber in Mohammeds Auseinandersetzung mit der Allianz der Kaufherren und der Konservativen, also den Bewahrern des herkömmlichen arabischen Polytheismus, sehr rasch an Bedeutung. Falls es, wie Robertson Smith (1927) behauptet, zutrifft, daß der Monotheismus bei den Semiten normalerweise aus der Verbindung von Religion und Monarchie erwachsen ist, dann ist es nicht schwer einzusehen, daß Mohammed in Medina wohl eher die Rolle eines Monarchen als eines traditionellen arabischen Stammeshäuptlings spielte. Einen der Gründe für den Anschluß der südarabischen Bevölkerung an Mohammed erkennt Watt darin, daß im Süden »große politische Einheiten mit einer hochentwickelten Kultur« Tradition waren, bedingt durch die persische und abessinische Okkupation dieser Region, und daß mit einer solchen Tradition die Vorstellung von der übermenschlichen, halbgöttlichen, charismatischen Gestalt des Königs verbunden war; somit wandten sich die Menschen aus dem südlichen Teil der Halbinsel bereitwillig dem neuen charismatischen Führer Mohammed zu und brachten ihre Vorstellungen in die islamische Umma ein (Watt, 1961; 105 f.). Hier ergibt sich eine interessante Wechselbeziehung zwischen der sich verstärkenden Oberherrschaft Mohammeds und dem Nachdruck, der jetzt auf die Doktrin von der Einheit des göttlichen Wesens gelegt wurde. Diese Wechselbeziehung ist jedoch nicht der einzige Faktor, der berücksichtigt werden muß; mindestens ebenso wichtig war die Ablehnung des Polytheismus durch Mohammed, sowohl wegen seiner sozialen Konsequenzen als auch wegen der Gemeinsamkeiten zwischen Monopolherren und Polytheisten.

Zusammen mit der Herausstellung der göttlichen Einheit tritt das »shirk« als die große Sünde in Erscheinung, d. h. die Assoziierung irgendeines Wesens mit dem einzigen und einzigartigen göttlichen Wesen. Keine Sünde war so schwer wie diese; keine Tugend war so groß wie die Verkündigung der Einheit Gottes. Das ist islamischer Glaube *par excellence.*

Ein weiterer wichtiger Gedanke, der in der Medina-Periode zum Tragen kam, war die Idee des jihad, des heiligen Strebens (s. S. 289 f.). Unter diesem Streben verstand man schließlich die energische Ausweitung des dar-al-Islam, also des Gott unterworfenen Bevölkerungsteils. Das konnte man durch Predigt und Diskussion, aber auch mit militärischen Mitteln erreichen. Gleich nach der Verkündigung von Gottes Einheit kam der Kampf für die Gemeinschaft der Gläubigen.

Die Begriffsbestimmungen der großen Sünde und der großen Tugenden machten unter den ersten vier Kalifen eine starke Wandlung durch. Es entwickelte sich dabei eine großzügigere Einstellung zu jenen moralischen Schwächen, die man, im Vergleich zur »Todsünde« des shirk (um die katholische Terminologie zu gebrauchen), als »läßliche« Sünden bezeichnen könnte. In den hadith, den Überlieferungen, findet sich eine Erzählung von Abu Dharr, einem Moslem, der eine breitere Skala moralischer Tugenden für notwendig hielt. Abu Dharr berichtet:

»Ich kam zum Propheten und fand ihn schlafend in einem weißen Gewand. Ich kam ein zweites Mal und fand ihn noch immer schlafend. Beim dritten Mal war er erwacht. Als ich mich zu ihm setzte, sagte er zu mir: ›Wer sagt: Es gibt keinen anderen Gott als Gott, und in diesem Glauben stirbt, wird in das Paradies eingehen.‹ Ich erwiderte: ›Auch wenn er gestohlen oder Unzucht getrieben hat?‹ Er antwortete: ›Auch wenn er gestohlen und Unzucht getrieben hat.‹ [Frage und Antwort werden dreimal wiederholt.] Beim vierten Mal fügte Mohammed hinzu: ›Auch wenn Abu Dharr darüber die Nase rümpft.‹« (Wensinck, 1932; 46)

Diese Erzählung wendet sich bewußt gegen einen puritanischen Zug im frühen Islam, der sich schon bald in der ersten sektiererischen Bewegung manifestierte, in den Kharijiten.

Die Kharijiten waren die »Abweichler« oder Separatisten. Eine erste Gruppe solcher Abweichler trennte sich schon unter dem Kalifat Alis (656–661) von der Gemeinschaft. Die Ursachen ihrer Unzufriedenheit lagen im vorausgehenden Kalifat Othmans, dessen Ungerechtigkeit, Günstlingswirtschaft und Weltlichkeit man mißbilligte. Diese Kharijiten behaupteten, die Leitung der Umma sei in die Hände jener Aristokraten aus Mekka gefallen, die sich in der Frühzeit gegen den Propheten gestellt hätten. Die rasche Ausbreitung des Islam unter Omar und Othman hatte dazu geführt, daß man unter Rechtgläubigkeit vor allem den *Glauben* (also die Anerkennung eines einzigen Gottes) und in zweiter Linie das *jihad* verstand; auf die *Werke*, d. h. die moralische Rechtschaffenheit wurde weniger Wert gelegt. Nach Auffassung der Kharijiten war die Umma nicht dort zu finden, wo ein solcher Formalismus dominierte: die wahre Umma bestand aus jenen Menschen, deren Verhalten über die Enthaltung von der Ursünde des Polytheismus hinausging. Die Zielvorstellung ähnelt in mancher Hinsicht späteren Erscheinungen in der Geschichte des Christentums, etwa unter Oliver Cromwell – es ist die Gemeinschaft der Heiligen. Die Haltung der Kharijiten gründete sich auf eine Überlieferung, die nicht eine, sondern sieben Todsünden kennt: Polytheismus, Magie, ungesetzliche Tötung, Mißbrauch mit dem Geld der Waisen, Wucher, Desertion und Verleumdung von keuschen, aber unbesonnenen Frauen, die gleichwohl treu sind (Wensinck, 1932; 39).

Ein zusätzlicher Faktor bei der Entstehung der Kharijiten-Bewegung war unter Umständen auch das gesteigerte Gefühl des Unbehagens und der Unsicherheit unter den ehemaligen Nomadenstämmen, die jetzt von einer riesigen autoritären Organisation aufgesogen wurden, deren Anführer sich vorwiegend mit finanziellen und administrativen Problemen zu befassen hatten. Wenn wir uns den Umfang des damals vom Islam beherrschten Gebietes vorstellen – es umfaßte fast ganz Ägypten, Syrien, den Irak und Arabien –, dann ist ein solches Gefühl keineswegs von der Hand zu weisen.

Aus solchen Gründen begann sich also gegen Ende des Kalifats von Medina eine extrem puritanische Strömung abzuheben, die in der nachfolgenden Geschichte des Islams noch mehrmals in Erscheinung trat. Es handelt sich hier um eine der beiden gegensätzlichen Tendenzen innerhalb des Islams, nämlich um die Hervorhebung der *charismatischen Gemeinschaft* einerseits und des *charismatischen Führers* andererseits (Watt, 1960). Die Tendenz, das Schwergewicht auf den charismatischen Führer zu verlagern, findet sich vor allem bei den Shi'iten (Schiiten). Für sie verkörperte sich das charismatische Führertum ausschließlich in Mohammed, in seinem männlichen Nachkommen Ali und, nach der Ermordung Alis, in dessen Abkömmlingen. Mit anderen Worten: sie lehnten den Anspruch ab, den Mu'awiya und sein Omaijaden-Geschlecht auf das Kalifat erhoben. Die hohe Bewertung von Mohammeds und Alis Charisma durch die Schiiten läßt sich möglicherweise darauf zurückführen, daß sie vorwiegend aus Südarabien stammten (Watt, 1961; 105 f.), denn dort war bekanntlich die Vorstellung des übermenschlichen, halbgöttlichen Königs weit verbreitet. Während die Kharijiten mit ihrer Betonung der charismatischen Gemeinschaft der Herrschaft eines einzelnen mißtrauten, vertraten die Schiiten den Standpunkt, die Leitung der Gemeinschaft dürfe *nur* dem inspirierten Führer anvertraut werden. Man muß jedoch beachten, daß sie das Charisma als etwas Vererbbares betrachteten: der Prophet ist nach ihrem Verständnis der Begründer einer charismatischen Dynastie – eine Auffassung, die dem Bild des Königtums sehr nahe kommt. Damit verknüpft ist die schiitische Idee der Unfehlbarkeit von Alis Regierung; er wurde »geleitet vom Himmel«. Diese Unfehlbarkeit wurde von den Schiiten auch auf Alis Nachkommen, die Imams, übertragen.

9. Der Islam unter den Omaijaden-Kalifen (661–750)

Mit der Machtergreifung Mu'awiyas, des Gouverneurs von Damaskus, nach der Ermordung Alis im Jahre 661 verlagerte sich das Zentrum des islamischen Staates nach Damaskus. Im Islam begann sich bereits jene Polarität zu entwickeln, die seine weitere Geschichte so nachhaltig bestimmt hat. Da ist einerseits der religiöse Faktor, der seine Wurzeln in der prophetischen Botschaft Mohammeds hat (s. S. 284 ff.), im Hinweis auf eine höhere Dimension der menschlichen Existenz, die sich nicht in unmittelbaren materiellen Interessen und Sorgen erschöpft. Und da ist andererseits der politische Faktor im Islam, der in der Reorganisation der Gesellschaft von Medina durch Mohammed und in der Schaffung eines neuen Superstamms begründet liegt, in dem sich das religiöse Leben der Moslems entfalten konnte (s. S. 288 ff.). Es war unvermeidlich, daß die von Mohammed geschaffene politische Realität, der islamische Staat, alle die anzog, deren Hauptinteresse der politischen Macht dieser immer stärker werdenden und zunehmend panarabisch geprägten Gemeinschaft galt. In jeder Gesellschaft beeinflussen religiöse Vorstellungen und Sitten notwendigerweise die jeweilige wirtschaftlich-politische Struktur – und umgekehrt. Doch hier haben wir es mit einem Fall zu tun, in dem die beiden Elemente *bewußt* aufeinander bezogen werden: ein religiöses System, das international als politische Einheit, als ein Staat organisiert ist. Eine Heirat war *arrangiert* worden zwischen Religion und Politik, doch schon bald gab es Anzeichen dafür, daß sich die Partner nicht mehr recht verstanden.

Die Omaijaden regierten das islamische Reich von Damaskus aus, ein Reich, das damals Arabien, Ägypten, Syrien, den Irak und Teile Persiens umfaßte, aber es entstand kein Konflikt zwischen der politischen Macht in Damaskus und den religiösen Interessen in Medina und Mekka. Die beiden Elemente, das religiöse und das politische, waren vielmehr überall im Reich gegenwärtig. In Arabien genauso wie in Damaskus gab es Araber, die vor allem aus politischen und weltlichen Interessen Moslems geworden waren, und was die frommen Moslems als Weltlichkeit empfanden, existierte in Medina nicht weniger als in Damaskus. Unter den Omaijaden verfielen die Araber allenthalben dem Hedonismus der Kalifen: die Entstehung der arabischen Liebeslyrik ist ein Merkmal des Kalifats von Abdal Malik (685–705), und sogar Trinklieder wurden in der letzten Dekade der Omaijaden-Herrschaft gedichtet – ein Zeichen dafür, daß das vom Propheten erlassene Verbot des Weintrinkens weitgehend mißachtet wurde, insbesondere im Irak. Auf der anderen Seite standen die Gläubigen, ob es nun Araber oder Nicht-Araber waren, die sich aus religiösen Motiven zum Islam hingezogen fühlten, jene, welche das Heidentum oder eine oberflächliche Zugehörigkeit zum Christentum oder den Zoroastrismus oder gar das Judentum zugunsten des neuen Glaubens aufgegeben hatten. Mit den Protesten der Gläubigen werden wir uns später beschäftigen (s. S. 301 f. und S. 372 ff.).

Etwa elf Kalifen der Omaijaden-Dynastie residierten in Damaskus; die bedeutendsten dieser Herrscher waren Mu'awiya (661–680), Abdal Malik (685–705) und Walid I. (705–715). Man kann sie zu Recht als »Herrscher« bezeichnen, denn von Abdal Malik an waren sie in allen Dingen, nur nicht dem Namen nach, autokratisch regierende Könige. Unter Walid I. dehnte sich das Herrschaftsgebiet bis nach Spanien und im Osten bis zum Sind-Gebiet im nordwestlichen Indien aus.

Was Spanien betrifft, so begriff man das Übersetzen des moslemischen Araberheeres unter dem Feldherr Tariq im Jahre 711 und die siegreiche Landung auf dem »Felsen« (der daraufhin Jabal Tariq genannt wurde, woraus später Gibraltar entstand) im religiösen Sinne als eine Erfüllung der moslemischen Pflicht des jihad, als energisches Eintreten für die Sache Gottes und des Islam. Die Besetzung Spaniens ging schnell vonstatten und war um 714 weitgehend abgeschlossen; in den folgenden Jahren traten dann Spanier in großer Zahl zum Islam über. Das geschah ohne Angst oder Gewaltandrohung. In Spanien lebten viele Juden, die unter der christlichen Oberherrschaft schwere Diskriminierungen zu erdulden gehabt hatten, viele gebürtige Spanier, die bestenfalls nur dem Namen nach Christen gewesen waren, und nicht wenige Sklaven – Kriegsgefangene, die man irgendwo in Europa gemacht hatte und die durch einen florierenden Handel nach Spanien gelangt waren –, deren Schicksal alles andere als rosig gewesen war. Die Juden arbeiteten ganz offen mit den vorrückenden Moslem-Truppen zusammen; manche von ihnen nahmen den islamischen Glauben an, genauso wie viele nominelle Christen und Sklaven; andere gingen nicht so weit und erhielten den Namen »Beinahe-Araber« oder Mozaraber, d. h. sie hingen weiterhin ihrem angestammten Glauben an, den sie ungehindert praktizieren durften, wurden aber loyale Untertanen der Moslem-Herrscher. Erzwungene Konversionen zum Islam oder Verfolgungen von Nicht-Moslems sind keineswegs typisch für die Eroberung Spaniens durch die Araber, und nach T. W. Arnolds Auffassung »war es vor allem ihre tolerante Haltung gegenüber der christlichen Religion, die ihre schnelle Besetzung des Landes erleichterte« (Arnold, 1913; 136).

Das Vordringen des Islams in den indischen Subkontinent hatte erhebliche Konsequenzen, die bis in die Gegenwart hineinreichen und zum Beispiel noch in der Teilung Indiens und der Entstehung Pakistans im Jahre 1947 erkennbar sind. Im Falle Indiens drang der Islam teils friedlich, teils aber auch mit Gewalt vor; fünf wichtige Phasen lassen sich unterscheiden:

1. Niederlassung arabischer Kaufleute in der Küstenregion Südindiens während des 1. Jahrhunderts der islamischen Zeitrechnung;
2. Der Feldzug in der Sind-Provinz unter Mohammed ibn Qasim im 8. Jahrhundert n. Chr.;
3. Die gewaltsame Invasion unter Mohammed von Ghazni zu Beginn des 11. Jahrhunderts;
4. Die sich über einen großen Zeitraum erstreckende Missionstätigkeit der Sufis;
5. Die Invasion der moslemischen Türken, die im frühen 16. Jahrhundert zur Errichtung des Mughal-Reiches führte.

In all diesen Fällen, abgesehen vom ersten, drang der Islam auf dem Landwege über die nordwestliche Region in Indien ein. Die ersten beiden Phasen fallen in die Periode des Omaijaden-Kalifats, und hier waren Araber die Träger des Islam.

Schon vor der Zeit Mohammeds hatten die Araber mit den Ländern des Ostens, zumal mit Indien und China, Handel getrieben, um Gewürze, Edelsteine und Seide nach Südarabien zu bringen, von wo aus die im Mittelmeerraum überaus begehrten Waren auf dem Landwege weiter nach Norden befördert wurden. Im Zuge ihrer Handelstätigkeit gründeten die Araber Niederlassungen an der südindischen Küste. Ein Grund dafür war der Umstand, daß Schiffbauholz in Arabien knapp, aber in den tropischen Wäldern Indiens reichlich vorhanden war. Als Arabien islamisch wurde, bestanden somit bereits natürliche Brückenköpfe in Südindien, die das Eindringen des Islams erleichterten. Die Araber kamen jetzt als Moslems. Ihre Niederlassungen umfaßten nur eine kleine Minderheit der Gesamtbevölkerung, und die neue Religion schien keine Gefahr zu sein für den wiedererstarkten Brahmanismus, der sich jetzt zum Angriff auf den südindischen Buddhismus und Dschainismus anschickte. Doch die Araber trugen ihr Teil zum Wohlstand des Landes bei und wurden deshalb mit besonderer Ehrerbietung behandelt. In den ersten drei Jahrhunderten der islamischen Zeit nahmen die arabischen Niederlassungen stetig zu, und darin sehen die moslemischen Historiker das Resultat eines »gesteigerten konstruktiven Unternehmungsgeistes der Araber nach ihrer Bekehrung zum Islam« (Qureshi,

1962; 12). Die Araber errichteten Moscheen in ihren Siedlungen und erhielten von den Hindu-Herrschern die Erlaubnis, ihre öffentlichen und privaten Rechtsangelegenheiten selber zu regeln. Es wurde ihnen auch gestattet, einheimische Frauen aus der angesehenen Nāir-Kaste zu heiraten; auf diese Weise nahm die Moslem-Bevölkerung zu und entwickelte sich die fest etablierte Moslem-Gemeinde von Malabar.

Inzwischen hatten die Araber eine ganz anders geartete Begegnung mit den Hindus in Nordindien erlebt. Im allgemeinen hatten die Hindus eine Abneigung gegen Reisen ins Ausland, wegen der Kastentabus und der rituellen Unreinheit, die solche Reisen mit sich brachten, und deshalb übernahmen die Araber den Seehandel zwischen Indien und Arabien. Im Norden jedoch, in der Sind-Provinz am unteren Indus, war die Aversion gegen die Seefahrt offensichtlich nicht so stark – zumindest betätigten sich manche Männer aus dieser Gegend als Seeräuber. Als nun einmal einige arabische Schiffe, die von Ceylon aus nach Westen segelten und Geschenke des ceylonesischen Königs für den arabischen Vizekönig des östlichen Omaijaden-Reiches sowie die Witwen von in Ceylon gestorbenen arabischen Seeleuten an Bord hatten, vom Kurs abkamen und auf die Sind-Küste zugetrieben wurden, fielen sie den indischen Piraten in die Hände, welche die Geschenke raubten und die Frauen und Kinder entführten. Kalif Walid I. sah sich gezwungen, eine Vergeltungsaktion gegen den Hindu-Radscha des Sind durchzuführen, da dieser sich geweigert hatte, eine Protestnote des arabischen Vizekönigs zu beantworten. Ein Expeditionskorps unter dem jungen und ungemein tüchtigen General Mohammed ibn Qasim wurde in Marsch gesetzt. Ungeachtet eines heftigen Widerstands eroberten die Araber 711 die stark befestigte Stadt Debul und ein Jahr später, nach einer langen Belagerung, auch die Hauptstadt des Sind, Brahmanabad. Der Radscha wurde getötet, Mohammed ibn Qasim heiratete die Rani, die Witwe des toten Herrschers, und übernahm selber die Regierung des unteren Sind. Nach einiger Zeit begann er sich für die obere Sind-Provinz zu interessieren, und 713 bezog er sie und einen Teil des Pandschab in sein Herrschaftsgebiet ein. Der Radscha von Kaschmir war beunruhigt und wandte sich um Hilfe an den Kaiser von China. Doch von dort kam keine Hilfe, aber dann starb Kalif Walid I. im Jahre 715, und sein Nachfolger wurde Suleiman, ein erbitterter Gegner von Mohammed ibn Qasims Familie. Mohammed wurde deshalb zurückberufen und im Irak gefangengesetzt; er starb dort, und damit war die moslemische Invasion Indiens vorerst zu Ende.

Qasims Erfolg beruhte teils auf seiner genialen Feldherrnkunst und der Tüchtigkeit und Begeisterung seiner Truppen, teils auf seiner maßvollen Behandlung der einheimischen Bevölkerung, die noch immer vorwiegend buddhistisch war und die Befreiung von der Herrschaft eines Hindu-Radscha begrüßt hatte. Qasim machte keinen Unterschied zwischen Hindus und Buddhisten, und als er erfuhr, daß sie ihre eigenen heiligen Schriften besaßen, soll er sie als dhimmis oder »geschützte Völker« behandelt haben, d. h. als ein »Buch-Volk« – genauso wie die Juden und Christen in anderen Teilen des Reiches behandelt wurden. Man kann in Mohammed ibn Qasim einen exemplarischen Repräsentanten des Islam der Omaijaden-Zeit sehen: kraftvoll, erfindungsreich, zäh, vielleicht aggressiv, doch auch tolerant gegenüber fremden religiösen Einstellungen. Es ist freilich auch möglich, daß seine Toleranz gegenüber den buddhistischen und hinduistischen Bräuchen, die spätere Moslem-Invasoren als Götzendienst empfanden, auf seine religiöse Indifferenz zurückzuführen ist. Das würde jedenfalls besser zur Grundhaltung der Omaijaden-Herrscher passen. Wir wissen, daß der Kalif Abdal Malik Ärger mit engagierten Moslems in Medina hatte, und sein Sohn Walid I., dem ibn Qasim diente, unterschied sich in seiner Einstellung kaum von ihm. Die nachfolgenden Phasen der moslemischen Eroberung Indiens werden im Teil F behandelt (s. S. 377 f.).

10. Das religiöse Gedankengut des Islams in der Omaijaden-Epoche (661–750)

Die Machtübernahme durch die Omaijaden hatte große Auswirkungen auf die religiösen Vorstellungen der Moslems, vor allem die, daß die orthodoxe Lehre von der göttlichen Vorherbestimmung des Guten und Bösen in Frage gestellt wurde. Die Koranstellen, auf die sich diese Lehre gründet, lassen keinen Zweifel daran, daß der Koran sich eindeutig zugunsten der Auffassung ausspricht, alles Geschehen in der Welt, ob es dem Menschen nun gut oder böse erscheint, sei unmittelbar auf Gottes Wirken zurückzuführen (Sweetman, 1947; 157 ff.). Ein charakteristischer Satz, der in vielen Suren wiederkehrt, lautet: »Gott führt den in die Irre, der Ihm beliebt, und leitet den, der Ihm beliebt.« A. Jeffery hat dargelegt, daß Mohammed im Verlauf seiner prophetischen Tätigkeit diese Lehre von der göttlichen Prädestination aller Dinge immer deutlicher formuliert hat (Jeffery, 1958). Es liegt eine unwiderstehliche Logik in dieser orthodoxen islamischen Doktrin, wenn man von der Voraussetzung ausgeht, daß Gott die allbeherrschende Macht ist. Gewiß kann Gott nicht dem Wirken irgendeines anderen Wesens untergeordnet sein, und durch nichts kann er zu irgend etwas gezwungen werden (Sweetman, 1947; 167). Wie ein moderner moslemischer Autor es ausgedrückt hat, tut Gott im Grunde das, was der Mensch tut; und überdies: Gottes Fügung der Ereignisse beruht nicht auf Wohlwollen und Gefälligkeit (Sweetman, 1947; 168). Eine solche Lehre war den Omaijaden-Kalifen durchaus gemäß. Mu'awiya, der erste der Omaijaden-Dynastie, der Ali bekämpft und gestürzt hatte, war alles andere als ein frommer Mann und kümmerte sich kaum um Fragen der Rechtgläubigkeit, aber *er herrschte über die Gemeinschaft Gottes.* Was gab es da für den Gläubigen zu kritisieren, wenn der Kalif sein Amt doch nur durch Gottes Willen innehaben konnte?

Dennoch erhob sich Widerstand gegen die Omaijaden – natürlich nicht in Mekka oder Medina, noch viel weniger in Damaskus, aber in Basra, einer islamischen Garnisonstadt am unteren Euphrat. Diese Opposition äußerte sich darin, daß sie die orthodoxe Doktrin von der göttlichen Vorherbestimmung anzweifelte und die Möglichkeit des menschlichen freien Willens bekräftigte. Nach der von Wensinck zitierten Überlieferung wurde die Diskussion über die menschliche Freiheit des Handelns von einem Mann namens Ma'bad in Gang gebracht, der die Frage mit einem Christen aus Mesopotamien erörtert hatte und Moslem geworden war, später aber zum Christentum zurückkehrte. Doch es genügte nicht, die Möglichkeit des freien Willens zu behaupten; sie mußte auch durch den Koran gerechtfertigt werden. Das Studium des Koran förderte einige Stellen zutage, die sich in dem Sinne auslegen ließen, daß der Mensch tatsächlich über eine gewisse Freiheit des Handelns und der Wahl verfüge (Watt, 1948; 14). Der Mensch, so versicherte man auf Grund der zusammengetragenen Textstellen, *besitzt* die Macht (qadar) des freien Handelns. Die Vertreter dieses Standpunkts wurden folglich Qadariten genannt.

Der Mehrheit der Rechtgläubigen waren jedoch solche Ansichten zuwider. Die Behauptung, der Mensch könne frei handeln, lief darauf hinaus, dem Menschen die Kraft der eigenen Initiative und des Schöpferischen zuzuschreiben; damit stellte man den Menschen neben den Schöpfer selber, und das war shirk, die erste (und für viele die einzige) Todsünde. Doch die Qadariten blieben bei ihrer Meinung. Damit eröffneten sie eine der entscheidendsten theologischen Kontroversen im Islam. Und sie mußten für ihre Idee leiden. Ma'bad, so heißt es in einem Bericht, wurde auf Anordnung des Kalifen Abdal Malik 705 umgebracht. Dennoch ging der Streit weiter (s. S. 371 f.).

II.
DIE EXPANSION DES BUDDHISMUS (600–1100)

1. Der Buddhismus in China, 600–1000

In den anderthalb Jahrhunderten von 600 bis 750, als der Islam in Arabien entstand und von arabischen Truppen, Kolonisatoren und Missionaren in ein von Spanien bis Indien reichendes Gebiet getragen wurde, geriet der Buddhismus auf dem indischen Subkontinent in Verfall, während er seinen Einfluß in China verstärken und in Japan Fuß fassen konnte. Es ist bezeichnend, daß wir wertvolle Aufschlüsse über die Situation des Buddhismus im damaligen Indien vor allem aus den Reisetagebüchern chinesisch-buddhistischer Pilger wie Hsuan-tsang und I-Tsing gewinnen können (s. S. 312 ff.).

In China war der Buddhismus um 600 seit rund fünf Jahrhunderten bekannt (s. S. 270). 618 trat eine der bedeutendsten chinesischen Dynastien, die T'ang-Dynastie, die Herrschaft an, die sie bis 907 innehatte. In künstlerischer, literarischer und intellektueller Hinsicht war es eine große Epoche der chinesischen Geschichte. Die Hauptstadt des Reiches, Ch'ang-an (Sian), hatte einen ausgesprochen kosmopolitischen Charakter und galt als die kultivierteste Stadt der damaligen Welt. Es war auch eine Blütezeit des Buddhismus, sowohl des Mönchtums als auch des Laienstandes, und das trotz zweier schwerwiegender Hindernisse, mit denen sich der Buddhismus in China abfinden mußte. Dabei handelte es sich 1. um die stark konfuzianische Ausrichtung der chinesischen Herrscher, die sie zuweilen zu feindseligen Handlungen gegenüber der fremden Religion aus Indien bewog, und 2. um den Konflikt zwischen dem überlieferten chinesischen Sozialgefüge mit seiner starken Betonung der Familie und der zölibatären und wirtschaftlich unproduktiven mönchischen Lebensform der Buddhisten. Was die chinesischen Herrscher betrifft, so konnte sich der Buddhismus ihnen empfehlen, weil er den Frieden unter ihren Untertanen förderte; das war ein wertvoller Beitrag zu einem effektiven Regierungsstil. Was die Bauern und Handwerker angeht, so bot der Buddhismus ihnen Trost und Hoffnung durch eine überzeugende Weltanschauung. Darüber hinaus war der Buddhismus fähig, sich bis zu einem gewissen Grade den einheimischen religiösen Sitten anzupassen. In der zweiten Hälfte des 8. Jahrhunderts billigten die buddhistischen Mönche zum Beispiel offiziell die Zeremonien zu Ehren der Abgeschiedenen (manchmal als das chinesische »Allerseelenfest« bezeichnet), die bis in die neueste Zeit ein Merkmal der chinesischen Volksreligion geblieben sind. Auf der anderen Seite nahm die Zahl der buddhistischen Klöster immer mehr zu, je mehr Chinesen sich zum Buddhismus bekannten und bei Buddha, im Dhamma und Sangha Zuflucht suchten; immer mehr Männer und Frauen wurden von diesen Stätten der Kontemplation und Gelehrsamkeit angezogen, um Mönche oder Nonnen zu werden, und immer mehr chinesische Mittel mußten aufgewendet werden, um Klöster und Tempel zu errichten, zu erweitern und auszuschmücken.

Doch die Rache blieb nicht aus: der Staat mißbilligte diese Entwicklung, am schärfsten unter Kaiser Wu Tsung (841–847). Die moslemischen Araber hatten um die Mitte des 8. Jahrhunderts durch ihre Eroberung des westlichen Turkestan die Verbindungen Chinas mit West- und Südasien abgeschnitten. Zudem hatte der Niedergang des Buddhismus in Indien zur Folge, daß von dort jetzt weniger buddhistische Gelehrte und Ideen herüberkamen. Zu allem Überfluß brach in China eine Rebellion aus, angeführt von An Lu-Shan; sie schwächte die Zentralgewalt des T'ang-Reiches und begünstigte den Aufstieg von Machtzentren in der Provinz. China zog sich auf sich selbst zurück, und »der Kosmopolitismus aus der großen Zeit der Dynastie wich einer kulturellen Abwehrhaltung, die gelegentlich in Xenophobie umschlug« (Wright, 1959; 83). So kam es, daß Kaiser Wu Tsung auf Betreiben taoistischer Priester Kampagnen gegen den Manichäismus (843) und den Buddhismus (845) einleitete. Sein Vorgehen gegen den Buddhismus als einen »ausländischen Aberglauben« proklamierte er in einem Erlaß, in dem von den Gefahren die Rede ist, welche die große Zahl der auf wirtschaftliche Unterstützung angewiesenen Mönche und Nonnen für das Land heraufbeschwöre; es ist auch die Rede von den unzähligen Laien, die diesen Zustand verewigten, weil sie sich zu den großen Tempeln drängten, die so viele staatliche Mittel verschlungen hätten. Viertausend große Tempel und vierzigtausend kleine Tempel auf dem Lande sollten dem Erdboden gleichgemacht werden, und eine Viertelmillion Mönche und Nonnen sollten in weltliche Berufe zurückkehren. Diese Zahlen mögen übertrieben sein, aber sie sind ein Anhaltspunkt für die Beliebtheit des Buddhismus und für die Unterstützung, die er beim chinesischen Volk fand. Wu Tsung selber neigte jedoch dem Taoismus zu, und wie andere chinesische Kaiser suchte er seine Herrschaft zu verewigen, indem er das taoistische Unsterblichkeitselixier (s. S. 159 ff.) trank. Das hatte freilich, wie in den meisten anderen Fällen auch, offenbar nachteilige Folgen für seine Gesundheit, denn kurz nach der Veröffentlichung seines Erlasses verlor er die Sprache und wurde abgesetzt zugunsten seines Onkels Hsuan Tsung, der sofort die anti-buddhistischen Anordnungen widerrief und die taoistischen Priester, welche die Verfolgung betrieben hatten, bestrafte – allerdings erst, als Tausende von Klöstern und Tempeln bereits zerstört waren. Der neue Kaiser sorgte jedoch dafür, daß die Zahl der Männer und Frauen, die in das buddhistische Sangha eintraten, beschränkt wurde. In der verbleibenden Regierungszeit der T'ang-Dynastie kam es zu keinen großangelegten Buddhistenverfolgungen mehr. Ein Jahrhundert später, im Jahre 960, führte die wachsende Unfähigkeit der letzten Kaiser das Ende der Dynastie und den Zerfall des chinesischen Reiches herbei.

Doch nach 960 besserten sich die Verhältnisse im Reich wieder unter der Sung-Dynastie, die etwas mehr als drei Jahrhunderte am Ruder blieb, bis ihr die immer mächtiger werdenden Mongolen 1280 mit der Herrschaft des Kublai Khan ein Ende bereiteten. Die Sung-Dynastie vermehrte noch das Ansehen des Buddhismus, etwa durch den Druck der buddhistischen Schriften, der Tripitaka, mit einem Vorwort des ersten Sung-Kaisers Tai Tsu im Jahre 972 – man bediente sich dazu der neuen Technik des Holztafeldrucks – oder durch ein prächtiges, rund 120 Meter hohes buddhistisches Stupa, das der zweite Sung-Kaiser mit einem gewaltigen Kostenaufwand in seiner Hauptstadt erbauen ließ. Unter der Sung-Dynastie setzte sich auch die Ch'an-Schule des Buddhismus, eine spezifisch chinesische Richtung, erfolgreich durch und wurde von der Oberschicht der chinesischen Gesellschaft akzeptiert. Dies ist ein weiterer Beleg für die Fähigkeit des Buddhismus, in der chinesischen Kultur Fuß zu fassen und sich an die dortigen Verhältnisse anzugleichen. Doch bevor wir einen kurzen Überblick über die Ch'an-Schule geben, müssen wir noch zwei andere typisch chinesische Entwicklungen im Buddhismus unter der T'ang-Dynastie behandeln.

In jeder Gesellschaft, in welcher der Buddhismus Einfluß gewinnt, tendiert er dazu, sich in zwei Hauptformen darzustellen, im Mönchtum und im Laientum. In dem gegenwärtig zur Diskussion stehenden Zeitraum entwickelte der Buddhismus seine spezifisch chinesische Spielart sowohl im Mönchswesen, der Vinaya-Schule, als auch im Bereich des Laienstandes, im Amida oder »Reines-Land-Buddhismus«, und schließlich entwickelte er noch eine weitere Form, die gewissermaßen den typisch chinesischen Versuch unternimmt, die Trennung zwischen Mönchtum und Laienstand aufzuheben: das Ch'an-System. Wir werden diese drei Formen der Reihe nach betrachten.

2. *Die Vinaya-Schule*

Im rein klösterlichen Bereich legte die Lü-tsung-Schule, begründet von Tao Hsüan (595–667), besonderen Wert auf das Vinaya (s. S. 187 ff.), also die kanonische Vorschriftensammlung, die das Leben des Sangha regelte. Im Gegensatz zur wachsenden Laxheit des Mönchtums forderte Tao Hsüan eine strengere asketische Disziplin und Moral als wesentliche Voraussetzung des buddhistischen Lebens. Im indischen Buddhismus war die Vinaya-Schule als solche unbekannt, obwohl auch hier die Betonung der mönchischen Disziplin und Moral ein Kennzeichen des Theravāda war. Daß in China eine derartige Haltung eine eigene Schule hervorbrachte, ist ein Indiz dafür, wie liberal und möglicherweise lax das buddhistische Mönchtum in China geworden war. Ob dies auf das gewaltige Anwachsen des Sangha zurückzuführen ist oder ob die große Zahl der Menschen, die in die Klöster eintraten, eine Folge der nachlassenden Disziplin und Moral war, ist schwer zu sagen. Die Existenz des Lü-tsung, das im Grunde eine Protestbewegung war, ist auf jeden Fall ein Anzeichen dafür, daß zwischen der Hypertrophie des Sangha und der Lockerung der Disziplin eine gewisse Wechselbeziehung bestand. Das Sangha gehört zum Wesen des Buddhismus, und zum Wesen des Sangha gehört die asketische Disziplin. Es liegt auf der Hand, daß das Anliegen des Lü-tsung mehr als berechtigt war, wenn man einmal davon absieht, daß bei einer *übertriebenen* Betonung der Disziplin das andere ebenso wichtige Element des Sangha, die Meditation, zu kurz kommen konnte. Eliot glaubt nachweisen zu können, daß Tao Hsüan für das mystische Leben nicht viel übrig hatte, sondern als nüchtern eingestellter Mann die Askese an sich schon für ausreichend hielt (Eliot, 1921; III, 316). Doch es gab, wie wir später sehen werden (s. S. 308 f.), eine Verbindung zwischen dem Lü-tsung und der Ch'an-Schule, die das Schwergewicht auf die innere Erleuchtung legte, und das ist immerhin bemerkenswert.

3. *Die »Reines-Land-Schule«*

In der Laienwelt mußte das eigentliche Streben des Buddhisten auf eine gute Wiedergeburt nach diesem Leben gerichtet sein. Im frühen Buddhismus bedeutete eine solche Wiedergeburt, die eine kontemplative Mönchsexistenz möglich machen und so letzten Endes zum nirvāna führen würde. Doch im chinesischen Buddhismus taucht ein unmittelbareres religiöses Ziel auf: die Wiedergeburt im Paradies oder vielmehr in einem der verschiedenen möglichen Paradiese. Den meisten Spielarten des Laien-Buddhismus ist die Idee einer Wiedergeburt in der Welt des kommenden Buddha (s. S. 199 ff.) gemeinsam, im Maitreya, das man als eine Art messianisches Zeitalter definieren könnte. Doch in China kamen noch zwei näherliegende Paradiese hinzu – die der bodhisattvas (s. S. 199 ff.) Akshobhya und Amitābha (Amida). Die Hoffnung auf den letzteren war unter den Laien-Buddhisten im China der T'ang-Dynastie weit verbreitet. Die Vorstellung von einem Paradies oder »Reinen Land«, in das der bodhisattva die Menschen nach dem Tod überführen kann, findet sich in China schon vor der T'ang-Zeit; sie wurde beispielsweise von Hui-yüan bereits im 4. Jahrhundert verkündet. Ihre Ausprägung als Doktrin einer Schule geht jedoch nach allgemeiner Auffassung auf einen Mann namens Tao-ch'o (562–645) zurück. Ein noch prominenterer »Patriarch« dieser Schule war Shan-tao (613–681). Es besteht eine verblüffende Ähnlichkeit zwischen der islamischen Vorstellung von der haaresbreiten Brücke über den Abgrund der Hölle, welche die Menschen am Jüngsten Tag überschreiten müssen, was aber nur Gläubigen gelingt, und der Lehre Shan-taos (der ungefähr zu der Zeit geboren wurde, da Mohammed sein öffentliches Wirken in Mekka begann), daß ein »weißer Weg« oder eine Brücke zum »reinen Land« oder Paradies führe, über die Amida die Gläubigen geleite. Die Schule Shan-taos wird zuweilen als die »Schule des kurzen Weges« bezeichnet; und damit ist der kurze Weg zum Paradies gemeint. Vom buddhistischen Laien wurde lediglich verlangt, daß er an Amida glauben und dessen Namen anrufen solle.

Man glaubte an die Macht eines überaus heiligen und leuchtenden Wesens (bodhisattva), das kraft eigener Vollkommenheit und Heiligkeit ein Reich oder »Feld« der Seligkeit zu erschaffen vermochte – eine Lehre, die durch und durch charakteristisch ist für das Mahāyāna. Doch darüber hinaus behauptete man nun, der bodhisattva besitze die Fähigkeit, alle, die an ihn glaubten, in dieses Reich der Seligkeit einzuführen. Mit anderen Worten: in China hatte sich eine Erlösungslehre entwickelt, die von der himmlischen Gnade ausging und auf dem Glauben an Amida beruhte.

Es besteht kein zwingender Grund, diese Idee eines himmlischen Erlösers vom Christentum abzuleiten. Es trifft zwar zu, daß bereits im frühen 7. Jahrhundert Nestorianer in China lebten und sich der Gunst mancher T'ang-Kaiser erfreuten, aber die Zusammenfassung der nestorianischen Lehren in einer Inschrift aus dem Jahre 781, die in

Hsian-fu aufgefunden wurde, enthält keinerlei Hinweise auf die Kreuzigung Christi und deutet das christliche Symbol, das Kreuz, als eine Darstellung der vier Kardinalpunkte der Schöpfung. Eliot nimmt an, man habe wahrscheinlich die christliche Lehre vom Sühneopfer als für das buddhistische China unannehmbar empfunden, und aus diesem Grund hätten die Nestorianer sie unterdrückt (Eliot, 1935; 149).

Nachdem jedoch einmal die Idee von der Erlösung durch den Glauben an Amida formuliert worden war, erlangte sie große Beliebtheit, vor allem bei den Armen und Ungebildeten. Sie blieb allerdings selbst in dieser Frühzeit nicht ausschließlich auf eine Sekte beschränkt, und nach dem 9. Jahrhundert stellte der Amidismus keine eigene Schule mehr dar, sondern durchdrang den gesamten Laien-Buddhismus in China, später auch in Japan.

4. Die Ch'an-Schule

Die Ch'an-Schule (japanisch: Zen) des Buddhismus gilt nach chinesischer Überlieferung als die Gründung eines Inders mit Namen Bodhidharma, der um das Jahr 520 in Kanton eintraf. Außer den chinesischen Quellen ist wenig Dokumentarisches über ihn auf uns gekommen, und auch die chinesischen Berichte scheinen zum großen Teil auf Legenden zu beruhen. Es besteht keine Gewißheit darüber, ob seine Lehre buddhistisch war; sie könnte nach dem vorhandenen Quellenmaterial durchaus indisch-wedantisch gewesen sein. Die eigentliche und lebhafteste Entwicklung des Ch'an spielte sich eindeutig unter der T'ang-Dynastie ab. Dabei zeigte sich, daß wir es hier mit einer ausgesprochen *chinesischen* Form des Buddhismus zu tun haben, die deshalb freilich nicht notwendigerweise weniger *buddhistisch* sein muß.

Der typisch chinesische Charakter des Ch'an zeigt sich auf verschiedene Weise. Da ist zunächst ein Gefühl der Unzufriedenheit mit dem ausgetüftelten indischen System der Gelehrsamkeit, das einen buddhistischen Mönch zwang, jahrelang über Texten, Kommentaren und Sekundärkommentaren zu brüten, aber auch mit der ebenso ausgeklügelten Systematisierung des langwierigen Meditationsvorgangs, der unter Umständen (so glaubte man) eine Reihe von Wiedergeburten umspannte. Im Gegensatz dazu entwickelte sich die Überzeugung, man könne Erleuchtung hier und jetzt in diesem Leben erlangen, indem man sich auf einige wenige Sutras konzentriere und selbst diese Texte dem essentiellen Handeln unterordne, nämlich dem ernsthaften Streben nach Erleuchtung. Dafür verwendete man im indischen Buddhismus das Wort bodhi, das, wörtlich übersetzt, soviel wie »Zustand des Erwecktseins« bedeutet. Der von der Ch'an-Schule benutzte chinesische Begriff war wu, d. h. »Bewußtheit« (japanisch: Satori). Unter diesem Vorzeichen entfaltete sich das Ch'an seit der Zeit Hui-nengs (638–713), des eigentlichen Patriarchen der Schule; allerdings wurde behauptet, er habe die Ch'an-Methode mittels einer esoterischen Übertragung »von Geist zu Geist« kennengelernt, die auf den Buddha Shakyamuni zurückgehe.

Ein anderes Element des Ch'an, das noch unverwechselbarer chinesisch ist, wurde von Po-chang (720–814) eingeführt. Als Reaktion auf die übertriebene Gelehrsamkeit in den Klöstern lehrte er, daß sich jeder buddhistische Mönch einer wirtschaftlich sinnvollen Beschäftigung widmen solle; sein Leitspruch lautete: »Ein Tag ohne Arbeit ist ein Tag ohne Nahrung.« Das war allerdings nur möglich, wenn der Mönch nicht mehr an das Studium der Schriften und die umständliche Routine der klösterlichen Meditation gefesselt war, sondern sich statt dessen auf eine einzige sutra und auf eine Form der geistigen Disziplin konzentrieren konnte, die seine Hände für die Arbeit frei ließ. Dazu diente das koan – eine Feststellung oder Behauptung, die dem nach Erleuchtung Strebenden von seinem Ch'an-Lehrer vorgelegt wurde, meist eine Aussage, die den Verstand beleidigte. In der Auseinandersetzung mit dieser Aussage und möglicherweise noch weiteren koans sollte der Aspirant plötzlich seine Erleuchtung erleben. Währenddessen waren seine Hände und Füße frei für die Arbeit auf dem Feld.

Große Bedeutung wurde jedoch weiterhin der moralischen Disziplin beigemessen, die zur unerläßlichen Vorbereitung auf die Erleuchtung gehörte, und es ist bezeichnend, daß in der ersten Phase des Ch'an die Mönche dieser Richtung in den Klöstern des Lü-tsung, also der am Vinaya orientierten Schule zu finden waren (s. S. 306). Auf der anderen Seite hebt sich das Ch'an in zweifacher Hinsicht von der »Reines-Land-Schule« ab: 1. es basiert viel stärker auf einer Lehrer-Schüler-Beziehung und erweist sich damit eindeutiger als ein religiöser *Orden*, in dem das Sangha einen breiten Raum einnimmt, während die »Reines-Land-Schule« eine Form der Frömmigkeit darstellt, die allen offensteht und nicht an der Notwendigkeit eines geistlichen Lehrers festhält; 2. das Ch'an-System betont viel nachdrücklicher die geistigen Anstrengungen des Aspiranten nach der Erleuchtung, wohingegen das »Reine Land« die Erlösung von scheinbar leichteren Bedingungen abhängig macht, nämlich von der einfachen Wiederholung des Namens Amida und von der Aneignung einer frommen Grundhaltung.

5. Der Buddhismus in Japan, 600–800

Der Buddhismus erreichte Japan um die Mitte des 6. Jahrhunderts von Korea aus. Prinz Shōtoku (574–621), der 593 den Thron bestieg und fast 30 Jahre lang regierte, war der Sohn buddhistischer Eltern und ist nicht nur wegen seiner Staatskunst, sondern auch wegen seiner energischen Förderung des Buddhismus in die Geschichte eingegangen. Anesaki (1963) nennt ihn den »Begründer der japanischen Kultur und eines einheitlichen japanischen Staatswesens«. Zu seinen ersten Entscheidungen gehörte die Proklamierung des Buddhismus als Staatsreligion und die Gründung einer großen buddhistischen Institution, die ein religiöses Zentrum, ein Waisenhaus, ein Altenheim, ein Hospital und eine Apotheke umfaßte. Dieses Institut entstand an der Westküste, am Ufer des Binnenmeeres, das Japan vom asiatischen Kontinent trennt. Es war somit günstig gelegen für die Aufnahme buddhistischer Immigranten und Mönche aus Korea und China und für die Entsendung japanischer Mönche und Pilger auf den Kontinent, wo sie sich die hochentwickelten Künste und Wissenschaften des buddhistischen Chinas zu eigen machten, um sie dann nach Japan heimzubringen.

Der japanische Buddhismus unter Shōtoku war vorzugsweise eine Religion der Aristokratie. Ihre Grundlage bildete das Lotus-Sutra, und sie war geprägt von einem starken sozialen Bewußtsein, das in Wohlfahrtseinrichtungen wie dem soeben erwähnten Institut seinen Niederschlag fand. Der buddhistische Orden wurde praktisch zur Staatskirche, in welcher der Herrscher die Arbeit der Mönche protegierte, förderte und unterstützte, und die Mönche dem Herrscher bereitwillig ihre Treue und Ergebenheit bekundeten. Die Tätigkeit und Haltung Shōtokus waren die eines wahren buddhistischen Herrschers. So wurde er beispielsweise kritisiert, weil er sich nicht an den Mördern seines Onkels rächte (wie es die alte japanische Stammesmoral verlangte); für ihn hätte ein solches Vorgehen nur die Verewigung des bösen Karma, aber keine Lösung bedeutet.

Im frühen 8. Jahrhundert wurde eine neue Hauptstadt, Nara, gegründet, und danach heißen die Jahre von 710 bis 784 »die Nara-Periode«. In diesem Zeitraum begann der Buddhismus in Japan volkstümlichere Formen auszubilden, neben der offiziellen, aristokratischen Staatskirche. Dies äußerte sich in zwei hauptsächlichen Spielarten: 1. Der »Reines-Land-Kult« mit seiner Amida-Frömmigkeit und seinem Vertrauen auf die erlösende Gnade wurde nach und nach von China aus eingeführt, wo er bereits seit einem Jahrhundert florierte (s. S. 306 ff.).

2. Seit ungefähr 750 wuchs die Zahl der buddhistischen Asketen aus dem Laienstand, die man Ubasoku-zenji, also Laienasketen (upāsaka), nannte. Es waren Männer oft niedriger sozialer Herkunft, die durch private asketische Disziplin nach übermenschlichen Kräften strebten. Später erhielten sie den Namen hijire oder »heilige Männer« (Hori, 1958).

Neben diesen Entwicklungen in der Spätzeit der Nara-Periode muß noch eine weitere angeführt werden: die allmähliche Angleichung der angestammten japanischen Stammesreligion an buddhistische Formen und Bezeichnungen. Bis zur Einführung des Buddhismus bestand kein Bedürfnis, die typisch japanischen Glaubensvorstellungen, Mythen und rituellen Praktiken mit einem bestimmten Namen zusammenzufassen, aber nun prägte man zur Unterscheidung vom buddhistischen Weg den Begriff »der Weg des Kami«. Der Kami bezeichnet, wie wir gesehen haben (s. S. 162), die Götter oder, genauer gesagt, die erhabenen oder höheren oder himmlischen Wesen. Das chinesische Schriftzeichen für »himmlische Wesen« ist shin und für »Weg« tao, und daraus ergibt sich der Name *Shin-to* (Schinto) für die bodenständige japanische Religion. (Die Anfügung des Endungs-ismus – Schintoismus – ist tautologisch, aber im Westen fest eingebürgert.) Die Masse des japanischen Volkes hielt trotz der Einführung des Buddhismus an diesem System fest, und es hat sich tatsächlich bis in die Gegenwart hinein gehalten. Der Grund für sein Überleben in der Periode der buddhistischen Vormachtstellung liegt darin, daß seine Hüter und Funktionäre, die Priester der regionalen Heiligtümer, sich nicht der buddhistischen Invasion widersetzten, sondern sich vor ihr verneigten, Kompromisse mit ihr schlossen, ihre Namen und sogar manche ihrer Ideen übernahmen – und dadurch dem offenen Konflikt auswichen. Darin wurde der Schintoismus natürlich durch die Toleranz der Buddhisten unterstützt. Ja, man kann in diesem Prozeß ein Beispiel – andere wichtige Beispiele liefern Südostasien (s. S. 386–389) und das Tantra (s. S. 314 ff.) – für die Bereitschaft des Buddhismus sehen, vorbuddhistische Elemente in das buddhistische Gedankengut einzuschmelzen. Dieser Vorgang setzte zweifellos in der Nara-Periode ein, doch erst in der nächsten Epoche, der Heian-Zeit, die weiter unten behandelt wird (s. S. 322 f.), tritt er am stärksten in Erscheinung.

6. *Der Buddhismus in Indien, 600—1100*

Zu den bedeutsamsten Informationsquellen für die Lage des Buddhismus im damaligen Indien zählen die Reiseberichte der chinesisch-buddhistischen Pilgermönche, insbesondere die von Hsuan-tsang und I-Tsing.

Diese und viele andere chinesische Mönche brachen von China aus nach Westen auf und machten die weite und beschwerliche Reise durch die Bergregion Zentralasiens nach Indien, das sie über die nordwestlichen Paßstraßen nach Kaschmir und dem Pandschab erreichten. Manche kamen auch auf dem Seeweg, der über Malaya zur indischen Ostküste führte. Sie pilgerten in das Land, das für sie das Heilige Land war, auf der Suche nach einem tieferen Verständnis der buddhistischen Wahrheit und der buddhistischen Texte. Hsuan-tsang verließ China um 629 und kehrte 645 zurück, nachdem er den größten Teil des indischen Subkontinents bereist hatte. I-Tsing hielt sich von etwa 671 bis 695 in Indien auf. (Ein älterer Pilgermönch namens Fa-hsien war bereits von 399 bis 414 in Indien und Ceylon gewesen.) I-Tsing berichtet im Epilog zu seinem Bericht von den Schwierigkeiten der Expedition: »Es ist ein äußerst schwieriges und gefährliches Unternehmen ... nur mit Hilfe von Elefanten kann man die Wüste durchqueren. Man sieht dort nichts als die Sonne ... Viele Tage habe ich ohne Nahrung und sogar ohne einen Tropfen Wasser zugebracht. ... Als ich von China aus aufbrach, hatte ich fünfzig Begleiter bei mir, doch als ich das Land im Westen [Indien] erreichte, waren nur noch zwei oder drei übriggeblieben« (Dutt, 1962; 311 f.).

Indien selber machte sowohl auf Hsuan-tsang als auch auf I-Tsing den Eindruck eines freundlichen und blühenden Landes. Die Berichte der beiden sind indes besonders wertvoll, weil sie uns über die Zahl und Größe der buddhistischen Klöster im Indien des 7. Jahrhunderts Aufschluß geben. Aus diesem Grunde haben wir vom indischen Buddhismus im 7. Jahrhundert eine klarere Vorstellung als von dem der unmittelbar vorausgehenden und nachfolgenden Jahrhunderte. In die erste Hälfte des Jahrhunderts fällt die Regierungszeit des nordindischen Kaisers Harsha-vardhana (606—646), der einige buddhistische Gedichte und sogar drei Schauspiele geschrieben haben soll, ebenfalls vorwiegend buddhistisch getönt, aber auch von einigen shaivistischen Elementen durchsetzt. Der Buddhismus des Kaisers war, wie bei vielen seiner Untertanen, eklektisch und tolerant; erst im letzten Abschnitt seines Lebens wurde er ein dezidierter Buddhist und richtete sich in seinem Handeln nach dem Beispiel seines Vorgängers Aśoka. Hsuan-tsang widmet einen großen Teil seiner Schilderung der Stadt Kanauj am oberen Ganges, die Harsha-vardhana zu seiner Hauptstadt gemacht hatte (er zog sie Patna vor, der ehemaligen Hauptstadt des nordindischen Reiches). Hsuan-tsang berichtet, die Zahl der buddhistischen Klöster sei unter Harshas Ägide auf rund hundert angestiegen und in ihnen lebten zehntausend Mönche des Hīnayāna und des Mahāyāna. (Zu Fa-hsiens Zeit waren es nur zwei Klöster mit ein paar Hīnayāna-Mönchen gewesen.) Doch ungewöhnlich war: in manchen Gegenden entdeckte Hsuan-tsang lediglich verlassene und verfallene Klöster. Interessant ist vielleicht die Zunahme des Mahāyāna auf Kosten des Hīnayāna. In Shrāvastī, einem berühmten Ort der buddhistischen Überlieferung, wo Buddha lange Zeit gelebt hatte und wo viele seiner Dialoge stattgefunden hatten, stieß Hsuan-tsang nur noch auf die Ruinen der einst so großen und bedeutenden Klöster. Schon Fa-hsien war hier nur von wenigen Mönchen freundlich empfangen worden, aber inzwischen hatten die Buddhisten die Gegend offensichtlich völlig verlassen; andererseits gab es dort nun eine Fülle von Brahmanentempeln. Kapilavastu, den Geburtsort Buddhas, fand Hsuan-tsang verödet; die alten Gebäude waren fast vollständig in Trümmer gesunken, und nur sehr wenige Mönche hatten sich hier gehalten.

Eine bemerkenswerte Ausnahme von diesem allgemeinen Niedergang des buddhistischen Klosterwesens im Indien des 7. Jahrhunderts bildete Nālanda. Hier, in der Ebene des Ganges und wenige Kilometer südlich von Patma, hatte ein Gupta-König (wahrscheinlich Kumāra Gupta I., der von 415 bis 455 regierte) im 5. Jahrhundert ein Kloster gegründet. Andere Gupta-Könige bauten weitere Klöster an das erste an und belehnten die klösterlichen Gemeinschaften mit Ländereien und Dörfern. S. Dutt weist auf den wahrscheinlichen Grund für diese königliche Großzügigkeit hin: Nālanda und möglicherweise auch noch einige andere buddhistische Klöster waren dabei, sich zu Zentren der höheren Bildung zu entwickeln (Dutt, 1962; 331). Das heißt, daß ein Prozeß eingesetzt hatte, der fast auf eine Säkularisierung des buddhistischen Mönchtums in Indien hinauslief. Die Klöster waren dabei, ihr bisheriges Ideal, das »Studium um des Glaubens willen«, zugunsten eines »Studiums um des Wissens willen« aufzugeben und zu Institutionen weltlicher Bildung zu werden, die in vieler Hinsicht einer Universität glichen. Das gilt zweifellos für Nālanda, den Mittelpunkt des Klosterlebens im damaligen Indien. Zwei weitere Mönchsuniversitäten dieser Art waren Vikramasīla und Odantapura, beide ebenfalls im östlichen

Bihar gelegen. Der Zusammenschluß mehrerer benachbarter Klöster zu einer einzigen Organisation, die Mahāvihāra genannt wurde, hatte bereits irgendwann in der Gupta-Zeit begonnen, und mit diesem Ausdehnungsprozeß ging eine Ausweitung des Bildungsstoffs und -gehalts einher. Das Lehrer-Schüler-Verhältnis, das ursprünglich einem geistlichen Ziel gedient hatte, wurde nun auf einen umfassenderen Lehrbetrieb mit einer viel größeren Studentenzahl übertragen. So blühten die buddhistische Kultur und Allgemeinbildung, während die buddhistische Spiritualität abnahm. An die Stelle der früheren gleichmäßigeren Verteilung der buddhistischen Zentren – das trifft auf jeden Fall für das ganze nördliche Indien zu – traten jetzt üppiges Gedeihen an einigen wenigen Orten und Verödung an vielen anderen. Als sich Hsuan-tsang in Nālanda aufhielt, hatte er einen Traum: Er sah die prächtigen Höfe verlassen daliegen und zum Aufenthalt der wilden Tiere werden. In einer Vision sah er auch die Verwirrung voraus, die in Nordindien auf den Tod von Kaiser Harsha-vardhana folgen würde. »Der Traum und die Vision«, so meint S. Dutt, »müssen durch Hsuan-tsangs quälende Gedanken an eine finstere Zukunft hervorgerufen worden sein – an eine Zeit, in der der Buddhismus untergehen und die buddhistische Kultur verfallen würde.«

Der Wandel, der im 7. Jahrhundert das Mönchsleben erfaßte, ist nur ein Aspekt des buddhistischen Niedergangs in Indien. Ein anderer war die Erstarkung heidnischer Sitten und Ideen, die um diese Zeit in den Buddhismus einzudringen begannen und seinen Verfall ebenso sicher herbeiführten, wie der Dschungel seine verlassenen Klöster unter sich begrub. Wie es zu diesem Triumph des Heidentums kam, ist bis heute noch nicht ganz geklärt; wir können nur versuchen, einige maßgebende Faktoren aufzuspüren, was wir im folgenden tun wollen.

7. Der Aufstieg des tantrischen Rituals

Vom 6. bis zum 9. Jahrhundert nahm Nālanda als Zentrum der Mahāyāna-Philosophie und der weltlichen Bildung an Größe, Ansehen und Einfluß zu. Die Betonung des Mahāyāna begünstigte innerhalb des Buddhismus die Entwicklung eines Kults, der den Namen Tantra trägt. In seiner früheren Form ist er als *Mantrayāna* bekannt; darunter versteht man die Verwendung von mantras (heiligen Gesängen, denen geheimnisvolle Kräfte und Wirkungen zugeschrieben wurden) als ein yāna oder Mittel der Erlösung. Die spätere Form des Tantra ist das

Vajrayāna, ein Versuch, die Vielzahl der mantrayāna-Rituale zu systematisieren und auf die fünf wichtigsten bodhisattvas zu beziehen.

Das Vajrayāna weist Ähnlichkeiten mit einer mahayanischen Hauptströmung auf, dem Yogācāra (s. S. 269 f.). Die Yoga-Praktiken, die für die zuletzt genannte Richtung charakteristisch waren, führten dazu, daß man mystischen Sinnbildern und Diagrammen geometrischer Art große Bedeutung beimaß. Solche Symbole oder Mandalas (mandalas) wurden vor allem dazu verwendet, die Beziehungen der großen bodhisattvas untereinander darzustellen. Eine Grundform des Diagramms besteht nach Snellgrove (1957) aus dem Buddha Vairocana als Mittelpunktfigur, umgeben von vier weiteren Buddhas in den vier Windrichtungen, denen wiederum bodhisattvas als Begleiter zugeordnet sind. Zu jeder der vier äußeren Buddha-Figuren gehören zwei Göttinnen, und diese acht Göttinnen symbolisieren den Akt der Verehrung. Das spiegelt sich auch in ihren Namen: Vajra-Fröhlichkeit, -Girlande, -Lied, -Tanz, -Blume, -Weihrauch, -Lampe und -Duft. Jede der vier Gruppen hatte zudem ihr spezielles mantra (magischen Gesang) und mudra (Handbewegung), die beim Vollzug des tantrischen Rituals verwendet wurden.

Während diese Systematisierung den yogischen Mandala-Symbolen verpflichtet ist, entstammen die Praktiken, die hier einen systematischen Arrangement unterworfen werden, der indischen Volksreligion. Es ist festzuhalten, daß das Tantra der laien-buddhistischen Tradition angehört, die bisher, wie gesagt (s. S. 306 f.), die Erlangung einer guten Wiedergeburt in den Mittelpunkt gestellt hatte. Aber das Tantra weist eine Parallele zum chinesischen Ch'an-System insofern auf, als der Sinn des tantrischen Rituals nicht bloß das Streben nach einer guten Wiedergeburt war, sondern – durch Einführung der Yoga-Trance – die mögliche Erleuchtung im irdischen Leben, und damit hebt das Tantra die Unterscheidung zwischen Laien- und Mönchsfrömmigkeit mit ihren jeweiligen niedrigeren und höheren Zielen auf. Das Tantra führt seine eigene Einteilung der Menschen in drei Stufen durch: Nicht-Adepten, Adepten und Super-Adepten.

Die Yoga-Trance und die potentielle Erleuchtung waren indes nur die höchsten Ziele des tantrischen Rituals. Daneben gab es auch noch andere. Viele magische Zeremonien richteten sich auf weniger erhabene Ziele. »Die Erreichung der Buddhaschaft war lediglich die spezielle Anwendung einer allgemeinen magischen Praxis, denn es gab Mandalas aller Arten und Größen. Die tantras beziehen sich auf alle möglichen Riten: Versteinerung, Unterwerfung, Exorzismus, Erzeugung von Haß zwischen Feinden, Mesmerismus, Totschlag, Versöhnung, Hervorbringung von Wohlstand, Erzeugung von Regen, Eroberung einer Frau, Wiederfinden eines verlorenen Gegenstandes usw.« (Snellgrove, 1957; 76). Vieles in dieser Aufzählung gemahnt einen an den Atharwaweda (s. S. 102 f.); wir sind hier in der gleichen Welt magischer Beschwörungen und Zauberformeln. Anders ausgedrückt: Tantra stellt einen Grenzbereich dar zwischen den buddhistischen Glaubensvorstellungen und Praktiken einerseits und dem uralten magischen Brauchtum der indischen Landbevölkerung andererseits. Es ist ein weiteres Beispiel für das buddhistische »Brückenbauen« zwischen dem Dhamma und der lokalen einheimischen Kultur, das wir bereits in anderen Zusammenhängen kennengelernt haben (s. S. 306 ff; 310 f.).

Noch anders ausgedrückt: wir haben hier ein Beispiel für die starke Affinität vor uns, die zwischen der bäuerlichen Schicht und der Magie (oder Religionsformen mit einer großen magischen Beimischung) besteht, eine Affinität, die wir früher schon anläßlich des Atharwaweda beobachtet haben (s. S. 102 f.). Wir haben hier die Form vor uns, die der Laien-Buddhismus sehr gern in einer vorwiegend landwirtschaftlich orientierten, bäuerlichen Gesellschaft annimmt. Aber der Nordwesten Indiens (Bihar und Bengalen), wo sich das Tantra am stärksten durchsetzte, war nicht erst kürzlich ein landwirtschaftliches Gebiet *geworden.* Das war er schon seit Jahrhunderten. Doch in den Berichten der chinesischen Reisenden Fa-hsien (5. Jahrhundert) sowie Hsuan-tsang und I-Tsing (7. Jahrhundert) findet sich kein Hinweis auf die Entwicklung des Tantra. Es stellt sich also die Frage: Warum hören wir erst um die Mitte des 8. Jahrhunderts von einer tantrischen Form des Buddhismus? Aus dieser Zeit stammen jedenfalls die ältesten erhaltenen tantrischen Texte (Dutt, 1962; 349). Eine mögliche Antwort ist, daß diese Form des Buddhismus zur Esoterik neigte und sich deshalb nur den entsprechend Eingeweihten erschloß. So verbirgt sich vielleicht hinter den ältesten Texten eine versteckte oder zumindest nicht belegte Entwicklung. Eine andere mögliche Erklärung für die späte Entstehung des Tantra liegt darin, daß in der Mitte des 8. Jahrhunderts die Säkularisierung des buddhistischen Klosterwesens bereits seit rund 300 Jahren im Gange war – Nālanda wurde um die Mitte des 5. Jahrhunderts gegründet (s. S. 313 f.) – und daß in der älteren Geschichte des indischen Buddhismus die Grenze zwischen buddhistischer Wahrheit und dem magischen Brauchtum der indischen Bauern vom Sangha wirkungsvoll kontrolliert wurde. Das heißt freilich nicht, daß nicht schon früher volkstümliche Bräuche und magische Praktiken mit dem Laien-Buddhismus in Beziehung getreten wären; mit ziemlicher Sicherheit bestand eine solche Verbindung von Anfang an, aber sie wurde unter Kontrolle gehalten und erlangte keine größere Bedeutung. Doch mit dem jetzt einsetzenden Niedergang des Mönchtums fiel diese Kontrolle fort, die magischen Volksbräuche strömten herein und ließen die Spätform des indischen Buddhismus, das Tantra, entstehen.

Neben den Zaubersprüchen, Beschwörungsformeln und Gesängen kommt den Partnerinnen der Buddhas, die wir bereits erwähnt haben, eine besondere Bedeutung zu. Weibliche Gottheiten sind ein durchgängiges Merkmal der ost- und südindischen religiösen Traditionen (s. S. 68 f.). Genauso wie in hinduistischen bhakti-Kulten der Gott seinen Begleiter hat, werden jetzt auch die Buddhas mit weiblichen Partnern dargestellt, in der Regel einer Nachbildung des Prajñā pāramitā, der Transzendenten Weisheit. Diese Partnerschaft des männlichen Buddha und der weiblichen Transzendenten Weisheit brachte ein Element des sexuellen Symbolismus in den tantrischen Buddhismus und gestattete die Herausbildung gewisser Erscheinungsformen des tantrischen Brauchtums, die die frühen europäischen Forscher mit Grauen erfüllt haben, die allerdings wohl auch stark übertrieben worden sind. Der sexuelle Symbolismus diente dazu, den als wesentlich empfundenen Aspekt der Existenz sichtbar zu machen: die Einheit in der offenkundigen Dualität. Dieses Motiv wurde auf verschiedene Weise variiert. So entstehen aus der Kombination von Konsonanten und Vokalen die mystischen Silben des mantra, welche die Intentionen des Menschen beeinflussen, der diese heiligen Laute ausspricht. So wurden auch der Buddha und der bodhisattva in der Ekstase der Vereinigung dargestellt, um den Frommen daran zu erinnern, daß das Einssein im Stadium der Erleuchtung höchste Wonne (mahāsukha) ist. In einigen Fällen mögen solche Vorstellungen zu erotischen Ritualen geführt haben, die in der geschlechtlichen Vereinigung des Yogi mit seiner Partnerin kulminierten, doch in Wahrheit ist uns von derartigen Ritualen im Buddhismus sehr wenig bekannt.

Das Problem des sexuellen Symbolismus in der Religion ist weitverzweigt und kompliziert, aber hier sei zumindest auf folgende Punkte hingewiesen (zumal für diejenigen, deren kulturelle Umwelt vom europäischen Protestantismus bestimmt wird): 1. Sexuelle Kräfte sind zu real und zu mächtig, um kurzerhand aus der Religion ausgeklammert zu werden; 2. Vielleicht ist die Betonung des männlichen Elements in einem großen Teil des westlichen Monotheismus allzu stark; 3. Andererseits besteht in anderen Religionen durchwegs die Tendenz, der heiligen Weisheit als einem Aspekt des Göttlichen weibliche Eigenschaften beizulegen, vor allem in Gestalt der Mutterschaft oder der Jungfräulichkeit; 4. Die vollständige Unterdrückung und Leugnung sexueller Aktivität kann zwar unter Umständen manchmal zu einer Sublimation führen, kann aber auch weniger erwünschte Folgen haben; 5. Schließlich ist in den mystischen Erfahrungen und Schriften aller religiösen Traditionen ein erhebliches Maß an unverhülltem sexuellen Symbolismus enthalten. All das läßt darauf schließen, daß die hohe Stellung der beiden Prinzipien, des weiblichen und des männlichen, im tantrischen Buddhismus keineswegs ein ungewöhnliches Phänomen in der Religionsgeschichte ist und uns deshalb nicht zu überraschen braucht.

Zum Abschluß noch einige allgemeine Bemerkungen zum tantrischen Buddhismus. Erstens waren die sogenannten »unmoralischen Sitten«, von früheren europäischen Autoren mit Abscheu betrachtet, vermutlich nicht typisch oder repräsentativ für das Tantra als Ganzes, und wo sie zutage traten, können sie als ein Beispiel des Antinomianismus gedeutet werden, also jener Auffassung, daß aus der restlosen Hingabe an das moralisch Böse die Erlösung von ihm erwächst (eine Vorstellung, der man auch anderswo in der Geschichte der Religionen begegnen kann). Zum zweiten muß man bedenken, daß zwar die tantrischen Formen und Rituale seit dem 8. Jahrhundert an Bedeutung gewannen, aber auf keinen Fall allgemeine Verbreitung bei den indischen Buddhisten fanden. Das Tantra impliziert den in der indischen Religion weithin anerkannten Grundsatz, daß es verschiedene Arten von Menschen gibt und daß die Formen des religiösen Lebens, die dem einen angemessen sind, sich für den anderen überhaupt nicht eignen. Schließlich war der tantrische Buddhismus an bestimmte Regionen Indiens gebunden, insbesondere an das östliche Gebiet, das aus Westbengalen und Bihar besteht.

8. Der Buddhismus in Tibet und Südostasien, 600–1000

Zu Beginn des 7. Jahrhunderts hatte sich der Buddhismus in Mittelasien fest etabliert, d. h. in dem Raum nordwestlich von Indien, durch den hindurch er nach China vorgedrungen war. Aber Tibet hatte er bislang noch nicht erfaßt. Die ersten Bemühungen, ihn dort einzuführen, sind mit dem Namen des tibetischen Königs Sron-btsan-sgam-po (geb. 617) verknüpft. Durch seine militärischen Erfolge hatte er das Ansehen seines Königreichs bei den benachbarten Herrschern so gestärkt, daß der König von Nepal und der Kaiser von China es für geraten hielten, ein Bündnis mit ihm einzugehen, und zu diesem Zweck offerierten ihm beide jeweils eine Tochter als Ehefrau. Die beiden Prinzessinnen brachten Buddha-rupas (»Bildnisse«) und ihre Kenntnisse des buddhistischen Glaubens mit in die Hauptstadt Lhasa. Der tibetische König war bestrebt, die geistigen und kulturellen Werte des Buddhismus in sein Land zu importieren, doch trotz des königlichen Patronats stieß der neue Glauben auf den heftigen Widerstand seitens der Priester der angestammten Bon-Religion. Ein indischer Buddhistenlehrer aus Nālanda (s. S. 313 f.), der das Land besuchte, erkannte, daß für ein Volk wie die Tibeter, deren Kultur so stark von magischem Brauchtum durchsetzt war, das Tantra die geeignetste Form des Buddhismus sein müsse. Folglich wurde Padma-Sambhava, ein bedeutender Vertreter und Lehrer des tantrischen Buddhismus, nach Uddiyāna eingeladen, einer Gegend im westlichen Tibet. Padma-Sambhava hatte weit größeren Erfolg, und sein Name wurde noch jahrhundertelang von den Tibetern hoch verehrt. Die Spielart des Buddhismus, die er um die Mitte des 8. Jahrhunderts einführte, das Vajrayāna (s. S. 314 ff.), verlieh dem tibetischen Buddhismus zwei charakteristische Züge: das nicht-zölibatäre Mönchtum und die magischen Rituale. Doch der Buddhismus war damit noch keineswegs fest in Tibet verwurzelt, denn nach Padma-Sambhavas Tod folgte eine Periode wütender Verfolgungen, und ein tibetischer König, der die Schirmherrschaft über das Sangha übernommen hatte, wurde von einem Thronrivalen ermordet. Nach einer Zeit der inneren Wirren, in welcher der Buddhismus praktisch verschwand, kehrte wieder Frieden ein, und zu Beginn des 11. Jahrhunderts trafen aus dem Pala-Königreich von Bihar und Bengalen abermals Missionare in Tibet ein, um den in Nordostindien florierenden tantrischen Buddhismus wieder einzuführen und zu konsolidieren. Eine wichtige Rolle spielte dabei Dīpankara Srījnāna (980–1053) oder Atīsha (der verehrungswürdige Herr), wie er später von den Tibetern genannt wurde. Atīsha war ein bengalischer Mönch, der die Kloster-Universität von Vikramasīla im östlichen Bihar geleitet und davor im burmesischen Thaton studiert hatte (vielleicht auch in einem buddhistischen Zentrum Indonesiens; in diesem Punkt besteht einige Unklarheit). Ein Mitglied der tibetischen Königsfamilie, das auf den Thron verzichtet hatte und Mönch geworden war, hatte Atīsha bewogen, nach Tibet zu kommen und dort zu leben. Auf diese Weise wurde der tantrische Buddhismus zur Hauptreligion Tibets, und im tibetischen Buddhismus, wie er sich der modernen Wissenschaft darstellt, kommen wir wohl dem volkstümlichen Buddhismus, wie er in Indien existierte, bevor er dort praktisch ausstarb, am nächsten.

Von Tibet aus wenden wir uns nun jenem Gebiet des kontinentalen Südostasien zu, das heute den Bundesstaat Burma (Birma) bildet. In diesem Raum war in den ersten nachchristlichen Jahrhunderten ein Zweig der tibetischen Volksgruppe eingedrungen, den man Burmesen nennt. Sie brachen im Himalaja-Gebiet nach Süden auf und gelangten in das Tal des Irawadi, wo sie, vermutlich im 2. Jahrhundert n. Chr., am Ostufer des Flusses, kurz vor dem Zusammenfluß mit dem Chindwin, ihre Hauptstadt Pagan erbauten. Diesen Einwanderern war bereits eine andere Gruppe, die Pyus, vorangegangen, deren Metropole Prome im unteren Irawadi-Tal war. Davor hatte wieder eine andere Volksgruppe, die Mons, den unteren Teil Burmas bewohnt, und ihr Gebiet erstreckte sich auch nach Osten in das heutige Thailand hinein. Möglicherweise waren die Mons das erste Volk des indo-chinesischen Subkontinents, das mit dem Buddhismus in Berührung kam. (Eine Legende erzählt, daß Kaiser Aśoka im 3. Jahrhundert n. Chr. zwei buddhistische Mönche, Sona und Uttara, nach »Suvanna-bhumi«, in das Goldene Land, entsandte, das Burma gewesen sein *kann*, aber es existieren dafür keine anderen Belege als diese Geschichte, die in den buddhistischen Chroniken Ceylons enthalten ist.) Burma war auf dem Seeweg von Südindien und auch auf dem Landweg vom nordöstlichen Indien aus leicht zu erreichen. So scheinen denn auch im ganzen Zeitraum bis 1000 von verschiedenen Orten der indischen Ostküste aus immer wieder Buddhisten ihren Weg nach Burma gefunden zu haben: zunächst kamen die Theravādins aus Südindien und Ceylon; als sich dann das Mahāyāna entwickelte, wurde der Buddhismus auch in dieser Form nach Burma eingeführt; dem schloß sich im 8. Jahrhundert die tantrische Richtung an. Die Mons, die alten Bewohner des Deltagebiets im unteren Burma, übernahmen offensichtlich die Theravādin-Form. Ihre Hauptstadt Sudhammavati (heute Thaton) am Ostende des Golfs von Martaban war ein Zentrum des Theravāda-Buddhismus bis ins 11. Jahrhundert. In Hmawza, acht Kilometer östlich von Prome im Irawadi-Tal gelegen, hat man die ältesten archäologischen Zeugnisse des burmesischen Buddhismus entdeckt, und zwar in Gestalt von Bruchstücken kanonischer Pali-Schriften, die dem 5. Jahrhundert angehören. Es gibt Beweise dafür, daß unter den Pyus sowohl die Theravādin- als auch die Sarvāstivādin-Schule (s. S. 194) ihre Anhänger hatten. Überreste von Bauwerken und Statuen verraten den Stil Nordostindiens und der Orissa-Küste der späten Gupta-Periode (Coedès, 1966). Aus chinesischen Berichten des frühen 9. Jahrhunderts geht hervor, daß es in jener Zeit im Pyu-Königreich über hundert buddhistische Klöster gab, in denen junge Leute beiderlei Geschlechts bis zum Alter von zwanzig Jahren erzogen wurden.

Obwohl die burmesischen Chroniken behaupten, die Hauptstadt Pagan sei bereits im 2. Jahrhundert gegründet worden, nimmt man heute allgemein 849 als Gründungsjahr an. Zu dieser Zeit drang der Mahāyāna-Buddhismus und speziell seine tantrische Spielart vom Nordosten Indiens aus nach Burma vor. Der Buddhismus Zentralburmas, der vom 9. Jahrhundert bis in die Mitte des 11. Jahrhunderts hinein von den tibeto-burmesischen Einwanderern praktiziert wurde, scheint jedenfalls ausgesprochen tantrisch gefärbt gewesen zu sein; mit ihm verbunden war eine Klasse religiöser Funktionäre, über die man nicht sehr viel weiß, die aber so etwas wie eine Mischung aus Guru, Lama und Priester gewesen sein müssen und als »aris« (eine verderbte Form des Wortes »arya«, mit der Bedeutung »heiliger Mann«) bezeichnet wurden. Das Gebiet des heutigen Thailand war ebenfalls seit frühester Zeit indischen Einflüssen ausgesetzt, vor allem seit der Gupta-Periode. Archäologische Funde aus der Gegend westlich des modernen Bangkok bezeugen, daß hier seit dem 1. oder 2. Jahrhundert buddhistische Frömmigkeit geübt wurde. Heiligtümer, Buddha-rupas, das typisch buddhistische Symbol des Dharma-cakra (»Rad des Gesetzes«) und Skulpturenreste aus der Gupta-Zeit sind sowohl hier als auch in den benachbarten Gebieten des heutigen Laos und Kambodscha aufgefunden worden. Das vielleicht bedeutendste Zentrum der buddhistischen Gelehrsamkeit und Kultur in Südostasien war zwischen dem 7. und 11. Jahrhundert auf den Inseln Sumatra und Java beheimatet, wo der Einfluß des östlichen Indiens (zumal Bengalens) recht erheblich war. Der chinesische Pilger I-Tsing, der dieses Gebiet gegen Ende des 7. Jahrhunderts ebenfalls besuchte, berichtet, daß die dortigen Herrscher dem Buddhismus wohlgesonnen waren und daß man der Hīnayāna-Form den Vorzug gab. Die spätere Dynastie der Sailendras, die über Malaya und einen großen Teil des heutigen Indonesiens herrschte, förderte die Mahāyāna-Richtung und unterhielt enge Beziehungen zu Ostindien, vor allem zu Nālanda. Von dort aus gelangte die tantrische Form des Buddhismus auch nach Indonesien, wo sie schließlich die Oberhand gewann und – wie in Indien – dem allmählichen Verschwinden des Buddhismus innerhalb eines Religionssystems vorausging, das von brahmanischen Priestern und Hindu-Kulturen geprägt war (s. S. 381 ff.).

9. Der Buddhismus in Japan während der Heian-Periode (794–1185)

Bis 794 war Nara der Mittelpunkt des politischen und religiösen Leben in Japan. In diesem Jahr wurde die politische Zentrale nach Miyako, dem modernen Kyōto, verlegt, einer Stadt mit dem poetischen Namen Heian. Sie blieb die Hauptstadt Japans bis 1868, dem Beginn der Meiji-Zeit (s. S. 490 f.). Die Periode, der Heian den Namen gegeben hat, gilt als die des »Friedens und angenehmen Lebens« (Anesaki, 1930) und als das klassische Zeitalter der japanischen Kunst, Literatur und Religion.

In diesem Zeitraum war die »katholische« Richtung des Buddhismus, das aus China eingeführte Tientai (Tendai), die einflußreichste Form der buddhistischen Religion. Das Hossō, die wichtigste Richtung in der vorhergehenden Nara-Zeit, blieb eine Religion für die geistige Elite, während das Tendai gerade durch seinen Universalismus gekennzeichnet war; es bestimmte, daß alle fühlenden Wesen in der Lage seien, die Erlösung zu erlangen. Ein buddhistischer Mönch namens Saicho (er erhielt postum den Ehrentitel Dengyo Daishi, »Verbreiter der wahren Religion«) war maßgeblich an der Einführung des Tendai und seiner raschen Ausbreitung beteiligt. Saicho wurde als Kind chinesischer Immigranten im Jahre 767 in der Nähe des Berges Hiei geboren und 785 als Achtzehnjähriger in die buddhistische Mönchsgemeinschaft aufgenommen. Darauf folgten zehn »verborgene Jahre«, in denen Saicho ein Leben der Einsamkeit und Kontemplation führte. Als 794 die Hauptstadt nach Heian verlegt wurde, identifizierte er sich mit dem neuen Regime und begann in der Nähe der neuen Metropole mit dem Aufbau eines Mönchsinstituts, das nach weiteren zehn Jahren ein blühendes Zentrum des buddhistischen religiösen Lebens geworden war und den offiziellen Titel erhielt: »Hauptsitz der buddhistischen Religion zur Gewährleistung der Sicherheit des Landes«. Saicho war eine erstaunliche Mischung aus Heiligem, Philosophen und Organisator, und nach einem Besuch in China (803), wo er nach einem tieferen Verständnis der buddhistischen Wahrheit strebte, führte er die umfassende, universale Synthese von Lehre und Praxis ein, die in den nächsten fünf Jahrhunderten den Hauptstrom des Buddhismus in Japan darstellte.

Ein bedeutender jüngerer Zeitgenosse war Kukai, der 774, sieben Jahre nach Saicho, geboren wurde. Erzogen im Konfuzianismus, wandte er sich schon in seiner Jugend dem Taoismus (s. S. 159 ff.). zu, auf der Suche nach geistiger Erfüllung. Da er sie nicht fand, geriet er in eine Phase innerer Kämpfe, bis er im Alter von 22 Jahren zum Buddhismus konvertierte, unter dem Eindruck einer Vision, die er von einem bestimmten großen buddhistischen Heiligen hatte. Wie Saicho reiste auch er nach China, um seine Kenntnisse zu vertiefen. Dort lernte er die chinesische Form des Mantrayāna (s. S. 314 ff.) kennen, die in China Chen-yen hieß, und diese Kombination des Praktischen, Volkstümlichen und Mystischen begann er nach seiner Heimkehr mit großem Erfolg zu lehren. Die japanische Bezeichnung für das Chen-yen lautet Shingon, und seit Kukais Rückkehr aus China war sein Zentrum das Kloster, das Kukai auf dem Berg Koya, etwa 80 Kilometer südlich der neuen Hauptstadt, gründete. Dort bildete er 30 Jahre lang Schüler in diesem neuartigen mystischen Synkretismus aus, dessen große Stärke in der Mischung aus kontemplativem, undogmatischem Denken und rituellen Praktiken lag. Kukai gelang es auch, die buddhistischen und schintoistischen Gruppen miteinander zu versöhnen. Besondere Merkmale dieses Zusammenschlusses waren die Gleichsetzung der alten Götter des japanischen Schintoismus mit den bodhisattvas des Buddhismus sowie die Anlage eines inneren buddhistischen Heiligtums innerhalb der Kultstätten, in denen die Schinto-Götter verehrt wurden. Dieses System, in dem die Japaner buddhistische Namen für ihre Schinto-Gottheiten übernahmen und die buddhistische Frömmigkeit in die Schinto-Rituale einbezogen, ist unter der Bezeichnung »Ryōbu (doppelgesichtiger) Schinto« bekannt. Als Kukai 835 im Kloster vom Berge Koya starb, besaß er ein solches Ansehen, daß er bis heute in Japan als eine Art Heiland verehrt wird, der vielleicht einmal aus dem tiefen Trancezustand erwachen wird, in den er angeblich versunken ist, um seine wundertätigen Kräfte zu üben. Gleich Saicho wurde auch er mit einem postumen Ehrennamen bedacht: Kobo Daishu, »der Verbreiter des Gesetzes«. Viele sehen in ihm eine Manifestation des Bodhisattva Vairocana.

Das Shingon in Japan war, wie das Mantrayāna in Indien, von dem es letztlich seine Prinzipien herleitet, sowohl für Laien als auch für Mönche bestimmt. Neben ihm, und nicht immer völlig von ihm zu trennen, entwickelte sich in dieser Zeit die Amida-Verehrung weiter. Doch erst im Verlauf des 10. Jahrhunderts begann diese volkstümliche Lehre von der Erlösung kraft des Glaubens an den Herrn des Westlichen Paradieses Boden zu gewinnen, und die Geschichte ihrer Hochblüte in Japan gehört eigentlich schon der nächsten Periode an (s. S. 391 ff.). Es liegt auf der Hand, daß das Verdienst um die Popularisierung des Buddhismus in Japan in erster Linie den Mönchen des Tendai und des Shingon zukommt. Sie haben es verstanden, buddhistische Vorstellungen und Sitten der japanischen Umwelt anzupassen.

10. Der Buddhismus in Ceylon, 600–1000

Ähnliche Entwicklungen wie in Südostasien und Japan vollziehen sich in diesem Zeitraum in Ceylon. Nach Buddhaghosa (s. S. 274 ff.) tauchen in der buddhistischen Literatur Ceylons bis zum Auftreten Anuruddhas (s. S. 384 f.) im 11. oder 12. Jahrhundert keine großen Gestalten auf, und auch sonst macht das buddhistische Denken in Ceylon keine nennenswerten Wandlungen durch. Doch während dieser vier Jahrhunderte verzeichnen wir hier das gleiche Anwachsen des mahayanistischen und tantrischen Einflusses wie in den anderen Ländern. Eine große Rolle spielte dabei das Verhältnis zwischen den singhalesischen Herrschern und denen in Südindien. Gegen Ende des 7. Jahrhunderts, nach einigen Jahrzehnten der Instabilität, gelang es einem Herrscher namens Manavamma mit Hilfe von Truppen, die ihm ein südindischer Verbündeter zur Verfügung gestellt hatte, die Macht an sich zu reißen und eine Periode des inneren Friedens für Ceylon einzuleiten, die mindestens zwei Jahrhunderte anhielt. Danach, also seit dem Ende des 9. Jahrhunderts, wurde Ceylon intensiv in die zwischenstaatlichen Rivalitäten Südindiens verstrickt und zeigte ein großes Interesse an einem politischen Gleichgewicht zwischen den betroffenen Staaten. Das bedeutete eine zunehmende Beeinflussung durch Südindien, nicht nur in politischer, sondern auch in kultureller und religiöser Hinsicht.

So kam es dazu, daß das Abhayagiri-Kloster, der Gegenspieler des Großen Klosters (Mahāvihāra) von Anuradhapura, als Zentrum des Mahāyāna immer mehr Einfluß gewann und sich in diesen Jahrhunderten des politischen Engagements Ceylons in Südindien der Gunst der singhalesischen Herrscher erfreute. Im 9. Jahrhundert führte ein dort lebender indischer Mönch gewisse Elemente des Vajrayāna (s. S. 315 ff.) ein. Dies genoß den Schutz des singhalesischen Königs und fand auch großen Anklang bei der singhalesischen Landbevölkerung, für die es ein Mittel war, die buddhistische Lehre mit den eigenen volkstümlichen und stark magisch durchsetzten Kulten zu vereinbaren. In dieser Zeit tauchten auch die paritta, Zauberformeln zur Abwehr böser Mächte, im singhalesischen Buddhismus auf.

Die Verstrickung in die Politik Südindiens führte schließlich im 10. Jahrhundert zu jener unruhigen Periode, die gekennzeichnet ist durch Einfälle in Südindien, Gegenangriffe auf Ceylon, den Rückzug der singhalesischen Herrscher aus der Hauptstadt Anuradhapura in die südöstlich gelegene neue Metropole Polonnaruwa und die Herrschaft der Tamils über den Norden Ceylons. Anuradhapura blieb jedoch noch eine Zeitlang ein Zentrum und ein Pilgerziel der Buddhisten. Doch es konnte sich nicht unbegrenzt behaupten, nachdem sich nun einmal der Mittelpunkt des Staates nach Polonnaruwu verlagert hatte, und so verödeten die großen Heiligtümer und Klöster von Anuradhapura und wurden vom tropischen Dschungel verschlungen.

Aus diesem Überblick über den Buddhismus in Tibet, Südostasien und Ceylon in diesen Jahrhunderten ergibt sich der unaufhörliche Einfluß Indiens. Die in Indien stattfindenden Wandlungen des Mahāyāna und vor allem des Mantrayāna und Vajrayāna spiegeln sich getreulich in diesen Nachbarländern. Zuweilen jedoch stießen die neuen Entwicklungen auf Widerstand, vor allem in Ceylon, wo das Große Kloster von Anuradhapura weitgehend die Theravādin-Richtung beibehielt und wo um die Mitte des 7. Jahrhunderts die Mönche gegen die königliche Begünstigung des mahayanischen Rivalen, des Abhayagiri-Klosters, auf drastische Weise protestierten. Auch die Ausbreitung des Vajrayāna unter dem ceylonesischen Laienvolk wurde von jenem Theravādin-Chronisten beklagt, der davon spricht, daß es »bei dem törichten und unwissenden Menschen dieses Landes« großen Anklang gefunden habe, und seine Haltung ist zweifellos repräsentativ für die Theravādin-Mönche im damaligen Ceylon.

ZUSAMMENFASSENDER KOMMENTAR ZUM KAPITEL E

In dem soeben behandelten Zeitraum gelang es sowohl dem Islam als auch dem Buddhismus, die sich in vieler Hinsicht so unähnlich sind, in den neuen Gebieten, in die sie vordrangen, zahlreiche Anhänger unter der Bevölkerung zu finden: beim Islam handelt es sich um den Nahen Osten, den Mittleren Osten, Nordafrika und Spanien, beim Buddhismus um China, Japan, Tibet und Südostasien. Für den voreingenommenen christlichen Kirchenhistoriker sind die Erfolge des Islams in den Gebieten, die einige Jahrhunderte lang als christlich galten, einigermaßen verwirrend, und sie werden hinwegdisputiert als die Errungenschaften militärischer Eroberer, die angeblich ihre Religion den Bewohnern der eroberten Länder aufgezwungen haben. Diese Auffassung hält, wie T. W. Arnold nachgewiesen hat, einer genaueren Untersuchung nicht stand. Die Gründe für die Erfolge des Islams außerhalb Arabiens und des Buddhismus außerhalb Indiens liegen in der Bereitschaft der Bevölkerung in den betroffenen Gebieten, das neue Glaubenssystem zu übernehmen, weil es für sie den Lehren, denen sie bis dahin nominell angehangen hatte, überlegen war. Die Anziehungskraft der neuen Glaubenslehren bestand in beiden Fällen zunächst in dem sittlichen Standard, der gefordert und vorgelebt wurde, vor allem von den untergeordneten Repräsentanten der jeweiligen Religion (indischen Buddhistenmönchen bzw. arabischen Händlern und Siedlern), und zweitens in der überzeugenden, rationellen und konsequenten Weltanschauung, die jede der beiden Lehren anbot. Aus diesem Kapitel der Religionsgeschichte läßt sich die Lehre ziehen, daß ein fremdländisches System religiöser Ideen und Gebräuche rezipiert und naturalisiert werden kann, wenn zwei Hauptbedingungen erfüllt sind: eine Situation der sozialen, geistigen oder moralischen Unsicherheit oder Unzufriedenheit in dem Empfängerland; eine ausreichend dynamische, geistig fundierte, moralisch und emotional befriedigende religiöse Lehre, die sich dank ihrer Aufgeschlossenheit und ihrer personellen Möglichkeiten, also dank den Anhängern, die als Träger und Vermittler der Lehre fungieren, durchzusetzen vermag.

Es ist bezeichnend, daß das Vordringen der neuen Glaubenslehren des Islams und des Buddhismus in den neugewonnenen Gebieten eine neue Kulturepoche in den jeweiligen Ländern eröffnete. Mit der islamischen Kultur und Gelehrsamkeit im Mittelmeerraum und im Nahen

Osten werden wir uns im nächsten Kapitel beschäftigen (s. S. 366). Im Falle Chinas stieß der Buddhismus in ein Land vor, das bereits über eine alte und festgegründete Kultur verfügte, aber selbst dort leistete der Buddhismus einen bedeutenden Beitrag vor allem zur volkstümlichen Kunst und Kultur. Es war, wie C. P. Fitzgerald festgestellt hat, »bis in die neueste Zeit hinein der größte, ja fast der einzige fremde Einfluß, dem die chinesische Kultur erlag, und der einzige, der dauerhafte Spuren hinterließ«. Er fügt allerdings hinzu, daß dieser Einfluß in China auf die Kunst und das religiöse Denken beschränkt blieb und nicht das soziale und politische Denken erfaßte (Fitzgerald, 1964; 10). Was den zuletzt genannten Punkt angeht, so wurde der Buddhismus in China wie in Japan daran gehindert, sich selbst ganz treu zu bleiben, jener Buddhismus, der ja, wie wir erfahren haben (s. S. 149 ff.), essentiell eine Soziallehre *und* ein religiöses System ist (s. S. 385 f.). Im Falle Japans ergeben die allgemeinen Auswirkungen des Buddhismus nach D. C. Holtoms Aussage eine eindrucksvolle Bilanz: »Der Buddhismus brachte Literatur, Kunst, Astronomie, Medizin, Erziehung und solidere und humanere soziale und politische Einrichtungen ins Land. Er stimulierte das Mitgefühl durch seine zentrale Lehre des *Jihi* (Wohlwollens) und stärkte das Bewußtsein der menschlichen Gleichberechtigung ... Er gründete Klöster und Armenhäuser und milderte die Hungersnot und die Seuchengefahr ... Er führte in Japan einen vornehmen Sittenkodex ein und steigerte die Hoffnung auf ein Leben nach dem Tod. Kein anderer Einfluß, mit Ausnahme der modernen wissenschaftlich-industriellen Revolution, hat die japanische Kultur so nachhaltig verändert.« (Holtom, 1938; 32 f.)

Ähnliches gilt auch für einen Teil des christlichen Europa, insbesondere für jene Gebiete, die, anders als die hellenistische Welt, noch vergleichsweise barbarisch und zurückgeblieben waren. Auch hier hatte die christliche Religion, vornehmlich durch die Ausbreitung des Klosterwesens, einen zivilisierenden Einfluß (s. S. 349 f.). Griechenland und Rom besaßen bereits eine eigene reiche Kultur, zu der das Christentum einen zusätzlichen Beitrag leistete, aber in Nordeuropa wurden vor allem die Abteien und Klöster zu kulturellen Mittelpunkten, von denen aus Bildung und Literatur, Künste und Wissenschaften aller Art auf die Umgebung ausstrahlten. Und wie wir im folgenden Kapitel sehen werden, waren die hinduistischen mathas (Klöster), die dem älteren buddhistischen Vorbild folgten, auf ähnliche Weise im mittelalterlichen Indien Zentren der medizinischen Kunst, der Erziehung und der Kultur (s. S. 336–338).

Dieser Aspekt der Religionsgeschichte ist ein wertvolles Korrektiv für die moderne, reduzierte Auffassung der Religion als einer vorwiegend privaten, individuellen Beziehung zwischen einem Menschen und seinem Gott, eine Auffassung, die für das Christentum seit dem 16. Jahrhundert besonders charakteristisch ist. Vor allem im Islam und Buddhismus läßt sich erkennen, wie eine wahrhaft volkstümliche und religiös geprägte Kultur beschaffen sein könnte: sie könnte sein ein breiter, schöner Strom, der seine Umgebung mit Kommunikationsmitteln, mit Fruchtbarkeit und Lebenskraft versorgt. Im Gegensatz dazu steht der streng regulierte und sterile Kanal, zu dem die Religion im 19. Jahrhundert in Europa geworden ist. Es ist möglich, daß die beiden zerstörerischen Überschwemmungen, genannt Kommunismus und Säkularisierung, zum Teil darauf zurückzuführen sind, daß der Kanal der Religion in Europa so künstlich verengt worden ist.

F

THEOLOGEN, DICHTER UND MYSTIKER

I.
DER HINDUISMUS IM MITTELALTER (500–1500)

1. Grundzüge des mittelalterlichen Hinduismus

Die Periode in der Geschichte des Hinduismus, der wir uns nun zuwenden (500–1500), läßt sich grob als das Mittelalter umschreiben, obwohl sie auch noch die Anfänge der Neuzeit einbezieht. In diesem Jahrtausend bestand der indische Subkontinent, politisch gesehen, aus einer Reihe unabhängiger Monarchien. Die meisten waren hinduistisch, aber seit dem 12. Jahrhundert gewann auch das moslemische Königreich oder Sultanat in Nordindien zunehmend an Ausdehnung und Einfluß. Es ist nicht einfach, die politische Geschichte Indiens in diesem Zeitraum auf einen Nenner zu bringen; es erscheint jedoch unerläßlich, auf einige der bedeutenderen Dynastien hinzuweisen. Nach dem Niedergang der Gupta-Dynastie (s. S. 260) wurde Nordindien in mehrere große und kleine unabhängige Königreiche unterteilt, von denen das des religiös eklektischen Herrschers Harsha-vardhana (606–646) zu den wichtigsten zählt. Seine Hauptstadt war Kanauj am oberen Ganges, die Pātaliputra (Patna) als die bisher bedeutendste Stadt der Ganges-Ebene überrundet hatte (s. S. 313). In der unteren Ganges-Ebene, in dem Gebiet, das heute mehr oder weniger von Bihar und Bengalen eingenommen wird, residierte im 8. und 9. Jahrhundert die mächtige und einflußreiche Pala-Dynastie. Die Pala-Könige scheinen Anhänger des Chandi-Kults gewesen zu sein, also einer Göttin, die als eine Gemahlin Schiwas galt. Das Pala-Königreich hatte durch einen Hafen in der Nähe des heutigen Kalkutta gute Handelsbeziehungen zu Südostasien und übte somit einen religiösen und kulturellen Einfluß auf diese Region aus.

In Südindien war vom 7. bis zum 10. Jahrhundert das Königreich der Pallavas dominierend – einer Hindu-Dynastie, begründet von Mahendra-Varman I. (600–630), deren Hauptstadt Kanchipuram (etwa 120 km südwestlich des modernen Madras) im Tamil-Gebiet lag. Mahendra-Varman I. war demnach ein südindischer Zeitgenosse Harshas; er ist deswegen bemerkenswert, weil er ursprünglich ein Anhänger des Dschainismus war, sich später aber zum Shaivismus bekehrte, offensichtlich unter dem Einfluß des Shaiva-Heiligen Appar (s. S. 335). In seiner Konversion könnte man auch ein Zeichen für die damaligen religiösen Tendenzen sehen: Der Dschainismus begann, wie der Buddhismus, zurückzugehen auf Kosten der bhakti-Kulte Wischnus und Schiwas.

Im Süden wurde die Pallava-Dynastie von den Cholas abgelöst, die vom 10. bis 12. Jahrhundert die beherrschende Macht auf der indischen Halbinsel waren. Bei ihnen handelt es sich ebenfalls um eine Tamil-Dynastie; in dieser Periode erreichten die Kultur und Religion Tamils ihren Höhepunkt, und ihr Einfluß strahlte aus nach Südostasien und Ceylon (s. S. 324 f.). Noch eine weitere Dynastie verdient erwähnt zu werden wegen ihrer großen Bedeutung für die Geschichte des Hinduismus, nämlich die Vijayanagar-Dynastie, die vom frühen 14. bis in die Mitte des 17. Jahrhundert regierte. Die Rolle, die das Vijayanagar-Geschlecht bei der Verteidigung des Hinduismus gespielt hat, gehört eigentlich einer späteren Epoche an, wird aber in diesem Zusammenhang behandelt (s. S. 403 f.).

Die Aufzählung der bedeutenden Dynastien zeigt, daß das mittelalterliche Indien ein Land der Monarchien war, die den maßgeblichen Hintergrund der religiösen Zustände in jenen Jahrhunderten bildeten. Zwei andere wichtige Elemente, die das Bild vervollständigen, waren 1. die Brahmanen, die den Königen als Berater eng verbunden waren, und 2. die volkstümlichen bhakti-Kulte. Die letzteren erfreuten sich immer mehr der Gunst und Unterstützung der Könige, mit dem Resultat, daß die Brahmanen sich gezwungen sahen, den Kulten in religiöser Hinsicht Konzessionen zu machen, während sie sich gleichzeitig bemühten, ihre eigene gesellschaftliche Position zu sichern. Das grundlegende Problem, das zwischen den Anhängern und Exponenten der bhakti-Kulte und den Brahmanen stand, war das Kastensystem; die brahmanische Orthodoxie hielt an der Kastenstruktur fest, wohingegen viele vaishnavitische und shaivitische Lehrer und Kultführer zu einer liberaleren Einschätzung der Kastenunterschiede neigten.

2. Die Lieder der Tamil-Heiligen des 7. Jahrhunderts

Seit dem 7. Jahrhundert herrschte die lebhafteste religiöse Aktivität im Tamil-Gebiet Südindiens. Sie konzentrierte sich vorwiegend auf die inbrünstige Frömmigkeit einer Klasse von religiösen »Virtuosen«, die bei den Vaishnaviten *alvars* oder »Taucher« (in die Tiefen des Göttlichen) und bei den Shaiviten *nāyanārs* oder »Führer« hießen. Die Welle theistischer Frömmigkeit, die von diesen »Heiligen« ausging, war im südlichen Indien bis zu einem gewissen Grade Ausdruck einer Reaktion gegen den theologischen Radikalismus der Buddhisten und Dschainisten, war zum Teil aber auch auf den besonderen religiösen Eifer des bhakti-Hinduismus zurückzuführen.

Die Literatur dieser Tamil-Frömmigkeit ist in Sammlungen von Hymnen aufbewahrt, welche die Tamil-Heiligen des 7. Jahrhunderts verfaßten. In ihnen hat sich nicht nur die glühendste Gottesverehrung niedergeschlagen, sondern auch eine beträchtliche Animosität gegen die Buddhisten. Das kam auch in den öffentlichen Debatten zum Ausdruck, die oft unter der Bedingung ausgetragen wurden, daß der in der Auseinandersetzung Unterlegene sich der Religion seines Gegenspielers anschließen mußte. Anscheinend gab es auch Wettbewerbe im Wunderwirken und Lehrentscheidungen auf Grund von Gottesurteilen (Sastri, 1963; 40). Die genannten Hymnensammlungen bilden einen Hauptbestandteil der vaishnavitischen und shaivitischen Schriftenkanons. Die Verfasser entstammten allen Kasten, einschließlich der untersten; manchmal waren es Leute zweifelhafter Herkunft und in ein paar Fällen sogar Frauen. In mancher Hinsicht gleichen sie den ekstatischen Propheten des Nahen Ostens; es heißt, sie tanzten, lachten, weinten und sangen »wie Menschen, die den Verstand verloren hatten« *(Cultural Heritage of India,* 1958–62, Bd. IV, S. 166). Sie wurden sehr verehrt, und ihre Dichtungen standen bei den Vaishnaviten und Shaiviten im gleichen Ansehen wie die der wedischen rsi oder Seher (s. S. 73 f.); die gesamte Hymnensammlung wird zuweilen als der »Vaishnava (oder Shaiva) Veda« bezeichnet. Auf die Menschen des mittelalterlichen Indien übte diese Form der Frömmigkeit eine besondere Anziehungskraft aus, weil sie allen offenstand: den Angehörigen der untersten Kasten, den Frauen genauso wie den Männern, den Gestrauchelten und den Sündern. Die Anführer der Bewegung, die großen alvars des Tamil-Vaishnaivismus, sind traditionsgemäß zwölf an der Zahl; von den nāyanārs oder adiyars der shaivitischen Richtung genießen drei besondere Verehrung, nämlich Sambandha, Appar, der Mahendra-Varman zum Shaivismus bekehrt haben soll (s. S. 333), und Sundara. Von diesen dreien hat man Sambandha, einen Brahmanen des 7. Jahrhunderts, mit einer hohen Ehre bedacht: sein Bildnis findet sich in den Shaiva-Tempeln, und daher beginnen die Tamil-Schriftsteller häufig ihr Werk mit einer Huldigung an ihn. Er war angeblich ein heftiger Widersacher der Buddhisten und Dschainisten und bedachte sie in seinen Hymnen oft mit Verwünschungen. Als er die Dschainisten in einer Debatte besiegt hatte, sollen 8000 von ihnen bestraft worden sein. Die Strafe bestand, so wird berichtet, im Tod durch Pfählung – ein Ereignis, das angeblich noch immer alljährlich im Tempel von Madurai gefeiert wird. Ein moderner Hindu hält dies jedoch für »eine schockierende Legende« und kann an eine solche »Intoleranz gegenüber einer Häresie kaum glauben«; all dies muß, so meint er, »das Produkt der orthodoxen Phantasie einer späteren Zeit sein, die sich von falschen Wertvorstellungen leiten ließ« (Sastri, 1963; 63).

3. Der Philosoph Shankara (788–820)

Selten hat eine einzelne Persönlichkeit den Kurs einer religiösen Entwicklung so entscheidend bestimmt wie Shankara. Die große Leistung dieses shaivitischen Brahmanen aus Kerala war die Wiederbelebung der Upanischaden-Ideen im Gegensatz zum Buddhismus einerseits und zur übertriebenen Frömmigkeit der Volkskulte andererseits. Es ist bezeichnend, daß er einer shaivitischen Familie entstammte, denn der Schiwa-Kult, der im vor-indogermanischen Proto-Schiwa der Harappā-Kultur seinen Ursprung hat (s. S. 50), hatte stets eine etwas größere Affinität zum System des Yoga als zum bhakti-Kult. Das heißt: der Shaivismus legte mehr Wert auf die Askese und die yogische Selbstverwirklichung als auf glühende Gottesverehrung, wie sie für die vaishnavitischen Kulte typisch war, wenn auch der Shaivismus einiges von dieser vaishnavitischen Inbrunst assimilierte, vor allem im 7. Jahrhundert. Shankaras Lehrer oder guru soll Govinda Yogin gewesen sein. Jedenfalls hob Shankara in seiner eigenen Lehre den Wert der Askese und zugleich die yogische Verwirklichung des individuellen Ichs als brahman besonders hervor. Diese Lehre vermittelte er mit einer Methode, die für Hindu-Philosophen und -Theologen fast *de rigueur* ist, nämlich durch eine Interpretation der Brāhma Sūtras von Bādarāyana (s. S. 257). Was die Menschen an der Erkenntnis hindert, daß die Realität eins und unteilbar, also brahman (das unpersönliche Absolute) ist, und daß nichts existiert außer brahman, ist der Faktor, den Shankara als maya bezeichnet – die Illusion, die das Eine als viele getrennte, unabhängige Seinsformen erscheinen läßt. Maya ist die Ursache für das eitle Streben der Menschen nach dem sogenannten Vergnügen und für alle seine Leiden und Sorgen. Die Sinne werden durch maya getäuscht, und nur durch asketische Übungen und durch Kontemplation kann das brahman erkannt werden. Diese Lehre weist sehr viel Ähnlichkeit mit jener der Yogācārin- und Mādhyamika-Schule des Mahāyāna-Buddhismus auf (s. S. 267 f.; 269 f.), und Shankara wurde tatsächlich von seinen Gegnern beschuldigt, ein Krypto-Buddhist zu sein. Er scheint einige praktische Dinge von den Buddhisten gelernt zu haben, denn er gründete eine Reihe von mathas oder Mönchssiedlungen, die seine Lehre propagierten.

Diese mathas lagen strategisch günstig in bestimmten großen Pilgerzentren – Badrinath im Himalaja-Gebiet, Dwārakā an der Westküste, Puri an der Ostküste, Shringeri und Kancipuram im Süden. An dem zuletzt genannten Ort soll Shankara einige Jahre gelebt und seine Lehre vom Advaita (nicht-dualistischen) Vedānta verkündet haben.

Auf diese Weise, in der Person Shankaras, bewies der Brahmanismus wieder einmal seine Fähigkeit zu überleben, indem er die Ideen und Sitten eines Konkurrenzsystems assimilierte und sich zu eigen machte. In diesem Fall war der Buddhismus das Opfer, und die Leistung Shankaras markiert eindeutiger als jeder andere Einzelfaktor den beginnenden Niedergang der buddhistischen Position in Indien.

4. *Mittelalterliche Hindu-Tempel und -Klöster*

Indem Shankara von den Buddhisten die Idee der Mönchssiedlung entlehnte und in seine eigene Organisation einbezog, begründete er einen Wesenszug des mittelalterlichen Hinduismus. Die Hindu-Klöster oder mathas waren religiöse Institute, die verschiedenen Zwecken dienten. Sie lagen in der Nähe berühmter Heiligtümer und boten so den Pilgern Unterkunft und Verpflegung; zugleich waren sie Bildungszentren und halfen die Lehren der religiösen Sekten verbreiten, von denen sie unterhalten wurden. Seit dem 10. Jahrhundert hielten es die Reichen für eine verdienstvolle Kapitalanlage, ein matha zu stiften, so daß im 13. Jahrhundert fast jede bedeutendere Pilgerstätte eine religiöse Niederlassung dieser Art besaß. In einigen Fällen wurden buddhistische Klöster in hinduistische mathas umgewandelt, als der Buddhismus im Niedergang begriffen war; da die Hindu-Asketen ein ähnlich geartetes Sozialprogramm hatten wie die buddhistischen Mönche früher (medizinische Hilfeleistung, Beköstigung der Armen, Erziehung der Jugend), spürte man in der jeweiligen Gemeinde kaum etwas von diesem Wandel (Sastri, 1963; 118).

Als zweite bedeutende religiöse Institution entwickelte sich in diesem Zeitraum der Tempel. Über die Frühgeschichte des Hindu-Tempels ist wenig bekannt, denn in der Gupta-Periode (s. S. 260 f.) verwendete man als Baumaterial nur Holz und Lehm, denen in Indien keine lange Lebensdauer beschieden ist. Der aus Stein erbaute klassische Hindu-Tempel datiert etwa aus dem 6. Jahrhundert. Eine ältere Vorstufe stellt der Höhlentempel dar, der aus gewachsenem Felsen herausgehauen wurde; diesen Typ übernahmen die Hindus von den Buddhisten. Wie in

Europa, so war auch in Indien das Mittelalter die große Zeit des Tempelbaus, nachdem die Technik selbsttragender Konstruktionen entwickelt worden war. Ein Beispiel für den Übergang vom Felsen- zum freistehenden Tempel ist der Kailashantha-Tempel im westindischen Ellora (ca. 300 km nordöstlich von Bombay), der zwar aus behauenem Fels gebildet wird, aber schon teilweise frei steht. Die Kosten für ein solches Bauwerk müssen sehr hoch gewesen sein und konnten wohl nur von einem König aufgebracht werden (Thapar, 1966; 192).

Was den Stil und die Architektur der Hindu-Tempel angeht, müssen wir den Leser auf Spezialwerke verweisen, die diesen faszinierenden Aspekt der indischen Kultur eingehend behandeln (Basham, 1954; 355—64; Sastri, 1963; 97—112). Das Hauptkennzeichen des Heiligtums, das zuweilen riesige Ausmaße annehmen kann, ist das vigraha oder Bildnis – das *Sinnbild,* weniger das Abbild der Gottheit. Daß dies an die Stelle eines Altars tritt, zeigt an, worauf der volkstümliche Hinduismus jetzt besonderen Wert legte: nicht auf das Opfer, sondern auf fromme Andachtsübungen oder bhakti. Die größeren Tempel hatten neben der religiösen auch eine wichtige ökonomische Funktion. So sollen beispielsweise dem Tempel von Tanjore in der Chola-Periode zahlreiche Diener, Musikanten, Tänzer und Vorleser unterstanden haben, insgesamt rund 570 Personen; dazu kamen noch Hunderte von Priestern, die ebenfalls von den Tempeleinkünften lebten. Natürlich waren nicht alle Tempel so groß, doch im 9. und 10. Jahrhundert gab es Vaishnava- oder Shaiva-Tempel in fast jeder Kleinstadt und in jedem Dorf; die Baukosten trugen normalerweise wohlhabende Kaufleute oder Kaufmannsgilden, während die weniger wohlhabenden Bürger für die Ausstattung mit Bildwerken, Lampen etc. aufkamen. Das Vorhandensein so vieler Tempel in Nordindien, die oft über große Schätze in Gestalt von edelsteingeschmückten Bildwerken verfügten, war für die moslemischen Türken ein Hauptanreiz für ihre häufigen Raubüberfälle von Nordwesten aus, die etwa gegen Ende des 10. Jahrhunderts einsetzten (s. S. 377 f.).

5. Die Entwicklung der Hindu-Theologie: Rāmānuja

Die Zeit vor Shankara ist die vor-theologische Periode in der Geschichte der bhakti-Kulte. Seit dem Auftreten Shankaras waren sie jedoch gezwungen, eine theologische Verteidigung und Klarstellung ihrer Grundsätze zu entwickeln, denn Shankaras Lehre galt als Bedrohung der Frömmigkeitskulte und des bhakti-Prinzips. Die Antwort seitens der Anhänger der Frömmigkeitslehre ließ einige Zeit auf sich warten, und ihre erste entschiedene Formulierung geht auf Rāmānuja zurück, der etwa zweieinhalb Jahrhunderte nach Shankara lebte und etwa 1137 starb. Die Hymnen der alvars (s. S. 334 f.), die unter dem Oberbegriff Prabandham zusammengefaßt worden waren, hatten inzwischen die Autorität heiliger Schriften erlangt, und in diesem Zusammenhang war das Amt des ācārya oder Lehrers entstanden, dessen Auslegung der heiligen Texte und Kulturvorschriften für die Vaishnaviten verbindlich war. Die großen ācāryas waren zugleich die Herren des Tempels in Srīrangam, des bedeutendsten der südindischen Vaishnava-Heiligtümer. Einer von diesen war Yāmunācarya, der seinem Amtsnachfolger Rāmānuja kurz vor dem Tode auftrug, einen Kommentar zu den Brāhma Sūtras (s. S. 257) zu verfassen. Yāmunācarya wußte, wie notwendig das war, denn er erkannte die Schwierigkeit, die Lehre und Praxis des bhakti angesichts von Shankaras absolutem Monismus aufrechtzuerhalten. Denn da nach Shankaras Auffassung nur eine einzige Wirklichkeit existierte und das wahre Ich des Menschen mit dieser Wirklichkeit identisch war, blieb kein Raum für Gottesliebe und Frömmigkeit oder für das Bewußtsein einer Trennung zwischen göttlicher und menschlicher Existenz.

Das Werk Rāmānujas und der nachfolgenden Hindu-Theologen erstrebte eine Versöhnung der Upanischadenlehre (die besagt, daß ātman gleich brahman ist) mit der bhakti-Lehre, daß der Mensch durch die fromme Verehrung Gottes und durch Gottes Gnade die Befreiung oder Erlösung (moksa) erlangt.

Rāmānuja, geboren um die Mitte des 11. Jahrhunderts, lebte in Kanchipuram und war der Schüler eines Advaita-Vedānta-Lehrers (s. S. 256 f.). Die monistische Lehre ließ ihn jedoch unbefriedigt, und so wandte er sich dem Vaishnavismus zu. Er trennte sich schließlich von seinem Lehrer und beschäftigte sich intensiv mit den Liedern der alvars (s. S. 334 f.), deren Geist er mit glühender Hingabe in sich aufnahm. Er ließ sich in Srīrangam nieder und verbrachte dort den größten Teil seines Lebens; nur gelegentlich unternahm er eine Pilgerreise zu einigen heiligen Stätten in Nordindien.

In seiner Lehre fußte Rāmānuja auf seinem Vaishnava-Lehrer Yāmunācarya, dessen Nachfolger als Herr des Tempels von Srīrangam er wurde. Diese Lehre wird viśista-advaita (Vishishtadvaita) genannt, d. h. das a-dvaita (Nicht-Dualismus) der Eigenschaften (viśista). Im Grunde bestätigte sie eine monistische Sicht des Universums: es gibt nur eine Wirklichkeit, brahman. Doch innerhalb dieser Wirklichkeit lassen sich drei Prinzipien oder Eigenschaften unterscheiden: die individuelle Seele, die unbelebte Welt und die Höchste Seele (Ishvara). Die Höchste Seele steht über der individuellen Seele und der unbelebten Welt, die auch als ihre Attribute betrachtet werden. Die beiden Elemente bilden den Leib der Höchsten Seele, und alle drei zusammen ergeben alles Sein oder brahman. Die Erlösung besteht darin, daß die individuelle Seele sich als von der Materie unterschieden und als ein Attribut der Höchsten Seele erkennt. Der Weg zur Erlösung führt nicht, wie in Shankaras System, nur über das Wissen (jñāna), sondern auch über das Karma, das in diesem Zusammenhang gleichbedeutend ist mit den Akten der Gottesverehrung: Anbetung im Tempel (pūjā), Enthaltsamkeit, Pilgerfahrten, Almosengeben etc. Dies ist die Basis des religiösen Lebens, das zur Erkenntnis und somit zum bhakti führt, worunter die Versenkung in die Höchste Seele verstanden wird.

Aufschlußreich ist die Konvergenz verschiedener Richtungen in Rāmānujas System. Die alvars (s. S. 334 f.) hatten nur auf das reine bhakti, die Anbetung Gottes, Wert gelegt; die ācāryas fügten die Übung des Karma, also die religiösen Pflichten und Zeremonien, hinzu; in der Lehre Rāmānujas tritt nun zum bhakti und Karma das jñāna hinzu, die von Shankara und den Upanischaden verkündete Form der Erlösung auf Grund spezieller *Erkenntnis*. Der umfassende Charakter von Rāmānujas Lehre mit ihrer Kombination von philosophischem Monismus und volkstümlicher Frömmigkeit gestattet es uns, sie als eine erweiterte Form der Lehren der Bhagawadgita (s. S. 257 f.) zu umschreiben, zu der Rāmānuja einen umfangreichen Kommentar verfaßt hat.

Ein weiterer interessanter Punkt in Rāmānujas System ist die von ihm betonte Notwendigkeit der vollkommenen Selbstaufgabe gegenüber einem geistlichen Präzeptor, der alles Erforderliche tun kann, um den sich ihm anvertrauenden Frommen zur Erlösung zu führen. R. G. Bhāndārkar meint, daß sich dieser Aspekt möglicherweise auf christliche Erlösungsideen zurückführen ließe, wenn wir über das Ausmaß des christlichen Einflusses im Gebiet von Madras während des 11. Jahrhunderts genauer orientiert wären (Bhāndārkar, 1913; 57).

6. Der Einfluß Rāmānujas

Rāmānuja wird im Vaishnavismus mindestens ebenso verehrt wie die großen Heiligen in der christlichen Überlieferung. Ein moderner Hindu, V. Rangacarya (Professor der Wirtschaftsgeschichte an der Universität Trivandrum), schreibt: »Kein Vaishnava-Tempel ist vollständig ohne sein Bildnis, kein Fest vollkommen ohne die Feier seiner Größe und kein offizieller Anlaß würdig genug gestaltet ohne die Anrufung seines Segens und seiner Huld« *(Cultural History of India,* Bd. IV, S. 177).

Die meisten seiner Anhänger lebten oder leben im Süden Indiens. Sie gehören zu gleichen Teilen zwei Hauptrichtungen an, den *Vadagalais* und den *Tengalais*. Ihr Hauptunterschied bestand ursprünglich in abweichenden Vorstellungen von der Wirkungsweise der göttlichen Gnade. Dieser Unterschied wurde veranschaulicht durch den Hinweis auf die verschiedenen Formen, wie Katzen und Affen ihre Jungen tragen. Die Vadagalais glauben, der Prozeß der Erlösung müsse vom Menschen in Gang gebracht werden; er muß zunächst die Gnade Gottes ergreifen, so wie ein Affenkind sich mit seinen Händen am Hals der Mutter festhält und von ihr getragen wird. Die Tengalais hingegen glauben, die Gnade gehe von Gott aus; der Mensch kann nur darauf warten, von Gott ergriffen zu werden, wie die kleine Katze, die von ihrer Mutter aufgenommen und fortgetragen wird.

Eine weitere wichtige Unterscheidung betrifft das Kastenwesen. Die Vadagalais vertreten die Meinung, nur die drei oberen Klassen (Brahmanen, ksatriyas und vaisyas) könnten ein frommes und heiligmäßiges Leben führen. Die Tengalais stellen sich auf den Standpunkt, in dieser Hinsicht gebe es keinen Unterschied zwischen den Angehörigen verschiedener Kasten. Rāmānuja billigte zwar den drei höchsten Klassen gewisse Privilegien zu, bemühte sich aber, dem Ausschluß der sudras (der vierten, untersten Klasse) von der Tempelverehrung ein Ende zu bereiten, freilich ohne Erfolg. Eine letzte Unterscheidung liegt darin, daß die volksverbundene Richtung der Tengalais sich viel stärker der Tamil-Sprache bediente als die Vadagalais, die eine Vorliebe für das Sanskrit hatten. Die umherziehenden Vaishnava-Bettelmönche, die man dāsas nannte, waren im allgemeinen Tengalais (Sastri, 1963; 116f.).

7. Brahmanen und Kasten im Süden des mittelalterlichen Indien

An dieser Stelle sei darauf hingewiesen, daß die vier Klassen oder varna der indogermanischen Gesellschaft im Süden Indiens viel weniger stark in Erscheinung traten. Weit charakteristischer war die Trennung zwischen Brahmanen und Nicht-Brahmanen sowie zwischen reinen und unreinen sudras. Anders ausgedrückt, die Trennungslinien verliefen eher zwischen *Kasten*-Gruppen als zwischen den theoretischen, auf die Weden zurückgehenden vier *Klassen*. Das ist ein weiteres Zeichen dafür, daß das Kastensystem (jati) nicht eine Weiterführung der vier wedischen Klassen war, sondern ein andersartiges Gefüge, das seine Ursprünge anderswo hat. Der Unterschied zwischen reinen und unreinen sudras ist eine Frage der Befleckung. Die Berührung eines unreinen sudra galt als Befleckung eines Angehörigen einer höheren Kaste, vor allem eines Brahmanen; die Berührung eines reinen sudra hatte eine solche Wirkung nicht. Diese Unterscheidung selbst hing eng mit dem Beruf zusammen. Soweit es nicht um die Brahmanen- und sudra-Kaste ging, wurden die Stände und ihre Vermischung nicht so streng beachtet. Strikte Beobachtung der Kastenunterschiede war vorzugsweise eine Sache der Brahmanen, die sich selber als Träger und Förderer des Kastensystems empfanden; andere, vor allem die Vertreter der mittleren Ränge, nahmen es weniger genau. Wie A. L. Basham nachgewiesen hat, sind in der frühen Tamil-Literatur keinerlei Hinweise auf das Kastenwesen in diesem Gebiet enthalten; es war der steigende indogermanische Einfluß, also der Einfluß der Brahmanen und ihrer heiligen wedischen Schriften, der zu den strengen Unterscheidungen führte, die sich im 11. und 12. Jahrhundert herausbildeten.

8. Die weitere Entwicklung der Hindu-Theologie: Madhva und Rāmānanda

Rāmānuja scheint für manche Anhänger des bhakti-Kults in der Angleichung des philosophischen Monismus an die theistische Frömmigkeit zu weit in der Richtung des Monismus gegangen zu sein. Beweise dafür finden sich in dem System, das ein Vaishnavit aus Kanara im 13. Jahrhundert entwickelt hat. Er ist allgemein als Madhva bekannt, obgleich er auch unter dem Namen Ānanda Tīrtha schrieb. Er lehnte sich gegen die Philosophie Shankaras (s. S. 336 f.) auf, die er in seiner Jugend studiert hatte, und wurde ein eifriger Verehrer Krischnas. Er geriet unter den

Einfluß des Tengalai-Flügels der Rāmānuja-Gefolgschaft und stellte in seiner eigenen Lehre vor allem die Idee heraus, daß Wischnu mit seiner Gnade nur diejenigen rettet, die ein reines Leben führen. Böse Seelen waren für ihn auf ewig verdammt. Madhva focht Rāmānujas Grundsatz an, daß die individuellen Seelen und die unbelebte Welt den Leib Gottes bilden. Dadurch, so meinte er, werde das essentielle Anderssein Gottes verwischt und seine unabhängige Größe und Majestät beeinträchtigt. Ein seltsamer Zug in Madhvas Gottesvorstellung ist der Gedanke, daß Gott mit der Welt durch seinen Vermittler Vāyu, den Windgott, verkehrt. Madhva empfand sich selber als eine avatara Vāyus. Die auffallende Ähnlichkeit von Madhvas Theologie und bestimmten christlichen Auffassungen hat manche zu der Annahme bewogen, sie basiere auf einem unmittelbaren christlichen Einfluß, der von der syrischen Gemeinde in Malabar ausgegangen sei (Basham, 1954; 333). Es ist jedoch genausogut möglich, daß die Übereinstimmungen auf parallele Entwicklungen zurückzuführen sind. Die Anhänger Madhvas bilden eine vaishnavitische Sekte (die Mādhvas), die in der Gegend von Bombay und an der Westküste ziemlich weit verbreitet ist.

Im Norden eröffnete das religiöse Wirken Rāmānandas im 15. Jahrhundert ein neues Kapitel in der Geschichte des Vaishnavismus. Geboren gegen Ende des 14. Jahrhunderts (seine Lebensdaten sind vermutlich 1370–1440), wurde er nach Benares geschickt, um dort als Brahmane ausgebildet zu werden, und war eine Zeitlang Lehrer in der Nachfolge Rāmānujas (s. S. 338 ff.). Er war allerdings in bezug auf die Kastenunterschiede kritischer eingestellt als Rāmānuja und hielt sich nicht mehr an die strengen Vorschriften, die hinsichtlich der Tischgemeinschaft bestanden. Außerdem setzte er durch, daß Angehörige der sudra-Klasse seine Schüler werden durften. Die Repräsentanten des Vaishnavismus hatten stets eine große Sympathie für die unteren Klassen gezeigt, doch solange sie diese Klassen nicht zum Studium des wedischen Schrifttums zuließen, schlossen sie sie von der ganzen Fülle der Methoden zur Heilsgewinnung aus. Darüber hinaus forcierte Rāmānanda auch den Gebrauch des Hindi, der Volkssprache, indem er es selber in seiner Lehre dem Sanskrit vorzog. Ein weiterer bedeutsamer Aspekt der von ihm begründeten Bewegung war die Ersetzung des erotischen Kults der Rādhā, der Gefährtin Krischnas, durch den der keuscheren Sīta, der Gefährtin Rāmas. Die Vaishnava-Religion, wie Rāmānanda sie lehrte und praktizierte, war eine Bewegung, die von der althergebrachten Orthodoxie wegstrebte in Richtung auf eine mystische Frömmigkeit.

9. Das Lingāyata, eine Shaiva-Sekte

Die bedeutendste Entwicklung bei den Shaiviten jener Epoche war im 12. Jahrhundert die Entstehung der Lingāyata- oder Virashaiva-Sekte, die bis heute eine wichtige religiöse Strömung in Südindien, vor allem in Mysore, geblieben ist. Nilakanta Sastri hat ihre Einstellungen bündig zusammengefaßt, indem er sie »eine friedliche Gruppe von Hindu-Puritanern« nennt, »die den Primat der Brahmanen bestreiten« (Sastri 1963; 64). Mit ihrer Ablehnung der Brahmanen-Autorität ging eine Bevorzugung gerade jener Eigentümlichkeiten des bhakti-Kults einher, die ausgesprochen un-indogermanisch waren. Sie verehrten nur Schiwa, den sie als einzige höchste Gottheit betrachteten, sie lebten streng vegetarisch und tranken keinen Alkohol, und sie schätzten ihre eigenen religiösen Funktionäre, ihre Gurus oder Lehrmeister, über alles. Jeder Lingāyata war mit einem örtlichen matha (s. S. 337 f.) eng verbunden, deren es in jedem Lingāyata-Dorf eines gab. Das bezeichnendste religiöse Symbol dieser Sekte war der Lingam oder Phallus, von dem jedes Sektenmitglied ein verkleinertes Abbild um den Hals trug. Kastenunterschiede spielten bei ihnen keine Rolle.

Als Gründer der Sekte gilt allgemein ein Shaivit des 12. Jahrhunderts namens Basava, der ein religiöses Zentrum ins Leben rief, von dem aus sich dieser Reform-Shaivismus in verschiedenen Teilen Indiens ausbreitete, vor allem nach Karnataka. Die Hauptmerkmale der religiösen Ordnung dieser Sekte, wie sie heute besteht, sind die folgenden: tägliche Anbetung; ein tugendhaftes Leben der Abstinenz, der harten Arbeit und der Sparsamkeit; Verantwortung für die Verköstigung und Bekleidung der Gurus; Aufhebung der Kastenunterschiede innerhalb der Lingāyata-Gemeinschaft; die Kultivierung eines bescheidenen und freundlichen Benehmens; die unablässige Verteidigung des Glaubens, sowohl in seinen Grundsätzen als auch in seinen menschlichen Repräsentanten. Möglicherweise beruht der Aufstieg dieses reformierten Shaivismus wenigstens teilweise auf dem islamischen Einfluß in Indien und auf dem Eindruck, den der Monotheismus, der brüderliche Geist und die puritanische Moral des Islams hinterließen.

10. Der Shākta-Kult

Ein Kennzeichen des spätmittelalterlichen Hinduismus ist das leicht gestiegene Ansehen der Kulte, die der Gefährtin Schiwas galten. Sie wurde allgemein mit dem Namen Shakti bezeichnet, worunter das aktive Prinzip innerhalb der göttlichen Partnerschaft zu verstehen ist. Sie hat jedoch noch eine Reihe von persönlichen Namen, etwa Kālī, Durga, Parvati, Chandī, Kumārī etc. Die Gefährtin eines Gottes wurde natürlich von all jenen verehrt, die eine der männlichen Gottheiten anbeteten; das Spezifische des Kults der Shāktas liegt jedoch darin, daß in ihm die Göttin als höchste göttliche Gestalt verehrt wurde. Der Aufstieg eines derartigen Kults läßt sich als die Wiederbelebung drawidischer bzw. nicht-indogermanischer Elemente in der indischen Religion deuten, in diesen Kulten war die Mutter-Göttin stets die zentrale Figur gewesen (s. S. 67). Im Shākta-Kult werden die Attribute Schiwas auf Shakti übertragen. Die Göttin verkörpert die Macht der Natur, von der das Leben des Menschen abhängt. Als Göttin der Natur erschafft sie, um zu zerstören, und sie erschafft, weil sie zerstört. Sie wird demnach von den Shāktas als wild und hungrig und heftig empfunden, und sie muß durch lebendige Opfergaben, Tiere oder Menschen, besänftigt werden.

Unter diesen Umständen wurden Menschenopfer zu einem Bestandteil des Shākta-Kults. Der chinesische Pilger Hsuan-tsang berichtet im 17. Jahrhundert, daß er nur mit knapper Not Flußpiraten auf dem Ganges entkam, die ihn der Durga opfern wollten. Die berüchtigten Thugs Nordindiens waren Anhänger der Göttin Kālī, der sie Menschenopfer darbrachten. Der älteste bekannte Hinweis auf die Thugs stammt aus dem 12. Jahrhundert. Als die Moslems im 16. Jahrhundert in Bengalen einfielen, mußten sie feststellen, daß solche Menschenopfer keine Seltenheit waren. Die Praxis wurde 1835 für ungesetzlich erklärt und lebt seither nur in Form von Tieropfern fort, wie etwa im Kālī Ghat in Kalkutta.

Das zweite Hauptmerkmal des Shākta-Kults ist eine Abart eines tantrischen Brauchs, der möglicherweise vom späten Mahāyāna-Buddhismus in Indien (s. S. 314 ff.) abgeleitet wurde. Bei den Shāktas hieß er Chakra-pūjā (Anbetung des Kreises) und bestand in einem streng gehüteten esoterischen Ritual, das auf den vermeintlichen magischen Eigenschaften des Mandala oder des Kreisdiagramms basierte, wie es im buddhistischen Tantra vorgebildet war. Die Eingeweihten waren Männer und Frauen verschiedener Kasten, denn die Idee der rituellen Befleckung wurde von den Shãktas abgelehnt. Der Zweck des Rituals war offensichtlich die Verzückung und die sittliche Läuterung durch das rituelle Schwelgen in »den fünf M«: madya (berauschende Getränke), mãmsa (Fleisch), matsya (Fisch), mudra (stilisierte Handbewegungen) und maithuna (Geschlechtsverkehr). Diesem Ritual lag die Auffassung zugrunde, daß man das Gift zerstören könne, wenn man Gift als Gegenmittel verwende.

Europäer neigen dazu, den Shãkta-Kult mit Abscheu zurückzuweisen. E. A. Payne indes kommt in seiner wichtigen Darstellung des ganzen Problemkreises (1933) zu dem Schluß, daß der Shãkta-Kult gewisse Ähnlichkeiten mit ähnlichen religiösen Phänomenen in anderen Ländern aufweist; im Grunde handelt es sich um die Verehrung des *Numinosen,* das hier in den Kräften der Natur verkörpert gesehen wird; Parallelen finden sich in der Anbetung der Mutter-Göttinnen im Mittelmeerraum und im Nahen Osten, aber auch in den Mysterienreligionen der hellenistischen Welt mit ihrer Betonung der göttlichen Gnade. Eine gewisse Analogie besteht auch zur christlichen Tradition, und zwar zum römisch-katholischen Marienkult.

II.
AUFSTIEG UND NIEDERGANG DES MITTELALTERLICHEN CHRISTENTUMS (500–1500)

1. Der Primat Roms

Der Einfall der Barbaren in Rom und der Zusammenbruch des Reiches hatten entscheidende Folgen in der Geschichte der abendländischen Religion. »Als der Kaiser im Westen abtrat, nahm der Nachfolger des hl. Petrus seinen Platz ein« (Fisher, 1936; 172). Der Primat des Bischofs von Rom setzte sich nur unter Schwierigkeiten durch und wurde außerhalb der westlichen Kirche nicht voll akzeptiert. Doch einige gute Gründe sprachen für ihn. Da war zunächst die Überlieferung, daß der Apostel Petrus, der in Rom gestorben war, seinen Nachfolger im Bischofsamt bestätigt und daß damit eine ununterbrochene Reihe von römischen Bischöfen ihren Anfang genommen hatte. Und wie in anderen religiösen Überlieferungen, so sorgte auch hier das Vorhandensein der Gebeine heiliger Männer – insbesondere der des hl. Petrus und des hl. Paulus – dafür, daß man Rom eine besondere Heiligkeit zuschrieb. Vor allem aber war die christliche Kirche des Westens nach dem Zusammenbruch des römischen Reiches als einzige einigende Kraft in Westeuropa übriggeblieben. »Organisiert nach dem Vorbild der kaiserlichen Verwaltung, mit ihren Diözesen und Provinzen, die der römischen Gebietseinteilung entsprachen, vermochte sie ihren Zusammenhalt zu wahren, während das Reich zerfiel. Sie war somit die Hauptbastion der Ordnung und besaß die Fähigkeit, die Verwaltung der Städte und Regionen zu übernehmen. Diese Fähigkeit in Verbindung mit ihrer einzigartigen geistlichen Autorität machte die Kirche zur einflußreichsten Macht in der Bewahrung der Vergangenheit und der Gestaltung der Zukunft.« (Leff, 1958; 25f.)

All dies stärkte die Macht des Bischofs von Rom und sicherte dem mittelalterlichen Christentum des Westens seinen vorwiegend römischen Charakter (s. S. 349 f.).

2. *Die politische Bedeutung der römischen Kirche im mittelalterlichen Europa*

Zwei wichtige Faktoren, die den Gang der religiösen Entwicklung im Europa des Mittelalters entscheidend bestimmten, waren einerseits die Statuserhöhung der Kirche nach dem Zusammenbruch des römischen Reiches und andererseits der Aufstieg des Islams im 7. Jahrhundert (s. S. 281 ff.) sowie das Anwachsen seiner politischen Macht und seines kulturellen Einflusses im Mittelmeerraum. In frühmittelalterlicher Zeit lag der Brennpunkt der europäischen Kultur nicht mehr in Griechenland und Italien, sondern im Nordwesten, vor allem in Frankreich; erst im letzten Teil der Epoche, seit dem 12. Jahrhundert, konnte Italien, da der islamische Einfluß im westlichen Mittelmeer zurückging, einiges von seiner früheren kulturellen Bedeutung wiedergewinnen.

In der Zeit, als die moslemischen Heere den größten Teil Spaniens besetzt hielten (s. S. 298), vermochte das Karolingerreich in Frankreich wenigstens bis zu einem gewissen Grade die Lücke zu füllen, die der Schwund der römischen Macht im Westen hinterlassen hatte; dem Frankenkönig Karl Martell gelang es, dem Vordringen des Islams in der Schlacht von Poitiers (732) Einhalt zu gebieten. Die Macht der Franken empfahl dieses Reich dem Papst, der in ihm einen potentiellen Nachfolger des Cäsarenreiches erblickte. Allerdings sprachen auch sehr triftige Gründe für die Anerkennung der Karolinger durch den Papst. Im Osten hatte Kaiser Leo der Isaurier, dessen Hauptstadt Konstantinopel war, mit Erfolg den Ansturm der moslemischen Araber abgewehrt; er hatte jedoch auch die Überzeugung gewonnen, daß der Islam eine Geißel Gottes sei, um den götzendienerischen Bilderkult der christlichen Kirche zu bestrafen. Daraufhin eröffnete er einen Bildersturm, den er auch auf die Kirche in Italien ausdehnte. Dort stieß er freilich auf Widerstand, zumal in der Lombardei, deren Könige inzwischen die Hauptanwärter auf die politische Macht in Italien geworden waren. Es bestehen gewisse ethnische Beziehungen zwischen den Bewohnern des Mittelmeergebiets und den indischen Drawiden (s. S. 67). Nirgendwo zeigt sich dies deutlicher als im tiefverwurzelten Polytheismus Italiens und Indiens – der »unausrottbare Polytheismus des mittelmeerischen Menschen«, wie H. A. L. Fisher das genannt hat, zeigt sich hier (1936; 152f.). »Der heidnische Genius wurde zum christlichen Engel, die heidnische Isis zur christlichen Madonna, der heidnische Heros zum christlichen Heiligen, die heidnische Feier zum christlichen Fest.« Es ist deshalb nicht verwunderlich, daß sich die Langobarden dem Versuch eines griechischen Tyrannen, sich in ihre Religion einzumischen, heftig widersetzten. Diejenigen Bilderstürmer in Italien, die mit dem Kaiser im Osten zusammengearbeitet hatten, wurden exkommuniziert, und 731 verhängte Papst Gregor III. den Bann auch über den Kaiser selbst. Das war ein diplomatischer Schritt, der dazu diente, jeden unmittelbaren Konflikt mit den Langobarden zu verhüten. Auf lange Sicht zog es jedoch der Papst vor, aus verschiedenen Gründen anderswo politischen Beistand zu suchen: nachdem er Konstantinopel den Rücken gekehrt hatte, wandte er sich der neuen Macht in Nordwesteuropa zu, dem Frankenreich. Im Jahre 739 ersuchte Gregor III. Karl Martell, sich den Titel eines Kaisers zuzulegen. Diese Einladung wurde abgelehnt, doch elf Jahre später ließ sich Karls Sohn Pippin kraft der Autorität des Papstes zum König krönen, und schließlich, während der Weihnachtsmesse des Jahres 800, wurde dessen Sohn Karl der Große vom Papst in St. Peter zum Kaiser des »Heiligen Römischen Reiches« gekrönt. Die Idee des römischen Reiches wurde auf diese Weise wiederbelebt; es überstieg indes die Fähigkeiten der Nachfolger Karls d. Gr., ihr im zerstückelten Europa des Feudalismus politische Realität zu verleihen. Die Folge: die *Theorie* eines Reiches blieb zwar in den nächsten fünf Jahrhunderten bestehen, aber es fehlte ein geeigneter Kaiser. »Nur eine internationale Gemeinschaft wie die Kirche konnte die regionalen Grenzen überwinden, und allein der Papst war in der Lage, seiner Stimme in der ganzen Christenheit Gehör zu verschaffen« (Leff, 1958; 30). In dieser Tatsache liegt die ausgesprochen römische Ausprägung des westeuropäischen Christentums im Mittelalter begründet.

3. Die Entfaltung des christlichen Mönchtums

Das päpstliche Christentum, das seit dem 5. Jahrhundert aus den soeben genannten Gründen in Europa den Ton angab, war territorial, autoritär und priesterlich geprägt. Im 6. und 7. Jahrhundert nahm die Kirche, die eine entscheidende gesellschaftliche Kontrollfunktion übernommen hatte, zahlreiche Adlige und andere hochgestellte Persönlichkeiten als Bischöfe und sonstige Würdenträger in ihre Dienste. Doch im 6. Jahrhundert und auch in den folgenden Jahrhunderten der mittelalterlichen Epoche setzte daneben das Mönchswesen seinen Aufstieg fort und stellte schließlich im religiösen Leben Europas ein Element dar, das sich nicht immer mit dem autoritären System des Papstes und der Bischöfe vertrug.

Das Mönchsleben war im wesentlichen kontemplativ ausgerichtet; die Klosterinsassen waren nicht notwendigerweise Priester und deshalb nicht in gleicher Weise wie die Priester der bischöflichen Disziplin unterstellt. Für viele Menschen, die angesichts der ungeordneten und schwierigen sozialen Verhältnisse im Frühmittelalter ein religiöses Leben führen wollten, waren die Klöster Inseln des Friedens, des Lichts und der Ordnung. Zugleich rechneten es sich die Fürsten und wohlhabenden Herrscher zum Verdienst an, eine Abtei oder ein Kloster zu stiften, und so nahm deren Zahl rasch zu. Verschiedene Reformen und Reorganisationen des mönchischen Lebens, vornehmlich die des hl. Benedikt (480–540), zielten unter anderem auf eine bessere Koordination von Klosterwesen und weltlichem Episkopalsystem ab. Der Lehrstreit zwischen Augustinus und Pelagius (s. S. 251) war in gewissem Sinne ein Ausdruck der Meinungsverschiedenheiten zwischen dem auf Autorität, Sakramenten und Priestertum aufgebauten System des päpstlichen Christentums und dem unabhängigeren, individualistischen und fast laizistischen Mönchtum. Der Grundsatz der augustinischen Religion war, daß der Mensch völlig unfähig sei, Gutes zu tun, solange ihm die durch das Sakramentalsystem der Kirche vermittelte göttliche Gnade fehle. Dem Mönchtum lag hingegen das Prinzip zugrunde, daß der Mensch durch Askese und Kontemplation sittliche und spirituelle Vollkommenheit und die Anschauung Gottes erlangen könne. In doppelter Hinsicht waren die Klöster jedenfalls ein großer Gewinn für das mittelalterliche Christentum: sie waren Zentren der Bildung und Kultur, und ihre Verdienste um die Wissenschaft im »finsteren Zeitalter« sind allgemein bekannt; sie waren aber auch Zentren der missionarischen Tätigkeit, von denen aus die Mönche in neue Gebiete vorstießen, um neue Klöster zu gründen und die Umgebung zu christianisieren. Doch stets blieb das mittelalterliche Klosterwesen wegen der eben erwähnten prinzipiellen Meinungsverschiedenheiten bis zu einem gewissen Grade eine potentielle Quelle dessen, was man heute Nonkonformismus nennen würde, was man aber besser als religiöse Alternativhaltung zur autoritären päpstlichen und priesterlichen Religion bezeichnet, deren Hauptzüge wir anschließend zusammenfassen wollen.

4. *Die römische Orthodoxie des mittelalterlichen Christentums*

Wir haben jetzt einen Punkt erreicht, an dem es uns möglich ist zu verstehen, warum ein mittelalterlicher Mensch in Europa (viel mehr als beispielsweise in Indien oder Persien), sofern er nicht ein Jude war, in religiöser Hinsicht bestimmte Grundsätze akzeptieren mußte, welche die Welt, in der er lebte, betrafen: daß die Welt von einem einzigen allmächtigen göttlichen Wesen regiert werde, das alle Dinge *ex nihilo* erschaffen habe; daß sich das Menschengeschlecht fortwährend in einem Zustand der Rebellion gegen diese allmächtige Gottheit befinde und deshalb ewige Qualen verdiene; daß die Gottheit aus Mitleid mit der Schwachheit der von ihr erschaffenen Kreatur bereit sei, den Menschen noch einmal eine Chance zu geben, falls sie positiv auf das Angebot der Vergebung reagierten, das sich in den Worten und im Tod, in der Auferstehung und in der Himmelfahrt den Menschen Jesus, der zugleich die Inkarnation Gottes sei, manifestiert habe; daß diese zweite Chance, diese Wiedergewinnung eines guten Verhältnisses zu Gott und die »Rechtfertigung« des Menschen, die das Unterpfand seines ewigen Heils sei, nur mittels der Sakramente der institutionalisierten Kirche und auf keine andere Weise genutzt werden könne; daß den Menschen, je nachdem ob sie die durch das Priesteramt der Kirche vermittelte Gnade annahmen oder ablehnten, nach dem Tode die ewige Seligkeit des Himmels oder die nie endenden Qualen der Hölle zuteil werden würden (daneben gab es noch eine dritte Möglichkeit, das Fegfeuer, in dem man noch einige Hoffnung auf den Himmel haben konnte). Wir haben gesehen, daß die mittelalterliche Kirche diese Lehre teils von den Juden (vor allem durch die Kanonisierung der jüdischen Schriften, in denen die Idee des allmächtigen Schöpfergottes vorherrscht), teils von Paulus und Augustinus übernommen hat. Wir haben weiter gesehen (s. S. 249 ff.), daß gerade die Lehren des zuletzt Genannten einen großen Einfluß auf die Entstehung der stark autoritären, institutionellen und sakramentalen Religionsform hatten, die wir soeben skizziert haben.

Hier erhebt sich die Frage, inwieweit diese religiösen Vorstellungen von den Menschen im mittelalterlichen Europa allgemein akzeptiert wurden. Man ist leicht geneigt zu glauben, daß dem so war, doch manche Zeichen sprechen dafür, daß sich selbst in jener Epoche die augustinische Orthodoxie mit dem Skeptizismus, der intellektuellen Unruhe und der entschiedenen Ablehnung solcher Menschen auseinandersetzen mußte, deren Geist sich nicht in diese bestimmte religiöse Form pressen ließ, so nachdrücklich auch die Theologen behaupteten, daß dies und nichts anderes die ewige göttliche Wahrheit sei. Die abweichenden Haltungen zeigen sich zum Teil nur versteckt (s. S. 352 ff.), zum Teil auch direkt (s. S. 355–357).

5. *Die Bedeutung der katholischen Theologie im Mittelalter*

Die versteckten Hinweise auf die Abweichung von der mittelalterlichen römischen Orthodoxie finden sich in den Äußerungen der Theologen selbst. Eine kurzgefaßte Darstellung zweier Hauptvertreter, des hl. Anselm und des hl. Thomas von Aquin, soll diesen Punkt verdeutlichen.

Anselm (1033–1109) wurde in Norditalien geboren, wurde Benediktinermönch und war nacheinander Prior der Abtei von Bec in der Normandie, dann Abt dortselbt und schließlich seit 1093 Erzbischof von Canterbury. Die theologische Position, die er vertrat und verteidigte, war im großen und ganzen die der augustinischen Orthodoxie (s. S. 351). Das Vorhandensein abweichender religiöser Meinungen zu Anselms Zeit ergibt sich aus den Bereichen, die er in seiner Lehre besonders eindringlich behandelt hat. Im allgemeinen berief er sich nur dann auf den Verstand, wenn er etwas erklären wollte, was bereits Glaubensgut war. Zuallererst soll man als Christ glauben und dann die Verstandeskräfte einsetzen, um zu beweisen, wie geschlossen und unanfechtbar das christliche Glaubensbekenntnis ist: das war Anselms Standpunkt. »Wenn du nicht glaubst, wirst du nicht verstehen«, sagte er einmal. Eine andere Maxime, die durch ihn berühmt geworden ist, lautet: *credo ut intelligam* – »Ich glaube, damit ich verstehe.« Offensichtlich war es jedoch für manche seiner Zeitgenossen nicht ganz einfach, an den augustinischen Gott zu glauben. Am bekanntesten ist Anselm durch seinen Versuch geworden, die Existenz Gottes durch rationale Argumente zu beweisen. Die Argumentation, deren sich Anselm in einem seiner Hauptwerke, dem *Proslogion,* bedient, ist der sogenannte ontologische Beweis, d. h. ein Beweis, der aus dem Wesen des Seins selbst abgeleitet wird. Er geht aus von der Feststellung, »daß Gott wirklich existiert, auch wenn der törichte Mensch in seinem Herzen sagt: ›Es gibt keinen Gott‹« – ein Eingeständnis der damaligen Skepsis und zugleich ein Zitat aus der Schrift. Anselms Gottesbeweis beruht auf dem Argument, daß Gott existieren müsse, weil nichts Größeres als er gedacht werden könne *(id quo nihil maius cogitari potest).* Der Gott, der *ist,* ist der einzige, den man sich nicht größer vorstellen kann. Auf diese Weise glaubte Anselm bewiesen zu haben, daß der Gott der augustinischen Orthodoxie wirklich existiere. Die Einwände, die gegen Anselms Beweisführung erhoben worden sind, brauchen uns hier nicht zu beschäftigen (vgl. etwa Smart, 1962; 57 f., und 1964 [1], 89 ff.); wichtig ist lediglich die Schlußfolgerung, die aus seiner angelegentlichen Beschäftigung mit diesem Problem zu ziehen ist: daß es sich hier um einen Glauben handelte, der nach Meinung der Zeitgenossen einiger rationaler Untermauerung bedurfte.

Etwa zwei Jahrhunderte später ging ein anderer Italiener, Thomas von Aquin (1225—1274), erheblich über Anselm hinaus, indem er die Voraussetzungen des christlichen Glaubens durch rationale, aus der Empirie gewonnene Argumente zu begründen suchte. Wie Anselm war auch er ein Mönch, und zwar ein Dominikaner, und wie Anselm hielt er daran fest, daß die spezifisch christlichen Dogmen, etwa das der Trinität, der Menschwerdung und des Jüngsten Gerichts, den Menschen nur auf dem Weg der Offenbarung vermittelt worden seien (obwohl sie als vernünftig erklärt werden könnten); aber er hielt es auch für möglich, durch einen Prozeß der Beobachtung und der Logik zu den theistischen Prolegomena des christlichen Glaubens zu gelangen. Die Existenz Gottes könne, so meinte er, auf fünffache Weise nachgewiesen werden (Smart, 1962; 61—70). Dies war die Wahrheit über Gott, die der menschliche Verstand durchdringen *konnte* (andere Wahrheiten über Gott ließen sich nicht verstandesmäßig erfassen, sondern mußten im Glauben hingenommen werden). Mit den Mitteln einer »natürlichen Theologie« wies er die Existenz eines Wesens nach, das als der erste Beweger aller Dinge, die erste Wirkursache aller Dinge, als Grund für alles notwendige Sein (im Unterschied zum kontingenten Sein), als Quelle aller Vollkommenheit und als Lenker alles dessen, was geschieht, bestimmt wurde. Diese Argumente des hl. Thomas sind, wie die Anselms, sowohl von Christen als auch von Nicht-Christen kritisiert worden (Smart, 1964 [1]; 94 ff.); man erinnere sich nur an die grundsätzliche Kritik von Karl Barth, die besagt, daß Thomas zwar zu Recht behaupten könne, er habe die Existenz eines ersten Bewegers, einer ersten Ursache etc. nachgewiesen, aber *nicht* berechtigt sei, diesen ersten Beweger etc. mit dem durch Jesus Christus offenbarten Gott gleichzusetzen. Doch uns kommt es hier nur darauf an, daß Thomas sich überhaupt die Mühe machte, die Vernunftgemäßheit der augustinischen Orthodoxie zu begründen, und zwar in seiner *Summa contra Gentiles* (1259—64) wie in seiner *Summa Theologica* (1272-3). Wer die »Gentiles« (Heiden) waren, die er von der intellektuellen Redlichkeit der wahren katholischen Lehre zu überzeugen versuchte, ist nicht völlig geklärt, doch bei der hervorragenden Rolle, welche die moslemischen aristotelischen Philosophen in der Geisteswelt des Mittelalters bis dahin gespielt hatten, ist es mehr als wahrscheinlich, daß mit den »kultivierten Verächtern« der christlichen Religion in jenen Tagen niemand anders als diese Moslem-Philosophen gemeint waren, insbesondere im Zusammenhang mit so spezifisch christlichen Lehren wie der Trinität und der Menschwerdung, die den monotheistischen Moslems allzusehr nach heidnischem Polytheismus schmeckten.

Nicht nur Anselm und Thomas von Aquin waren so eifrig bestrebt, die verstandesmäßige Fundierung des katholischen Glaubens nachzuweisen; andere mittelalterliche Theologen bemühten sich gleichfalls um die Lösung dieses offensichtlich sehr wichtigen und unumgänglichen Problems. Ihre Bemühungen sind deshalb so bezeichnend, weil sie notwendig waren, selbst im sogenannten Zeitalter des Glaubens. Denn normalerweise strengt man sich nicht besonders an, etwas zu beweisen, was allgemein für wahr gilt. Die orthodoxen katholischen Bischöfe und Priester konnten zwar *fordern*, daß alle Europäer an den Gott des hl. Augustinus glauben sollten, aber augenscheinlich gelang es selbst ihnen nicht, einen solchen universalen Glauben zu erzeugen.

Es ist aufschlußreich, daß sich innerhalb des Judentums Ähnliches abspielte. Maimonides (1135–1204), ein jüdischer Rabbi, Talmud-Gelehrter und Philosoph, beschäftigte sich ebenfalls damit, mit rationalen Argumenten eine Harmonisierung des empirischen Wissens und des Glaubens an eine allmächtige Gottheit zu erreichen. Seine *Wegweisung des Unschlüssigen* war, wie er im Vorwort sagt, für den Leser gedacht, der einiges philosophisches Wissen besitzt und dies mit dem monotheistischen Glauben in Einklang zu bringen sucht. Maimonides nahm Thomas insofern vorweg, als er die Ansicht vertrat, daß der Verstand den Monotheismus stützen könne, daß es aber andererseits bestimmte Aspekte des Glaubens gebe, die dem Menschen nur durch Offenbarung und nicht durch die Vernunft zugänglich seien. Hier haben wir abermals einen Beweis dafür, daß die Theologie des allmächtigen Schöpfergottes auch im Judentum den Gebildeten des 12. Jahrhunderts einige Schwierigkeiten bereitete. Ein weiteres Indiz sowohl im mittelalterlichen Judaismus als auch im Christentum ist die Attraktivität der alternativen Glaubensform der Mystik, die wir weiter unten behandeln wollen (s. S. 357 f.).

6. Religiöse Alternativen: anti-priesterlich

Direkte Anzeichen dafür, daß nicht alle Menschen im europäischen Mittelalter mit dem päpstlichen System religiöser Anschauungen und Gebräuche einverstanden waren, ergeben sich aus den zahlreichen abweichenden Bewegungen, die von Zeit zu Zeit und an verschiedenen Orten, zumal jedoch in den *Städten,* entstanden. Angesichts der kirchlichen Macht und der überaus harten Strafen für religiös Andersdenkende ist nicht zu erwarten, daß solche religiösen Alternativen weite Verbreitung fanden; erstaunlich bleibt immerhin, daß sie so zahlreich waren. Zu dieser Kategorie gehört beispielsweise die Sekte der Waldenser, deren Gründer Peter Waldo, ein Kaufmann aus der französischen Stadt Lyon, im Jahre 1173 ein tiefes religiöses Erlebnis hatte, das ihn veranlaßte, sein Leben einer schlichten Frömmigkeit zu weihen. Er sammelte Gleichgesinnte um sich, die ihn beim Predigen und bei der geistlichen Betreuung der Bürger unterstützten. Als der Erzbischof sie aus Lyon vertrieb, war ihre Gemeinde auf einige tausend Köpfe angewachsen. In folgenden Punkten wichen sie von der offiziellen Religion ab: in der Gehorsamsverweigerung gegenüber dem Papst und den Bischöfen; in ihrer Auffassung, daß die religiöse Ermahnung und Unterweisung von allen geeignet erscheinenden Personen, auch den Frauen, praktiziert werden könne; daß Messen, Gebete und Almosen für die Verstorbenen nutzlos seien; daß das Gebet außerhalb der Kirche genauso wirksam sei wie das Gebet innerhalb der Kirche. Das offizielle Urteil wurde 1184 über sie gesprochen: »Sie sind auf ewig verbannt« und mit ihnen alle anderen, »die nicht die Vollmacht des Heiligen Stuhls oder des Bischofs der Diözese haben«. Die Waldenser vertraten hingegen den Standpunkt, daß geistliche Macht nicht durch die Weihe des Bischofs übertragen werde, sondern daß Christus selbst sie dem Einzelmenschen direkt verleihe. Ihre Lebensführung war über jeden Zweifel erhaben, und die orthodoxen katholischen Priester übernahmen die Unsitte, einen moralisch einwandfreien Menschen mit dem Ausspruch »Er ist ein Waldenser« zu diffamieren (Jones, 1923; 142, 144). Eine Reihe weiterer anti-priesterlicher Strömungen machte im 13. Jahrhundert von sich reden. »Das Priestermonopol der sakramentalen Gnadenverteilung in Verbindung mit schmutzigen finanziellen Machenschaften erzeugte einen heftigen Proteststurm gerade zu der Zeit, als das Papsttum dem Höhepunkt seiner weltlichen Macht entgegenging« (Walker, 1961; 143).

7. *Religiöse Alternativen: mystisch*

Eine andere Form des religiösen Lebens, die das Mißvergnügen der kirchlichen Behörden erntete, war die der Bruderschaften, der Beginen (Frauen) und Begarden (Männer). Sie entstanden im frühen 13. Jahrhundert in Nordfrankreich. Die Beginen waren Frauen, die eine Art mönchisches Leben führten und sich Werken der Nächstenliebe und Frömmigkeit widmeten. Die Begarden bildeten gleichfalls einen unabhängigen Orden, lebten in Gemeinschaft und gelobten Armut und gute Werke. Doch schwerer als die Tatsache, daß sie der kirchlichen Autorität gegenüber kein Gehorsamsgelübde ablegten, wog aus offizieller Sicht der Umstand, daß diese Gemeinschaften Brutstätten der Häresie waren. Mystische Ideen stellten immer stärker eine echte Alternative zur institutionellen römischen Religion dar und machten sich in popularisierter Form allenthalben bemerkbar: »Jedesmal wenn wir einen flüchtigen Blick auf die Lehre erhaschen, ist die *zentrale Idee* die gleiche. Gott ist alles ... In diesem vielschichtigen Universum ist alles *Wirkliche* göttlich. Das Ende aller Dinge ist eine Heimkehr zur *göttlichen Einheit*. Der Mensch birgt in sich die Möglichkeit einer solchen Heimkehr – er kann wie Christus werden, wie Gott. Er kann sogar Gott werden ... Die Kirche ist deswegen überflüssig. Himmel und Hölle sind Allegorien ...« (Jones, 1923; 206). Eine andere volkstümliche religiöse Gemeinschaft dieser Art hatte im frühen 13. Jahrhundert ein Pariser Universitätsprofessor namens Amaury durch seine Lehre ins Leben gerufen. Amaury wurde offiziell verdammt, weil er verkündet hatte, »daß Gott das Ende aller Dinge ist, da alle Dinge zu Ihm zurückkehren und unwandelbar in Ihm bleiben werden. ... Er glaubt, daß Gott die Quintessenz eines jeglichen Geschöpfes ist und die letzte Wirklichkeit alles Seienden ...« Die Gemeinschaft seiner Anhänger, unter ihnen viele Studenten, sah in der Verwirklichung des göttlichen Seins im Leben des einzelnen Menschen die höchste spirituelle Erfahrung. Ein weiterer Verkünder einer ähnlichen volkstümlichen Lehre war David Dinant, der ebenfalls dem frühen 13. Jahrhundert angehört und der, nach Thomas von Aquin, glaubte, daß »Gott, Verstand und Materie im Grunde identisch sind« und daß »individuelle Eigenschaften, durch die sich Wesen voneinander unterscheiden, nur *Erscheinungen* sind, die auf einer Sinnestäuschung beruhen« (Jones, 1923; 184). Hier haben wir eine auffallende Entsprechung zur monistischen Lehre Shankaras vor uns, des großen brahmanischen Philosophen im Indien des 9. und 10. Jahrhunderts (s. S. 336f.). Trotz der Verfolgungen, trotz der päpstlichen Verdammungsurteile, der Inquisition, der Verbrennung von Menschen und Büchern blieb die mystische Strömung eine mächtige und attraktive religiöse Alternative zur autoritären augustinischen Orthodoxie.

Im 14. Jahrhundert zog diese Auffassung der spirituellen Wirklichkeit auch den Dominikanermönch Eckhart an. Die Geschöpfe, so meinte er, haben nur insofern am wirklichen Sein teil, als sie an der Natur Gottes teilhaben. Um zu Gott zu gelangen, muß sich der Mensch nach innen wenden, die göttliche Wirklichkeit in sich erkennen und allen Begierden entsagen. Es liegt auf der Hand, daß solche Anschauungen zu einer Abwertung der Sakramente und damit zur Anzweiflung der priesterlichen Autorität führen mußten. Eckharts Mystik wurde 1329 durch eine päpstliche Bulle verworfen. Sie wurde dadurch allerdings nicht aus der Welt geschafft, wie die mystische Einstellung zumindest zweier seiner berühmten Schüler – Johannes Tauler (1300–1361) und Jan van Ruysbroek (1293–1381) – beweist. Die Mystik behielt für viele Männer und Frauen in verschiedenen europäischen Ländern des 14. und 15. Jahrhunderts ihre Anziehungskraft. Viele Namen sind vergessen und verschollen, wie der des Verfassers einer mystischen Abhandlung mit dem Titel *Die Wolke des Unwissens;* zu den bekannten Namen gehören Thomas von Kempen, Heinrich Suso, Margarete und Christina Ebner und, in England, Richard Rolle aus Yorkshire, Walter Hilton aus Nottinghamshire und Julian von Norwich.

8. Die jüdische Mystik des Mittelalters

Es ist ein Charakteristikum der Mystik, wie wir sie soeben beschrieben haben (s. S. 356), daß sie die traditionellen und institutionellen Grenzen aufhebt. Im Mittelalter wird die mystische Tradition innerhalb der jüdischen Religion mit dem Begriff Kabbala bezeichnet. Das Wort bedeutet »Überlieferung«, und seine Verwendung in diesem Zusammenhang deutet darauf hin, daß wir es hier mit einem Element des religiösen Lebens zu tun haben, das seit frühesten Zeiten mündlich überliefert worden ist. Im 11. Jahrhundert haftete dem mystischen Gedankengut der Juden noch etwas Esoterisches an, doch im 14. wurde es zum »manifesten Anliegen vieler« (Epstein, 1959; 223).

Soweit sich die historische Weitergabe mystischer Ideen zurückverfolgen läßt, scheint die jüdische Mystik im Irak entstanden und von dort im 9. Jahrhundert nach Italien und im 10. nach Deutschland gelangt zu sein. Eine andere Spielart, die ebenfalls aus dem Irak stammt, erreichte anscheinend im 12. Jahrhundert die Provence und breitete sich von dort nach Spanien aus, wo sie im 14. Jahrhundert ihre große Blütezeit erlebte. In Deutschland entwickelte sich die Mystik infolge der Verfolgungen der Juden und ihrer sozialen Abkapselung in eine vorwiegend praktische, ekstatische und zuweilen magische Richtung. In der Provence und in Spanien, wo es den Juden besser ging (vor allem im moslemischen Spanien), nahm die Mystik eine mehr metaphysische und spekulative Wendung. Großen Einfluß auf diese Entwicklung hatte Isaak der Blinde aus der Provence um die Mitte des 12. Jahrhunderts und sein Schüler Azriel (ca. 1160–1238); zu den Schülern des letzteren zählte wiederum Moses Nachmanides, der im 13. Jahrhundert für die Verbreitung der mystischen Lehren, die er für das Wesentliche des Judaismus hielt, unter den spanischen Juden sorgte. Den größten Einfluß aber hatte das um 1300 von Leon von Granada zusammengestellte *Sohar,* ein Werk, das »sehr bald das Standardwerk der jüdischen Mystiker wurde und neben dem Talmud die nachhaltigsten Auswirkungen auf den Judaismus gehabt hat« (Epstein, 1959; 234), insbesondere nach 1492, als die durch die Inquisition aus Spanien vertriebenen Juden sich in andere Länder des Mittelmeerraumes und Nordeuropas ausbreiteten und dorthin den Mystizismus des Sohar mitnahmen, der sie im Erdulden von Verfolgungen gestärkt und ihrem Leiden eine höhere Dimension gegeben hatte.

9. Der Zerfall der christlich-mittelalterlichen Ordnung

Es ist wahrscheinlich kein Zufall, daß die Zeit des größten geistigen Einflusses der augustinischen Theologie, der Theologie vom allmächtigen Gott, mit der Periode des größten politischen Einflusses des Papsttums zusammenfiel. Wir können hier nur diese Tatsache feststellen und darauf hinweisen, daß der Niedergang des einen auch den Niedergang des anderen mit sich brachte. Die Kirche war die *Stadt Gottes,* des omnipotenten Herrschers; sie war aber auch in der Epoche, die gegen Ende von Augustins Leben begann, die unumstrittene Nachfolgeorganisation des römischen Reiches, und ihr irdisches Oberhaupt war Cäsars Erbe über die Jahrhunderte hinweg, in denen keine einzige weltliche Macht stark genug war, der kirchlichen Obrigkeit zu widerstehen. Die beiden Bereiche, der theologische und der politische, weisen einige auffallende Parallelen auf. Im 14. Jahrhundert begann man, den Primat sowohl der Theologie als auch der weltlichen Oberaufsicht des

Papstes in Frage zu stellen. Seit den Tagen des hl. Augustinus war eine neue geistige Kraft in Gestalt des aristotelischen Denkens auf der europäischen Bühne erschienen – bewahrt und nach Westeuropa vermittelt durch islamische Philosophen. Zur Zeit Anselms war der Verstand ganz eindeutig der Offenbarung untergeordnet; er galt höchstens als ein nützliches Instrument, um das Geoffenbarte zu erklären. Bei Thomas von Aquin, rund zwei Jahrhunderte später, sehen wir, wie die Vernunft fast so etwas wie eine Partnerschaft mit der Offenbarung eingeht (s. S. 353). In den nachfolgenden Jahrhunderten wurden der auf Offenbarung beruhende Glaube und das auf dem Verstand beruhende Wissen immer mehr als voneinander getrennt und unterschieden betrachtet. In Thomas' System einer philosophischen Theologie kann man einen beherzten Versuch erblicken, den Tag der Scheidung von Vernunft und Glauben hinauszuschieben. Nichtsdestoweniger ist es in den Gedankengebäuden von Männern wie Wilhelm von Ockham (1300–1349) und dessen Schülern axiomatisch, daß Vernunft und Glaube in völlig verschiedenen Bereichen operieren und voneinander unabhängig sind. Wilhelm von Ockham (sein Name ist der seines Geburtsortes in Surrey) war ein Mitglied des Franziskanerordens und wurde als Vierundzwanzigjähriger vom päpstlichen Hof zu Avignon der Glaubensabweichung beschuldigt. Zwei Jahre darauf wurden seine Schriften verdammt, und wieder zwei Jahre später floh er von Avignon nach Deutschland, wo er die restlichen 22 Jahre seines Lebens damit verbrachte, sich mit der orthodoxen Theologie auseinanderzusetzen und dem weltlichen Herrscher in dessen Widerstand gegen die politischen Ansprüche des Papstes beizustehen.

Ockhams Einstellung zur Welt war die eines Empiristen; Beobachtung der Einzelgegenstände, ihrer Eigenschaften und ihrer Beziehungen war für ihn die einzig richtige Methode. Er verwarf die metaphysische Idee der Universalien, als deren besondere Ausdrucksformen die einzelnen Gegenstände galten. Eine solche empirische Auffassung der natürlichen Welt schloß die Möglichkeit einer natürlichen Theologie aus, wie sie Thomas von Aquin vorgeschwebt hatte, d. h. den Nachweis der Existenz Gottes durch die rationale Verwendung von Belegen, die aus der natürlichen Ordnung gewonnen wurden. Die Erkenntnis Gottes war nach Ockham ausschließlich eine Sache des Glaubens. Die ausgeklügelten Systeme der mittelalterlichen Theologie, mit deren Hilfe man das Sein und die Eigenschaften Gottes analysierte, schieden für ihn aus. Die einzig mögliche Aussage über Gott war, daß er eine absolute Macht *(potentia absoluta)* sei, und auch dies war nach Ockhams Auffassung allein eine Glaubenssache. In jeder anderen Hinsicht war Gott ganz und gar unerkennbar und unberechenbar; er konnte zu jeder Zeit das tun, was ihm beliebte. »Wo die Vernunft aufhörte, begann Gottes *potentia absoluta,* deren Wirken nicht verifizierbar, ungewiß und unbekannt war. Sie stieß alle brauchbaren Maßstäbe des Urteilens um. In diesem Sinne hörte der Gott des Skeptizismus auf, der Gott der Tradition zu sein: er war so unerkennbar, daß seine Attribute im Anhauch seiner Allmacht schmolzen und nichts als Ungewißheit zurückblieb« (Leff, 1958; 290). Man beachte die eine positive Feststellung, die in diesem spätmittelalterlichen Skeptizismus hinsichtlich der Natur Gottes noch Bestand hat, nachdem alles andere sich verflüchtigt hat – Gott als absolute Macht. Ockham gab seinen Gottesglauben nicht auf; der Glaube hatte noch immer ein Objekt, und für einen mittelalterlichen Menschen war das einzige Charakteristikum seines Glaubensgegenstands die Omnipotenz. Das ist eine interessante Bestätigung dafür, wo das Schwergewicht der mittelalterlichen Theologie letztlich lag: als alle anderen Charakteristika Gottes entschwunden waren, blieb dies eine erhalten und unaufgebbar; doch auch es konnte nur durch den Glauben gesichert werden.

Die religiöse Skepsis Ockhams hatte einige Affinitäten zur Mystik, die, wie wir gesehen haben, gleichfalls ein Merkmal der Zeit war und die gleichfalls eine Alternative zur augustinischen und thomistischen Theologie darstellte. Die Gegenspieler dieses Skeptizismus, etwa Thomas Bradwardine (1290–1349), der Erzbischof von Canterbury, denunzierten ihn als Pelagianismus (s. S. 251). Der Grund dafür lag in der Ähnlichkeit der praktischen Konsequenzen – die Ockhamisten leugneten jegliche Gewißheit oder Regelmäßigkeit im Wirken Gottes in bezug auf den Menschen, und damit leugneten sie letzten Endes das ganze System der institutionalisierten Gnade. In diesem Punkt und in der agnostischen Einstellung zum Wesen Gottes besteht eine Verbindung zwischen den Ockhamisten und denjenigen, die dazu neigten, die Mystik als eine Alternative zur Orthodoxie aufzufassen, denn, wie Josiah Royce es formuliert hat, »der Mystiker ist ein ausgemachter Empiriker« (Jones, 1923; XX).

Die Leugnung einer metaphysischen Hierarchie, die von den Offenbarungswahrheiten bis hinab zu den Vernunftwahrheiten reichte, und die Aufrichtung einer Scheidewand zwischen beiden hatten ihre Parallelen auch in anderer Hinsicht: es ergab sich zum Beispiel die Tendenz, die etablierte hierarchische Struktur, die bis dahin die mittelalterliche Gesellschaft geprägt hatte, weniger wichtig zu nehmen. Die politische

Autorität der Päpste wurde von verschiedenen weltlichen Herrschern in Frage gestellt. Gegen Ende des 14. Jahrhunderts wurden Zeichen sozialer Unruhe erkennbar; die festgefügte Gesellschaftsordnung (die als eine von Gott verordnete Struktur gerechtfertigt wurde und in mancher Beziehung eine eigentümliche Analogie zum indischen Kastensystem aufweist) wurde immer mehr von solchen Bewegungen wie etwa dem Bauernaufstand in England und entsprechenden Bestrebungen in Frankreich und Flandern attackiert. Wie wir festgestellt haben, waren jene, die sich gegen die theologische und sakramentale Autorität auflehnten, nicht selten auch am Widerstand gegen die soziale und politische Autorität der Papstkirche beteiligt.

10. Östliches und westliches Christentum

Ein bedeutsamer Punkt verdient im Zusammenhang mit der Religion des europäischen Mittelalters noch Beachtung: die Entfremdung, die sich in dieser Epoche zwischen der Kirche des lateinischen Westens und der des griechischen Ostens einstellte. Diese Unterscheidung zwischen den beiden Kirchen ist sehr handlich, aber sie sollte nicht allzusehr forciert werden, denn der Osten hatte Elemente der lateinischen Kultur absorbiert, so wie der Westen viel Griechisches in sich aufgenommen hatte. Die Spaltung zwischen Rom und Byzanz, die 731 erfolgte, ist bereits erwähnt worden (s. S. 348 f.); sie wurde durch politische Faktoren sowie durch kulturelle und weltanschauliche Faktoren noch vertieft. Der Osten kritisierte die Papstkirche wegen verschiedener Dinge, die er als Aufgabe christlicher Grundsätze empfand – zum Beispiel wegen der Idee des Fegfeuers, wegen des Zwangszölibats des Klerus und des dem Priester verweigerten Rechts der Firmung der Getauften. Zur endgültigen Trennung kam es, als die Ostkirche dagegen Einspruch erhob, daß der Papst, wie man glaubte, dem Nicäischen Glaubensbekenntnis das Wort *Filioque* hinzufügte, um damit anzudeuten, daß der Heilige Geist aus (Gott) dem Vater *und dem Sohne* hervorgegangen sei. Die Zurückweisung dieser Idee durch den Osten gab der Westkirche, deren politische Macht sich auf Karl d. Gr. und dessen Nachfolger stützte, die Möglichkeit, den Osten als Reaktion auf seine Kritik an der Papstreligion der Häresie zu bezichtigen. Das überlieferte Datum des Schismas ist das Jahr 1054, als der päpstliche Legat in Konstantinopel, Kardinal Humbert, die Exkommunikationsurkunde für den Patriarchen von Konstantinopel und seine Amtsbrüder auf den Altar der Hagia Sophia legte.

Als vier Jahrhunderte später Konstantinopel von den türkischen Moslem-Heeren bedroht wurde, nahm man Verhandlungen mit Rom auf in der Hoffnung auf westliche Hilfe, und es ist bezeichnend, daß es in den vier Hauptpunkten, die zwischen den beiden Kirchen zur Diskussion standen, um den päpstlichen Primatsanspruch, die *Filioque*-Klausel, die Lehre vom Fegfeuer und die Verwendung von gesäuertem oder ungesäuertem Brot bei der Eucharistie ging.

Die Unterschiede zwischen den beiden Kirchen beruhen, abgesehen von diesen Fragen, auf unterschiedlichen Wertvorstellungen hinsichtlich der christlichen Religion; einige dieser Unterschiede sind so gravierend, daß sich die beiden Flügel der Christenheit zu fast getrennten Religionsformen entwickelt haben. Die Differenzen hat man wie folgt zusammengefaßt (Zaehner, 1959; 76–9): Im Westen liegt das Wesentliche des christlichen Lebens in der *Rechtfertigung* des Menschen, im Osten in seiner *Vergöttlichung* (»Gott wurde Mensch, auf daß der Mensch Gott werden könne«). Damit zusammen hängt die westliche Auffassung des Menschen, die seine *Urschuld* hervorhebt, während die Ostkirche das *potentielle Gute* des Menschen betont. Die westliche Theologie zielt auf einen Dualismus von Materie und Geist ab (wie bei Augustinus),wohingegen der Osten an der Einheit von Materie und Geist festhält, zumindest an ihrer wechselseitigen Abhängigkeit. Im Westen kommt es vor allem darauf an, die richtigen Dogmen zu akzeptieren, während im Osten die Orthodoxie (wörtlich: »rechte Lobpreisung«) in der richtigen Gottesverehrung besteht. In Übereinstimmung mit der westlichen Betonung der menschlichen Schuld und des menschlichen Bedürfnisses nach Rechtfertigung wird im Westen die Vorstellung von Christus als dem *Opfer*, das Gott dargebracht wurde zur Tilgung von Sünden, besonders herausgestellt; im Osten dominiert hingegen die Vorstellung von Christus als dem Sieger über die Mächte des Bösen. Schließlich besteht ein starker Gegensatz in der kirchlichen Struktur. Die westliche Kirche ist geprägt durch ein monarchisch-autoritäres System, also durch eine Autorität mit einem sichtbaren Brennpunkt, dem Papsttum; im Osten ist die Autorität der gesamten Gemeinschaft der Gläubigen verliehen, und dort gibt es kein sichtbares Oberhaupt, keinen autoritären Einzelmenschen, der als Stellvertreter Christi gilt. Dies zeigt sich auch in dem starken Gefühl der Identifikation mit der Gemeinschaft, das bezeichnend ist für die Ostkirche, während das westliche Christentum zu einer Überbewertung des Individuums tendiert.

III.
DAS MÜNDIGWERDEN DES ISLAMS (750—1500)

1. Die gesellschaftliche Grundlage der islamischen Kultur

Eine Zusammenfassung der orthodoxen Glaubensvorstellungen und Gebräuche des Islams, wie wir sie später geben werden (s. S. 369 ff.), zeigt uns nur das Gerippe dessen, was tatsächlich eine lebendige religiöse Kultur und — zumindest seit der Zeit des Abbasiden-Kalifats in Bagdad — eine kraftvolle und eigenständige islamische Zivilisation war. Die Araber hatten dem Irak und Persien eine neue Religion gebracht, eine neue Sprache und ein neues Gesellschaftssystem: eine Religion, deren Glaubensbekenntnis den Vorzug der Einfachheit und Rationalität hatte; eine Sprache, die, wie B. Thomas sagt, auf Grund ihres Reichtums und ihrer Flexibilität wohl geeignet war, »das wissenschaftliche wie das religiöse Idiom eines Reiches zu werden, genauso wie das Lateinische im mittelalterlichen Europa« (1937; 124); ein Gesellschaftssystem, das im wesentlichen demokratisch war, auf einem starken Bewußtsein der Brüderlichkeit basierte und nationale Bindungen überlagerte. Die islamische Religion hält nicht viel von Diskriminierung auf Grund unterschiedlicher Klasse, Rasse oder Hautfarbe. Das bedeutet freilich nicht, daß ein derartige Diskriminierung im Islam überhaupt keine Rolle gespielt hätte, doch im allgemeinen brachte er den Ländern, die er eroberte, ein Gefühl der sozialen Befreiung. Diese großzügige Humanität trug zweifellos sehr wesentlich dazu bei, daß der Islam die verschiedenartigsten Völker, von Spanien bis Indonesien und von der Mongolei bis Äquatorialafrika, mit Erfolg zu absorbieren vermochte.

2. Der Islam im Irak

Wir haben gesehen (s. S. 282—286), daß der Islam als eine spezifisch *religiöse* Reaktion auf die gesellschaftliche Situation im Mekka des 7. Jahrhunderts entstand. Hinter Mohammeds religiöser Erfahrung stand seine Erkenntnis der irreligiösen und materialistischen Tendenzen im damaligen Arabien. Seine prophetische Aufgabe bestand anfänglich darin, seinen Zeitgenossen die Realität eines transzendenten Wesens zu verkünden, dem alle Menschen verantwortlich seien und dessen Gericht sie sich am Ende stellen müßten. Wir haben gleichfalls gesehen, daß diese ursprüngliche *religiöse* Bewegung schon sehr bald einen *politischen* Charakter annahm, und zwar in der neuen Integration der Gesellschaft von Medina, die Mohammed als seine Aufgabe ansah. Es entstand ein neuer religiös-politischer Staat, der bewußt als Theokratie geformt wurde. Die erfolgreiche Integrierung der arabischen Stämme von Medina zog weitere Araberstämme der Umgebung an, und der Wachstumsprozeß wurde erheblich gefördert durch die Idee des jihad, des Kampfes im Sinne Gottes (s. S. 288 ff.). Die Araber wurden aus Gründen, die eher politischer als religiöser Natur waren, in die neue Gemeinschaft eingegliedert. Was als eine prophetische religiöse Bewegung begonnen hatte, entwickelte sich bereits in einem sehr frühen Stadium zu einem Gemeinwesen, das religiöse und politische Interessen und Ziele miteinander verschmolz. Schon nach kurzer Zeit bildeten sich dementsprechend zwei Gruppen heraus: diejenigen, welche aus religiösen Motiven hinzustießen und darin das Wesentliche des Islams erblickten, und jene, die sich, als sie sahen, wie die Dinge lagen, der panarabischen politischen Bewegung anschlossen, die für sie durch den Islam verkörpert wurde.

Zur Zeit der Omaijaden-Kalifen war diese Dualität für alle erkennbar geworden; der Protest der Qadariten und der puritanischen Kharijiten gegen die eklatante Verweltlichung der Omaijaden-Herrscher und ihrer Parteigänger war ein Zeichen für dieses geschärfte Bewußtsein. In der Periode der Abbasiden-Kalifen (750–1258) ist die Wechselwirkung zwischen den politischen und religiösen Elementen erkennbar.

Der Kalif verlegte 762 seine Hauptstadt von Damaskus nach Bagdad, und in den folgenden zweieinhalb Jahrhunderten vollzogen sich einige der wichtigsten Entwicklungen des Islams im Irak und in Persien. Schauplatz war das ehemalige persische Sassaniden-Reich, das von den moslemischen Arabern erobert, schrittweise besetzt und unter dem Kalifen Omar (634–644) ihrer Herrschaft unterstellt worden war (s. S. 297 ff.). Bis jetzt haben wir uns in unserer Darstellung des Islams vorwiegend mit seinen arabischen Ursprüngen und seiner arabischen Anhängerschaft beschäftigt. Doch jetzt müssen wir uns der Tatsache zuwenden, daß er bald auch von Völkern nicht-arabischer Abstammung übernommen wurde, eine Tatsache, die aus zwei Gründen von Bedeutung ist: erstens erinnert sie uns an die Fähigkeit dieses arabischen Religionssystems, auch außerhalb seines Entstehungsraums Gefolgschaft anzuziehen – ein weiteres Beispiel für das Prinzip der *Diffusion* und ein Zeichen für den missionarischen Charakter der islamischen Religion –, und zweitens zeigen sich hier die Auswirkungen, welche die Ausbreitung in andersgeartete Kulturräume auf den Islam als Religion hatte. Wir haben es also nicht nur mit dem Einfluß des Islams auf Persien und den Irak zu tun, sondern umgekehrt auch mit dem Einfluß dieser Länder auf den Islam.

In der Zeit der Besetzung des Irak durch die Moslems lassen sich vier Klassen in der persischen bzw. persisch geprägten Gesellschaft unterscheiden: der zoroastrische Klerus, die Armee, die »Schreiber« oder Beamten sowie die Masse des Volkes, bestehend aus Handwerkern und Bauern. Die Lehre Zarathustras war bis zu diesem Zeitpunkt die etablierte Religion gewesen; ihr Klerus hatte die Unterstützung der weltlichen Macht gehabt, die er seinerseits unterstützt hatte, und auf Grund dieser Allianz war er in der Lage gewesen, religiöse Minderheiten, etwa die Christen und Juden, zu unterdrücken. Die Minderheiten waren deshalb keineswegs unglücklich, als die Herrschaft der persisch-zoroastrischen Sassaniden durch die der arabischen Moslems abgelöst wurde, die sich hier und anderswo als sehr tolerant gegenüber religiösen Minderheitengruppen erwiesen, die ihnen als »Völker des Buches« galten. Überdies hatte das gemeine Volk offensichtlich nicht allzuviel Respekt vor dem Staatszoroastrianismus gehabt; viele Handwerker waren wegen ihrer niedrigen Beschäftigung von den religiösen Amtsträgern von oben herab angesehen worden und begrüßten deshalb ebenfalls die neuen moslemischen Herren. Das Heer und die zoroastrischen Priester wurden jetzt ihrer Macht enthoben und verloren an Bedeutung. Das eigentliche Problem innerhalb der verschiedenen sozialen Klassen stellten indes die »Schreiber« dar. Sie waren die Repräsentanten der öffentlichen Verwaltung gewesen, auf deren Wissen und Tüchtigkeit das Funktionieren des persischen Staates beruht hatte, sie waren die wahren Träger der persischen Kultur, die »Gebildeten« gewesen; sie entsprachen weitgehend der »akademischen Schicht« oder den »Gehaltsempfängern« in den modernen westlichen Ländern. Ihre Einstellung zum Islam war komplizierter. Früher waren viele von ihnen nur dem Namen nach Anhänger der zoroastrischen Staatsreligion gewesen, weil das nun einmal zum guten Ton gehört hatte. Die meisten dachten jetzt an ihren Vorteil und wurden Moslems. Andere jedoch widersetzten sich der Islamisierung. Sie hielten die Araber für kulturell minderwertig und verachteten diese neue Religion der Araber. Ihr Widerstand erfolgte allerdings meist nicht vom zoroastrischen Standpunkt aus, sondern von dem des Manichäismus, jenes dualistischen Religionssystems, das im Babylon des 3. Jahrhunderts entstanden war und den gebildeten Persern besonders attraktiv erschien; manche Opponenten waren auch Intellektuelle, die sich der hellenistischen Philosophie zugewandt hatten. Die Angehörigen der Schreiber-Klasse, die sich gegen die moslemische Religion wandten, hatten noch einen zusätzlichen Anlaß für ihre Kritik: im Islam hatte sich eine Schicht religiöser »Spezialisten«, die ulama, gebildet, und diese Männer übernahmen nun die Positionen in der persischen Gesellschaft, welche bisher der zoroastrische Klerus innegehabt hatte, und einige wurden auch auf Verwaltungsposten des Moslem-Staates berufen. So entspann sich eine intellektuelle Kontroverse zwischen den Vertretern der moslemischen Religion und den persischen Gebildeten, und diese Kontroverse, zum Teil auch die Auseinandersetzung mit den Christen und Juden, zwang die Moslems, sich mit der griechischen Philosophie und vor allem mit der Kunst der logischen Argumentation zu befassen.

3. Islamische Zivilisation und Gelehrsamkeit

Es gab jedoch noch andere Gründe für die Aufwärtsentwicklung der islamischen Gelehrsamkeit; einer der wichtigsten war die »Offenheit« der islamischen Gesellschaft (s. S. 363). Die islamische Zivilisation unter den Abbasiden war eine Mischform, in der sich drei Elemente unterscheiden lassen: die alte persische Kultur, die Philosophie und Wissenschaft der Griechen und die Anregungen durch den Geist des Islams und die neuerliche »Sozialisierung« des Wissens, die in den relativ freien Stadtgesellschaften, vor allem in Bagdad, möglich wurde. Man muß den moslemischen Arabern zugute halten, daß sie, wenn sie mit fremden Ideen und Intellektuellen in Berührung kamen, dieser Herausforderung ihrer eigenen Kultur nicht auswichen, aus Angst, andersartige Weltanschauungen könnten die offenbarte Wahrheit erschüttern. Im Gegenteil: die führenden Vertreter des Islams, im besonderen die frühen Kalifen von Bagdad, förderten sogar die Beschäftigung mit dem klassischen persischen und hellenistischen Bildungsgut. Hierbei entdeckten die Araber, möglicherweise durch die nestorianischen Christen in Persien, die Philosophie des Aristoteles, dessen Werke nun ins Arabische übersetzt wurden. Dies führte zur Bekanntschaft mit anderen Bereichen der griechischen Gelehrsamkeit und Literatur. Die islamischen Städte Persiens wurden zu Treffpunkten umherziehender Gelehrter aus Griechenland, Persien und Indien. Es wird berichtet, daß »Philosophen, Mathematiker, Astronomen, Mediziner« und andere Gelehrte, die in der griechischen wissenschaftlichen Welt hohes Ansehen genossen, sich im 9. bis 11. Jahrhundert ganz frei in diesem Raum bewegen konnten. Wissenschaftliche Bibliotheken wurden in den Zentren der Gelehrsamkeit eingerichtet, etwa in Bagdad, Kairo und Córdoba, auch in vielen Moscheen.

4. Das islamische Gedankengut im Irak

So kam es, daß sich die aufsteigende Schicht der moslemischen ulama beträchtliche Kenntnisse der griechischen Philosophie aneignete zu einer Zeit, als ihre eigenen religiösen Vorstellungen im Interesse der Apologetik neu formuliert und vielleicht sogar neu interpretiert werden mußten. In dieser Situation, etwa um das Jahr 800, entstand eine neue Schule der islamischen Lehre, die den Namen Mutazila erhalten hat. Die Bedeutung des Namens ist unsicher, und keine der verschiedenen Erklärungsversuche hat allgemeine Anerkennung gefunden. Wir wissen jedoch, daß die Mutaziliten sich bei der Ausdehnung des islamischen Dogmas des philosophischen Begriffsapparats der Griechen bedienten, teils in der Diskussion mit anderen Moslems, teils im Dialog mit anderen Glaubensrichtungen; ferner ist bekannt, daß es ihnen bei diesen Auseinandersetzungen vor allem darauf ankam, (a) die Einheit Gottes und (b) die Gerechtigkeit Gottes darzutun.

Was den ersten Punkt angeht, so mußten sich die Mutaziliten mit ihren eigenen Glaubensgenossen auseinandersetzen. Das Problem illustriert die Schwierigkeiten, in die das religiöse Denken gerät, wenn die Worte eines Propheten in Form einer heiligen Schrift kanonisiert worden sind und die ursprüngliche Situation, für die sie bestimmt waren, nicht mehr besteht; es bleiben dann nur noch die Worte selbst, die ihre unmittelbare Relevanz und Lebenskraft eingebüßt haben: sie gewinnen eine unabhängige Existenz, werden ergründet, systematisiert und in Dogmen gepreßt. Dies trifft auch auf viele Aussagen zu, die der Prophet über das göttliche Wesen gemacht hatte.

Im Koran wird Gott zuweilen mit höchst anthropomorphen Begriffen beschrieben: er hört und sieht und spricht, er steigt herunter und setzt sich auf seinen Thron etc. Die Mutaziliten vertraten den Standpunkt, solche Beschreibungen müßten allegorisch gedeutet werden. Einer der wichtigsten Punkte in diesem Zusammenhang ist der Umstand, daß man sich auf sieben Namen für Gott (aus einer viel größeren Zahl der »schönen Namen Gottes«) festgelegt hatte; diese Namen waren: der Wissende, der Mächtige, der Wollende, der Lebendige, der Sehende, der Hörende, der Sprechende. Aus der Tatsache, daß diese Namen im Koran verwendet werden, schloß man, Gott müsse als Inhaber der »Attribute« gedacht werden, die durch die Namen angedeutet werden: Wissen, Macht, Wille etc. Das siebte Attribut Gottes war demnach die Sprache oder das Wort. Dieses »Wort« Gottes wurde identifiziert mit dem Koran. Aber da Gott ewig und unerschaffen ist, müssen auch seine

Attribute ewig und unerschaffen sein — so argumentierte man. Folglich war auch der Koran ewig und unerschaffen. Für manche Moslems, vor allem wohl für diejenigen, die mit dem griechischen Denken und speziell mit der griechisch-christlichen Gedankenwelt vertraut waren, lag hier eine Gefahr. Diese Moslems wußten, daß die Christen an einen Logos oder ein göttliches Wort glaubten und daß ein solcher Glaube die Existenz eines zweiten Gottes implizierte. Die Mannigfaltigkeit der Attribute gefährdete in ihren Augen die Doktrin von der Einheit Gottes, zumal dann, wenn ein Attribut mit einem konkreten Gegenstand, dem Koran, gleichgesetzt wurde. Die Mutazaliten bestritten deshalb, daß der Koran ewig und unerschaffen sei; er sei vielmehr, so behaupteten sie, zu einem bestimmten Zeitpunkt erschienen und nicht identisch mit der »Sprache« Gottes, die als ein Teil Gottes selbst und nicht als ein getrenntes Attribut verstanden werden müsse.

Es traf sich, daß diese Lehrmeinung der Mutaziliten den Absichten des damaligen Abbasiden-Kalifen sehr gelegen kam, denn aus Gründen der Staatsraison war er daran interessiert, die Vormachtstellung des Korans zu brechen. Deshalb scheinen die Mutaziliten sich seit etwa 830 der besonderen Gunst des Kalifen erfreut zu haben und erhielten wichtige Staatsämter. Alle Beamten mußten versichern, daß der Koran geschaffen worden und nicht ewig sei; wer sich weigerte, wurde ins Gefängnis gesteckt.

Als zweiten Hauptpunkt ihrer Lehre betonten die Mutaziliten die Gerechtigkeit Gottes. Das geschah, vielleicht noch mehr als beim ersten Punkt, aus apologetischen Gründen, im Zusammenhang mit ihrer Disputation mit den Manichäern und den Christen. Sie wollten den Vorwurf entkräften, der allmächtige Gott des Korans sei ungerecht in seinem Umgang mit den Menschen; Gott, so sagten sie, wolle nur das Beste des Menschen. Zur Unterstützung ihrer Auffassung bekräftigten sie, genauso wie die Qadaristen (mit denen sie in enger Verbindung standen), die Freiheit des menschlichen Willens. Das Schicksal des Menschen hänge von seinen Taten ab; Gott habe ihm gezeigt, wie man leben müsse, um das Paradies zu erlangen, und der Mensch müsse demnach Gottes Wort hören und dementsprechend sein Leben einrichten. Die orthodoxen moslemischen Gegenspieler der Mutaziliten hatten jedoch ebenfalls den Gebrauch der Logik gelernt, und sie stellten peinliche Fragen, etwa über das Schicksal von Kindern, die sterben, bevor sie für ihre Handlungen verantwortlich gemacht werden können. Die Geschichte von den drei Brüdern ist ein Beispiel für die Argumente, welche die Orthodoxen gegen die Mutaziliten vorbrachten: Es waren einmal drei Brüder, ein guter, ein böser und einer, der schon als Kind starb; der gute ging nach seinem Tod ins Paradies ein, der böse kam in die Hölle und der dritte in den Limbus. Dieser dritte Bruder beschwerte sich, Gott sei ungerecht zu ihm gewesen, denn er habe ihn als Kind sterben lassen und ihm damit die Möglichkeit genommen, das Paradies zu gewinnen. Die Antwort lautete, Gott habe gewußt, daß er ein böser Mensch geworden wäre, falls er am Leben geblieben wäre, und dann hätte ihm tatsächlich die Hölle bevorgestanden. Daraufhin beschwerte sich der zweite Bruder, Gott habe ihn ungerecht behandelt, weil er ihn nicht als Kind habe sterben lassen wie seinen Bruder, sondern ihm gestattet habe, erwachsen und böse zu werden und in die Hölle zu kommen. Warum sei Gott so ungerecht mit ihm verfahren? Darauf gab es keine Antwort, und auf Grund der Lehre der Mutaziliten, daß Gott nur das Beste für die Menschen wollen könne, ließ sich gegen ihn der Vorwurf der Ungerechtigkeit erheben, ein Vorwurf, bei dem er sich offensichtlich schuldig bekennen mußte. Die orthodoxen Widersacher der Mutaziliten lernten auch die Methoden der rationalen Argumentation für die Verteidigung ihrer Orthodoxie; für sie war die entscheidende Wahrheit, die es zu verteidigen galt, daß ein allmächtiger Gott keinerlei Verpflichtungen habe und daß er deshalb nicht der Ungerechtigkeit bezichtigt werden dürfe.

Mit der Begünstigung der Mutaziliten war es um 848 zu Ende, als die Kalifen nicht mehr daran interessiert waren, das Ansehen des Korans zu verkleinern, und folglich den Anschauungen der Mutaziliten keine besondere Bedeutung mehr beimaßen. Nach 850 schwand also ihr Einfluß im Volk, aber ein Resultat ihrer Kontroversen blieb bestehen: die Anwendung philosophischer Methoden und insbesondere der Logik auf die Auslegung der orthodoxen Lehre. Doch der übertriebene Gebrauch der Philosophie führte später zu einer Flucht in die Mystik (s. S. 372–376).

5. Die Entstehung des normativen Islams

Im 2. Jahrhundert nach der Hedschra (s. S. 286 f.) bzw. im 9. Jahrhundert n. Chr. hat der Islam sein endgültiges Entwicklungsstadium erreicht, das sich bis in die Gegenwart hinein erhalten hat. Es war erreicht, als die Hauptfragen des Glaubens und der Praxis geregelt waren und man sich auf einen Kanon autoritativer Quellen geeinigt hatte. Neben dem Koran anerkennt der orthodoxe Islam auch noch bestimmte

Sammlungen des Hadith (s. S. 282), d. h. von Mohammed überlieferte Aussprüche, die als echt und authentisch angesehen werden; dabei handelt es sich um die von al-Bukhari (gest. 870) und Muslim (gest. 889) zusammengestellten Texte. Sie stellen eine sekundäre kanonische Autorität dar und sind die Quelle für die Sunna (Lebensgewohnheiten) des Propheten und der Vorväter. Wenn es um Fragen der Theologie und des Gesetzes geht, wendet sich der orthodoxe Moslem an den Koran *und* an die Sunna, und nach dem letzteren Begriff werden die Angehörigen der orthodoxen islamischen Gemeinschaft Sunniten genannt.

Es erscheint angebracht, an dieser Stelle die wichtigsten Punkte des orthodoxen islamischen Glaubens und Brauchtums, wie sie sich damals entwickelt hatten, summarisch zusammenzufassen. Zunächst die sieben Grundprinzipien des Glaubens:

1. *Gott.* Grundlegend ist der Glaube an den *einen* Gott, den Schöpfer aller Dinge, der in seiner Allmacht alles lenkt und regiert.
2. *Engel.* Sie sind Gottes Diener und Boten, und ihr Anführer ist Gabriel – im Gegensatz zum Judaismus, der Michael als obersten Engel betrachtet. A. I. Katsh (1954) nimmt an, der Grund für die Vorrangstellung Gabriels im Islam liege darin, daß er traditionsgemäß der Schutzengel Abrahams ist, der von den Moslems als »der Vater des Islams« angesehen wird.
3. *Die Propheten.* Eine große Zahl von Propheten wird anerkannt, doch nur sieben eine Vorzugsstellung eingeräumt, nämlich Adam, Seth, Enoch, Abraham, Moses, David und Jesus; dazu kommt als letzter Prophet Mohammed, auf den kein weiterer mehr folgt.
4. *Die heiligen Bücher.* Sie enthalten Worte der Propheten und erreichen ihren Höhepunkt im Koran, der von Mohammed stammt und die vorhergehenden prophetischen Bücher entweder aufhebt oder überlagert; von einigen nimmt man an, daß Gott sie bereits »zurückgezogen« hat, da sie nicht mehr existieren (z. B. ein Buch, das Adam verfaßt hat), oder daß sie im Laufe der Überlieferung entstellt wurden und nicht mehr vertrauenswürdig sind (z. B. die Bücher, die sich auf Jesus beziehen).
5. Die Lehre von der *Vorherbestimmung* des Guten und Bösen durch Gott.
6. Die Lehre vom Jüngsten Tag, vom *Tag des Gerichts.*
7. Die Lehre von der *leiblichen Auferstehung* aller Menschen am Tag des Gerichts.

Die Hauptpunkte der religiösen Praxis, die »Fünf Säulen des Islams«, sind folgende:

1. Das Bekenntnis des Glaubens oder shahāda: »Es gibt keinen Gott außer Gott, und Mohammed ist sein Apostel.«
2. Das Gebet zu fünf festgelegten Tageszeiten.
3. Almosenspenden.
4. Das Fasten, das vor allem in den Tagesstunden des Monats Ramadan für alle obligatorisch ist, mit Ausnahme bestimmter Personengruppen (z. B. schwangere Frauen, Kranke), die es später nachholen müssen.
5. Eine Pilgerreise zum Heiligtum in Mekka, die nach Möglichkeit wenigstens einmal im Leben absolviert werden sollte.

6. Das Werk von Al Ashari (873–935)

Bei dem Versuch, die Offenbarung des Korans verstandesmäßig zu deuten, schufen die Mutaziliten ebenso viele Probleme, wie sie lösten – wie es zum Beispiel aus der Geschichte von den drei Brüdern hervorgeht (s. S. 369). Die Unzufriedenheit mit einer solchen Methode der Koran-Interpretation bewog Al Ashari, einen der begabtesten Schüler des führenden Mutaziliten-Lehrers in Basra, mit dieser Richtung zu brechen. Das geschah um das Jahr 912, als Al Ashari fast vierzig war. Um diese Zeit hatten sich die Mutaziliten bereits die Gunst des Kalifen verscherzt, und zwischen ihren philosophischen Gedankengängen und den Glaubensvorstellungen der einfachen Moslems klaffte ein breiter Abgrund. Andererseits war die philosophische Position der Mutaziliten der geistigen Minderheit, die sich am griechischen Denken orientierte, nicht philosophisch genug. Al Asharis »Konversion« zur Orthodoxie und seine Ablehnung der Mutaziliten-Methoden wurden durch eine Reihe von Träumen ausgelöst, in denen ihm Mohammed erschienen sein und zu ihm gesprochen haben soll. Er gewann die Überzeugung, daß die Offenbarung des Korans wieder den ihr zukommenden Platz in der islamischen Religion finden müsse: sie müsse als das ungeschaffene Wort Gottes angesehen werden, absolute Priorität erhalten und nicht allegorisch oder metaphorisch, sondern wortwörtlich gedeutet werden. Eine wesentliche Folgerung daraus war die Zurückweisung der Mutaziliten-Lehre vom freien Willen des Menschen. Wie wir wissen (s. S. 301 f.), spricht sich der Koran eindeutig zugunsten der Lehre von der göttlichen Vorherbestimmung aller Handlungen des Menschen aus. In den Augen des Orthodoxen war die von den Mutaziliten vertretene These vom freien Willen geeignet, die absolute Omnipotenz Gottes zu gefährden. Nichtsdestoweniger mußte ein Weg gefunden werden, um die offenkundige Freiheit der Wahl, die der Mensch hat, und ein gewisses Maß an moralischer Selbstverantwortlichkeit, das sich aus den Anweisungen des Korans ergibt, zu erklären. Al Asharis Bemühung, die im Koran enthaltenen Fakten aufeinander abzustimmen, zeigt, daß er im Grunde die Anwendung rationaler Methoden durchaus nicht ablehnte; sie waren jedoch dem »Wort«, also dem Koran selbst, ganz und gar untergeordnet. Er vertrat die Auffassung, daß Gott alle Begleitumstände für die Handlungen den Menschen bereitstellt; der Mensch tritt in diese Umstände ein und »erlangt« die Taten, die Gott ihm ermöglicht. Auf solche Weise schafft der Mensch nicht selber seine Taten, und Gottes alleiniges Schöpfertum bleibt unangetastet. Auf der anderen Seite muß der Mensch nach Al Asharis Auffassung bis zu einem bestimmten Grade Rechenschaft für seine Taten ablegen (je nachdem, ob er willentlich so gehandelt hat, wie Gott es ihm ermöglichte, oder nicht), und daraus ergibt sich ein ausreichender Anhaltspunkt für die Bestrafung oder Belohnung des Menschen im Jüngsten Gericht. Diese Anschauung hat, wie Wensinck meint, »die Richtung bestimmt, in die sich der dogmatische Islam jahrhundertelang bewegen sollte« (Wensinck, 1932; 86 f.). Der orthodoxe Islam hielt an der *wörtlichen* Auslegung von Worten fest, die ein arabischer Prophet einst in einer arabischen Umwelt von sich gegeben hatte. Innerhalb der Grenzen einer solchen wörtlichen Interpretation stand es den moslemischen Theologen frei, sich auf philosophische Argumentation und verstandesmäßige Erläuterung der gegebenen Tatsachen einzulassen. Mit einer derartigen orthodoxen Theologie waren anscheinend viele zufrieden, doch nicht alle, wie wir noch sehen werden.

7. Die Sufis

Die Trennung zwischen den religiösen und politischen Elementen des Islams, die wir bereits erwähnt haben (s. S. 363 ff.), wird besonders spürbar in der Sufi-Bewegung. Die Sufis werden manchmal als die Mystiker des Islams bezeichnet, aber diese Definition ist vermutlich zu eng. Ihre Ursprünge liegen in der asketischen Tradition des frühen Islams und in der wachsenden Unzufriedenheit, welche die strenggläubigen Moslems in einer Situation empfanden, in der die Herrscher des islamischen Gemeinwesens immer weltlicher und irreligiöser wurden. Das Unbehagen setzte bekanntlich bereits unter den Omaijaden-Kalifen ein. Die Gläubigen waren sehr unglücklich über den Gang der Ereignisse, und einige Minoritäten wie die Shia, die Qadariten und die Kharijiten machten ihrem Unmut Luft; andere hofften vielleicht auf bessere Zeiten. Als die Omaijaden in ihrer Hauptstadt Damaskus von den Abbasiden in der neuen Metropole Bagdad abgelöst wurden, schwanden diese Hoffnungen dahin. Machtstreben, Reichtum, Luxus und Prachtentfaltung waren jetzt die Hauptmerkmale der Männer, welche die Führung in der Moslem-Gemeinschaft übernommen hatten. »Ich will eine Geschichte aus längstvergangenen Zeiten erzählen«, schrieb Achmed ben Asim von Antiochien (757–830), »wie zuerst der Glaube begann und wie er zu voller Blüte reifte; ja, und ich will erzählen, wie er dann welkte und fadenscheinig wurde gleich einem abgetragenen Gewand.« Er berichtet weiter, daß er in »einem Zeitalter lebte, das ungemein fremd, grausam und furchtbar geworden war«. Die Menschen mögen den Islam preisen, aber es ist so, »wie wenn Leidtragende einen teuren Abgeschiedenen priesen« (Arberry, 1950; 31).

Aus solchem Unbehagen und Protest, aus dem Verlangen nach Wiedergewinnung der religiösen Dimension im Leben, aus einer Situation, die jener nicht unähnlich war, in welcher sich der Prophet zur Erfüllung seiner Mission aufgerufen sah, erwuchs ein neuer Sinn für die Tugenden der Enthaltsamkeit und Selbstverleugnung, für das einfache Leben und die Disziplinierung durch Beten und Fasten. Die Menschen erinnerten sich, daß der erste Kalif Abu Bakr, der ein großer Herrscher gewesen war, nur ein schlichtes Gewand getragen hatte, das von zwei Nadeln zusammengehalten wurde; daß der Kalif Omar, der über ein noch größeres Gebiet geherrscht hatte, sich mit einfachster Nahrung und geflickten Kleidern begnügt hatte – diese beiden hatten in der Tradition der Propheten Gottes gestanden, die vor ihnen ein strenges Leben geführt und sich nur um den Dienst Gottes gekümmert hatten. Die Menschen, die sich all dies ins Gedächtnis zurückriefen, wollten damit ihre eigene Strenge begründen, die vor allem ein Protest sein sollte gegen die erstickende Atmosphäre der Verweltlichung und die veräußerlichte Religion. Zu dieser asketischen und in gewissem Sinne negativen Haltung trat ein positiver Eifer hinzu, ein Verlangen, »Gott zu erkennen«, und zwar unmittelbarer und wirklicher, als es den Theologen und Apologeten möglich war. Die asketische Protestbewegung ging von den irakischen Städten Basra und Kufa im 8. Jahrhundert aus und griff auf Syrien und Persien über, insbesondere auf das Gebiet von Khorasan. Die fromme oder mystische Weiterentwicklung dieser Strömung hatte ihr Zentrum in Bagdad, wo ein großer Teil der frühen Erbauungsliteratur der Sufis, wie man diese Männer jetzt nannte, entstand. Aus der positiven Einschätzung einer direkten, inneren Erkenntnis Gottes ging eine Theorie der Vereinigung mit Gott hervor, die große Ähnlichkeiten mit der Idee der Theosis (Vergöttlichung des Menschen) aufwies, wie sie sich im christlichen Osten herauskristallisiert hatte (s. S. 361 f.). Sie verführte manche Sufis dazu, ihre Haltung mit Begriffen zu beschreiben, die für die meisten Moslems wie Blasphemie klangen. So kam es, daß al-Hallāj, der seine innere Erfahrung in dem Satz »Ich bin die Wahrheit« zusammenfaßte, im Jahre 922 gekreuzigt wurde. Andere wurden ebenfalls als Irrlehrer hingerichtet. Doch die heiligen Sufis hörten nicht auf, ihre Anhänger in ihren Lehren und Praktiken zu unterweisen, und im 11. Jahrhundert gab es bereits eine ganze Reihe von Sufi-Schulen. Daraus entwickelten sich im 12. Jahrhundert regelrechte Orden, religiöse Gemeinschaften oder Bruderschaften (allerdings ohne Zölibat) mit speziellen Einweihungsriten und mit einer gemeinsamen Regel und Lehre. Vier große Orden dieser Art entstanden im 12. und 13. Jahrhundert:

1. Die Quādirīs, die sich auf das Leben und die Verkündigung des persischen Moslem al-Quādir (1078–1166) beriefen.
2. Die Suhrawardīya, so genannt nach einem anderen Perser namens al-Suhrawadī (1144–1234).
3. Die Shādhiliyā, gegründet von al-Shādhili (1196–1258), der in Tunis viele Anhänger fand, nach Alexandria floh und dort einen noch größeren Erfolg hatte.
4. Die Maulawīya, gegründet von Jalāl al-Dīn Rūmī, dem wohl größten mystischen Dichter Persiens (gest. 1273).

Die ersten beiden Orden wurden später für Indien wichtig, der dritte für Ägypten und Nordafrika und der vierte für die Türkei.

Der Mann jedoch, der mehr als alle anderen für die feste Verankerung des Sufismus im Islam sorgte, war der große Lehrer und Mystiker Al Ghazali, dem wir uns nun zuwenden wollen.

8. Al Ghazali und die Philosophen

Wenn ein Mensch nach Mohammed noch den Rang eines Propheten erreichen könnte, dann müßte es Al Ghazali (1058–1111) sein. Er gilt allgemein als der größte und originellste Gelehrte in der orthodoxen Tradition Al Asharis (s. S 371 f.) und als die höchste Autorität der Sunni-Schule. Um Ghazalis Gedankenwelt, die er in den Islam einbrachte, zu verstehen, muß man einiges über seine Lebensgeschichte und seine persönliche religiöse Erfahrung wissen. Die fünfhundert Jahre, die Mohammed und Ghazali trennen, waren eine Zeit, in der das Verhältnis von Vernunft und Glauben unablässig die Gemüter beschäftigte. Einige dieser Bemühungen haben wir bereits im Zusammenhang mit den Mutaziliten kennengelernt (s. S. 367 ff.). Noch entschiedener entwikkelte sich unter dem Einfluß des griechischen Denkens, das den Arabern durch die Übersetzungen von Aristoteles' und Platos Werken zugänglich gemacht wurde, eine eigene Tradition der islamischen Philosophie. Die großen Gestalten in dieser Tradition befaßten sich nicht nur mit dem theologischen Problem einer Verbindung von Glauben und Wissen, sondern auch mit dem Wesen, den Erscheinungen und Gesetzmäßigkeiten der Welt, und dabei gingen sie durchaus empirisch und rational vor.

Die hervorstechenden Namen sind im 9. Jahrhundert Al Kindi, im frühen 10. Al Farabi, im 11. Ibn Sina (Avicenna) und im 12. Ibn Rushd (Averroës). Al Ghazali, der zwanzig Jahre nach Ibn Sinas Tod zur Welt kam, begann sich schon früh für philosophische Probleme zu interessieren, aber das Studium der zeitgenössischen Philosophie in Bagdad verwirrte und enttäuschte ihn so sehr, daß er sogar an der Leistung seiner Sinne und seines Verstandes zweifelte. »Meine Krankheit war zuviel für mich«, schrieb er. »Sie währte fast zwei Monate, in denen ich zum Skeptiker wurde ... Am Ende heilte Gott mich von meiner Krankheit ... Aber das geschah nicht durch systematische Beweisverfahren oder durch das Gewicht von Argumenten, sondern durch ein Licht, das Gott (Er sei gepriesen) in meine Brust entsandte ...« (Hottinger, 1963; 92). Er kam zu dem Schluß, daß die Philosophen im Grunde Ungläubige seien. Sie leugneten die Auferstehung des Leibes, sie leugneten, daß Gott sich um das Geschick des einzelnen kümmere, und sie behaupteten, die Welt sei ewig, ohne Anfang und ohne Ende – all dies, so meinte Ghazali, sei im Licht des Korans schierer Unglauben. Er schrieb eine kritische Kampfschrift gegen die zumal von Ibn Sina eingenommene Position unter dem Titel *Die Widersprüche der Philisophen*. Eine Entgegnung darauf verfaßte wenig später der Philosoph Ibn Rushd, der ihr den Titel *Die Widersprüche der Widersprüche* gab.

Von den Philosophen wandte sich Ghazali den Mystikern zu. Er gab seine Stelle als Dozent in Bagdad auf und zog nach Mekka, wo er zehn Jahre lang das Leben eines Asketen führte. »Mir wurde die Gewißheit«, schrieb er, »daß es vor allen anderen die Mystiker sind, die auf Gottes Pfad wandern. Ihr Leben ist das beste Leben, ihre Methoden sind die besten Methoden, und ihr Charakter ist der reinste Charakter. Würde die Intelligenz aller Intellektuellen, die Weisheit aller Gelehrten und die Gelehrsamkeit aller Professoren, die in den Abgründen der offenbarten Wahrheit erfahren sind, zusammengefaßt zu dem Zweck, das Verhalten und den Charakter der Mystiker zu verbessern, sie würden nichts ausrichten, denn alle Bewegung und alle Ruhe, sowohl äußerlich wie innerlich, erleuchten den Mystiker mit dem Licht aus der Lampe der prophetischen Offenbarung, und es gibt kein Licht auf dieser Erde, das heller leuchtet als dieses Licht der prophetischen Offenbarung.

Wie soll man diesem mystischen Weg folgen? Reinheit, die erste Voraussetzung, bedeutet völlige Reinigung des Herzens von allen Dingen außer Gott (Er sei gepriesen). Der Schlüssel hierzu und auch die Losung des rituellen Gebets ist die Versenkung des Herzens in die Anschauung Gottes; das Ziel ist vollkommenes Einswerden mit Gott.« (Hottinger, 1963, 94)

Später bemühte sich Ghazali darum, die Themen und Methoden der Philosophie zu popularisieren; er versuchte sie einfachen Menschen verständlich zu machen, damit sie ihre inhärente Schwäche begriffen. Sein großer Einfluß beruht jedoch auf seiner Abkehr von der Philosophie und einer Zuwendung zu Koran und Hadith. Er brachte wieder ein Element zum Tragen, das lange Zeit vernachlässigt worden war, vor allem von den Gebildeten, nämlich das heilsame Gefühl der Furcht, so wie er sie verstand: die Furcht und das Entsetzen vor der Hölle als treibende Kraft eines moralischen Lebenswandels. Im besonderen aber trug sein Einfluß erheblich dazu bei, die Position des Sufismus innerhalb des Islams zu festigen. In der Spannung, die bei dem Versuch entstand, eine monistische Philosophie mit dem Glauben an den Gott des Korans, an den Schöpfer des Allmächtigen und den Lenker aller Dinge, zu versöhnen, bot die Mystik für Menschen wie Ghazali, die sich mit demselben Problem herumquälten, einen rettenden Ausweg. Unterschiedliche Typen des religiösen Denkens haben unterschiedliche Wege beschritten, um diese Spannung zu lösen. Manche haben einen volkstümlichen Frömmigkeitskult an eine im wesentlichen monistische Philosophie angepaßt, wie etwa Rāmānuja (s. S. 338 ff.); andere haben kategorisch die Idee eines einigenden Prinzips abgelehnt und verschiedene Formen eines absoluten Dualismus postuliert; wieder andere fanden einen *modus vivendi* in der Mystik, indem sie sich auf die in ihren Augen unbezweifelbaren Offenbarungswahrheiten über einen allmächtigen Gott einerseits und auf die Idee der Einheit aller Dinge andererseits beriefen. In diese letztere Richtung hat sich großenteils das islamische Denken bewegt, vor allem seit der Zeit Ghazalis.

9. Die moslemischen Türken in Nordindien

Um das Jahr 1000 wurden die Ebenen des Pandschab wieder einmal zum Schauplatz heftiger Überfälle, die von den Bergen im Westen ausgingen, diesmal vom moslemisch-türkischen Königreich Ghazni im heutigen Afghanistan. Mahmud, der Herrscher von Ghazni, verfolgte mit seinen Einfällen die Absicht, sich die Schätze anzueignen, die in Form von Gold und Edelsteinen in den Hindu-Tempeln des Pandschab verborgen sein sollten (s. S. 338). Die islamische Idee der jihad (s. S. 289 f.), jetzt als »heiliger Krieg« interpretiert, sorgte dabei für die religiöse Motivation; denn wie aus Mahmuds eigenem Bericht hervorgeht, betrachtet er sich als in einem Krieg gegen Ungläubige und Götzendiener begriffen. Die Art und Weise seines Vorgehens haben ihm den Titel »Mahmud der Götzenzerschmetterer« eingebracht. Er soll sogar die Niedermachung von vielen Brahmanenpriestern angeordnet haben. Die Invasion der moslemischen Türken in Nordindien ist häufig als typisch für das Vordringen des Islams bezeichnet worden – für das Vordringen mit dem Schwert. Diese Auffassung hat T. W. Arnolds Darstellung der islamischen Expansion (1913) entscheidend korrigiert.

Seine erfolgreichen Operationen gegen die Hindu-Radschas des Pandschab bewogen Mahmud, tiefer nach Indien hinein vorzustoßen, und als er 1030 starb, hatte er einen moslemischen Statthalter in Lahore eingesetzt und das gesamte Gebiet dem Königreich Ghazni einverleibt. In den folgenden anderthalb Jahrhunderten verzichteten die Türken auf weitere Überfälle, und das hinduistische Indien konnte sich von der Invasion erholen. Ein moslemischer Schriftsteller der Zeit, Al Biruni, der einige Zeit im Pandschab verbrachte, hat uns einen wertvollen Bericht über die indischen Sitten und Gebräuche im 11. Jahrhundert hinterlassen. Er ist zwar durchaus bereit, alles zu loben, was ihm an der Hindu-Kultur lobenswert vorkam – die Philosophie, die Mathematik, die Astrologie und sogar die Kunst –, aber er hält auch nicht mit seiner Kritik zurück. In einer oft zitierten Passage sagt Al Biruni über die Hindus: »Sie sind hochmütig, lächerlich eitel, aufgeblasen und phlegmatisch. Von Natur aus gehen sie geizig mit ihrem Wissen um, und sie geben sich alle erdenkliche Mühe, es den Angehörigen anderer Kasten in ihrem eigenen Volk und natürlich noch mehr allen Fremden vorzuenthalten« (Ikram, 1964; 28). Ein solches Verdikt ist bedenkenswert. Wenn die logische und mathematische Begabung der Inder so groß war, warum haben sich dann in Indien keine Naturwissenschaften entwikkelt? Ein möglicher Grund liegt wohl in der fehlenden sozialen Aufgeschlossenheit der Hindus, in ihrer Unfähigkeit, das Wissen zu »sozialisieren«. In diesem Punkt war die islamische Kultur der Hindu-Gesellschaft überlegen, denn sie tendierte dazu, sich Ideen und Sitten aus den verschiedensten Quellen zu eigen zu machen (Ikram, 1964; 28).

Gegen Ende des 12. Jahrhunderts setzte eine neue türkische Invasionswelle ein. Das nördliche Indien zerfiel damals in zahlreiche Hindu-Königreiche unterschiedlicher Größe, die jedoch nicht fähig waren, gemeinsam Front gegen die in großer Zahl eindringenden Türken zu machen. Wie P. Hardy nachgewiesen hat, begannen die türkischen Überfälle als ein finanzielles Unternehmen, wurden fortgesetzt als einträglicher »Sport« moslemischer Abenteurer und endeten mit der Kolonisation Nordindiens und schließlich mit der Beschaffung von Lebensraum für zahlreiche Moslems, die nach der Eroberung Bagdads durch die Mongolen im Jahre 1285 aus Persien fliehen mußten (de Bary, 1958; 378). Zu Beginn des 13. Jahrhunderts war der größte Teil Nordindiens, von Sind bis Bengalen, in der Hand der moslemischen Soldaten-Herrscher. Ihr Erfolg hat mannigfache Gründe. Sie fanden die Unterstützung der Landbevölkerung, die zwar in Nordwestindien und Bengalen nominell weitgehend dem buddhistischen Laienstand angehörte, aber ihre hinduistischen Herrscher gründlich haßte und sich über deren Untergang freute. Zweitens hatten die Moslems bestimmte äußere Vorteile auf ihrer Seite: ihre Pferde waren beweglicher als die Elefanten der Hindus, und sie waren in der günstigen Position des Angreifers. Dazu kam dann noch ihr religiös-militanter Eifer. Im Jahre 1206 übernahm ein Moslem-General namens Aibak das Regiment in der besiegten Hindu-Stadt Delhi, und damit begann das Sultanat, die Herrschaft türkisch-moslemischer Soldaten und Edelleute über eine ausgedehnte hinduistische und buddhistische Bevölkerung, mit der sich die Moslems durch Heirat vermischten und die sie zum Teil zum Islam bekehrten, so daß die Zahl der einheimischen Moslems in den folgenden Jahren und Jahrhunderten der Moslem-Herrschaft ständig wuchs. So entstand eine neue Art von Moslems – die indischen Moslems, von denen manche Nachkommen Bürger des heutigen Staates Pakistan geworden sind.

Ein weiterer Faktor, der zur Ausweitung der islamischen Gemeinschaft in Indien beigetragen hat, war die Missionstätigkeit der Sufis. Sie identifizierten sich zunächst mit den Glaubensvorstellungen der Vaishnaviten und Shaiviten, doch sobald sie die Hindus überzeugen konnten, daß sie wahre religiöse Lehrer seien, begannen sie einen neuen Namen für den höchsten Gott einzuführen, Allah, und von einem neuen avatara namens Mohammed und von dessen Gesetz und Leben zu erzählen.

10. Die Verzweigung der islamischen Kultur

Gegen Ende des 11. Jahrhunderts setzte der Zerfall des einheitlichen arabischen Moslem-Reiches ein. Während der Islam der ersten Jahrhunderte zugleich Religion und politische Gemeinschaft gewesen war, begann er nun jene Vielfalt der regionalen und kulturellen Formen zu entwickeln, die sich bis heute erhalten hat. Im fernen Westen verliehen die Invasionen Spaniens durch die moslemischen Berberstämme aus Nordafrika dem spanischen Islam ein neues, leidenschaftlicheres und intoleranteres Gepräge. Dadurch wurden die Juden, wie der Philosoph Maimonides, aus Spanien vertrieben, die dann in einem anderen Teil des islamischen Reiches, in Ägypten, das den Juden mehr entgegenkam, Zuflucht suchten. Im Nahen Osten wurde der Islam jetzt mit einem neuen Feind aus dem Westen konfrontiert, nämlich mit den Kreuzfahrern, die entschlossen waren, wenigstens Palästina vom Islam zu befreien und die Hindernisse aus dem Weg zu räumen, die den christlichen Pilgerfahrten zu den heiligen Stätten entgegenstanden. In Übereinstimmung mit dem mittelalterlichen Ablaßsystem versprach Papst Urban II. allen Teilnehmern an den Kreuzzügen einen vollkommenen Ablaß, und außerdem sicherte er ihnen Schuldenfreiheit und den Unterhalt ihrer Frauen und Kinder zu. Die Kreuzzugsbewegung zog demnach eine buntgescheckte Gesellschaft an, darunter nicht wenige Schuldner und Kriminelle, welche die Gelegenheit wahrnahmen, wie Ernest Barker meint, »ihren kriegerischen Gelüsten zu frönen ... auf Anordnung der Kirche« – kaum anders als die moslemischen Türken in Ghazni, die über die Hindu-Tempel im Pandschab hergefallen waren (s. S. 377 f.). Die Franken stellten das größte Kontingent der Kreuzfahrer, so daß das Wort *Ferenghi* zur allgemein üblichen arabischen Bezeichnung für alle europäischen Ausländer wurde. Welche Bedeutung auch diese Expeditionen für das christliche Europa gehabt haben mögen – für den Islam waren sie nur ein weiterer Angriff auf die Macht und das Territorium der islamischen Welt.

Ein dauerhaftes Resultat der Kreuzzüge war die Verhärtung der Beziehungen zwischen Christen und Moslems und ein Berg von Fehldeutungen und Mißverständnissen auf beiden Seiten.

Weit gefährlicher für die Einheit des Islams war die Welle des Mongoleneinfalls unter Dschingis-Khan, die um die Mitte des 13. Jahrhunderts über Persien hereinbrach. Der arabische Historiker Al Athir hielt das Vordringen der Mongolen für die größte Bedrohung der Zivilisation überhaupt. Ganz Persien wurde verwüstet, Bagdad zerstört und der Kalif mit vielen seiner Verwandten hingerichtet. Solange das Kalifat bestanden hatte, war wenigstens noch der Eindruck eines ungeteilten Islams erhalten geblieben, doch nun begann das islamische Weltreich zu wanken. Viele persische Moslems flohen nach Indien, wo sie im Sultanat von Delhi eine neue Heimat fanden und den indischen Islam verstärkten. Seit jener Zeit nahm Delhi als kultureller und religiöser Mittelpunkt des asiatischen Islams ständig an Bedeutung zu. Denn viele Flüchtlinge waren angesehene Gelehrte und Künstler. Der moslemische Geschichtsschreiber Barani berichtet in aller Breite über »die Gelehrten, Dichter, Prediger, Philosophen, Ärzte, Astronomen und Historiker, die sich in Delhi drängten«, als Folge der Eroberung von Bagdad (Ikram, 1964; 112). Die Moslem-Gemeinschaft in Asien betrachtete fortan den Sultan von Delhi an Stelle des Kalifen als ihr Oberhaupt. Ihm wurden die Funktionen zugeschrieben, die bislang der Kalif wahrgenommen hatte, nämlich »die Verteidigung und Bewahrung der wahren Religion und des Heiligen Gesetzes (Sharia), die Übung der Gerechtigkeit und die Zuweisung von Ämtern an die Gottesfürchtigen« (de Bary, 1958; 465). Daraus entwickelte sich folgerichtig eine neue Variante des Islams, eine indische Variante, denn gleich allen anderen Invasoren Indiens erlagen auch die Moslems den vielen unmerklichen Einflüssen, die auf ihren Glauben und ihre Kultur eindrangen.

Im Mittleren Osten verlagerte sich das Zentrum des Islams nach Kairo; die syrischen und irakischen Städte, die früher im Mittelpunkt gestanden hatten, sanken nun zu Provinzstädten an der Peripherie der ägyptisch-islamischen Kultur herab. In Kairo entstanden Schulen und Hochschulen in großer Zahl, die Hochburgen der Sunni-Orthodoxie waren, daneben aber auch Versammlungs- und Gebetshäuser der Sufi-Gemeinden. Die Architektur des alten Kairo verrät etwas von dem Geist des ägyptischen Islams: »Die Kuppeln und Mauern der Mameluckenbauwerke haben etwas überwältigend Verschlossenes und Blockhaftes an sich ... es sind Zitadellen, Refugien des Geistes, reichgeschmückte Asketenzellen, Stätten der Abgeschiedenheit. Als solche sind sie Zeichen einer sich verengenden Welt. Dem Dasein begegnet man defensiv; ein Geist der Unsicherheit und des Mißtrauens herrscht vor; die Menschen, die mit ihm konfrontiert werden, ziehen sich gern in einen eng umschriebenen Bereich zurück, den sie nur für sich selber schmücken und einrichten« (Hottinger, 1963; 112).

IV.
DIE BUDDHISTISCHE ZIVILISATION IN ASIEN AUSSERHALB INDIENS (1000–1800)

1. Die weitere Entwicklung des Buddhismus in Südostasien

Manche Buddhisten teilen ihre Geschichte in Abschnitte von jeweils 500 Jahren ein. In den drei ersten Perioden, also von 500 v. Chr. bis zum Jahre 0, von 0 bis 500 n. Chr. und von 500 bis 1000, trat jeweils eine neue Form des Buddhismus in Erscheinung. Das Theravāda, hauptsächlich vertreten durch die ununterbrochene Tradition Ceylons, wohin es im 3. Jahrhundert v. Chr. verpflanzt wurde (s. S. 196 f.), ist das Produkt der ersten Periode. Die zweite Periode erlebte den Aufstieg der maßgebenden Mahāyāna-Schulen (s. S. 265–276). In der dritten Periode entwickelten sich zwei extreme Formen des Mahāyāna: Ch'an (s. S. 308 f.) oder Zen in Japan sowie das Tantra oder Vajrayāna (s. S. 314 ff.). Die letzten 1000 Jahre bis zur Gegenwart werden hingegen vielfach als »Leerstelle« betrachtet, d. h. man geht davon aus, daß sich in diesen beiden Perioden von jeweils 500 Jahren keinerlei neue Entwicklungen vollzogen. Das mag stimmen, soweit man darunter das Auftauchen radikal neuer Ideen versteht, aber andererseits fanden durchaus Entwicklungen in der kulturellen und sozialen Struktur des Buddhismus zwischen 1000 und 1500 statt, vor allem in Südostasien. Und seit etwa 1800 bildete sich mancherorts als Folge des Zerfalls des alten politischen und gesellschaftlichen Gefüges, ausgelöst durch die einströmenden Europäer, eine neue Form des sogenannten Laien-Buddhismus heraus.

Ehe wir uns jedoch dieses Aspektes der buddhistischen Geschichte zuwenden, müssen wir uns mit der Tatsache befassen, daß der Buddhismus in der Periode von 1000 bis 1500 praktisch aus Indien verschwand.

2. Das Verschwinden des Buddhismus aus Indien

Der Buddhismus als institutionalisierte Religion hatte seine Rolle in Indien bereits um 1200 ausgespielt. Dafür gibt es mannigfaltige und komplexe Gründe. Man glaubt zuweilen, daß dafür vornehmlich die Einfälle der moslemischen Türken in Indien verantwortlich zu machen sind (s. S. 377 f.) und daß die religiösen Einrichtungen der Buddhisten, also vorzugsweise die Klöster, für feindliche Überfälle und Plünderungen anfälliger waren als andere Religionssysteme. Daran ist etwas Wahres, und es mag sonst schwer zu erklären sein, warum der Buddhismus verschwand, während der Hinduismus und Dschainismus, die doch beide den gleichen heftigen Angriffen ausgesetzt waren, weiterlebten. Als andere Ursache hat man angeführt (Thapar, 1966; 260), daß die militärische Haltung, die für das Feudalsystem der mittelalterlichen indischen Gesellschaft erforderlich war, vom Buddhismus nicht unterstützt wurde und daß er somit ins Hintertreffen gegenüber dem Hinduismus geriet, dessen Ethik, wie sie beispielsweise in der Bhagawadgita enthalten ist (s. S. 257), kriegerischen Aktivitäten keineswegs abhold war. Diese Begründung gilt allerdings nicht für den Dschainismus, für den die Lehre von der Gewaltlosigkeit (ahimsa) verpflichtend ist; dennoch überlebte auch der Dschainismus in Indien. Entscheidender war vielleicht die weitgehende Anpassung an die volkstümlichen hinduistischen Frömmigkeitskulte und die magischen Bräuche, die der Mahāyāna-Buddhismus vornahm. Mit der zunehmenden Einbeziehung magischer mantras und Rituale ging ein Schwund der buddhistischen Ethik einher; auch diesem Trend wirkte das Mahāyāna mit seiner metaphysischen Voreingenommenheit kaum entgegen (s. S. 187 f.; 267 f.). Ein weiterer möglicher Grund für den Niedergang des Buddhismus liegt darin, daß die indischen Könige ihm ihre Gunst und Unterstützung entzogen. Auf der anderen Seite kann man darauf hinweisen, daß die Pala-Könige Ostindiens (s. S. 333) bereit waren, den Buddhismus zu fördern, und ihn in dieser Region am Leben erhielten, während er anderswo bereits erloschen war. Daraus darf man jedoch nicht den Schluß ziehen, der Buddhismus hätte den Verlust der königlichen Gunst *niemals* überstehen können – gerade die Fähigkeit, sich einer andersdenkenden Regierung zum Trotz zu behaupten, ist charakteristisch für den Buddhismus in Ceylon während der britischen Herrschaft (s. S. 481). Doch im Indien des 11. und 12. Jahrhunderts hatte der Buddhismus eine solche Fähigkeit noch nicht entwickelt, und die Umstände waren auch nicht günstig dafür. Ein wesentliches Zeichen seiner Schwäche war die Konzentration des mönchischen Lebens auf bestimmte wichtige Zentren wie etwa Nālanda, die mit dem Niedergang des Klosterwesens in den lokalen »Pfarren« verbunden war (s. S. 312 f.). Das hatte zur Folge, daß in weiten Gebieten keine regionalen Brennpunkte des buddhistischen Lebens mehr vorhanden waren, um die buddhistische Frömmigkeit anzuregen und die Gemeinschaft der Laienanhänger zusammenzuhalten. Eine solche Entwicklung machte den Buddhismus so anfällig für die Übergriffe der moslemischen Türken, denn die Reichtümer der großen wohlhabenden Zentren forderten ja geradezu die Plünderer auf, sich zu bedienen. Als sich die Lage infolge der moslemischen Invasionen zugespitzt hatte, stand den buddhistischen Mönchen, die übriggeblieben waren und ihrem Glauben treu bleiben wollten, nur noch ein Ausweg offen – Indien zu verlassen und sich dort niederzulassen, wo die Ausübung des Mönchsberufs noch möglich war. Da sie das Wesen ihres Glaubens nicht an einen bestimmten Ort band, zogen sie nach Norden und Osten, nach Nepal und Tibet, nach China und Burma. Einige blieben auch in den Grenzgebieten, etwa in Ostbengalen und Assam, wo das Mönchtum noch lebendig war; in einigen Orten dieser Regionen hat eine kleine buddhistische Bevölkerungsgruppe überdauert und in neuerer Zeit sogar wieder zugenommen (s. S. 484 ff.).

3. Der wachsende Einfluß des Theravāda-Buddhismus in Südostasien

Während der Buddhismus zu Beginn des 13. Jahrhunderts mehr oder weniger aus Indien verschwand, hielt er sich anderswo und verstärkte sogar noch seinen Einfluß auf die Kultur und Gesellschaft Tibets und jener Gebiete Südostasiens, die heute Burma, Thailand und Kambodscha heißen. In diesen Ländern war die Zeit seit etwa 1000 für den Buddhismus eine Periode der Konsolidierung. Die Tradition der buddhistischen Moral, Lehre und Meditationspraxis wurde bewahrt und von Generation zu Generation weitergegeben und übte weiterhin ihren Einfluß auf die Kultur und Gesellschaftsstruktur dieser Gebiete aus. Der wachsende Einfluß des Theravāda-Buddhismus auf die Länder Südostasiens ist ein besonders aufschlußreiches Beispiel für die Wechselbeziehung einer »großen Tradition« mit regionalen »kleinen Traditionen« (s. S. 203 f.). Daraus ergeben sich zwei wichtige Aspekte der Geschichte des Theravāda-Buddhismus während dieser Periode: 1. die Erhaltung und Weitergabe der zentralen Ideen des Theravāda in Gestalt des Abhidhamma, 2. die Art und Weise, wie das Theravāda auf die Kulturen der verschiedenen Länder einwirkte, so daß sich regionale Varianten der Großen Tradition des Theravāda herausbildeten, Varianten, die sich so stark voneinander unterscheiden und zugleich so stark von den jeweiligen Kulturen abhängen, daß man sie als »burmesischen Buddhismus«, »Thai-Buddhismus«, »singhalesischen Buddhismus« etc. bezeichnen kann. Doch wir müssen stets im Auge behalten, daß allen diesen Ländern eine einzige »große Tradition« des Mönchtums gemeinsam war, nämlich das Abhidhamma.

4. Die Weiterführung der Abhidhamma-Tradition in Ceylon und Burma

Ein hervorstechendes Merkmal des buddhistischen Mönchslebens in Ceylon und Burma während des Mittelalters (und auch noch während der Neuzeit) ist das Studium des Abhidhamma (s. S. 189 ff.; 194; 274 ff.). Wir wissen aus den Berichten der chinesischen Pilger in Indien (s.S. 312 f.), daß vom 5. bis 7. Jahrhundert in bestimmten Klöstern und bestimmten Gegenden das Abhidhamma in sehr hohem Ansehen stand. In Zentralindien hatten die Mönche, die dieser Richtung anhingen, sogar Stupas zu Ehren des Abhidhamma errichtet (Goonesekere, 1961; 54). In Ceylon wird die Fortsetzung der Abhidhamma-Tradition durch das Mönchshandbuch Abhidhammattha-Sangaha bezeugt, das dort im 12. Jahrhundert eingeführt wurde. Dabei handelt es sich um eine Zusammenfassung des gesamten Stoffs der sieben Bücher des Abhidhammapitaka (der dritten Abteilung des buddhistischen Pali-Kanons) (s. S. 194). Das Werk wird einem Ältesten (thera) namens Anuruddha, der als hochgestellter Mönch in Ceylon lebte, zugeschrieben, und aus der Einleitung geht hervor, daß es das bis dahin einzige Handbuch ersetzen sollte, eine ähnliche Kurzfassung mit dem Titel »Ein Abstieg in das Abhidhamma« (Abhidhammāvatāra), die Buddhadatta, ein Zeitgenosse des großen Buddhaghosa (s. S. 274 ff.), verfaßt haben soll. Die neue Kompilation (die man kaum Literatur nennen kann) gilt seit 800 Jahren als die maßgebende Einführung in das Abhidhamma, insbesondere in Ceylon und Burma, und hat eine Fülle von Kommentaren und Interpretationen nach sich gezogen. Sie ist kürzer und konziser als Buddhaghosas Visuddhimagga (s. S. 274 ff.), obgleich die beiden Werke selbstverständlich die gleiche Absicht verfolgen, nämlich, als Weg der Erleuchtung das rechte Verständnis psychologischer Vorgänge, einen moralischen Lebenswandel und Meditationsübungen aufzuzeigen. Das Abhidhammattha-Sangaha (von dem burmesischen Gelehrten Shwe Zan Aung unter dem Titel *Compendium of Philosophy* ins Englische übersetzt) bietet eine tabellarische Übersicht über den Inhalt der Abhidhamma-pitaka-Bücher. Es ist so komprimiert, daß es nur unter der Aufsicht eines Lehrers studiert werden kann, und in dieser Weise wurde und wird es noch immer in den Ländern des Theravāda-Buddhismus benutzt, in denen es das allerhöchste Ansehen genießt. Methodisch gesehen, enthält es eine Zusammenstellung der vier Kategorien der Dhammas oder letztgültigen Faktoren der Existenz: 1. Bewußtsein, 2. geistige Fähigkeiten, 3. materielle Eigenschaften und 4. nibbāna, der eine unbedingte und unverursachte Faktor. Nach einer eingehenden

Darstellung aller dieser Ebenen des Bewußtseins und der geistigen und materiellen Eigenschaften wird gezeigt, wie sie zusammenwirken, wie sie sich kombinieren lassen, wie die guten Kombinationen gefördert werden können etc. Diese Analyse verlangt eine gute Schulung des Gedächtnisses, und zu diesem Zweck wurde das Handbuch mit seinen zahlreichen mnemonischen Zusammenfassungen in Knittelversen geschaffen – der einzige Bestandteil des Werkes, der sich der Literatur nähert. Man muß sich vorstellen, daß ein derartiges Studium die Hauptbeschäftigung der buddhistischen Mönche in Ceylon und Burma war, nicht weil sie so phantasielos waren und nichts Besseres zu tun wußten, sondern weil es entscheidend zur Disziplinierung des religiösen Lebens beitrug. Ein moderner ceylonesischer Schriftsteller drückt das so aus: »Wesentlich für einen Menschen, der nach sittlicher und geistiger Vollkommenheit strebt, ist es, das Wesen und den Ablauf psychologischer Prozesse zu verstehen. Vom Standpunkt des Abhidhamma aus ist das Studium der Ethik und Psychologie keine akademische Tätigkeit, sondern eine grundlegende Voraussetzung für den Fortschritt und die Harmonie des individuellen und sozialen Lebens« (Karunaratne, 1961; 48). Erst im Licht solcher Erwägungen können wir begreifen, worum es den Mönchen in Ceylon und Burma ging: um die völlige Integrierung von Sittenlehre, Psychologie und Religion. Mönche, die es in diesem Studium besonders weit gebracht hatten, erhielten den Titel Abhidhammika und wurden hoch verehrt, zumal in Burma, das in ganz Asien wegen seiner Abhidhamma-Gelehrsamkeit berühmt ist.

5. Die religiöse Rolle der buddhistischen Könige Südostasiens

Wie in Indien, so war auch in Ceylon und Südostasien die Zugehörigkeit des Herrschers zum buddhistischen Glauben ein bedeutender Faktor für den Bestand der buddhistischen Religion. Der Grund dafür besteht darin, daß sich der Buddhismus in Asien in Zeiten seiner größten Wirksamkeit und Prosperität stets zugleich als soziale Ethik und als religiöser Glaube erwiesen hat. Anders und genauer gesagt: die Sozialethik ist ein notwendiger Bestandteil einer gesunden buddhistischen Religion. Das ist ein Punkt, den ältere europäische Beobachter übersehen haben. Max Weber schloß auf Grund seiner Kenntnis buddhistischen Gedankenguts, daß aus ihm unmöglich ein soziales Ethos abgeleitet werden könne. Ihm entging, daß die Errichtung einer geordneten und stabilen Gesellschaft, in der es keine extremen wirtschaftlichen und sozialen Privilegien gab und in der jedes Mitglied auf soziale Gerechtigkeit und ein auskömmliches Leben zählen konnte, bereits in den Lehren Buddhas skizziert worden war und daß jeder buddhistische Herrscher für die Sicherstellung dieser Dinge verantwortlich war (Sarkisyanz, 1965; 37 ff., 43 ff., 56 ff.). Die Sozialethik war kein Derivat des buddhistischen Weges, wie ihn Buddha verkündet hatte; er betrachtete sie vielmehr als eine höchst wünschenswerte Vorbedingung, ja als eine unerläßliche Voraussetzung für die rechte Befolgung seiner Lehre. Aus diesem Grunde hat man in der Geschichte des buddhistischen Südostasiens den frommen Königen eine so große Bedeutung beigemessen, zumal jenen, deren Frömmigkeit durch die Aufrechterhaltung von sozialer Harmonie, Ordnung und allgemeinem Wohlergehen untermauert wurde.

6. Die buddhistischen Herrscher des Mittelalters in Ceylon

In Ceylon war ein solcher König Parakkama Bahu (Bahu = der Große), der im 12. Jahrhundert, nach einer langen Zeit der Invasionen und der Oberherrschaft der südindischen Chola-Könige (s. S. 333), der Insel die Unabhängigkeit und den Frieden wiederschenkte. Er ließ die zerstörte Hauptstadt Polonnaruwa wiederaufbauen, förderte die Landwirtschaft durch den Bau großzügiger Bewässerungsanlagen und bannte dadurch die Hungersnot. Der Bericht über seine vielen Unternehmungen – die Reform des Sangha, den Wiederaufbau der Klöster, die Errichtung von Armenhäusern und Hospitälern, die medizinische Betreuung der Kranken, die Erneuerung von Tempeln und Dörfern und den Bau von Herbergen für die Reisenden – füllt sieben Kapitel in den ceylonesischen Pali-Chroniken, die den Titel Culavamsa tragen. Der Bericht schließt mit den Worten: »Also regierte Parakkama Bahu dreiunddreißig Jahre lang, der Beherrscher der Menschen, der vielfältige und zahlreiche verdienstvolle Taten vollbrachte, der stets höchste Erfüllung in der Lehre des Meisters [Buddha] fand, der mit außerordentlicher Tatkraft und Einsicht begabt war« (*Culavamsa;* LXXIX, 86). Manche ceylonischen Könige waren im Gegensatz zu Parakkama Bahu schlechte Regenten, einige wenige sogar ausgesprochene Bösewichte, aber andere stehen wegen ihres gottesfürchtigen Lebenswandels, ihrer wissenschaftlichen Leistungen und ihrer Unterstützung des Sangha in hohem Ansehen. Es gab Zeiten, da die Lebenskraft der buddhistischen Religion in Ceylon erlahmte, doch darauf folgten Perioden der Wiedererstarkung, und mehr als einmal ist von Ceylon eine Erneuerung des Buddhismus in Südostasien ausgegangen.

Oberflächlich betrachtet, scheint sich in Ceylon die religiöse Verehrung auf Buddha und verschiedene singhalesische Lokalgottheiten zu verteilen. Der Dorfbewohner, der Buddha in dessen Heiligtum seine Verehrung in Form von Blumen-, Kerzen- und Weihrauchspenden und von Meditationsübungen und gesungenen Pali-Versen darbringt, nähert sich mit der gleichen Ehrfurcht den vermeintlichen ceylonesischen Gottheiten, von denen er sich bestimmte irdische Wohltaten erhofft; dieser »Gottesdienst« findet meist in einem eigenen Heiligtum statt, das gleich neben dem Buddha-Tempel steht. Man hat diese Haltung zuweilen so zu deuten versucht: Da der Buddhist keine allmächtige Gottheit kennt, die er anbeten könnte, sucht er sie sich außerhalb des Buddhismus. Doch eine solche Meinung berücksichtigt nicht die tatsächliche historische Entwicklung der Religionsausübung in Ceylon. Aus einer ursprünglich absoluten Bindung an die ceylonesischen Gottheiten hat sich der buddhistische Laie immerhin so weit gelöst, daß er die absolute Überlegenheit des buddhistischen Weges anerkennt. Buddhistische Werte haben stufenweise das gesamte kulturelle Gefüge durchdrungen und stellen jetzt das moralische Gerüst und die letzten religiösen Ziele dar; gleichzeitig sucht man irdische Vorteile durch nicht-buddhistische (und damit weitgehend weltliche) Mittel zu erlangen – durch die Berufung auf die lokalen Gottheiten. Ähnlich verhält es sich mit dem Christen, der zwar an Gott glaubt, aber dennoch hin und wieder zum Arzt geht. Der Arzt mag sogar ein Atheist oder Marxist sein, und trotzdem sehen Christen nichts mit ihrer Religion Unzuvereinbarendes darin, sich diesseitige Annehmlichkeiten aus einer nicht-christlichen Quelle zu verschaffen.

7. Die buddhistischen Werte und der südostasiatische Staat

Ein guter König der vorhin beschriebenen Art (s. S. 385 f.) war in Burma Anawratha (Pali: Anuruddha), der ein Jahrhundert vor Parakkama von Ceylon lebte. Bis zu dieser Zeit existierte im oberen Burma eine verderbte Form des Mahāyāna (s. S. 318 ff.); seine Anhänger hießen »Aris«. Anawratha wurde von einem Theravādin-Mönch aus dem Mon-Königreich Thaton (s. S. 324) bekehrt und begann daraufhin mit der religiösen Reformierung seines Landes; er unterdrückte das tantrische Brauchtum der Aris, führte den Theravādin-Orden ein und holte die heiligen Pali-Schriften aus Thaton herüber, das er dem burmesischen Königreich mit der Hauptstadt Pagan einverleibte. Die Auswirkung seiner Konversion auf Burma wird von den burmesisch-buddhistischen Chronisten mit der von Aśokas Bekehrung auf Indien verglichen. Anawratha und seine Nachfolger in Pagan bildeten eine Dynastie (1044—1287), die durch die Errichtung mächtiger Pagoden gekennzeichnet ist — diese Epoche ist vergleichbar der Epoche der abendländischen Gotik. Die Dynastie akzeptierte die Vorstellung vom Königtum, wie sie in den frühbuddhistischen Texten niedergelegt ist, wonach der König auf Grund einer vertraglichen Vereinbarung zwischen Herrscher und Volk regiert (Sarkisyanz, 1965; 15). In einer Hinsicht besaß der König eine überaus erhabene Würde, nämlich als Zentralfigur der indo-burmesischen Kosmologie (s. S. 262 ff.), doch unter dem Aspekt des Sangha besaß er nur den niedrigen Status eines Laien, und als buddhistische Laien waren die Könige gezwungen, sich moralisch von den Mönchen unterweisen zu lassen — was sie auch häufig taten. Wenn ein König dazu neigte, despotisch oder grausam zu regieren, schritten die Mönche von Burma ein, um das Recht wiederherzustellen und Menschenleben zu retten. E. Sarkisyanz, der den mittelalterlichen Buddhismus in Burma unter Heranziehung umfangreichen Quellenmaterials gründlich erforscht hat, kommt zu dem Ergebnis, daß »das buddhistische Mönchtum Burmas im Schutz des menschlichen Lebens weiter ging als die christlichen Kirchen, die den Anspruch der weltlichen Macht auf die Tötung von Menschen kaum abgewiesen und mehr oder weniger stillschweigend anerkannt haben« (Sarkisyanz, 1965; 76). Der katholische Missionar Sangermano, der gegen Ende des 18. und zu Beginn des 19. Jahrhunderts in Burma lebte, äußert sich über das merkwürdige Verhalten der Mönche, die sogar »das Leben von Verbrechern« retteten.

Die buddhistische Entwicklung in Thailand und Kambodscha verlief kaum anders als in Ceylon. Die Theravādin-Richtung wurde im 14. Jahrhundert von Ceylon aus in Thailand eingeführt und verdrängte die dort bestehende Mahāyāna-Form; unter dem Einfluß Thailands geschah das gleiche in Kambodscha, wo eine Variante des tantrischen Buddhismus seit dem 11. Jahrhundert belegt ist.

In all diesen Ländern waren in dem Zeitraum, als das Theravāda immer stärker das Gewebe der Gesellschaft durchdrang, die Mönche die offiziellen Erzieher des Volks. Fast jedes Dorf hatte sein Kloster, sei es auch noch so klein, und in ihm erhielten die Kinder ihren Unterricht, mit dem Ergebnis, daß es in diesen Ländern die wenigsten Analphabeten in Asien gibt. Die Dorfklöster waren wie in Ceylon die Vermittler in einem Prozeß der gegenseitigen kulturellen Durchdringung von Buddhismus und angestammten Glaubensvorstellungen, einem Prozeß, der als Resultat nicht die Korrumpierung buddhistischer Werte, sondern vielmehr die Zivilisierung ehemals barbarischer Zustände gezeitigt hat (Ling, 1966; 57 f.).

8. Der Niedergang des Buddhismus in China

Während die Theravādin-Länder Südostasiens Ceylon als die Quelle buddhistischer Gelehrsamkeit und als das Ursprungsland ihrer Religion betrachteten, blickten die chinesischen Buddhisten stets nach Indien hinüber; dort suchten sie Anregungen, dorthin pilgerten sie, und von dort stammten die buddhistischen Schriften und Kommentare. Als der Buddhismus in Indien mehr oder weniger ausgelöscht wurde, verlor der chinesische Buddhismus einen stabilisierenden Faktor seiner Tradition, und seit dem 13. Jahrhundert zeigte er Zeichen des Niedergangs und Verfalls.

Andere Faktoren kamen hinzu. Die politische Situation des chinesischen Reiches hatte sich seit der Gründung der Sung-Dynastie (960–1279) gefestigt, und in dieser Periode genoß der Buddhismus ein gewisses bescheidenes Ansehen, selbst bei den oberen Schichten (s. S. 303 ff.). Doch die günstige Lage des Buddhismus hatte etwas von einem Sonnenuntergang an sich: K. K. S. Ch'en kennzeichnet diese Zeit als Epoche der »Reminiszenzen einer Großen Tradition« (Ch'en, 1964; 389 ff.), als Vorspiel zu Perioden größeren Rückgangs und Abstiegs. Gerade die Anerkennung, die der Buddhismus in offiziellen Kreisen erlangt hatte, bereitete bis zu einem gewissen Grade seinen Untergang vor. Als Beleg kann die in der Sung-Dynastie eingeführte Unsitte gelten, Bestallungsurkunden für Mönche zu verkaufen. Früher hatte man sie nur bekommen können, wenn man ein Examen bestanden hatte, in dem die Kenntnis der buddhistischen Schriften verlangt wurde. Jetzt genügte dafür die Entrichtung einer bestimmten Summe an die Regierungskasse. Die Urkunden hatten einen wirtschaftlichen Wert, denn sie befreiten den Inhaber von der Steuer und von der Ableistung eines befristeten »Arbeitsdienstes«. Die Tatsache, daß jemand buddhistischer Mönch werden konnte, ohne etwas vom buddhistischen Glauben und Brauchtum zu wissen, hatte zur Folge, daß jeder Verbrecher und Vagabund ohne weiteres Aufnahme in den Orden finden konnte (Ch'en, 1964; 391 f.).

Das Verhältnis zwischen Buddhismus und Staat unterschied sich in China wesentlich von der Lage in den südostasiatischen Ländern. In den letzteren war der Herrscher, wie wir wissen, normalerweise selbst Buddhist, der es meist mit seinem Glauben sehr ernst nahm; als Laie war er darüber hinaus verpflichtet, den höheren Status der Mönche anzuerkennen. In China hingegen entwickelte sich etwas, was C.K. Yang als die Verfestigung der Regierungskontrolle über die Religion bezeichnet hat (Yang, 1961; 106). Überdies wurde in dieser Epoche das Bewußtsein der chinesischen Überlegenheit über alles Fremdländische allgemein gestärkt. Diese Tendenz hatte auf den Buddhismus in China eine doppelte Auswirkung: 1. alle Religionen wurden zunehmend eklektisch, da konfuzianische Gedanken wieder nach oben drängten und die klassische Vorstellung vom Kaiser als dem Sohn des Himmels das religiös-politische Leben beherrschte; 2. in buddhistischen Kreisen neigte man jenen Religionsformen zu, die dem Ursprung nach eher chinesisch als indisch waren, nämlich dem Ch'an (s. S. 308 f.) und dem Amidismus (s. S. 306 f.). Aber selbst der Amidismus war nicht mehr die volkstümliche Massenbewegung von einst, sondern büßte immer mehr seine Bedeutung ein. Ein eigenartiger Zug des damaligen Amidismus war die Umwandlung des kommenden Buddha (Maitreya) in die Gestalt des Lachenden Buddha oder »Hanfsack-Bonzen« (Mönch). Es handelt sich hier um eine legendäre Figur, den vermeintlichen Maitreya-Buddha, der als lachender, rundbäuchiiger Narr Mi-lo, umringt von einer Kinderschar, in China umhergezogen sein soll und die vom chinesischen Volk hochgehaltenen Werte symbolisierte: sein mit allerlei Dingen vollgestopfter Hanfsack repräsentierte den Reichtum, sein dicker Bauch die Zufriedenheit und die Kinderschar die in China so hochgeschätzte große Familie (Ch'en, 1964; 405–8). Dies zeigt, wie sich der Buddhismus immer stärker dem Taoismus und Konfuzianismus anpaßte – genauso wie er sich in Indien dem Hinduismus anglich.

Das Sangha, soweit es überhaupt noch seinen ursprünglichen Charakter und Zweck bewahrt hatte, wurde mehr und mehr zu einer Randerscheinung, zu einem Refugium für die sozial oder wirtschaftlich Zukurzgekommenen; es erfüllte allerdings noch immer, wenn auch mit unzureichenden Mitteln, seine Aufgabe in der Hege und Weitergabe der buddhistischen Überlieferung. Die einzige positive Funktion, die ihm in diesem Zeitraum noch blieb, bestand darin, gelegentlich Aufstände zu inszenieren und geheimen Organisationen Zuflucht zu gewähren (Yang, 1961; 126). Nur das Ch'an (Zen) florierte wirklich während der Sung-Dynastie. Das heißt, seine Praktiken breiteten sich weiter aus, wurden aber zugleich immer äußerlicher; im Vordergrund stand nicht mehr die Meditation als notwendige Vorbereitung auf die Erleuchtung, sondern der Umgang mit den Rätseln (kōans) und der in dieser Technik bewanderte Lehrmeister, der seine Schüler anbrüllte und mit einem Stock verprügelte. In dieser Phase seiner Entwicklung wurde das Ch'an mit Erfolg nach Japan eingeführt, und zwar von japanischen Mönchen, die sich zu Studienzwecken in China aufgehalten hatten (s. S. 391 ff.). Damals besaß das Ch'an in China großes Prestige, aber »dem äußeren Glanz entsprach eine innere Verarmung« (Dumoulin, 1963; 124).

9. Der Buddhismus in Japan, 1200—1868

Die sechs Jahrhunderte, mit denen wir uns hier beschäftigen, waren für Japan zunächst eine Periode großer Umwälzungen, feudalistischer Machtkämpfe und gesellschaftlicher Auflösung, die ihren Höhepunkt im 15. Jahrhundert erreichte; dann eine Zeit des Friedens und der Ordnung unter dem Tokugawa-Regime von 1600 bis 1868. Die wichtigsten religiösen Entwicklungen vollzogen sich in der ersten Periode; unter dem Tokugawa-Regime wurde das religiöse Leben der Buddhisten vom Staat streng überwacht und zeigte schließlich Überalterungs- und Degenerationserscheinungen.

In der recht stürmischen ersten Phase bildete der Buddhismus die drei Hauptformen heraus, die man heute in Japan antrifft. Sie lassen sich charakterisieren als intuitionistische Form (Zen), pietistische Form (Reines Land) und als Erweckungsbewegung (Nichiren). Die Ch'an-Praktiken (s. S. 308 ff.) wurden von Eisai (1141—1215) eingeführt, als er 1191 von seinem Studienaufenthalt in China zurückkehrte. Er gilt als Begründer des Zen-Buddhismus in Japan, obwohl es auch schon vor ihm ähnliche Versuche gegeben hat. Es war eine kriegerische Zeit, und zumal bei den Shogunen, den kaiserlichen Feldherren, hatte die von Eisai eingeführte Rinzai-Form des Zen großen Erfolg. Einer dieser Shogunen, Tokimune (1251—84), verteidigte sein Land gegen die Mongolen mit jener Gelassenheit und Seelenstärke, die er wohl nur durch die Zen-Technik zu erwerben vermocht hatte (Dumoulin, 1963; 142 f.). Das Zen fand auch weiterhin in der japanischen Kriegerklasse großen Anklang. Eine andere Variante des Zen brachte Dogen (1200—53) aus China mit, von wo er im Jahre 1228 heimkehrte. Im Gegensatz zu Eisai vermied er bewußt den Kontakt zur Schicht der Herrschenden und der Militärs; der von ihm eingeführte Soto-Typ des Zen richtete sich eher an die Bauern als an die Soldaten. Dogen mißbilligte auch alle sektiererischen Tendenzen innerhalb des Buddhismus; er betrachtete den Zen-Buddhismus einfach als die Quintessenz des Buddhismus – als »den großen Weg Buddhas und der Vorväter« – und verhielt sich kritisch gegenüber verschiedenen abweichenden Strömungen, wie sie sich in China während der Sung-Zeit entwickelt hatten. Doch ironischerweise haftet ausgerechnet dem japanischen Soto-Zen etwas ausgesprochen Sektiererisches an.

Doch inzwischen war es der Pietismus der »Reines-Land-Schule«, der in dieser Zeit innerer Unruhe und Unsicherheit die Bauern und die unteren Schichten der japanischen Gesellschaft am stärksten anzog. Wir haben früher beobachtet (s. S. 322 f.), daß der Glaube an Amida, den boddhisattva-Herrn des Reinen Landes bzw. des Westlichen Paradieses, seit dem 10. Jahrhundert ständig an Bedeutung gewann. Jetzt, nach 1200, entfaltete er seine Anziehungskraft als messianische Religion, als die einzige Hoffnung der Menschen in einer verworrenen und finsteren Zeit: »Die schicksalsschweren Tage sind gekommen; wir, die Schwachen und Verworfenen dieser Zeit, konnten nur gerettet werden durch die Anrufung des Herrn Amita«, heißt es bei Genshin (Anesaki, 1963; 170). Der Amidismus wies einen leicht begehbaren Weg zur Erlösung, der sich beträchtlich von den strengen Regeln des Zen unterschied. Er verkündete ein schlichtes Evangelium, das all denen Erlösung verhieß, die den Namen Amidas im Glauben anriefen, und nach Ansicht vieler seiner Prediger und Anhänger bestand darin die einzige Möglichkeit der Errettung aus den Schwierigkeiten des Daseins: der Mensch vermag nichts durch seine eigenen Anstrengungen, und Erlösung kann nur Amida bewirken. Der Theologe Karl Barth hat in seiner *Kirchlichen Dogmatik* auf die verblüffende Ähnlichkeit zwischen dieser Entwicklung in der japanischen Religion und der evangelischen Frömmigkeit christlicher Prägung hingewiesen. Sowohl der Amidismus als auch der Zen-Buddhismus lassen sich zutreffender als japanische Religionen definieren; man kann sie nur noch insofern als buddhistisch bezeichnen, als ihre historischen Wurzeln in der Tradition des Buddhismus liegen. Der Amidismus verhält sich zum Buddhismus etwa so wie die Sekte der Zeugen Jehovas zum Christentum.

Der große Exponent des Amidismus war Honen (1133–1212), ein Mann, der von dem kriegerischen Gebaren in seiner Zeit abgestoßen wurde und keine andere Hoffnung für die Menschen mehr sah, als sich in schlichter Liebe dem »Heiland« zuzuwenden und auf die Erlösung durch ihn zu vertrauen. Aus einer solchen Haltung erwuchs sein Seelenfrieden, und die heitere Gelassenheit seines Wesens bekehrte viele Menschen zu seiner Lehre und zum Glauben an Amida (Anesaki, 1963; 175). Seine Botschaft wurde von seinen Schülern aufgenommen und mit großem Erfolg in weiten Teilen Japans verbreitet. Doch schon bald ergaben sich Differenzen in Fragen der Doktrin, und eine unabhängige Richtung, genannt *Shinshu* (Wahre Lehre), entwickelte sich im Gegensatz zum *Jodo* (Reines Land), wie Honens pietistisches Evangelium bezeichnet wurde. Das Shinshu wurde von Shinran (1173–1263) begründet, einem Schüler von Honen, der noch nachdrücklicher die Notwendigkeit hervorhob, sich restlos auf die Gnade des Herrn zu verlassen; er verwarf den Zölibat als Zeichen für das Vertrauen des Menschen auf seine eigene Kraft und für das fehlende Vertrauen auf die Gnade des Herrn und rechtfertigte damit die Priesterehe, die in der Praxis ohnehin nicht ganz ungewöhnlich war. Shinran ging selber eine Ehe ein, und seine Nachkommen haben das Jodo-Shinshu bis in die Gegenwart hinein verkündet.

Zen-Intuitionismus und Jodo-Pietismus wurden von Nichiren (1222 bis 1283), dem Begründer einer anderen religiösen Tradition in Japan, angegriffen. Angesichts der drohenden Gefahr eines Mongoleneinfalls nahm der Patriotismus in Japan gewaltig zu. Nichiren, der Prophet, Gelehrter und Reformator zugleich war, führte ein recht abenteuerliches Leben als Propagandist seiner neuen patriotischen Lehre. Er erklärte, alle in Japan bestehenden Religionen brächten die Nation an den Rand einer Katastrophe. Damit verwarf er sowohl den Ritualismus der alten Priesterreligion als auch den Gefühlsüberschwang der Reines-Land-Pietisten. Er verkündete das Evangelium des Kampfes und der Aggression – des Kampfes der »reinen« japanischen Volksgemeinschaft gegen alle Widersacher. Gewalttätigkeit und Aggressivität blieben das Kennzeichen von Nichirens Sekte noch lange nach seinem Tod. Alle anderen Bekenntnisse galten als »Hölle ... Teufel ... Zerstörer ... Verräter«. Die Nichiren-Sekte rekrutierte sich aus Kriegern, unabhängigeren Bauern und robusteren Frauen, die sich alle von Nichirens militantem, bedingungslosem Patriotismus mächtig angezogen fühlten. Ein moderner Mahāyāna-Experte, Edward Conze, stellt bekümmert fest, all dies habe sehr wenig mit Buddhismus zu tun. Nur eine einzige Schrift wurde von Nichiren in Ehren gehalten, der Lotus vom Sūtra des Guten Gesetzes, und der Wahlspruch der Sekte lautete: »Ehre dem Lotus des Guten Gesetzes!« Die Sekte wuchs unaufhörlich, vor allem in der Zeit der Gewalt und der kriegerischen Auseinandersetzungen, die Japan in der zweiten Hälfte des 15. und im größten Teil des 16. Jahrhunderts bis zur Einführung des Tokugawa-Regimes durchmachte, obgleich ihre Anhänger von den Reines-Land-Buddhisten heftig verfolgt und häufig sogar gefoltert wurden. Wie in anderen Religionskriegen auch (s. S. 397 ff.), mußten »viele Menschen auf beiden Seiten sterben, die alle überzeugt waren, daß sie für den Ruhm Buddhas kämpften und daß ihnen der Tod die Wiedergeburt im Paradies bringen werde« (Anesaki, 1963; 230). Die bekannteste moderne Sekte in Japan ist das Soka Gakkai, das sich auf Nichiren beruft (s. S. 500).

10. Das buddhistische Tibet, 1000–1800

Erst in der Zeit Atiśas, also im 11. Jahrhundert, hatte sich der Buddhismus in Tibet fest etabliert (s. S. 318 ff.). Die buddhistische Spielart, die Tibet damals übernahm, war bekanntlich die tantrische Form, die im Pala-Königreich und im östlichen Indien praktiziert wurde und auf der von Atiśa begünstigten Yogacara-Lehre basierte (s. S. 269). Nach seinem Tod entwickelten sich mehrere Schulen des tibetischen Buddhismus, von denen uns hier nur zwei zu interessieren brauchen. Die Tradition, die vom Werk Padma-Sambhavas (s. S. 319) ihren Ausgang nahm, wird als die Alte Schule bezeichnet, und die Vertreter dieser Richtung hießen »Rothüte«. Die Schule Atiśas, die »Gelbhüte«, verwarf die Zauberpraktiken der Alten Schule und nahm Vorstellungen des Hinayana in ihre Lehre auf. Diese Richtung, die Gelupga (die Tugendhaften), hat bis in die Gegenwart hinein in Tibet dominiert; ihr geistliches Oberhaupt ist der Dalai Lama.

Der tibetische Buddhismus demonstriert wiederum das Prinzip, das in den buddhistischen Ländern Südostasiens des Verhältnis von Religion und weltlicher Macht bestimmte (s. S. 385 f.). Auch in diesen Ländern beruhte das Bestreben des Königs, in seinem Reich günstige Voraussetzungen für die Entfaltung der buddhistischen Religion zu schaffen, auf der Vorstellung, daß der König ein bodhisattva sei (s. S. 199 ff.), dem das Wohl aller Menschen am Herzen liegt und der alle seine Bemühungen diesem Ziel unterordnet. In Tibet wurde dieser Gedanke jedoch noch weiter entwickelt. Der Herrscher *mußte* hier ein bodhisattva sein; man war somit gezwungen, jeweils denjenigen Tibeter aufzuspüren, in dem der bodhisattva wiedergeboren worden war, und wenn man ihn gefunden hatte, mußte er auf das Amt des Herrschers vorbreitet und schließlich als solcher eingesetzt werden. Das ist die Idee, die der Suche nach einem neuen Dalai Lama, dem geistlichen und weltlichen Oberhaupt des tibetischen Staates, zugrunde lag und die immer dann auftauchte, wenn es mit dem Leben des bisherigen Herrschers zu Ende ging. Das Amt des Regenten war nicht erblich; ein Dalai Lama regierte nicht, weil sein Vater bereits regiert hatte, sondern weil er nach Meinung der führenden geistlichen Würdenträger des Landes die erforderlichen Qualifikationen besaß – die Kennzeichen des bodhisattva.

Die tibetische Kultur in den Jahrhunderten seit Atiśa ist im wesentlichen vom Buddhismus geprägt worden, obwohl sie auch Elemente der einheimischen vor-buddhistischen Kultur aufnahm – genauso wie in den südostasiatischen Ländern (s. S. 387 f.). Herkunftsmäßig und in seiner charakteristischen Struktur leitet sich also der tibetische Buddhismus, wie der Buddhismus Südostasiens, von dem indischen Modell her, das am überzeugendsten von Aśoka repräsentiert worden war (s. S. 196 f.). Der Buddhismus hat die einst ungemein kriegerischen Bergstämme des Himalaja-Hochlands zu einem Volk umgeformt, das europäische Reisende ausnahmslos als freundlich, heiter und genügsam beschreiben (Richardson, 1962; 27). Die tibetischen Mönch-Herrscher haben durch die Jahrhunderte, wie André Migot schreibt, »ihre Macht weise und menschlich ausgeübt«. Nach Migots Auffassung verdient das buddhistische Tibet wegen seines sozialen Gleichgewichts und Friedens die Auszeichnung, »eines der bestregierten Länder der Welt« genannt zu werden (Migot, 1955; 104). Der Versuch des mächtigen Nachbarn China, eine solche Kultur und Gesellschaft zu zerstören, zwingt uns, die Frage nach den von den modernen Großmächten vertretenen Werten zu stellen, und ist eine unüberhörbare Anklage gegen den neuzeitlichen Säkularismus.

V.
RELIGIÖSE GEGENSÄTZE UND KONFLIKTE
(1500—1800)

1. Konflikte innerhalb des Christentums im 16. Jahrhundert

Die mittelalterliche Struktur des Christentums hatte, wie wir gesehen haben, einen ausschließlichen und autoritären Charakter. Die Kirche war die Arche, außerhalb derer es keine Rettung gab. Wahrheit war das, was die Kirche lehrte, auf der Basis ihrer Überlieferung und ihrer heiligen Schriften. Der Mensch war von Grund auf sündhaft und konnte nur durch die Gnade einer allmächtigen Gottheit erlöst werden. Solche Gnade wurde den Menschen durch die Sakramente der Kirche zuteil, deren Zahl sich auf sieben belief: Taufe, Firmung, Eucharistie, Buße, Priesterweihe, Ehe und Letzte Ölung. Die Zuteilung der Gnade erfolgte im Rahmen des sakramentalen Systems durch die Vermittlung der ordnungsgemäß geweihten Priester, die ihrem Bischof und dem Oberhaupt der Hierarchie, dem Papst, Gehorsam schuldeten. Auf dem Konzil von Florenz 1439 wurde erklärt, daß »der römische Pontifex den Primat in der ganzen Welt innehat ... er ist der wahre Stellvertreter Christi und das Haupt der Kirche, der Vater und Lehrer aller Christen, und ... ihm wurde im hl. Petrus durch unseren Herrn Jesus Christus die uneingeschränkte Macht übertragen, die gesamte Kirche zu hüten, zu lenken und zu regieren« (Bullough, 1963; 195 f.). In dieser Erklärung spiegelt sich die Tatsache, daß es Menschen gab, die mit einer solchen Auffassung nicht einverstanden waren. Schon einige Jahrhunderte, bevor Martin Luther (1483—1546) seinen berühmten Protest erhob, rührte sich Unzufriedenheit mit dieser monopolistischen Orthodoxie (s. S. 355 ff.). Weltliche Herrscher hatten bereits seit einiger Zeit den Einfluß der Papstkirche auf die Regierungsangelegenheiten zurückgewiesen. Der Widerstand gegen die römische Autorität wuchs während des 16. Jahrhunderts in verschiedenen Ländern Europas und war ein bedeutsames Anzeichen für den Zerfall des autoritären römischen Systems. Eine Begleiterscheinung war die Etablierung nationaler, von Rom unabhängiger Kirchen, wie wir sie zum Beispiel in der Kirche von England vor uns haben. Neben dieser Zurückweisung päpstlicher Ansprüche machte sich noch ein andersgearteter Widerstand bemerkbar: der Protest gegen das System der Erlösung durch die sakramentale Gnade, wie es damals praktiziert wurde. Die Tendenz des 14. und

15. Jahrhunderts – man denke nur an Philosophen wie Wilhelm von Ockham (s S. 358 ff.) –, einen Keil zwischen Glauben und Vernunft zu treiben, hatte zur Folge, daß sich die Praxis der römischen Kirche einer Invasion des Aberglaubens ausgesetzt sah; dies führte wiederum geradewegs zu einer kommerziellen Ausbeutung des Priesteramtes und zu solchen Methoden wie dem Ablaßverkauf, die das gesamte Sakramentalsystem in Mißkredit brachten. Rechtschaffenen und religiös integren Menschen erschien es jetzt unmöglich, solche Praktiken noch als die alleinige Form der Gnadenvermittlung zu akzeptieren. Das war die Grundlage von Luthers Protest, der bald an vielen anderen Orten Zustimmung fand. Diejenigen, welche um eine Reformierung der religiösen Praxis bemüht waren, sahen allerdings keinen Anlaß, von der augustinischen Auffassung abzugehen, daß der Mensch nur durch die Gnade Gottes erlöst werden könne. Gerade weil sie so nachdrücklich diese Doktrin bekräftigten, machten sie sich Sorgen um ihre Prostituierung durch die römische Kirche. Jemand hat einmal gesagt, daß die sogenannte Reformation als »der endgültige Triumph von Augustins Gnadenlehre über Augustins Lehre von der Kirche« aufgefaßt werden könne (Warfield, 1909; 224). Theologisch betrachtet, war die protestantische Erneuerung des 16. Jahrhunderts eine Wiederbelebung der augustinischen Grundidee, daß der durchaus sündige Mensch ganz und gar von der frei gewährten Gnade eines omnipotenten und unerforschlichen Gottes abhänge. Calvin zitiert in seiner *Institutio* ausgiebig aus dem Werk des Augustinus. Allerdings bestanden Protestanten wie Luther und Calvin darauf, daß die göttliche Gnade dem Menschen nicht in erster Linie durch die institutionalisierte Kirche, sondern auf Grund des persönlichen Glaubens zuteil werde. Diese Verlagerung der Hauptverantwortlichkeit auf den einzelnen Menschen wurde von Keble im 19. Jahrhundert als eine Doktrin verworfen, die »jedermann zu seinem eigenen Beichtvater« erhebe. Die römische Kirche betonte ihrerseits Augustins Lehre von der Kirche als der Stadt Gottes, und nach Augustins Vorbild wandte sie jedes erdenkliche Mittel an, einschließlich der physischen Gewalt, um häretische Angriffe auf die Kirche als *die* göttliche Institution zu unterdrücken. Die Protestanten, durch die kirchliche Obrigkeit gezwungen, ihre Anschauungen zu rechtfertigen, nahmen Zuflucht zur Heiligen Schrift, die von beiden Seiten als Autorität anerkannt wurde. Der Protestantismus wurde somit als eine Richtung abgestempelt, die sich *allein auf die Schrift* berief, im Gegensatz zur römischen Kirche, die sich sowohl auf die Schrift als auch auf die Tradition der Kirchenväter berief. Beide Seiten anerkannten demnach das Prinzip

einer äußeren objektiven Autorität, die man als letztes Wort in allen religiösen Dingen anrufen konnte. Auf jede Frage, die sich auf die Religion bezieht, wird der Protestant letztlich die Antwort geben: »So steht es in der Bibel«, während der Katholik vermutlich antwortet: »So sagt es der Papst.« Freilich beruhte die Autorität *dieser speziellen Zusammenstellung* von Schriften, die man die Bibel nennt, auf der Autorität der Kirche – ein Punkt, den schon Augustinus erkannt hat: »Ich würde nicht an das Evangelium glauben, wenn nicht die Autorität der katholischen Kirche mich dazu veranlaßte.« Die Protestanten sahen sich folglich gezwungen, für ihre Akzeptierung der Bibel eine andere Begründung zu suchen als die Autorität der Kirche, und diese fanden sie im »immanenten Zeugnis des Heiligen Geistes«, das sie davon überzeugte, daß diese Texte göttlich inspiriert seien. Das ist ein heikles Argument, da ja auch andere große Gemeinschaften gleichermaßen überzeugt sind, daß ein bestimmter Schriftenkanon, etwa der Koran, das maßgebliche und wahrhaft von Gott inspirierte Buch darstellt. Die Gewißheit, die ein unfehlbares Buch den Protestanten hinsichtlich der Richtigkeit ihrer Position verschaffte, und die Gewißheit, die eine unfehlbare Kirche *und* ein unfehlbares Buch analog den Katholiken verschafften, haben zu zahlreichen blutigen Kämpfen und Ketzerverbrennungen geführt. Einer der letzten Ketzer, der verbrannt wurde, und zwar im kalvinistischen Genf, war Servetus, der in seinen gelehrten Werken die Ansicht geäußert hatte, die Trinitätslehre sei eine Entstellung des authentischen Christentums. Dies erinnert uns daran, daß es neben den beiden großen Parteien in der religiösen Auseinandersetzung noch andere Richtungen gab, sowohl von Einzelmenschen als auch von Minderheiten wie etwa den Wiedertäufern oder den Quäkern des 17. Jahrhunderts verkörpert, die keinem der beiden Lager zugehörten, aber gleichwohl ein Zeichen für den endgültigen Zusammenbruch des augustinischen Systems der autoritären Orthodoxie waren.

2. Die katholische Gegenreformation

Eines hatte der Protest von Männern wie Luther und Calvin der römischen kirchlichen Hierarchie klargemacht, obwohl Rom deren Auffassungen als Irrlehren verwarf, nämlich die Reformbedürftigkeit der katholischen Kirche. Ein allgemeines Konzil wurde einberufen, um Abhilfe zu schaffen, das Konzil von Trient, das seit 1545 mit Unterbrechungen tagte. Zu den Fragen, mit denen es sich beschäftigte, gehörten die Mißbräuche in der Kirche und die orthodoxen Lehren der Kirche. Ein weiterer wichtiger Vorgang in der Erneuerung der Kirche war die 1540 erfolgte Gründung der Gesellschaft Jesu. Der Gründer, ein spanischer Edelmann namens Ignatius von Loyola (1491–1556), war ein Soldat, der sich religiösen Problemen zuwandte, als er sich von einer Kriegsverletzung erholte. Die Gesellschaft, die ursprünglich aus zehn Mitgliedern bestand, die in der Pariser Universität zusammenkamen, wurde nach militärischen Gesichtspunkten organisiert und weihte sich im Namen Jesu dem Kampf gegen die Mächte des Bösen. Die Regel der Gesellschaft legte Ignatius in den *Exercitia spiritualia* nieder; sie fordert Willenstraining, wissenschaftliche Arbeit, Gebet und Meditationsübungen, die sich vor allem auf das Beispiel Christi zu konzentrieren hatten. Die Gesellschaft kam einem dringenden Bedürfnis innerhalb des Katholizismus entgegen und entwickelte sich nach und nach zu einer großen Macht im erzieherischen und intellektuellen Bereich. Eines der berühmtesten frühen Mitglieder war Franz Xaver, der 1542 von Ignatius nach Asien entsandt wurde, wo die Portugiesen an der indischen Westküste Niederlassungen zu gründen begannen. Von Goa aus dehnte Xaver seine Missionstätigkeit längs der Westküste aus, dann nach Malakka und Indochina und schließlich sogar nach Japan, und verpflanzte so die Gesellschaft Jesu nach Indien und Japan. In Japan setzte das Tokugawa-Regime (s. S. 391 ff. und S. 412 ff.) dem Wirken der Missionare ein Ende. Andere Jesuiten folgten Franz Xaver nach und versuchten das Christentum in Asien fest zu begründen. Unter ihnen waren auch Matteo Ricci, der im 16. Jahrhundert beträchtliche Anfangserfolge verzeichnen konnte, weil er die christlichen Ideen mit den Methoden des Konfuzianismus propagierte, und Roberto de Nobili, der im 17. Jahrhundert nach Indien kam und dort das Leben eines Brahmanen führte (Cronin, 1955; 1959).

Im 18. Jahrhundert rührte sich in Europa eine neue antikirchliche Gesinnung; die Jesuiten wurden zur Zielscheibe heftiger Angriffe, und 1773 war der Papst gezwungen, die Gesellschaft Jesu aufzulösen.

3. Die sektiererische Religion der Enterbten

Die von Luther, Calvin und Zwingli angeführte protestantische Bewegung ließ die untersten Schichten der Gesellschaft weitgehend unberührt. Sowohl das Luthertum als auch der Kalvinismus erwiesen sich sehr rasch als ausgesprochene Mittelstandsreligionen. Die religiösen

Protestbewegungen, welche die sogenannten »enterbten Schichten« der Zeit anzusprechen vermochten – also die Bauern, Tagelöhner, unterbezahlten Handwerker und städtischen Gelegenheitsarbeiter –, waren die Wiedertäufer im 16. und die Quäker im 17. Jahrhundert. Doch die Enterbten des einen Jahrhunderts wurden die mittelständische Kirche des nächsten; die Quäker sind ein Beispiel für die soziale Aufwärtsbewegung, die sich notwendigerweise aus harter Arbeit, Sparsamkeit und maßvoller Lebensführung ergab. Im 18. Jahrhundert setzten sich die protestantischen Kirchen, die Presbyterianer, die Unabhängigen und die Quäker, vorwiegend aus Händlern und Geschäftsleuten zusammen, die nicht selten recht wohlhabend waren. Ehrbarkeit, Nüchternheit, Vorsicht und gesunder Menschenverstand galten als protestantische Tugenden; Leidenschaften, Verschwendungssucht, Ausschweifungen aller Art und insbesondere Begeisterung mußten unter allen Umständen unterdrückt werden. In England wuchs der Wohlstand, aber er kam nicht allen zugute. »Das Lohnsystem und die Unsicherheit des Arbeitsplatzes, der steigende Kapitalismus und der Wettbewerb, das Wachstum der Städte und die Zunahme der Armut verbreiterten die Kluft zwischen den Klassen« (Niebuhr, 1929; 59). Bei einem großen Teil der Gesellschaft fanden die damaligen Kirchen keinen Anklang; sie hatten nichts anzubieten, was ein gefühlsmäßiges Bedürfnis nach einer Erlösungsreligion hätte befriedigen können. Diesem Verlangen kam der frühe Methodismus entgegen. Obwohl der Gründer John Wesley (1703–91) ein ordinierter Geistlicher der Kirche von England war, wirkte er vornehmlich außerhalb des normalen kirchlichen Lebens. Doch wie Niebuhr dargetan hat, war die methodistische Erweckungsbewegung zwar eine Strömung unter den Enterbten, aber sie war nicht populär in dem Sinne, daß sie aus dieser Schicht hervorgegangen wäre. Ihre Führer gehörten dem Mittelstand an, und dieser Umstand trug dazu bei, daß der Methodismus sogar noch schneller als die früheren Bewegungen gesellschaftlich respektabel wurde. Er war eine Revolution nur in bezug auf das *religiöse* Leben und Ethos im England des 18. Jahrhunderts: Statt der kühlen, rationalistischen Haltung, welche die englische Religiosität im 18. Jahrhundert beherrschte, bot der Methodismus den Menschen eine innige, emotionale Religion der Erlösung – einer Erlösung, die allen offenstand. Den raschen sozialen Aufstieg verdankte der wesleyanische Methodismus vermutlich vor allem der Vorstellung, die Wesley von dem Übel hatte, von dem die Menschen erlöst werden sollten. In diesem Zusammenhang ist Niebuhrs Feststellung von besonderer Bedeutung: »Die vorrangige Frage, die man zum Verständnis eines Fox, eines Paulus, eines Luther, eines Wesley oder auch der alttestamentlichen Propheten und der Gründer nichtchristlicher Religionen, etwa eines Buddha, Zoroaster oder Mohammed, stellen muß, ist folgende: Was verstanden sie unter der Sünde oder dem Bösen? Wovon wollten sie die Menschen erlösen? Nun ist es im Falle Wesleys evident, daß er die Sünde als individuelle Lasterhaftigkeit und Lauheit begriff, nicht als Habsucht, Unterdrückung oder soziales Fehlverhalten. Für ihn bedeutete Sünde eher Sinnlichkeit als Selbstsucht, und Wesley prägte die ethische Ausrichtung der gesamten methodistischen Bewegung« (Niebuhr, 1929; 67; vgl. auch S. 425). Trotz alledem war es die Realität der *Erlösung*, die von John und Charles Wesley immer wieder betont wurde, sowohl in ihren Predigten als auch in den zahlreichen Kirchenliedern, die sie für ihre Anhänger verfaßten. Es ging ihnen um die Wirklichkeit der Erlösung, die Christus als *objektives* Faktum bewirkt habe, aber auch (und das ist ein wesentliches Kriterium des Methodismus) um die Möglichkeit, darüber eine *subjektive* oder persönliche Gewißheit zu erlangen, und zwar vorzugsweise durch die Emotionen. Die Menschen waren nicht aufgefordert, an einer Religion des bloßen Gefühls teilzuhaben (das Wesley »das Verlangen nach dem Ziel ohne die entsprechenden Mittel« nannte); die emotionale Gewißheit war der Fixierung der äußeren, objektiven Tatsache der Erlösung und der Vermittlung dieser primären Tatsache nachgeordnet (Kent, 1959; 123 f.). Insbesondere auf solche Weise half der Methodismus, die älteren kalvinistischen Gemeinschaften zu stärken.

4. Die hinduistische Erneuerung in Südindien im 16. Jahrhundert

Wie in Europa, so war auch in Indien das 16. Jahrhundert eine Zeit der religiösen Erneuerungs- und Reformbewegungen. Sie entstanden vor allem innerhalb der Hindu-Gesellschaft, weniger in der islamischen, aber man kann sie kaum als eine aus dem Hinduismus selbst hervorgegangenen Erneuerung bezeichnen; vielmehr sollte man sie als die Auswirkung der islamischen Religion und Kultur auf die Hindus sehen. Die entscheidenden Namen sind die von Kabīr (geboren 1440 in Benares), Nānak (geboren 1469 im Pandschab) und Chaitanya aus Bengalen (geboren 1485). Im Falle Kabīrs zeigt sich die Beziehung zum Islam schon in der Verwirrung, die darüber herrscht, ob er tatsächlich ein Hindu oder ein Moslem war. Es fällt auf, daß alle drei (weitere Einzelheiten s. S. 404 f.) nach Nordindien gehören, also in die Region, die unter der politischen Herrschaft und dem kulturellen Einfluß des moslemischen Sultanats von Delhi stand (s. S. 378). Man hat zuweilen versichert, die bewußt vorangetriebene Erneuerung des Hinduismus habe in Südindien stattgefunden, und zwar in der Epoche des Vijayanagar-Königreiches (1336—1565). Dabei geht man von der Annahme aus, die Könige von Vijayanagar hätten sich ausdrücklich als Verteidiger des Hinduismus gegen den vordringenden Islam empfunden. In Wahrheit scheinen sie eher eine Politik der religiösen Toleranz betrieben zu haben, obwohl sie selber entweder Shaiviten oder Vaishaviten waren. Einer der Shaiva-Herrscher, Krishnadeva Rāya (1509—1530), ist wegen seiner liberalen Einstellung berühmt geworden: »Der König läßt jedem Menschen die Freiheit, zu kommen und zu gehen und gemäß seinem eigenen Glaubensbekenntnis zu leben, ohne daß er irgendwelche Schwierigkeiten oder Nachteile zu befürchten hätte, sei er nun ein Christ, Jude, Mohr (Moslem) oder Heide (Hindu)«, heißt es bei Duarte Barbosa (Sastri, 1963; 127). Krishnadevas Schwiegersohn, Rāma Rāya, weigerte sich sogar, den Moslems das Schlachten von Kühen auf ihren eigenen Grundstücken zu untersagen.

Die vorhin zitierte Äußerung Barbosas erinnert uns daran, daß im Süden einige der ältesten christlichen und moslemischen Gemeinden Indiens bestanden: die syrischen Christen, die ihre Tradition auf den Apostel Thomas zurückführten (s. S. 212), und die arabischen Moslems, die seit der Frühzeit des Islams in Malabar saßen (s. S. 297 ff.). Die Beziehungen zwischen diesen Gemeinden und den Hindu-Herrschern waren durchwegs von Toleranz und Respekt geprägt. Die Könige von Vijayanagar kümmerten sich mehr darum, die Einheit und den Frieden unter ihren Untertanen zu erhalten, um desto leichter ihre Nordgrenze gegen die angriffslustigen Könige des Dekkan verteidigen zu können. Wenn der Shaivismus und der Vaishnavismus in besonderer Weise von den Königen von Vijayanagar unterstützt wurden, so wahrscheinlich deshalb, weil diese Könige über mehr Mittel als andere Hindu-Monarchen verfügten, um Heiligtümer und Tempel zu stiften (Stein, 1960) und eine Gruppe von Gelehrten mit der Abfassung eines vollständigen Kommentars zu den gesamten wedischen Schriften zu betrauen (s. S. 256). Zweifellos wurden in dieser Epoche zahlreiche Tempel neu errichtet oder renoviert. Der Kult wurde immer aufwendiger, und immer mehr Menschen aller Art traten in den Dienst der Tempel: Musikanten, Tänzer, Blumenbinder, Goldschmiede und Juweliere genauso wie Priester. Aber auch die Moslem-Heiligtümer wurden mit Stiftungen bedacht (Sastri, 1963; 127), und die ganze Steigerung der religiösen Aktivität im Vijayanagar-Reich läßt sich wahrscheinlich am besten als Ausfluß einer Neubelebung der theistischen Hindu-Kulte unter der stimulierenden Wirkung des Islams deuten. Auf jeden Fall haben wir es hier nicht mit einem exklusiven oder intoleranten Hinduismus zu tun. Im 16. Jahrhundert kamen dann die Portugiesen, und mit ihnen die katholischen Priester, die von den südindischen Herrschern ermunter wurden, an öffentlichen Debatten mit den führenden Hindus teilzunehmen. Schließlich traf im 17. Jahrhundert Roberto de Nobili (s. S. 400) im südindischen Madura ein, um unter den Brahmanen als »brahmanischer« christlicher Missionar zu leben.

5. *Wuchernde Frömmigkeitskulte in Nordindien*

Das nördliche Indien des 16. Jahrhunderts erlebte die Entstehung zahlreicher Sekten, die frommen Eifer mit sozialem Protest verbanden. Sie bestanden durchwegs aus den Anhängern irgendeines religiösen Reformers und Mystikers, der häufig zugleich ein Dichter war. Hier fehlt der Platz, um mehr als nur eine Handvoll dieser Männer zu nennen. Die bekanntesten sind wohl Kabīr (1440–1518), Namdev (geb. 1470), Vallabhā (Lebensdaten unbekannt), Nānak (1469–1538), Chaitanya (1485–1533), Tulasī Dāsa (1532–1620), Rai Dāsa (Daten unbekannt) und Dādu (1544–1603). Die meisten waren sudras, Angehörige der städtischen Handwerkerschicht; Kabīr war ein Weber aus Benares, Namdev entstammte einer Familie von Tuchhändlern und Schneidern in Ahmadabad, Dādu war ein moslemischer Baumwollkämmer und Rai Dāsa ein Lederarbeiter (ein ganz niedriger Beruf in der Hindu-Gesellschaft). Zu den Genannten kann man noch Tukā Rāma (1598 bis 1649) hinzuzählen, einen Kaufmann aus einer kleinen Stadt bei Puna, dessen erbauliche Lieder in Marāthī (einer Sprache im westlichen Indien) in zwei in Bombay gedruckten Sammlungen vorliegen; die eine enthält über 4000, die andere mehr als 8000 Lieder. Diese Texte sind, wie auch die von Dādu und Namdev, erfüllt von großer religiöser Inbrunst, aufrichtiger Frömmigkeit und dem Wunsch, den Mitmenschen zu dienen.

Extremer Gefühlsüberschwang war ein Kennzeichen von Chaitanyas Sekte in Bengalen. Eine Gelegenheit, seine Gefühle zu zeigen, ergab sich beim kīrtana, dem gemeinsamen Gesang. Die Gefühle gerieten dabei angeblich so in Wallung und der Gesang wurde so leidenschaftlich, daß die Teilnehmer manchmal ohnmächtig zu Boden sanken. Solche Erscheinungen haben ihre Parallelen in den alten hebräischen Gilden der ekstatischen Propheten und in bestimmten modernen christlichen Sekten. Die Gottheit, der solche Verehrung dargebracht wurde, war gewöhnlich entweder Rāma oder Krischna, aber das waren nur verschiedene Namen für ein und dasselbe göttliche Wesen. »Er ist nur einer, doch er erfüllt und umfaßt viele; wohin du auch blickst, du findest ihn dort« (Namdev). »O Gott, ob Allah oder Ramā, ich lebe kraft deines Namens« (Kabīr). »Es ist nur ein Gott, und sein Name ist wahr ... Gott, der Große und Mildtätige« (Nānak). »O Rāma! Du lebst in den Herzen jener, die keine Wollust, keinen Zorn, keine Einbildung, keinen Stolz, keine Täuschung kennen ... die freundlich sind zu allen, wohlwollend zu allen ... die keine andere Zuflucht haben als dich; in ihrer Seele, o Rāma, lebst du« (Tulasī Dāsa).

Kabīr war ein Schüler des im 15. Jahrhundert lebenden Lehrers und Mystikers Rāmānanda, und er gebrauchte wie die anderen religiösen Führer die angestammte Sprache seiner Heimat, vor allem das Hindi und das Marāthī, an Stelle des Sanskrit, der Sprache der Brahmanen und der Orthodoxie. Tulasī Dāsa ist wegen seiner Hindi-Übersetzung des Rāmāyana (s. S. 259) berühmt geworden. Die Verwendung der Volkssprache entspricht dem volkstümlichen Charakter dieser frommen Sekten, und dazu paßt auch die Ablehnung zeremonieller und ritueller Praktiken, zumal des Götzendienstes. Es ist augenscheinlich, daß hier der Einfluß des Islams, vor allem der Sufis, am Werke war; die moslemische Herrschaft hatte sich inzwischen auf Jahrhunderte im Norden und Westen Indiens fest etabliert (s. S. 377 f.). Viele der im 16. Jahrhundert gegründeten Sekten haben sich bis zum heutigen Tag erhalten.

6. Die Sikhs

Von besonderer Bedeutung ist unter diesen Sekten des 16. Jahrhunderts die Gemeinschaft der Sikhs, die sich aus der von Nānaks Schülern gebildeten Sekte entwickelte. Kabīrs wie Nānaks Lebensgeschichten legen überreichlich Zeugnis ab für die Wechselbeziehungen zwischen den hinduistischen und moslemischen Gemeinschaften im Pandschab (de Bary, 1958; 360 ff., 531 ff.). Doch die Sikhs, die zwar Elemente des Hinduismus und des Islams miteinander verbanden, wuchsen zu einer gesonderten Gemeinschaft heran, unabhängig von diesen beiden anderen Überlieferungen, und verfügen mittlerweile über ihre eigenen heiligen Bücher, über eigene Gottesdienstformen und über eine eigene Folge von Propheten, Gurus oder Anführern. Bei den letzteren haben sie sich auf zehn Männer festgelegt, deren letzter, Guru Gobind Singh (geboren 1666), die Sikhs zu einer quasi-militärischen Sekte umformte. Dazu kam es, weil die Mughal-Herrscher gegen die Organisierung der Sikhs Einspruch erhoben. Der Sikhismus ist eine brüderliche Gemeinschaft, die keine Kastenunterschiede kennt und deren Mitglieder, die sich von den Hindus und Moslems durch ihr ungeschnittenes Bart- und Haupthaar abheben, überzeugt sind, daß sie durch den Tod im Kampf für die Sache der Sikhs das Paradies erlangen. Vorwiegend im Pandschab angesiedelt, bilden sie eine Gemeinschaft von rund sieben Millionen, die man heute überall in Indien und auch außerhalb antrifft. Sie sind stolz darauf, daß »einer der Kernpunkte des Sikh-Glaubens das Ideal der freiwilligen und uneigennützigen Unterstützung des Mitmenschen ist, gleichgültig, welcher Religion, Rasse, politischen Richtung etc. er angehört«, wie es in einer ihrer Publikationen heißt (*Sikh Courier*, London, Frühjahr 1967), auch wenn man einräumt, daß dieses Ideal nicht leicht zu verwirklichen ist.

7. *Die gegenseitige Beeinflussung von Hinduismus und Buddhismus in Indien*

Der soeben beschriebene sektenhafte Eifer ist zum großen Teil zweifellos auf die islamische Beeinflussung des nordindischen Hinduismus zurückzuführen, die vor allem von den Sufis ausging. Die Wirkung des Islams auf das damalige Indien hatte allgemein den Effekt, den Hindus jegliche Form des Götzenkultes zu verleiden und die Gebildeteren von der Vorstellung einer menschlichen Verkörperung oder Inkarnation des Göttlichen abzubringen – sogar von der avatara-Idee (s. S. 208). Die Lehre vom unpersönlichen Absoluten, also der philosophische Monismus, den die Inder Advaita Vedānta (s. S. 256) nennen, setzte sich immer mehr durch. Andererseits übte auch der Hinduismus einen gewissen Einfluß auf den Islam aus. Konversionen zum Islam in der hinduistischen Landbevölkerung und in der städtischen Unterschicht sowie Heiraten zwischen moslemischen Männern und Hindu-Frauen waren in der Zeit der Moslem-Herrschaft nichts Ungewöhnliches. Doch die zum Islam Übergetretenen gaben damit ihren gewohnten Lebensstil nicht völlig auf. Das gilt nicht nur für Glaubensangelegenheiten, sondern auch und vielleicht noch mehr für die soziale Praxis und Struktur. Von daher erklären sich gewisse Ansätze eines Kastensystems bei den indischen Moslems. Doch daraus entwickelte sich niemals eine strenge Kastengliederung, und die Möglichkeit des gesellschaftlichen Aufstiegs blieb immer offen – ein paar gute Ernten oder geschäftliche Erfolge genügten als Voraussetzung. Eine andere wichtige Folge des hinduistischen Einflusses auf die Moslems war die Milderung der ursprünglich recht intoleranten Einstellung der türkischen Eroberer, zumal hinsichtlich einer Begegnung der Religionen. Vor diesem Hintergrund müssen wir die umstrittene Gestalt Akbars sehen, der wir uns jetzt zuwenden.

8. Die Heterodoxie Akbars (1543–1605) und die Reaktion des orthodoxen Islams

Als Beginn der modernen Geschichte Indiens kann man die Begründung der Mughal-Herrschaft im Jahre 1526 ansehen. Wie das vorausgehende Sultanat von Delhi war auch das Mughal-Reich (1526–1858) vom Islam geprägt. Der unmittelbar ins Auge springende Unterschied lag darin, daß jetzt eine neue Dynastie ans Ruder kam, an deren Anfang Babur stand, der türkische Beherrscher eines Königsreichs im nordwestlichen Indien, der das Sultanat angegriffen und gestürzt hatte, obwohl er derselben Religion angehörte wie der Sultan. Das Machtstreben war wieder einmal stärker gewesen als die gemeinsame Ideologie.

Der dritte Mughal-Kaiser war der Enkel Baburs, der berühmte Akbar (1556–1605), der bei seiner Thronbesteigung erst 13 Jahre alt war. Er scheint ein tiefreligiöser Moslem gewesen zu sein, soweit es die Praktizierung seines Glaubens angeht: er absolvierte gewissenhaft die fünf vorgeschriebenen Gebetsübungen pro Tag, und manchmal fegte er sogar die Palastmoschee aus, was als Akt großer Frömmigkeit galt. Regelmäßig verrichtete er seine Andacht an den Gräbern der großen Moslem-Heiligen. Dennoch wurde er später von Abdulla Khan Uzbek, dem Herrscher in Transoxanien, des Renegatentums bezichtigt. Badauni, dem Akbar Engstirnigkeit vorwarf, erklärte ihn zum Apostaten. Die Jesuiten hielten ihn in religiöser Beziehung für eine faszinierende, wenn auch undurchschaubare Persönlichkeit; mehrere Male glaubten sie, er wolle zum Katholizismus übertreten, aber sie wurden jedesmal enttäuscht. Europäische Historiker (z. B. Vincent Smith) neigen zu der Annahme, daß der Vorwurf der Apostasie zu Recht bestand. Hindu-Historiker hingegen betrachten ihn als einen liberalen, aufgeschlossenen Moslem. Wahrscheinlich kommen sie der Wahrheit am nächsten.

Anlässe für die genannten Beschuldigungen boten die religiösen

Neuerungen, die Akbar offenbar einführte in dem Bestreben, ein würdiges geistliches Oberhaupt seines Volkes zu werden. Im Jahre 1579 erließ er ein Dekret, das hin und wieder als »Unfehlbarkeitsdogma« bezeichnet worden ist. Damit verfolgte er die Absicht, sich selber mehr religiöse Autorität einzuräumen auf Kosten bestimmter orthodoxer Theologen. Dabei erhob er keinerlei Unfehlbarkeitsansprüche, sondern berief sich lediglich auf den anerkannten islamischen Grundsatz, daß bei einer Meinungsverschiedenheit über die Auslegung des Korans und des Hadith in bezug auf eine konkrete Situation ein »gerechter Sultan« das Recht habe, einer der ihm von den Theologen angebotenen Deutungen zuzustimmen. Die entscheidende Frage ist jedoch, ob Akbar bewußt die Gründung einer neuen, vom Islam abweichenden Religion betrieben hat. Das von ihm geplante Din-i-Ilahi (»göttlicher Glaube«), dessen Überlieferung sehr unsicher ist, mag ein Versuch gewesen sein, der Religion ein neues Gesicht zu geben, aber weder Akbar noch die wenigen Mitglieder des neuen Ordens scheinen es sonderlich ernst genommen zu haben. Es ist allerdings ziemlich eindeutig, daß er durch sein Vorgehen die orthodoxeren Theologen wiederholt vor den Kopf gestoßen hat. Doch drei mildernde Umstände sollten in diesem Zusammenhang angeführt werden:

1. Es trifft nicht zu, wie manchmal behauptet worden ist, daß damals eine religiöse Lauheit unter den indischen Moslems allgemein verbreitet war; vielmehr bestand ein echtes Verlangen nach besseren hinduistisch-moslemischen Beziehungen, wie der Aufstieg der Sekten bezeugt (s. S. 404 f.).
2. Akbar hatte in der unruhigen Zeit seiner Jugend keine formale Erziehung genossen, und sein Denken war dementsprechend undiszipliniert.
3. Er hatte eine Hindu-Prinzessin geheiratet, die, da sie mit ihrer Verwandtschaft im Palast wohnte und weiterhin die Hindu-Religion praktizierte, von den frommen Moslems als unerwünschter fremder Einfluß empfunden wurde.

Insgesamt scheint alles dafür zu sprechen, daß Akbar dem Islam bis zuletzt die Treue hielt, aber es war eine großzügige Treue, und sie geriet oft durch seine Unvorsichtigkeiten und Fehlurteile ins Zwielicht. Zweifellos hat er bei einem einflußreichen Teil der moslemischen Bevölkerung großen Anstoß erregt, und das führte nach seinem Tode zu einer Reaktion, die vieles zunichte machte, was Akbar für die Verbesserung der Beziehungen zwischen indischen Hindus, Moslems und Christen getan hatte.

Die wiedererstarkte Orthodoxie zeigte sich in der Religionspolitik der nachfolgenden Mughal-Kaiser: Jahangir (1605–27), Schah Jahan (1627–58) und Aurangzeb (1658–1707). Das 17. Jahrhundert, in das die Regierungszeit dieser drei Herrscher fällt, war eine faszinierende Periode der indischen Geschichte und wird zuweilen als »das große Zeitalter« der Mughals gefeiert. Aber der von Akbar verkörperte Liberalismus war noch nicht tot, und zwischen ihm und der Orthodoxie dieser drei ziemlich puritanischen Kaiser kam es zu beträchtlichen Spannungen. Sie erreichten ihren Höhepunkt unter Aurangzeb, dessen extrem orthodoxer moslemischer Puritanismus ihn dem großen hinduistischen Volksteil entfremdete und erheblich zum Zerfall des Mughal-Reiches beitrug.

9. Islam und Christentum in Osteuropa, 1500–1800

In einer Einführung der vorliegenden Art ist es nicht möglich, die geographische Expansion des Islams im Mittelalter und in den ersten Jahrhunderten der Neuzeit eingehend zu behandeln. Eine konzentrierte, aber recht detaillierte Darstellung dieses Vorgangs findet sich in der Einleitung zu Levys Buch *The Social Structure of Islam*. Ausführlicher ist das klassische Werk *The Preaching of Islam* von T. W. Arnold (s. S. 292). Wir wollen hier lediglich festhalten, daß sich der Islam im 14. Jahrhundert von Indien aus nach Malakka und Indonesien ausgebreitet hatte, wo er sich im 17. und 18. Jahrhundert infolge der Missionstätigkeit arabischer Kaufleute weiter ausdehnte. Von Zentralasien aus drang er seit dem 13. Jahrhundert, also seit der Zeit Kublai Khans, nach West- und Nordchina vor, vom Mittleren Osten aus seit dem 10. Jahrhundert nach Ostafrika und seit dem 15. weiter nach Nordnigeria und in andere Teile Westafrikas. Dieser Expansionsprozeß wurde durch zwei Faktoren bewirkt: 1. durch moslemische Händler und Kaufleute, die, wie es das Anwachsen des Islams im modernen Afrika zeigt, ihren Glauben im Verlauf ihrer beruflichen Tätigkeit auf die eingesessene Bevölkerung übertrugen und einheimische Frauen heirateten, die dann zusammen mit ihren Kindern Moselms wurden, oder 2. durch die Errichtung einer moslemischen Oberherrschaft in neugewonnenen Gebieten und den Übertritt der jeweiligen Bevölkerung zum Islam. In beiden Fällen war die Annahme der islamischen Religion durchwegs nicht die Folge von äußerem Druck oder von Gewaltanwendung; wo es zu Ausnahmen von dieser Regel kam, haben die Konversionen nicht lange vorgehalten, und die zwangsweise Bekehrten gaben ihre neue Religion bei der ersten sich bietenden Gelegenheit wieder auf. Der gegenwärtige moslemische Anteil der Weltbevölkerung beruht fast ausschließlich auf der Missionstätigkeit und der Überzeugungs- und Anziehungskraft des Islams.

Die Situation in Osteuropa ist für uns ein interessantes Beispiel. Maßgeblich für das Anwachsen des Islams war dort zunächst die Ausweitung der politischen Macht der ottomanischen Türken, vor allem seit dem frühen 15. Jahrhundert. Vom Nordwesten der Türkei aus erweiterten die Sultane ihr Territorium durch die Eroberung von Konstantinopel (1453) und eines großen Teils der Balkan-Halbinsel. Der berühmte Sultan Suleiman der Prächtige (1520–1566) baute sein Reich auf dem Balkan noch weiter aus. Um die Mitte des 17. Jahrhunderts erstreckte sich der türkische Herrschaftsbereich von Asow (am Nordostufer des Schwarzen Meeres) bis fast nach Venedig und Wien im Westen. Es handelt sich hier in erster Linie um eine militärische Okkupation, die der Vergrößerung der ottomanischen Macht diente, also um ein imperialistisches Vorgehen, aber es hatte gewiß für die Bewohner der eroberten Gebiete keine schlimmeren Folgen als die meisten imperialistischen Aktionen dieser Art. Wenn auch der Geist des jihad, des »heiligen Krieges«, nicht von der Hand zu weisen ist, so äußerte er sich jedenfalls nicht in gewaltsamen Bekehrungen zum Islam, die für manche Europäer ein Charakteristikum des jihad sind. Die Ottomanenherrscher sicherten sich die Untertanentreue der Christen in den besetzten Gebieten, indem sie sich zu Schirmherren der griechischen Kirche erklärten. Makarios, der orthodoxe Patriarch von Antiochien im 17. Jahrhundert, hat einmal die rauhe Behandlung der russischen Orthodoxen durch die römisch-katholischen Polen mit der toleranten Einstellung des Sultans gegenüber den orthodoxen Christen verglichen: »Gott erhalte das Reich der Türken auf immer und ewig! Denn sie erheben ihre Abgaben und bekümmern sich nicht um die Religion, gleichgültig, ob ihre Untertanen Christen oder Nazarener, Juden oder Samariter sind; doch die verfluchten Polen gaben sich nicht mit Steuern und Zehnten zufrieden, die sie von ihren Brüdern in Christo erhielten, welche ihnen willig dienten . . .«, denn »Tausende von Märtyrern wurden von diesen gottlosen Schurken umgebracht« (Arnold, 1913; 158 f.). Wenn sich viele christliche Bewohner des Balkans dem Islam zuwandten und schließlich sogar dessen fanatische Anhänger wurden, dann sicherlich nicht, weil sie gezwungen worden waren, ihrem bisherigen Glauben zu entsagen. Ein Deutscher, der um die Mitte des 17. Jahrhunderts das ottomanische

Reich bereiste, stellte die Frage, was aus den Christen geworden sei. Und er gibt selbst die Antwort: »Sie werden nicht des Landes verwiesen und auch nicht gezwungen, den türkischen Glauben anzunehmen; also müssen sie sich von sich aus in Türken verwandelt haben« (Arnold, 1913; 160). Ein moderner Vertreter der orthodoxen Ostkirche hat kürzlich mit bemerkenswerter wissenschaftlicher Objektivität über die Moslems geurteilt, wie es nicht gerade häufig bei christlichen Autoren ist, die sich so gerne über die Verschlagenheit und Bosheit der »treulosen Türken« auslassen. Nach der Einnahme von Konstantinopel, so schreibt er, hätten die Türken »ihre christlichen Untertanen mit erstaunlicher Großmut behandelt. Die Mohammedaner des 15. Jahrhunderts waren gegenüber dem Christentum weit toleranter als die abendländischen Christen in der Reformationszeit und im 17. Jahrhundert untereinander« (Ware, 1963; 96).

Ein wesentlicher Punkt, der bei der Expansion des Islams in Osteuropa sorgfältig erwogen zu werden verdient, ist die Vermutung, daß der Islam für die orthodoxe Ostkirche ein Ersatz für die protestantische Reformation war. Denn die orthodoxe Kirche hatte in mancher Beziehung den Geist der römischen Kirche in sich aufgesogen, vor allem insofern, als sie ebenfalls eine hierarchische Struktur entwickelt hatte. Auch die Verehrung von Bildern, Reliquien und Heiligen war sehr stark in ihr religiöses Leben eingedrungen; das geistige Leben wurde unterdrückt durch den Dogmatismus der kirchlichen Obrigkeit, und der Aberglauben dehnte sich aus. Von Zeit zu Zeit machten sich Strömungen bemerkbar, die das kirchliche Leben vom übertriebenen Ikonenkult reinigen wollten; eine dieser Bewegungen, die Leo der Isaurier im 8. Jahrhundert initiierte, haben wir bereits kennengelernt (s. S. 348). In den Balkanländern bildeten sich, wie im Westen, Sekten, welche die Religion der Priester und des Papstes ablehnten und die sich stark angesprochen fühlten durch die protestantische Auffassung, daß der Mensch eher durch den Glauben an Gottes vorauswirkende Gnade als durch seine eigenen Werke und Verdienste gerettet werde. Cyrillus Lucaris, zwischen 1621 und 1638 Patriarch von Konstantinopel, hatte als junger Mann in Wittenberg und Genf studiert und fühlte sich sehr zur Lehre Calvins hingezogen (s. S. 398). Er versuchte die Lehren von der Prädestination und von der Erlösung durch den Glauben allein in die griechische Kirche einzuführen und wies den autoritären Kirchenbegriff zurück, der inzwischen auch im Osten akzeptiert worden war. Doch der Versuch schlug fehl: die griechische Kirche hatte sich in ihrem Gedankengut und Brauchtum so weit wie nur möglich von der kalvinistischen Position entfernt. Einige Wochen nach Cyrillus' Tod verdammte eine Synode orthodoxer Geistlicher seine Anschauungen. Er hatte jedoch mittlerweile zahlreiche Anhänger gefunden; sie wurden gleichfalls von der orthodoxen Hierarchie mit dem Kirchenbann belegt. Jeder potentielle Protestantismus wurde auf diese Weise im Osten mit Erfolg unterdrückt. Andererseits ist kaum anzunehmen, daß damit alle derartigen Regungen völlig erloschen waren. Man kann an dieser Stelle die bezeichnende Feststellung einfügen, daß die europäischen Kalvinisten, insbesondere die ungarischen und schlesischen, lieber unter islamischer als katholischer Herrschaft leben wollten (Arnold, 1913; 157 f.). Es ist deshalb durchaus nicht verwunderlich, daß sich sehr viele Bewohner der Balkanländer, als sie unter moslemische Oberhoheit gerieten, von der Priesterreligion abwandten, von einer Religion, die so stark veräußerlicht war, die Erlösung nur auf Grund von endlosen guten Werken verhieß und die von unablässigen Kontroversen unterhöhlt war, und sich einer attraktiven, unkomplizierten und verständlichen Religion zuwandten, welche die Menschen aufrief, auf einen allmächtigen Gott zu vertrauen, dessen Wille alles lenkt und durch dessen Gnade der Mensch allein gerettet werden kann. Wenn es auch eine merkwürdige und möglicherweise entscheidende Tatsache ist, daß in der Ostkirche keine protestantische Reformation stattfand, so läßt sich doch zumindest eine Begründung dafür anführen – der Ersatz-Kalvinismus aus Arabien, der den Menschen in Südosteuropa leichter zugänglich war als jenen im übrigen Europa.

10. Frühe Wechselwirkungen des europäischen Christentums und der asiatischen Religionen

Die ersten Jahre des 16. Jahrhunderts sahen die Ankunft der Portugiesen in Indien, Ceylon und Südostasien. Sie kamen als Kaufleute, als Baumeister eines Imperiums und als Missionare des Katholizismus und waren die Vorläufer verschiedener anderer Europäer, der Holländer, Franzosen und Engländer, die in den folgenden zwei oder drei Jahrhunderten die Portugiesen verdrängten und das fortsetzten, was diese begonnen hatten: die Konfrontierung der asiatischen Kulturen mit der europäischen Zivilisation. In den Tagen Akbars (s. S. 407 ff.) war Indien ein verhältnismäßig wohlhabendes Land; Asien insgesamt verfügte über viele Güter, die Europa brauchen konnte – Baumwolltuch, Indigo, Gewürze, kostbare Steine, Seide und viele andere Luxuswaren.

Die englischen Stuarts entsandten 1615 Sir Thomas Roe an den Hof des Mughal-Kaisers Jahangir, wo er ein günstiges Handelsabkommen aushandeln sollte, denn allzuviel Gold und Silber mußte für die Bezahlung indischer Waren aufgebracht werden. »Europa verblutet, um Asien reich zu machen«, klagte Sir Thomas. Wenn die asiatischen Länder am Ende der europäischen Okkupation nicht mehr wohlhabend, sondern schrecklich verarmt waren, so liegt die Ursache für diese moderne Entwicklung auf der Hand. Hier haben wir es mit einem Aspekt der menschlichen Beziehungen zu tun, der den Religionswissenschaftler insofern etwas angeht, als die Religion auch die Ethik umschließt. Auf diesem Faktum des internationalen Wirtschaftslebens beruhte großenteils der steigende Wohlstand Englands in der Zeit des Imperialismus am Ende des vorigen Jahrhunderts. England war jetzt sichtlich stärker als die asiatischen Länder, und es verstand sich von selbst, daß die christlichen Ideale, die, so glaubte man, England zu dem gemacht hatten, was es war, den armen, unterlegenen moslemischen und hinduistischen »Eingeborenen« nahegebracht werden mußten.

Die religiösen Kulturen Asiens zerfielen ausnahmslos unter dem Einfluß der europäischen Präsenz. In Ceylon und Burma wurde beispielsweise nach dem Sturz der Monarchen durch die Engländer das Leben des Sangha, das durch mancherlei Fäden mit den Königen verbunden war, empfindlich gestört. Zudem wirkte der Buddhismus infolge seiner kulturellen Anpassung, die kennzeichnend war für die allmähliche friedliche Durchdringung der angestammten singhalesischen und der burmesischen Religion (s. S. 387 ff.), auf die Europäer wie ein ausgemachter Götzenkult. Nur wenige Einsichtsvolle durchschauten die Verhältnisse, während die allermeisten Europäer das religiöse Leben in Burma und Ceylon kurzweg als das Gebaren von Heiden abtaten, die sich in ihrer Blindheit vor Götzenbildern aus Holz und Stein verneigten.

Die japanischen Herrscher indes erkannten die Gefahr und ergriffen Gegenmaßnahmen. Als Franz Xaver (s. S. 400) und seine Begleiter 1549 in Satsuma in Japan eintrafen, wurden sie als »Männer aus Indien, die das Tenjiku-shu, die Religion Indiens, predigten«, empfangen (Anesaki, 1963; 241). Gegen Ende des 17. Jahrhunderts führte das Auftauchen von spanischen Dominikanern und Franziskanern zu Unstimmigkeiten unter den Christen auf japanischem Boden. Die Jesuiten tadelten die Patres, weil sie sich mit den untersten Volksschichten abgaben; hinzu kam die grundsätzliche Antipathie zwischen Spaniern und Portugiesen. Die spanischen Patres bezichtigten die portugiesischen Jesuiten der Verweltlichung, und beide Seiten ergingen sich in Unterstellungen. Man beschuldigte die Spanier, sie hätten dem spanischen Imperialismus den Weg bereitet. Im Jahre 1637 wurden viele Spanier samt ihren Konvertiten inhaftiert, manche sogar hingerichtet. Die protestantischen holländischen und englischen Kaufleute und Seefahrer, die nach Japan kamen, waren nur zu gerne bereit, die japanischen Herrscher darüber aufzuklären, daß sowohl die spanischen als auch die portugiesischen Katholiken in Europa als gefährliche Imperialisten verschrien seien. 1637 stellte sich heraus, daß die Portugiesen einen Volksaufstand in Shimabara angestiftet hatten. Die Spanier waren bereits aus Japan vertrieben worden; jetzt kamen die Portugiesen an die Reihe. Daraufhin entschieden die Tokugawa-Herrscher, daß sie nichts mehr mit der Außenwelt zu tun haben wollten. Das Christentum wurde verboten und Japan zum »Land des kami (s. S. 161 f.) und des Buddha« erklärt. Das gesamte religiöse Leben in Japan wurde »eingefroren«; alle mußten bei ihrem angestammten Glauben bleiben, fremdländische Einflüsse schieden fortan aus. Im Lauf der Zeit hat diese Politik eine Abwürgung der japanischen Religion bewirkt, vor allem des Buddhismus, der als offizielle Religion »geschützt« war, aber unter einem derartigen Schutz immer mehr erstarrte.

Die Auswirkungen der britischen Herrschaft in Indien auf die hinduistische und islamische Religion treten erst nach 1800 stärker in Erscheinung und werden deshalb in einem späteren Zusammenhang besprochen (s. S. 447 und S. 463).

ZUSAMMENFASSENDER KOMMENTAR ZUM KAPITEL F

In dem Zeitraum, den wir in diesem Kapitel betrachtet haben, fallen die Übereinstimmungen auf, die zwischen den großen religiösen Traditionen zutage treten. Eine exzessive Verfeinerung in der intellektuellen Ausgestaltung der religiösen Ideen (verbunden, zumindest im Christentum, mit einer übermäßig autoritären Kontrolle der religiösen Institutionen) erzeugte eine Reaktion in Form einer Hinwendung zum Mystizismus, der teils von einer betont buchstabengetreuen Ausdeutung der religiösen Texte, teils von einer Auswucherung frommer Sekten begleitet wurde.

Im Falle des Hinduismus ergab sich diese Reaktion vorwiegend aus der von Shankara eingeleiteten Verfeinerung des religiösen Denkens. Die Erkenntnis, daß Shankaras intellektualistischer Monismus den Frömmigkeitskulten der bhakti-Richtung entgegenstand, führte zunächst zum noch recht milden Protest Rāmānujas (s. S. 338 ff.), später zur weit schärferen Kritik Madhvas und Rāmānandas (s. S. 342 f.) und zur Abwendung des letzteren von der althergebrachten Orthodoxie des Karma und des Kastenwesens, hin zu einer mystischeren und sozial ungebundeneren Form der Frömmigkeit. Auch der Shākta-Kult bezog wohl seine Lebenskraft teilweise aus einer Reaktion gegen eine übertrieben rationalistisch geprägte Religion.

Im Islam bewirkte die Intellektualisierung der Theologie unter dem Einfluß griechischer, insbesondere aristotelischer Denkmethoden zunächst die Bekehrung Al Asharis zu einer orthodoxen Buchstabengläubigkeit (s. S. 374 ff.) und dann, bei Al Ghazali (dessen persönliche theologische Krise eine Krise innerhalb des Islams widerspiegelt), die Abkehr von der philosophischen Theologie und die Hinwendung zu mystischen Erfahrungen, in denen er das wahre Wesen der Religion gefunden zu haben glaubte.

Im Christentum erwuchs aus der Thomas von Aquin auferlegten Notwendigkeit (unter dem Eindruck der intellektuellen Verfeinerung des islamischen Denkens), die Vernunftgemäßheit der christlichen Theologie zu demonstrieren, eine breite und eindrucksvolle scholastische Bewegung. Es mag nur eine Legende sein, wie moderne katholische Gelehrte anzunehmen geneigt sind, daß Thomas kurz vor dem Abschluß seiner *Summa Theologica* eines Tages während der Messe ein überwältigendes religiöses Erlebnis hatte und seinem Schreiber befahl, die Arbeit einzustellen, da doch alles, was er geschrieben habe, verblasse vor seiner Vision. Es ist wohl nur eine Legende, aber sie erscheint wie eine Parabel der Situation der spätmittelalterlichen christlichen Theologie. Denn nach Thomas kam Wilhelm von Ockham und mit ihm die Trennung von Glaube und Vernunft, die den Anstieg mystischer Tendenzen förderte (s. S. 358 ff.) – Tendenzen, die von der bewußten oder unbewußten Reaktion gegen die Zwangsjacke des autoritär-dogmatischen Systems genährt wurden. Mit dieser christlichen Mystik des 14. Jahrhunderts hängt eine entsprechende Bewegung im Judentum zusammen, deren Brennpunkt das Zohar war (s. S. 357) und die auf den übersteigerten Intellektualismus des 13. Jahrhunderts folgte, wie ihn Maimonides verkörpert hatte (s. S. 352 ff.).

Diese parallelen Entwicklungen im Hinduismus, Islam, Christentum und Judentum, die sich ungefähr gleichzeitig vollzogen, verlangen einen interpretierenden Kommentar. Bis zu einem gewissen Grade waren die Entwicklungen sicherlich abhängig voneinander; das gilt vor allem für die drei Traditionen, die in Europa ziemlich eng miteinander in Verbindung standen – Islam, Christentum und Judentum. Der Einstrom mystischen Gedankenguts aus Babylon in das europäische Judentum mag zum Beispiel die christliche Mystik angeregt haben. Die Zusammenhänge sind komplex und ein ergiebiges Feld für die Forschung. Doch einige allgemeine Bemerkungen über die Quellen, aus denen religiöse Traditionen gespeist werden, sind auch heute schon möglich. Es zeigt sich, daß die Lehrmeinungen, die in jeder Religion vorhanden sind, zumindest aus einer der folgenden Ursachen erwachsen:

1. Aus der unmittelbaren religiösen *Erfahrung* von Einzelmenschen.
2. Aus *überkommenen Traditionen,* bestehend aus dem gesammelten Niederschlag solcher Erfahrungen, die entweder in einem anerkannten Kanon heiliger Schriften (Weden, Thora, Tipitaka, Neues Testament, Koran etc.) enthalten sind oder von Mensch zu Mensch in einer mündlichen Überlieferung oder in irgendeiner institutionalisierten Form (hier wären etwa die Tradition der Schriftgelehrten im Judaismus oder die Tradition der Kirche im Christentum zu nennen) weitergegeben werden.
3. Aus der Auseinandersetzung des *Verstandes* mit den Gegebenheiten der menschlichen Existenz.

In einer bestimmten Religion kann eine dieser Quellen religiösen Wissens dominieren. Im Judentum ist es beispielsweise die Thora, weniger die persönliche innere Erfahrung oder die Anwendung des Verstandes, doch auch diese beiden potentiellen Quellen haben je nach den

Zeitumständen entsprechende Beiträge geleistet. In einem anderen Religionstyp mag die relative Bedeutung der drei Quellen wieder ganz anders geartet sein. Doch die meisten großen Religionen haben im Verlauf ihrer Geschichte allen dreien einen gewissen Raum zugestanden.

Manche Religionen verlassen sich allerdings fast ausschließlich auf die *überkommene Tradition*, die entweder durch Schriften, eine institutionalisierte Überlieferung oder durch beides repräsentiert wird. Von dieser Art sind im großen und ganzen das Judentum, das Christentum und der Islam. Doch in der Periode, die uns hier beschäftigt, machten sie alle eine Phase durch, in der sich ihre Hauptvertreter nachdrücklich der *rationalen* Erläuterung des Glaubens widmeten. Die Reaktion auf diese extrem spekulative, intellektuelle Haltung war in einigen Fällen die erneute Bekräftigung der Schrifttradition in ihrem wortwörtlichen Gehalt; in anderen Fällen äußerte sie sich in der Zuwendung zu persönlichen mystischen Erfahrungen als der letzten und einzigen Quelle der religiösen Erkenntnis. Diese Reaktion auf den autoritären Dogmatismus der Schrift und auf dessen offizielle Exponenten, seien es nun Bischöfe oder Brahmanen, ist eng verknüpft mit dem Anwachsen von sektiererischen Gruppen insbesondere in den sozial untergeordneten Schichten; Beispiele dafür bieten die Waldenser (s. S. 355), die Bruderschaften (s. S. 356), die Sufis (s. S. 372 f.), die hinduistischen Frömmigkeitssekten Nordindiens (s. S. 404) und die Quäker (s. S. 400 f.).

Bisher war hier vom Buddhismus noch nicht die Rede. Der Grund liegt darin, daß die Buddhisten niemals einen *absoluten* autoritativen Kanon für notwendig oder wünschenwert gehalten haben. Selbst die Theravādins, denen man manchmal vorwirft, ihre Einstellung zur Schrift trage protestantische Züge, sind sich darüber einig, daß die im Vinaya und in den Suttas enthaltenen Worte Buddhas nur insofern verbindlich sind, als der Mensch bereit ist, sie zu ergründen und ihre Wahrheit in seiner eigenen religiösen Erfahrung und mittels des Verstandes zu bestätigen.

Das, was Buddha »offenbart« worden ist, wird nicht unkritisch hingenommen; es ist zwar wichtig, daß man seinen Lehren die größte Aufmerksamkeit widmet, denn nur wenige Menschen vermögen solche Einsichten allein und ohne Beistand zu gewinnen, aber die Lehre wird nicht kraft einer äußeren Autorität akzeptiert oder verworfen, sondern sozusagen einem Erfahrungstest unterworfen, indem man ein buddhistisches Leben führt. Es gilt gleichfalls als ausgemacht, daß der Mensch allein durch die Anwendung seines Verstandes nicht die wesentlichsten Wahrheiten ergründen kann; deshalb muß er zunächst einmal auf die Lehre Buddhas hören als auf das Wort eines Führers, das persönlich in der einzig möglichen Weise verifiziert werden muß – in der religiösen Erfahrung. Eine ausgezeichnete Darstellung dieser buddhistischen Grundhaltung hat kürzlich K.N. Jayatilleke in seinem Werk *Early Buddhist Theory of Knowledge* gegeben, vor allem im 8. Kapitel, das sich mit »Autorität und Verstand im Buddhismus« auseinandersetzt.

Im Hinduismus, Judentum, Christenum und Islam wird jedoch die Situation kompliziert durch die übergroße Verehrung, die in jedem Fall den kanonischen Schriften entgegengebracht wird. Die Komplikationen wachsen angesichts der Tatsache, daß die jeweiligen Sammlungen heiliger Texte keine homogene Einheit bilden, sondern altertümliche und zuweilen religiös nicht zu vereinbarende Elemente umfassen. Selbst der Koran, so geschlossen er auch als das in einem kurzen Zeitraum entstandene Werk eines einzelnen erscheinen mag, besitzt keine echte Homogenität, denn er enthält mancherlei Bestandteile, die einer Vielzahl älterer Überlieferungen entstammen, und ist somit kein Ausdruck einer restlos einheitlichen ursprünglichen religiösen Erkenntnis.

Aus diesen Gründen stehen alle Glaubensrichtungen in der Neuzeit vor der Notwendigkeit, eine tiefgreifende Neubewertung ihrer heiligen Schriften vorzunehmen. In jeder Tradition gibt es die Buchstabengläubigen, die den einzig zuverlässigen Weg darin sehen, all das, was in den heiligen Texten enthalten ist, mit frommem Sinn hinzunehmen und Inkonsequenzen Stück für Stück zu verteidigen, wenn sie dazu gezwungen werden. Andere sind auf Grund der historischen Forschung bereit zuzugeben, daß manchen Elementen der Überlieferung ein höherer Rang zugestanden werden muß als anderen und daß letztlich die religiöse Einsicht im Verein mit dem menschlichen Verstand dafür maßgebend ist. Unter den Buchstabengläubigen der verschiedenen Religionen kann es nur wenig Gemeinsames geben; bei jenen, die einen differenzierteren Standpunkt einnehmen, besteht zumindest, da die Anhänger dieser verschiedenen Glaubensrichtungen einander in der modernen Welt begegnen, eine gewisse Möglichkeit des Dialogs und der wissenschaftlichen Auseinandersetzung.

G

RELIGION UND INDUSTRIELLE GESELLSCHAFT

I.
DIE RELIGION IM WESTEN VON 1800 BIS ZUR GEGENWART

1. *Protestantismus und Kapitalismus*

Für die christliche Religion war das 19. Jahrhundert vielleicht die Zeit ihres größten Erfolges, sofern wir darunter das Anwachsen ihrer Institutionen und äußeren Formen, ihre Ausbreitung in Asien und Afrika und die Hochachtung verstehen, die ihr allenthalben zuteil wurde. Nach der religiösen Lethargie des frühen 18. Jahrhunderts in Nordeuropa trat am Ende desselben Jahrhunderts eine neue Gesinnung in Erscheinung. Man kann sagen, daß dies, zumindest in England, zum Teil auf die methodistische Bewegung, zum Teil auf die Schockwirkung der Französischen Revolution von 1789 zurückzuführen ist. Die englische Oberschicht sah die Zeichen an der Wand; man hatte das Gefühl, daß mit dem Atheismus ein Mangel an Respekt vor den geheiligten Gütern der Gesellschaft einhergehe und daß religiöse Gleichgültigkeit und moralische Laxheit in den unteren Schichten des Volkes revolutionäre Tendenzen begünstigten. Eine Wendung zu einem ernsteren Lebensstil und Denken setzte ein: das war die Stunde des Kalvinismus. Er bot eine Lehre, die nüchtern und ernst in ihrem Menschenbild, einfach und rational in ihren Grundsätzen und anspruchsvoll in ihren Forderungen für das alltägliche Leben war. In seiner einfachsten Form, daß nämlich die Menschen um Gottes willen existieren, daß manche gerettet und andere verdammt werden und daß die Gewißheit der Erlösung aus dem Erfolg im Beruf abzulesen ist, förderte der Kalvinismus die nutzbringende Verwendung von Zeit und Mitteln und verhütete die Verschwendung beider für irdische Vergnügungen. Diese puritanische Doktrin, die bereits im 16. und 17. Jahrhundert ihre Anhänger in einem Teil der Gesellschaft gefunden hatte, erlangte nun allgemeine Anerkennung in bestimmten nordeuropäischen Ländern. Gleichzeitig trat ein wirtschaftliches Phänomen zutage: die Zunahme des privaten Kapitals. Als Karl Marx sich in den vierziger Jahren über diese Zusammenhänge Gedanken machte, hatte er den Eindruck, das religiöse Gedankengut des Protestantismus sei nichts weiter als die spirituell-rationalistische Verbrämung der grausamen Tatsachen des Wirtschaftslebens: die kapitalistische Wirtschaft bedeutet menschliche Entfremdung, die Entfremdung des kapitalistischen Herrn von seinem Untergebenen, der nichts als seine Arbeitskraft zu verkaufen hat; diesen Zustand, so meint Marx, habe man nachträglich religiös eingekleidet durch die Vorstellung eines Gottes, dem der Mensch alles verdanke, von dem er vollständig abhänge, vor dem er nur ein unterwürfiger, sündiger Wicht sei; dieser Gott verteile gnädig die Krumen seiner Huld. Für Marx war der Protestantismus genau die Religion, die zum kapitalistischen System paßte. Eine Kritik der protestantischen Religion eröffnete den Zugang zu einem rechten Verständnis der gesamten sozialen und ökonomischen Situation: »Die Kritik der Religion ist der Anfang aller (d. h. sozialen) Kritik.«

Einen etwas abweichenden Standpunkt vertrat Max Weber. In der Entstehung des Kapitalismus, sagte er, könne man die Auswirkungen protestantischer Ideen erblicken, die sich von Calvin herleiteten. Weber ließ die Frage offen, *inwieweit* die Ideen der Reformation selber auf wirtschaftliche und gesellschaftliche Faktoren zurückzuführen seien (Bendix, 1959; 69). Statt religiöses Gedankengut als sekundären Ausdruck ökonomischer Realitäten zu betrachten, so argumentierte Weber, könne man es genausogut selbst als tatsächlich wirksamen Faktor in der europäischen Entwicklung sehen.

Ein hervorstechender Zug des Protestantismus, vor allem im 19. Jahrhundert, war seine ausgesprochen individualistische Gesinnung. Manche erblicken darin heute einen Vorzug, eine Garantie gegen die möglichen Übel der Massengesellschaft und der Diktatur, andere eine bedauerliche Fehlhaltung, die zu sozialer Verantwortungslosigkeit und verstecktem Egoismus führen kann. In den protestantischen Ländern des 19. Jahrhunderts bestand zweifellos eine Tendenz, die soziale Ungleichheit auf der Grundlage persönlicher Verdienste zu deuten. Die Reichen, so hieß es, seien auf Grund ihrer Pflichterfüllung, ihres Fleißes und ihrer Mäßigung reich geworden, während die Armen ihre Armut der eigenen Minderwertigkeit, Faulheit, Sittenverderbnis, Trunksucht etc. zuzuschreiben hätten. Ein solcher moralistischer Individualismus, der sehr weit verbreitet war, verhinderte eine realistischere Analyse der Mißstände in der Gesellschaft des 19. Jahrhunderts und die Entwicklung geeigneter Gegenmaßnahmen.

Ein anderer Zug im Protestantismus des vorigen Jahrhunderts, der wegen seiner beträchtlichen gesellschaftlichen Auswirkung nicht übersehen werden darf, war jene Haltung, die Matthew Arnold als Philistertum bezeichnet hat. Menschen, deren Hauptinteresse dem geschäftlichen Erfolg galt und die in einer Zeit zunehmender Technisierung lebten, hatten für Kunst und Schönheit nur selten etwas übrig, zumal ihre asketisch-puritanische Religion allem abhold war, was auch nur entfernt der Sinnenlust diente. Das einseitige »nüchterne Streben nach Profit« und das Mißtrauen gegenüber allen ästhetischen Interessen brachten einerseits die häßlichen Industriestädte im England des letzten Jahrhunderts hervor und führten andererseits zu einer Verkennung der Rolle, welche die Kunst im religiösen Leben spielen kann. Von den geistigen Konflikten des 19. Jahrhunderts hat man sehr viel Aufhebens gemacht, aber dieser Aspekt des Protestantismus wird meist kaum beachtet; nichtsdestoweniger trägt ein solches ästhetisches Desinteresse weiterhin dazu bei, die Menschen dem Protestantismus zu entfremden. Einige wenden sich dem Katholizismus zu, andere gehen dem religiösen Leben völlig verloren.

2. *Evangeliumsgläubigkeit, Agnostizismus und amerikanische Erweckungsbewegungen*

Eine wichtige Erscheinung der christlichen Religionsgeschichte in der ersten Hälfte des 19. Jahrhunderts war sowohl auf dem europäischen Kontinent als auch in England eine Strömung der Evangeliumsgläubigkeit, der man den Namen Evangelikalismus gegeben hat. Ihre Kennzeichen waren: eine Betonung des Laienstandes, das Streben nach Beseitigung sozialer Ungerechtigkeit (Abschaffung der Sklaverei), Sorge um das Erziehungswesen und vor allem die Ehrfurcht vor der Bibel als dem göttlich inspirierten Wort und dem Prüfstein aller Wahrheit. Die wichtigste Andachtsübung war das Gebet in der Familie und das laute Vorlesen der Bibel, der soziale Hintergrund die Mittel- und Oberschicht. In ihrer gesellschaftlichen Funktion als religiöser Kult einer privilegierten Elite weist diese Bewegung eine gewisse Ähnlichkeit mit dem frühen arabischen Islam unter den vier ersten Kalifen auf (s. S. 290 ff.). Das zeigt sich besonders deutlich in der Abhängigkeit von einem Buch, das angeblich die *ipsissima verba Gottes* enthielt. Darin lagen, wie im Falle des Islams, die Stärke und die Schwäche dieser Strömung.

Daß es dem Evangelikalismus so weitgehend gelang, seine Vorstellung von der zentralen Bedeutung einer wortwörtlich inspirierten und buchstäblich wahren Schrift durchzusetzen, läßt darauf schließen, daß die protestantischen Christen des 19. Jahrhunderts ganz und gar nicht in der Lage waren, die wissenschaftlichen Erkenntnisse, die Charles Darwin in seinem Werk *Der Ursprung der Arten* 1859 veröffentlicht hatte, gerecht zu beurteilen. In seinem Glauben an die absolute Unfehlbarkeit der Bibel mußte der Protestantismus (genauso wie der Katholizismus, von dem er diese Doktrin übernommen hatte) in Darwins Theorie einen direkten Angriff auf die historische Glaubwürdigkeit der Schöpfungsgeschichte (was sie auch war) und somit auf die Grundfesten des Christentums (was sie nicht war) sehen.

Hier liegt einer der Hauptgründe für die scharfe Reaktion der protestantischen Kirchen auf neue naturwissenschaftliche Theorien und für die Anstrengungen der Christen, Positionen leidenschaftlich zu verteidigen, die man inzwischen längst nicht mehr für so unverzichtbar hält wie damals.

Die Evangeliumsgläubigkeit äußerte sich am nachhaltigsten in Amerika, wo sie vor allem die sozial niederen Schichten erfaßte und den Namen »Erweckungsbewegung« erhielt. Sie entstand aus der Situation der Grenzer, als die Pioniere nach Westen über den amerikanischen Kontinent vordrangen. Verschiedene Faktoren trafen in diesem Typ des amerikanischen Christentums zusammen: die Mentalität der Pioniere, ihre Unabhängigkeit und ihr Selbstvertrauen, aber vielleicht auch ihre Frustration und Enttäuschung angesichts der Schwierigkeiten des Grenzerdaseins; die Ungezwungenheit des Lagerlebens, in dem als transportabler religiöser Gegenstand nur die Bibel in Frage kam; der methodistische Glaube, daß alle Menschen erlöst werden könnten, was die Notwendigkeit implizierte, die Vergebung der Sünden zu predigen und einen heiligmäßigen Lebenswandel anzustreben. Große Bedeutung wurde folglich dem Bekehrungserlebnis und der emotionalen Beteiligung beigemessen.

Später, unter den günstigeren Bedingungen des Stadtlebens, wurde die Erweckungsbewegung im großen Stil organisiert und zu den nichtritualistischen Ritualen der Erweckungsversammlungen ausgestaltet, wie sie D. L. Moody und seine Partnerin Ira Sankey, Billy Sunday und im 20. Jahrhundert Billy Graham inszenierten und inszenieren. Derartigen Kampagnen gelang es bis zu einem gewissen Grade, die Massen anzulocken, die sich in England und Amerika weitgehend von den konventionelleren Formen des Kirchenlebens abgewandt hatten; sie hatten auch großen Einfluß auf das Ethos und die Methoden der nonkonformistischen protestantischen Gruppen, etwa der Baptisten.

3. Methodismus und Sozialismus

Es ist einmal gesagt worden, daß »das zeitliche Zusammentreffen von Wesley und der Industriellen Revolution starke Auswirkungen auf England hatte, die generationenlang anhielten« (Trevelyan, 1946; 362). Man könnte hinzufügen, daß die Auswirkungen keineswegs auf England beschränkt blieben. Die methodistische Bewegung, die im 18. Jahrhundert so machtvoll begonnen hatte (s. S. 400 f.), wuchs im 19. unaufhörlich, und zwar in den Vereinigten Staaten noch stärker als in England. In England erfaßte der Methodismus, im Gegensatz zur offiziellen Kirche, auch die Arbeiterklasse sowohl in den neuen Industriegebieten als auch auf dem Lande. Zwischen 1800 und 1860 nahm die Zahl der Mitglieder um 400 Prozent zu. Der Methodismus widmete sich nicht nur mit Erfolg der philanthropischen Betreuung der Armen, Kranken und Unglücklichen, sondern bewirkte auch einen Wandel in der moralischen und sozialen Situation seiner vorwiegend dem Arbeiterstand angehörenden Anhänger, indem er ihnen ein religiöses Verantwortungsbewußtsein vermittelte und die Idee der Heiligkeit als ein realisierbares religiöses Ziel vorstellte. Der Methodismus hatte Erfolg, wo die englische Staatskirche versagte. Die Entfremdung der Arbeiterklasse von der Kirche war um die Jahrhundertmitte bereits weit fortgeschritten. Es war eine Zeit großer sozialer Unruhe in vielen Teilen Europas, doch in England wurde diese Unruhe durch den Einfluß des Methodismus einigermaßen gebändigt.

Der Methodismus übte auch auf die älteren nonkonformistischen Gemeinschaften einen spürbaren Einfluß aus; das gilt etwa für die Baptisten und Kongregationalisten in England und Amerika, die auf der vom Methodismus ausgehenden Welle der kirchlichen Unabhängigkeit mitschwammen. Der ausgeprägte Laiencharakter des Evangelikalismus (s. S. 423 f.) mit seiner Vorliebe für Familienandachten und häuslichen Gebetsversammlungen ist ebenfalls auf das Vorbild des Methodismus zurückzuführen, genauso wie die Erweckungsbewegung der Neuen Welt (s. S. 423 f.). Schließlich erwuchs 1865 aus dem methodistischen Milieu die Heilsarmee, die sich auf Straßenpredigt, Hymnengesang und Sozialarbeit in den ärmsten Schichten des Volkes konzentrierte. Die Heilsarmee, von William Booth (1829–1912) in Nottingham gegründet, hat sich seitdem in andere englisch-sprechende Länder, auf den europäischen Kontinent und dank ihrer Missionstätigkeit auch nach Asien ausgebreitet.

Um 1835 tauchte ein neues Wort auf, das Wort »Sozialismus«. Die sozialistischen Ideen und Grundsätze entwickelten sich zunächst auf dem Kontinent, wo sie einen ausgesprochen revolutionären Beigeschmack hatten. In ihrer marxistischen Ausprägung wurden sie in England durch Karl Marx selbst verbreitet, der von 1849 bis zu seinem Tode im Jahre 1883 als Schriftsteller in London lebte, aber zu diesem Zeitpunkt waren die kritischsten Jahre bereits vorbei, nämlich die Jahre von 1847 bis 1850, als in verschiedenen Ländern Europas revolutionäre Bewegungen aufkamen. Daß zumindest in England diese revolutionäre Stimmung nicht recht zum Durchbruch kam, ist wohl weitgehend dem Einfluß des Nonkonformismus und speziell des Methodismus auf die Arbeiterklasse zuzuschreiben. In der Kirche von England machten zwar christliche Sozialisten wie Frederick Denison Maurice (1805–72) und Charles Kingsley (1819–75) von sich reden, aber ihre Wirkung war gering im Vergleich zum Anteil des Methodismus.

Eine Auswirkung des Methodismus auf seine aus dem Arbeiterstand rekrutierte Gefolgschaft hat John Wesley schon selbst erkannt, nämlich die starke Tendenz zur Begründung eines neuen Kleinbürgertums: »Die Methodisten entfalten überall Fleiß und Sparsamkeit; folglich wächst ihr Besitz. Daraus erwachsen Stolz, Zorn, Fleischeslust und Lebensgenuß. Obwohl die Form der Religion bestehenbleibt, verflüchtigt sich rasch der Geist.«

Schließlich sei noch angemerkt, daß das Gemeinschaftserlebnis der Laien in ihren methodistischen Gruppen auch eine wesentliche Voraussetzung für die Entwicklung der englischen Gewerkschaftsbewegung gewesen ist.

4. Der Katholizismus im 19. und 20. Jahrhundert

Das Ende des 18. Jahrhunderts war gekennzeichnet durch das »Schreckensregime«, das in Frankreich auf die Revolution folgte, eine Zeit, in der viele katholische Priester des Landes verwiesen oder exekutiert und religiöse Orden vernichtet wurden, in der, im Jahre 1793, die Göttin der Vernunft auf den Altar von Notre-Dame in Paris gesetzt und die Religion für abgeschafft erklärt wurde. Ein Lichtstrahl in dieser dunklen Epoche des Katholizismus war 1802 die Publikation eines bedeutenden Werkes von Chateaubriand (1768–1848), *Le Génie du Christianisme,* das die Vernünftigkeit des Christentums nachzuweisen versuchte, indem es die christliche Religion als zivilisierende Macht, als

Inspirationsquelle der Dichter und Künstler und als die Grundlage der europäischen Kultur darstellte. Trotzdem hielt die politische Unterwerfung der katholischen Kirche an. Obwohl sich Napoleon 1804 vom Papst zum Kaiser hatte krönen lassen (da der Katholizismus noch immer die Religion des überwiegenden Teils seiner Untertanen war), empfand er den Papst als so störend, daß er sich genötigt sah, ihn zu inhaftieren. Die Gefangenschaft dauerte bis 1815, bis zu Napoleons Abdankung. Zu diesem Zeitpunkt wurde der Jesuitenorden, den ein früherer Papst 1773 unter Zwang aufgehoben hatte, wieder in seine alten Rechte eingesetzt. Napoleons Vorgehen gegen den Papst hatte zur Folge, daß viele Angehörige des französischen Klerus jetzt in ihm ihren Protektor sahen, dem sie unbedingten Gehorsam schuldeten und dessen Autorität sie allein anerkannten. Dieser Blick über die Grenzen Frankreichs hinaus, »über die Berge hinweg« nach Italien, den man als Ultramontanismus bezeichnet hat, wurde zu einer charakteristischen Haltung der katholischen Kirche im Frankreich des 19. Jahrhunderts.

In England gab das »Katholische Emanzipationsgesetz« von 1829 den Katholiken einige ihrer verlorenen Rechte zurück, und damit begann sich ihre soziale Lage zu bessern. Innerhalb der anglikanischen Kirche entstand 1833 eine Strömung, die zunächst von Richard Hurrell Froude, einem Dozenten am Oxforder Oriel College, und später von einigen anderen Universitätslehrern aus Oxford, insbesondere von John Henry Newman und John Keble, angeführt wurde und den Namen »Oxford-Bewegung« erhielt. Es war ursprünglich eine Protestbewegung gegen die Einmischung des Staates in kirchliche Angelegenheiten, und als ihre Charta gilt die »Verdikt-Predigt«, die Keble 1833 in der Oxforder Kirche St. Mary hielt (Bettenson, 1963; 445 ff.). Die Führer der Bewegung waren jedoch auch von dem Wunsch erfüllt, daß die Kirche von England aus ihrer Lethargie erwachen und ihre Stellung als göttliche Gemeinschaft Christi zurückgewinnen möge; sie sollte von ihren Bischöfen geleitet werden und den Menschen klarmachen, was sie, die führenden Männer der Bewegung, für »den besten Weg zur Erhaltung der Reinheit des Lebens in Gottesdienst und Sakramenten, im Kreislauf der Fast- und Feiertage« hielten (Wand, 1952; 212). Zu diesem Zweck veröffentlichten sie eine Reihe von Traktaten, die ihnen und ihrer Bewegung den Beinamen »Traktarianer« eintrugen. Als letzter erschien 1841 der Traktat 90 (Bettenson, 1963; 448 ff.), eine Interpretation der anglikanischen »Neununddreißig Glaubensartikel« in einem Sinne, der vielen eindeutig römisch vorkam und von einigen evangelischen Parlamentsabgeordneten als anstößig empfunden wurde. Der

Bischof von Oxford intervenierte, und die Bewegung verlor ihren bedeutenden Kopf Newman, der 1843 seine Pfründe aufgab und 1845 zur katholischen Kirche übertrat. Sein *Essay on the Development of Christian Doctrine,* verfaßt 1844 vor seinem endgültigen Übertritt, war von großem Einfluß auf das katholische Denken in der zweiten Hälfte des vorigen Jahrhunderts. Newmans und auch Mannings Wirken trug entscheidend zur Ausbreitung des katholischen Bekenntnisses in England bei, einer Ausbreitung, die während des ganzen 19. Jahrhunderts auch durch den Zustrom irischer Einwanderer gefördert wurde.

Die zweite Hälfte des Jahrhunderts war bestimmt von einem langwierigen Prozeß der Wechselwirkungen zwischen der traditionellen katholischen Orthodoxie und verschiedenen Elementen des modernen und zunehmend industrialisierten Lebens in Europa. Eine Gruppe von Schriftstellern, deren Hauptvertreter Lamennais (1782–1854) war, versuchte, eine Synthese von katholischen und liberalen Ideen zu erarbeiten, doch Lamennais wurde von Papst Gregor XVI. (1831–46) verdammt und exkommuniziert. 1854 erhob der Papst die Lehre von der Unbefleckten Empfängnis zum Dogma. Die Katholiken behaupten, daß damit nichts Neues in die Lehre der Kirche eingeführt worden sei und daß die wachsende Einsicht der Kirche in die Zusammenhänge der christlichen Lehre und ihre Schlußfolgerungen daraus volle und breite Zustimmung gefunden hätten. Das gesteigerte Selbstbewußtsein Roms zeigt sich auch in der 1864 erfolgten Veröffentlichung eines »Syllabus der Irrtümer«, der zeitgenössische liberale Ideen wie die Trennung von Kirche und Staat, die Grundschulerziehung auf weltlicher Basis und die Anerkennung des Werts nicht-katholischer Religionen verwarf. Aus der Erklärung von 1864 und noch weit mehr aus den Entscheidungen des Vatikanischen Konzils von 1869/70 geht hervor, wie sehr sich die Position des Papsttums nach den Ereignissen am Ende des vorausgehenden Jahrhunderts wieder gefestigt hatte. Das Konzil erörterte Glaubensfragen sowie die Stellung der Kirche, und 1870 bestätigte es die Unfehlbarkeit des Papstes, wenn er *ex cathedra* spreche. Diese Entscheidung wurde nahezu einstimmig getroffen, nur die deutschen Katholiken leisteten einigen Widerstand. Auf diese Weise erlangte die römisch-katholische Lehre eine autoritative Verbindlichkeit, die, wie sich gezeigt hat, bei vielen Menschen Anklang gefunden hat, welche vor der verwirrenden Vielfalt der modernen Denkströmungen kapitulierten; unter ihnen waren auch viele Intellektuelle, denn ihnen wurden die Unsicherheitsfaktoren der Säkularisierung am stärksten bewußt.

Fragen der sozialen Gerechtigkeit in einer industriellen Gesellschaft behandelte die berühmte Enzyklika *Rerum Novarum*, die Papst Leo XIII. 1891 herausgab. Sie verdammte die Beeinträchtigung der Rechte des einzelnen durch den Staat, forderte staatlichen Schutz für die Interessen der lohnabhängigen Klasse und empfahl die Bildung von Gewerkschaften. Auf der anderen Seite wurde eine Bewegung, die sich um die Deutung katholischen Ideenguts mit den Mitteln des zeitgenössischen Denkens bemühte (Modernismus) und vor allem in Deutschland, Frankreich, Italien und Spanien vertreten war, von Papst Pius X. 1907 in der Enzyklika *Pascendi* verurteilt.

Inzwischen nahm die katholische Gemeinschaft zahlenmäßig zu, insbesondere in den Vereinigten Staaten und in Großbritannien. In den USA machen die Katholiken heute etwa ein Fünftel der Gesamtbevölkerung aus, und der Katholizismus gehört zu den drei Hauptreligionen des modernen Amerika (zusammen mit den Juden und Protestanten) – eine Tatsache, die Katholiken als Beweis dafür ansehen, daß der Katholizismus in einem durch und durch demokratischen Land genauso gut gedeihen kann wie anderswo.

5. Die Religion in Rußland, 1721–1917

Wenn ein Land für sich in Anspruch nehmen kann, die Brücke zwischen Ost und West zu sein, dann ist es Rußland. Das riesige russische Reich grenzt im Westen an das protestantische oder katholische Europa, im Osten an das buddhistische Japan und Korea und im Süden an die moslemischen Länder Persien, Afghanistan und Pakistan. Das russische Volk umfaßt – oder hat umfaßt – sowohl Buddhisten und Moslems als auch Juden und Christen. Diese Fakten muß man im Auge behalten, wenn man sich mit der Religionsgeschichte dieses wichtigen Landes befaßt.

Unter Religion versteht man in Rußland in erster Linie das Christentum der östlich-orthodoxen Tradition. Zwei wesentliche Züge der russischen Orthodoxie können uns vielleicht helfen, ihre oft schmerzliche und beschwerliche Geschichte zu verstehen: erstens die Konzeption der Kirche, die eine sehr große Rolle in der russischen Religionsgeschichte gespielt hat, und zweitens der starke Einfluß einer Spiritualität, die nicht selten eher an Asien als an Europa gemahnt.

Die Vorstellung von der Kirche als einer mächtigen Institution, hierarchisch gegliedert, nicht unähnlich einem Imperium und so mit dem weltlichen Staat konkurrierend, ist ein Erbe Roms. Wenn Byzanz das zweite Rom war, dann bedeutete sein Verlust, daß sich der Schwerpunkt der östlichen Orthodoxie nach Moskau verlagerte, das fortan von manchen russischen Christen als »drittes Rom« betrachtet wurde. Obgleich die orthodoxen Kirchen kein Oberhaupt, keinen Papst anerkennen und die fünf Patriarchen von Jerusalem, Antiochia, Alexandria, Konstantinopel und Moskau de jure gleichberechtigt sind, kam doch innerhalb Rußlands dem Patriarchen von Moskau eine ähnliche Stellung zu wie dem Papst in Südeuropa; er war die Spitze einer hierarchischen Struktur. »Die Orthodoxe Kirche«, schreibt Timothy Ware, »ist eine hierarchisch gegliederte Kirche. Ein wesentlicher Bestandteil ihres Aufbaus ist die apostolische Nachfolge der Bischöfe.« Ware fährt fort: »Ein Bischof wird von Gott berufen, die ihm anvertraute Herde zu lenken und zu regieren; er ist ein ›Monarch‹ in seiner Diözese« (Ware, 1963; 252 f.). Was die Reichweite dieser hierarchischen Macht angeht, galt die Kirche in Rußland nicht als dem weltlichen Staat untergeordnet, sondern als sein gleichberechtigter Partner. Wie in Byzanz bildeten Kirche und Staat »eine Diarchie oder Symphonie zweier einander zugeordneter Mächte von *sacerdotium* und *imperium*, die beide in ihrer jeweiligen Sphäre autonom waren« (Ware, 1963; 124). Das fand seinen symbolischen Ausdruck in den zwei gleichartigen Thronen, die in der Himmelfahrtskathedrale des Kreml standen, »einer für den Patriarchen und einer für den Zaren«.

Als der Patriarch Nikon (1605–81) diesen Machtaspekt des russischen Christentums zu sehr herausstellte, war die Unterwerfung der Kirche durch Zar Peter den Großen (1682–1725) die Folge. So rigoros hatte Nikon die Macht des Patriarchen ausweiten wollen, daß Peter das Amt ganz und gar abschaffte und damit der Rivalität zwischen Kirche und Staat ein Ende bereitete. Im Jahre 1721 bestimmte Peter in seinem *Geistlichen Reglement*, daß das Amt des Patriarchen durch eine Kommission, bestehend aus zwölf vom Zaren ernannten Männern und »Heiliger Synod« genannt, ersetzt werden solle. Jedes Mitglied der Kommission konnte selbstverständlich jederzeit vom Zaren entlassen werden. An den Zusammenkünften des Synod nahm auch der Hauptprokurator als Vertreter des Zaren teil, allerdings nur als »Beobachter«. Dieser Beamte erhielt den Beinamen »das Auge des Zaren« und übte in Wahrheit einen mächtigen Einfluß auf die Kirche aus. Im 19. Jahrhundert zeigte sich die vollständige Unterwerfung der kirchlichen Würdenträger unter den Zaren überdeutlich in der Beziehung zwischen einem Prokurator, der zugleich Oberst der Garde war, und den Mitgliedern des Synod, die er behandelte, »als ob sie seine Kavalleristen wären« (Florinsky, 1959; II, 798).

Seit 1721 war also die Russisch-orthodoxe Kirche eine Unterabteilung des Staates. Doch im Gegensatz zu anderen »Staatskirchen« war die Kirche in Rußland nicht privilegiert, sondern unterjocht. Im 18. Jahrhundert hatte dieser Zustand zur Folge, daß die Bewunderung der Oberschicht für alles Französische oder allgemein für alles Europäische eine »schlechtberatene Verwestlichung« der kirchlichen Kunst und Musik und der Theologie mit sich brachte (Ware, 1963; 128). Unter Alexander I. (1801–25) bildete sich in Rußland »eine Gemeinschaft völlig verwestlichter Menschen« heraus (Zernov, 1961; 175). Im Verlauf des 19. Jahrhunderts entwickelte sich eine Gegenströmung gegen diese Tendenz innerhalb der russischen Kirche. Eine wichtige Rolle spielte dabei Alexej Chomjakow (1804–60), ein wohlhabender Grundbesitzer, Dichter, Amateurmediziner und Orientalist (er erarbeitete das erste russische Sanskrit-Wörterbuch). »Für Chomjakow war die Kirche keine Institution, sondern ein lebender Organismus. Er verwarf die Suche nach einer äußeren Quelle der Unfehlbarkeit, mit der sich das westliche Christentum seit seiner Trennung von der Orthodoxen Kirche beschäftigt hatte« (Zernov, 1961; 187). Diejenigen, welche sich seiner Bewegung anschlossen, hießen die Slawophilen. Sie blieben eine Minderheit, aber sie sorgten dafür, daß man sich auch in der russischen Kirche auf das besann, was eher für das östliche als für das westliche Christentum charakteristisch war. Das Mönchtum erlebte einen neuen Aufschwung: 1810 gab es 452, 1914 indes 1025 Klöster (Ware, 1963; 130). Zugleich setzte sich das Prinzip der geistlichen Wegweisung stärker durch, das in Rußland durch den Starez verkörpert wird, eine religiöse Erscheinung, die viel Ähnlichkeit mit dem asiatischen Guru aufweist. Zu den größten Starezen gehörte der hl. Seraphim (1759–1833), dessen Leben und Wirken Ware bezeichnenderweise mit Antonius aus Ägypten in Beziehung setzt – Ägypten, wo das Mönchtum zum Teil auf asiatischen, vermutlich buddhistischen Anregungen beruhte. In diesen Zusammenhang paßt auch die starke Betonung des »Jesus-Gebets«, d. h. die ständige Wiederholung der Worte »Jesus Christus, Sohn Gottes, erbarme dich meiner« – eine religiöse Übung, die Parallelen im mantra der asiatischen Religion hat, zumal im Amidismus (s. S. 391 ff.).

Ein weiterer Aspekt der religiösen Erneuerung im Rußland des 19. Jahrhunderts war die Entstehung von Sektenbewegungen, deren wichtigste Merkmale die Ablehnung der staatlichen Oberhoheit in religiösen Dingen, das Verlangen nach Sakramenten und priesterlichem Beistand und die hohe Bewertung einer verinnerlichten Frömmigkeit waren. Die Anfänge eines solchen verinnerlichten, spiritualistischen Christentums liegen bereits im 17. Jahrhundert, etwa in der Sekte der Duchoborzen (»Geisteskämpfer«). Graf Leo Tolstojs Deutung des Christentums als Religion der Gewaltlosigkeit und seine Ablehnung der Sakramente sind der Haltung der Duchoborzen verwandt. Die offizielle russische Kirche verurteilte Tolstoj und ließ sich keine Gelegenheit entgehen, ihn zu diskreditieren. Bezeichnenderweise war es ausgerechnet ein Hindu, nämlich Mahatma Gandhi (s. S. 455 f.), der sich von Tolstojs christlichen Anschauungen nachhaltig beeinflussen ließ und sie in seine eigene reformierte Version des Hinduismus einbezog. Die Einstellung der Behörden zu den Duchoborzen führte dazu, daß viele von ihnen 1899 nach Kanada auswanderten.

6. Christliche Missionstätigkeit im 19. Jahrhundert

Das Christentum war bereits 18 Jahrhunderte alt, als es zum ersten Male in großem Stil Kontakt zum Fernen Osten aufnahm. Der Buddhismus, der fünf Jahrhunderte vor dem Christentum entstanden war, hatte schon im 2. nachchristlichen Jahrhundert einen Vorstoß nach China gemacht und war bald darauf in China und Korea fest verwurzelt. Der Islam entstand sechs Jahrhunderte später als das Christentum, doch ehe zwei Jahrhunderte vergangen waren, hatte er bereits im nordwestlichen Indien und in Ceylon Fuß gefaßt und nahm dort stetig zu. Doch abgesehen von der recht bescheidenen Gemeinde der syrischen Christen in Südindien und einigen verstreuten Nestorianern in China, fand das Christentum keinen wirklichen Zugang zu den asiatischen Ländern vor der Wende vom 15. zum 16. Jahrhundert.

Um diese Zeit hatten die großen religiösen Traditionen des Hinduismus, Buddhismus und Islams bereits große Fortschritte in Asien gemacht und beherrschten zum großen Teil die Bevölkerung Indiens, Südostasiens und Chinas, wo sie die älteren »kleinen Traditionen« der primitiven Stammesreligionen verdrängt hatten. Das Christentum erschien also ziemlich spät auf der Bildfläche; erst nach 1800 setzte seine Missionstätigkeit in Asien allen Ernstes ein, und es hatte den größten Erfolg in jenen Gebieten, die von den anderen großen Traditionen unberührt geblieben waren. Es gab einige wenige Versuche, den christlichen Glauben auch unter den Völkern zu verbreiten, in denen sich die anderen Religionen bereits fest etabliert hatten, Versuche, die nicht sonderlich erfolgreich waren, aber bedeutende Konsequenzen für unsere heutige religiöse Situation hatten.

Für die große Expansion der christlichen Missionstätigkeit seit Beginn des 19. Jahrhunderts gibt es verschiedene Gründe. Schon in den zwei Jahrhunderten vor diesem Zeitpunkt hatte Europa Asien »entdeckt«, und die europäische Präsenz war inzwischen einigermaßen fest verankert. Der Aufstieg des Protestantismus in Europa ist eng verknüpft mit der Präsenz Europas in Asien (und Afrika), denn der Hauptanlaß für diese Präsenz war das wirtschaftliche Profitstreben. Der Aufschwung des Evangelikalismus, vor allem in England, ist ein weiterer wichtiger Faktor. Sowohl für die kalvinistischen Puritaner als auch für die Evangeliumsgläubigen methodistischer Provenienz war das Gewinnstreben eine ehrbare Betätigung, ja fast eine religiöse Pflicht. Im Jahre 1797 hatte Charles Grant, ein Direktor der Ostindischen Gesellschaft, geschrieben:

»In Anbetracht der Geschicke der Welt, die einem höchsten Lenker unterstehen, und jener fernen Gebiete ... welche die Vorsehung uns anvertraut hat ... muß man da nicht zu der Schlußfolgerung gelangen, daß sie uns gegeben wurden, damit wir nicht nur alljährlich unseren Gewinn daraus ziehen, sondern damit wir auch unter ihren Bewohnern, die lange in Finsternis, Laster und Elend gelebt haben, das Licht und wohltätigen Einfluß der Wahrheit, die Segnungen einer wohlgeordneten Gesellschaft und die Vorteile eines tätigen Gewerbes verbreiten? ... Mit jedem Fortschritt dieser Arbeit dienen wir auch dem ursprünglichen Zweck, der uns nach Indien geführt hat, jenem Zweck, der für dieses Land noch immer sehr wichtig ist – der Ausweitung unseres Handels« (Edwards, 1961; 109).

Aus derartigen Überlegungen erwuchs der Entschluß, den Indern die Wohltaten einer englischen Erziehung zukommen zu lassen – damit sie die Bibel lesen könnten und von Götzendienst und Aberglauben abließen; aber auch, damit genügend des Lesens und Schreibens kundige Eingeborene für untergeordnete Verwaltungsposten zur Verfügung stünden und sie, wie Macaulay 1833 in einer Rede gesagt hat, schließlich die Regierung selber übernehmen könnten, denn, so meinte er hinterlistig, es sei besser, wenn sie von ihren eigenen Königen regiert würden und den Engländern freie Hand für den Handelsverkehr mit ihnen ließen. »Es wäre besser für uns, wenn das indische Volk gut regiert würde und unabhängig von uns wäre ... wenn sie ihre eigenen Könige hätten, aber Kleider aus unserem Tuch trügen ... Mit zivilisierten Menschen Handel zu treiben ist unendlich ergiebiger, als Wilde zu regieren.«

Der Glaube an den aufklärenden Effekt der Erziehung war für viele Beamte und Administratoren aufs engste mit dem Glauben an das christliche Evangelium verbunden. Das bedeutete einen Ansporn für die Missionare wie für die Regierungsstellen, Schulen und Colleges zu bauen. Manche Hindus, die in den Regionen mit dem stärksten britischen Einfluß in der Überzahl waren (Kalkutta, Bombay und Madras), nutzten die für sie neu geschaffenen Bildungsmöglichkeiten (s. S. 447 f.). Die Moslems verhielten sich reservierter, selbst dort, wo ihnen englische Schulen leicht zugänglich waren; sie fürchteten, daß man beabsichtige, sie vom Islam zu einer fremden Kultur zu bekehren. Der Ton der christlichen Missionspredigten weckte das Mißtrauen der Moslems und bald auch der Hindus. Lord Minto, der Generalgouverneur von 1807 bis 1813, beklagte sich darüber in einem Brief an den Präsidenten der Ostindischen Gesellschaft. Er fügte seinem Schreiben als Beispiel ein Missionstraktätchen bei und verwies auf das »miserable Zeug, das man den Hindus zugedacht hat und in dem kein einziges Wort den Geist des heidnischen Lesers zu überzeugen oder befriedigen vermag; ohne sich auf Beweise und Argumente einzulassen, sind die Seiten voll von Höllenflammen und immer heißeren Höllenflammen, die einer ganzen Rasse von Menschen angedroht werden, weil sie an die Religion glauben, die ihre Väter und Mütter sie gelehrt haben« (Edwards, 1961; 106).

Um 1830 erbosten sich die einheimischen Zeitungen bitter über das Christentum und seine heuchlerischen Repräsentanten, und die von Hindus und Moslems gleichermaßen geteilte Abneigung gegen die für sie beleidigende Haltung der Missionare war einer der Anlässe für die Meuterei von 1857. Nach diesem Ereignis wurde das Vertrauen der verschiedenen Religionsgemeinschaften Indiens bis zu einem gewissen Grade wiederhergestellt durch die Proklamation Königin Victorias, daß niemand »auf Grund seiner religiösen Überzeugung oder Einstellung in irgendeiner Weise begünstigt oder benachteiligt werden darf, sondern daß alle den gleichen und unparteiischen Schutz des Gesetzes genießen sollen«.

Das Resultat einer derartigen Begegnung des Christentums mit den großen religiösen Traditionen Asiens war, daß sich die Missionstätigkeit, die bei den kultivierteren und einflußreicheren Asiaten keinen oder nur sehr wenig Anklang fand, den unteren Schichten und den primitiven Stämmen in den abgelegeneren Berg- und Dschungelgebieten zuwandte, wo sie zumeist quantitativ mehr erreichte. Das war allerdings eine etwas peinliche Situation, auf die Bischof Stephen Neil aufmerksam gemacht hat: »Fast jede Mission unternahm zunächst den Versuch, die höheren Kasten zu erfassen; wenn jedoch die Bewegung bei den Armen begann, wurde sie von den Missionaren mit Argwohn und einer gewissen Verlegenheit betrachtet, denn sie erkannten, daß ihre Sache durch den Zustrom von Massen unwissender und verachteter Menschen präjudiziert wurde« (Neil, 1964; 364). Dies geschah recht häufig, wie beispielsweise die Statistiken der rheinischen Mission im Batak-Gebiet von Sumatra bezeugen. Nach den ersten zwanzig Jahren des missionarischen Wirkens, bis 1881, belief sich die Zahl der Bekehrten auf 7500; in den nächsten zwanzig Jahren wurde daraus eine Massenbewegung mit einer Zunahme um 103 000 Personen. Da das protestantische Christentum sich die Bekehrung von Einzelmenschen zum Ziel gesetzt hatte, stellten solche Massenbewegungen für den Protestantismus Probleme dar, mit denen er kaum fertig wurde. In manchen Ländern, etwa im Sumatra, folgte auf die anfängliche Christianisierung bald eine Bekehrung der Bevölkerung zum Islam (s. S. 475 ff.).

Die Jahre nach 1858 waren die Periode der größten christlichen Missionstätigkeit in Asien und Afrika. In China öffneten die Verträge von 1858 den Kaufleuten und Missionaren die Tür; in Afrika entzündete sich die Begeisterung der europäischen und amerikanischen Christen für die Missionierung des »Schwarzen Kontinents« an den Missions- und Forschungsreisen von David Livingstone.

Der größte missionarische Eifer entfaltete sich in den gesellschaftlichen Schichten, in denen das religiöse Leben am regsten war. In England und Amerika galt das vor allem für die Methodisten und die nonkonformistischen Kirchen der Industriegebiete. Ihre Anhänger – und somit potentiellen Missionare – rekrutierten sich vorwiegend aus der unteren Mittel- und der Arbeiterklasse; es waren also keine »Gebildeten«, und sie hatten auch wenig Chancen, sich zu bilden. Männer wie William Carey, ein Schuster, der im Verlauf seines missionarischen Wirkens ein großer Orientalist wurde, sind Ausnahmen. Überdies mußten die Missionare nach den ersten Jahren hauptsächlich unter den Eingeborenen der unteren Schichten arbeiten. Dies in Verbindung mit der Überzeugung, im Besitz der vollen und ausschließlichen Wahrheit zu sein, führte zu einer bestimmten »missionarischen Einstellung« zu den religiösen Traditionen des Buddhismus, Hinduismus und Islams. Da die Mittel für die Missionen den nicht immer sehr begeisterten Glaubensgenossen in der Heimat abgerungen werden mußten, neigten die Missionare dazu, das unstillbare Verlangen der »Heiden« nach den Segnungen der westlichen Religion übertrieben darzustellen. Aus diesem Grund war es den meisten Menschen im Westen unmöglich, sich ein objektives Bild von den fremden Religionen und Kulturen zu machen. Erst in neuester Zeit beginnt eine genauere Kenntnis die Vorstellung von den armen Heidenkindern abzulösen, die ihre Götzen aus Holz und Stein anbeten (und zu denen dann auch Persönlichkeiten wie Rabindranath Tagore, S. Rādhakrishnan, Dr. Malalasekere und U Thant zu zählen wären, um nur einige wenige zu nennen).

Der römische Katholizismus wurde durchwegs, wie wir gesehen haben, von den portugiesischen Kolonisatoren seit etwa 1500 nach Asien getragen. Doch während des 19. Jahrhunderts entwickelte sich auch eine regelrechte katholische Missionsbewegung im Kielwasser des Protestantismus. Nachdem die Missionstätigkeit bis dahin vorwiegend eine Sache der religiösen Orden gewesen war, erhielt sie nun eine breitere Grundlage und wurde viel stärker von der gesamten Gemeinschaft der Gläubigen getragen und von den Pfennigen der Armen unterstützt. Frankreich übernahm in dieser Hinsicht die Führung, und eine der Pionierorganisationen war die Gesellschaft für die Verbreitung des Glaubens, die 1822 in Lyon gegründet wurde. Indochina, von Burma bis Vietnam, war das Hauptarbeitsgebiet der französischen Missionare, aber auch in Indien selbst und in China entstanden Missionsstationen.

Auch die orthodoxe Ostkirche entwickelte seit der Mitte des vorigen Jahrhunderts missionarische Aktivität. Das Altai-Gebirge in Zentralsibirien war der Schauplatz sehr früher missionarischer Tätigkeit, die der heiligmäßige Mönch und Sprachwissenschaftler Makarij Glucharew (1792–1847) begann und die dann seine Schüler Landisher und Wladimir fortführten, so daß sich schließlich mehr als die Hälfte der Bewohner dieses Gebietes zum Christentum bekannte. Ein anderer bahnbrechender Missionar dieser Art war Veniaminor (1797–1879), dessen Wirken in Alaska (bis 1864 ein Teil Rußlands) zur Folge hatte, daß sich viele Bewohner der Alëuten zum Christentum bekehrten. Den größten Erfolg erzielte die russisch-orthodoxe Mission seit 1868 in Japan, das sich am Ende der Tokugawa-Epoche wieder der Außenwelt öffnete. Um 1912 lebte in Japan eine orthodoxe Glaubensgemeinschaft von rund 30 000 Menschen; in den schwierigen Jahren nach der Revolution und dem Zweiten Weltkrieg ist sie nur noch wenig gewachsen, auf etwa 36 000 Köpfe. Die Christen aller Schattierungen haben in Japan, im Vergleich zu anderen asiatischen Ländern, stets nur eine kleine Minderheit dargestellt.

7. *Das Judentum im 19. und frühen 20. Jahrhundert*

Die Französische Revolution wirkte sich für die Juden keineswegs so katastrophal aus wie für die Katholiken in Frankreich (s. S. 426 f.). Im Jahre 1791 gewährte der neue französische Staat den Juden gleiche Rechte wie den Christen, und damit begann die Emanzipation der Juden von ihrem mittelalterlichen Gettodasein, die sich in anderen europäischen Ländern zu Beginn des 19. Jahrhunderts fortsetzte. In England stieß die völlige bürgerliche Gleichberechtigung der Juden eine Zeitlang auf den Widerstand der Bischöfe, aber 1866 wurde sie dann endlich proklamiert. Bezeichnend für den neuen Geist, der im 19. Jahrhundert zum Tragen kam, war die 1807 von Napoleon einberufene Versammlung der Notabeln und Rabbis, die in einer offiziellen Deklaration das Ende »der jüdischen Nation« verkündete und die einzelnen Juden zu »Bürgern jüdischer Religion« erklärte; in Frankreich wurde ihre Religion als ein Bestandteil des Staatswesens betrachtet. Unter diesen Umständen machten sich die Juden in Frankreich und entsprechend auch in anderen Ländern Europas eine neue Rolle und die Haltung von patriotischen Bürgern des jeweiligen Staates zu eigen. In Deutschland wurden allerdings die Bürgerrechte nicht so rasch gewährt und nicht ohne Schwierigkeiten gewahrt, woraufhin viele Juden nach Amerika auswanderten, vor allem nach dem Fehlschlag der Revolution von 1848 und der sich daran anschließenden Reaktion gegen das Judentum. Im zaristischen Rußland wurde die Lage im 19. Jahrhundert noch schlimmer, als sie vorher gewesen war. Die Masse des christlichen Volkes hatte wenige politische Rechte, die jüdische Minderheit noch weniger. Sie war unerwünscht (Parkes, 1964; 148) und bot sich als Sündenbock an bei Meuchelmorden, die das Werk von Revolutionären waren, wie etwa bei der Ermordung Alexanders II. im Jahre 1881. Mit der Thronbesteigung Alexanders III. im selben Jahr wurden zahlreiche scharfe Gesetze gegen die russischen Juden erlassen, die ihnen rigorose Beschränkungen in bezug auf Bewegungsfreiheit, Berufsausübung und Besitzrechte auferlegten. Diese Diskriminierung der Juden hatte zwei wichtige Konsequenzen: 1. Die Zahl der russischen Juden, die in den Westen auswanderten, nahm stark zu; sie gingen vornehmlich in die Vereinigten Staaten, wo sie durch ihre religiöse Bildung und Frömmigkeit die jüdische Gemeinschaft sehr belebten, und nach Großbritannien. 2. Der Gedanke, daß die Juden in der modernen Welt ein eigenes Land haben sollten, erhielt kräftigen Auftrieb; 1884 gründete ein Jude aus Odessa namens Leo Pinsker in Kattowitz die zionistische Bewegung, die sich von Rußland aus in andere europäische Länder und nach Amerika ausbreitete. Die Geschichte der zionistischen Bewegung wird weiter unten (s.S. 443 ff.) behandelt werden; zunächst geht es uns um die Auswirkungen, welche die neue Situation des Judentums im 19. Jahrhundert auf die jüdische Religion hatte.

8. Jüdische Reform- und Gegenreformbewegungen im 19. Jahrhundert

Die Emanzipation der europäischen Juden, die mit der Gewährung der vollen Bürgerrechte durch die französische Nationalversammlung im Jahre 1791 einsetzte, entließ sie plötzlich in die größere Welt der nicht-jüdischen Zivilisation des 19. Jahrhunderts – ein Vorgang, den man als »Explosion des Gettos« bezeichnet hat. Der einzelne Jude geriet jetzt in eine vielfach schmerzhafte Spannung zwischen der tiefverwurzelten Tradition des Judentums und der säkularisierten Welt des zeitgenössischen Europa nach der Aufklärung und der Französischen Revolution. Diese Spannung spiegelt sich in den Reform- und Gegenreformbewegungen, die sich im 19. Jahrhundert entwickelten.

Die Reformbewegung begann in Deutschland. Moses Mendelssohn (1729–86) hatte mit seiner Übersetzung der jüdischen Bibel in ein einwandfreies Deutsch den Weg geebnet und die deutschen Juden ermuntert, sich einer Sprache zu bedienen, die ihnen den Zugang zu einer neuen Welt der Literatur eröffnen konnte. Auf diese Weise konnten sie sich mit dem wissenschaftlichen Denken der Zeit vertraut machen. Die führenden Köpfe der Reformbewegung waren Männer, die die Überzeugung gewonnen hatten, daß das jüdische Denken und Brauchtum überholt sei und neu gestaltet werden müsse, damit die frisch emanzipierten Juden einerseits nicht das Judentum im Stich ließen und andererseits sich nicht zu sehr als Angehörige einer offensichtlich fremden Kultur von ihren deutschen Mitbürgern abhoben. Pionierarbeit in dieser Richtung leistete David Friedländer (1756–1834), ein Schüler von Moses Mendelssohn. Seine Pläne für eine Germanisierung der jüdischen Religion gingen sehr weit, und nur wenige Juden wagten ihn zu unterstützen. Die erste praktische Reformtat vollbrachte Israel Jacobson (1768–1828), der 1810 in Braunschweig einen »Reformtempel« baute. Die Verwendung des Begriffs »Tempel«, der bis dahin nur dem Tempel in Jerusalem vorbehalten war, verrät, daß das Reformjudentum den Gedanken an den Wiederaufbau des Jerusalemer Tempels und an eine Rückkehr nach Jerusalem aufgegeben hatte; es fand sich damit ab, daß das Judentum jetzt den Status einer religiösen Sekte innerhalb des europäischen Staatswesens annahm. Der Gottesdienst in dem neuen Tempel paßte sich der Praxis in den deutschen Kirchen an und umfaßte Predigt, Gebete und Choräle in deutscher Sprache, die von einer Orgel begleitet wurden. Ähnliche Entwicklungen des Reformjudentums vollzogen sich übrigens in den vierziger und fünfziger Jahren auch in England, in London, Manchester, Liverpool und Bradford. Ein weiterer wichtiger Vertreter des damaligen Judentums war Samuel Goldheim (1806–60), der einen großen Teil des Talmud auszumerzen versuchte, insbesondere den Einfluß der rabbinischen Jurisdiktion; er verzichtete sogar auf die Beschneidung, weil er sie für das Merkmal einer fremden Kultur hielt. In mancher Beziehung noch radikaler war Abraham Geiger (1810–74), für den der »Zeitgeist« die primäre Determinante der religiösen Formen war und Vorrang vor den Anweisungen der Bibel und des Talmud hatte.

Es blieb nicht aus, daß all dies von den konservativen Juden als ein Verrat am Judentum angesehen wurde, und es entstand eine gegenläufige Bewegung, die auf die Bewahrung und Verteidigung der überlieferten Sitten und Glaubensvorstellungen abzielte. Diese Juden reagierten auf die neue Welt, in die sie hineingestellt wurden, indem sie all das ablehnten, was ihnen in ihr als unecht und minderwertig erschien. Ein französischer jüdischer Autor hat ihre Haltung so beschrieben:

»Die großen Meister des Talmudismus und Hasidismus waren sich nur allzu gut der Eitelkeiten des Jahrhunderts und der Welt bewußt, um irgendeine Änderung in dem Dialog, den Israel weiterhin mit seinem Gott führte, zuzulassen. In vielen Gettos in Osteuropa stand die Zeit still von der Periode der innigen Mystik des 16. und 18. Jahrhunderts bis zur Ausrottung durch die Nazis« (Chouraqui, 1962; 132).

Eine mittlere Position zwischen den beiden Extremen der übereifrigen Modernisierung und der völligen Ablehnung des Neuen nahm Samson Hirsch (1808–88) ein, dessen Einstellung man als Neo-Orthodoxie bezeichnet hat. Er erinnerte die emanzipierten Juden an das große geistige Erbe des Judentums und verwarf die neuen Gemeinden der Reformjuden und ihre extremen Tendenzen. Eine andere wichtige, aber stärker reformistisch gefärbte Bewegung ist unter dem (leicht irreführenden) Namen »konservative Richtung« bekannt geworden; sie war verknüpft mit dem Namen von Solomon Schechter (1830–1915) und hat vor allem im amerikanischen Judentum eine große Rolle gespielt.

In den Vereinigten Staaten hat sich das Reformjudentum überhaupt am stärksten durchgesetzt, da hier der orthodoxe Widerstand weit schwächer war. Reformgemeinden wurden bereits 1824 in Charleston und 1842 in New York gegründet. Im übrigen war hier angesichts der größeren kulturellen Offenheit das Bedürfnis nach einer rigorosen Unterdrückung der jüdischen Eigenart nicht so groß wie in Deutschland; deshalb kamen die extremeren Formen der europäischen Reformbewegung in Amerika nicht so recht zum Zuge. In Amerika entwickelte sich das Reformjudentum zu einem liberalen religiösen System, das zwar modern in seiner Gesinnung war, aber seine Anregungen und Werte aus dem Erbe Israels schöpfte.

9. Gegensätzliche Tendenzen im institutionalisierten Christentum des 20. Jahrhunderts

Am 23. August 1948 nahm der Weltrat der Kirchen in Amsterdam seine Arbeit auf. Viele Christen halten dies für das wichtigste religiöse Ereignis im 20. Jahrhundert. Der Weltrat ist der organisatorische Ausdruck einer Bewegung, die seit der Edinburgher Missionskonferenz von 1910 im Gange war, einer Bewegung, welche die vielen Kirchen und Konfessionen innerhalb des Protestantismus zusammenführte. Ein solcher Pluralismus der christlichen Gemeinschaften sei, so meinte man, ein Skandal und ein peinlicher Zustand, vor allem in den Missionsgebieten. Die Bewegung wurde nachdrücklich unterstützt von den Evangeliumsgläubigen, und die Christliche Studentenbewegung spielte bei den Vorbereitungen eine große Rolle, zumal bei der Einbringung der Anglikaner in den Zusammenschluß, der sich bis dahin vorwiegend auf die Kooperation der evangelisch-protestantischen Gruppen beschränkt hatte. Am Anfang umfaßte der Weltrat der Kirchen weder die russisch-orthodoxe noch die römisch-katholische Kirche; die letztere steht auch heute noch abseits. Die Bewegung hat zwei wesentliche Aspekte; der erste hat sich selbst als ein wichtiger Faktor ihres Aufstiegs erwiesen, nämlich die Bildung von nationalen Räten der Kirchen, vor allem in den USA und in England, zwecks gemeinsamer Aktivierung des protestantischen Kirchenlebens im nationalen Rahmen; der zweite ergab sich aus der bloßen Existenz des Weltrats, nämlich das Streben nach einer organischen Einheit der Kirchen. Pläne für eine solche Vereinigung sind für verschiedene Gruppen von Kirchen ausgearbeitet worden, und manche wurden bereits verwirklicht, zum Beispiel in der Kirche von Südindien. Diese Betonung der *Kirchen*einheit ist ein Zeichen für das zunehmende Interesse an kirchlichen Strukturen, das heutzutage für viele protestantische

Gemeinschaften typisch ist, die früher in den Zeiten eines lebendigeren Wachstums eher anti-kirchlich eingestellt waren.

Der erste dieser beiden Aspekte, die »konziliare« Bewegung, ist besonders charakteristisch für den amerikanischen Protestantismus und scheint zusammenzuhängen mit der Entstehung eines »im Kern gleichen Protestantismus«, der »den Abbau des protestantischen Partikularismus signalisiert« (Lee, 1960; 83). Genauso wie man die alten konfessionellen Unterschiede innerhalb des Protestantismus bis zu einem gewissen Grade als Produkt einer Klassengesellschaft ansehen konnte (Niebuhr, 1929), so läßt sich die »Gleichschaltung« in neuester Zeit zumindest teilweise auf eine wachsende kulturelle Vereinheitlichung der amerikanischen Gesellschaft zurückführen (Lee, 1960).

Man hat darauf hingewiesen, daß die Zeit, in der die protestantischen Gemeinschaften sich enger zusammenschlossen, zugleich eine Zeit des Niedergangs für die älteren Denominationen war, die hiervon in erster Linie betroffen wurden. In Großbritannien haben sich die großen nonkonformistischen Gruppen immer mehr dem »Kirchentypus« angenähert; es ergab sich, wie Erik Routley (ein englischer Kongregationalist) schreibt, »eine Wendung zu höheren Formen der Kirchenmusik, zu häufigerem Empfang der Kommunion und zu einer dogmatisch stärker fixierten Taufpraxis« (Routley, 1962; 38). Der Religionssoziologe Bryan Wilson erklärt diese Annäherung an die Staatskirche mit »den veränderten Voraussetzungen der Nonkonformität und dem Schwund ihrer sozialen Grundlagen in einer zusehends säkularisierten Gesellschaft, in der die internen Unterteilungen der Religion in den Hintergrund des sozialen Interesses treten und somit an Bedeutung und Relevanz verlieren« (Wilson, 1966; 156). In Amerika ist der Schwund an religiösem Glauben und Brauchtum teilweise kaschiert worden durch die soziale Anpassung an die religiöse Praxis in Form der Kirchenzugehörigkeit und der fast als gesellschaftliche Verpflichtung empfundenen Mitgliedschaft in einer religiösen Organisation. Um ein richtiger Amerikaner zu sein, muß man eine gewisse religiöse Bindung eingehen, normalerweise innerhalb einer der drei akzeptablen Gemeinschaften, der protestantischen, katholischen oder jüdischen (Herberg, 1955). Trotzdem hat eine neuere Umfrage ergeben, daß zwar 57 % der amerikanischen Bevölkerung einer christlichen Kirche angehören und 43 % regelmäßig jede Woche zur Kirche gehen, aber nur 35 % in der Lage waren, die Namen der vier Evangelisten zu nennen (Argyle, 1958; 35). Im an der Bibel orientierten Protestantismus muß also einiges passiert sein. Die dogmatische Grundlage für den Zusammenschluß der verschiedenen Gemeinschaften im Weltrat der Kirchen beschränkt sich auf ein absolutes Minimum, nämlich darauf, *Jesus Christus als Erlöser und Gott anzuerkennen* – ein schwacher Abglanz der alten christlichen Glaubensbekenntnisse. Noch vor 50 Jahren hätte dies als dogmatische Basis für Kirchenmitglieder bei weitem nicht ausgereicht.

Gegenüber vielen christlichen Kritikern, denen der Weltrat als eine Reduzierung des Christlichen erscheint, muß jedoch betont werden, daß die Mitgliedschaft den einzelnen Gliedern das gesteigerte Bewußtsein vermittelte, Teil einer weltweiten Gemeinschaft zu sein, und sie in die Lage versetzt, als Christen und nicht als Untertanen eines weltlichen Staates christliche Grundsätze zu verkünden und gelegentlich sogar in sozialen oder internationalen Fragen aktiv zu werden.

Die anfänglich ausgesprochen protestantisch geprägte Bewegung hat mittlerweile auch die östliche Orthodoxie stärker an sich gebunden und stößt sogar bei der katholischen Kirche auf Sympathie und Interesse. Das ist zum Teil zweifellos auf ein verändertes theologisches Klima zurückzuführen, auf eine größere Offenheit und ein größeres Zusammengehörigkeitsgefühl unter den Christen verschiedener Herkunft, doch zum Teil wohl auch auf den wachsenden Druck der Säkularisierung und auf die Einsicht all dieser christlichen Kirchen, daß sie vieles gemeinsam haben, was es in einem säkularisierten Zeitalter zu verteidigen gilt.

Im Gegensatz zu den ökumenischen Bestrebungen der großen, traditionsreichen christlichen Gemeinschaften steht das rapide Anwachsen neuer christlicher Sektenbildungen. Dabei handelt es sich meist um Ableger des herkömmlichen Protestantismus, allerdings nicht immer: die »Spiritisten« Brasiliens sind ihrem Ursprung nach Katholiken, die Elemente des orthodoxen katholischen Glaubens mit Bestandteilen der Stammesreligion und dem Emotionalismus der sogenannten »Pfingstsekten« verschmolzen haben. Gerade der letztere Zug ist all diesen Sekten gemeinsam. Außerdem vertreten sie fast ausschließlich eine extrem konservative Theologie und eine buchstabengetreue Auslegung der Bibel. Ihrer Wertschätzung einer emotionalen, fanatischen Frömmigkeit entspricht ihre geringe Meinung von den konventionellen protestantischen Gemeinschaften im allgemeinen, denen sie Verweltlichung und mangelnden Eifer vorwerfen, und vom Weltrat der Kirchen und seiner reduzierten Theologie im besonderen. Weitere charakteristische Eigenheiten dieser neuen Sekten sind ihr starker Laiencharakter, die unmittelbare »spirituelle« Erfahrung, die sie ihren neugewonnenen Anhängern in Aussicht stellen, ihr intimes Gemeinschaftsleben, in das Neuankömmlinge gerne aufgenommen und schnell einbezogen werden, und eine intensive Gottesverehrung, die sich über alle sieben Tage der Woche erstreckt.

Solche neuen Sekten sind weit verbreitet und inzwischen auf fast allen Kontinenten anzutreffen. In manchen Ländern, etwa in England, treten sie nicht so stark in Erscheinung, während sie in den Gebieten südlich des Äquators die Zahl der traditionellen Protestanten angeblich bereits um das Vierfache übertreffen. In New York haben die Studenten des Union Theological Seminary 1960 ermittelt, daß in einem der am dichtesten besiedelten Viertel der Stadt (Ost-Harlem) 50 Sektengruppen bestanden, die in Lagerhäusern zusammenkamen, die sie zu diesem Zweck gemietet hatten, während protestantische Kirchen des traditionellen Typs vollständig fehlten. Daraus kann man zwei Eigentümlichkeiten der modernen Sekten ablesen: 1. Sie wenden sich vorzugsweise an die Arbeiterklasse und an den großstädtischen Bevölkerungsteil, der sich aus unbemittelten Einwanderern zusammensetzt (die wohl häufig aus Kleinstädten oder ländlichen Gegenden stammen). 2. Sie sind nicht auf feste Kirchengebäude oder formale Gottesdienste angewiesen, und ihre Anziehungskraft beruht vor allem auf ihrem spezifischen Gemeinschaftsleben.

Am entgegengesetzten Ende der sozialen Stufenleiter findet sich ein anderer Sektentyp, der allerdings nicht so weltweit verbreitet ist wie die Sekten der Arbeiterschicht. Die Theosophische Gesellschaft ist dafür ein gutes Beispiel: in den großen westlichen Städten existieren gewöhnlich Dutzende solcher Sekten oder Kulte der oberen Mittelklasse, deren Hauptinteresse oft gewissen Elementen östlicher Religionen gilt. Aber auch ihre Mitglieder sind normalerweise jene Menschen, die in den herkömmlichen kirchlichen Gemeinschaften keine Erfüllung mehr finden. Ihre Zahl hat im 20. Jahrhundert stetig zugenommen.

10. Die Religion und der neue Staat Israel

Am 14. Mai 1948 proklamierte David Ben Gurion in Tel Aviv den neuen jüdischen Staat Israel. Er wurde von den USA und der UdSSR offiziell anerkannt und bereits am nächsten Tag von den arabischen Nachbarstaaten ebenso offiziell überfallen. Von den vielen Fragen, die sich aus der Existenz des neuen Staatswesens ergeben, interessieren uns hier nur die nach der etwaigen religiösen Bedeutung dieses Ereignisses:

1. Welche Stellung kommt der Religion bei der Entstehung des neuen Israel zu, und 2. welche Rolle spielt die Religion in seinem weiteren Bestehen? Eine kurze Übersicht über die Geschehnisse, die der Proklamation vom 14. Mai 1948 vorausgingen, kann uns helfen, die erste Frage zu beantworten.

Für unsere Zwecke genügt es, wenn wir mit dem Jahr 1884 beginnen, mit der Gründung der zionistischen Bewegung in Rußland (s. S. 437 f.). Der Antisemitismus, den Pinsker »Judeophobie« nannte und als eine endemische soziale Krankheit in Europa betrachtete (Epstein, 1959; 309), erlosch keineswegs mit der Emanzipation der Juden in den verschiedenen europäischen Ländern. Der Grund besteht wohl darin, daß der Mensch von Zeit zu Zeit einen Sündenbock braucht, dem er die wirtschaftlichen und politischen Mißstände der Gesellschaft anlasten kann, und die Juden als leicht identifizierbare und kompakte Minderheit eignen sich hervorragend für diesen Zweck, zumal in den Köpfen der Menschen stets die Vorstellung herumspukt, die Juden seien so etwas wie »Ausländer« oder Fremdkörper. (Man vergißt allzugern, daß auch die übrige Bevölkerung, die Angelsachsen, Iren, Schotten etc., »Ausländer« in den Ländern sind, die sie heute bewohnen.) Die ersten Niederlassungen jüdischer Bauern wurden in den achtziger Jahren des vorigen Jahrhunderts in Palästina gegründet, und bei jeder Welle des Antisemitismus, wie sie etwa in Frankreich auf die Dreyfus-Affäre von 1891 folgte, wuchs der Strom der jüdischen Immigranten an. Der Dreyfus-Skandal in dem im übrigen so »aufgeklärten« Frankreich überzeugte den dort zu Besuch weilenden jüdischen Wiener Journalisten Theodor Herzl (1860–1904) davon, daß die einzige Lösung des Problems die Wiedererrichtung eines jüdischen Staates sei – eine Ansicht, die er 1896 in seinem Buch *Der Judenstaat* niederlegte. 1897 fand in Basel ein Zionistenkongreß statt, der als das Ziel des Zionismus die Schaffung einer gesicherten Heimat für das jüdische Volk in Palästina verkündete. Nicht alle Juden waren indes mit einer solchen Politik einverstanden. Die Opposition führte religiöse Gründe an, nämlich daß die Rückkehr der Juden ins Heilige Land dem Erscheinen des Messias folgen werde und somit nicht vorweggenommen werden könne und dürfe. Die Zionisten entgegneten darauf, der jüdische Staat sei die Form, in der man nun die messianischen Hoffnungen begreifen müsse. Andere, wie etwa der Philosoph Hermann Cohen (1842–1918), vertraten die Auffassung, daß das messianische Schicksal der Juden sich durch ihre Präsenz in den verschiedenen Nationalstaaten und durch ihre Arbeit für die Einheit der gesamten Menschheit erfüllen werde. Doch die zionistische Bewegung erhielt einen großen Auftrieb durch die Initiative Chaim Weizmanns (1874–1952), der einen Jüdischen National-Fonds für den Landerwerb in Palästina ins Leben rief und dessen Eintreten für eine nationale Heimat der Juden in Palästina die britische Regierung 1917 bewog, sich zugunsten einer solchen Politik auszusprechen. Ihre Verwirklichung war jedoch nicht einfach und stieß vor allem auf den Widerstand der Araber. Aber dann kam die Tragödie des jüdischen Volkes im nazistischen Deutschland, wo die Juden enteignet, entehrt und umgebracht wurden, obwohl ihr einziges Verbrechen darin bestand, daß sie Juden waren.

Nach dem Zweiten Weltkrieg wurde die Rettung der Juden in ganz Europa und ihre Übersiedlung nach Palästina von der jüdischen Organisation Mossad durchgeführt, bis 1948 der jüdische Staat proklamiert werden konnte. Heute leben in der Welt etwa 12 Millionen Juden, davon 5,5 Millionen in den USA, 2 Millionen in der UdSSR und weitere 2 Millionen in Israel, das damit eine der drei größten jüdischen Bevölkerungsgruppen umfaßt.

Es ist deutlich geworden, daß die Faktoren, die für die Schaffung des neuen jüdischen Staates und für den Einwandererstrom nach Israel verantwortlich waren, nicht primär religiöser Natur gewesen sind. Israel ist nicht, wie etwa Pakistan, ein Staat, dessen Verfassung auf religiösen Grundsätzen basiert. Es gibt keine »Staatsreligion«; die freie Religionsausübung wird allen Bürgern zugesichert (unter denen sich auch Araber befinden), und die Regierungsform ist demokratisch. Die weitverbreitete religiöse Indifferenz der jüdischen Bürger hat manche Beobachter veranlaßt, Israel nicht nur als einen weltlichen Staat zu beschreiben, da er keine Staatsreligion kennt, sondern auch als einen »verweltlichten«, weil die Religion im Leben des Volkes nur eine sehr geringe Rolle spielt. Andere sind hingegen der Meinung, in Israel seien die jüdischen religiösen Überlieferungen wiederentdeckt und neu formuliert worden. Isidore Epstein verweist darauf, daß die religiös bestimmte Einhaltung des Samstags als nationalen Ruhetag, an dem Regierungsämter, Geschäfte, Kinos etc. geschlossen sind, und die Beachtung der jüdischen Speisegesetze in allen öffentlichen Einrichtungen (Armee, Polizei, Krankenhäusern etc.) ein Zeichen für den Einfluß der jüdischen Lebensweise auf den Staat sind (Epstein, 1959; 319). Religiöse Schulen und Bildungsstätten wurden eingerichtet, und Rabbis und jüdische Gelehrte aus allen Teilen der Welt »tragen zur Bereicherung des religiösen Lebens und zur Erweiterung des religiösen Wissens im ganzen Lande bei«. Manche Beobachter halten den Reichtum der jüdischen Traditionen, die heute in Israel vertreten sind, für ein bedeutsames Faktum; die jemenitischen Juden, deren Überlieferung auf die Mischna zurückgeht, nordafrikanische Juden, die ihren Liberalismus von der religiösen Toleranz aus der großen Zeit des islamischen Spanien herleiten, Kabbalisten, Talmudisten, Hasidim – sie alle sind hier anzutreffen (Chouraqui, 1952; 135 f.). Wieder andere geben zu bedenken, daß das Judentum des neuen Staates noch immer stark von der Tradition des Gettodaseins geprägt sei und daß die Religion noch einen Ausdruck finden müsse, der dem Leben in der modernen Welt völlig gemäß sei (Parkes, 1964; 234). Doch die verschiedenen Beobachter stimmen allgemein darin überein, daß die israelischen Juden dabei sind, ihre eigenen Schrifttraditionen neu zu entdecken; die Faszination geht von der Bibel *als Geschichtsbuch* aus, das sehr wohl die Grundlage einer neuen Einheit für die Angehörigen der verschiedenen religiösen Traditionen werden könnte, die in Israel und im Nahen Osten vertreten sind – für die Christen und Moslems ebenso wie für die Juden.

II.
DER HINDUISMUS IN DER MODERNEN ZEIT VON 1800 BIS ZUR GEGENWART

1. Der Hinduismus am Ende des 18. Jahrhunderts

Die moderne Zeit seit Beginn der britischen Herrschaft in Indien zeitigte wichtige Entwicklungen in der Geschichte des Hinduismus. 1805, als die Engländer zur dominierenden Macht in Indien geworden waren, hatten die Reformen und Anpassungsprozesse, welche die Hindu-Religion und -Gesellschaft unter den westlichen Einflüssen durchzumachen hatte, noch kaum begonnen. Gegen Ende des 18. Jahrhunderts hatte die hinduistische Gesellschaft mit Erfolg gelernt, sich mit der Gegenwart einer großen fremden Religionsgemeinschaft, des Islams, abzufinden. Die Macht des Mughal-Reiches war gewachsen und wieder zurückgegangen; der Islam hatte unauslöschbare Spuren in der indischen Kultur hinterlassen, doch der Hinduismus blieb die beherrschende religiöse Tradition. Er mag vielleicht im Falle des Islams bei der Absorption des fremden Elements versagt haben, aber andererseits hatte auch der Islam bei der Eroberung ganz Indiens versagt, und der Hinduismus blieb als die Religion der Massen im größten Teil des Subkontinents fest verwurzelt. Er hatte zwar während der Mughal-Epoche einige Konzessionen an monotheistisches Gedankengut machen müssen, aber selbst dieses war aus dem hinduistischen Vorrat an Glaubensvorstellungen hervorgegangen, der neben dem Polytheismus und Atheismus auch den Theismus enthielt. Das religiöse Brauchtum und die gesellschaftlichen Formen lebten weiter wie zuvor, weitgehend unberührt von der Präsenz des Islams.

Eine neue und ernsthaftere Herausforderung des Hinduismus wurde allerdings jetzt erkennbar. Sie ging nicht von der europäischen Religion aus, die auf das hinduistische Indien keinen sonderlichen Eindruck machte, sondern von der englischen Erziehung, welche einen Zugang zum europäischen Denken eröffnete. Doch noch früher als das englische Erziehungssystem, das seit dem zweiten Viertel des 19. Jahrhunderts ausgebaut wurde, wirkte sich bei den Indern, vor allem im Gebiet von Kalkutta und Bombay, der Kontakt mit dem Regierungsstil, den Methoden und Ideen der Engländer aus. Dieser Vorgang, der während des ganzen 19. Jahrhunderts anhielt, rief dreierlei Reaktionen seitens des hinduistischen Indiens hervor.

Die früheste Reaktion, spürbar bereits in den zwanziger und dreißiger Jahren des vorigen Jahrhunderts, war die fast vollständige Kapitulation einer kleinen hinduistischen Minderheit in den Gebieten mit dem stärksten englischen Einfluß, besonders in Bengalen, vor den Errungenschaften des europäischen Liberalismus und Rationalismus. Der charakteristischste Vertreter dieser Richtung war der Radscha Rām Mohan Roy.

2. Rām Mohan Roy: hinduistischer Unitarismus

Rām Mohan Roy (1772–1833) ist manchmal der Inaugurator der modernen Zeit oder der Vater des modernen Indien genannt worden, aber diese Beinamen sind irreführend. Der begabte Sohn hinduistischer Eltern aus Bengalen studierte in Patna zunächst Persisch und Arabisch und anschließend Sanskrit. Im Dienste der Ostindischen Gesellschaft erreichte er die höchste Stellung, die einem Inder überhaupt offenstand; 1814, im Alter von 42 Jahren, konnte er sich von seinem Regierungsposten zurückziehen und, von seinem Privatvermögen zehrend, sich verschiedenen religiösen und sozialen Vorhaben widmen. Er war maßgeblich an der Gründung des Hindu-College in Kalkutta (1822) beteiligt, einer weltlichen Bildungsanstalt, in der junge Bengalen eine englische Erziehung erhielten. Dieses Institut flößte den Schülern mit solchem Erfolg liberale europäische Ideen ein, daß manche jungen Hindus ein betont unhinduistisches Benehmen an den Tag legten, um die konservativen älteren Hindus zu schockieren. Sie erteilten dem ganzen System des Hinduismus eine Absage und erklärten sich zu freien Suchern nach Wahrheit. Rām Mohan Roy stand in religiöser Hinsicht dem Unitarismus einiger seiner englischen Freunde sehr nahe. Er war ein so überzeugter und überzeugender Anwalt dieser Anschauung, daß er in einer Diskussion mit einem presbyterianischen Missionar über die Trinitätslehre seinen Partner zu den unitarischen Auffassungen bekehrte. Im Jahre 1827 gründete er die British India Unitarian Association, später das Brāhma Samāj (»Geistlicher Bund«). In seinem Kampf für soziale Reformen befürwortete er die Abschaffung des satī (Selbstaufopferung der Hindu-Witwen). Er glaubte fest an die Vorzüge der britischen Herrschaft; darin unterschied er sich von den meisten verwestlichten Hindus in der zweiten Hälfte des 19. Jahrhunderts, die für das swaraj (Unabhängigkeit) kämpften. Doch man muß bedenken, daß er bereits 1833 starb (in Bristol während eines Englandbesuchs), 24 Jahre vor dem Ausbruch der Meuterei von 1857; erst nach diesem Aufstand wurde die britische Herrschaft ausgesprochen imperialistisch. Rām Mohan Roys religiöse Einstellung – und auch die der Brāhma-Samāj-Bewegung, die er gründete – war geprägt von einem spirituellen Monismus, der an die Upanischaden gemahnt, und bis zu einem gewissen Grade beeinflußt durch die islamische Lehre von der Einheit Gottes und die unitarische Gesinnung seiner christlichen Freunde. Den Polytheismus der hinduistischen Volksreligion und insbesondere den Götzenkult lehnte er entschieden ab. Er verkörperte eine intellektualisierte Religion, nüchtern und ohne kultisches Beiwerk, die mit dem europäischen Deismus des 18. Jahrhunderts vieles gemeinsam hat.

3. Spätere Entwicklungen des europäisierten Hinduismus

Diese frühe Reaktion mancher Hindus auf europäische Denk- und Lebensweisen – ikonoklastisch, kritisch der Autorität und der sozialen Tradition des Hinduismus gegenüber – wurde nach Rām Mohan Roys Tod von der Brāhma-Samāj-Bewegung übernommen.

Das Brāhma Samāj war allerdings nie eine Massenbewegung, sondern vielmehr ein Zusammenschluß jener Hindus, die unter den Einfluß der liberalen und individualistischen Gesinnung der Europäer des frühen 19. Jahrhunderts geraten waren. V. P. Varma bewertet es folgendermaßen: »Es war ein zutiefst individualistischer Protest und markiert den Aufstand der Vernunft, des Herzens und des Gewissens gegen Sitten, die man für entwürdigend und barbarisch hielt« (Varma, 1964; 39). Die Geschichte der Bewegung läßt sich deshalb am besten durch die Ideen und Haltungen einiger hervorstechender Mitglieder illustrieren; als die repräsentativsten gelten allgemein Debendranath Thakur (Tagore) und Keshab Chandra Sen.

Debendranath Thakur (1817–1905) war der Vertreter einer Gruppe, die in den Upanischaden eine Quelle mystischer Religiosität erblickte. Er verwarf den Polytheismus und das zeremonielle Ritual der Weden und übte Kritik an der Vorstellung von der empirischen Welt als bloßer Illusion (māya); sein Denken ist der Theologie Rāmānujas (s. S. 341) sehr verwandt. Er lehnte das strenge Kastensystem ab, versuchte aber andererseits der Brāhma-Samāj-Bewegung ein entschieden indisches Fundament zu geben und christliche Einflüsse zu eliminieren.

Keshab Chandra Sen (1838–1884) gehörte einer anderen Richtung an, die angestammtes indisches Ideengut mit der christlichen Lehre zu vereinbaren suchte, und zwar weit bewußter als Rām Mohan Roy. Er war der Sohn einer stark verwestlichten Familie aus Bengalen und studierte am Hindu-College von Kalkutta. 1866 schied er als Achtundzwanzigjähriger aus dem Brāhma Samāj von Kalkutta aus und begründete eine neue Bewegung, die später (1880) den Namen Nava Vidhana (Neue Ordnung) erhielt. Sie war geprägt von einem religiösen Eklektizismus, der sich in einer Anthologie mit Texten aus verschiedenen Überlieferungen (christlichen, zoroastrischen, islamischen und hinduistischen) niederschlug, die Keshab unter dem Titel *Ślokasamgraha* (Versammlung) zusammenstellte und 1866 veröffentlichte. Er baute sogar in das Zeremoniell der neuen Bewegung eine Art Taufe und Kommunion nach christlichem Vorbild ein. Auf der anderen Seite hatte er nichts gegen Rituale, die den Gebrauch von Götzenbildern einschlossen. Sein Herz gehörte, so sagte er einmal, zur Hälfte Europa und zur anderen Hälfte Asien. Die von ihm geführte Bewegung blieb auf eine gebildete und westlich erzogene Minorität beschränkt, und ihre Bedeutung lag vor allem in der Liberalisierung der Haltung hinduistischer Intellektueller zum Kastenwesen, zur sozialen Stellung der Frau, zur Kinderehe, Abstinenz etc. 1875, neun Jahre vor seinem Tod, geriet er unter den Einfluß Rāmakrishnas und wandte sich vom Christentum einer eindeutig vedantistischen Position zu. Aus Protest gegen den Götzendienst und Keshabs autokratischen Führungsstil trennte sich 1878 eine Gruppe von seiner Bewegung und bildete auf einer mehr egalitären und demokratischen Basis das Sādhāran (allgemeine) Brāhma Samāj. Der Name Nava Vidhana, den Keshab 1880 seiner eigenen Bewegung beilegte, deutet auf seine Absicht hin, die christliche Kirche durch dieses indische Pendant zu ersetzen, das über seine eigene Offenbarung und apostolische Ordnung, Sünden- und Erlösungslehre verfügte.

4. Der reformierte Hinduismus: das Ārya Samāj

Einige Jahre vor den soeben geschilderten Vorgängen in Bengalen war auf der anderen Seite Indiens, in der Gegend von Bombay, eine andere neue Bewegung entstanden. Es war das Ārya Samāj, gegründet 1875 von Dayānanda Saraswati (1824–1883). Der Name verrät die Intentionen der Bewegung: Wiederherstellung der indogermanisch-wedischen Religion (s. S. 70–73) und Ablehnung aller späteren Entwicklungen des nach-wedischen Hinduismus. Die frühe Reaktion der gebildeten Hindus auf den europäischen Einfluß, die von Bewunderung und voller Anerkennung bestimmt war, hatte mittlerweile einer anderen Haltung Platz gemacht. Man sah jetzt ein, daß eine Europäisierung der Hindu-Religion und -Kultur keineswegs notwendig war; der Hinduismus erschien zwar reformbedürftig, aber die Anregungen für eine solche Reform ließen sich durchaus in der wedischen Tradition finden. Diesen Standpunkt vertrat Dayānanda, der einer Brahmanenfamilie in Gujerat entstammte. Götzenkult, die Kategorie der Unberührbaren, Kinderehe und andere Korrumpierungen des Hinduismus seien in den Weden nicht zu finden, argumentierte er. Er forderte, daß das Studium der Weden allen offenstehen müsse, nicht nur den Brahmanen. Solche Bestrebungen trugen ihm später den Namen »Luther Indiens« ein. Das von ihm gegründete Ārya Samāj blieb auch nach seinem Tode das Betätigungsfeld derjenigen Inder, die sich um eine Reform des Hinduismus ohne Rückgriff auf ausländische Ideen und Vorbilder bemühten. Seine größte Verbreitung fand es im westlichen Indien und im Pandschab, aber auch hier blieben seine Ahänger selbst unter den gebildeten Hindus in der Minderzahl. Der Einfluß des Ārya Samāj war jedoch größer, als man aus seiner Mitgliederzahl schließen sollte; seine Neubewertung von Indiens eigenem wedischen Erbe fiel zeitlich zusammen mit der wachsenden Abneigung der Hindus gegen den britischen Imperialismus im letzten Viertel des vorigen Jahrhunderts und leitete über zu dem militanten Hinduismus, der mit dem Namen von B. G. Tilak verknüpft ist (s. S. 453).

5. Hinduistischer Universalismus: Rāmakrishna und Vivekānanda

Allmählich erholte sich der Hinduismus von seiner Konfrontation mit dem europäischen Denken, einer Konfrontation, die um so gefährlicher war, als der ausländische Einfluß sich eher in versteckter, weltlicher Form bemerkbar machte als in der leicht durchschaubaren und ablehnbaren Gestalt eines geschlossenen religiösen Systems, wie es etwa durch den Islam oder das Christentum verkörpert wurde. In der zweiten Hälfte des 19. Jahrhunderts war der Druck des westlichen Gedankenguts noch genauso stark, ja vielleicht noch stärker als am Anfang, aber inzwischen hatten die Hindus wieder zu sich selber gefunden und gelernt, der raffinierten Herausforderung mit noch raffinierteren Waffen aus ihrem eigenen Arsenal zu begegnen. Die Rolle, welche die christlichen Missionen in diesem Prozeß gespielt haben, ist nicht ganz eindeutig. Im allgemeinen verfolgten sie die Politik, die Schwächen des Hinduismus und die Überlegenheit des Christentums herauszustellen. Bei der Erweiterung der britischen Regierungskontrolle erwarteten sowohl Hindus als auch Moslems zunächst eine religiöse Diskriminierung, die jedoch durch einen Erlaß Königin Victorias (s. S. 434) aus der Welt geschafft wurde. Aber die anhaltende Wirkung der christlichen Propaganda, die von einer sich ständig ausweitenden Missionstätigkeit unterstützt wurde, erzeugte bei den Hindus ein Widerstreben gegen das christliche Gedankengut, sobald die ersten Folgen der christlichen Kritik überwunden waren. Das wachsende Selbstvertrauen der Hindus fand seinen Ausdruck in der 1897 gegründeten Rāmakrishna-Mission. Rāmakrishna (1834—1886) war in jeder Hinsicht die Verkörperung des hinduistischen Heiligen: ein Brahmane aus Bengalen, erzogen nur in der Bengali-Sprache; ein glühender, mystisch eingestellter Verehrer der Mutter-Göttin Kālī, in deren Tempel bei Kalkutta er sein Priesteramt versah; nachhaltig beeinflußt von Shankaras Monismus; zu Askese und Meditation neigend. Was ihn dennoch in das Indien des 19. Jahrhunderts verweist, das war seine Kenntnis anderer, nicht-hinduistischer, nicht-indischer Religionen, vor allem des Christentums, aber auch des Islams. Seine Einstellung zu diesen fremden Religionen wurde nach seinem Tode zu einem Hauptkennzeichen der Bewegung, die 1897 einer seiner fähigsten Schüler, Vivekānanda, gründete. Rāmakrishna vertrat, kurz gesagt, die hinduistische Auffassung, daß all die vielen Formen des Gottesglaubens nur verschiedene Wege zum selben Ziel seien. Das kann man Universalismus nennen, aber es ist ein *hinduistischer* Universalismus, denn er erwächst aus den spezifisch hinduistischen Vorstellungen von der Einheit, die der Vielheit zugrunde liegt, und von der relativen Natur aller fixierten Glaubensbekenntnisse. Es ist eine Haltung, die den christlichen und islamischen Ausschließlichkeitsanspruch mit dem Hinweis auf die Gleichberechtigung des Hinduismus beantwortet — unter Berufung auf seine Katholizität. Diese Botschaft verkündete Vivekānanda mit eindrucksvoller Beredsamkeit vor dem Religionsparlament, das 1893 in Chicago zusammentrat.

Die Rāmakrishna-Mission mit ihrer »Religion der Mystik und der Nächstenliebe« (Rādhakrishnan, 1941) wurde zur sichtbaren Verkörperung eines neuen, wiedererwachten Hinduismus, den das Christentum und die Regierung auf seine sozialen Aufgaben bei den Kranken und Notleidenden hingewiesen hatten, der aber auch das Bedürfnis nach einer Religion der Versöhnung verspürte, nach einer Religion der Toleranz und der Caritas. Die Hospitäler und Wohlfahrtseinrichtungen, die überall in Indien und in den Nachbarländern bestehen, sind Ausdruck der zuerst genannten Intentionen; reichhaltige öffentliche Bibliotheken und Vortragssäle dienen dem zweiten Zweck, und die von der Mission in Kalkutta herausgegebene Zeitung *Prabuddha Bhārata* (Erwachtes Indien) bezeugt, daß diese Bestrebungen anhaltend und umfassend sind.

6. Der militante Hinduismus: B. G. Tilak

Den aggressiveren Teil des wiedererwachten Indien verkörperte Bal Gagadhar Tilak (1856—1920). In Abwandlung eines Paulus-Wortes könnte man ihn als »einen Hindu der Hindus« bezeichnen; denn das Ziel all seiner Bemühungen war die Vereinigung der Hindus aus ganz Indien »zu einer mächtigen Hindu-Nation«. Obwohl er das ewige, unwandelbare Wesen der Hindu-Religion verkündete (der Begriff »santana dharma«, so meinte er, »zeigt, daß unsere Religion sehr alt ist — so alt wie das Menschengeschlecht selbst«), initiierte und organisierte er zwei neue religiöse Feste — eines zu Ehren des Hindu-Gottes Ganesh, das andere für den hinduistischen Maratha-Helden Shivaji, den Widersacher der Mughal-Dynastie. Das Ganesh-Fest plante Tilak als unmittelbare Imitation des moslemischen Muharram-Festes. Für den moslemischen Historiker (und für die Moslems allgemein) »zielte es darauf ab, die Moslems bewußt zu beleidigen und den Hindus unzweideutig klarzumachen, daß sie sich auf den Kampf gegen die Moslems vorzubereiten hätten« (Qureshi, 1962; 250). Die Verehrung eines Hindu, der so leidenschaftlich die Moslem-Herrschaft bekämpft hatte, läßt ja auch keinen Zweifel daran, worum es dieser Richtung des Hinduismus ging, die sich recht deutlich von dem menschenfreundlichen Universalismus Rāmakrishnas unterschied, aber großen Anklang und viele Anhänger fand, insbesondere in Tilaks heimischem Mahārāshtra und in Bengalen. Eine kriegerische Haltung war in Tilaks Augen eine Tugend; unter der Anklage, den Haß gegen die Nicht-Hindus zu schüren und an Mordanschlägen beteiligt gewesen zu sein, wurde er zweimal von den Engländern eingesperrt. Die zweite Strafe saß er im Gefängnis von Mandalay ab, wo er einen umfangreichen Kommentar zu dem Hindu-Text schrieb, der ihm am meisten bedeutete — zur Bhagawadgita. Seine Auslegung stellt die Notwendigkeit politischer Aktionen im Namen der Religion heraus und rechtfertigt auch die größte Gewaltanwendung im Dienst einer solchen Sache. Daß er den Titel »Hindu der Hindus« zu Recht trägt, geht aus dem anderen Beinamen hervor: Lokamanya (verehrt vom Volke).

7. Moderne hinduistische Heldenverehrung

Indien hat viele Gesichter, und es gab viele Gegenden, in denen fern von der Turbulenz, die Tilak und seine Anhänger erzeugt hatten, das dörfliche Leben während der ganzen Zeit der britischen Herrschaft fast unverändert weiterging. Hier nahm die Dankbarkeit der Dorfbewohner für die Segnungen der Regierung zuweilen eine sehr charakteristische Hindu-Form an: die Vergöttlichung der Beamten des Rāj, wie man die englische Herrschaft nannte. So wurde zum Beispiel Tilman Henckel, ein englischer Distriktsoffizier in Jessore in Bengalen, dessen Regime sich durch bemerkenswerte Gerechtigkeit und Fairneß auszeichnete, von den ehemals sehr unterdrückten armen Salzarbeitern postum als Gott verehrt; das Volk fertigte ein Bild von ihm an und betete es an (O'Malley, 1935; 171). Ein britischer Offizier im Pandschab, John Nicholson, wurde von seinen indischen Soldaten schon zu Lebzeiten göttlich verehrt. Obgleich Nicholson derartige Handlungen mit der Peitsche bestrafte, ließen sich seine Sepoys nicht davon abhalten, sich ihm immer wieder anbetend zu Füßen zu werfen. Nach seinem Tod schlossen sich einige zu einer Sekte mit dem Namen »Nikalsenis« zusammen. Ein anderer Offizier, der Oberst William Wallace, der 1809 starb und im Lager von Sirur im Gebiet von Puna begraben wurde, wird als Heiliger verehrt; »alle Hindus von Sirur und aus der Umgegend, abgesehen von den Brahmanen und Marwaris, beten an seinem Grab«, schrieb L. S. O'Malley 1935, »und in der Erntezeit bringen die Dorfbewohner seinem Geist die ersten Getreidefrüchte als Speise dar« (O'Malley, 1935; 176). Ein amerikanischer Missionar, der mit diesen Praktiken aufräumen wollte, starb prompt an der Cholera, »was selbstverständlich Wallaces Nachruhm beträchtlich vergrößerte«. Doch auch die Missionare selber wurden in zahlreichen Fällen zu Göttern erhoben und angebetet. Königin Victoria, welche die meisten ihrer indischen Untertanen nie gesehen hatten, brachten viele Inder höchste Verehrung entgegen. »Schon zu Lebzeiten wurde ihr eine Art Apotheose zuteil. Die Hindu-Frauen beteten zu ihr für ihre Söhne« (O'Malley, 1941; 86).

Hier offenbart sich also eine andere Seite des britischen Einflusses auf Indien, nicht nur der Eindruck der Macht, der seit dem entscheidenden Jahr 1857 in Erscheinung trat, sondern auch die Wirkung hervorragender oder ungewöhnlicher Persönlichkeiten auf die unverbildeten Inder, eine Wirkung, die sich in der Heldenverehrung niederschlug. Das verrät uns mehr über die Hindu-Landbevölkerung und die Sepoys als über die Engländer; es ist ein interessanter moderner Beleg für die Neigung einfacher Menschen, die Größe zu vergöttlichen. Von daher können wir auch begreifen, warum Mahātma Gandhi so beliebt bei den Massen war und einen so gewaltigen Einfluß gewann.

8. Neo-Hinduismus: M. K. Gandhi

Mit der Geschichte des modernen Hinduismus und dem allmählichen Zustandekommen jener seltsamen Mischung aus Reform, Anpassung, Neubewertung und aggressivem Selbstvertrauen, die man als Neo-Hinduismus bezeichnet, sind noch zahlreiche weitere Namen verknüpft. Hierher gehören M. G. Ranade (1842–1901) und G. K. Gokhale (1866 bis 1915), Partner im Kampf für religiöse und soziale Reformen; B. C. Chatterjee (1838–1898), der in den Kult der Mutter-Göttinnen die Idee des göttlichen »Mutterlandes« Indien einführte; Aurobindo Ghose (1872–1950), der Mystiker und Hindu-Nationalist; Rabindranath Thakur (Tagore) (1861–1941), das zweitjüngste der 15 Kinder von Debendranath Thakur, ein Lyriker, Dramatiker und Literatur-Nobelpreisträger, der fest davon überzeugt war, daß die geistige Erneuerung der Menschheit von Asien, der Wiege der großen Weltreligionen, ausgehen müsse. Doch alle diese Männer repräsentierten und wandten sich an bestimmte Ausschnitte der Hindu-Gesellschaft; keiner von ihnen verkörpert den Neo-Hinduismus so universal wie M. K. Gandhi.

Mohendas Karamchand Gandhi (1869–1948), von den Indern Mahātma (Mahā = groß; ātman = Seele) genannt, studierte drei Jahre lang in London, lebte mehr als 20 Jahre als Anwalt und Zeitungsherausgeber in Südafrika. 1915 kehrte er nach Indien heim, zu einem Zeitpunkt, da Tilkas gewalttätiger Nationalismus noch immer im gesamtindischen Hinduismus den Ton angab. Gandhi war ein Mann von anderem Geist. Er betrachtete zwar auch die Bhagawadgita als eine der großen religiösen Quellen, aber seine Interpretation war, anders als die Tilaks, stark beeinflußt vom Neuen Testament, von Tolstoj und Ruskin. Nach seiner Rückkehr kleidete sich Gandhi wie ein Bauer und führte ein sehr einfaches Leben, um dadurch seiner Botschaft Nachdruck zu verleihen: daß Indien durch die Berührung mit der materialistischen westlichen Zivilisation verdorben worden sei und zu einem schlichten Lebensstil und geistigen Werten zurückfinden müsse. Er glaubte, daß die Förderung der indischen Dorfindustrie, vor allem die manuelle Baumwollspinnerei, Indien die Möglichkeit gebe, dem Übel der Industrialisierung zu entgehen, und er gab sich die größte Mühe, diesen Plan zu verwirklichen. Er nahm sich auch der Unberührbaren an, die vom hinduistischen Kastensystem auf die unterste Stufe verwiesen worden waren und die kaum noch den Status von Menschen hatten. Die Armut der ländlichen Bevölkerung hoffte er durch ein Alkoholverbot bekämpfen zu können. Doch vor allem hielt er die Politik der Gewaltlosigkeit für den einzigen Weg zur Befreiung von der fremden Vorherrschaft. Nach Tilaks Tod im Jahre 1920 wurde Gandhi der unumstrittene moralische Führer des hinduistischen Indien, nicht nur der Intellektuellen, der Nationalisten, der neuen Mittelklasse oder der Bauern, sondern aller Gruppen. Das Volk sah in ihm mindestens einen Heiligen; für die Unberührbaren und die Bauern war er eine Inkarnation Gottes, gesandt, die Mißstände in der Welt zu beseitigen, eine Verkörperung des Prinzips, das Krischna in der Bhagavadgita verkündet hatte: »Sooft die Tugend schwindet oder das Laster zunimmt, erschaffe ich mich neu, und von einem Zeitalter zum anderen erscheine ich wieder, um die Gerechten zu retten, die Bösen zu vernichten und die Tugend zu festigen.«

Doch als Indien 1947 die Unabhängigkeit erhielt, war das Land gespalten in die Republiken Indien und Pakistan (s. S. 478 ff.). Die gewalttätige Auseinandersetzung zwischen Hindus und Moslems, die diese Spaltung begleitete, ist ein komplexes Kapitel in der politischen Geschichte des modernen Asien: für Gandhi war es nur eine bittere Erfahrung und die Vereitelung vieler Pläne, die er zu verwirklichen gedachte. Er trat in den Hungerstreik, wie er es schon so oft während des Unabhängigkeitskampfes getan hatte, um die beiden Seiten zur Besinnung und zur Beendigung der Gewaltanwendung zu bringen. Er hatte Indien eine andere Methode gelehrt als Tilak, aber die Interessen der Hindus und Moslems waren zu starke Kräfte, um selbst von einem Gandhi gebändigt zu werden. Aus Mahārāshtra, aus derselben Gegend, die sowohl Tilak als auch Gandhi hervorgebracht hatte, stammte der fanatische Hindu-Nationalist, der als Gegner der von Gandhi betriebenen Politik der Versöhnung mit den Moslems den Mahātma am 30. Januar 1948, am Ende einer Gebetsversammlung unter freiem Himmel, erschoß.

9. Der Hinduismus im neuen Indien

Der indische Staat, der 1947 entstand, ist in vieler Hinsicht ein neues Indien: geographisch verkleinert durch den Verlust der Gebietsteile im Nordwesten und Nordosten, die heute Pakistan bilden; nach der Verfassung demokratisch und weltlich; in der Theorie wirtschaftlich und politisch frei, sich zu einem unabhängigen modernen Staatswesen zu entwickeln. In diesem neuen Indien unterliegt auch der Hinduismus Wandlungen, in denen sich zum Teil Trends fortsetzen, die bereits in der Zeit der britischen Herrschaft vorhanden waren, die zum Teil aus der neuen Lage erwachsen.

Das moderne Indien ist offiziell ein weltlicher Staat. Das bedeutet, daß keine Religion Privilegien genießt und daß alle religiösen Traditionen, die sich heute in Indien finden, respektiert werden: jede Konfession kann sich frei entfalten, und kein Bürger wird aus religiösen Gründen diskriminiert. Da die Hindus die überwältigende Mehrheit darstellen, gibt es natürlich manche, die für den Hinduismus eine bevorzugte Behandlung fordern; die extremen Richtungen, repräsentiert durch die politischen Parteien Rashtriya Swayamsevak Sangh (RSS) und das Hindu Mahāsabha, sind mit der gegenwärtigen Trennung von Staat und Hindu-Religion nicht einverstanden. Andere Hindu-Intellektuelle verwerfen die Prinzipien eines säkularen Staates aus Gründen der privaten und öffentlichen Moral. Ein Hauptverfechter dieses Standpunkts, der sich auf eine starke Hindu-Tradition berufen kann, ist Professor P. Sankara Narayan von der Universität Madras, der 1957 die klassische hinduistische Auffassung wie folgt formulierte:

»Letztlich kann nur die Religion die Frage beantworten: Warum soll ich moralisch sein? Die Rechtfertigung der Moral liegt in der Sphäre der Religion begründet, und das gilt sowohl für den privaten Bereich des Einzelmenschen als auch für den öffentlichen Bereich des Staates. Die hinduistische Vorstellung vom Wesen des Staates hebt gerade diesen Gedanken hervor, daß nämlich nicht zu den geringsten Pflichten des Staates das *dharma samstthapana* zählt, die Errichtung des Reiches der Religion in den Herzen der Untertanen. Die lautstarken und häufig wiederholten Proklamationen der ›weltlichen‹ Natur des Staates unterhöhlen offensichtlich die Moral innerhalb der Religion. Es ist weder schicklich noch sinnvoll, wenn ein Staat seine Verbundenheit mit der Religion aufgibt und ständig seinen rein ›weltlichen‹ Charakter zur Schau stellt.«

P. Sankara Narayan sieht im hinduistischen Geist der Toleranz die

Lösung für das Problem, verschiedenen religiösen Traditionen innerhalb eines einzigen Staates gleiche Rechte zukommen zu lassen:

»So unerläßlich es auch zweifellos ist, alle Religionen unparteiisch zu behandeln, so sollte es doch dem Menschen möglich sein, ein System zu entwickeln, durch das die Grundsätze der Religion eine bestimmte Funktion im weltlichen Regierungsapparat erhalten. Andernfalls werden die geistigen Werte in den Herzen und Köpfen der Menschen völlig verkümmern. In diesem Zusammenhang ist die hinduistische Idee von der Identität im Unterschied, von den vielen Wegen zum selben Ziel, eine praktikable Lösung dieses nicht unlösbaren, aber verwickelten Problems.« (Devanandan und Thomas, 1957; 72–4)

Eine massive Kritik an der weltlichen Verfassung des modernen Indien geht von der extremen hinduistischen Orthodoxie aus, die sich mit der bereits erwähnten politischen Rechten verbündet hat. Diese Kritik richtet sich vor allem gegen die Haltung des Staates zum Kastenwesen. Nach Meinung der extremistischen Hindus ist das Kastensystem ein wesentlicher Bestandteil der Hindu-Religion, und indem der weltliche Staat eine Gesellschaftsstruktur zu verwirklichen sucht, welche die Kastenunterschiede ignoriert, trifft er, so meinen sie, den Hinduismus an seiner Wurzel. Gegen diese Haltung und für die gegenwärtige Politik spricht die gesamte Tradition der Hindu-Reformer von Rām Mohan Roy (s. S. 448 f.) bis Mahātma Gandhi (s. S. 455 f.), die den Standpunkt vertraten, daß die strenge Gliederung in Kasten und Unterkasten nicht zum Wesen des Hinduismus gehöre. Diese Auffassung hat kürzlich K. M. Panikkar nachdrücklich unterstrichen. »Die Religion hat nur sehr wenig mit der sozialen Ordnung der Hindus zu tun, und jemand kann durchaus ein Hindu bleiben, auch wenn er diese soziale Ordnung ablehnt. Viele hinduistische Sekten haben sie tatsächlich abgelehnt und gelten trotzdem noch immer als Hindus, was ein eindeutiger Beweis dafür ist, daß zwischen dieser Ordnung und der Religion kein echter Zusammenhang besteht« (Panikkar, 1961; 49).

Mittlerweile sind säkulare Kräfte, wie sie im technischen Zeitalter in allen aufstrebenden Gesellschaftssystemen zu finden sind, dabei, die Schranken der Kasten und Unterkasten abzubauen. Das Leben in den Städten und in den zusehends industrialisierten Gebieten macht die Beachtung der Kastenunterschiede schwierig, wenn nicht unmöglich. Selbst in ländlichen Gegenden sind diese Kräfte am Werk. Aus einer Untersuchung des Dorflebens in einem traditionell hinduistisch geprägten Gebiet – Tanjore in Südindien – hat die amerikanische Anthropologin Kathleen Gough den Schluß gezogen, daß auch dort das gesellschaftliche und ökonomische Kastengefüge ins Wanken gerät: »Es ist evident, daß die Sozialstruktur im Dorf Tanjore von einem relativ geschlossenen, stationären System mit einer feudalistischen Wirtschaft und einer von religiösen Gesetzen bestimmten Zusammenarbeit der höheren Kasten zu einem relativ ›offenen‹, wandlungsfähigen System übergeht, das sich an weltlichen Gesetzen orientiert, mit einer expandierenden kapitalistischen Wirtschaft und einem Wettbewerb der Kasten untereinander, der durch den neuen Kampf zwischen den wirtschaftlichen Klassen teils verstärkt, teils verdrängt wird.« (Marriott, 1955; 52)

Falls das Kastensystem einen Makel der hinduistischen Religion darstellt, wie die Reformer immer wieder behauptet haben, dann kann man die Wirkungen der »weltlichen« Kräfte als eine Läuterung und Befreiung der Religion betrachten, die nun viel deutlicher ihre essentiellen moralischen und geistigen Werte herauszustellen vermag.

Doch während der Hinduismus sich an die durch die zunehmende Verstädterung geschaffenen Bedingungen anzupassen sucht, entstehen neue Strömungen und religiöse Bünde, die möglicherweise für die Zukunft des Hinduismus von großer Bedeutung sein werden. Zu den bemerkenswertesten Erscheinungen zählen die Zusammenkünfte frommer Gemeinden in Privathäusern, genannt bhajans (das Wort hängt mit Bhagavad und bhakti zusammen (s. S. 206). Milton Singer hat auf die wachsende Beliebtheit dieser Zusammenschlüsse im Gebiet von Madras aufmerksam gemacht (Singer, 1963). Die frommen Bünde stehen insofern ganz in der bhakti-Tradition, als sie Kasten- und Sektenunterschiede für nebensächlich halten und eine verinnerlichte Religiosität kultivieren. »Jede örtliche bhajan-Gruppe«, schreibt Singer, »nimmt ihren Ausgang von einer einzelnen Familie«, doch »diese weitet sich rasch aus und bezieht Nachbarn und Kollegen mit ein, die nicht mit ihr verwandt sind und sogar anderen Kasten, Sekten oder Sprachgemeinschaften angehören können.« Der Zusammenschluß vollzieht sich auf verschiedenen Ebenen. »Das wöchentliche bhajan bleibt im Grunde eine nachbarschaftliche Gruppe; das monatliche bhajan überschreitet die Nachbarschaftsgrenzen, und das jährliche bhajan-Fest lockt die Massen aus allen Stadtvierteln an« (Singer, 1963; 213). Singer stellt sich die Frage, ob daraus wohl eine neue kastenlose und sektenlose ökumenische Form des Hinduismus erwachsen könne, kommt jedoch zu dem Ergebnis, daß dies nicht sehr wahrscheinlich sei, da sich bereits jetzt sektiererische Entwicklungen abzuzeichnen begännen. Er fügt allerdings hinzu, daß die bhajans für viele Hindus »das geeignete Mittel einer integrierend und vereinheitlichend wirkenden religiösen Bewegung« sind.

10. Der Hinduismus außerhalb Indiens

Bis heute kann man den Hinduismus kaum eine missionarische Religion im westlichen Sinne eines proselytenmachenden Glaubens nennen. Hindus leben zwar außerhalb der indischen Grenzen, insbesondere in Südostasien und Ostafrika, aber das beruht darauf, daß sie oder ihre Vorfahren sich dort niedergelassen haben und sich weiterhin als Hindus empfinden und ihre überlieferten Rituale praktizieren. Doch im allgemeinen gilt, daß der Hinduismus sich keine Mühe gibt, Andersgläubige außerhalb des Mutterlandes zu bekehren. Das liegt weitgehend daran, daß in der Vergangenheit die Zugehörigkeit zum Hinduismus notwendigerweise die Integration in die Hindu-Gesellschaft bedeutete. Das religiöse System des Hinduismus läßt sich als eine »große Tradition« begreifen, die sich in einem langen Zeitraum auf der Grundlage der vielen regionalen »kleinen Traditionen« des dörflichen Indien entwickelt hat und deshalb ihre Lebenskraft aus der heimatlichen indischen Erde bezog. Er ist auf die Verbundenheit mit der indischen Erde angewiesen, auch wenn es sich, wie im Falle der Auswanderer, hier nur noch um ererbte Bindungen handelt. Die äußeren Formen des Hinduismus, »der Tempelkult, die großen Feste, die sichtbaren Symbole der Sekten und Gruppen etc.«, meint Panikkar, »sind die Dinge, die den Hinduismus von allen anderen Religionen unterscheiden« (Panikkar, 1961; 125). Ohne sie gibt es keinen Hinduismus.

Trotzdem versuchen die Inder der westlichen Welt auf gewisse Weise das nahezubringen, was manche von ihnen für einen einzigartigen und wesentlichen Beitrag der Hindu-Religion zur Weltkultur halten. Da ist natürlich die modische westliche Vorliebe für den Yoga zu nennen, das allerdings im Westen meist nur als eine Form des körperlichen oder geistigen Trainings betrachtet wird und nicht unbedingt mit der religiösen Weltanschauungsrichtung in Verbindung gebracht wird, die in Indien dem Yoga seine religiöse Bedeutung verleiht. Wenn es überhaupt eine Form des Hinduismus gibt, die für den Export in den Westen geeignet erscheint, dann das Vedānta (Wedanta) (s. S. 256). Diese Richtung verfügt tatsächlich über eigene Missionare, vor allem die swāmis der Rāmakrishna-Mission, die man in einigen Großstädten des Westens antrifft, und einige wenige pundits des Ārya Samāj. Neben diesen fest umrissenen Formen des hinduistischen Einflusses im Westen – die freilich auch nur Randerscheinungen sind – steht jedoch der indirekte Einfluß, der von der Hindu-Literatur, also von Übersetzungen der religiösen Klassiker des Hinduismus, und von den einschlägigen Werken moderner Schriftsteller ausgeht; damit meinen wir Inder wie Sir S. Rādhakrishnan und Aurobindo Ghose sowie westliche Interpreten des Wedanta wie Gerald Heard, Christopher Isherwood und Aldous Huxley. Im allgemeinen bestärkt dieser Einfluß eine Weltauffassung, die hinter den vielfältigen und flüchtigen Formen der empirischen Existenz eine Welt erkennt, die unwandelbar, ewig und beglückend ist.

III.
DER ISLAM IN DER MODERNEN ZEIT VON 1707 BIS ZUR GEGENWART

1. Der Hintergrund der islamischen Reform

Im Jahre 1707 starb der Mughal-Kaiser Aurangzeb im Alter von 90 Jahren. Auf Aurangzeb, den letzten wirklich großen Moslem-Herrscher in Indien, der durch seine puritanische Gesetzgebung dem sittlichen Verfall der islamischen Gesellschaft in Indien hatte Einhalt gebieten wollen, folgte eine Reihe von korrupten und unfähigen Herrschern, bis 1858 der Kaiser Bahadur Shah von den Briten abgesetzt und nach Rangun verbannt wurde, wo er in Armut starb. Die Korrumpierung des indischen Islams, die bereits unter Aurangzeb einsetzte und bis ins 18. Jahrhundert hinein andauerte, wurde schließlich in ebendiesem 18. Jahrhundert durch Erneuerungsbewegungen auf indischem Boden gebremst. Sie entstanden gleichzeitig mit ähnlichen Reformbestrebungen in anderen Teilen der islamischen Welt – in Zentralarabien und im Jemen. Im 19. Jahrhundert folgte dann die modernistische Reformbewegung in Ägypten, die mit den Namen von Mohammed Abduh und seinem syrischen Schüler Rashid Rida verbunden ist und einen großen Einfluß auf den Islam in Südostasien, zumal in Indonesien, ausübte.

Diese verschiedenen islamischen Reformströmungen des 18. und 19. Jahrhunderts haben zwei wichtige Dinge gemeinsam: 1. die Ausscheidung der Auswüchse und Hinzufügungen, die der Islam im Mittelalter angesetzt hatte, und 2. die Neugestaltung des islamischen Glaubensguts und Brauchtums in Anpassung an das moderne Denken und Lebensgefühl. Ein weiteres Kennzeichen vieler, wenn auch nicht aller Reformbewegungen ist ein politisches Ziel: die Restauration der moslemischen Herrschaft. Den Hintergrund dafür lieferte der europäische Kolonialismus in Asien und im Mittleren Osten während dieser beiden Jahrhunderte. Er war der Anlaß, das Stimulans, vielleicht auch der Anreiz, doch die islamischen Reformbestrebungen entstanden nicht nur unter dem Eindruck der westlichen Vormacht: sie erwuchsen gleichermaßen aus dem Fundus des Islams selbst.

Die Erneuerung des indischen Islams, die in den dunklen Tagen des 18. Jahrhunderts begann, als das Moslem-Reich rapide zerfiel und gläubige Moslems, mit den Worten Fazlur Rahmans, »buchstäblich in einer schaurigen Wildnis allein gelassen waren und nicht wußten, wohin sie sich wenden sollten«, hielt im 19. und 20. Jahrhundert an und kann möglicherweise die Entstehung des modernen Pakistan im Jahre 1947 auf ihr Konto buchen.

2. Frühe Reformbewegungen in Indien und Arabien

Fünf Jahre vor dem Tode des Kaisers Aurangzeb wurde der Mann geboren, der als Führer der moslemischen Reform in Indien gilt: Wali Allah aus Delhi (1702–62), ein sufistischer Denker, Schriftsteller und Lehrer. Ihm ist eine Neuformulierung des Islams auf einer breiteren Basis als der der traditionellen Theologie zu verdanken. In seinem System wird »ein breites humanistisch-soziologisches Fundament überlagert von den Grundsätzen sozialer und ökonomischer Gerechtigkeit und gekrönt von einem sufistischen Weltbild« (Rahman, 1967; 203). Er bemühte sich darum, den indischen Islam von den vielen fremden Glaubensvorstellungen und Praktiken zu reinigen, die er aus seiner indischen Umwelt übernommen hatte. Wali Allahs Hoffnungen richteten sich auf die Wiederherstellung der moslemischen Herrschaft, und zu diesem Zweck bearbeitete er die führenden moslemischen Würdenträger und Militärs mit seinen Ideen. In einer Periode der Depression vermittelte er ihnen die Vision eines erneuerten und wiedererstarkten Islams. Ein moderner pakistanischer Historiker, Professor S. M. Ikram, ist der Auffassung, daß »er [Wali Allah] mehr als alle anderen für die religiöse Regeneration des indischen Islams getan hat« (Ikram, 1964; 262). Sein Werk wurde nach seinem Tode von seinen Söhnen und Schülern weitergeführt.

Die zweite wichtige Reformbewegung des 18. Jahrhunderts kam auf Anregung von al-Wahhab aus Arabien (1703–92) zustande. Als junger Mann hatte er den Irak und Persien bereist, und als er vierzigjährig nach Arabien zurückkehrte, setzte er sich in Predigten und Schriften für einen geläuterten Islam ein. In seiner Abhandlung *Das Buch der Einheit* attackierte er viele Formen der islamischen Volksreligion im Mittleren Osten, etwa die Gebetsübungen an den Gräbern der Heiligen, den Glauben an die Macht der Heiligen, die Anrufung des Propheten und der Heiligen als Fürsprecher und manches andere, was er für bloßen Aberglauben hielt. Zugleich griff er die moralische Laxheit an sowie die Auswucherungen des islamischen Glaubens, für die nach seiner Meinung die Sufis und die philosophischen und theologischen Schulen verantwortlich waren. Die von ihm begründete Bewegung verwarf alle mittelalterlichen moslemischen Autoritäten und Überlieferungen und hielt sich ausschließlich an die Autorität des Korans und der Sunna; alles andere erschien ihm überflüssig. Der Widerstand seiner eigenen Sippe veranlaßte al-Wahhab, ins östliche Arabien überzusiedeln, und dort fanden seine Anschauungen die Unterstützung des Stammesfürsten ibn Sa'ud. Das ermöglichte es ihm, sein Reformprogramm in die Tat umzusetzen, was zur Folge hatte, daß die Wahhabi-Bewegung ihren Einflußbereich auf die heiligen Städte Mekka und Medina ausdehnen konnte. Die gegenwärtige saudi-arabische Dynastie geht auf den von al-Wahhab bekehrten ibn Sa'ud zurück. Auch diese Bewegung wurde nach dem Tod des Gründers von dessen Schülern fortgeführt und behielt einen gewissen Einfluß in Arabien. Sie fand keinesfalls die Zustimmung aller arabischen Moslems und stieß sogar bei all jenen auf starken Widerstand, deren moralische Gleichgültigkeit attackiert worden war und die eine so puritanische Einstellung zu den volkstümlichen Kulten nicht zu akzeptieren bereit waren. Die Folge: die Wahhabis wurden um 1813 aus Mekka vertrieben. Dennoch war die Wahhabi-Bewegung mit ihrer moralischen Gesinnung von bleibender Bedeutung, denn diese Gesinnung wurde zum durchgängigen Merkmal der späteren Reformbemühungen in Arabien und überall in der moslemischen Welt.

3. Religiöse Probleme, die zu den Ereignissen von 1857 führten

Alteingewurzelte Vorurteile haben ein zähes Leben, und manche Engländer verbinden noch immer mit den Worten »indischer Aufstand« die Vorstellung, daß die Moslems ein stures, finsteres, rebellisches und von einem irrationalen Aberglauben beherrschtes Volk sind. Wie willkürlich im Falle des Islams die Grenze ist, die man im Westen zwischen Religion und Politik zu ziehen beliebt, demonstriert sehr deutlich die Lage der indischen Moslems um die Mitte des vorigen Jahrhunderts. Nur wenn man diesen doppelten Aspekt des Islams, den politischen und religiösen, in Rechnung stellt, kann man die Geschichte der indischen Moslems und die Reformströmungen des 19. Jahrhunderts richtig verstehen.

Seit Beginn des Jahrhunderts nahm die Macht des Mughal-Reiches ständig ab. Die Eroberung Delhis durch die Engländer im Jahre 1803 ist symptomatisch für diesen Machtverfall. Im selben Jahr gab Wali Allahs Sohn Abd'al Aziz (1746–1824) eine Erklärung des Inhalts heraus, daß Indien nicht mehr länger dar-al-Islam, also islamisches Territorium, sei; es war dar-al-harb, fremdes Territorium, geworden und mußte zurückgewonnen werden, damit sich dort wieder eine islamische Gemeinschaft etablieren konnte. Eine der großen Leistungen von Wali Allahs Söhnen war ihre Übersetzung des Korans in ein idiomatisches Urdu, so daß er jetzt auch von den einfachen Moslems gelesen und verstanden werden konnte. Die Interlinearversion der Übersetzung gab darüber hinaus den indischen Moslems die Möglichkeit, sich ein Bild des arabischen Originals zu machen.

Eine andere religiöse Reformbewegung, die Parallelen zu der von Wali Allah in Nordwestindien initiierten Strömung aufweist, entstand um 1820 in Ostbengalen. Ihr Gründer war Sharīat Allah, ein bengalischer Moslem, der im genannten Jahr von seiner Pilgerfahrt nach Mekka zurückkehrte, wo er einige Jahre bei berühmten Moslem-Theologen studiert hatte. In der Heimat sammelte er Anhänger aus den untersten Moslem-Schichten um sich, und die Gemeinschaft, die sich auf diese Weise bildete, übernahm bestimmte, festumrissene Aufgaben. Zunächst gelobte sie die regelmäßige und gewissenhafte Erfüllung der religiösen Pflichten, die einem Moslem auferlegt sind. Diese Pflichten heißen farāid, und davon ist der Name farāidīs für die ganze Gruppe abgeleitet. Daneben hatte sie ein negatives Ziel: die Ablehnung verschiedener Praktiken, die sich die ostbengalischen Moslems unter dem starken Einfluß der hinduistischen Umgebung zu eigen gemacht hatten und die dem Islam fremd waren; es handelte sich vor allem um gewisse Zeremonien und festliche Veranstaltungen. Die Bewegung erstrebte die Reinigung des Islams nicht nur von hinduistischen, sondern auch von sufistischen Bräuchen und Einflüssen. Weiterhin gehörten zu ihren Zielen bestimmte gesellschaftliche und wirtschaftliche Reformen; sie entsprangen der Überzeugung, daß die ungleiche Verteilung des Besitzes dem Geist des Islams zuwiderlaufe. Schließlich hatte sich die Bewegung zum Ziel gesetzt, die moslemische Oberhoheit in Begalen wiederherzustellen; wie in Nordwestindien war auch hier das Land unter der britischen Herrschaft dar-al-harb geworden und mußte für den Islam zurückerobert werden.

Natürlich nicht nur in Bengalen, sondern überall im ehemaligen Mughal-Reich spukte die Erinnerung an die entschwundene Größe in den Köpfen der indischen Moslems herum; man beklagte jedoch noch mehr als die vergangene Größe den Verlust einer echten islamischen Gesellschaft unter moslemischer Herrschaft, so unwürdig auch einzelne Herrscher gewesen sein mochten.

Inzwischen drohte eine neue Gefahr. Seit dem Beginn des 19. Jahrhunderts begannen christliche Missionare in Indien und speziell in Bengalen zu wirken. Die Moslems befürchteten, die Zunahme der britischen Macht würde zugleich den Versuch bedeuten, die indische Bevölkerung zum Christentum zu bekehren. Ihre Befürchtungen waren nicht ganz unberechtigt. Mr. Mangles, der Vorsitzende des Aufsichtsrats der Ostindischen Gesellschaft, erklärte 1857 im Unterhaus: »Die Vorsehung hat England das riesige Reich Hindustan anvertraut, damit das Banner Christi von einem Ende Indiens bis zum anderen im Triumph wehen möge« (Qureshi, 1962; 226).

Im Jahre 1835 wurde auf Macaulays berühmte Empfehlung hin das Englische in Indien zur Amtssprache erklärt und als Unterrichtssprache eingeführt. Schon bald machten sich die Inder diesen Zugang zur westlichen Literatur und Bildung zunutze, doch es waren vor allem die Hindus und nicht die Moslems, welche die Chance ergriffen. Einerseits waren die Gebiete mit dem stärksten britischen Einfluß, Bombay, Madras und besonders Kalkutta und Westbengalen, vorwiegend von Hindus bewohnt. Ein anderer Grund lag darin, daß die Hindus der fremden Kultur, der sie durch eine derartige Erziehung ausgesetzt wurden, weniger mißtrauisch begegneten als die Moslems – zumindest in der ersten Zeit. Der militante hinduistische Widerstand, repräsentiert durch das Ārya Samāj, gehört bekanntlich der zweiten Hälfte des 19. Jahrhunderts an (s. S. 450 f.). Von Anbeginn an waren die Moslems weniger geneigt, an den »Segnungen« der westlichen Kultur teilzuhaben, wie sie ihnen von christlichen Missionaren und Regierungsschulen offeriert wurden. Wie Qureshi dargetan hat, hatten die Moslems den Verdacht, ihre Kinder würden in diesen Schulen ihren eigenen Glauben verachten lernen und »den religiösen Werten des Islams entwöhnt werden« (Qureshi, 1962; 224). Tatsächlich traten ja auch um die Mitte des vorigen Jahrhunderts die Hindus in großer Zahl zum Christentum über. Unter anderem verfolgten die Engländer mit ihrer Erziehungspolitik das Ziel, Nachwuchs für den Kolonialdienst heranzuziehen, und dabei hatten sie bei den Hindus mehr Erfolg als bei den Moslems. So spürten die Moslems nicht nur ihre Erniedrigung angesichts des Verlusts ihres Reiches, sondern fühlten sich auch noch benachteiligt im Vergleich zu den Hindus.

4. Der Beginn einer neuen Ära für die Moslems

In Anbetracht des bisher Gesagten ist es um so erstaunlicher, daß es trotzdem noch Moslems gab, die an die Möglichkeit besserer Beziehungen zu den Briten glaubten. Der bedeutendste und einflußreichste Vertreter dieser Gruppe war Sayyid Ahmad Khan (geb. 1817 in Delhi), der von den indischen Moslems sehr verehrt wird (Qureshi, 1962; 236–52). In einem 1860 in Kalkutta veröffentlichten Buch, *The Causes of the Indian Revolt,* versuchte er den englischen Lesern klarzumachen, daß die Hauptgründe für die Revolte das mangelnde Verständnis der Briten für die religiösen Auffassungen und die moralische Haltung der moslemischen Bevölkerung und die von ihr als Affront empfundenen Regierungsmaßnahmen gewesen seien. Andererseits glaubte er, die moslemische Aversion gegen die britische Regierung habe auch auf der Unkenntnis des Christentums beruht, und deshalb verfaßte er eine Interpretation der Bibel, um den Moslems zu zeigen, daß die beiden Religionen, die islamische und die christliche, sehr viel Gemeinsames hätten. Einige Jahre darauf besuchte er England und studierte eine Zeitlang in Cambridge. Hier stieß er auf die Darstellung des Islams, die Sir William Muir in seinem Buch *The Life of Mohammed* gegeben hatte. Wie jener andere europäische Kritiker des Islams, Ernest Renan, befaßte sich auch Muir nur mit der Spätphase der mittelalterlichen islamischen Gesellschaft, und er erblickte deshalb im Islam ein zurückgebliebenes und minderwertiges System, das auf der primitiven Religion der Beduinenstämme basiere. Sayyid Ahmad Khan versuchte daraufhin, in einem Werk mit dem Titel *Essays on the Life of Mohammed,* das 1870 in London erschien, diese Auffassung zu korrigieren. Sein Buch zeichnete sich nach Sir Alfred Lyall durch »eine gerechte literarische Würdigung und die Ansätze zu einer wissenschaftlichen Exegese« aus und war ein ernsthafter Versuch, westliche Leser durch eine rationale Darstellung mit der islamischen Religion und ihren Werten vertraut zu machen.

Sayyid Ahmad Khan war überzeugt, daß die islamische Religion letztlich mit den modernen wissenschaftlichen Erkenntnissen zu vereinbaren sei. Diese Erkenntnisse, nicht eine Überlegenheit des Christentums über andere Religionen, erklärten nach seiner Auffassung den größeren Fortschritt im Westen. Nach seiner Rückkehr nach Indien betrieb er deshalb den Bau eines Bildungszentrums in Aligarh, wo modernes Wissen und islamische Kultur eine fruchtbare Verbindung eingehen sollten. Daraus wurde das Mohammedan Anglo-Oriental College, das »eine wichtige Rolle in der Entwicklung der moslemischen Gesellschaft spielte, nachdem sie fast am Rand des Abgrunds gestanden hatte ... Dort wurde eine Generation von Moslems erzogen, welche die neuen Entwicklungen in der Welt und im Denken in sich aufnahmen, ohne ihre elementare Loyalität zum Islam aufzugeben« (Qureshi, 1962; 242). Doch viele konservative Moslem-Führer in Indien betrachteten die Ideen und Lehren Sayyid Ahmad Khans mit großem Argwohn und Abscheu. Und dabei war er einer der bedeutendsten frühen »Modernisten« im indischen Islam. Man warf ihm vor, er beschäftige sich mit Theologie, ohne dafür qualifiziert zu sein. Desungeachtet war er ein gebildeter Mann mit unerschütterlichen religiösen Überzeugungen und mit einem festen Glauben an den Wert der islamischen Gesellschaftsform, und ihm ist es zum großen Teil zu verdanken, daß die Moslems in Indien einen neuen Sinn für die mögliche Stellung des Islams in der modernen Welt entwickelten.

Ein Moslem, der ähnliche Ansichten über das Verhältnis von wissenschaftlichem Denken und islamischer Religion hegte, war sein Zeitgenosse Jamal al-Din al-Afghani (1839–1897). Der islamische Gottesglaube war bei Afghani gekoppelt mit der Überzeugung von der Bedeutung der rechten moralischen und sozialen Ordnung und rationalwissenschaftlicher Methoden. Afghani wollte weniger die Vereinbarkeit von Wissenschaft und islamischer Religion demonstrieren (wie es das Hauptanliegen der von Sayyid Ahmad Khan gegründeten Aligarh-Bewegung war), sondern vielmehr den Islam in sozialer und politischer Hinsicht stärken. Sein Name ist vor allem mit der »pan-islamischen« Bewegung verknüpft, deren Ziel die Wiederherstellung der islamischen Einheit zur Abwehr fremder politischer, kultureller und religiöser Kräfte war. Er verfocht auch die Idee einer »Volksregierung« innerhalb des Islams, die er für die wirksamste Garantie für die politische Einigung und Stärke hielt; in diesem Punkt machte er seinen Einfluß in Ägypten, in Persien, in der Türkei und in Indien selbst geltend.

5. Islamische Reformbestrebungen in Ägypten

Der Aufbruch zur islamischen Erneuerung, den der Kontakt mit der westlichen Zivilisation ausgelöst hatte, machte sich auch in Ägypten bemerkbar – einem weiteren Land, das der europäische Kolonialismus an sich gerissen hatte. Hier wurde die Reformierung und Neuinterpretation des Islams von Muhammad Abduh (1849–1905) angeführt, einem Schüler al-Afghanis (s. S. 469), mit dem zusammen er in den achtziger Jahren eine islamische Zeitung herausgegeben hatte. Muhammad Abduh war ein ausgebildeter Theologe und Lehrer am berühmten Moslem-Zentrum al Azhar in Kairo. Vielleicht noch fester als Sayyid Ahmad Khan war er in beiden Welten verwurzelt, in der traditionellen islamischen Orthodoxie (somit war er ein Mann, auf den wenigstens einige Vertreter der ägyptischen ulama hörten) und der modernen Wissenschaft. Glaube und Wissen, so behauptete er, widersprächen sich nicht, sondern wirkten gemeinsam auf den Fortschritt der wahren Religion und einer gut funktionierenden Gesellschaft hin. Für ihn war der Islam eine Religion, die den Menschen aufruft, mit dem Verstand die Welt der Natur, die Gottes Schöpfung ist, zu erforschen. Die Neugestaltung des islamischen Denkens, die er für möglich hielt, war jedoch nicht leicht zu bewerkstelligen, und seine Vorstellungen stießen auf beträchtlichen Widerstand bei den konservativeren ulama. Nach H. A. R. Gibbs Deutung hatte Abduhs Einfluß zwei Folgen: 1. den Anstieg des weltlichen Modernismus in den islamischen Ländern des Mittleren Ostens, mit der Tendenz zur Trennung von Kirche und Staat, 2. die Stärkung einer fundamentalistischen Theologenpartei (Salafiya), die alle mittelalterlichen Autoritäten ablehnte und sich allein auf den Koran und die Sunna stützte. Ein führender Vertreter dieser Richtung war ein Schüler Abduhs namens Rashid Rida (1865—1935), und unter seiner Leitung näherte sich die Salafiya-Bewegung immer mehr dem puritanischen Fundamentalismus der Wahhabis. Mit ihrer Zeitung *al-Manar* übte sie einen weitgestreuten Einfluß aus; das Blatt war in der gesamten islamischen Welt des Mittleren Ostens und Südasiens weit verbreitet und sprach weniger die Hochgebildeten als vielmehr die religiös eingestellte moslemische Mittelschicht an.

6. Das moslemische Indien im späten 19. Jahrhundert

Kehren wir nach Indien zurück. Wir haben oben (s. S. 450 f.) bereits das wachsende Selbstbewußtsein der Hindu-Gemeinschaft beobachtet, wie es sich zum Beispiel im Ārya Samāj niedergeschlagen hat; jetzt können wir sehen, daß dieses Selbstbewußtsein zwar zum Teil in der Rückbesinnung auf die in der indischen Geschichte fest und seit langer Zeit verankerten kulturellen Kräfte begründet war, aber auch ein wiedererwachtes moslemisches Gemeinschaftsgefühl reflektiert, das sich mittlerweile von dem Schock der politischen Machteinbuße erholt hatte.

Obgleich Sayyid Ahmad Khan (s. S. 468 f.) so liberal in seiner Weltanschauung und so großherzig in seiner Gesinnung war, muß er als »der erste moderne Moslem« betrachtet werden, »der die Meinung äußerte, daß Hindus und Moslems in Indien zwei getrennte Nationen darstellten« (Ahmad, 1964; 265). Der Indische Nationalkongreß, die politische Organisation, der Indien in erster Linie die Unabhängigkeit von der britischen Kolonialherrschaft verdankt, konstituierte sich 1885 auf breiter Basis und umfaßte sowohl Hindus als auch Moslems. Doch als zwei Jahre darauf ein Moslem zum Vorsitzenden gewählt wurde, befürchtete Sayyid Ahmad Khan, daß die moslemische Beteiligung am Kongreß zu einer einseitigen Behandlung wesentlicher Probleme führen und die Hoffnungen der indischen Moslems auf den Wiederaufbau einer *islamischen* Gesellschaft vereiteln würde. In öffentlichen Reden, gehalten 1887 in Lakhnau und 1888 in Mirat, verkündete er seine Separationspolitik als die einzige Möglichkeit, die fundamentalen islamischen Interessen zu wahren, und fand sofort allgemeine Zustimmung im gesamten moslemischen Indien. Die wachsende Aggressivität der von Tilak (s. S. 453) angeführten extremen Hindus nach den Unruhen von 1893 verlieh den moslemischen Forderungen nach regionaler politischer Repräsentanz noch mehr Nachdruck. Unter diesem Druck konzedierte die britische Regierung den Moslems schließlich ein separates Wahlgebiet in Ostbengalen, nahm aber schon wenig später, 1911, die Erlaubnis wieder zurück, weil die Hindus heftig opponierten. Sayyid Ahmad Khan war 1898 gestorben, und seinen Platz als geistiger Vorkämpfer des indischen Islams hatte inzwischen Amir Ali (1849–1928) eingenommen, der 1877 die National Muhammedan Association mit dem Hauptquartier in Kalkutta gegründet hatte, die sich vor allem an die jüngeren Vertreter des moslemischen Mittelstandes wandte. Amir Alis Einfluß war bedeutend, insbesondere durch seine 1891 veröffentlichte Schrift *The Spirit of Islam.* Angeregt von Ideen Muhammad Abduhs in Ägypten, vertrat Amir Ali die Auffassung, der Islam sei seinem Wesen nach eine progressive, zivilisierende Kraft. Wäre der Islam nicht durch »die Schranke, die ein heruntergekommenes Christentum gegen ihn errichtete«, an seiner Ausbreitung in Europa gehindert worden – so argumentierte Amir Ali –, dann hätte er auch dort seine Fortschrittlichkeit unter Beweis gestellt. »Wo auch immer der Islam sich in kulturell entwicklungsfähigen und fortschrittlichen Nationen durchsetzen konnte, hat sich seine völlige Übereinstimmung mit progressiven Tendenzen erwiesen; er hat die Zivilisation gefördert und die Religion vergeistigt« (Amir Ali, 1922; 180). Im Unitarianismus (s. S. 245 f.) erblickte Amir Ali so etwas wie einen europäischen Islam, der freilich ohne die religiöse Disziplin des Islams sei. Wenn er auch beim Schreiben seine westlichen Leser nicht ganz aus den Augen verlor, so richtete sich sein Werk doch primär an die indischen Moslems, denen er klarzumachen versuchte, daß sie in Mohammed einen Propheten besäßen, auf den sie stolz sein könnten, und im Islam eine Religion, welche die Menschen erleuchte und erhebe (W. C. Smith, 1947; 49 f.).

7. *Muhammad Iqbal und die Moslemliga*

Hauptziel der 1906 gegründeten Moslemliga war die Durchsetzung der politischen Forderungen der indischen Moslems. Sie diente zugleich als Sammelbecken für die allgemeinen Bestrebungen und Ideen all jener indischen Moslems, die überzeugt waren, daß ihre Zukunft in einer getrennten politischen und kulturellen Gemeinschaft liege, die vom Islam geprägt sein sollte. Die bedeutendste Führerpersönlichkeit war Muhammad Iqbal (1873–1938), dessen Ruhm sich allerdings mehr auf seine Leistungen als Dichter und Philosoph stützt. In ihrem Einfluß auf die indisch-moslemische Intelligenz steht seine Dichtung dem Koran kaum nach, und er gilt als der geistige Begründer des Staates Pakistan. Wie Sayyid Ahmad Khan, hatte er eine Zeitlang in Europa studiert, in Cambridge und in Deutschland. Er ließ sich von Bergson und Nietzsche beeinflussen, doch der weit stärkere Einfluß, abgesehen vom Koran und seiner frommen moslemischen Erziehung im Pandschab, ging vom Werk des mittelalterlichen Moslem-Mystikers Jalāl al-Din Rumi aus (s. S. 374). Andererseits stand er den Sufis sehr kritisch gegenüber und machte deren Quietismus und Untätigkeit für die Schwächung des Islams verantwortlich. Er interpretierte die Aufgaben des Moslems ausgesprochen diesseitig: der Kampf gegen das Böse sei der Sinn der menschlichen Existenz, und allein dadurch werde der Islam möglich. Er hatte keine Zeit für Glaubensgehalte, die sich nicht in Handeln umsetzen ließen. In jungen Jahren war er ein Anwalt der Einheit von Hindus und Moslems, doch später sah er im extremen und reaktionären Hinduismus eine Gefahr für die moslemische Gemeinschaft in Indien, und von da an, also seit 1930, als er in seiner Eigenschaft als Präsident der Moslemliga eine berühmt gewordene Rede über dieses Thema hielt, befürwortete er nachdrücklich die Idee eines separaten Moslem-Staates, der Nordwestindien und die angrenzenden Gebiete umfassen sollte. Nichtsdestoweniger war er alles andere als engstirnig, und der Nationalismus war für ihn der zerstörerischste aller falschen Götter, die die Menschen anbeten (Qureshi, 1962; 263). Da er ein Moslem war, drückte sich seine Lebenseinstellung auch in Moslem-Begriffen aus, aber dies war eigentlich nur der Ausgangspunkt für eine religiöse Schau von weit größeren Dimensionen. In seinen eigenen Worten:

»Meine wahre Absicht ist es, für eine bessere soziale Ordnung zu sorgen und der Welt ein universal annehmbares Ideal [des Lebens und Handelns] vorzustellen, aber es ist mir unmöglich, bei der Erarbeitung dieses Ideals das Gesellschaftssystem und die Werte des Islams zu ignorieren, dessen erstes Ziel es ist, all die künstlichen und verderblichen Unterschiede der Kaste, des Glaubens, der Hautfarbe und des Besitzes abzubauen ... Ich bin ein überzeugter Anhänger des Islams, aber ich habe den Islam nicht auf Grund eines nationalistischen oder religiösen Vorurteils zu meinem Ausgangspunkt gewählt, sondern weil er die praktikabelste Lösung des Problems anzubieten hat.« (Wheeler, 1962; 198)

Iqbals Einfluß förderte jenen hohen Idealismus, mit dem die Moslemliga ihren Kampf für einen eigenen islamischen Staat nach Abzug der Engländer motivierte. Es kamen freilich noch andere Motive hinzu, etwa die Angst, von den Hindus beherrscht zu werden – eine Angst, die durch die wachsende Stärke der hinduistischen Extremisten vergrößert wurde. Die Geschichte dieses Kampfes, vor allem seines Höhepunktes in den letzten Jahren des Zweiten Weltkrieges, gehört nicht in den Rahmen des vorliegenden Buches; uns interessiert hier dieser Vorgang nur als ein wichtiges Beispiel für die Auswirkungen religiöser Streitfragen auf die Geschichte der Menschheit. Natürlich hat auch diese Medaille eine Rückseite: die Art und Weise, wie politische, soziale und ökonomische Faktoren religiöse Probleme beeinflussen. Mit diesem Aspekt werden wir uns weiter unten beschäftigen (s. S. 478 ff.).

8. Moderne synkretistische Sekten: Babismus-Baha'ismus und Ahmedija

In der neueren Zeit haben sich mehrere Sekten herausgebildet, die man als weitere Beispiele für die Reformbestrebungen im modernen Islam auffassen kann. Ein zusätzlicher Grund, sie hier zu erwähnen, liegt darin, daß zwei von ihnen, der Baha'ismus und die Ahmedija-Bewegung, auch im Westen aktiv geworden sind.

Der Gründer des Babismus war ein Moslem namens Sayyid Ali Muhammad, der 1819 in Schiras in Südpersien zur Welt kam. Als

Vierundzwanzigjähriger legte er sich den Titel »Bab« zu, was das »Tor« bedeutet, durch das man zur Erkenntnis des Zwölften Imam gelangt. Etwas später, nach einer Pilgerreise nach Mekka, erklärte er den religiösen Autoritäten in Persien, er habe Mohammed als Propheten Gottes abgesetzt und ein neues Zeitalter eröffnet. In seinen Predigten wandte er sich hauptsächlich an den Mittelstand (er selber war der Sohn eines Lebensmittelhändlers), und in seinem Denken nahmen die Probleme des Handels einen breiten Raum ein; in diesem Punkt wich er vom orthodoxen Islam darin ab, daß er die Verzinsung von Krediten für rechtmäßig hielt. Neuere Forschungen haben ergeben, daß Persien in den vierziger Jahren des 19. Jahrhunderts eine schwere Wirtschaftskrise durchzumachen hatte und daß die Babi-Bewegung zum Teil als Reaktion darauf zu verstehen ist. Der Bab und seine Gefolgsleute hofften anfänglich, die religiösen Führer und die Herrscher Persiens zu ihren Anschauungen bekehren zu können. Der Erfolg war jedoch, daß der Bab für verrückt erklärt und ins Gefängnis gesperrt wurde. Daraufhin gebärdete sich die Bewegung immer radikaler und verlangte die Abschaffung des Privateigentums. Der Bab wurde in ein anderes Gefängnis überführt und schließlich im Jahre 1850 erschossen. Verschiedene Aufstände und Verschwörungen waren die Folge, die der Schah und seine Regierung mit Gewalt unterdrückten. Die Anhängerschaft des Bab spaltete sich in zwei Parteien; die Mehrheitsgruppe wurde angeführt von Baha-Allah (1817–1892), einem der prominentesten Jünger des Bab, und entwickelte sich zu einer Sekte, deren Grundsätze recht verschwommen und von allgemein humanitärer Art waren, jedoch nicht mehr islamisch in einem orthodoxen Sinne. Der Bab hatte ein neues heiliges Buch, das *Beyan*, hervorgebracht, das den Koran ablösen sollte und in der Hauptsache Vorschriften für das Leben der neuartigen Theokratie enthielt. Dieses Buch wurde jetzt wiederum ersetzt durch eine neue und erschöpfendere »Offenbarung«, die von Baha-Allah stammte und den Titel *Kitab Akdas* (Allerheiligstes Buch) erhielt – es handelte sich dabei ebenfalls um eine Vorschriftensammlung für eine theokratische Gemeinschaft. Die meisten Anhänger des Bahai-Glaubens leben in Persien, aber einzelne Gruppen gibt es auch in anderen Moslem-Ländern und, wie gesagt, sogar in Europa und Amerika.

Die Ahmedija-Bewegung bzw. Quadiyani-Sekte geht auf Mirza Ghulam Ahmad (1839–1908) zurück, wird nur von einer sehr kleinen moslemischen Minderheit unterstützt und von der Mehrheit als häretisch betrachtet. Als Vierzigjähriger begann Mirza Ghulam Ahmad eine Auseinandersetzung mit den Anhängern des hinduistischen Ārya

Samāj und auch mit den Christen. Zehn Jahre später, 1889, erklärte er sich zu dem im Koran geweissagten Messias. Er verkündete einen erneuerten und reformierten, an die Bedingungen einer modernen technisch orientierten Gesellschaft angepaßten Islam. Sein großer Anhang zerfiel nach seinem Tod in zwei Gruppen; die eine Hälfte, die Quadiyani, hielt weiterhin daran fest, daß ihr Gründer der Messias sei, die andere Hälfte, deren Zentrum Lahore war, bildete eine neue »Gesellschaft zur Verbreitung des Islams« und söhnte sich am Ende mit dem traditionellen Sunni-Islam aus. Beide Gruppen haben sich nicht nur in Indien, sondern auch im Westen missionarisch betätigt. Es ist wohl bezeichnend für die Geschichte dieser Bewegung, daß sie nur sehr geringen Erfolg hatte, obwohl sie den Anspruch erhob, der Islam des modernen Zeitalters zu sein.

9. Der Islam in Indonesien

Indonesien mit seinen 77 Millionen Moslems, die rund 90 Prozent der Gesamtbevölkerung ausmachen, ist zahlenmäßig zweifellos ein bedeutender Faktor in der islamischen Welt. Der Islam Malakkas und des südostasiatischen Archipels hatte seit dem 14. Jahrhundert stetig zugenommen, was vor allem auf die Kaufleute aus Südindien und Arabien zurückzuführen ist. Der Prozeß hat sich im 19. und 20. Jahrhundert fortgesetzt, und in diesem Zeitraum machte die Islamisierung Indonesiens nicht nur quantitativ, sondern auch qualitativ große Fortschritte, d. h. sie drang immer tiefer in das Leben des Volkes ein. Die Stärke des indonesischen Islams beruhte anfangs auf den Hafenstädten, in denen sich die Kaufleute niederließen; von diesen städtischen Mittelpunkten aus breitete er sich dann auf dem flachen Land aus. Wie in der ersten Periode, so war auch im 19. und 20. Jahrhundert diese Expansion das Werk von moslemischen Händlern, Verwaltungsbeamten und Lehrern.

Eine wesentliche Rolle spielte die zunehmende Zahl von indonesischen Mekka-Pilgern seit der Mitte des 19. Jahrhunderts. 1852 hob die niederländische Regierung eine Verordnung auf, nach der jeder Indonesier, der nach Mekka pilgern wollte, 110 Gulden für einen Paß zahlen mußte (Arnold, 1913; 410), was zur Folge hatte, daß fortan weit mehr Menschen nach Mekka reisten, und zwar nun mit den schnelleren Dampfschiffen. In den achtziger Jahren stellten die Indonesier die größten und aktivsten Pilgergruppen überhaupt, 1926–27 waren bereits 40 Prozent der Mekka-Pilger Indonesier. Während der letzten hundert

Jahre war also Indonesien einem ständig wachsenden Strom von heimkehrenden Pilgern (hadschis) ausgesetzt, die zunächst die Ideen der Wahhabi-Reformbewegung und später die der ägyptischen Modernisten mitbrachten (s. S. 469 f.). Manche Indonesier machten auch auf ihrer Reise in Kairo Station, um dort eine Weile an der großen Universität zu studieren. Infolge der verbesserten Reisebedingungen kamen nun andererseits immer mehr arabische Händler aus dem Hadhramaut-Gebiet Südarabiens nach Indonesien, um sich dort anzusiedeln und ihren sehr orthodoxen Islam zu verbreiten.

In manchen Gebieten ging die zahlenmäßige Zunahme der Moslems auf Kosten der christlichen Gruppe, zum Beispiel auf Sumatra, wo die ursprüngliche Christianisierung der heidnischen Stämme den Weg für ihre spätere Bekehrung zum Islam durch Moslem-Missionare ebnete, die es weit besser verstanden, ihren Glauben in das stammesmäßig gebundene Leben dieser Menschen einzuführen (Arnold, 1913; 374). Doch im größten Teil Indonesiens waren es die Schulen, welche die Begeisterung, die aus dem Nahen Osten einströmte, auffingen und weitergaben.

In der Frühzeit war die typisch islamische Schule in Indonesien das pesantrén (abgeleitet von dem Wort »santri«, der Bezeichnung für die Moslems Indonesiens). In seiner Kombination von religiöser und pädagogischer Funktion ähnelte das pesantrén sehr dem buddhistischen Kloster, und es leitete sich auch tatsächlich direkt von der Tradition der buddhistischen Mönchszentren des mittelalterlichen Java her, also von Institutionen, in denen die heiligen Schriften studiert, Wanderer beköstigt und untergebracht und die Jungen der Umgebung unterrichtet und erzogen wurden. Als die Zahl der heimkehrenden Pilger wuchs, die sich über ihre Religion gründlicher informiert hatten und außerdem moslemisches Schrifttum aus dem Nahen Osten mitbrachten, verwandelten sich die pesantréns nach und nach in Zentren einer strengeren islamischen Lehre, welche die bis dahin maßgebende mystisch angehauchte Tradition Südindiens verdrängte.

Neben den pesantréns entwickelte sich jedoch ein andersgearteter islamischer Schultyp, der sich die staatlichen und christlichen Schulen zum Vorbild nahm; er sollte den Wunsch reformfreudiger Moslems nach einer liberaleren und moderneren Erziehung erfüllen, als sie in den stark mittelalterlich geprägten pesantréns möglich war, und zugleich eine reinere islamische Lehre verkörpern – rein in dem Sinne, daß man sich mehr mit dem Koran als mit Mystik und Sufismus beschäftigte. Weltliche Fächer (Arithmetik, Geschichte, Geographie, lateinische

Schrift) gehörten zum Lehrplan, und die religiöse Unterweisung erfolgte durch Auslegung des Korans und seiner Vorschriften und nicht durch bloße Rezitation der arabischen Verse, wie es in den pesantréns üblich war.

Derartige Schulen, welche die Reformer madrasa nannten, um ihren eindeutig islamischen Charakter zu kennzeichnen, waren die Wegbereiter modernistischer religiöser Ideen. Auf diesem Gebiet gaben die Moslems in den Städten den Ton an, Angehörige des Mittelstandes, denen der Islam vor allem als Sittenkodex, als Soziallehre und als Fundament einer modernen Kultur wichtig war. Im 20. Jahrhundert hat sich der ländliche Islam weitgehend dem städtischen Vorbild angepaßt, und Schulen des madrasa-Typs gibt es zum Beispiel in den ländlichen Gegenden Javas heute in fast jedem Moslem-Dorf (Geertz, 1962; 104).

Ein weiteres Anzeichen für die Vitalität des indonesischen Islams ist die Entstehung religiöser Organisationen im 20. Jahrhundert. Der wichtigste dieser Zusammenschlüsse ist das Muhammadiya, das 1912 von einem heimgekehrten Pilger gegründet wurde. Im selben Jahr etablierte sich eine parallele Organisation mit vorwiegend politischer Ausrichtung, das Sarekat Islam bzw. die »Islamische Union«. Seit 1923 wuchs das Muhammadiya sehr rasch, und in den dreißiger Jahren verfügte es bereits über rund 900 »Ortsgruppen« mit zumeist mittelständischen Mitgliedern (Kaufleuten, Lehrern, Büroangestellten etc.), welche die Modernisierungstendenzen der Bewegung und ihr intellektuelles Programm begrüßten. Die Einrichtungen, die unter der Schirmherrschaft der Muhammadiya-Organisation entstanden, wurden immer zahlreicher: Schulen, religiöses Schrifttum, Waisenhäuser, Altersheime, Krankenhäuser, eigene Organisationen für Mädchen und Frauen, eine Pfadfinderbewegung und Massenveranstaltungen unter freiem Himmel. Mit Hilfe dieser Medien festigte sich die Macht des Islams in vielen javanischen Dörfern und Städten, und seine Anhänger wurden sich zunehmend bewußt, daß sie als Moslems einer einzigartigen, universalen Religion angehörten. Das Muhammadiya war zwar religiös radikal, aber politisch konservativ, und vermied es, den politischen Aspekt des Islams besonders herauszustellen. Die Idee eines islamischen Staatswesens in Indonesien fand wohl in der Periode der Unabhängigkeit ihre Befürworter, doch die Unterstützung dieser Auffassung war hier nicht so allgemein wie etwa in Indien. Als die Indonesische Republik die Erwartungen mancher Moslems enttäuschte, kam es im westlichen Java, nördlichen Sumatra und südlichen Celebes zur Gründung einer revolutionären Partei mit dem Namen Dar Ul Islam, welche die Regierung zwingen wollte, eine »reinere« islamische Verfassung anzunehmen.

Viele indonesische Moslems kümmern sich jedoch kaum um die politische Seite des Islams. Unter den moslemischen Intellektuellen haben viele das Interesse am Islam weitgehend verloren; sie geben sich entweder indifferent oder bekennen sich zum Atheismus und in einigen Fällen sogar zum Kommunismus. Andere, die noch immer am Islam interessiert sind, üben an ihm scharfe Kritik und warten auf eine dem modernen Denken angemessenere Erneuerung, als sie der altmodische Liberalismus der ägyptischen Reformbewegungen zu leisten vermag. Einige wenige orientierten sich auch an den Ideen Muhammad Iqbals (s. S. 472 f.), wie sie in dessen Buch *The Reconstruction of Religious Thought in Islam* ihren Niederschlag gefunden haben.

10. Der Islam im indo-pakistanischen Subkontinent seit 1947

Nach langwierigen und ungeheuer komplexen politischen, wirtschaftlichen und religiösen Vorgängen erfüllten sich die Hoffnungen vieler Moslems des indischen Subkontinents im Jahre 1947, als ein souveräner islamischer Staat, der den Namen Pakistan erhielt, aus dem ehemaligen Britisch-Indien herausgeschnitten wurde. Die Idee des islamischen Staates, die nach Meinung vieler zum Wesen der Religion des Propheten gehört, war wieder einmal Wirklichkeit geworden. Zumindest war Pakistan ein Staat, der es sich zum Ziel gesetzt hatte, durch und durch islamisch zu werden. Doch um 1955 hatten viele das Gefühl, daß der Versuch fehlgeschlagen sei. Man stand vor dem Problem, wie ein wahrhaft islamisches Staatswesen zu schaffen sei angesichts der säkularistischen, internationalen, ökonomischen, technologischen etc. Zwänge der modernen Welt.

Im Kampf um die Unabhängigkeit hatten die traditionellen religiösen Führer, die ulama, eine gewisse Rolle gespielt, vor allem diejenigen, welche mit Dar al-ulum (eine Art Hochschule) in Deoband in Beziehung standen; sie bildeten die Speerspitze der Volksbewegung, die für die moslemische Unabhängigkeit eintrat, und trugen somit zur Entstehung Pakistans bei. Aber die Gestaltung des neuen Staates lag nicht in den Händen dieser traditionalistischen, konservativen ulama, sondern in der der westlich erzogenen, liberal eingestellten Moslems, die in profanen Berufen arbeiteten – in der Hand der politischen Parteiführer der Moslemliga. Diese Männer, so meint Wilfred Cantwell Smith, waren zwar fähig, ein neues Staatswesen zu formen, aber völlig ungeeignet, einen islamischen Staat zu schaffen.

Die Regierungsform des neuen Staates war die Demokratie. Sie sollte den Willen des Volkes zum Ausdruck bringen – den Willen eines *islamischen* Volkes. Während sich die führenden Männer des neuen Staates auf die Übernahme des Regierungsgeschäfts vorbereiteten, hatten sie sich selber sehr weitgehend von der moslemischen Basis gelöst, die sie trug. Auf der anderen Seite blieben die traditionellen religiösen Führer, die ulama, in »den Formen, der Sprache, dem Milieu und der Haltung einer vergangenen Zeit« befangen (W. C. Smith, 1957; 226). Dieser Gegensatz zeigte sich vor allem auf dem Gebiet des Erziehungswesens: Die weltliche Erziehung einerseits und die klassische islamische Erziehung andererseits stützten sich auf unterschiedliche Methoden, Lehrfächer, Lehrer und Schüler. Die Schwierigkeiten entstanden nicht aus dem Druck, den die moderne Zeit auf den herkömmlichen Islam ausübte, sondern aus der strengen Trennung der beiden Richtungen. Das Resultat war nach Smith die »Unfähigkeit, dem Islam eine Deutung zu geben, die als effektive, realistische und sinnvolle Ideologie oder als Grundlage einer solchen Ideologie hätte dienen können« (W. C. Smith, 1957; 227f.). Das Versagen lag auf beiden Seiten; die weltlichen, bürgerlichen Staatsmänner Pakistans haben die Interessen ihrer eigenen Klasse oder Familien im Auge gehabt, und auch die ulama haben nichts getan, um die Lage zu verbessern. 1953 brachen im Pandschab Aufstände aus, die eindeutig gegen die unorthodoxe Ahmedija-Sekte (s. S. 474 f.) gerichtet waren. Hier machten sich die Enttäuschung und die Unzufriedenheit der einfachen Moslems Luft angesichts der Unfähigkeit der politischen Führung, die Hoffnungen des Volkes auf einen wahrhaft islamischen Staat zu erfüllen; die unorthodoxe Ahmdija-Sekte war das Symbol, gegen das sich der Unwille der orthodoxen Moslems wenden konnte. Nach den Unruhen wurde ein Untersuchungsgericht eingesetzt. Sein Bericht, der nach dem Vorsitzenden Munir-Report genannt wird, erwähnt unter anderem das Versagen der ulama: sie seien nicht in der Lage gewesen, »in Grundfragen des Islams wirklichkeitsnahe Entscheidungen zu treffen«, und nicht einmal zwei von ihnen könnten sich darüber einigen, wie das Wesen des Moslems zu definieren sei!

Eine andere Manifestation der orthodox-islamischen Unzufriedenheit ist die Bewegung Jama'at-i-Islami (Gemeinschaft des Islams), gegründet von Maulānā Maudūdī (Mujeeb, 1967; W. C. Smith, 1957). Sie etablierte sich 1941 als Alternativorganisation zur Moslemliga. Damals wandte sich Maudūdī gegen die Liga, weil ihre Politik auf die Errichtung eines nationalistischen indischen Moslem-Staates abzielte und weil er den Nationalismus für unvereinbar mit dem Islam hielt. Seit der

Staatsgründung im Jahre 1947 hat Maudūdī, der weiterhin der führende Kopf des Jama'at-i-Islami geblieben ist, seine Position leicht verändert, und er tritt nun für eine völlige Islamisierung der pakistanischen Regierung ein und für ihre Reinigung von allen westlichen Wertvorstellungen und Methoden. Seine Ideen wurden durch zahlreiche Pamphlete und Bücher sowie durch eine monatlich in Lahore erscheinende Zeitschrift verbreitet. Von Hause aus Journalist, hat er sich einen Ruf als Islam-Kenner erworben. Für ihn ist der Islam seinem Wesen nach ein Offenbarungsglaube, eingebettet in ein Gesellschaftssystem, den »theodemokratischen« Staat; dieser Staat hat eine festgelegte, endgültige Form und ist das gottgegebene Mittel zur Reformierung der menschlichen Gesellschaft. Der islamische Staat, den Maudūdī beschreibt, ist ein Idealgebilde, das in Wirklichkeit niemals existiert hat; ein indischer Moslem hat einmal gesagt, daß »irgendeine Bezugnahme auf die Geschichte oder auf konkrete Fakten sich mit Maulānā Maudūdīs Methode nicht vereinbaren läßt« (Mujeeb, 1967; 402). Der islamische Staat, der Maudūdī vorschwebt, soll von einem Moslem regiert werden, der von seinen moslemischen Mitbürgern auf Grund der Reinheit seines Glaubens und der Lauterkeit seines Lebenswandels gewählt wird – eine interessante moderne Parallele zu den politischen Ansicht der Kharjiten (s. S. 295 f.). Der Islam-Staat, so Maudūdī, kennt seine Grenzen, und jeder Moslem irgendwo in der Welt ist berechtigt, sich sein Bürger zu nennen. In der gegenwärtigen Lage haben sich Maudūdī und seine Anhänger deshalb zum Ziel gesetzt, den bestehenden Staat Pakistan in den wahren universalen Moslem-Staat umzuwandeln. Zur Erreichung dieses Ziels wenden sie sich unmittelbar an den moslemischen Bevölkerungsteil, der am ehesten zum Mitmachen bereit und in der Lage ist: Nach ihrer Meinung sind 90 Prozent der Moslems in Pakistan arm und nicht mit dem eigentlichen Wesen des Islams vertraut; von den restlichen zehn Prozent ist ungefähr die Hälfte noch verhältnismäßig wenig beeinflußt von westlichen Wertbegriffen und Ideen, und auf diese Gruppe setzt Maudūdī in erster Linie seine Hoffnung. Die Anhänger des Jama'at-i-Islami finden sich vorwiegend in den Großstädten, und zwar unter den Angehörigen der unteren Mittelschicht; hinzu kommen Unzufriedene und einige junge Moslems, die sich von dem idealistischen Programm und der persönlichen Aufrichtigkeit und Integrität angezogen fühlen, die ein besonderes Kennzeichen der Jama'at-i-Islami-Mitglieder sind. Diese Strömung ist »eine der bedeutsamsten Entwicklungen im heutigen Islam und eine der stärksten Kräfte im modernen Pakistan« (W. C. Smidt, 1957; 235).

IV.
DER BUDDHISMUS IN DER MODERNEN ZEIT VON 1800 BIS ZUR GEGENWART

1. Ceylon unter britischer Kolonialherrschaft

Der Anfang des 19. Jahrhunderts brachte Ceylon die Errichtung der britischen Kolonialherrschaft. 1796 übernahm die Ostindische Gesellschaft die Kontrolle über die Küstenregion, die bis dahin unter holländischer Herrschaft gestanden hatte, und 1802 wurde dieses Gebiet der britischen Krone unterstellt. 1815 dehnten die Engländer ihren Herrschaftsbereich über die Küstengebiete hinaus aus, und nach Niederwerfung des Kandy-Königreichs im Landesinnern kam ganz Ceylon unter europäische Oberhoheit.

Die Einstellung der Engländer zur buddhistischen Religion in Ceylon war zwiespältig: liberal und tolerant gaben sich die Kaufleute und die britische Verwaltung der Insel, evangeliumsgläubig und intolerant die englischen protestantischen Missionare und die Regierung in Westminster in den ersten Jahrzehnten des vorigen Jahrhunderts. Drei Faktoren waren es, durch die der ceylonesische Buddhismus besonders verwundbar durch die europäische Präsenz war: seine Abhängigkeit von der Unterstützung der singhalesischen Könige; die wirtschaftliche Grundlage des Sangha, die eine ungestört arbeitende und einigermaßen wohlhabende Landbevölkerung voraussetzte; die Verstrickung des Buddhismus in die einheimischen Lokalkulte und Glaubensvorstellungen (s. S. 385–387). Unter holländischer und portugiesischer Herrschaft hatte das buddhistische Leben bereits durch die Beschränkung der singhalesischen Macht und den Verlust der königlichen Patronage in großen Gebieten Ceylons Schaden genommen, doch immerhin blieb diese Patronage im Innern des Landes erhalten, solange das verkleinerte Königreich von Kandy noch bestand. Die Briten setzten den König von Kandy ab und übernahmen zunächst die Überwachung der buddhistischen Einrichtungen, was bisher zu den Funktionen der ceylonesischen Herrscher gehört hatte. In Artikel 5 der Konvention von Kandy (1815) wurde bestimmt: »Die Religion des Buddha, zu der sich die Häuptlinge und Bewohner dieser Provinzen bekennen, wird für unverletzlich erklärt, und ihre Rituale, Priester und Andachtsstätten genießen vollen Schutz.« Diese tolerante Haltung der Engländer, die damals vor allem am wirtschaftlichen Gewinn und an der Stärkung ihrer Position in

Asien gegenüber ihren französischen Rivalen interessiert waren, ermutigte zahlreiche singhalesische Familien, die unter den Portugiesen gezwungen worden waren, nominell zum Christentum überzutreten und portugiesische Namen anzunehmen, zu ihrer angestammten buddhistischen Religion und Kultur zurückzukehren. Im Grunde wurde hier jedoch nur ein Prozeß beschleunigt, der bereits in der Endphase der holländischen Herrschaft begonnen hatte, als man dem Buddhismus eine ähnliche Toleranz entgegengebracht hatte. Das war der Anfang einer freilich geringfügigen Wiedererstarkung des ceylonesischen Buddhismus (Mendis, 1963; 112).

Um das Sangha war es allerdings schlecht bestellt, zumal in den Küstenprovinzen, wo seine wirtschaftliche Basis in der Periode der portugiesischen und holländischen Oberhoheit heftig erschüttert worden war. Doch 1802 wurde dem Sangha neues Leben eingehaucht durch das Eintreffen burmesischer Mönche, welche die buddhistische Ordination zur Aufnahme in das Amarapura nikaya (Sekte) vornehmen konnten; das war das Verdienst eines ceylonesischen Novizen der Salagama-Kaste, der mit fünf anderen nach Burma gereist war und nach seiner Rückkehr dafür sorgte, daß eine solche Ordination allen Kasten zugänglich gemacht wurde. Dies stand im Gegensatz zu der Praxis des bis dahin dominierenden Kandyan nikaya, das nur Mitglieder der Goigama-Kaste zuließ (so stark hatte sich das buddhistische Ceylon vom hinduistischen Kastensystem in Südindien infizieren lassen).

Die christliche Mission nahm in Ceylon im zweiten Jahrzehnt des vorigen Jahrhunderts ihre Arbeit auf. Die Missionare setzten sich schon bald darüber hinweg, daß die britische Regierung die Verantwortung für den Schutz der Religion übernommen hatte, zu der sich die Mehrheit des singhalesischen Volkes bekannte. Die Pflichten der britischen Regierung umfaßten die Ernennung und Entlassung von Mönchen in öffentlichen Ämtern, die Durchsetzung der Entscheidungen bestimmter Mönchsgruppen, den Schutz der religiösen Veranstaltungen in Kandy, die Überwachung des weltlichen Besitzes der Buddhisten im Interesse der Klöster und die Schirmherrschaft über die pirivenas, die buddhistischen Bildungsstätten. Für Missionare mit einer so enthusiastischen christlichen Einstellung wie Spence Hardy war das eine empörende Situation, zumal der singhalesische Buddhismus mit seiner Offenheit für die Eingeborenenkulte Ceylons diesen Missionaren als ausgemachter Götzendienst vorkam. Toleranz in diesem Punkt, schrieb Spence Hardy, »muß eine große Beleidigung in den Augen dessen sein, dem Götzendienst zutiefst verhaßt ist« (Hardy, 1860; 321). Der Buddhismus war nach Meinung der Missionare »der Wahrheit feind«, d. h. der *»einzigen* Möglichkeit der Erlösung durch den Glauben«; er müsse deswegen in Ceylon und überall in der Welt völlig ausgerottet werden, denn er sei ein Teil »des Höllenreiches«. Ein solcher britisch-christlicher Imperialismus fand schließlich die Unterstützung gleichgesinnter Protestanten in Whitehall und Westminster. Mittlerweile nahm die christliche Missionstätigkeit in Ceylon erheblich zu, da sie vom Westen sehr gefördert wurde. Dieser Umstand und andere Faktoren wie etwa die Einführung des Englischen als Verwaltungs- und Unterrichtssprache gestalteten die Erneuerung des Buddhismus doppelt schwierig, denn die führenden Buddhisten bedienten sich nur der singhalesischen und Pali-Sprachen und waren somit weitgehend von neuen Entwicklungen im öffentlichen Leben und Erziehungswesen abgeschnitten.

Um die Mitte des 19. Jahrhunderts führte die Abneigung gegen den britischen Schutz buddhistischer Institutionen, die mit dem Unbehagen der englischen Liberalen und Kirchengegner an der Einmischung der Regierung in religiöse Angelegenheiten zusammenfiel, zur Aufhebung des Vertrags von Kandy. Die britische Regierung löste ihre Bindung an den Buddhismus, doch ohne dafür zu sorgen, daß die ceylonesischen Buddhisten die organisatorischen Probleme selbst in die Hand nehmen konnten.

Trotz dieser Schwierigkeiten erholte sich der Buddhismus in Ceylon weiterhin. 1839 wurde in Ratmalana eine neue buddhistische Hochschule erbaut, das Parama Dhamma Cetiya Pirivena. 1865 kam es zur Gründung des Ramanya nikaya, einer reformierten Mönchssekte; da die Reformierung des Sangha auf dem üblichen Weg durch Einflußnahme der Regierung nicht mehr möglich war, und die Reinheit des mönchischen Lebens infolge mangelnder Kontrolle nachzulassen begann, mußten entschlossene Buddhisten die Angelegenheit selbst in die Hand nehmen, »ohne auf irgend jemanden Rücksicht zu nehmen«. Die Ramanya-Sekte verkörpert die Rückkehr zu der ursprünglichen »reinen« Form des buddhistischen Lebens, im Gegensatz zu der Mischung aus buddhistischen und indigenen Formen, die für den singhalesischen Buddhismus typisch ist. In den Jahren 1872 und 1876 entstanden zwei weitere pirivenas, das Vidyadaya und das Vidyalankara – heute zwei buddhistische Institute im Universitätsrang. Zu Beginn der siebziger Jahre erwuchsen aus dem Widerstand der gebildeten Buddhisten gegen die Ideen, Wertvorstellungen und sozialen Maßnahmen des Westens, die sie als egoistisch und unmoralisch empfanden, öffentliche Auseinandersetzungen mit christlichen Missionaren und Geistlichen, bei denen die letzteren manchmal eine sehr schlechte Figur machten (Ludowyk, 1962; 277; Mendis, 1963; 164). Da traf 1880 Colonel Olcott von der Amerikanischen Theosophischen Gesellschaft in Ceylon ein, der sich auf die Seite des Buddhismus stellte und eine Reihe von buddhistischen Laien zusammenführte, um mit ihnen gemeinsam die Buddhistische Theosophische Gesellschaft zu gründen, die seither eine wichtige Rolle in der Erneuerung des ceylonesischen Buddhismus gespielt hat.

Darüber hinaus arbeiteten in der ceylonesischen Verwaltung viele britische Beamte und Administratoren, die eine Zuneigung zur buddhistischen Kultur des Landes faßten. Zu dieser Gruppe gehörten T. W. Rhys-Davids, der große Pali-Forscher, der Philosoph W. T. Stace und Leonard Woolf. Es waren »intelligente, verantwortungsbewußte und aufgeklärte Männer, die von allen ihren Landsleuten dem Verständnis des Landes, in dem sie dienten, am nächsten kamen« (Ludowyk, 1962; 232).

2. *Indien und Burma unter britischer Kolonialherrschaft*

Wir haben dem verhältnismäßig kleinen Land Ceylon so viel Platz eingeräumt, weil hier der Zusammenstoß buddhistischer und moderner westlicher Elemente am deutlichsten zu erkennen und am zuverlässigsten belegt ist, aber auch, weil Ceylon in neuerer Zeit einen maßgebenden Einfluß auf andere Länder der buddhistischen Welt ausgeübt hat.

Dazu gehört auch Indien. Die auffälligste Zunahme hatte der Buddhismus hier in der Zeit der Unabhängigkeit zu verzeichnen, nach Beendigung der britischen Kolonialherrschaft (s. S. 495 f.). In diesem Zusammenhang muß wenigstens die Gründung der Mahā-Bodhi-Gesellschaft erwähnt werden. Indien ist ein vorwiegend hinduistisches Land, aber seine 14 Staaten mit einer Bevölkerung von 400 Millionen umfassen eine Vielzahl religiöser Traditionen, die Dschainisten, die Sikhs, die Juden, die Christen – und die Buddhisten. Mancher dieser Buddhisten in Bengalen und Assam, wo der Buddhismus nie vollständig erloschen ist, stehen noch unmittelbar mit der Frühphase des indischen Buddhismus in Verbindung. Andere, in Kaschmir und im Darjeeling-Distrikt Nordbengalens, sind aus Tibet hierhergekommen. Doch im Kernland des Buddhismus, nämlich im unteren Ganges-Tal und in Bihar, lebten während der Kolonialzeit nur noch so wenige Buddhisten, daß sie kaum in Erscheinung traten. Das bedeutet, daß die alten Stätten, die mit dem Leben Buddhas verknüpft sind, vor allem Gaja, wo er seine Erleuchtung hatte, im 19. Jahrhundert in Vergessenheit geraten waren. Im Jahre 1885 machte Sir Edwin Arnold (der ein langes Gedicht über Buddha geschrieben hat) durch eine Artikelserie im Londoner *Telegraph* auf diesen Umstand aufmerksam. Die englischen Behörden hatten zwar den Tempel in Bodh-Gaja restaurieren lassen, aber der Ort war in den Händen der hinduistischen Shaiviten, die ihn in ein Pilgerzentrum umgewandelt hatten. Als ein junger ceylonesischer Buddhist namens Anagarika Dharmapala, damals etwa 21 Jahre alt, davon erfuhr, reiste er nach Bodh-Gaja und war so entsetzt über das, was er dort sah, daß er gelobte, den Ort als würdige Pilgerstätte den Buddhisten zurückzugewinnen. Er kehrte im Mai 1891 nach Ceylon zurück und sammelte dort eine Schar von Gleichgesinnten um sich, aus der später die Mahā-Bodhi-Gesellschaft wurde. Eine internationale Buddhistenkonferenz wurde nach Bodh-Gaja einberufen, und es kamen Abordnungen aus China, Japan, Ceylon und Ostbengalen. Die Gesellschaft machte es sich nicht nur zur Aufgabe, Bodh-Gaja als buddhistische Pilgerstätte wiederherzustellen, sondern wollte auch das Buddha-Dhamma in ganz Indien wieder zur Geltung bringen, nach Möglichkeit sogar in der gesamten englischsprechenden Welt. Eine Zeitung sollte der Propagierung dieses Ziels dienen. Die Gesellschaft wählte Kalkutta zu ihrem Standort, und während der Hungersnot des Jahres 1897 wandte sie sich an alle buddhistischen Länder Asiens um Unterstützung. Zweigniederlassungen der Gesellschaft entstanden 1900 in Indien (Madras und Kusinagara) und Ceylon (Anuradhapura). Bedeutende finanzielle Unterstützung kam von wohlhabenden Amerikanern. Eine Reihe von gerichtlichen Schritten wurde eingeleitet, um den buddhistischen Besitzanspruch auf den Tempel von Bodh-Gaja zu sichern, doch der hinduistische Eigentümer sperrte sich, und die Gesellschaft hatte trotz nachdrücklicher Fürsprache von Sir Edwin Arnold und Colonel Olcott (s. S. 484) in der Zeit der britischen Herrschaft keinen Erfolg in diesem Punkt. Die Publizität, die der Streitfall erlangte, weckte jedoch das Interesse der gebildeten Bengalen für den Buddhismus; ein buddhistisches vihara wurde in Kalkutta erbaut und 1920 eröffnet, und auch in Sarnath bei Benares, der Stätte von Buddhas erstem öffentlichen Auftreten, die zu Beginn des 20. Jahrhunderts als Weidegrund für Schweine diente, entstand 1931 ein vihara, das später um eine Bibliothek, eine kostenfreie Krankenstation, eine Grundschule und eine Lehrerbildungsanstalt erweitert wurde.

Während der Kolonialzeit wurde auch Burma dem indischen Reich einverleibt: zunächst die Küstenregion von Arakan und die des Südens, dann das Gebiet von Rangun und das untere Burma, schließlich, im

Jahre 1885, das Landesinnere um die Hauptstadt Mandalay, wo die burmesischen Könige residierten. Sie und 85 Prozent ihrer Untertanen waren Buddhisten. Bis 1885 genoß also das Sangha in Burma den Schutz und die Unterstützung der Könige. Mehr noch: Die mittelalterliche buddhistische Kosmologie (s. S. 262 ff.) war noch immer ein wesentlicher Bestandteil der burmesischen Volksreligion und -kultur, und in dieser Kosmologie repräsentierte der Königspalast den Berg Meru, den Mittelpunkt des Kosmos. Die Niederlage durch die Briten und die Entthronung des letzten burmesischen Königs, Thibaw, stürzten die Masse des Volkes in eine Weltanschauungskrise, deren Auswirkungen bis in die neueste Zeit hinein sichtbar sind. E. Sarkisyanz faßt die Bedeutung dieser Vorgänge wie folgt zusammen:

»Als der Palast aufhörte, ein kosmozentrisches Symbol zu sein, brach auch das herkömmliche semi-ptolemäische Weltbild, das sich am Meru-Berg orientierte, in sich zusammen. Damit war auch der Prototyp des historischen burmesischen Staates dahin, Das Wort ›Revolution‹ (im astronomischen Sinne) wurde zuerst von Kopernikus und Galilei verwendet. Wie im Abendland, so entspricht auch in Burma die Geschichte der politischen Revolutionen der Abwendung des Menschen von kosmischen Archetypen, die mit ›ptolemäischen‹ Auffassungen des Universums zusammenhängen. Seitdem der Palast von Mandalay nicht mehr das Zentrum des Universums ist und seitdem die Sternbilder nicht mehr um den kosmischen Berg Meru gruppiert sind, wird die burmesische Gesellschaft erschüttert von revolutionären Unruhen; dies geschah, als jener Buddhimus, der eine ›kosmologische Moral, verwurzelt im raumzeitlichen Gleichmaß‹, gewesen war, in Frage gestellt wurde.« (Sarkisyanz, 1965; 107)

So hatte ein politisch-militärisches Ereignis – der Sieg der Engländer über Thibaw und die Einnahme von Mandalay – ideologische und religiöse Konsequenzen, die weit über den scheinbar »weltlichen« Charakter des Vorgangs hinausweisen. Die Religion in Burma war an eine bestimmte Kosmologie gebunden; die Zerstörung der Kosmologie bedeutete eine gewisse Schwächung der überlieferten Religion. Eine andere Folge war die Anfälligkeit für messianische Bewegungen, die sich nun hin und wieder in verschiedenen Gegenden Burmas bemerkbar machten, denn aus der kosmologischen Tragödie erwuchs die Vorstellung von einem zukünftigen Buddha-König (Buddha-Radscha). Doch Sarkisyanz nimmt an, daß es vielen burmesischen Buddhisten durchaus möglich war, das Ende des Mandalay-Königreiches auch rational zu erfassen – als ein weiteres Beispiel für die buddhistische Anschauung von der Unbeständigkeit aller Dinge. Tatsächlich haben sich viele an einen Buddhismus ohne königliche »kosmozentrische« Schirmherrschaft gewöhnt und sich den rationaleren Grundsätzen des Theravāda zugewandt, und dies hat wiederum die buddhistische Renaissance in Burma gefördert. Ein anderer Faktor in der buddhistischen Erneuerung war der Kampf um die Unabhängigkeit von der britischen Kolonialherrschaft, in dem die Burmesen den Buddhismus als einen wesentlichen Bestandteil ihres kulturellen Erbes gegen den in ihren Augen dekadenten und unmoralischen Materialismus des Westens zu verteidigen und zu bewahren suchten. Doch wie in Ceylon, so gab es auch in Burma unter den englischen Beamten wissenschaftlich eingestellte Männer, die eine große Sympathie für die Religion und Kultur des Landes entwickelten. Ein rühmliches Beispiel war Fielding Hall, dessen Buch *The Soul of a People* mit seiner sehr einsichtsvollen und einfühlsamen Darstellung des burmesischen Buddhismus die Burmesen nachdrücklich auf den Wert ihrer religiösen Überlieferung hinwies. Schließlich sei im Zusammenhang mit dem Unabhängigkeitskampf, der den Burmesen durch die britische Kolonialmacht aufgezwungen wurde, noch folgendes bemerkt: Da er in die erste Hälfte des 20. Jahrhunderts fiel, wurde der burmesische Buddhismus zu einem Bundesgenossen des asiatischen Marxismus, der wegen seiner antiimperialistischen, antikapitalistischen und antichristlichen Tendenz auf viele jüngere buddhistische Intellektuelle in Burma einen großen Einfluß ausübte, und dieses Bündnis wirkt auch noch im unabhängigen Burma nach.

3. China und Vietnam

Erneuerung und Reform sind in neuerer Zeit auch Kennzeichen des Buddhismus in China und Vietnam, vor allem seit der Revolution von 1911, aus der die Republik China hervorging. Das buddhistische Denken und Brauchtum, seit langem beherrscht vom Ch'an (s. S. 308 f.), das geistige Bemühungen nicht sonderlich hoch einschätzte, wurde jetzt durch ein neues intellektuelles Klima, das allem Traditionellen und Konservativen abhold war, und insbesondere durch marxistisches Ideengut herausgefordert, das in den zwanziger Jahren auf die »kulturelle Renaissance« Chinas einwirkte. Diese Herausforderung nahm ein bedeutender chinesischer Buddhistenmönch namens T'ai-hsu (1889 bis 1947) an, dem es gelang, seine Glaubensgenossen aufzurütteln und zur Durchführung eines Reformprogramms zu bewegen. Seine Ziele hat er selber so ausgedrückt: »Betroffen über die Zerstörung der Tempel ... rief ich eine Bewegung ins Leben, um die Religion zu verteidigen, den Glauben zu propagieren, den Orden zu reformieren und das Erziehungswesen zu fördern« (Chan, 1953; 56). 1929 organisierte er die chinesisch-buddhistische Gesellschaft, die 1947 mehr als 4½ Millionen Mitglieder zählte. Er betonte die Internationalität des Buddhismus und schuf neue Kontakte zwischen den Buddhisten in China und denen in anderen asiatischen Ländern, vor allem in Ceylon, Thailand und Japan. Er war der Überzeugung, daß »die buddhistische Lehre durchaus in der Lage ist, alle bestehenden Formen der Zivilisation zu verbinden, und daß sie sich über die ganze Welt verbreiten soll, um sozusagen zu einem Wegweiser für den Geist der Menschen zu werden« (Hamilton, 1946; 297). Bildungsinstitute entstanden in verschiedenen Gegenden Chinas mit dem Ziel einer Reformierung des buddhistischen Sangha; in ihnen wurden neue Buddhistenführer in großer Zahl herangezogen (Ch'en, 1964; 456 f.) und buddhistische Texte so studiert, wie es schon seit langer Zeit nicht mehr geschehen war. Bezeichnend für die Erneuerungsbewegung war die wachsende Zahl von Zeitschriften (58 von 1920 bis 1935), die ihre Aufgabe in der Darstellung des buddhistischen Gedankenguts und in der Widerlegung der Kritiker sahen.

Die Erneuerung äußerte sich vornehmlich in zwei Bereichen des chinesischen Buddhismus: 1. in der Wiederentdeckung der monistischen Philosophie des Mahāyāna-Buddhismus bei der intellektuellen Jugend; 2. in der Neugestaltung des buddhistischen Lebens in der »Reines-Land-Tradition« (s. S. 306 f.) und im Aufstieg neuer Gemeinschaften, deren Ziel die Verlebendigung des veräußerlichten Brauchtums und das Streben nach tieferen religiösen Erfahrungen und einem heiligmäßigen Leben war. In den dreißiger Jahren gehörten schätzungsweise 60–70 Prozent der chinesischen Laienbuddhisten des Reines-Land-Gruppen an (Ch'en, 1964; 460).

Angeregt durch die buddhistische Erneuerungsbewegung in China, entstanden ähnliche Strömungen seit 1920 in Vietnam. Diese Bestrebungen wurden formell in »Vereinigungen für das Studium des Buddhismus« zusammengefaßt, die sich 1931 in Saigon, 1932 in Hue und 1934 in Hanoi etablierten. In ihnen wirkten Laien und Mönche gemeinsam für die Läuterung des mönchischen Lebens, für die Rückkehr zu den wahren buddhistischen Grundsätzen und für die Erziehung einer neuen Generation frommer und gebildeter Mönche (Mai-Tho-Truyên, 1959; 807). Zahlreiche Zeitschriften und Übersetzungen der kanonischen Texte erschienen, die sich nicht mehr wie bisher des Chinesischen, sondern des

Vietnamesischen bedienten. Wie in China, so richtete sich auch hier das Interesse vorwiegend auf den frommen Buddhismus der Reines-Land-Schule, während der Einfluß des Ch'an abnahm. Die Bewegung kam beim Ausbruch des Zweiten Weltkriegs zum Stillstand, nahm aber nach 1948 ihre Arbeit wieder auf. Seit etwa 1950 begaben sich die buddhistischen Mönche Vietnams weit häufiger als früher zum Studium ins Ausland, hauptsächlich nach Indien, Ceylon und in westliche Länder. 1951 wurde im Anschluß an eine Konferenz, zu der Vertreter buddhistischer Organisationen aus Nord-, Zentral- und Südvietnam zusammengekommen waren, die Gesamtvietnamesische Buddhistenvereinigung gebildet. 1963 haben die Buddhisten Vietnams das Interesse der Weltöffentlichkeit auf sich gelenkt, als Präsident Ngo Dinh Diem, ein Katholik, dessen Volk sich zum großen Teil aus Buddhisten zusammensetzt, den unklugen Versuch unternahm, die öffentliche Feier des Wesak-Festes zu unterbinden. (Das war ein schlimmerer Affront als beispielsweise ein Verbot des Weihnachtsfestes durch den amerikanischen Präsidenten.) Die Buddhisten protestierten; die Regierung ging mit militärischer Gewalt gegen verschiedene Pagoden in Saigon vor. Seit dieser Zeit wurden die buddhistischen Mönche zusehends in das politische Leben des Landes hineingezogen. Im November 1963 wurde das Diem-Regime gestürzt, und die Buddhistenführer wären auf Grund ihrer neugewonnenen Popularität durchaus in der Lage gewesen, nach den langen Jahren der französischen Kolonialherrschaft und der katholischen Vormachtstellung ein buddhistisches Gemeinwesen in Vietnam aufzubauen. Doch inzwischen hat die amerikanische Intervention das vietnamesische Volk in ein physisches und moralisches Chaos gestürzt. Buddhistische Mönche und Nonnen sind berühmt geworden, weil sie sich gegen die Zerstörung ihrer Kultur und ihres Volkstums, die der Verteidigung der amerikanischen Demokratie dienen soll, aufgelehnt haben. Ihr Protest nahm sogar häufig die Form der Selbstverbrennung an. Die Mönche und Nonnen, die zu diesem äußersten Mittel des Protests griffen, folgten damit einem alten chinesischen Mahāyāna-Kult. Die Sitte entstand wahrscheinlich in Indien und gelangte von dort zusammen mit dem Mahāyāna nach China. Ein indischer Asket soll sich um 20 v. Chr. in Athen selbst verbrannt haben. (Die Kenntnis dieses oder eines ähnlichen Ereignisses spiegelt sich möglicherweise in den Paulus-Worten: »Und wenn ich alle meine Habe den Armen gäbe und ließe meinen Leib brennen und hätte der Liebe nicht, so wäre mir's nichts nütze.«) Der ceylonesische Mönch Walpola Rahula, der sich zu dieser Frage geäußert hat, räumt zwar ein, daß die Mönche dadurch »ihre Religion schützen und erhalten« wollten und daß sie über »ein hohes Maß an Mut, Glauben, Entschlossenheit und innerer Läuterung« verfügten, daß aber der Schritt selbst »nicht im Einklang mit der reinen und ursprünglichen Lehre Buddhas steht«. Allerdings, so fügt er hinzu, »es ist besser, sich selber als andere zu verbrennen«.

4. Japan, 1868–1947

Die ungünstigsten Lebensbedingungen des buddhistischen Sangha während der langen Zeit des Tokugawa-Regimes (1603–1867) (s. S. 412 f.) ließen kein großes Wachstum zu; mit seinen garantierten festen Einkünften konnte sich das Sangha gerade eben am Leben halten. Im Jahre 1868, mit dem Beginn der Meiji-Epoche (wörtlich: Aufgeklärte Regierung), wurden dem Sangha alle Pfründen entzogen, und eine Zeitlang sah es so aus, als würde es völlig zugrunde gehen: »Eine Periode der Verfolgungen begann. Die Buddhisten wurden aus den Schinto-Heiligtümern vertrieben, die sie seit mindestens zehn Jahrhunderten mitbenutzt hatten. Buddhistische Statuen, Schriften und Ornamente wurden aus den Tempeln geholt, in Brand gesteckt oder ins Wasser geworfen. Die ›Säuberung‹ des Schinto-Tempels und die Trennung von Buddhismus und Schintoismus machten dem Ryobu Schinto ein Ende, das den Glauben des Volkes ein Jahrtausend lang geprägt hatte.« (Anesaki, 1930; 334 f.)

Doch der Buddhismus überlebte. Die Gefahr rüttelte die maßgebenden Mönche zur gemeinsamen Verteidigung ihrer religiösen Eigenart und Tradition auf, und nach einer Weile klang die fanatische Schinto-Restauration ab. Buddhistisches Gedankengut und Brauchtum waren im Volk fest verwurzelt, und die anfängliche Verfolgung spornte die Buddhistenführer nicht nur zum Widerstand an, sondern auch zu einem neuen, entschiedenen Eintreten für ihren Glauben. Die Öffnung Japans für die Außenwelt, die ein Kennzeichen des Regimes war, setzte das Land ein Jahrzehnt lang voll dem Ansturm der europäischen Geisteswelt, Kultur und Religion aus, doch darauf folgte eine Reaktion gegen die Europäisierung und das Christentum. Es war eine bewußte Reaktion, die in zu diesem Zweck geschaffenen patriotischen Organisationen ihren Ausdruck fand, und zum Wesen dieser Gegenbewegung gehörte die Rückbesinnung auf die religiösen Traditionen Japans, vor allem auf die des Buddhismus. Die Neubewertung des Buddhismus ist dem Umstand zuzuschreiben, daß man in seinem Weltbild eine auffallende Ähnlichkeit mit gewissen Richtungen des fortschrittlichen europäischen Denkens, nämlich mit der Evolutionslehre Darwins, dem Agnostizismus Spencers und der Logik Hegels, zu erkennen glaubte. So eroberte der Buddhismus nach und nach seine Stellung als eine der großen religiösen Traditionen Japans zurück, eine Stellung, die noch 1868 so sehr bedroht zu sein schien. Allerdings machte sich seit dem Ende des 19. Jahrhunderts ein starker Widerstand gegen jegliche Religion bemerkbar. Er ging von den Ultranationalisten aus, einer heterogenen Gruppe mit dem gemeinsamen Thema des »Japanismus« (Nippon Shugi) und dem Glauben an »die Verherrlichung des Staates und die Verwerflichkeit aller spirituellen Ideale, die auf Zwecke außerhalb des Staates gerichtet sind«. Das war der Geist, der Japan in den Zweiten Weltkrieg hineinmanövrierte, und dazu kam es, *obwohl* der Buddhismus seit Jahrhunderten eine so entscheidende Rolle im Leben der Nation gespielt hatte. Im zweiten Viertel des 20. Jahrhunderts war der Buddhismus zwar noch immer ein Faktor im japanischen Leben, aber er hatte keinen bestimmenden oder positiven Einfluß mehr. Seine Situation im Jahre 1928 beschreibt Anesaki wie folgt:

»Der japanische Buddhismus ist hoffnungslos gespalten, und jede Gruppe hängt viel zu sehr an den Spitzfindigkeiten der althergebrachten Lehre, nicht einfach nur am geistigen Erbe des Gründers, sondern vielmehr an den Traditionen und Konventionen, die sich in den Jahrhunderten seines Bestehens angesammelt haben. Der kirchlich organisierte Buddhismus, repräsentiert durch seine fast 60 Sekten und Untersekten, hat noch immer viel von jener Trägheit, die er sich in den vergangenen drei Jahrhunderten unter der Schirmherrschaft der Regierung angeeignet hat. Der wiedererstarkte Buddhismus, der auf verschiedene Reformen und soziale Errungenschaften zurückblicken kann, ist beinahe ausschließlich das Werk von Menschen, die außerhalb der organisierten Gemeinschaft stehen oder sich gegen sie aufgelehnt haben ... Seine Schwäche angesichts des industriellen Staatswesens ist so offenkundig, daß sich jeder weitere Kommentar erübrigt.« (Anesaki, 1930; 406 f.)

5. Thailand in der neueren Zeit

Wie Japan trat auch Thailand (»das Land der Freien«) in das 20. Jahrhundert ein, ohne dem westlichen Kolonialismus erlegen zu sein. Doch anders als Japan war Thailand ein von Buddhisten regiertes

Land, in dem das Sangha königliche Gunst und Protektion genoß – mit anderen Worten: der Buddhismus war eine Staatsreligion. Die moderne Tradition der königlichen Schirmherrschaft begann 1782 mit König Rāma I., der in der ersten Dekade seiner Regierung zehn Edikte erließ, in denen er der Thai-Nation seine Absicht kundtat, das Sangha von unwürdigen Mitgliedern zu säubern, das mönchische Leben zu läutern und Wissenschaft und Meditation zu fördern. Diese Politik hat das thailändische Königshaus mehr oder weniger bis heute beibehalten. Prinz Dhanivat formulierte sie 1965 folgendermaßen: »Der konstruktive Schutz, den die Monarchie der Kirche gewährt, hat eine bürgerliche Grundlage, nämlich die staatliche Unterstützung der Kirche in der Erfüllung ihrer Verpflichtungen und im Bereich des Erziehungswesens.« Es ist bei den Königen Thailands, wie bei der großen Mehrheit der männlichen Bevölkerung, seit jeher Brauch, in der Jugend eine Zeitlang als Mitglied des Sangha in einem Kloster zu leben; auf diese Weise entsteht ein unmittelbares Interesse für die Probleme des Mönchtums. Daneben existiert auch noch eine offizielle Verbindung zwischen der königlichen Regierung und dem Sangha durch die Abteilung für religiöse Angelegenheiten im Erziehungsministerium. Die Kultur, also Kunst, Architektur und Literatur, ist fast vollständig buddhistisch geprägt, und das religiöse Element in Form von Umzügen mit Fahnen und Musik oder alljährlichen Tempelfesten ist aus dem öffentlichen Leben nicht wegzudenken. Der größte Teil der modernen thailändischen Bevölkerung sieht im Buddhismus die ihm gemäße Lebensform, eine Überlieferung, die »emotionale Bedürfnisse befriedigt und eine Antwort gibt auf die Rätsel des Daseins ... sie bietet eine Lehre vom Menschen, eine Metaphysik, ein Sittengesetz und ein letztes Ziel« (Wells, 1960; 6).

Erst in neuester Zeit erlebt Thailand die Auswirkungen der modernen Technik und des westlichen Säkularismus. Das gilt vor allem für die Städte, insbesondere die Hauptstadt Bangkok, seit dem Ende des Zweiten Weltkriegs. Doch die Industrialisierung und die damit einhergehende Säkularisierung haben das Thai-Volk als Ganzes bisher noch kaum erfaßt. Ein Besucher Bangkoks erfuhr 1958 von einem Universitätsdozenten, daß »nur extrem wenige Buddhisten eine wirkliche Kenntnis der buddhistischen Schriften besitzen und daß die Religion keine großen Anforderungen an sie stellt. Der Aberglaube ist fast zu einer eigenen Religion geworden und wird häufig mit dem Buddhismus verwechselt. Die Astrologie beherrscht das Leben von Tausenden« (Thomson, 1961; 125). Es ist deshalb schwer vorauszusagen, wie der

Thai-Buddhismus auf einen nachhaltigeren Zusammenstoß mit dem westlichen Säkularismus reagieren wird, da uns hier kein anderes Land im buddhistischen Asien einen Anhaltspunkt bietet.

6. Ceylon seit der Unabhängigkeit

Der Buddhismus in Ceylon war während der Kolonialzeit institutionell beschränkt und in seinen Erziehungsaufgaben behindert, mehr vielleicht als in allen anderen Ländern Asiens, denn die Europäisierung hatte sich hier am stärksten ausgewirkt. Diese Beeinträchtigungen ließen sich nicht so ohne weiteres aus der Welt schaffen. Die ceylonesische Oberschicht, der die Briten die Zügel der Regierung überließen, war englisch erzogen, durch und durch verwestlicht und in mancher Hinsicht mehr europäisch als singhalesisch ausgerichtet. Einer dieser Männer hat Ceylon sogar einmal »ein kleines Stück von England« genannt. Die meisten Angehörigen der Mittelschicht waren jedoch vorwiegend singhalesisch und buddhistisch geblieben, und sie machten sich nun daran, dem Buddhismus wieder den ihm zukommenden Platz im Leben Ceylons zu verschaffen. Die Erneuerung, die um die Mitte des 19. Jahrhunderts ganz klein angefangen hatte, begann jetzt Früchte zu tragen. Doch der Prozeß vollzog sich keineswegs automatisch, und er wurde auch nicht von der herrschenden Schicht des unabhängig gewordenen Landes in die Wege geleitet. Die mittelständischen weitgehend singhalesisch erzogenen Buddhisten Ceylons waren einigermaßen enttäuscht darüber, daß nicht mehr für die Restaurierung der buddhistischen Werte und Institutionen getan wurde; das trieb sie zum Handeln und war der Grund für die Beschleunigung der buddhistischen Erneuerung.

In Ceylon konstituierte sich 1950 die Weltgemeinschaft der Buddhisten mit dem Ziel, Buddhisten aus verschiedenen Ländern zwecks Verbreitung der buddhistischen Ideen und Werte in der ganzen Welt zusammenzuführen. Aber in dieser Richtung war in Ceylon selbst noch viel zu tun. Ein gesamtceylonesischer Buddhistenkongreß nahm seine Arbeit auf und beauftragte im April 1954 einen Untersuchungsausschuß damit, »die gegenwärtige Lage des Buddhismus in Ceylon zu analysieren und über die Voraussetzungen für seine Verbesserung und Stärkung sowie über die dazu erforderlichen Maßnahmen zu berichten«. Der Ausschuß setzte sich aus sechs führenden Mönchen und sechs Laien zusammen. Er tagte zwischen Juni 1954 und Mai 1956 in den verschiedensten Orten Ceylons und legte insgesamt rund 10000 km zurück.

Sein Bericht, der im Februar 1956 unter dem bezeichnenden Titel *Der Verdacht des Buddhismus* veröffentlicht wurde, kam zwar zu dem Ergebnis, daß die schöpferischste und fruchtbarste Periode des ceylonesischen Buddhismus die Zeit vor 1505 und vor dem Eintreffen der Portugiesen gewesen sei, empfahl aber nicht eine Rückkehr zum Modell des Staatsbuddhismus oder die Restaurierung von Institutionen, die unter der Kolonialherrschaft zusammengebrochen waren. Der ceylonesische Historiker G. C. Mendis meint in bezug auf diesen Bericht, daß »die buddhistischen Ausschußmitglieder in vieler Hinsicht einen radikalen Bruch mit der Vergangenheit vollzogen haben«. Der Tenor der Empfehlungen ist im letzten Absatz des Berichts so zusammengefaßt:

»... wir möchten mit allem Nachdruck feststellen, daß dieser Kampf, den der Buddhismus durchzustehen hat, *nicht* geführt wird, um eine Vorzugsstellung auf Kosten anderer religiöser Gruppen zu erlangen, sosehr wir auch in der Vergangenheit unter ihnen zu leiden hatten. Wir fordern ... das Recht, unsere Religion in einem freien und demokratischen Ceylon ohne materielle oder geistige, weltliche oder religiöse Benachteiligung und Behinderung ausüben und bekennen zu können.«

Seit 1956 wird es den echten Buddhisten Ceylons zusehends klar, daß vieles im argen liegt – vor allen Dingen die Säuberung und Reformierung des Sangha. Das wurde schlagartig deutlich nach der Ermordung des Ministerpräsidenten S. W. R. D. Bandaranaike durch einen bhikkhu, der sich um seine ehrgeizigen Hoffnungen auf Beförderung betrogen sah. Dieses Ereignis löste Entsetzen und das öffentliche Verlangen nach einer Säuberung des Sangha aus. Andererseits bemühen sich die Laienbuddhisten um die Wiederbelebung der buddhistischen Grundsätze und Gebräuche und insbesondere darum, das Abhidhamma (s. S. 184 ff.; 384 f.) mit dem modernen Denken in Einklang zu bringen und die Bedeutung der Meditation herauszustellen. Ein bemerkenswertes Beispiel für derartige Bemühungen ist das Werk eines ehemaligen Angehörigen des staatlichen Gesundheitsdienstes, W. F. Jayasuriya, in dem die buddhistischen psycho-physikalischen Kategorien und Moralvorstellungen mit dem modernen medizinischen und naturwissenschaftlichen Wissen in Beziehung gesetzt werden (Jayasuriya, 1963).

Ceylon hat auch mehr als alle anderen buddhistischen Länder für die Verbreitung des Buddhismus in nicht-buddhistischen Weltgegenden getan. Ceylonesische Mönche haben ihre Heimat verlassen und leben jetzt in London, Washington und anderen westlichen Großstädten genauso wie in Indien, und die Zeitschrift *World Buddhism*, die in Colombo erscheint, wird in der englisch-sprechenden Welt immer mehr gelesen.

7. *Indien seit der Unabhängigkeit*

In der Nachkriegszeit hat der Buddhismus in Indien zweifellos an Ansehen gewonnen, und zwar in zwei verschiedenen Schichten der indischen Gesellschaft: erstens bei den Intellektuellen, zu deren hervorragendsten Vertretern der Ministerpräsident Pandit Nehru zählte. Er entstammte einer Brahmanfamilie in Kaschmir und war, wie viele indische Politiker der Nachkriegszeit, in seiner Erziehung, seinen Neigungen und seiner Haltung ebensosehr von England wie von Asien geprägt. Als er 1964 starb, wurde er nach Hindu-Ritus verbrannt, obwohl er zu seinen Lebzeiten für den Hinduismus nicht allzuviel übrig gehabt hatte. Er gestand einmal, daß die einzige Religion, zu der er sich hingezogen fühle, der Buddhismus sei. Ein anderes Zeichen für die Wertschätzung, welche die gebildeten Inder dem Buddhismus entgegenbringen, ist die Veröffentlichung des Werkes *2500 Years of Buddhism* durch die Regierung (1956), zu Ehren des Buddha-Jayanti bzw. des 2500. Jahrestages der Erleuchtung Buddhas (oder seines Sieges, »jayanti«, über Māra, den Bösen) nach der Theravāda-Zeitrechnung. Eine große Anzahl indischer Wissenschaftler lieferte Beiträge zu diesem Band, und der indische Staatspräsident Dr. Radhakrishnan (der auch selbst buddhistische Texte übersetzt und kommentiert hat) schrieb das Vorwort dazu, in dem er die Bedeutung Buddhas für Indien würdigte.

Die zweite Schicht, die eine Wiederbelebung des Buddhismus in Indien förderte, ist die der ehemals »unberührbaren« Kasten (s. S. 255). Es begann mit der Konversion von Dr. B. R. Ambedkar, der Minister in der Regierung des säkularen indischen Staates und der Anführer der Unberührbaren war. Am 14. Oktober 1956 erklärte er in Nagpur formell seinen Übertritt zum Buddhismus, zusammen mit vielen Angehörigen der von ihm geführten Bewegung. Daraufhin stieg die Zahl der Konvertiten unter den Unberührbaren stark an, und buddhistische Mönche kamen ins Land, um die Neubekehrten zu unterweisen und zur Erfüllung ihrer Pflichten als buddhistische Laien anzuhalten. Um 1965 waren rund vier Millionen frühere Unberührbare zum Buddhismus übergetreten, vor allem im Staat Maharaschtra, aber eine ähnliche Entwicklung bahnte sich auch in anderen Staaten der indischen Republik an. Sangharakshita, ein buddhistischer Mönch aus Nordostindien, der sich eingehend mit dieser neuen Strömung befaßt hat, meint, daß sich diese Unberührbaren, die jahrhundertelang in das hinduistische Kastenwesen eingezwängt waren, früher selber als niedrig und verachtenswert betrachtet hätten. »Aber mit dem Übertritt zum Buddhismus änderte sich das mit einem Schlag, gleichsam über Nacht. ... Zum ersten Male fühlen sie sich frei. Durch dieses Freiheitsbewußtsein, durch die Befreiung aus uralten Fesseln werden gewaltige Energien freigesetzt, die sich in allen Lebensbereichen, sowohl in den sozialen, politischen, kulturellen und pädagogischen als auch in den religiösen bemerkbar machen.«

Ein abschließendes Wort muß noch über den tibetischen Buddhismus gesagt werden, der neuerdings nach Indien verpflanzt worden ist. Obwohl China politische Ansprüche auf Tibet erhebt, fühlt sich dieses Land mehr mit Indien und Südostasien verbunden. Als die Chinesen in den fünfziger Jahren das tibetische Territorium überrannten, wichen die Bewohner, Mönche wie Laien, nach Indien aus. Dort fanden sie Schutz vor den Verfolgungen durch die chinesischen Kommunisten, und dort wurden sie freundlich aufgenommen von einem Land, das zwar selbst nicht mehr buddhistisch ist, aber stolz ist auf einen seiner größten Söhne, den buddhistischen Kaiser Aśoka (s. S. 196 f.). Im nordindischen Bergland bauen sie ein buddhistisches Gemeinwesen auf, das möglicherweise für die Zukunft des indischen Buddhismus von entscheidender Bedeutung sein wird.

8. Burma seit der Unabhängigkeit

In Burma, das über eine lange buddhistische Tradition und eine vorwiegend buddhistische Bevölkerung verfügt, ist die Nachkriegsentwicklung erheblich anders verlaufen als in Ceylon und Indien. Als das Land 1947 unabhängig wurde, lagen die Tage der burmesichen Könige noch nicht sehr weit zurück. Es war erst 62 Jahre her, daß Thibaw von den Briten besiegt und abgesetzt und der Palast von Mandalay aufgegeben worden war, und 1947 lebten noch immer einige wenige Burmesen, die sich an die Zeit der Könige erinnerten und der jungen Generation von den alten Zeiten erzählen konnten. Obwohl die Buddhisten unter britischer Herrschaft versucht hatten, sich mit der neuen Situation abzufinden, war die Erinnerung an das buddhistische Königtum und damit die Hoffnung auf die Wiederkehr der guten alten Zeit nach der Erlangung der Unabhängigkeit lebendig geblieben.

Von daher erklärt sich die große Popularität des frommen Buddhisten U Nu, der bis 1962 fast ständig das Amt des Ministerpräsidenten innehatte. Die geschilderte historische Situation ist auch die Erklärung dafür, daß so viele burmesische Buddhisten (85 Prozent der Gesamtbevölkerung) der Idee anhängen, den Buddhismus zur Staatsreligion zu machen. Dieses Ziel wurde tatsächlich in den letzten Jahren von U Nus Regierungszeit erreicht, gegen den Widerstand religiöser Minderheitengruppen – und paradoxerweise mit großem militärischen Aufwand. An dem Tag, als die Gesetzesvorlage im Unionsparlament in Rangun behandelt wurde, waren die Straßen der Stadt menschenleer, denn man befürchtete, daß es zu Gewalttaten kommen könne, und Tanks und gepanzerte Fahrzeuge der burmesischen Armee beherrschten das Straßenbild. Als U Nu im März 1962 nach einem Staatsstreich der Armee sein Amt verlor, wurde die Maßnahme sehr bald wieder rückgängig gemacht. Die Agitation für die Verwandlung des Buddhismus in eine Staatsreligion war hauptsächlich von einigen lautstarken Gruppen des Sangha ausgegangen; unter dem Militärregime, das 1962 die Macht übernahm, bekundeten sie ihre Einstellung voller Erbitterung, aber weniger demonstrativ.

Mittlerweile verlaufen die Wiedererstarkung des Buddhismus nach den Rückschlägen, die er in der Kolonialzeit hinnehmen mußte, und seine Anpassung an die moderne Welt in ruhigeren Bahnen. Das Interesse der gebildeteren Mönche am Abhidhamma nimmt ständig zu, und der Staat hat Abhidhamma-Prüfungen eingeführt, denen sich jedermann unterziehen kann und soll. Die Meditationsübungen haben in bestimmten Laiengruppen an Bedeutung gewonnen. Meditationszentren für Laien sind an vielen Orten entstanden, insbesondere in der Nähe der großen Städte Rangun und Mandalay; sie erfreuen sich bei buddhistischen Beamten, Lehrern und anderen Vertretern gehobener Berufe großer Beliebtheit. Eine erstaunliche missionarische Aktivität entfaltete ein pensionierter Offizier, der Oberst Ba Than (heute Dhammika [»Evangelist?] U Ba Than). Anders als viele burmesische Buddhisten, die der Missionsarbeit in westlichen Ländern den Vorzug geben, hat Ba Than seine Aufmerksamkeit den nicht-buddhistischen Stämmen in der Grenzregion und im Bergland Burmas zugewandt. Ein buddhistischer Schriftsteller hat im *Guardian* von Rangun die realistische Einstellung U Ba Thans hervorgehoben, denn, so schreibt er, »die Zukunft des Buddhasāsana [buddhistische Religion] in Burma ist finster und bedrohlich. Noch vieles muß geschehen, wenn die buddhistische Kirche eine Renaissance erleben soll. Die Jugend steht den Lehren der Mönche skeptisch gegenüber, und ihre Unkenntnis des Buddhismus ist erschreckend.« Das ist wohl eine unnötig pessimistische Darstellung, aber sie zeigt, was in den Köpfen einiger einsichtiger Buddhisten in Burma vorgeht.

Der 6. Buddhistenkongreß, der anläßlich des Buddha-Jayanti-Jahres

1956–57 in Rangun stattfand, war ein Versuch, einerseits dem burmesischen Buddhismus einen gewissen Auftrieb zu geben, andererseits der burmesischen Bevölkerung deutlich zu machen, daß die Regierung unter U Nu ihre Rolle als Protektor und Promotor des Glaubens ernst nahm. Zusätzlich hatte die Regierung den Buddha-Sāsana-Rat ins Leben gerufen, um die verschiedenen Maßnahmen zur Förderung der Religion (buddhistische Forschung, Missionsarbeit, Unterhalt der Pagoden etc.) zu koordinieren. All dies basiert auf einer Gesinnung, die der burmesische Minister U Win so formuliert hat: »Das Gedeihen einer Religion ... hängt von der Existenz eines Herrschers ab, der aufrichtig bereit ist, sie zu unterstützen.« Diese Gesinnung ist ein Erbteil der burmesischen Geschichte. Ob sie in der heutigen Zeit noch Gültigkeit hat, ist fraglich; ihre uneingeschränkte Akzeptierung ließe jedenfalls den Fortbestand des Buddhismus in jenen Ländern, deren Regierungen bestenfalls religiös ungebunden sind, mehr als zweifelhaft erscheinen.

9. Neue Religionen in Japan seit 1947

Am Neujahrstag 1946, kurz nach der Niederlage Japans im Zweiten Weltkrieg, richtete der japanische Kaiser über den Rundfunk eine Botschaft an sein Volk, in der er auf seinen göttlichen Status verzichtete. Das Band zwischen dem Schintoismus und dem japanischen Staat war damit offiziell zerrissen. Im Zuge der nachfolgenden Demokratisierung gab der amerikanische General MacArthur den Japanern die Erlaubnis, sich nach Belieben zu religiösen Gemeinschaften zusammenzuschließen. Alle religiösen Bekenntnisse müssen in Japan im Erziehungsministerium registriert werden, und 1945 belief sich die Zahl der registrierten Religionen auf 43; davon entfielen 13 auf den Schintoismus, 28 auf den Buddhismus und zwei auf das Christentum. 1951 war die Gesamtzahl bereits auf 720 angewachsen – 258 schintoistische, 260 buddhistische, 46 christliche und 156 »sonstige« Denominationen. Das sieht nach einer gewaltigen Explosion aus, erklärt sich aber zum Teil aus einer verfeinerten Klassifizierung, zum Teil aus Berücksichtigung von Gruppen, die bisher nur im »Untergrund« gelebt hatten und noch nicht registriert worden waren. Zehn Jahre später, 1961, hatte sich die Gesamtzahl der religiösen Bekenntnisse um die Zahl 170 eingependelt. Auch wenn man alle notwendigen Abstriche macht, so bleibt doch die Tatsache bestehen, daß sich im Nachkriegsjapan neue religiöse Bewegungen in großer Zahl entwickelt haben.

Dafür kann man sicherlich vor allem die »Gesinnungskrise« verantwortlich machen, die das japanische Volk in den Jahren nach 1945 erlebte. Der Schock der Niederlage und der überraschende Verlust der nationalen Leitfigur, des göttlichen Kaisers, erzeugten allenthalben ein Gefühl der Unsicherheit. Pater Heinrich Dumoulin meint, »Japans Niederlage im letzten Krieg und der sich anschließende Zusammenbruch der traditionellen Ordnung haben viele zutiefst getroffen, so daß das Chaos der Nachkriegszeit zugleich auch als eine persönliche Existenzkrise erfahren wird« (Dumoulin, 1963; 21).

Ähnlich kommt auch Carmen Blacker auf Grund ihrer persönlichen Erfahrungen in Japan zu dem Schluß, daß alle diese neuen Religionen aus einem Gefühl der Angst, Unsicherheit und der Furcht vor dem Unbekannten erwachsen sind (Blacker, 1962). Es gibt kaum soziale Einrichtungen (abgesehen von solchen, die gewisse große Firmen für ihre Betriebsangehörigen geschaffen haben) und wenig Sicherheit. Zum Schock der Niederlage und zu den ungeordneten Nachkriegsverhältnissen kommt also noch das Bewußtsein hinzu, daß dem Leben eine sichere Grundlage fehlt. Solche allgemeinen Umstände erzeugen im Japaner sehr leicht eine akute persönliche Krise, das Gefühl, am Ende seiner Weisheit zu sein und nicht mehr ein und aus zu wissen – »alle acht Wege sind versperrt«, wie die japanische Redewendung lautet. Eine derartige persönliche Krise ist gewöhnlich die Voraussetzung für den Eintritt in eine der neuen religiösen Sekten, die »religiös« nur in dem sehr allgemeinen Sinne sind, daß sie ihren Anhängern einen Weg weisen, wie sie mit ihren Lebensschwierigkeiten fertig werden können.

Maßgebend für die Anziehungskraft der neuen Sekten sind erstens eine sehr einfache, positive Botschaft, welche die zentrale Lehre beinhaltet und eine einzige Tugend, etwa den Glauben oder die Demut, besonders herausstellt, und zweitens die Aussicht auf konkrete irdische Vorteile. Für das letztere sorgen häufig die beträchtlichen Geldmittel, über welche die Sekten vielfach verfügen. Eine eindeutige Trennungslinie zwischen »religiösen« und »weltlichen« Belangen im westlichen Sinne ist in Japan nicht vorhanden. Für viele Japaner beruht die Attraktivität der neuen Sekten auf deren Fähigkeit, Alternativlösungen »für die wirtschaftlichen und geistigen Probleme der unorganisierten Arbeiter« zu offerieren. Sheldon stellt fest: »Die Arbeiterführer beklagen sich darüber, daß Gewerkschaftsmitglieder ihren Kampfgeist einbüßen, sobald sie konvertieren.« Die Mehrheit der Konvertierten entstammt der untersten Gesellschaftsschicht. Das scheint eine Bestätigung der marxistischen Auffassung zu sein, nach der die Religion ein Ausdruck des Protests der (sozial und wirtschaftlich) unterdrückten Seele ist, und steht auch im Einklang mit der Erkenntnis von Troeltsch, daß neue religiöse Sekten ihre Anhänger normalerweise unter den Unbemittelten finden.

Ein weiterer Grund für die Anziehungskraft der Sekten liegt einfach in ihrer *Neuheit*. Die alten religiösen Überlieferungen Japans haben in den Augen vieler Industriearbeiter bankrott gemacht. Auf der anderen Seite hat die abendländische Religion in ihrer traditionellen christlichen Form dem japanischen Arbeiter oder Bauern nicht viel zu sagen (Howe, 1964). »Die Mitgliederzahl der zahlreichen christlichen Sekten beläuft sich insgesamt nur auf rund 700 000, weniger als eine einzelne der neuen japanischen Sekten aufzuweisen hat, die nach dem Zweiten Weltkrieg nach oben gekommen sind« (Norbeck, 1965; 18).

Bei den neuen Sekten lassen sich drei Haupttypen unterscheiden, obwohl die Grenzen fließend sind: wir treffen zunächst jene an, die historisch aus einem buddhistischen Milieu hervorgegangen sind, und zwar vorwiegend aus dem Nichiren-Typ (s. S. 391 ff.) des Buddhismus (der am wenigsten »buddhistisch« und am stärksten japanisch ist), zweitens irgendwelche Derivate der Schinto-Tradition und drittens diejenigen, welche keine eindeutigen historischen Wurzeln aufzuweisen haben. Hammer beschreibt das religiöse Leben im Nachkriegsjapan als »ein lebendes Museum und ein lebendes Laboratorium«, d. h. neue Glaubensmischungen entwickeln sich ständig aus alten Grundstoffen zu »vorübergehenden Verbindungen« (Hammer, 1961). Selbst die aus dem Nichiren-Buddhismus oder Schintoismus entstandenen Sekten sind stark eklektisch geprägt.

Die zahlenmäßig größte und bekannteste dieser neuen Sekten ist das Soka Gakkai (»Werte schaffende akademische Gesellschaft«). Die Bewegung wurde schon 1931 gegründet, aber da der Anführer erst 1945 aus langjähriger Haft befreit wurde, begann ihr eigentliches Wachstum erst nach dem Krieg. 1965 zählte sie 13 Millionen Anhänger. Sie bietet das Allheilmittel des Glaubens allen Menschen an, denen »alle acht Wege versperrt sind«. Das Glaubensobjekt ist die heilige Formel »Namu Myoho Rengekyo«, die der Buddhistenführer Nichiren einst auf ein Stück Papier geschrieben hat. Die Sekte ist ausgesprochen nationalistisch eingestellt und verkündet das Kommen eines tausendjährigen Reiches des Wohlstands und Friedens, auf das die Menschen alle ihre Bemühungen richten sollen. Sie findet Anklang vor allem bei kleinen Händlern und Kaufleuten sowie bei bestimmten Gruppen von Industriearbeitern, insbesondere bei den Bergleuten. Großen Einfluß hat sie auch auf die jungen Leute, für die eine eigene Jugendorganisation geschaffen wurde. Die Methode, mit der sie neue Anhänger gewinnt, heißt Shaku baku und besteht darin, daß der potentielle Konvertit so lange mit konzentrierter Propaganda bombardiert wird, bis sein Widerstand erlahmt und er »sich bekehrt«. Die drei Hauptkennzeichen der Bewegung sind: Glaube, Aktivität und straffe Organisation, Organisation auch im politischen Sinne, und auf Grund ihrer riesigen Mitgliederzahl ist es ihr gelungen, eigene Kandidaten ins Parlament zu entsenden. Die Bewegung hat offenkundig kein festumrissenes politisches Programm; es scheint ihr mehr darauf anzukommen, daß integre Persönlichkeiten mit »gesundem Menschenverstand« die Abgeordnetenbänke füllen. Wegen dieser politischen Aktivität ist das Soka Gakkai bei anderen Gruppen der japanischen Gesellschaft gefürchtet und verhaßt, zumal es nach den Liberalen und Sozialisten inzwischen die drittgrößte Fraktion stellt.

Obgleich die meisten spektakulären Veränderungen der Nachkriegszeit auf das Konto der neuen Sekten vom Soka-Gakkai-Typ gehen, so erlebten doch auch die althergebrachten Glaubensformen eine leichte Aufwärtsentwicklung. Die spezifischen Schinto-Sekten nehmen seit dem Ende des Staats-Schintoismus zu, und gleiches gilt in gewissem Maß auch für den Buddhismus: die Laien haben es gelernt, aktiver am buddhistischen Gemeinschaftsleben teilzunehmen; Studiengruppen haben sich formiert; buddhistische Gelehrte bemühen sich um eine Neuinterpretation des buddhistischen Ideenguts und haben dadurch das religiöse Verständnis vertieft; hinzu kommt ein neuerliches Interesse für den Buddhismus außerhalb Japans und ein Gespür für seine internationalen Dimensionen. Es ist bezeichnend, daß sich diese Stärkung religiöser Strömungen gerade in einem Land vollzieht, das von allen asiatischen Ländern die schnellste industrielle Entwicklung durchmacht.

10. Der Buddhismus und das moderne Denken

Ein bedeutender und interessanter Zug des Buddhismus im Ceylon der Nachkriegszeit ist die Zunahme einer populärwissenschaftlichen Literatur, die sich mit der Ausdeutung buddhistischen Gedankenguts beschäftigt und für englische Leser in Ceylon und außerhalb des Landes bestimmt ist. Es fällt besonders auf, daß sie heutzutage von englischsprechenden Mönchen und Laien gleichermaßen hervorgebracht wird. Der hervorragendste Vertreter dieser Laien ist Dr. G. P. Malalasekere, ehemals Professor für Pali an der Universität von Ceylon, dann diplomatischer Vertreter seines Landes in Moskau und London und Leiter der Abteilung für Orientalistik und Afrikanistik an der Londoner Universität. Er war ein Laienmitglied der buddhistischen Kommission von 1954 (s. S. 493) und der erste Präsident der in Ceylon gegründeten World Fellowship of Buddhists. Dr. Malalasekeres Schriften zeichnen sich aus durch strenge Wissenschaftlichkeit höchsten Ranges und eine tiefe Überzeugung von der Richtigkeit des buddhistischen Weltbildes und seiner Bedeutung für die moderne Welt. In seinem Werk legt er großen Wert auf die Integrierung buddhistischer Ideen in das wissenschaftliche Denken der Gegenwart. Damit das gelingt, so meint er, müssen die buddhistischen Grundsätze ständig neu formuliert und interpretiert werden. Er begrüßt die zunehmende Beschäftigung der westlichen Wissenschaft mit dem Geist und der Seele des Menschen; gerade in diesem Punkt hält er seine Konvergenz wissenschaftlichen und buddhistischen Denkens für sehr wahrscheinlich.

Ein anderer wichtiger Exponent des Buddhismus unter dem Aspekt der modernen Wissenschaft ist Dr. W. F. Jayasuriya, dessen Buch *The Psychology and Philosophy of Buddhism,* eine Darlegung des Abhidhamma (s. S. 189 ff.) für ein gebildetes englisches Lesepublikum, sich vor allem an wissenschaftlich Geschulte wendet. Das Buch entstand aus einer Reihe von Rundfunkvorträgen, die von Radio Ceylon ausgestrahlt wurden. Das buddhistische Abhidhamma wird hier als wissenschaftliches System behandelt. Als Ausgangspunkt dienen die traditionellen buddhistischen Kategorien: Wahrnehmung, geistige Faktoren, Materie und nibbāna. Diese vier Gruppen sind die »Realien«; die ersten drei sind irdisch und existieren in einem Zusammenhang strenger Kausalbeziehungen; die vierte ist überirdisch, »existent ohne Ursache und folglich transzendent«. In der buddhistischen Terminologie kann man die ersten drei Gruppen auch als bedingte oder relative Begriffe beschreiben; dies steht im Einklang mit »der deterministischen Auffassung der meisten Wissenschaftler von heute, daß nichts ohne Ursache geschieht«, denn »wenn wir nicht an die Kausalität glaubten, gäbe es keine Wissenschaft« (Jayasuriya, 1963; 5). Es ist die einzigartige Leistung Buddhas, behauptet Jayasuriya, daß er diese Wahrheit schon vor mehr als 2000 Jahren erkannt hat. Wo die buddhistische Analyse über die Naturwissenschaft hinausgeht, haben wir es mit der vierten Kategorie zu tun: »Buddha lehrte, daß es ein unbedingtes oder unverursachtes Element gebe, nämlich das Nibbāna, das zu seinem Recht kommt, wenn wir die bedingten Elemente begriffen haben.«

Wir könnten noch weitere Beispiele des zeitgenössischen buddhistischen Schrifttums anführen, aber auch schon aus diesen kurzen Auszügen läßt sich die allgemeine Richtung dieser modernen Deutungen ablesen. Ob das Einverständnis zwischen dem buddhistischen Abhidhamma und dem heutigen wissenschaftlichen Denken tatsächlich so gut ist, wie es diese Autoren annehmen, oder ob es sich nur um eine vorläufige oder oberflächliche Übereinstimmung handelt, ändert nichts an der Tatsache, daß für viele Menschen, die sich durch eine solche Literatur angesprochen fühlen, hier ein religiöses System vorliegt, das sowohl wissenschaftlich respektabel als auch spirituell befriedigend ist. Im übrigen ist es bemerkenswert, daß die Laien der Theravādin-Tradition das Abhidhamma als religiöses und philosophisches Gedankengebäude für völlig ausreichend halten und es nicht für notwendig erachten, sich weiter auf das Gebiet der metaphysischen Spekulation hinauszuwagen, wie es die Mahayanisten getan haben (s. S. 267–270).

ZUSAMMENFASSENDER KOMMENTAR ZUM KAPITEL G

Die überlieferten Formen des religiösen Glaubens und der religiösen Praxis haben sich in der modernen Welt mit unterschiedlicher Vitalität behauptet: so viel hat unsere Übersicht zumindest erwiesen. Wir müssen jetzt überlegen, ob es möglich ist, aus einer so allgemeinen Übersicht irgendwelche praktischen Schlüsse zu ziehen. Vor allem stellt sich die Frage, ob man die Gründe für die unterschiedliche Lebenskraft ermitteln kann, entweder innerhalb einer religiösen Tradition – etwa in Thailand und Ceylon, Pakistan und Indonesien oder in Israel und Amerika – oder über die Grenzen religiöser Traditionen hinweg, zum Beispiel durch einen Vergleich zwischen Japan (wo neue Religionen wuchern) und England (wo die religiösen Institutionen durchwegs überaltert und verflacht sind).

Als ein möglicher Ausgangspunkt für unsere Untersuchung drängt sich das unterschiedliche Verhältnis zwischen Religion und Staat auf sowie die Frage, wie sich dieses Verhältnis auf die Lebensfähigkeit der Religion in der Gegenwart auswirkt. Wenn wir zunächst einmal den »indisierten« Bereich Südostasiens betrachten, also jene Länder, die in der Vergangenheit unter den kulturellen Einfluß Indiens geraten sind (Indien, Pakistan, Ceylon, Burma, Thailand und Indonesien), dann haben wir es mit einem Gebiet zu tun, das zugleich geographisch kompakt und religiös differenziert ist, und zwar infolge der hier vertretenen Traditionsformen (Hinduismus, Buddhismus und Islam) und auch durch die wechselnden Grade der Vitalität innerhalb der einzelnen Traditionen. Sollten sich aus diesen Gradunterschieden in einem relativ homogenen Kulturraum brauchbare Schlußfolgerungen ableiten lassen, so könnten sie auch anderswo anwendbar sein.

Geographisch gesehen, handelt es sich um einen großen Raum, freilich nicht größer als beispielsweise das Gebiet der USA. Seine Wirtschaft ist eher landwirtschaftlich als industriell orientiert, obgleich er einige bedeutende Industriegebiete enthält, vor allem in Indien. Die Bevölkerung ist vorwiegend bäuerlich-ländlich, aber neuerdings entwickelt sich, insbesondere in Indien, Ceylon und Indonesien, eine neue Mittelklasse.

In Pakistan und Indonesien ist der Islam die dominierende religiöse Tradition, und auch in Indien lebt eine ansehnliche Minderheit von rund 40 Millionen Moslems. Pakistan beherbergt 82 Millionen Moslems und Indonesien etwa 88 Millionen, die 90 Prozent der Gesamtbevölkerung ausmachen. Die Frage, ob der Staat weltlich oder religiös geprägt sein soll, ist für die Moslems von einiger Wichtigkeit angesichts der engen Beziehungen zwischen politischer und religiöser Obrigkeit in der islamischen Geschichte und angesichts der Tatsache, daß der Islam ursprünglich eine Sekte war, die zu einem Staat wurde. Theoretisch fordert der Islam eine Regierungsform, die man als »theokratisch« bezeichnen könnte (insofern man bei diesem Begriff die Nebenbedeutung ausscheidet, die sich auf die Herrschaft einer Priesterklasse bezieht). In der Praxis ist jedoch die Theokratie, wenn wir darunter eine Regierung verstehen, die sich strikt an die vom Propheten und von seinen Nachfolgern (Kalifen) vermittelten göttlichen Anweisungen hält, seit der Machtübernahme durch die Omaijaden im Jahre 661 (s. S. 297 ff.) kein Charakteristikum des Islams mehr. Nichtsdestoweniger haben moslemische Minderheiten immer wieder darauf hingewiesen, daß die Theokratie die einzige dem Islam angemessene Regierungsform sei. In neuerer Zeit hat sich eine solche Minderheit in den »theokratischen« Sekten gesammelt: in der persischen Bab-Bewegung des frühen 19. Jahrhunderts (s. S. 473 ff.), im Ahmedija und in einigen Shia-Gruppen, die sich allerdings zum Teil nur noch in einem weiteren Sinne als »islamisch« definieren lassen (s. S. 475 ff.).

Doch die Idee, daß die islamische Religion zu ihrer echten Erfüllung ein islamisches Staatswesen verlangt, auch wenn es eine demokratische Verfassung erhält, fand 1947 ihren Ausdruck in der Schaffung des Staates Pakistan. Wie wir gesehen haben (s. S. 478 ff.), hat er freilich in den zwanzig Jahren seines Bestehens nicht den Beweis erbracht, daß die islamische Religion in einem modernen islamischen Staat besonders gut gedeiht, wobei man natürlich bedenken muß, daß Pakistan in den Augen mancher Moslems noch weit davon entfernt ist, ein wahrhaft islamisches Gemeinwesen zu sein. Wie dem auch sei: Pakistan ist jedenfalls laut Verfassung eindeutiger islamisch als Indonesien; dennoch kann man kaum behaupten, daß der Islam in Pakistan gesünder und lebenskräftiger wäre.

Die indonesischen Moslems, denen zum größten Teil nicht viel daran gelegen zu sein scheint, ihrem Land eine islamische Verfassung zu geben, neigen dazu, ihre Bemühungen in freiwillige Moslem-Organisationen wie das Muhammadiya einzubringen, und damit haben sie im Grunde ihre Zustimmung zu einer Alternativlösung für das Verhältnis zwischen Islam und Staat gegeben – zur freien Entfaltung des einzelnen Moslem in einer freien demokratischen Gesellschaft. Ein ähnliches Verhältnis zwischen dem Islam und dem Staat bahnt sich in der Republik

Indien an, und diese Entwicklung wird sich nach Meinung mancher Kenner als noch exemplarischer und bedeutsamer erweisen als die Entwicklung in Pakistan (s. S. 478 ff.).

Wenn wir uns nun den buddhistischen Ländern Südostasiens zuwenden, so begegnen wir dort vergleichbaren Modellen. Auf der einen Seite steht das klassische mittelalterliche Modell, wie es sich in Thailand erhalten hat, wo der Buddhismus die Staatsreligion darstellt und der Herrscher nach der Verfassung ein Buddhist sein muß. Das entgegengesetzte Extrem ist Ceylon, wo das mittelalterliche Gefüge nach dem Auftreten des europäischen Imperialismus zerbrach und nach Erlangung der Unabhängigkeit nicht mehr restauriert wurde; vielmehr gilt der Buddhismus hier als die Lebensform, die von der Mehrheit der Bürger in dieser freien, demokratischen Republik akzeptiert wird. Die Mitte zwischen den beiden Extremen nimmt Burma ein, wo das mittelalterliche Gefüge gleichfalls zusammenbrach, aber nach der Unabhängigkeit der Versuch einer Restaurierung unternommen wurde – ein Versuch, der inzwischen aufgegeben worden ist. Trotzdem blieb in Burma die Sehnsucht nach der mittelalterlichen Vorstellung von einem buddhistisch-brahmanischen Herrscher, der zugleich eine kosmische Figur ist, lebendig, und daraus erwuchsen gewisse messianische Strömungen. Auf die Frage, wo der Buddhismus sich am kräftigsten und vitalsten behauptet hat, wird man ohne weiteres antworten: in Ceylon, wo der konstitutionelle buddhistische Staat nicht mehr besteht (s. S. 493 f.). Wir wollen die Möglichkeit nicht ausschließen, daß auch noch andere Faktoren als das freie Verhältnis zwischen Staat und Religion zur Vitalität des ceylonesischen Buddhismus beigetragen haben: der – im Vergleich zu Burma und Thailand – längere Zeitraum, in dem die westliche Erziehung die Köpfe des Buddhismus zu neuartigen Einsichten stimulierte; die geographischen Gegebenheiten, die den Bau von Straßen in ganz Ceylon begünstigten und damit die Kommunikation erleichterten und ein Gemeinwesen mit einem fruchtbaren Ideenaustausch hervorbrachten; und vor allem das Vorhandensein einer ansehnlichen Mittelschicht, also jener Schicht, die einerseits zur Aufrechterhaltung der überlieferten Religion und andererseits zur Entwicklung fortschrittlicher Umgestaltungen ihrer Gehalte und Auffassungen tendiert.

Es muß festgehalten werden, daß zwei dieser Faktoren auch für Indonesien maßgeblich gewesen sind: 1. das bereits erwähnte Fehlen einer offiziellen staatlichen Protektion des Islams, 2. die Entstehung einer Mittelklasse, die neue religiöse Aktivitäten und die Neuformulierung orthodoxer Glaubensinhalte förderte.

In Sachen der Beziehungen zwischen Religion und Staat kann somit eine provisorische Schlußfolgerung gewagt werden: die Vitalität einer religiösen Tradition wird durch eine zu starke Identifizierung mit dem Staat nicht gesteigert. Andererseits ist es ebenso unwahrscheinlich, daß eine derartige Steigerung stattfindet, wo die Religion vom Staat verfolgt wird. Die Aussicht für das buddhistische religiöse Leben Tibets besteht darin, daß die Tibeter, Mönche wie Laien, weiterhin nach Indien zu fliehen versuchen, wo der tibetische Buddhismus sich bemüht, seine Eigenexistenz zu behaupten. In der Sowjetunion, wo die Orthodoxe Kirche weiterbesteht, wenn auch in stark eingeschränkter Form, wird die religiöse Verfolgung speziell der protestantischen Sekten vereinzelt fortgesetzt.

Optimale Bedingungen für die künftige freie Entwicklung des religiösen Lebens können deshalb in jenen Ländern der nicht-kommunistischen Welt angenommen werden, wo religiöse Institutionen von staatlicher Begünstigung und staatlicher Kontrolle unabhängig sind. Das augenscheinlichste Beispiel für eine solche Situation bieten die Vereinigten Staaten. Zweifellos ist hier das religiöse Leben reger als in jenen westlichen Ländern, in denen das Christentum oder das Judentum vom Staat gestützt und protegiert werden – in England zum Beispiel oder in Israel. Man kann freilich einwenden, daß auch in den USA der Schein trügt. Bryan Wilson nimmt beispielsweise an, daß es spezielle Gründe für den Erfolg der institutionalisierten Religion in den USA gibt und daß diese Gründe eng mit dem Umstand zusammenhängen, daß die religiösen Institutionen die gängigste Form der gesellschaftlichen »Zusammengehörigkeit« darstellen; sie geben dem einzelnen Menschen die Möglichkeit, sich in einer sozial und geographisch sehr mobilen Gesellschaft mit Amerika zu identifizieren. Wilson übt Kritik an der Oberflächlichkeit der religiösen Betriebsamkeit und fügt das (stark impressionistisch gefärbte) Urteil hinzu, die USA seien »ein Land, in dem instrumentelle Wertvorstellungen, rationale Verfahrensweisen und technische Methoden am weitesten gediehen sind, und das Land, in dem das Gefühl für das Heilige, der Sinn für die Heiligkeit des Lebens und echte Religiosität am auffälligsten durch Abwesenheit glänzen« (Wilson, 1966).

Damit sind wir bei dem Problem angelangt, das für die moderne Religionswissenschaft überall in der Welt das größte Einzelproblem darstellt, nämlich bei dem Phänomen der *Säkularisierung* und ihren Auswirkungen.

Das Problem entsteht dadurch, daß der Begriff Säkularisierung widersprüchliche Bedeutungen hat. Bei Wilson meint er »den Prozeß, in dem religiöse Gehalte und Institutionen ihre soziale Bedeutsamkeit verlieren« (1966; XIV). Wilson räumt indes ein, daß die verschiedenen Gegebenheiten, die er in diesem Sinne deutet, anderen Beobachtern in in einem ganz anderen Licht erscheinen können. Wer, wie manche Soziologen, die Religion als eine notwendige Funktion jeder menschlichen Gesellschaft betrachtet (so daß die jeweilige Gesellschaft ohne irgendeine Form der Religion, Quasi-Religion oder Ersatzreligion dem Zerfall anheimgegeben wäre), wird in der gegenwärtig nachlassenden Anteilnahme der Menschen an den institutionellen westlichen Religionsformen eine Übergangsphase von einem institutionalisierten Religionsmodell zu einem anderen sehen, nicht aber eine endgültige Aufgabe aller religiösen Bindungen. Die gegenwärtige Lage ist, wie aus unserer Untersuchung deutlich geworden sein wird, sicherlich nicht ungewöhnlich in der Geschichte der Religionen: wenn ein religiöses Gefüge zerfällt, bildet sich oft, freilich nicht immer, ein neues. Diesem funktionalistischen Argument, das sich aus der Religionsgeschichte der ganzen Welt ergibt, begegnet Wilson mit der Behauptung, die menschlichen Gesellschaften hätten zwar bis jetzt das Bedürfnis nach einem irgendwie gearteten religiösen System zum Zwecke des sozialen und psychologischen Zusammenhalts verspürt, aber das müsse nicht auch für die heutige Situation gelten, denn, so meint er, menschliche Bedürfnisse könnten sich ändern oder sie würden zumindest nicht unbedingt stets in der gleichen Weise empfunden. Doch er gesteht ein – und das ist im Lichte der Religionsgeschichte der Menschheit ein sehr wichtiges Eingeständnis –, daß ein Problem ungelöst bleibt, wenn den Menschen in einer modernen industriellen Gesellschaft das religiöse Fundament ihres Daseins fehlt und wenn sie leben müssen »in einer Welt, in der ihnen die letzten Erklärungen und die letzten Erfüllungen versagt sind«. Damit anerkennt er indirekt die Stichhaltigkeit des Einwands, der gegen seine Auffassung, die Religion habe aufgehört ein Bedürfnis des Menschen zu sein, erhoben werden kann; er gibt zu, daß er von der völlig willkürlichen Annahme ausgegangen ist, es sei *erwiesen,* daß die Religion kein permanentes Bedürfnis des Menschen ist. Das ist nun keineswegs erwiesen; die Fülle der historischen Belege bis in die neueste Zeit hinein spricht dagegen, und die Beweislast liegt bei jenen, die sich anschicken, die funktionalistische Auffassung in Frage zu stellen. Selbst im heutigen Europa ist das Belegmaterial ambivalent und auf verschiedene Art interpretierbar.

So hat Harvey Cox in seinem Buch *The Secular City* die Ansicht geäußert, im Westen vollziehe sich gegenwärtig die Befreiung der Religion von mythologischen und quasi-magischen Formen des Denkens und Handelns und zugleich die Befreiung des religiösen Lebens aus den kirchlichen Banden, die es gefangenhielten. Nach seiner Meinung muß man klar unterscheiden zwischen »Säkularisation« und »Säkularismus«; das letztere ist eine Ideologie oder Quasi-Religion, dogmatisch, ausschließlich und intolerant wie die meisten Ideologien. Die Säkularisation dagegen, mit welchem Begriff man die Wandlungen der überlieferten Religion in der modernen Welt umschreiben kann, ist nach Cox ein Prozeß, der bereits in der biblischen Religion eingesetzt hat und durch den die menschliche Existenz sich von den sozialen Tyranneien und falschen Weltanschauungen des Heidentums gelöst hat.

Es ist bezeichnend, daß sich ein ähnlicher Prozeß, wie ihn Cox mit christlichen Augen sieht, derzeit in Ceylon abspielt, wo die Einführung der modernen wissenschaftlichen und medizinischen Kenntnisse eine zersetzende Wirkung auf die alten heidnischen Vorstellungen und Bräuche hat, die auch schon der Buddhismus über Jahrhunderte hinweg langsam und unauffällig unterminiert hat. Das moderne Denken hat allerdings auf den Buddhismus selbst nicht den gleichen Einfluß ausgeübt, sondern ihn vielmehr befähigt, sich weniger ambivalent darzustellen, ohne die Beimischung des Heidentums, die in der Vergangenheit für ihn typisch war. Neue soziale und erzieherische Modelle können jedoch sehr wohl in Ceylon und anderswo zu einer Umstrukturierung des Buddhismus führen, vor allem in Verbindung mit dem Aufkommen einer kultivierten mittelständischen Intelligenz, die aus dem Laienstand kommt. Es wäre sicherlich kurzsichtig und unklug wie unbuddhistisch, sollten die Buddhisten annehmen, ihre Institutionen seien sakrosankt.

Dasselbe trifft auf die Religion im Westen zu. Es wäre falsch, die Wirklichkeit der Religion mit irgendeiner institutionellen Form, die sie in der Vergangenheit angenommen haben mag, zu identifizieren, etwa mit den Nationalkirchen oder den konfessionellen Gruppierungen des Christentums. Kirchenführer wollen manchmal den Eindruck erwecken, als ob das Verschwinden der Kirche in ihrer augenblicklichen Form die größte Tragödie im religiösen Leben des Menschen sei oder als ob die Religion aussterben würde, wenn sie nicht mehr auf einer autoritären kirchlichen und dogmatischen Basis organisiert wäre. Eine derartige Einstellung zeigt nicht nur einen ungewöhnlich dürftigen Glauben an den Gott, der als »lebendig« proklamiert wird, sondern könnte sich auch als das Gegenteil der Wahrheit herausstellen. Vielleicht stirbt die Religion gerade dort aus, wo diese Haltung besteht.

EPILOG
Der religiöse Glaube in der Zukunft

Die vergleichende Religionswissenschaft ist eine akademische Disziplin, die nicht dazu dient, eine bestimmte Form des religiösen Glaubens höher zu bewerten als eine andere. Was aber ein solches Studium leisten kann, das ist die Vermittlung einer weniger engstirnigen Auffassung der Religion, als sie uns anerzogen wurde (das gilt auch für diejenigen, welche als »Humanisten« oder Atheisten aufgewachsen sind), eine genauere Kenntnis der Tatsachen und ein gewisses Verständnis für die historische Entwicklung und die positiven oder negativen Auswirkungen der verschiedenen religiösen Richtungen, die in der modernen Welt existieren. Auf diese Weise kann das vergleichende Studium der Religion wesentlich dazu beitragen, das religiöse Denken der heutigen Generation zu stärken.

Doch manche sähen gern, wenn an den Universitäten nur die christliche Theologie gelehrt würde. So verwarf zum Beispiel der Dominikaner Laurence Bright kürzlich den Gedanken, die vergleichende Religionswissenschaft könne die Stelle der christlichen Theologie als der einzig wahren wissenschaftlichen Beschäftigung mit der Religion einnehmen, und er stützte seine Ansicht mit der Aussage, andere Religionssysteme als das Christentum seien nicht »aus der Wurzel unserer Kultur« hervorgegangen und es sei »unnatürlich, den Buddhismus oder Hinduismus so zu behandeln, als ob sie eine nennenswerte Bedeutung für die Masse der Menschen im Westen hätten« (*Slant*, London, Dez. 1966/Jan. 1967, S. 14). Das ist ein merkwürdig schwaches, aber unter Theologen weitverbreitetes Argument, das zudem von einer statischen Auffassung der Verhältnisse ausgeht. Die Einwohner Britanniens zu Beginn des christlichen Zeitalters hätten auch einwenden können, daß dieser neue Glaube, der aus dem Mittelmeerraum kam, nicht aus den Wurzeln ihrer Kultur hervorgegangen sei. Und man darf nicht übersehen, daß die christliche Theologie, die angeblich »aus der Wurzel unserer Kultur« erwachsen ist, in ihrer orthodoxen kirchlichen Ausprägung gegenwärtig rapide an Anziehungskraft verliert. Ein Religionslehrer hat vor einiger Zeit in einer Mädchenoberschule in Cheshire die Schülerinnen der sechsten Klasse nach ihren religiösen Interessen befragt und mußte zu seiner Verwunderung feststellen, daß »unter ihnen ungefähr 40 potentielle Buddhisten waren«. So unzureichend wohl auch die Vorstellungen der Mädchen vom Buddhismus waren, sie ließen sich offensichtlich nicht abschrecken von der Beschäftigung mit einer Alternative zu der Theologie, mit der sie aufgewachsen waren, obwohl diese Alternative nicht aus den Wurzeln der englischen Kultur hervorgegangen ist.

Auf Grund unserer kurzgefaßten Übersicht über die religiösen Glaubensvorstellungen und Überlieferungen lassen sich drei Haupttypen vollentwickelter Glaubensformen unterscheiden, die heute über eine ansehnliche Anhängerschaft verfügen. Da ist zunächst der einfache, majestätische Transzendentalismus des Islams: ein unbarmherzig logischer Glaube an den einen unteilbaren Gott, dessen Allmacht unbegrenzt ist, der alles erschaffen hat und regiert, so daß alles, was geschieht, von seinem Willen abhängt, der sich in keiner Weise durch das Tun und Lassen des Menschen beeinflussen läßt und der, wenn der Augenblick gekommen ist, mit der Welt und ihren Bewohnern nach eigenem Ermessen verfahren wird. Im Gegensatz dazu steht zweitens die buddhistische Lehre, daß es die Bestimmung des Menschen ist, zu »erwachen« (Buddha) und seine kosmische Situation zu erkennen, und daß er dieses Ziel erreichen kann, indem er durch moralisches Verhalten und Meditationsübungen die bösen Neigungen unterdrückt und die guten fördert; auf solche Weise wird er schließlich an einem Leben teilhaben, das nicht mehr individuell, sondern universal ist. In diesen beiden Religionsformen spielt der Ablauf der Zeit nur eine untergeordnete Rolle; der Sinn für geschichtliche Prozesse ist kaum entwickelt, im Buddhismus allerdings ein wenig mehr als im Islam. Als letztes ist dann die messianische Lehre zu nennen, deren Brennpunkt Jesus von Nazareth ist; hier gilt die exemplarische Existenz, wie sie das Leben und Sterben Jesu darstellt, als das Modell einer neuen Menschheit, die noch im Entstehen begriffen ist, und auf ihre Entstehung wirkt eine Kraft hin, die den neuen Menschen hervorbringt. Jesus ist »der, welcher kommen soll« (der Christus), und die Menschen sind aufgerufen, in vertrauensvoller Erwartung des Tages, der da kommen soll, ihr Leben in das Reich dieser sich entwickelnden neuen Menschheit einzubringen.

Die genannten drei Typen des religiösen Glaubens lassen sich charakterisieren als 1. die Theologie des Allmächtigen, 2. die Anthropologie des »Erweckten« und 3. die Christologie Jesu oder des neuen Menschen. Das empirische Christentum hat jedoch aus verschiedenen historischen, sozialen und politischen Gründen Elemente von 1 und 3 miteinander zu verbinden versucht; unvereinbare Glaubensgehalte haben sich im kirchlichen Christentum zu einer labilen und unbehaglichen Koexistenz zusammengefunden – eine so unbehagliche Koexistenz, daß sogar ein intelligentes zehnjähriges Kind die Aussagen der orthodoxen christlichen Theologie als höchst unbefriedigend und widerspruchsvoll empfinden muß.

Bryan Wilson hat in seiner Untersuchung der Religion und Säkularisierung die bedeutungsvolle Feststellung getroffen, daß ein religiöses System keine emotionale Erfüllung bieten kann, solange es intellektuell nicht befriedigt. Es gibt eine Fülle von Anhaltspunkten dafür, daß die Menschen Westeuropas nach einem konsequenten und sinnvollen Wertgefüge verlangen, doch eine überwältigende Zahl stimmt mit den Füßen gegen die kirchliche Orthodoxie ab. Antony Flew hat in seinem Buch *God and Philosophy* sehr einleuchtend die logischen Schwächen der augustinisch-christlichen Theologie nachgewiesen; die Erwiderungen der orthodoxen Theologen und Philosophen wirken dagegen mehr oder weniger kasuistisch, ausweichend und wenig überzeugend. Die Anhänger des orthodoxen Christentums verhalten sich heutzutage nicht kirchentreu, weil es ihnen um die Kohärenz der Theologie geht, sondern weil sie *irgendeine* Zuflucht aus dem Nihilismus und Säkularismus brauchen, weil ein liebenswürdiger Geistlicher sie aufgesucht und aufgefordert hat, zur Kirche zu kommen, weil sie auf persönliche oder familiäre Bindungen Rücksicht nehmen müssen etc. Derartig der Kirche verbunden, versuchen sie deren Ideologie zu verstehen und sinnvoll einzuordnen, was ihnen freilich nicht immer gelingt, wie jeder weiß, der sich mit verschiedenen Generationen von Studenten über dieses Problem unterhalten hat. Solange im Westen die religiöse Diskussion vor allem um die Aufrechterhaltung der besonderen westlichen Theologie, wie sie historisch geworden ist, und einer einzigen kirchlichen Institution und ihrer heiligen Bücher und Rituale geht, wird sich die Lage wahrscheinlich kaum ändern, und der religiöse Glaube wird immer mehr dahinsiechen.

Wir haben gesehen, daß das Judentum, das Christentum und der Islam seit vielen Jahrhunderten eine Glaubensvorstellung akzeptieren, die aus der alten nahöstlichen Religion in ihre Schriften aufgenommen (und damit geheiligt) wurde, nämlich die Vorstellung vom absoluten Potentaten, der als der Schöpfergott anerkannt wird. Doch nur der Islam ist vollkommen konsequent in der logischen Weiterentwicklung dieser Vorstellung, indem er daran festhält, daß nichts, was der Mensch jemals getan hat oder tun wird, den Allmächtigen in irgendeiner Form berühren kann. Was das Christentum betrifft, so paßt der Glaube an einen allmächtigen kosmischen Herrn schlecht zusammen mit der spezifischen Auffassung der frühen Christen von der kosmischen Bedeutung und der Vorrangstellung des gekreuzigten Jesus und mit dem neuen Gottesbegriff, der sich daraus ergibt. Moderne wissenschaftliche Denkmethoden sind inzwischen auch in das christliche Denken eingedrungen, und die christliche Theologie beginnt sich endlich von dieser alten heidnischen Belastung zu lösen, die sie so lange mitgeschleppt hat. Die Folge davon war so etwas wie ein Gefühl der Befreiung, das sich ausdrückt in der Vorstellung vom »Tod Gottes«, d. h. vom Tod dieses absoluten Potentaten, dessen Wesen und Existenz die Christen so lange mit der elementaren Überzeugung zu versöhnen trachteten, daß dem Menschen im leidenden und gekreuzigten Jesus ein flüchtiger Einblick in das »offene Geheimnis« des Universums gestattet worden ist.

Die Kontroverse um den »Tod Gottes«, die vor allem mit den Namen van Buren, Altizer und Hamilton verknüpft ist, wird von manchen Beobachtern als ein Aspekt der Säkularisierung – der Säkularisierung der Theologie – aufgefaßt. Das stimmt mit der Verwendung des Begriffs durch Harvey Cox überein, der unter Säkularisierung die Befreiung von magischen und nicht-christlichen kirchlichen Strukturen sowie von den zugrunde liegenden Glaubensmeinungen versteht. Es besteht eine fundamentale Beziehung zwischen der Vorstellung von Gott als dem Willkürherrscher einerseits und all den kosmogonischen und magischen Zutaten, der Erniedrigung des Menschen, dem jede Tugend abgesprochen wird, und einem autoritär-kirchlichen Religionstyp andererseits. Vieles davon ist verhüllt in augustinischen Religionsformen enthalten, seien sie nun katholisch oder kalvinistisch geprägt. Die Auffassung Gottes und der Situation des Menschen, wie sie von jenen vertreten wurde, die Jesus von Nazareth persönlich gekannt hatten, war jedoch etwas radikal Neues. Dies zeigt sich am deutlichsten in der erwartungsvollen Stimmung, die sich unter ihnen ausbreitete. In den Schriften des Neuen Testaments ist die Haltung der Erwartung unverkennbar. Der hl. Paulus schreibt an die Christen in Philippi von seiner Zuversicht, daß das »gute Werk«, das in ihnen begonnen habe, fortgeführt werde »bis an den Tag Jesu Christi«. An die Christen in Rom schreibt er, daß die ganze Schöpfung »mit eifrigem Verlangen auf die Offenbarung der Söhne Gottes« warte, und dann spricht er davon, daß die Schöpfung sozusagen die Geburtsschmerzen bei der Entstehung einer neuen Schöpfung verspüre; einbezogen in diese kosmischen Wehen sind diejenigen, welche bereits einen »Vorgeschmack« des Heiligen Geistes haben, denn sie »warten auf ihre Adoption als Söhne«. Die Kolosser ermahnt er: »Wenn aber Christus, unser Leben, sich offenbaren wird, dann werdet ihr auch offenbar werden mit ihm in Herrlichkeit.« Dementsprechend hießt es im 1. Johannes-Brief: »Wir sind nun Gottes Kinder; und es ist noch nicht erschienen, was wir sein werden. Wir wissen aber, wenn es erscheinen wird, daß wir ihm gleich sein werden.«

Die christliche Offenbarung weist somit zwei entscheidende Züge auf; sie ist radikal in ihrer Auffassung von Gott, und sie ist offen für das, was kommen wird. Sie ist radikal insofern, als sie ein neues Bild Gottes entwirft, nicht das einer Macht, die wie ein Potentat herrscht, sondern das der Macht, die die Christus-Menschheit hervorbringt. Dies erweist sich zuerst in Jesus, dem »Erstgeborenen unter vielen Brüdern«, wie es der Hebräerbrief ausdrückt, und das bedeutet, daß Gottes Sohn Christus zugleich die kollektive neue Menschheit darstellt, die da kommen soll. Das Erscheinen dieser *neuen Menschheit* ist das kosmische Ziel, auf das sich alles menschliche Leben zubewegt, so daß das gegenwärtige Leben stets nur im Licht dieses »bis« zu begreifen ist. Die frühen Christen haben einen flüchtigen Blick auf den kommenden Christus, den »Messias«, geworfen, und durch ihn erfuhren sie etwas von dem für sie grundlegend neuen Gottesbegriff. (Deshalb betont der Theologe Karl Barth immer wieder, daß alle christliche Theologie – oder alle Diskussionen über Gott – vom fleischgewordenen Wort, also von dem durch Christus gesetzten Datum, ausgehen muß). Der Christus ist die zukünftige neue Menschheit; anders ausgedrückt: es handelt sich um eine kollektive Konzeption, die Jesus von Nazareth zusammen mit seinen »vielen Brüdern« umfaßt, das verherrlichte »neue Volk«. Der Zeitplan der christlichen Erwartung hat sich seit den Tagen der ersten Jünger erweitert, aber das zugrundeliegende Prinzip, das Warten auf das Erscheinen der Söhne Gottes als auf den kosmischen Höhepunkt, bleibt bestehen. Die wahre christliche Offenbarung ist somit »offen«. Vieles muß noch erkannt und erfahren werden; wenig ist bisher einsichtig geworden, und es bleiben noch »jene Dinge, die kein Auge gesehen, kein Ohr vernommen und kein Menschenherz erfaßt hat, die aber Gott für die bereithält, welche ihn lieben«; das kleine Licht muß noch anwachsen zum »vollkommenen Tag«, zum eschatologischen Tag Christi. Von den christlichen Kirchenvätern verkörpert Irenäus, der erste große Theologe, am eindeutigsten diesen Optimismus hinsichtlich der Natur und der Bestimmung des Menschen.

Eine ähnliche Einsicht hat es im frühen Buddhismus gegeben. Das Ideal des neuen Menschheitstyps, des nibbuta-Menschen, war, so glaubte man, in einem bestimmten Leben verwirklicht worden, und die Menschen konnten ihre höchste Bestimmung ausfindig machen, wenn sie auf das Buddha-Wort hörten, dem Buddha-sāsana folgten und nach Ablegung des alten egoistischen Individualismus in das vollere und umfassendere Leben der nibbuta-Menschheit eintraten, in dem die fundamentalen Ursachen des Bösen, nämlich Habsucht, Haß und Täuschung, überwunden und ausgelöscht wurden durch die positiven Kräfte des Guten, durch Freigebigkeit, Großmut und klare Erkenntnis.

Die Theologie vom »Tod Gottes« hat demnach eine doppelte Funktion: sie kann bewußt machen, daß der Gottesbegriff, der sich angesichts der wissenschaftlichen Durchdringung des Universums endgültig als unhaltbar erwiesen hat, auch der authentischen christlichen Offenbarung fremd ist; sie kann auch eine Rückbesinnung auf die ursprüngliche christliche Erkenntnis einleiten, daß hinter der Kunde von diesem »Tod« die Hoffnung auf eine neue Geburt aufscheint, auf die Entstehung einer Menschheit, deren Wesen in Christus für kurze Zeit sichtbar geworden ist.

Es ist möglich, daß die Begegnung der Religionen in Ost und West die notwendig gewordene Neuinterpretation begünstigt. Religiöse Wahrheiten setzen sich nicht immer sofort durch; manchmal müssen sie, gehütet und gepflegt in einer bestimmten Überlieferung, lange warten, bis sich eine entsprechende Gelegenheit einstellt und sie von einer weit größeren Gemeinschaft übernommen werden. Vielleicht können die Lehren und Methoden Buddhas gerade im gegenwärtigen geschichtlichen Augenblick einen großen Beitrag zum religiösen Leben des Westens leisten. Karl Barth hat in einer seiner späten Arbeiten darauf hingewiesen, daß es auch außerhalb der Bibel und Kirche Zeugen für die Wahrheit Christi gibt. Möglicherweise gehört es zu den vornehmsten und vordringlichsten Aufgaben der vergleichenden Religionswissenschaft, zu dieser Horizontalerweiterung in Ost und West und zur Verbreiterung der tiefsten religiösen Einsichten beider Seiten beizutragen und auf solche Weise die Menschen vor jenem öden und nihilistischen Säkularismus zu bewahren, dessen Anschauungen das Denken und den Lebensstil des abendländischen Menschen bereits nachhaltig beeinflußt haben. Die Folgen erkennen wir in den Weltkriegen, die im Westen ausgebrochen sind, im zunehmenden Alkoholismus und neuerdings im gesteigerten Rauschgiftgenuß; dies sind freilich nur die spektakulären Formen der Flucht aus einer als sinnlos empfundenen Existenz. Bei anderen wächst der Verdacht, daß die westliche Religion den Menschen im entscheidenden Augenblick verraten hat, und daraus entsteht die Tendenz, den Lebenssinn in der Religion des Ostens zu suchen. Dennoch ist noch immer die Bereitschaft vorhanden, die Gestalt Jesu Christi anzuerkennen und daran zu glauben, daß in diesem Menschen Sinn und

Zweck des Daseins begründet liegen. Solange dem so ist, besteht Hoffnung, daß der kirchlichen Orthodoxie zum Trotz die Wahrheit zum Durchbruch kommen wird, daß der falsche Gott der christlichen Theologie zurückgewiesen und ein neues Kapitel in der Geschichte des spirituellen Fortschritts der Menschheit aufgeschlagen wird.

Der Westen hat seine eigenen Traditionen der Religiosität, genauso wie der Osten. Doch das lateinische Christentum hat eine andere Tradition akzeptiert als der Osten, nämlich die Tradition des institutionellen und intellektuellen Autoritarismus. Wir haben beobachtet, daß sich im 14. Jahrhundert diese beiden Richtungen in der lateinischen Kirche als Alternativen anboten, daß aber die katholische mystische Tradition in den Umwälzungen unterging, welche die Kirche im 16. Jahrhundert erschütterten; Katholiken und Protestanten richteten ihr Hauptinteresse gleichermaßen auf institutionalisierte Formen, auf dogmatische Orthodoxie und politische Vorteile. Vielleicht tut dem Westen gegenwärtig nichts mehr not, als sich auf die Weisheit zu besinnen, die er einst besaß und beinahe verloren hat in seinem Streben nach Macht (und neuerdings in seinen Konzessionen an säkulare Ideologien, Konzessionen, die selber die Folge einer spirituellen Verarmung sind). Die westliche Religion könnte sich, wäre sie nicht zu stolz dazu, durch die Rückgewinnung ihrer eigenen Spiritualität festigen, wenn sie das Zeugnis der östlichen Traditionen bedenken würde.

NACHWORT

Die Notwendigkeit eines Nachwortes ergab sich aus der Tatsache, daß das vorliegende Buch dadurch im Wert gemindert war, daß der Verfasser nicht in der Lage war, etliche wichtige deutschsprachige Publikationen zu berücksichtigen. War dieses Manko für die englische Ausgabe von geringerer Bedeutung, so erscheint es doch nützlich, wenn die deutsche Übersetzung mit einigen zusätzlichen Bemerkungen versehen wird, die den Lesern Hinweise geben können über wichtige deutschsprachige Arbeiten zum Thema Religion und Religiosität.

I

Zur Vertiefung meiner Ausführungen im Vorwort sind zunächst einige Arbeiten zu erwähnen, die sich mit der *Religionssoziologie* befassen. Dabei muß der Tatsache Rechnung getragen werden, daß es eine Unterscheidung zwischen einer »klassischen« und einer »neueren« Religionssoziologie gibt. Während die Klassiker unter den Religionssoziologen sich mit den Phänomenen Religion und Religiosität schlechthin befassen, erfährt die Religionssoziologie in ihrer Eigenschaft als »neuere« Religionssoziologie eine Zweckentfremdung, indem sie sich ausschließlich mit kirchlich-praktischen Problemen beschäftigt. Folglich entsteht eine Konfessionalisierung (= »bürgerliche neuere« Religionssoziologie) oder Ideologisierung (= »marxistische neuere« Religionssoziologie) der Religionssoziologie, die jeder sachlichen religionssoziologischen Forschung im Wege steht. (Siehe auch meine Auseinandersetzung mit der sogenannten »neueren« Religionssoziologie in: *Savramis*, Demosthenes: Religionssoziologie. Eine Einführung, München 1968 – Reiche Literatur.)

Zu den wichtigsten »Klassikern« unter den Religionssoziologen gehören neben dem Begründer der Religionssoziologie *Max Weber*, *Ernst Troeltsch*, *Paul Honigsheim*, *Alfred Müller-Armack*, *Joachim Wach* und *Gustav Mensching*. Über das Leben *Max Webers* berichten: *Weber*, Marianne: Max Weber, ein Lebensbild, Heidelberg ²1950; *Baumgarten*, Eduard: Max Weber, Werk und Person, Tübingen 1964; *Jaspers*, Karl: Max Weber: Politiker, Forscher, Philosoph, Bremen ²1946 (Neudruck

1958, Piper Bücherei Nr. 121) und Max Weber zum Gedächtnis, hrsgg. von René *König* und Johannes *Winckelmann* (= Kölner Zeitschrift für Soziologie und Sozialpsychologie, Sonderheft 7), Köln und Opladen 1963. Die um *Weber* und sein Werk entstandene Literatur ist so umfangreich, daß sie beim besten Willen nicht zu übersehen ist. Wertvolle *bibliographische Übersichten* findet man bei: Johannes *Winckelmann* (hrsgg. von): Max Weber, Soziologie – Analysen – Politik (Kröner Band 229), Stuttgart 1964, S. 508–510; Marcel *Weinreich:* Max Weber, l'homme et le savant, Paris 1938, S. 189–205; Max *Graf zu Solms* (Civitas Gentium, Bd. 1, 1947), S. 274–288; M. Ernst *Graf zu Solms:* Max Weber: Schriften zur Religionssoziologie, Frankfurt/Main 1948 (= Civitas Gentium, Bd. 2), S. 325–328; Hans H. *Gerth*/Hedwig I. *Gerth:* Bibliography on Max Weber, in: Social Research, 16, 1949, S. 70–89; Paul *Honigsheim:* Max Weber im amerikanischen Geistesleben, in: Kölner Zeitschrift für Soziologie und Sozialpsychologie, 3, 1950/51, S. 408–419 und *ders.:* Max Weber (Art. im Handwörterbuch der Sozialwissenschaften, XI/1961, S. 561 ff.). Zum *Werk* Webers vgl. besonders *Bendix,* Reinhard: Max Weber, an intellectual portrait, New York 1960. Ins Deutsche von Renate *Rausch* – Max Weber: Das Werk: Darstellung, Analyse, Ergebnisse, München 1964 – übertragen. Ein Verzeichnis der *Schriften Max Webers* findet man bei Johannes *Winckelmann,* a.a.O. (Kröner Band), S. 490–505 und – ausländische Ausgaben – S. 506–508; bei Eduard *Baumgarten,* a.a.O., S. 681 ff. und bei Marianne *Weber,* a.a.O. *Winckelmann* verdanken wir auch die Herausgabe der wichtigsten kritischen Beiträge zu *Webers* berühmter Abhandlung: »Die protestantische Ethik und der Geist des Kapitalismus«. (Vgl. *Max Weber:* Die protestantische Ethik II: Kritiken und Antikritiken, hrsgg. von Johannes *Winckelmann,* München und Hamburg = Siebenstern Taschenbuch 119/120.)

Eine gute *Bibliographie* zum Leben und Werk von *Ernst Troeltsch* findet man in der erweiterten Heidelberger Dissertation aus dem Jahre 1958 von Manfred *Wichelhaus:* Kirchengeschichtsschreibung und Soziologie im neunzehnten Jahrhundert und bei Ernst *Troeltsch* (= Heidelberger Forschungen 9. Heft). Aus den Arbeiten *Paul Honigsheims* sei hier seine »Religionssoziologie« erwähnt (in: Die Lehre von der Gesellschaft: Ein Lehrbuch der Soziologie, hrsgg. von Gottfried *Eisermann,* Stuttgart 1958, S. 119–181), wo er die religionssoziologisch relevanten und religionsbezogenen Formen des Wissens und Verhaltens sowie die religionssoziologisch relevanten Menschen und Gruppen aufzählt und erörtert. *Alfred Müller-Armacks* religions- und kultursoziologische Studien entstanden zwischen den Jahren 1930 und 1952, und sie liegen in einem Band unter dem Titel »Religion und Wirtschaft« (Stuttgart 1959) vor. Entscheidend erweiterte *Joachim Wach* die religionssoziologische Fragestellung. Phänomenologie, Typologie und Deskription halfen Wach, sein Vorhaben zu verwirklichen, das nach seinen eigenen Worten in dem Studium der Wechselbeziehungen zwischen Religion und Gesellschaft bestand, sowie der Formen der Wechselwirkung, die zwischen ihnen stattfindet. Neben seiner Einführung in die Religionssoziologie (Tübingen 1931) vgl.: Religionssoziologie, in: Handwörterbuch der Soziologie, hrsgg. von Alfred *Vierkandt*, Stuttgart 1959, S. 479–494; Religionssoziologie, in: Ges. kleine Schriften zur Ethnologie und Soziologie, hrsgg. von S. R. *Steinmetz*, 1939; Sociology of Religion 1944 (deutsch: Religionssoziologie, nach der 4. Aufl. übersetzt von Helmut *Schoeck*, Tübingen 1951); Sociology of Religion, in: Twentieth Century Sociology, hrsgg. von Georges *Gurvitch* und Wilbert E. *Moore*, New York 1945, S. 406–437, und Sociology of Religion (International Library of Sociology and social Reconstruction, 1947).

Die Wechselbeziehungen zwischen Religion und profanen Gemeinschaftsformen, die Wesensstruktur religiöser Gemeinschaften, das Verhältnis profaner und religiöser Gemeinschaften zur lebendigen Religion und das Verhältnis der religiösen Gemeinschaften zueinander sind vier Problemkreise, die Gustav *Mensching* in seinem Werk »Soziologie der Religion« (Bonn 1947) beschäftigten. Mensching selbst betrachtet diese Arbeit als einen Versuch »einer systematisch-phänomenologischen Darstellung der Wechselbeziehungen von Religion und Gemeinschaft quer durch die Religionsgeschichte hindurch«. Ähnlich wie bei *Wach* stehen auch bei ihm der Einfluß der Religion auf die Formen der Vergesellschaftung und die innere Struktur religiöser Gemeinschaften im Vordergrund. Ganz neu ist bei Mensching das Begriffspaar *Volksreligion* (= Früh- und Primitivreligion) und *Universalreligion* (= Hochreligion) sowie sein Beitrag zu einer Soziologie der Beziehungen zwischen den Religionsgemeinschaften. Als Formen der von ihm untersuchten Gruppenbeziehung stellt Mensching die Kategorien Absolutheit, Intoleranz, Relativität, Toleranz und sachliche Auseinandersetzung heraus. *Mensching* versteht im Gegensatz zum Positivismus und historischen Materialismus die gesellschaftlichen Erscheinungen aus dem »religiösen Erlebnis«, das ein zentraler Begriff seiner Untersuchungen ist. Aus der Überzeugung Menschings, daß die Forschungsaufgabe der »klassischen« Religionssoziologie noch keineswegs gelöst sei, entstand seine »Soziologie der großen Religionen« (Bonn 1966), die – obwohl sie im strengsten

Sinne des Wortes mehr Religionswissenschaft und keine Soziologie ist – beweist, daß der von den sogenannten »neueren« Religionssoziologen beiseite geschobenen »klassischen« Religionssoziologie »nicht nur ein Existenzrecht, sondern eine Existenznotwendigkeit zukommt«.

Literatur zum Thema »neuere« Religionssoziologie, die fast immer identisch ist mit der Pastoral- und Kirchensoziologie, gibt es Legion. Zunächst möchte ich auf meine Einführung in die Religionssoziologie (siehe oben) S. 195–199 hinweisen, wo ich *Bibliographien* oder Werke aufführe, deren *bibliographische Angaben* besonders wertvoll sind. Ferner sollte man die von Friedrich *Fürstenberg* (Religionssoziologie = Soziologische Texte Nr. 19, Neuwied und Berlin 1964, S. 439–450) und Siegfried *Schneider* (Ausgewählte internationale Bibliographie zur neueren Religionssoziologie, in: Probleme der Religionssoziologie, hrsgg. von Dietrich *Goldschmidt* und Joachim *Matthes* – Sonderheft 6 der Kölner Zeitschrift für Soziologie und Sozialpsychologie, Köln und Opladen 1962, S. 264–289) angegebene Literatur berücksichtigen. Um über die religionssoziologisch relevante Literatur laufend informiert zu werden, greife man zu den Zeitschriften: *Archives de Sociologie des Religions* (Frankreich) und *Social Compass* (Holland), deren reichhaltige bibliographische Angaben sich gegenseitig ergänzen.

2

Deutschsprachige *religionswissenschaftliche Hauptwerke* verdanken wir: *Rudolf Otto:* Das Heilige, München o. J. (29.–30. Auflage); Friedrich *Heiler:* 1. Das Gebet, München 1923 (5. Auflage); Unveränderter Nachdruck, München-Basel 1969. 2. Die Religionen der Menschheit in Vergangenheit und Gegenwart – unter Mitarbeit von: Kurt *Goldammer,* Franz *Hesse,* Günter *Lanczkowski,* Käthe *Neumann* und Annemarie *Schimmel,* Stuttgart 1959 (Reiche Literatur auf S. 889–956); Gustav *Mensching:* 1. Allgemeine Religionsgeschichte, Heidelberg 1949 (2. Auflage), 2. Die Religion. Erscheinungsformen, Strukturtypen und Lebensgesetze, Stuttgart 1959, 3. Vergleichende Religionswissenschaft, Heidelberg 1949 (2. Auflage), 4. Das Wunder im Glauben und Aberglauben der Völker, Leiden 1957, 5. Der Irrtum in der Religion, Heidelberg 1969, 6. Toleranz und Wahrheit in der Religion, München und Hamburg 1966 (= Siebenstern Taschenbuch Nr. 81), 7. Geschichte der Religionswissenschaft, Bonn 1948. Joachim *Wach:* Vergleichende Religionsforschung. Mit einer Einführung von Joseph M. *Kitagawa,* Stuttgart 1962 (= Urban Bücher Nr. 52). Eine vollständige Bibliographie der Werke Joachim *Wachs* findet man in: Joseph M. *Kitagawa:* Gibt es ein Verstehen fremder Religionen?, Leiden 1963.

Zu den religionswissenschaftlichen Hauptwerken zählen ferner die Arbeiten von Franz *König* (Hg.): Christus und die Religionen der Erde, 3 Bde., Freiburg 1961 (3. Auflage); C. M. *Schröder* (Hg.): Die Religionen der Menschheit, 36 Bde., Stuttgart 1960 ff., M. *Eliade:* Die Religionen und das Heilige, Salzburg 1954; Helmuth *von Glasenapp:* Die fünf großen Religionen, 2 Bde., Düsseldorf 1951/1952, *ders.:* Glaube und Ritus der Hochreligionen in vergleichender Darstellung, Frankfurt 1960; K. *Goldammer:* Die Formenwelt der Religionen – Grundriß der systematischen Religionswissenschaft, Stuttgart 1960; G. van der *Leeuw:* Phänomenologie der Religion, Tübingen 1956 (2. Auflage). Ebenfalls die Gesamtdarstellungen: Lehrbuch der Religionsgeschichte, begr. von Pierre Daniel *Chantepie de la Saussaye,* hrsgg. von Alfred *Bertholet* und Alfred *Lehmann,* 2 Bände, Tübingen 1925 (4. Auflage). *Tiele-Söderblom:* Kompendium der Religionsgeschichte, Berlin 1931 (6. Auflage); Annemarie *Schimmel:* Die Religionen der Erde, Wiesbaden 1951; Hans *Haas* (Hg.): Bilderatlas zur Religionsgeschichte, Leipzig/Erlangen, 13 Hefte, 1924–1934.

Drei weitere Bücher möchte ich aus der Fülle religionswissenschaftlichen Schrifttums empfehlen: 1. Die nachgelassenen Gifford-Vorlesungen von Lars Olof Jonathan Nathan *Söderblom,* die Friedrich *Heiler* unter dem Titel: Der lebendige Gott im Zeugnis der Religionsgeschichte im Jahre 1966 herausgab. Diesen Vorlesungen, die *Söderblom* wenige Wochen vor seinem Tode (19. Mai bis 18. Juni 1931) gehalten hatte und die er als sein »religionsgeschichtliches Vermächtnis« bezeichnete, galten die Worte: »Ich weiß, daß Gott lebt. Ich kann es beweisen durch die Religionsgeschichte«, die der große Religionsforscher auf dem Sterbebett am 12. Juli 1931 sprach. 2. Die Arbeit von Raimundo *Panikkar:* Religionen und die Religion (München 1965), die der Verfasser als »die Frucht einer langen und intensiven Beschäftigung mit den Problemen, die in der heutigen Weltsituation immer mehr an Aktualität gewinnen und immer dringender nach einer reifen gelassenen Sicht verlangen«, bezeichnet. Und 3. den interessanten Versuch von Heinz Robert *Schlette,* der Frage nachzugehen, »inwiefern die Religionen ein Thema der *Theologie* darstellen«. Aus dieser Fragestellung entstanden seine »Überlegungen zu einer Theologie der Religionen«, welche unter dem Titel »Die Religionen als Thema der Theologie« im Jahre 1963 veröffentlicht wurden. (Quaestiones Disputatae, Bd. 22)

Schließlich wären folgende *Quellen, Nachschlagewerke* und *Bibliographien* zu erwähnen: Quellen der Religionsgeschichte; Hrsgg. Göttinger Gesellschaft der Wissenschaften, Göttingen 1909 ff.; Religiöse Stimmen der Völker, hrsgg. von Walter *Otto,* Jena 1915 ff.; E. *Lehmann* – H. *Haas:* Textbuch zur Religionsgeschichte, Leipzig 1922 (2. Auflage); Das lebendige Wort. Texte aus den Religionen der Völker, hrsgg. von Gustav *Mensching,* Darmstadt 1952; Leben und Legende der Religionsstifter: Moses, Jesus, Mohammed, Zarathustra, Buddha, Konfuzius, Laotse: Texte ausgewählt und erklärt von Gustav *Mensching,* München 1962 (= Goldmanns Gelbe Taschenbücher Nr. 829–830); Religion ist Einheit. Eine Anthologie aus den heiligen Schriften der lebendigen Religionen. Zusammengestellt von Edith B. *Schnapper,* Zürich 1954; Der Koran: Das heilige Buch des Islam. Nach der Übertragung von Ludwig *Ullmann,* neu bearbeitet und erläutert von Leo *Winter,* München 1959 (= Goldmanns Gelbe Taschenbücher Nr. 521–522); Die lebenden Religionen. Texte und Einführungen, hrsgg. von Rudolf *Jockel,* Berlin 1958; Götter und Dämonen. Mythen der Völker, hrsgg. von Rudolf *Jockel,* Darmstadt/Genf 1953; Die Religion in Geschichte und Gegenwart, 6 Bände (3.völlig neu bearbeiteteAuflage),Tübingen 1957–1962; Anton *Anwander:* Wörterbuch der Religionen, Würzburg 1948; Alfred *Bertholet:* Wörterbuch der Religionen, begründet von A. *Bertholet* in Verbindung mit Hans Freiherrn *von Campenhausen,* 2. Auflage durchgesehen, ergänzt und hrsgg. von Kurt *Goldammer,* Stuttgart 1962 (= Kröners Taschenbuchausgabe, Band 125); Franz *König:* Religionswissenschaftliches Wörterbuch, Freiburg 1956; Handwörterbuch des deutschen Aberglaubens, hrsgg. von Hans *Bächthold-Stäubli,* Berlin 1927–1942; Wilfried *Nölle:* Wörterbuch der Religionen: Die Glaubenslehren der Völker, München 1960 (= Goldmanns Gelbe Taschenbücher Nr. 642–643); Biblisch-historisches Handwörterbuch, hrsgg. von J. *Rost* und B. *Reicke* 1962 ff.; E. *Benz*-M. *Nambara:* Das Christentum und die nichtchristlichen Hochreligionen. Begegnung und Auseinandersetzung. Eine internationale Bibliographie: Beiheft zur Zeitschrift für Religions- und Geistesgeschichte (1960) und *International Bibliography* of the history of Religions (Bibliographie Internationale de l'histoire des Religions) under the Supervision of Professor C. J. *Bleeker,* compiled by: Dr. Henriette *Boas,* hrsgg. von: The International Association for the Study of the History of Religions in: Leiden (Verlag E. J. Brill). Bis jetzt sind 12 Bände erschienen (1954–1970); sie berücksichtigen die in dem Zeitraum von 1953 bis 1965 veröffentlichte Literatur.

ALLGEMEINE BIBLIOGRAPHIE

Die folgende Zusammenstellung enthält sowohl Werke, auf die im Text verwiesen wurde (durch Angabe des Verfassers und des Erscheinungsjahres der englischen Ausgabe), als auch Werke, die für die weitere Beschäftigung empfehlenswert sind.

AHMAD, AZIZ: *Studies in Islamic Culture in the Indian Environment.* Oxford 1964

ALI, AMIR: *The Spirit of Islam.* London 1922 (Nachdr. 1967)

ANESAKI, M.: *History of Japanese Religion.* London 1930 (Nachdr. 1963)

ARBERRY, A. J.: *Sufism: An Account of the Mystics of Islam.* London 1950
Revelation and Reason in Islam. London 1957

ARDREY, ROBERT: *African Genesis.* London 1961. – Deutsche Übers.: *Adam kam aus Afrika. Auf der Suche nach unseren Vorfahren.* Wien 1967

ARGYLE, MICHAEL: *Religious Behaviour.* London 1958

ARNOLD, T. W.: *The Preaching of Islam.* 2. Aufl. London 1913

ASTON, W. G.: *Shinto, The Way of the Gods.* London 1905

AUNG, S. Z.: *Compendium of Philosophy.* London 1910 (Nachdr. 1956)

BAECK, LEO: *Das Wesen des Judentums.* 6. Aufl. Köln 1960. – Engl. Übers.: *The Essence of Judaism.* New York 1948

BARY, W. T. DE (Hrsg.): *Sources of Indian Tradition.* New York u. London 1958

BASHAM, A. L.: *The Wonder that was India.* London 1954

BAYNES, NORMAN H.: *Constantine.* In: *Cambridge Ancient History.* Bd. 12, Kap. 20. Cambridge 1939

BENDIX, REINHARD: *Max Weber: An intellectual portrait.* New York 1960. – Deutsche Übers.: *Max Weber. Das Werk. Darstellung. Analyse. Ergebnisse.* München 1964

BENVENISTE, ÉMILE: *Traditions indo-iraniennes sur les classes sociales.* In: *Journal Asiatique.* Bd. 230, 1938, S. 529–549

BETHUNE-BAKER, J. F.: *An Introduction to the Early History of Christian Doctrine.* London 1903

BETTENSON, H.: *Documents of the Christian Church.* 2. Aufl. Oxford 1963

BEVAN, EDWYN: *Jerusalem Under the High Priests.* London 1904
Christianity. London 1932

BHANDARKAR, R. G.: *Vaishnavism, Shaivism, and Minor Religious Sects.* Straßburg 1913

Blacker, Carmen: *New Religious Cults of Japan.* In: *Hibbert Journal.* Bd. 60, Juli 1962, S. 305—313

Brandon, S. G. F.: *The Fall of Jerusalem and the Christian Church.* 2. Aufl. London 1957

Creation Legends of the Ancient Near East. London 1963

Breasted, James Henry: *Development of Religion and Thought in Ancient Egypt.* London 1912

The Dawn of Conscience. New York 1935. — Deutsche Übers.: *Die Geburt des Gewissens.* Zürich 1950

Geschichte Ägyptens. Deutsch von Prof. Dr. Hermann Ranke. Zürich 1954

Bright, John: *A History of Israel.* London 1960. — Deutsche Übers.: *Geschichte Israels. Von den Anfängen bis zur Schwelle des Neuen Bundes.* Düsseldorf 1966

Brown, Peter: *Augustine of Hippo.* London 1967

Bullough, Sebastian: *Roman Catholicism.* London 1963

Burrows, Millar: *The Dead Sea Scrolls.* London 1956. — Deutsche Übers.: *Die Schriftrollen vom Toten Meer.* München 1957

More Light on the Dead Sea Scrolls. London 1958. — Deutsche Übers.: *Mehr Klarheit über die Schriftrollen.* München 1958

Carpenter, J. Estlin: *Theism in Medieval India.* London 1921

Chan, W. T.: *Religious Trends in Modern China.* New York 1953

Chattopadhyaya, D.: *Lokayata: A Study in Ancient Indian Materialism.* New Delhi 1959

Ch'en, K. K. S.: *Buddhism in China.* Princeton 1964

Childe, V. Gordon: *New Light on the Most Ancient East.* Neuaufl. London 1952

Chouraqui, Andre: *A History of Judaism.* New York 1962. — Deutsche Übers.: *Geschichte des Judentums.* Hamburg 1960

Coedes, Georges: *Les États Hindouisés d'Indochine et d'Indonésie.* Paris 1964

The Making of South-East Asia. London 1966

Conze, Edward: *Buddhist Meditation.* London 1956

Buddhism. 3. Aufl. London 1957. — Deutsche Übers.: *Der Buddhismus, Wesen und Entwicklung.* 3. Aufl. Stuttgart 1962

Im Zeichen Buddhas. Buddhistische Texte. Herausgegeben und eingeleitet. Frankfurt/M. u. Hamburg 1957

Buddhist Scriptures. London 1959

A Short History of Buddhism. Bombay 1960

Buddhist Thought in India. London 1962

Copleston, F. C.: *Aquinas.* London 1955

Cronbach, A.: *Reform Movements in Judaism.* New York 1963

Cronin, Vincent: *The Wise Man from the West.* New York 1955. — Deutsche Übers.: *Der Jesuit als Mandarin.* Stuttgart 1959

A Pearl to India. New York 1959

DASGUPTA, S. N.: *History of Indian Philosophy.* Bd. 1. Cambridge 1922
Indian Idealism. Cambridge 1933 (Nachdr. 1962)

DAVIDS, THOMAS WILLIAM RHYS: *Buddhist Suttas.* Oxford 1881 (Sacred Books of the East, Bd. 11)
Der Buddhismus. Eine Darstellung von dem Leben und den Lehren Gautamas. Leipzig 1899
Buddhist India. 8. Aufl. Calcutta 1959

DEVANANDAN, P. D., UND THOMAS, M. M.: *Human Person, Society and State.* Bangalore 1957

DIBELIUS, MARTIN: *Aufsätze zur Apostelgeschichte.* Hrsg. von Heinrich Greeven. 5., durchges. Aufl. Göttingen 1968. – Engl. Übers.: *Studies in the Acts of the Apostles.* London 1956

DIX, GREGORY: *The Shape of the Liturgy.* London 1945

DODD, CHARLES HAROLD: *The Apostolic Preaching and its Development.* London 1936

DREKMEIER, C.: *Kingship and Community in Early India.* Stanford Univ. Press, Cal. 1962

DUCHESNE-GUILLEMIN, JACQUES: *The Western Response to Zoroaster.* Oxford 1958
Die Religionen des Alten Orients. Aschaffenburg 1958
Symbolik des Parsismus. Stuttgart 1961
La Religion de l'Iran ancienne. Paris 1962

DUMOULIN, HEINRICH: *Zen. Geschichte und Gestalt.* Bern 1959
Technique and Personal Devotion in the Zen Exercise. In: *Studies in Japanese Culture.* Hrsg. von J. Roggendorf. Tokyo 1963
Östliche Meditation und christliche Mystik. Freiburg u. München 1966
Buddhismus der Gegenwart. Hrsg. von H. Dumoulin. Freiburg 1970

DUTT, SUKUMAR: *The Buddha and Five After-centuries.* London 1957
Buddhist Monks and Monasteries of India. London 1962

EDWARDS, M.: *Asia in European Age.* 1498–1955. London 1961

EICHRODT, WALTER: *Theologie des Alten Testaments.* Teil 1: 5. Aufl. Stuttgart u. Göttingen 1957; Teil 2/3: 4. Aufl. Stuttgart u. Göttingen 1961. – Engl. Übers.: *Theology of the Old Testament.* Bd. 1. London 1961

ELIADE, MIRCEA: *Le Yoga. Immortalité et liberté.* Paris 1954. – Engl. Übers.: *Yoga. Immortality and Freedom.* New York 1958. – Deutsche Übers.: *Yoga. Unsterblichkeit und Freiheit.* Zürich u. Stuttgart 1960

ELIOT, C.: *Hinduism and Buddhism.* 3 Bde. London 1921 (Nachdr. 1957)
Japanese Buddhism. London 1935 (Nachdr. 1959)

EPSTEIN, I.: *Judaism.* London 1959

FARQUAR, J. N.: *Modern Religious Movements in India.* London 1929

FISHER, HERBERT ALBERT LAURENS: *A History of Europe.* London 1936. – Deutsche Übers.: *Die Geschichte Europas.* Stuttgart 1951

Fitzgerald, Charles Patrick: *The Chinese View of their Place in the World.* London 1964
China. Von der Vorgeschichte bis zum 19. Jahrhundert. München 1967
Revolution in China. Frankfurt/M. 1968
Fleming, P. (Übers.): *Tibetan Marches.* London 1955
Florinsky, M. T.: *Russia: A History and an Interpretation.* New York 1959
Frankfort, Henri: *Kingship and the Gods.* Chicago 1948
Before Philosophy: The Intellectual Adventure of Ancient Man. Chicago 1946 (Nachdr. London 1963). — Deutsche Übers.: *Frühlicht des Geistes. Wandlungen des Weltbildes im Alten Orient.* Stuttgart 1954
Gavin, F.: *The Eucharist in East and West.* In: *Liturgy and Worship.* Hrsg. von W. K. Lowther Clarke und Charles Harris. London 1932
Geertz, Clifford: *The Religion of Java.* Glencoe 1960
Gibb, Hamilton A. R.: *Modern Trends in Islam.* London 1947
und Jacob M. Landau: *Arabische Literaturgeschichte.* Zürich u. Stuttgart 1968
Gilson, Étienne: *History of Christian Philosophy in the Middle Ages.* London 1955
und Philotheus Böhner: *Christliche Philosophie von ihren Anfängen bis Nikolaus von Cues.* 2. Aufl. Paderborn 1954
Goonesekere, Lakshmi R.: *Abhidhamma.* In: *Encyclopaedia of Buddhism.* Hrsg. von G. P. Malalasekere. Faszikel A-Aca. Colombo 1961
Grunebaum, Gustave Edmund von: *Unity and Variety in Muslim Civilisation.* Chicago 1955
Der Islam im Mittelalter. Zürich u. Stuttgart 1963
Der Islam in seiner klassischen Epoche. 622—1258. Zürich u. Stuttgart 1966
Studien zum Kulturbild und Selbstverständnis des Islams. Zürich u. Stuttgart 1969
Hall, D. G. E.: *A History of South-East Asia.* London 1955 (3. Aufl. 1968)
Hamilton, C. H.: *Buddhism.* In: *China.* Hrsg. von H. F. MacNair. Univ. of California 1946
Hammer, R.: *Japan's Religious Ferment.* London 1961
Hanson, A. (Hrsg.): *Vindications.* London 1966
Hardy, R. Spence: *Eastern Monarchism.* Edinburgh 1860
Hare, E. M.: *Woven Cadences of Early Buddhism.* Oxford 1945
Herberg, Will: *Protestant, Catholic, Jew.* New York 1955
Hick, John: *Evil and the God of Love.* London 1966
Holtom, D. C.: *The National Faith of Japan.* London 1938
Modern Japan and Shinto Nationalism. Durchges. Aufl. New York 1947 (Nachdr. 1963)
Hooke, S. H. (Hrsg.): *Myth and Ritual.* London 1933
Hori, I.: *On the Concept of Hijiri (holy-man).* In: *Numen,* Bd. 5, 1958. S. 128—160, 199—232

HOTTINGER, ARNOLD: *Die Araber. Werden, Wesen, Wandel und Krise des Arabertums.* Zürich 1960. — Engl. Übers.: *The Arabs.* London 1963
HOWE, S.: *New Writings on Japan's Religions.* In: *Pacific Affairs.* Sommer 1964
IKRAM, S. M.: *Muslim Civilisation in India.* New York u. London 1964
JAMES, FLEMING: *Personalities of the Old Testament.* London 1947
JAYASURIYA, W. F.: *The Psychology and Philosophy of Buddhism.* Colombo 1963
JAYATILLEKE, K. N.: *Early Buddhist Theory of Knowledge.* London 1963
JEFFERY, A.: *The Qur'an as Scripture.* New York 1952
Islam: Muhammad and his religion. New York 1958
JONES, RUFUS MATTHEW: *Studies in Mystical Religion.* London 1923
Vom Sinn und Endzweck des Lebens. 2. Aufl. Bad Pyrmont 1947
JOSEPHUS: *The Works of Flavius Josephus.* Übers. von W. Winston. Edinburgh o. J.
KARUNARATNE, W. S.: *Abhidhamma.* In: *Encyclopaedia of Buddhism.* Hrsg. von G. P. Malalasekere. Faszikel A-Aca. Colombo 1961
KATSH, A. I.: *Judaism and the Koran.* New York 1954
KELLY, J. N. D.: *Early Christian Creeds.* London 1950
KENT, JOHN: *Christianity: Protestantism.* In: *The Concise Encyclopaedia of Living Faiths.* Hrsg. von Robert Charles Zaehner. London 1959
KIRK, K. E.: *The Vision of God.* London 1931
KOSAMBI, DAMODAR DHARMANAND: *The Culture and Civilisation of Ancient India.* London 1965. — Deutsche Übers.: *Das alte Indien. Seine Geschichte und seine Kultur.* Mit einem Nachruf von Horst Krüger. Berlin 1966
KRAMER, SAMUEL NOAH: *History Begins at Sumer.* London 1958. — Deutsche Übers.: *Geschichte beginnt mit Sumer. Berichte von den Ursprüngen der Kultur.* München 1959
LEE, ROBERT: *The Social Sources of Church Unity.* New York 1960
LEFF, G.: *Medieval Thought: St. Augustine to Ockham.* London 1958
LEUR, J. C. VAN: *Indonesian Trade and Society.* Den Haag u. Bandung 1955
LEVY, R.: *The Social Structure of Islam.* Cambridge 1957
LIGHTFOOT, R. H.: *History and Interpretation in the Gospels.* London 1934
LINDBLOM, J.: *Prophecy in Ancient Israel.* Oxford 1963
LING, TREVOR: *The Significance of Satan.* London 1961
Buddhism and the Mythology of Evil. London 1962
Buddha, Marx and God. London 1966
LIU WU-CHI: *A Short History of Confucian Philosophy.* London 1955
LUDOWYK, E. F. C.: *The Story of Ceylon.* London 1962
MCNEILL, J. T., SPINKA, M. UND WILLOUGHBY, H. R.: *Environmental Factors in Christian History.* Chicago 1939
MAI-THO-TRUYEN: *Le Bouddhisme au Viêt-Nam.* In: *Présence du Bouddhisme.* Hrsg. von René de Berval. Saigon 1959

MALINOWSKI, B.: *Magic, Science and Religion.* In: *Science, Religion and Reality.* Hrsg. von J. Needham. London 1926

MANSON, T. W.: *The Teaching of Jesus.* Cambridge 1931

The Life of Jesus: A Study of the Available Materials. In: *The Bulletin of the John Ryland Library, Manchester.* Bd. 27. Nr. 2. Juni 1943

MARRIOTT, MCKIM: *Village India.* Menasha, Wisconsin 1955 (American Anthropol. Association Memoir Nr. 83)

MENDIS, G. C.: *Ceylon Today and Yesterday.* 2. Aufl. Colombo 1963

MIGOT, ANDRE: *Le Bouddhisme en Chine.* In: *Présence du Bouddhisme.* Hrsg. von René de Berval. Saigon 1959

MOORE, G. F.: *Judaism in the First Centuries of the Christian Era.* 2 Bde. Cambridge, Mass. 1927

The Literature of the Old Testament. London 1914 (2., durchges. Aufl. 1948)

MOWINCKEL, SIGMUND: *Religion und Kultus.* Göttingen 1953

He That Cometh. Oxford 1956

MUJEEB, M.: *The Indian Muslims.* London 1967

MURTI, T. R. V.:*The Central Philosophy of Buddhism.* London 1955

NEIL, S.: *A History of Christian Missions.* London 1964

NIEBUHR, H. RICHARD: *The Social Sources of Denominationalism.* New York 1929

NOCK, ARTHUR DARBY: *St. Paul.* London 1946. — Deutsche Übers.: *Paulus.* Zürich und Leipzig 1940

NORBECK, EDWARD: *Changing Japan.* New York und London 1965

NORTH, C. R.: *Pentateuchal Criticism.* In: *The Old Testament and Modern Study.* Hrsg. von H. H. Rowley. London 1951

NOTH, MARTIN: *Geschichte Israels.* 5. Aufl. Göttingen 1963. — Engl. Übers.: *The History of Israel.* 2. Aufl. London 1960

NYANAMOLI: *The Path of Purification.* (Übersetzung des Pali-Textes Visuddhimagga des Buddhaghosa) Colombo 1964

NYANAPONIKA: *Abhidhamma Studies.* Colombo 1949

O'MALLEY, L. S.: *Popular Hinduism: The Religion of the Masses.* Cambridge 1935

(Hrsg.): *Modern India and the West.* Oxford 1941

OTTO, RUDOLF: *Das Heilige. Über das Irrationale in der Idee des Göttlichen und sein Verhältnis zum Rationalen.* 1. Aufl. Breslau 1917; 31.—35. Aufl. München 1963. — Engl. Übers.: *The Idea of the Holy.* London 1923

Das Gefühl des Überweltlichen (Sensus numinis). 5. u. 6., vermehrte Auflage der *Aufsätze, das Numinose betreffend, Teil I.* München 1932

Sünde und Unschuld. 5. u. 6., vermehrte Auflage der *Aufsätze, das Numinose betreffend, Teil II.* München 1932

PANIKKAR, KAVALAM MADHAVA: *Asien und die Herrschaft des Westens.* Zürich 1955

Geschichte Indiens. Düsseldorf 1957
Hindu Society at Cross Roads. 3., durchges. Aufl. Bombay 1961
Indien. Erfolge, Hoffnungen, Gefahren. Köln 1962

PARKES, JAMES: *A History of the Jewish People.* London 1964

PAYNE, E. A.: *The Śāktas.* Calcutta 1933

PETRIE, W. M. FLINDERS: *Personal Religion in Egypt before Christianity.* London 1909

PIGGOTT, STUART: *Prehistoric India.* London 1950

PIYADASSI: *The Buddha's Ancient Path.* London 1964

PRATT, JAMES BISSETT: *The Pilgrimage of Buddhism.* New York 1928

PRESTIGE, G. L.: *Fathers and Heretics.* London 1940

QURESHI, I. H.: *The Muslim Community of the Indo-Pakistan Sub-Continent (610—1947).* Den Haag 1962

RAD, GERHARD VON: *Theologie des Alten Testaments.* 2. Bde. München 1957 bis 1960. — Engl. Übers.: *Old Testament Theology.* Bd. 1. Edinburgh u. London 1962

RADHAKRISHNAN, SARVAPALLI: *Hinduism and the West.* In: *Modern India and the West.* Hrsg. von L. S. O'Malley. Oxford 1941
Die Gemeinschaft des Geistes. Östliche Religionen und westliches Denken. Darmstadt u. Genf 1952

RAHMAN, F.: *Islam.* London 1967

RAHULA, WALPOLA: *History of Buddhism in Ceylon.* Colombo 1956
Was der Buddha lehrt. Zürich 1963

REDFIELD, ROBERT: *Peasant Society and Culture.* Chicago 1956

REICHELT, KARL LUDWIG: *Religion in a Chinese Garment.* London 1951

RENOU, L.: *Religions of Ancient India.* London 1953

RICHARDSON, H. E.: *Tibet and its History.* London 1962

RINGGREN, HELMER: *Israelische Religion.* Stuttgart 1963 (*Die Religionen der Menschheit,* Bd. 26). — Engl. Übers.: *Israelite Religion.* London 1966

ROBINSON, JOHN A. T.: *Twelve New Testament Studies.* London 1962

ROBINSON, THEODORE H.: *Prophecy and the Prophets.* London 1923
Die zwölf kleinen Propheten. 2. Aufl. Tübingen 1954

ROUTLEY, ERIK: *Hymns and Human Life.* London 1962

ROWLEY, HAROLD HENRY: *The Old Testament and Modern Study.* Hrsg. von H. H. Rowley. London 1951
Prophecy and Religion in Ancient China and Israel. London 1956
Apokalyptik, ihre Formen und Bedeutung zur biblischen Zeit. 3. Aufl. Einsiedeln, Zürich, Köln 1965

RUNCIMAN, STEVAN: *A History of the Crusades.* Cambridge 1951—1954. — Deutsche Übers.: *Geschichte der Kreuzzüge.* München 1968

RUSSELL, D. S.: *Between the Testaments.* London 1960. — Deutsche Übers.: *Zwischen den Testamenten.* Neukirchen 1962

SARKISYANZ, EMANUEL: *Rußland und der Messianismus des Orients. Sendungsbewußtsein und politischer Chiliasmus des Ostens.* Tübingen 1955
Buddhist Backgrounds of the Burmese Revolution. Den Haag 1965
SASTRI, K. A. NILAKANTA: *Development of Religion in South India.* Orient Longmans 1963
SCHOLEM, GERSHOM: *Major Trends in Jewish Mysticism.* Durchges. Aufl. New York 1941. — Deutsche Übers.: *Die jüdische Mystik in ihren Hauptströmungen.* Frankfurt 1957
SCOTT, J. G. (SHWAY YOE): *The Burman: his life and notions.* 3. Aufl. London 1909
SEN, K. M.: *Hinduism.* London 1961
SHRYOCK, J. K.: *The Origin and Development of the State Cult of Confucius.* New York 1932 (Nachdr. 1966)
SINGER, MILTON: *The Radha-Krishna Bhajans of Madras City.* In: *History of Religions.* Bd. 2. Nr. 2. 1963. S. 183—226
SLATER, GILBERT: *The Dravidian Element in Indian Culture.* London 1924
SLATER, R. H. L.: *Paradox and Nirvana.* Chicago 1951
SMART, NINIAN: *Historical Selections in the Philosophy of Religion.* London 1962
Philosophers and Religious Truth. London 1964 (1)
Doctrine and Argument in Indian Philosophy. London 1964 (2)
SMITH, VINCENT A.: *The Oxford History of India.* 3. Aufl. Oxford 1958
SMITH, WILFRED CANTWELL: *Modern Islam in India: A Social Analysis.* Durchges. Aufl. London 1947
Islam in Modern History. Princeton 1957. — Deutsche Übers.: *Der Islam in der Gegenwart.* Frankfurt/M. u. Hamburg 1963
SMITH, WILLIAM ROBERTSON: *Lectures on the Religion of the Semites.* 3. Aufl. London 1927. — Deutsche Übers.: *Die Religion der Semiten.* Tübingen 1899 (Nachdr.: Darmstadt 1967)
SNELLGROVE, DAVID: *Buddhist Himalaya.* Oxford 1957
SRAWLEY, J. H.: *The Early History of the Liturgy.* Cambridge 1947
STEIN, BURTON: *The Economic Function of a Medieval South Indian Temple.* In: *Journal of Asian Studies.* Bd. 19. Nr. 2. Februar 1960. S. 163—176
STEVENSON, S.: *The Heart of Jainism.* Oxford 1915
STONE, DARWELL: *A History of the Doctrine of the Holy Eucharist.* 2 Bde. London 1909
STRAELEN, HENRY VAN: *The Religion of Divine Wisdom.* Kyoto 1957
SWANSON, GUY: *The Birth of the Gods.* Michigan University Press 1960
SWEETMAN, J. W.: *Islam and Christian Theology.* Teil I. Bd. 2. London 1947
THAPAR, ROMILA: *A History of India.* Bd. 1. London 1966. — Deutsche Übers.: *Indien. Von den Anfängen bis zum Kolonialismus.* Zürich 1966
THOMAS, BERTRAM: *The Arabs.* London 1937. — Deutsche Übers.: *Die Araber.* Berlin 1938

THOMAS, D. WINTON: *Documents from Old Testament Times.* London 1958
THOMAS, E. J.: *The Life of Buddha.* 3. Aufl. London 1949
The History of Buddhist Thought. 2. Aufl. London 1951
THOMSON, IAN: *Changing Patterns in South Asia.* London 1961
TREVELYAN, GEORGE MACAULAY: *English Social History.* 3. Aufl. London 1946
Geschichte Englands. München 1947
VARMA, V. D.: *Modern Indian Political Thought.* 2. Aufl. Agra 1964
WALKER, G. S. M.: *The Growing Strom.* London 1961
WAND, J. W. C.: *A History of the Modern Church.* 6. Aufl. London 1952
WARE, TIMOTHY: *The Orthodox Church.* London 1963
WARFIELD, BENJAMIN B.: *Augustine.* In: *Encyclopaedia of Religion and Ethics.* Edinburgh u. New York 1909. Bd. 2. S. 219—224
WARREN, MAX: *Social History and Christian Mission.* London 1967
WATT, W. MONTGOMERY: *Free Will and Predestination in Early Islam.* London 1948
Muhammad at Mecca. London 1953
Muhammad at Medina. London 1956
The conception of the charismatic community in Islam. In: *Numen.* Bd. 7. 1960. S. 77—90
Muhammad, Prophet and Statesman. London 1961 (1)
Islam and the Integration of Society. London 1961 (2)
Islamic Philosophy and Theology. Edinburgh 1962
WEBER, MAX: *Gesammelte Aufsätze zur Religionssoziologie.* 3 Bde. Tübingen 1920—1921. — Teilw. engl. Übers.: *The Protestant Ethic and the Spirit of Capitalism.* London 1930. — *The Religion of China.* Glencoe 1951. — *Ancient Judaism.* Glencoe 1952. — *The Religion of India.* Glencoe 1958. — *The Sociology of Religion.* Boston 1963
WELLS, K. E.: *Thai Buddhism.* Bangkok 1960
WENSINCK, A. J.: *The Muslim Creed.* Cambridge 1932
WHEELER, H. MORTIMER: *Early India and Pakistan.* London 1959. — Deutsche Übers.: *Alt-Indien und Pakistan bis zur Zeit des Königs Ashoka.* Köln 1962
Civilisations of the Indus Valley and Beyond. London 1966
WHEELER, RICHARD S.: *The Individual and Action in the Thought of Iqbal.* In: *The Muslim World.* London 1962
WILHELM, RICHARD: *Geschichte der chinesischen Kultur.* München 1928. — Engl. Übers.: *A Short History of Chinese Civilisation.* London 1929
WILLIAMS, G. H.: *The Radical Reformation.* London 1962
WILSON, BRYAN: *Religion in Secular Society.* London 1966
WITTFOGEL, KARL AUGUST: *Oriental Despotism.* London 1957. — Deutsche Übers.: *Die orientalische Despotie.* Köln u. Berlin 1962
WRIGHT, ARTHUR F.: *Buddhism in Chinese History.* Stanford, Cal. 1959
YANG, C. K.: *Religion in Chinese Society.* Berkeley u. Los Angeles 1961

Zaehner, Robert Charles: *Zurvan: A Zoroastrian Dilemma.* Oxford 1955
(Hrsg.) *The Concise Encyclopaedia of Living Faiths.* London 1959
Hinduism. London 1962. – Deutsche Übers.: *Der Hinduismus. Seine Geschichte und seine Lehre.* München 1964
Hindu Scriptures. London u. New York 1966
Zernov, N.: *Eastern Christendom.* London 1961

PERSONENREGISTER

SCHALOM BEN-CHORIN

Mutter Mirjam

Maria in jüdischer Sicht

220 Seiten mit Personen- und Bibelstellenregister. Leinenband

Maria, die Mutter Jesu, wird in den Evangelien nur sehr selten erwähnt, in der Apostelgeschichte erscheint sie ein einziges Mal, Paulus erwähnt sie nicht namentlich und in der Apokalypse Johannis ist es fraglich, ob eine bestimmte Stelle auf sie hin zu deuten ist.
So spärlich fließen die Quellen im Neuen Testament. Die Glaubensphantasie aber hat sich der Gestalt der Maria bemächtigt. Die Kindheitsevangelien in den Apokryphen zum Neuen Testament versuchen die Lücken zu füllen, ein unabsehbarer Kranz von Legenden bildete sich im Lauf der Jahrhunderte um die Gestalt der Maria, und das Dogma versetzte sie schließlich in den Himmel und machte sie zur Fürsprecherin der Kirche.
Wie aber haben wir uns die historische Maria vorzustellen? Keine Gestalt des Neuen Testaments war einer so weitgehenden Mythologisierung ausgesetzt wie Maria. Deshalb muß gerade hier die Entmythologisierung einsetzen, wenn wir die ursprüngliche Persönlichkeit wieder in den Blick bekommen wollen.
Ben-Chorin folgte den Spuren Mariens in Jerusalem und Nazareth, in Bethlehem und am See Genezareth. Seine lebenslange Kenntnis von Land und Leuten ermöglicht ihm eine Sicht Mariens, wie sie in der so umfangreichen christlichen, vor allem katholischen Literatur um Maria nicht anzutreffen ist.
Mit dem Band „Mutter Mirjam“ schließt Schalom Ben-Chorin seine Trilogie „Die Heimkehr“ ab; gemeint ist die Heimkehr der tragenden Gestalten des Neuen Testaments: Jesus, Paulus und Maria, in das Judentum, aus dem sie stammen.

Zwiesprache mit Martin Buber

Ein Erinnerungsbuch, 254 Seiten. Leinenband

In diesem Buch, das Bubers Leben und Werk jeweils aus verschiedenen Blickwinkeln beleuchtet, Bubers Äußerungen im Werk und im Gespräch jeweils in ganz kurzen Einzelkapiteln um bestimmte Themen gruppiert, ist es Schalom Ben-Chorin gelungen, ein eindrucksvolles Bild Bubers zu zeichnen, das uns sowohl dessen Werk als auch seine private Existenz besser verstehen läßt.
Hessischer Rundfunk

PAUL LIST VERLAG